Taschenbücher von WILLIAM SARABANDE
im BASTEI-LÜBBE-Programm:

13 432   Land aus Eis
13 465   Land der Stürme
13 510   Das verbotene Land
13 554   Land der vielen Wasser

Ins Deutsche übertragen
von Bernhard Kempen

BASTEI-LÜBBE-TASCHENBUCH
Band 13 554

Erste Auflage:
Juni 1994
Zweite Auflage:
Februar 1996

© Copyright 1990
by Book Creations, Inc.
Published by Arrangement
with Book Creations,
Inc., Canaan, NY 12029, USA
All rights reserved
Deutsche Lizenzausgabe 1994
Bastei-Verlag Gustav H. Lübbe
GmbH & Co., Bergisch Gladbach
Originaltitel: Walkers on the Wind
Lektorat: Stefan Bauer/
Reinhard Rohn
Titelbild: Hans Hauptmann
Umschlaggestaltung:
Quadro Grafik, Bensberg
Satz: KCS GmbH,
Buchholz/Hamburg
Druck und Verarbeitung:
Brodard & Taupin, La Flèche,
Frankreich
Printed in France

ISBN 3-404-13554-7

Der Preis dieses Bandes
versteht sich einschließlich der
gesetzlichen Mehrwertsteuer.

*Für Laurie Rosin —
ein Mensch, wie es ihn nur einmal
unter einer Million gibt*

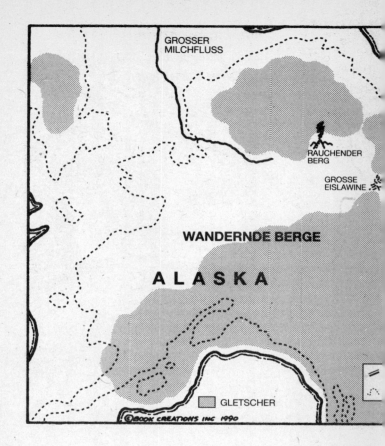

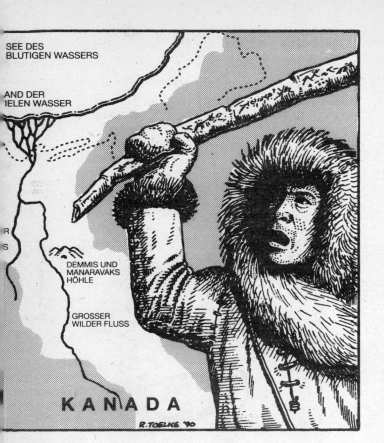

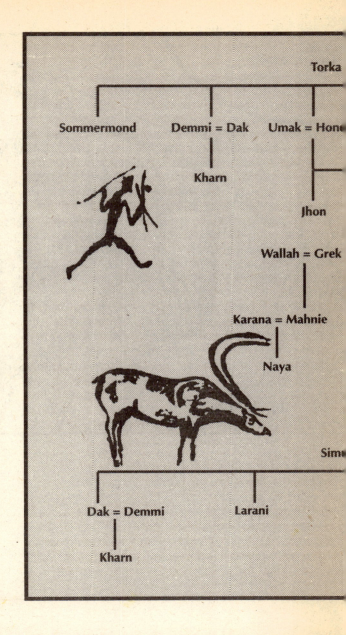

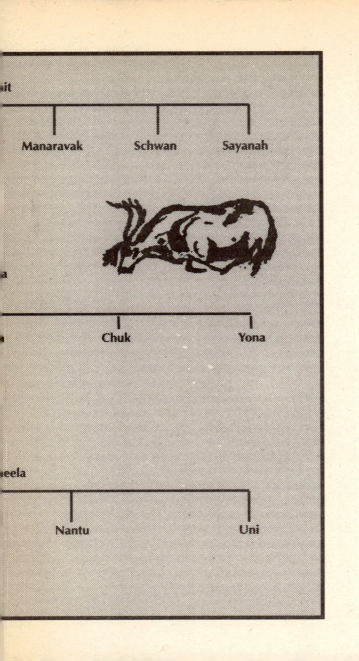

|it
| Manaravak | Schwan | Sayanah

|a
| Chuk | Yona

|eela
| Nantu | Uni

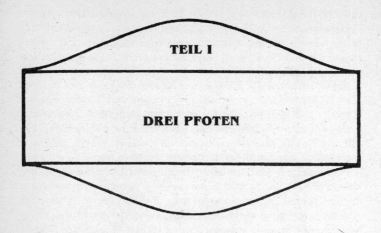

# TEIL I

## DREI PFOTEN

## 1

Das Land war entflammt — nicht in heißem Feuer, sondern in den rauhen, wilden Farben der herbstlichen Tundra. Das Mädchen schien ebenfalls zu brennen, als es im knietiefen, windgepeitschten Gras der eiszeitlichen Steppe langsamer ging, damit es hinter dem alten Grek und den anderen Mädchen und Frauen zurückfiel. Sie trugen schwer beladene Sammelkörbe auf den Hüften und waren zu sehr in ihr Geschwätz vertieft und von den Kindern und Hunden abgelenkt, um zu bemerken, daß Naya sich von ihnen absetzte. Sie lehnten sich gegen den Wind, ihre schwarzen Haare flatterten hinter ihnen, und die Lederfransen ihrer Kleidung, die mit Knochen, Muscheln und Steinperlen besetzt waren, rasselten geräuschvoll, als sie weiterzogen, ohne sich umzublicken.

Naya blieb stehen und wartete. Als der alte Grek ihre Abwesenheit nicht bemerkte, lächelte sie. Aus ihrem plötzlichen Bedürfnis, allein zu sein, hatte sie ein Spiel gemacht. Niemand vermißte sie. Der alte Grek marschierte unbeirrt weiter und ging ganz in seiner Rolle als Beschützer der Frauen auf, während er kampflustig mit seinen Speeren aus Knochenschäften und Steinspitzen in den Wind stach. Laut und respektvoll rief er die Löwen, Bären, Sprungkatzen und Wölfe an. Der Wind trug seine tiefe Stimme zu Naya zurück, so daß sie ihn deutlich verstehen konnte.

»Hier kommen die Frauen und Kinder Torkas!« rief er. »Ja, Grek führt sie jetzt zum See! Die Frauen und Kinder werden trinken und baden. Seht sie nicht mit hungrigen Augen an, während sie vorbeiziehen, denn Mutter Erde hat den See für alle Geschöpfe gemacht, die auf ihrer Haut leben! Laßt uns unbehelligt das Land der Raubtiere durchqueren!«

Naya fiel ein, daß sie eigentlich Angst davor haben sollte, sich in diesem Land voller Raubtiere von den anderen abzusondern. Aber die Sonne war so warm und der Tag so schön. Sie zitterte zwar, aber nicht vor Angst, sondern vor Mitleid. Die Männer des Stammes waren in den fernen Hügeln auf Bärenjagd, und sie fragte sich, ob ihr Großvater sich ärgerte, auf die Frauen aufpassen zu müssen, während die anderen Jäger den großen dreipfotigen Bären verfolgten, der die Gruben mit den Wintervorräten des Stammes geplündert hatte. Doch Grek sah nicht aus, als würde er sich ärgern. Stolz führte er seine Schützlinge an, eingehüllt in abgenutzte Hosen und seine schwarze Jacke aus dem Fell des langhaarigen Bisons. Nur ein großer Mann konnte ein so schweres Fell tragen. Grek war ein großer Mann, und das Fell ließ ihn sogar noch größer erscheinen. So wie er sich mit buckligem Rücken und eingezogenem Kopf in den Wind stemmte, wurde Naya klar, warum die Kinder des Stammes ihn den Bisonmann nannten.

Eine Wolke schob sich vor die Sonne, und Naya blickte auf. Schatten zogen über die Welt und verschwanden wieder, als die Wolke von trockenem Wind weitergeweht wurde. Nayas Euphorie war ebenfalls verschwunden. Sie fühlte sich jetzt müde und gereizt. Die Fransen ihres leichten Kleides aus Fohlenfell waren vom Wind verheddert, und sie freute sich nicht auf die Arbeit, sie wieder entwirren zu müssen. Das Sammeln von Flechten, Pilzen, Knollen, Samen und Beeren des zu Ende gehenden Sommers hatte sie erschöpft.

Naya verzog verärgert das Gesicht. Sie war in letzter Zeit sehr schnell erschöpft. Aber es wunderte sie nicht, da bald der dreizehnte Winter ihres Lebens anbrechen würde. Dreizehn Winter schienen eine gewaltige Anzahl von Jahren für ein Mädchen, dessen erste Zeit des Blutes noch nicht eingesetzt hatte.

Sie war nicht das einzige Mädchen im Stamm, das relativ spät zur Frau werden würde. Magische Gesänge und heilender Rauch waren den Mächten der Schöpfung geopfert worden, doch weder Schwan, die jüngste Tochter des Häuptlings, noch Larani, die Tochter des Jägers Simu, hatten ihre erste Blutzeit erlebt, obwohl sie genauso alt wie Naya waren.

Sie runzelte die Stirn, als sie darüber nachdachte. Die älteren Mitglieder des Stammes waren über die langsame Reifung der Mädchen besorgt. Naya hatte beobachtet, wie die Frauen in den Organen weiblicher Tiere, die von den Jägern erlegt worden waren, nach Zeichen gesucht hatten. Sie hatten dem Häuptling versichert, daß die Zeichen für die ›werdenden neuen Frauen‹ gut standen. Trotzdem sorgten sie dafür, daß Naya, Schwan und Larani gleichgroße Portionen von den Nebennieren erhielten, den kleinen, fettigen Drüsen, die jeder Jagdbeute von den Nieren geschnitten wurden. Es war bekannt, daß hilfreiche Geister darin lebten, die Frauen günstig gestimmt waren und bei jungen Mädchen das Einsetzen der ersten Blutzeit beschleunigten.

Naya verzog angewidert das Gesicht. Sie mochte den Geschmack der kleinen Drüsen überhaupt nicht, aber sie hatte jedesmal gehorsam ihren Anteil gegessen. Schwan fand den Geschmack erträglich und Larani sogar angenehm. Doch während Schwan und Larani sichtlich zu Frauen reiften, sah die Enkelin von Grek immer noch wie ein Kind aus.

Sie seufzte schwermütig. Schwan war im vergangenen Winter gewachsen, und Larani sah unter ihrer Kleidung bereits wie eine Frau aus. Die Jäger des Stammes starrten sie mit anderen Augen an. Bald würden ihren Eltern Geschenke gemacht werden, und dann würde sie die neue Frau eines Jägers werden.

Naya seufzte erneut. Kein Mann sah sie an wie Larani. Man würde sie für immer ›kleines Mädchen‹ nennen, weil sie wirklich sehr klein war, ein zarter Sproß mit vogeldünnen Knochen, der niemals wie eine Frau bluten würde. Niemals würde sie Geschenke von den Männern erhalten, die sie von ihrer Feuerstelle wegholen wollten, an der sie seit dem Tod ihrer Eltern vor so vielen Jahren mit ihrem Großvater wohnte.

Der alte Grek hatte ihr versprochen, daß sie eines Tages die schönsten aller Geschenke erhalten würde, weil sie die Tochter eines großen Zauberers war. Er hatte ihr gesagt, daß sie die Frau eines der Söhne des Häuptlings werden würde. Aber Naya wußte nicht, ob sie ihm glauben sollte. Im Gegensatz zu Schwan und Larani wurde sie nicht erwachsen — sie wurde einfach nur älter. Tage und Nächte würden vergehen, bis sie eines Morgens aufwachen und feststellen würde, daß ihr Leben vorbei war. Sie würde humpelnd das Lager durchstreifen, von der Vergangenheit träumen und flüssige Nahrung durch ihre Zahnstummel saugen.

Die Augen des Mädchens weiteten sich, als sie bemerkte, wie groß der Abstand zwischen ihr und den anderen geworden war. »Grek! Warte!«

Der Wind riß ihr die Worte von den Lippen und wehte sie ihr in das kleine, runde Gesicht zurück. Mit ihren winzigen, regelmäßigen, aber auf seltsame Weise zugespitzten Zähnen kaute sie nachdenklich auf der Unterlippe. Die anderen gingen weiter und sahen sich nicht um. Nicht einmal Erdhörnchenjäger, ihr Liebling unter den Hunden, hatte sie vermißt. Verärgert machte sie sich auf den Weg.

Dann kläffte ein wilder Hund — oder war es ein Riesenwolf? — irgendwo in den goldbraunen Hügeln im Osten. Naya drehte sich erschrocken um und blickte über die offene, leicht gewellte Steppe zu den Hügeln und den hohen, von zerklüftetem Eis bedeckten Bergen, die sich dahinter erhoben. Sie konnte keinen Hund oder Wolf erkennen, aber das bedeutete nicht, daß sich keins dieser Tiere dort aufhielt.

Eigentlich fühlte sie sich überhaupt nicht bedroht. Ihr Körper und ihr Geist waren von seltsamen und bislang unbekannten Empfindungen erfüllt, die gleichzeitig beunruhigend und angenehm waren.

Ihre rechte Hand wanderte zu ihrer Kehle und griff nach ihrer neuen, mit Beeren besetzten Halskette. In ihrem Sammelkorb waren viele dieser samenreichen, ausgetrockneten kleinen Früchte, die sie zuerst für Preiselbeeren gehalten hatte. Sie gefielen ihr so sehr, daß sie sich ein Halsband daraus gemacht hatte, während die anderen Frauen und Mädchen mit der morgendlichen Ernte beschäftigt gewesen waren. Mit einer Knochennadel aus dem Federnetui, die sie wie ein Schmuckstück durch ihre Nase gesteckt mit sich trug, hatte sie die Beeren sorgfältig auf eine feine Schnur aufgefädelt, die sie sich aus dem Saum ihres knielangen Kleides gezupft hatte. Das Ergebnis war ein hübsches Schmuckstück, und Naya mochte hübsche Dinge.

Nun nahm sie bereits zum wiederholten Male gedankenverloren die Schnur zwischen ihre Lippen und leckte unruhig mit der Zungenspitze über die glatte, ölige Oberfläche der winzigen Früchte. Obwohl sie fast völlig ausgetrocknet waren, gaben die Beeren dennoch ein wenig Saft von sich. Der Geschmack war sehr schwach, aber erkennbar süß und angenehm.

Ihr Pulsschlag beschleunigte sich. Sie lachte laut auf, riß sich jedoch sofort wieder zusammen. Sie benahm sich recht merkwürdig.

Dann glitt ihre rechte Hand tastend zu ihren knospenden Brüsten hinab. Larani hätte darüber gelacht, denn es waren eigentlich noch gar keine Brüste, zumindest nicht im Vergleich zu den wunderbaren Schwellungen auf dem Brustkorb der Tochter von Simu und Eneela. Nein, das hier waren die Brüste des ›kleinen Mädchens‹, kaum größer als die kleinen Muscheln, die man manchmal am Flußufer fand. Damit konnte sie wirklich nicht prahlen.

Dann veränderte sich plötzlich ihre Stimmung. Im strahlenden Sonnenschein wurde sie wieder euphorisch und befand sich in völligem Einklang mit der Gegenwart. Die Beeren waren wie eine feuchte, warme Umarmung um ihren Hals, und die Welt schien zu erzittern. Ihr Kleid fühlte sich auf einmal heiß und eng an. Mit einer einzigen fließenden Bewegung streifte sie es ab.

Als Naya bis auf ihre Halskette und die wadenhohen Mokassins völlig nackt war, fühlte sie sich wesentlich besser, so daß sie mit einem plötzlichen Lachen ihre Arme erhob und zu tanzen begann. Sie wirbelte immer schneller im Kreis, bis ihr langes, geflochtenes Haar wie eine gezupfte Sehne in der Luft sang.

Benommen hielt sie an, doch die Welt drehte sich immer noch weiter. Ihre Zöpfe schlugen ihr schmerzhaft ins Gesicht, als sie überrascht aufschrie, stolperte und fiel.

Es dauerte eine Weile, bis die Welt aufhörte, sich zu drehen. Über ihr eigenes Verhalten verblüfft, stand Naya mit wackligen Beinen auf und rieb sich die aufgeschrammten Knie. Zum ersten Mal, seitdem sie absichtlich zurückgeblieben war, hatte sie wieder einen klaren Kopf. Sie verspürte eine Kälte, die wie eine Warnung vor dem Winter war.

Bald würde die Zeit der langen Dunkelheit für die arktische Welt anbrechen. Hasen, Schneehühner, Eulen und Füchse hatten bereits ihre Farbe gewechselt. Bald würden die großen Herden der grasenden Tiere der Sonne über den Rand der Welt folgen und von vielen Wölfen, wilden Hunden und Füchsen begleitet werden. Bald würden Pferde, Kamele und Mammuts die Tundra verlassen, um mit Elchen und Hirschen in den windgeschützten Hügeln zu überwintern. Bären und Löwen würden sich in ihre Höhlen verkriechen. Pikas, Wühlmäuse, Erdhörnchen und Lemminge würden sich unter die Erde zurückziehen. Wenn die Flüsse und Teiche sich in Eis verwandelten, würden die Fische in tieferes Wasser tauchen oder erfrieren. Der Himmel würde von Wolken und ziehenden Gänsen weiß werden, und wenn die letzten Vögel verschwunden waren, würde Vater Himmel sein gelbes Auge schließen, sich in seinen Mantel aus Sturm und Dunkelheit hüllen und in den Armen von Schwester Mond Winterschlaf halten. Dann würden die Tage der endlosen Nacht und Kälte anbrechen und die Menschen und Tiere der Welt hungern, während der Seelenfänger die Erde heimsuchte und das Leben der Alten und Schwachen nahm — und gelegentlich auch das der Jungen und Starken.

Naya zitterte. Warum dachte sie an den Winter, wenn der warme Wind immer noch vom Sommer sang? In ihrer Verzückung wollte Naya diesen wunderbaren Tag genießen, damit die Erinnerung daran sie in der kommenden Zeit der langen Dunkelheit wärmen würde.

Nach einer Weile bellte der Hund erneut, diesmal jedoch tiefer und drohender. Naya schreckte auf und drehte sich um, sah jedoch nichts, obwohl sie sich beobachtet fühlte. Es war wirklich an der Zeit zu gehen.

»Wartet!« rief sie. »Wartet auf mich!«

Umak lachte. Im hohen, sonnenverbrannten Gras neben ihm auf dem Hügel neigte Gefährte, sein wolfähnlicher Jagdhund, den grauen Kopf zur Seite und legte verwirrt die Ohren an. Dann, als wolle er dem Menschen nicht nachstehen, hob der Hund den Kopf und heulte.

Unter ihnen auf dem Grasland sah Naya über ihre Schulter zurück, geriet ins Stolpern und stürzte zu Boden. Im nächsten Augenblick war sie wieder auf den Beinen, rannte schreiend weiter und ließ ihr Kleid, ihren Sammelkorb und den verstreuten Inhalt dort zurück, wo sie beides fallen gelassen hatte.

Der junge Mann war der Wolf gewesen, der Naya absichtlich erschreckt hatte. Es war seine Schuld, daß das kleine Mädchen jetzt in Panik flüchtete. Aber was hätte er sonst tun sollen, da sie hinter den anderen zurückgeblieben war? Er hatte ihr eine Warnung zurufen und sie fragen wollen, was im Namen der Mächte der Schöpfung sie sich dabei dachte, an ihren Beeren zu lutschen und nackt unter der Sonne zu tanzen. Aber wenn Naya entdeckt hätte, daß er ihr folgte, würde sie es dem alten Grek verraten. Und wenn Grek feststellen mußte, daß man ihm als Beschützer der Frauen nicht traute, würde sein Stolz darunter leiden. Kein Mann im Stamm wünschte Grek eine solche Schande. Und so war Umak, der ältere der Zwillingssöhne des Häuptlings, vom Los bestimmt worden, unauffällig den alten Mann, die Frauen und die Kinder zu beschatten, statt mit den anderen Jägern den Bären zu verfolgen.

In seinem Kopf hallten immer noch die Worte von Torka, seinem Vater, nach: *Unsere Frauen und Kinder zu beschützen ist*

17

*eine große Ehre! Der Mann, der dazu auserwählt ist, hält die
Zukunft des Stammes in seinen Händen.*

»Ja, natürlich«, brummte Umak ungeduldig, als er verärgert
durchs Gras weiterschlich.

In seiner leichten Sommerjacke und den Hosen aus Karibufell schnitt Umaks junger, kräftiger Körper eine schmale
Schneise durch die goldbraunen Hügel, während er sich vorwärtsbewegte und darauf bedacht war, nicht von Naya entdeckt zu werden. Dann machte er längere Schritte, da das
kleine Mädchen schneller war, als er gedacht hatte. Sie befand
sich bereits außerhalb der Reichweite seiner Speere. Solange er
nicht wieder zu ihr aufschloß, war sie völlig ungeschützt.

»Entweder du wirst langsamer, oder du rennst schneller, kleines Mädchen!« murmelte er und wünschte sich, er könnte die
Worte laut rufen. Statt dessen gab er ein bedrohliches Heulen
von sich.

Naya schrie auf.

»So!« sagte Umak zufrieden. »Das wird dir Feuer unter den
Füßen machen und deinen Weg in die Sicherheit beschleunigen.« Er hätte noch mehr gesagt, wenn Naya nicht gestolpert
und erneut gestürzt wäre. Umak hielt an und duckte sich in die
trockene, steinige Vertiefung eines Flußbetts. Der Hund war
ebenfalls neben ihm stehengeblieben. Er hechelte und ließ die
Zunge geifernd hängen. Umak war schnell gelaufen und hatte
den Abstand zwischen sich und dem Mädchen erheblich verringert.

»Dummes kleines Mädchen! Wenn du wüßtest, daß du von
Umak und nicht von einem Wolf verfolgt wirst!«

Naya war ein so leichtgläubiges Mädchen, lustig, intelligent
und unberechenbar, außer wenn es um die Befriedigung ihres
Appetits oder ihrer Lust auf hübsche Dinge ging. Jeder lächelte
und amüsierte sich über sie. Aber alle machten sich große Sorgen wegen ihrer zunehmenden Eigensinnigkeit. Grek verhätschelte sie unaufhörlich, obwohl es nicht gut war, Kinder zu
verwöhnen. Irgendwann mußten die Kleinen erwachsen werden und ihre volle Verantwortung innerhalb des Stammes übernehmen. Was Naya heute getan hatte, war unverantwortlich

und gefährlich, sowohl für sie selbst als auch für jene, die dadurch möglicherweise das Risiko eingehen mußten, sich ihretwegen in große Gefahr zu begeben.

Besorgt bewegte sich Umak hügelabwärts. Er konnte über die Anhöhe hinwegsehen, die zwischen Naya und den anderen lag. Die Frauen hatten das schilfgesäumte Ufer eines kleinen, flachen Sees erreicht, der im Sonnenlicht glänzte. Umak lächelte, als er diesen schönen Anblick sah. Einige der Frauen waren bereits vorausgelaufen und warfen ihre Kleidung ab, während sie in das kühle Wasser sprangen. Die Kinder, die Welpen und die großen, langbeinigen Hunde folgten ihnen, so daß sich der See bald braun trübte. Es war offenkundig, daß Naya in der allgemeinen Begeisterung von niemandem vermißt wurde. Umak runzelte die Stirn. Grek hätte ihre Abwesenheit schon vor längerer Zeit bemerken müssen. Er nickte. Torka hatte recht gehabt, einen Mann hinterherzuschicken, um ein Auge auf den alten Jäger zu haben — Grek war offenbar nicht mehr der, der er einmal gewesen war.

Er kroch in der Deckung des Grases vorwärts und robbte sich dann flach auf dem Bauch den Hügel hinunter, während er seine Speere in beiden Händen ausgestreckt hielt. Er machte neben einem Gestrüpp aus Preiselbeeren halt. Beim Anblick der Früchte lief ihm das Wasser im Mund zusammen. Die Beeren waren viel größer als gewöhnlich, dunkel und von Wind und Sonne ausgetrocknet. Umak hatte seit Tagesanbruch kein Wasser mehr getrunken. Selbst die trockenste Frucht würde seinen Durst erleichtern.

Er pflückte eine Handvoll Beeren, warf sie sich in den Mund und spuckte sie sofort angewidert wieder aus. Was immer das für Beeren sein mochten — es waren keine Preiselbeeren. Ein genauerer Blick auf den Strauch bestätigte seine Vermutung. Umak spuckte immer noch Samen und Teile der halbtrockenen Masse aus, während er sich für seine Gedankenlosigkeit schalt. Viele Sommer und Winter waren vergangen, seit der fünfjährige Sohn des Jägers Simu von einem unbekannten Pilz gegessen hatte, doch Umak erschrak immer noch bei der Erinnerung an den Anblick des aufgeblähten kleinen Körpers und des grotesk angeschwollenen Gesichts und an die jämmerlichen Schreie des sterbenden Kindes.

Ein plötzlicher Donnerschlag schreckte ihn auf. Das Geräusch schien genau von oben gekommen zu sein, aber er hatte keinen Blitz gesehen. Außerdem war der Himmel klar. Er runzelte die Stirn. Wie konnte es aus heiterem Himmel blitzen? Er blickte über den weiten, wogenden Fluß der goldenen Steppe. Wolken sammelten sich über den fernen Gebirgszügen wie Herden wütender, schwarzer Tiere. Der Donner war aus dem Westen gekommen. Die Wolken verdichteten sich, bildeten eine Sturmfront und warfen bereits ihre Schatten über das hügelige Vorgebirge. Bald würde auch der Tundrasee im Schatten liegen. Bald würde es regnen — endlich!

Als Umak in die Ferne starrte, zuckten Blitze durch den Himmel und tasteten mit blendend weißen Lichtfingern nach der Haut der Erde. Der Wind wurde immer stärker, peitschte das Gras und schlug ihm die Halme ins Gesicht. Überreste von goldenem Pollenstaub rieselten auf ihn herab und ließen seine Augen und Nasenlöcher jucken.

Er unterdrückte ein Niesen, doch seine Mühe war vergebens. Gefährte nieste ebenfalls, dann noch einmal, aber wesentlich lauter. Umak schloß schnell seine Hand um die breite Schnauze, damit Naya nicht auf ihre Verfolger aufmerksam wurde.

Das Mädchen sah jetzt in seine Richtung und lauschte angestrengt und fluchtbereit. Umak hielt den Atem an. Es dauerte eine Weile, bis sie sich wieder umdrehte und weiterlief.

Hatte sie ihn gesehen? Für einen Moment hätte er schwören können, daß ihre Blicke sich getroffen hatten. Etwas an ihrem Gang war anders — er war so intensiv und unerwartet sinnlich, daß er ihr verblüfft nachstarrte. Noch vor kurzem hatte er sie als Kind gesehen, jetzt erinnerte ihn der Anblick ihres nackten, kleinen Hinterns an den aufgestellten Schwanz einer Steppenantilope, die über die Tundra lief und alle Böcke aufforderte, ihr zu folgen. In seinen Lenden wurde es warm. Naya war so ein winziges Ding, nur Beine und kaum Brüste, doch sie war atemberaubend aufreizend. Seine Frau sah nicht so aus. Nein,

Honee, die Mutter seiner beiden Kinder, hatte dort dicke Fettschichten, wo das Fleisch eigentlich glatt sein sollte.

Der Hund winselte und stupste gegen Umaks Hand. Er drängte ihn zum Weitergehen, aber der junge Jäger achtete nicht darauf. Er starrte Naya nach, bis seine Augen tränten. Obwohl die Sonne ihm auf den Rücken brannte und seine Jagdkleidung erhitzte, bis seine Haut darunter sich anfühlte, als beginne sie zu schmelzen, machte er keine Anstalten, weiterzugehen oder wegzusehen. Ein Jäger konnte eine Frau – im Gegensatz zur Sonne – ansehen, ohne blind zu werden.

Oder? Naya war keine Frau, sie war ein Kind! Aber sie würde irgendwann eine Frau sein. Und wenn es soweit war, würde sie die Frau seines Bruders werden. Es war vor langer Zeit beschlossen worden, daß Naya für seinen Zwillingsbruder Manaravak bestimmt war. Umak hatte überhaupt kein Recht, sie anzusehen.

»Was – oder wen – jagt Umak, der mit dem Bauch im hohen Gras liegt?«

Umak blickte beschämt auf, als sich sein Bruder Manaravak auf den Ellbogen durch das Gras robbte, bis er an seiner Seite war. Gefährte wedelte freudig zum Gruß mit dem Schwanz.

Umaks Gesicht errötete vor Scham. »Ich ... ähm ... die Enkelin von Grek ist hinter den anderen zurückgeblieben. Ich habe aufgepaßt, daß ihr nichts zustößt. Wie lange hast du mich schon verfolgt?«

»Zu lange.« Manaravaks hübsche Gesichtszüge nahmen einen nachdenklichen Ausdruck an, als er in freundlichem Tadel mit der Zunge schnalzte. Er war größer und breiter als Umak, hatte längere Gliedmaßen und sah im Gesicht ihrem Vater ähnlicher als ihrer Mutter. Seine Augen verengten sich – schwarze Augen, in denen sich die Wärme und Farbe der sonnenbeschienenen Ebene hinter dunklen, geraden Wimpern spiegelte. »Umak hat ein Auge auf Naya, aber wer hat ein Auge auf Umak?«

»Umak braucht niemanden, der ein Auge auf ihn hat! Umak ist der Zauberer!«

»Wenn dieser Mann ein Löwe wäre, würde die Seele des Zauberers jetzt in Manaravaks Bauch sein, und Manaravak würde inzwischen die Knochen seines Bruders ausspucken.«

»Ha!« kam Umaks amüsierter Ausruf. »Gefährte hätte mich auf die Gefahr aufmerksam gemacht – aber nicht, bevor ich sie selbst gespürt hätte.« Er hielt inne. Es hatte keinen Sinn, Manaravak täuschen zu wollen, denn er konnte die Unsicherheit so deutlich riechen, wie ein Wolf die Angst seiner Beute wahrnahm.

Umaks Augen verengten sich, als er den stechenden Blick seines Bruders erwiderte. Es war nicht überraschend, daß Manaravak in vielerlei Hinsicht mehr ein Tier als ein Mensch war. Ein ungewöhnliches Schicksal hatte den zweitgeborenen Sohn Torkas den Armen seiner Mutter entrissen und ihn bei der flüchtigen Bestie, die die Menschen Wanawut nannten, aufwachsen lassen. Mit seinen Krallen und Eckzähnen war der Wanawut, eine Mischung aus Mensch und Tier, schrecklicher als jedes andere Raubtier. Es sah aus wie ein Mensch und besaß die Kraft zum Töten wie ein Tier.

Als die Mächte der Schöpfung schließlich beschlossen hatten, die Bestie sterben zu lassen und Manaravak zu seiner Familie zurückzuführen, waren zehn lange Herbste vergangen. Anfangs war Manaravak so wild und ungezähmt wie das Geschöpf gewesen, das ihn wie ihr eigenes Junges aufgezogen hatte. Jetzt, wiederum zehn Herbste später, hatte ihn das Leben in Torkas Stamm gezähmt. Er hatte die Sprache der Menschen gelernt. Er heulte nicht mehr den Mond an oder schlug mit den Fäusten auf den Boden, wenn er wütend war. Er hatte sich auch den schwankenden Gang des Wanawuts mit gebeugten Knien und grotesk vorgestrecktem Kopf abgewöhnt.

Jetzt besaß er die schlanke Kraft und Anmut eines jagenden Löwen. Er konnte mit dem Speer und dem Messer umgehen, doch er aß seine Nahrung immer noch am liebsten roh, fürchtete sich vor dem Feuer und rieb sich allzuoft an der Autorität der Älteren.

Als Umak jetzt neben seinem Bruder lag, spürte er den wachsamen und vorsichtigen Wolf in Manaravak — in der Anspannung seines Körpers und im Ausdruck seines breiten Mundes und seiner Augen.

»Warum jagst du nicht mit den anderen, Manaravak?«

Manaravak zuckte die Schultern. »Wenn Bruder Umak keinen Bären jagen kann, wird auch Manaravak es nicht tun. Torka und Simu sind zusammen in eine Richtung losgegangen und Dak, Demmi und Nantu in eine andere. Manaravak denkt, daß sein Bruder nicht glücklich ist, wenn er Frauen, Kinder und einen alten Mann bewachen muß, während die anderen Bären jagen. Ich denke, daß es gut ist, wenn Manaravak und Umak zusammen den Bisonmann bewachen.«

»Du bist sehr aufmerksam, mein Bruder, aber Torka wird verärgert sein. Wir sind ein sehr kleiner Stamm, Manaravak, und jede Hand, die nicht zum Schutz der Frauen und Kinder gebraucht wird, wird gegen den Bären gebraucht.«

Manaravak schien ihm nicht zugehört zu haben. Er hatte die ganze Zeit durch das Gras Naya hinterhergestarrt. »Jetzt sehe ich, was du bewachst. Vielleicht ist sie gar nicht mehr so klein. Vielleicht will sie sich paaren.«

Die Herbstsonne war nicht halb so heiß wie die Welle von Eifersucht, die jetzt wie der Geisterwind durch Umak fuhr und ihn zum Sprechen drängte.

»Bevor die Zeit der langen Dunkelheit die Welt in Weiß hüllt, wird das Kind in Naya sterben. Aus seinem Tod wird eine neue Frau geboren werden.«

»Manaravaks Frau!«

Umak starrte seinen Bruder an. Wenn nicht der gierige Blick in seinen Augen gewesen wäre, hätte er gezweifelt, ob er gerade laut gesprochen hatte. Die Vision des Geisterwindes verflüchtigte sich wie Nebel über dem Fluß an einem Wintermorgen. Der Geisterwind kam und ging, wann er wollte, ganz so wie Geburt und Tod. Aber er war schon oft genug zu Umak gekommen, so daß sein Stamm ihn den Zauberer nannte. Er hatte ihn zu einem sehenden Mann gemacht, lange bevor er überhaupt ein Mann geworden war.

Obwohl er jetzt fast zwanzig und ein Mitglied des Ältestenrats war, fühlte er sich immer noch jung und unbehaglich, wenn der Geisterwind ihn ungerufen überkam. Es war nicht schlecht zu wissen, wann die Karibus durch die Pässe zogen oder die ersten Wasservögel aus dem Gesicht der aufgehenden Sonne geflogen kamen, um zur Nahrung für den Stamm zu werden. Doch es war etwas anderes, wenn die Vision unvermittelt kam, seinen Geist überwältigte und ihn ungeschützt seiner Umgebung und dem Alptraum seiner Kindheit überließ — der alten Furcht, daß er gar nicht der Sohn seines Vaters war, sondern ein Kind der Vergewaltigung, der Nachkomme des mächtigen und bösen Zauberers Navahk, der ihn, Umak, seiner Mutter gegen ihren Willen durch dunklen und bösen Zauber in den Leib gepflanzt hatte ... um dort zu wurzeln, bevor Torka Manaravak gezeugt hatte. Wenn er nur daran dachte, geriet er ins Schwitzen.

»Schau, Umak! Das kleine Mädchen holt die anderen ein. Laß uns näher herangehen, bevor sie in den See steigt und wir sie nicht mehr sehen können.«

Tief erschüttert erkannte Umak, daß Manaravak aufgestanden war und sich auf den Weg durch das Gras machte, während Gefährte ihm folgte.

»Komm, Umak! Wir brauchen einen besseren Blick.«

Umak rührte sich nicht. *Ja, bald wird Naya Manaravaks Frau sein.*

Was ging es ihn an? Warum sollte ihm bei diesem Gedanken übel werden?


Die große dreipfotige Bärin wankte über die windigen Hügel der Arktis. Selbst hier witterte sie den schwachen Geruch nach Menschen wie einen Schandfleck im Wind oder in ihrer Erinnerung, ein Geruch, dem sie nicht entkommen konnte. Jäger hatten sie aus dem Grasland auf diesen hohen Grat getrieben, wo das Skelett der Erde bloßlag und von den Elementen zerbrochen worden war. Auf dem frostglatten Boden geriet sie ins Rutschen. Sie hätte auch dann um ihr Gleichgewicht kämpfen müssen, wenn ihre linke Vorderpfote nicht von den Kiefern des großen grauen Bärenmännchens verstümmelt worden wäre, das im vorigen Frühling in ihr Jagdrevier eingedrungen war. Es hatte versucht, eines ihrer Jungen zu fressen, doch dann hatte sie das Männchen gefressen. Dabei spielte es keine Rolle, daß es ein Artgenosse gewesen war, oder daß er ihre Jungen gezeugt hatte. Die Jungen hatten sich an seinem Fleisch sattgefressen.

Aber das war schon lange her. Frühling und Sommer lagen jetzt weit hinter ihr und waren so tot wie der männliche Bär, dessen Knochen irgendwo aufgebrochen und verstreut in der Herbstsonne bleichten... so tot wie die Pfote, die nutzlos an ihrem linken Vorderbein baumelte. Aus diesem Grund hatte sie nur noch die langsamsten und unvorsichtigsten Beutetiere jagen können und sich schließlich darauf verlegt, die Vorratsgruben der Menschen zu plündern. Sie war abgemagert, genauso wie die zwei Welpen, die müde hinter ihr hertrotteten.

Die große Bärin verlor den Halt, und fast achthundert Pfund Knochen, Muskeln, Blut, Fett und von der Zeit abgenutztes gelbliches Fell rutschten den Abhang des Grats hinunter. Die Jungen schienen verängstigt, als sie plötzlich kopfüber vom Erdrutsch mitgerissen wurden, den ihre Mutter ausgelöst hatte.

Der Sturz endete dort, wo ihr Aufstieg zum Grat begonnen hatte. Die große Bärin richtete sich verärgert und gereizt auf, während sie sich Staub und Steine aus dem dicken Schulterfell schüttelte. Dies war nicht das erste Mal, daß sie ausgerutscht war, seit sie ihre Wanderung über die schorfige Haut der Hügel begonnen hatte. Auch die Gereiztheit und Ärger waren nichts Neues mehr für sie, seit ihre Pfote so sehr schmerzte. Selbst durch Lecken und Kauen war der Schmerz nicht vergangen, sondern nur noch größer geworden. Als ihre Jungen jetzt sahen, wie ihre stumpfe Schnauze zuckte und die großen, sabbernden Lippen gewaltige gelbe Zähne entblößten, verschwanden sie schleunigst aus ihrer Nähe. Alle wußten, daß sie einst zu Dritt gewesen waren; ihre Mutter hatte ihre Zahl auf zwei reduziert, als sie in blinder Wut über den Schmerz zuerst ihre

Pfote bis auf einen blutigen Knochenstumpf zerkaut und dann ohne Warnung den Schädel ihres jüngsten Sprößlings zerfleischt hatte.

Jetzt sahen die Jungen aus sicherer Entfernung zu, wie sie ihre Masse zu voller Größe aufrichtete. Auf ihren Hinterpfoten erhob sie sich fast dreieinhalb Meter hoch, schüttelte den Kopf und drehte ihn in den Wind. Sie geiferte hungrig und verzweifelt nach dem Geruch, der ihr aus dem fernen Grasland zugetragen wurde, dem Geruch nach Fleisch und nach Menschen. Menschen, die auf der Jagd waren, auf der Jagd nach ihr ... und sie nach ihnen.

Doch die Jäger, die sie und ihre Jungen in die Hügel getrieben hatten, befanden sich auf der Südseite des Grats. Es war nicht ihr Geruch, der hauptsächlich im Wind lag. Die große, grollende Bärin begann jetzt der Witterung einer kleinen, nackten Gestalt zu folgen, die vor Angst schwitzend über das Grasland im Westen lief.

## 2

Naya rannte weiter und hielt sich ihre kleine Hand vor den Mund, um nicht loszulachen und damit zu verraten, daß sie wußte, von wem sie beobachtet und verfolgt wurde. Es waren Umak und Manaravak!

Solange die Zwillingssöhne des Häuptlings in der Nähe waren, konnte ihr nichts zustoßen.

Warum folgten sie ihr? Wie lange hatten sie sie schon beobachtet? Hatten sie gesehen, wie sie nackt unter der Sonne getanzt hatte? War der Anblick ihres kindlichen Körpers so belustigend gewesen, daß das Geräusch, das sie gehört hatte, vielleicht kein Niesen, sondern ein unterdrücktes Lachen gewesen war?

Plötzlich lösten sich die Lederschnüre an Nayas rechtem Mokassin und brachten sie zu Fall. Unverletzt lag sie still da und warf einen Blick über die Schulter zurück. Ja, die Zwillinge und der Hund versteckten sich immer noch im Gras. Naya grinste zufrieden, weil Demmi nicht bei ihnen war. Die ältere Schwester der Zwillinge war zu groß und zu stolz für eine richtige Frau. Zweifellos war sie mit den anderen Jägern unterwegs, um den Bären zu verfolgen. Sommermond, die älteste Tochter des Häuptlings, hatte diese Fehler nicht, ebensowenig wie Schwan, die jüngste der drei Schwestern. Demmi war Manaravaks ständiger Schatten, und Naya hoffte insgeheim, daß die junge Frau dem Bären zum Opfer fallen und nie wieder in den Stamm zurückkehren würde.

*Manaravak!* Ihre Zunge formte lautlos seinen Namen, der so schön war wie der Mann, zu dem er gehörte — ein Mann, der eines Tages ihr Mann sein würde, wenn sie erwachsen war — wenn sie es jemals werden sollte. Mit der Beerenhalskette zwischen den Zähnen setzte sie sich auf, verschnürte die Riemen ihrer Mokassins und lief weiter zum See. Sie konnte Grek und die anderen bereits erkennen und ihr Lachen hören. Wie kühl das Wasser aussah! Naya hastete weiter, während sie sich fragte, ob die Brüder ihr immer noch folgten.

Sie blieb stehen, drehte sich um und stellte ihre kleinen Füße weit auseinander. Sie konnte ihr Lachen nicht mehr zurückhalten, stemmte die Hände in die Hüften, reckte ihre winzigen Brüste und bewegte ihre Hüften, als ob sie dadurch die plötzliche, ungewohnte, aber angenehme Wärme kühlen konnte, die in ihren Lenden pulsierte.

»Naya!« Greks Tonfall verriet ungehaltenen Zorn, als er nach ihr rief.

Sie drehte sich um und runzelte die Stirn. Also war ihr Großvater endlich auf sie aufmerksam geworden. Es wurde auch langsam Zeit. Neben ihm standen der neunjährige Tankh und der achtjährige Chuk, die bärenhaften Jungen, die er mit seiner viel jüngeren Frau Iana gezeugt hatte. Sie hielten ihre Kinderspeere und sahen zu ihm auf, verblüfft über die dröhnende Kraft seiner Stimme. »Naya, wie lange bist du schon allein? Wo sind deine Kleider und dein Sammelkorb, kleines Mädchen? Antworte!«

Auf der anderen Seite des Grats blieben die Jäger stehen, als ihr Häuptling in die Knie ging und seine Hand auf den Boden legte.

Da war sie wieder – die Spur des Bären und die Spur von etwas anderem. Er beobachtete, horchte und wartete, doch wie sehr er auch zu verstehen versuchte, wovor sein Instinkt ihn warnte, das Rätsel löste sich nicht.

»Torka! Was ist?«

Er hob eine Hand, um den Jäger Simu zum Schweigen zu bringen. Eine Weile verging. Was immer seine Nackenhaare gesträubt hatte, war verschwunden. Doch wurden sie noch immer alle von einer wirklichen und unmittelbaren Gefahr bedroht, von der großen, plündernden Bärin. Den ganzen Tag lang hatten sie schon nach ihr gesucht. Torka stand auf und ging über den Grat, bis er sich erneut hinkniete. Mit der linken Hand auf der Erde und die rechte um seine Speerschäfte geklammert, sah er, daß die Bärenspur frisch war. Das kürzlich bewegte Geröll enthüllte einen riesigen Fußabdruck, der deutlich in der Sonne lag, ohne von huschenden Insekten oder wehendem Staub verwischt worden zu sein. Unter diesem großen Abdruck lag ein weiterer, wesentlich kleinerer. Es war ein menschlicher Fußabdruck, dessen Anblick ihn vor Schreck erstarren ließ.

Hinter ihm stand Demmi neben Simu und seinen Söhnen Dak und Nantu. Stumm und reglos warteten die vier darauf, daß er sprach.

»Hier ist die große Bärin ausgerutscht«, sagte Torka schließlich, »hat nach Halt gesucht und ist gestürzt. Dann ist sie wieder aufgestanden und mit ihren Jungen ins Grasland weitergezogen.«

»Aber dorthin hat Grek die Frauen und Kinder geführt!« rief Nantu laut und ängstlich.

»Still!« Simus Tadel brachte seinen elfjährigen Sohn zum Schweigen.

»Es tut mir leid«, sagte der Junge. »Ich wollte nicht sprechen.«

»Simu, ein Mann, zu dessen Tugenden nicht die Geduld zählte, versetzte seinem Sohn einen harten Stoß gegen die

Schulter. »Glaubst du, daß der Häuptling dieses Stammes von einem Jungen daran erinnert werden muß, wo die Frauen und Kinder seines Stammes sind?«

Demmi trat vor und kniete sich neben Torka. »Gibt es eine Spur von Manaravak?« fragte sie besorgt.

Torka blickte in Demmis sorgenvolle dunkle Augen. Im Gesicht seiner Tochter erkannte er viel von seiner geliebten Frau Lonit: die langen Augenbrauen, die schmale, hohe Nase, die runden Augen mit den großen Lidern, die so sehr denen einer Antilope glichen. Diese Züge hatte Lonit an alle ihre drei Töchter weitergegeben, ebenso wie an Umak, den Erstgeborenen ihrer Zwillinge. Von Torkas Kindern hatten nur Manaravak und Sayanah, sieben Winter alt und der jüngste von Lonit geborene Sohn, Ähnlichkeit mit dem Häuptling. Ihre vierte Tochter hatte gerade lange genug gelebt, um einen Namen zu erhalten, aber Torka hatte in ihr Gesicht gesehen und gewußt, daß sie, wenn die Mächte der Schöpfung ihr noch einmal erlaubten, in die Welt geboren zu werden, das Aussehen ihrer Mutter haben würde. Ein kalter Hauch der Trauer ließ ihn frösteln.

Demmi beugte sich näher zu ihm und legte ihre starke, sonnengebräunte Hand auf seine. »Vater, gibt es eine Spur von Manaravak?«

Die düsteren Wolken in Torkas Geist klärten sich. Er nickte und konnte sich kaum zum Sprechen überwinden, während er in ihr besorgtes Gesicht blickte. Demmi hatte noch mehr als Lonit dafür gesorgt, daß Manaravak wie ein menschliches Wesen zu sprechen, zu leben und zu denken gelernt hatte, nachdem er aus der Wildnis zu seinem Stamm zurückgekehrt war. Seit dem Augenblick, als sie ihren verloren geglaubten jüngeren Bruder zum erstenmal gesehen hatte, hatte das Mädchen ihn unter ihre Fittiche genommen. Es war für die beiden überhaupt nicht ungewöhnlich, die Gedanken des anderen zu erraten, als würde ihre Fähigkeit zur Kommunikation jede körperliche Grenze überschreiten, als wären sie nicht nur vom selben Blut, sondern auch vom selben Geist.

»Vater, hast du eine Spur entdeckt, daß er hier vorbeigekommen ist? Er war plötzlich verschwunden, nachdem er noch kurz zuvor hinter mir gewesen war. Es ist nicht Manaravaks Art, einfach von meiner Seite zu weichen, ohne...«

»Von *deiner* Seite?« fragte Dak scharf nach. »Er hat uns alle verlassen, Frau! Vergib mir, Torka, aber wenn wir Manaravak gebraucht hätten, wo wäre er dann gewesen? Und du, Demmi, was ist los mit dir? Bald wird sich Manaravak eine eigene Frau nehmen! Es ist Zeit, daß du aufhörst, ihn zu bemuttern.«

Sie warf Dak einen kalten Blick zu. »Ich gehöre zum Stamm. Manaravak ist mein Bruder. Im Blut, im Herzen und im Geist sind wir eins. Du... was bist du für mich? Ich sitze nur deswegen an deinem Feuer, weil dies ein kleiner Stamm ist, der Kinder braucht, um seine Zukunft zu sichern, und weil eine Frau sie offenbar nicht allein machen kann!«

»Demmi!« Torkas Ruf ließ sie wie ein gescholtenes Kind zusammenzucken. »Genug! Jetzt ist nicht die Zeit für dich und Dak, um eure endlosen Sticheleien fortzusetzen.« Unter seinem Stirnband aus Löwenfell zogen sich Torkas Augenbrauen zusammen, als er den jungen Jäger musterte. Dak war so stämmig gebaut wie ein guter Schlitten und genauso nützlich für den Stamm wie sein Vater Simu. Er war ein beispielhafter Jäger und hatte sich als sorgsamer Vater für Kharn erwiesen, den kleinen Sohn, den Demmi ihm vor drei Herbsten geboren hatte.

Doch obwohl Dak starke Arme, schnelle Beine und ein zuverlässiges Wesen besaß, war er mit zwanzig Jahren zwei Sommer jünger als Demmi und nur einen einzigen Sommer älter als die Zwillinge. Unglücklicherweise mangelte es Simus ältestem Sohn an Phantasie, und er nahm es seiner Frau übel, daß sie ihren Bruder liebte und sich um ihn sorgte.

»Komm, Dak!« forderte Torka ihn auf. »Knie dich neben mich und Demmi. Benutze deine eigenen Augen und deinen eigenen Kopf! Siehst du es? Die Spur des Menschen ist vom Abdruck der Bärin überlagert. Deine Frau macht sich zu Recht Sorgen um Manaravak.«

Dak starrte finster auf den Boden, bückte sich und nickte dann ernst. »Die Bärin folgt Manaravak!«

»Ja«, bestätigte Torka. »Und Manaravak folgt Umak, der Grek und den Frauen und Kindern folgt.«

»Und jetzt werden wir alle ihnen folgen!« platzte Nantu heraus.

»Nantu hat recht«, sagte Torka, stand auf und lief los, ohne sich noch einmal umzublicken. »Kommt! Schnell! Wir dürfen keine Zeit verlieren!«


3


Naya rannte in den See, stürmte spritzend durch das Schilf und warf sich an Iana, Lonit und Eneela vorbei lachend ins Wasser. Larani und Schwan riefen nach ihr, aber sie hörte nicht darauf. Sie landete in zwei Fuß tiefem Wasser, spuckte den Schlamm aus und saß hüfttief mit ausgestreckten Beinen im Schilf. Sie spritzte sich fröhlich mit den Händen Wasser ins Gesicht.

Es dauerte einen Augenblick, bis sie bemerkte, daß alle, sogar die Hunde, sie anstarrten.

»Was ist los?« fragte sie. »Habt ihr noch nie ein Mädchen im Wasser gesehen?«

»Keins, das noch ihre Mokassins trägt!« sagte Iana verärgert. »Wo bist du gewesen, Mädchen? Und wo sind deine Kleider und dein Korb?«

Naya ignorierte die Frau ihres Großvaters. Ihr rauschhaftes Glücksgefühl, das sie vor einer Weile erlebt hatte, war zurückgekehrt. Sie sah auf ihre Füße, die aus dem Wasser ragten, und stellte überrascht fest, daß Iana recht hatte. Sie trug tatsächlich noch ihre Mokassins. Sie bewegte ihre Zehen. Es sah sehr komisch aus.

Erdhörnchenjäger, der das Hunderudel anführte, kam durch das Wasser gesprungen und fiel sie an. Als Pfoten und Zungen sie bedrängten, jauchzte Naya in freudigem Protest auf und schlang ihre Arme fest um Erdhörnchenjägers nassen Hals, damit er sie nicht umwarf. Die anderen Hunde schlossen sich an, und einer der Welpen zerrte mit wütendem Knurren an einem von Nayas Mokassins.

»Verschwindet!« schrie Sommermond die Hunde an und spritzte sie naß, während der kleine Kharn, der Sohn ihrer Schwester Demmi, auf ihrer nackten Hüfte ritt. Der drei Jahre alte Junge hob seinen pummeligen Arm und zeigte mit einem dicken Finger auf Naya. »N'ya!« rief er begeistert. »N'ya lustig!«

Jeder außer Iana schien derselben Meinung zu sein. »Wenn Naya ihre Mokassins selbst genäht hätte, würde sie ihre eigene Sorglosigkeit vielleicht nicht so komisch finden. Diese Frau hat viele Tage gebraucht, um die Häute zu bearbeiten und sie zu Schuhen zusammenzunähen. Naya reicht es offenbar noch nicht, damit im Wasser herumzutollen, jetzt verfüttert sie sie auch noch an die Hunde!«

»Es ist nicht mein einziges Paar Mokassins«, bemerkte Naya, die in dem Gewühl aus jaulenden Hunden kaum zu erkennen war.

»Ja«, schnappte Iana. »Und ich habe sie alle gemacht!«

Iana war mit über vierzig Sommern die älteste Frau des Stammes. Sie war immer noch eine hübsche Frau. Männer hatten in ihrer Jugend um sie gekämpft und gefeilscht, und mehr als einer von ihnen hatte sie geliebt. Der alte Grek liebte sie immer noch, trotz ihrer in die Weite gehenden Taille und der vielen grauen Strähnen in ihrem Haar. Sieben Kinder hatten die Milch des Lebens aus Ianas abgenutzten Brüsten gesaugt. Drei von ihnen, allesamt Greks Kinder, waren noch am Leben. Ihre zwei Jungen Tankh und Chuk waren mit acht und neun Jahren nicht nur fast gleichaltrig, sondern auch in ihrem Aussehen und Wesen so ähnlich, daß sie Zwillinge hätten sein können. Ihre sechs Jahre alte Yona, ein kräftiges kleines Mädchen, war weder sehr hübsch noch unansehnlich, sondern lag auf angenehme Weise genau dazwischen. Sie schien sich nicht darüber bewußt, daß Grek seine Enkelin Naya bevorzugt behandelte, die an der Feuerstelle seiner kleinen Familie lebte, als wäre sie dazu geboren, über sie zu herrschen.

Wenn Naya dem hübschen, aber abweisenden Zauberer Karana, ihrem toten Vater, ähnlicher gesehen hätte, wäre sie von Grek vielleicht anders aufgezogen worden. Doch sie sah wie ihre Mutter Mahnie aus und erinnerte Grek viel zu sehr an das einzige Kind, das er je mit seiner ersten Frau und ersten Liebe Wallah gehabt hatte. Für Grek lebte der Geist seiner geliebten Frau in Naya weiter, und so bevorzugte und verwöhnte er das Mädchen, als könnte sie niemals etwas Falsches tun.

Iana schien von der Last der sorgenvollen Erinnerungen erdrückt zu werden. Das Mädchen war zwar sehr anschmiegsam, oft freundlich und um andere besorgt, aber auch sehr oft launisch, eigensinnig und unbedacht. Iana machte sich Sorgen, daß Naya irgendwann ungewollt sich selbst oder den Stamm in große Schwierigkeiten bringen würde.

Greks Frau fand überhaupt nichts Belustigendes in Nayas Verhalten und empfand auch nur Ärger darüber, daß die anderen ihre aufsässige Albernheit auch noch ermutigten. Sogar Lonit, die Frau des Häuptlings, lächelte über Nayas vergeblichen Kampf gegen die Hunde.

Lonit erhob sich aus dem Wasser. Sie war groß, schlank und schön, obwohl sie die Mutter von sechs Kindern und schon weit über dreißig Sommer alt war. »Kusch! Laßt sie zufrieden, Hunde!« rief sie und wickelte sich ihre Steinschleuder von der Stirn.

»Aus dem Weg!« schrie Honee, Umaks Frau, und griff schützend nach ihren Kindern. Zwei aufgeregt fliehende Hunde stürmten zwischen Honees fetten Beinen hindurch und warfen sie um, so daß sie mit einem lauten Platschen im aufspritzenden Wasser landete. Für einen Augenblick saß die dicke Frau betäubt da.

Ohne ihr schadenfrohes Gelächter über Honee zu unterdrücken, eilten ihr die hängebrüstige Eneela und Larani, ihre Töchter mit dem üppigen Hintern, zu Hilfe und hoben die prustende Frau aus dem Wasser, während die Kinder nicht aufhörten, die Hunde unter lautem Gejohle naß zu spritzen.

»Da siehst du, was deine Erziehung angerichtet hat!« schrie Iana ihren Mann mit einem wütenden Blick an.

Die Frauen und Kinder verstummten vor Schreck über ihren respektlosen Wutausbruch.

Doch Iana störte sich nicht daran. »Hat es jemals ein gedankenloseres Mädchen gegeben? Erst trödelt sie, und dann rennt sie uns hinterher! Wer weiß, welche Raubtiere ihr gefolgt sind?«

»Wölfe sind mir gefolgt«, sagte Naya mit einem schelmischen Funkeln in den Augen. Ihr spitzes kleines Kinn reckte sich trotzig. »Ja, Wölfe! Zwei große, junge und kühne Wölfe. Und ein Hund, ich habe sie deutlich im Gras gesehen.« Das Mädchen wandte den Blick von ihrem Großvater ab und sprach zum Hund – oder meinte sie vielleicht doch den alten Mann? »Was bist du nur für ein Beschützer der Frauen? Du mußt etwas wachsamer sein, oder der Stamm wird denken, daß du vor Alter blind und taub wirst, und welchen Nutzen hat ein alter, blinder und tauber Hund für den Stamm?«

»Naya!« In Lonits Tonfall lag ein unmißverständlicher Tadel.

Naya schien darüber ehrlich verwirrt.

»Wölfe, sagst du?« Grek sah besorgt und leicht irritiert aus. Er hielt seinen großen Kopf geneigt, während die langen, grau werdenden Haarsträhnen um sein Gesicht wehten, das so zerfurcht und von der Zeit verwittert aussah wie die Ausläufer eines Gletschers.

Irgendwo weit entfernt im hohen Gras östlich vom See kläffte einer der Hunde. In diesem kurzen Laut lag Überraschung, Angst und Schmerz.

Alle Menschen im See erstarrten, als Erdhörnchenjäger auf die Beine sprang und ohne sich zu schütteln reglos mit eingezogenem Schwanz neben Naya stand. Er knurrte leise, als sich der Wind drehte und kurz aus östlicher Richtung wehte – und in diesem Augenblick verriet ihnen allen der Geruch nach Blut, daß der Tod in der Nähe war.


»Hast du es gehört?« Umaks Stimme war kaum mehr als ein Flüstern, als er durch das Gras zum See starrte.

»Ich habe gehört«, bestätigte Manaravak finster. Er wollte aufstehen, aber die Hand seines Bruders hielt ihn ebenso sicher zurück wie seine andere Hand Gefährte davon abhielt, aufs Grasland hinauszustürmen.

»Wartet!« flüsterte Umak beiden zu. »Der Schrei des Welpen kam deutlich aus dem Osten und von weit hinter uns.«

»Ja. Der kleine Hund ist der großen Bärin begegnet.«

»Woher willst du das wissen?«

»Es ist die Bärin, Umak. Der sterbende Hund hat ihren Namen gerufen. Du solltest diese Dinge wissen, Zauberer. Es könnte dieselbe Bärin sein, die die anderen jagen.«

»Das kannst du doch gar nicht wissen!« »Nein.« Manaravaks dunkle Augenbraue hob sich fast bis zu seinem Haaransatz. »Um das zu wissen, muß ich näher heran ... um besser zu sehen.« Wieder wollte er aufstehen.

Und wieder hielt Umak ihn zurück. »Noch nicht. Wenn der alte Grek uns sieht ...«

»Er wird beruhigt sein, daß er sich nicht allein gegen einen angreifenden Bären verteidigen muß.«

»Es hat sich angehört, als hätte der Bär — wenn es ein Bär ist — den Welpen getötet. Vielleicht nähert er sich dem See nicht weiter. Vielleicht frißt er jetzt und ist zufrieden.«

»Vielleicht aber auch nicht. Hör zu, Zauberer: Im Schutz des Grases sind die anderen Hunde ausgeschwärmt und suchen nach dem Tier, das einen von ihrem Rudel angegriffen hat. Der Bär muß sie jetzt gewittert haben. Nur ein dummes Tier würde den Rest seiner kleinen Mahlzeit nicht im Stich lassen, um den Hunden zu entgehen.«

»Bleib ruhig, Manaravak! Wir müssen nur etwas näher an den See heran, damit wir unsere Speere einsetzen können, wenn Gefahr droht. Was immer es ist, wenn Grek es nicht vertreiben kann, können wir ...«

»Es töten.« Ein Lächeln bildete sich um Manaravaks Mundwinkel.

»Vielleicht ... vielleicht auch nicht. Hast du nicht gehört, was unser Vater gesagt hat? Wenn die große Bärin, die auf drei Pfoten geht, getötet werden soll, müssen alle Jäger des Stammes zusammenarbeiten!«

»Hat Umak Angst?«

Die Frage schmerzte ihn. »Hat Manaravak keine Angst?«

»Angst kann süß sein. Angst kann das Blut erhitzen und das Gehör und die Augen schärfen.«

»Wenn du eine eigene Frau und eigene Kinder hast, Bruder... wenn du weißt, daß dein Speerarm alles sein könnte, was in der tiefsten Winterdunkelheit über ihr Leben oder Verhungern entscheidet, dann werden wir noch einmal über die Bedeutung der Angst sprechen.«

Manaravak sah verletzt aus. »Alle Frauen und Kinder des Stammes sind meine Frauen und meine Kinder und mein Stamm.«

»Das ist nicht dasselbe.«

Manaravaks Gesichtsausdruck zeigte, daß er nicht verstand. Er hatte noch immer keine eigene Frau.

Umak mußte Manaravak allerdings zugute halten, daß dieser so lange warten wollte, bis Naya, die mit einstimmigem Beschluß des Ältestenrats für ihn erwählt worden war, ihre erste Blutzeit gehabt hatte. In der Zwischenzeit, so hatte er erklärt, machte es ihm nichts aus, allein zu schlafen, und weil er sein Fleisch roh bevorzugte, benötigte er auch keine Frau für sein Kochfeuer. Wenn ihn das männliche Bedürfnis nach Erleichterung überkam, wurde ihm nach der seit Anbeginn der Zeiten gültigen Sitte des Stammes eine ältere Frau geschickt, um ihn zu befriedigen.

Der Wind drehte sich und mit ihm Umaks Gedanken. Für einen Augenblick war die Luft unnatürlich still, dann wehte eine heftige Böe aus dem Norden. Neben Umak zitterte Gefährte unter seiner Hand.

Manaravak hob den Kopf, um in der Art eines Wolfes den Wind nach Witterungen zu prüfen. »Hör zu! Die Hunde kommen immer näher. Die Bärin hört sie. Sie geht auf drei Pfoten, und die kleinen Bären, die ihr folgen, sind immer noch hungrig.« Manaravaks hübsches Gesicht verzog sich zu einem Lächeln, das ihm raubtierhafte Züge verlieh. »Wir gehen jetzt! Wir zeigen den Hundefressern, was es bedeutet, sich gegen die Söhne von Torka zu stellen!«

»Nein, Manaravak!« sagte Umak eindringlich und drückte

den Unterarm seines Bruders fest gegen den Boden. »Es würde Grek töten, wenn er erkennt, daß man ihm nicht mehr vertraut. Wir werden näher herangehen, uns aber erst dann zeigen, wenn der Bär am See auftaucht. Die Frauen und Kinder sind vorläufig in Sicherheit.«

»Und Naya auch.«

»Ja, auch Naya.« Umak stockte plötzlich der Atem, und sein Mund war wie ausgetrocknet. War der Wind kälter geworden? Nein, es war nur sein Herz und sein verzweifeltes Verlangen nach Naya.


Naya war mit dem Kopf unter Wasser getaucht, damit sie beim Anblick des Gesichts ihres Großvaters nicht vor Lachen losprusten mußte. Sie legte ihre Hand auf Mund und Nase, doch ihr Lachen blubberte durch ihre Finger und kitzelte ihre Hände, bis sie erstickt keuchte. Als sie aufstand, stellte sie überrascht fest, daß Erdhörnchenjäger nicht mehr da war und sie nicht mehr im Mittelpunkt des allgemeinen Interesses stand.

Warum waren plötzlich alle so ernst? Die Jungen hatten ihre kurzen Speere gehoben, die sie vom Lager mitgenommen hatten. Sie standen angriffsbereit da, doch sie erkannte die unnatürliche Blässe auf ihren Gesichtern. Die kleinen Mädchen scharten sich um Sommermond, Honee und Eneela. Lonit hielt ihre Steinschleuder in der Hand und lief aus dem Wasser. Als sie ans Ufer kam, holte sie ihren Beutel aus Vielfraßfell.

»Was tust du da?« fragte Grek.

Die Frau des Häuptlings sah nicht auf. Sie schüttelte die Steine aus dem Beutel in ihre Hände und begann hektisch ihre Steinschleuder zu laden. »Ihr haltet eure Speere bereit! Ich werde dasselbe mit meiner Steinschleuder tun.«

Naya sah Lonit mit aufgerissenen Augen an. Sie machte sich zur Verteidigung gegen einen Angriff bereit, aber wodurch drohte ihnen Gefahr? Sie wollte danach fragen, aber Iana brachte sie sofort mit einem Zischen zum Schweigen. Verärgert über Iana, runzelte Naya die Stirn. Die Frau hatte sie heute schon viel zu oft getadelt. Das Mädchen wollte trotzdem sprechen und allen sagen, daß sich zwei mit Speeren bewaffnete Männer im Gras verbargen und Grek unterstützen würden. Doch dann hob Lonit warnend die Hand und starrte Naya mit einem solch scharfen, brennenden Blick aus ihren schmalen schwarzen Augen an, daß das Mädchen tatsächlich zusammenzuckte.

»Aber...«

»Still, Naya!«

»Tu wenigstens einmal, was man dir sagt, Naya!«

Die Rügen kamen aus einer völlig unerwarteten Richtung — von Schwan und Larani, ihren besten Freundinnen.

Naya starrte sie überrascht und verletzt an. Doch als sie sah, wie sie nebeneinander standen, splitternackt und tropfnaß, schluckte sie angesichts der bitteren Erkenntnis: Schwan und Larani waren schon fast erwachsene Frauen, während sie selbst ein Kind geblieben war. Ihr rauschhaftes Glück war verflogen. Ihre Hand suchte nach den Resten ihrer Halskette, doch sie stellte enttäuscht fest, daß sie sich im Wasser zu einer Schnur ohne Beeren aufgelöst hatte.

Der Wind drehte sich erneut, und wieder brachte er den Geruch von Blut mit sich. Naya riß erschrocken die Augen auf, als sie mit einemmal verstand.

Iana starrte sie an. »Ja«, sagte sie. »Etwas da draußen hat den Welpen getötet und befindet sich jetzt vielleicht auf unserer Spur. Die anderen Hunde haben sich auf die Suche gemacht. Wir wissen nicht, was für ein Raubtier es ist, aber du hast es angelockt. Es ist dir gefolgt, und alles, was jetzt geschieht, ist deine Schuld!«


4


Torka führte Simu, Dak, Nantu und Demmi von den Hügeln hinunter.

»Umak bewacht den Bewacher der Frauen«, gab Simu, der neben Torka lief, zu bedenken, um den angestrengten Ausdruck auf dessen Gesicht zu vertreiben. »Wenn Manaravak zu ihm gestoßen ist, wird jeder Bär beim Anblick dieser zwei die Flucht ergreifen. Vielleicht machen wir uns zu viele Sorgen. Bären greifen für gewöhnlich keine Menschen an, wenn sie es vermeiden können.«

»Richtig, aber dieses Weibchen war schlau genug, um unsere Fallen zu umgehen und unsere Vorratslager zu plündern. Ich habe das Gefühl, daß diese Bärin eine große Gefahr für uns alle darstellt.«

Die Jäger liefen weiter. Schließlich kamen sie an die Stelle, wo sich die Spuren des Menschen und der Bärin mit denen der Frauen und Kinder kreuzten.

»Die Bärin folgt ihnen!« stellte Simu eindeutig fest, als er die Fährten las.

Torka nickte zustimmend.

»Alle scheinen in Richtung See zu führen«, sagte Dak.

Torka nickte erneut. Der See lag hinter einer Bodenerhebung.

»Der alte Grek hat sie weit vom Lager fortgeführt«, sagte Simu, dessen maskenhaftes Gesicht seine tiefe Sorge kaum verhüllte.

»Viel zu weit«, fügte Dak mit deutlichem Tadel hinzu. »Grek mutet sich in letzter Zeit viel zuviel zu, und jetzt hat er durch Torkas Mitleid die Frauen und Kinder in Gefahr gebracht.«

Torka hob den Kopf, als er sich ruhig und ohne Zorn der Kritik des jüngeren Mannes stellte. »Ich habe lange genug gelebt, um zu wissen, daß in dieser Welt nichts mit Sicherheit vorhersagbar ist, Dak. Weder Menschen noch Tiere, noch der Wind, noch das Wetter und nicht einmal die Mächte der Schöpfung. Jetzt wollen wir weitergehen.«

Torka lief los, ohne sich umzublicken. Obwohl ihm die anderen ohne Zögern folgten, plagte ihn eine schreckliche Ungewißheit. Hatte Dak recht? Hatte sein Mitleid für Grek sein Urteilsvermögen getrübt?

Nein! Umak war sehr stark, mutig und weise für seine Jugend. Wenn sich Grek nicht gegen Raubtiere verteidigen konnte, würde Umak genau wissen, was zu tun war. Und Torka war sich ebenfalls sicher, daß Manaravak zu seinem Bruder gestoßen war. Manaravak war so schnell und stark wie ein Löwe. Er konnte mit fast genauso großem Geschick wie Umak mit dem Speer umgehen. Obwohl er niemals gelernt hatte, den Speerwerfer zu benutzen, hatte ihn sein jahrelanges Leben unter Tieren Dinge über die Jagd gelehrt, die nur Tiere wußten.

Torka versuchte, ruhiger zu atmen. Bald schlug sein Herz langsamer. Mit dem leichten Atem kehrte die Klarheit seiner Gedanken zurück. Er biß seine Kiefer aufeinander, bis er die langen, geraden Reihen seiner starken, gleichmäßigen Zähne spürte — und die Glätte ihrer Kauflächen, die im Laufe von siebenundvierzig Wintern abgenutzt worden waren.

Ihm wurde kalt. Ein Mensch lebte — genauso wie jedes andere Tier auch — nur so lange wie seine Zähne. Und wenn schon Torka alt wurde, galt das nicht erst recht für Grek, der schon viele Jahre mehr zählte?

Er führte seine Jäger mit großer Vorsicht weiter. So wie die tückischsten Tiefen eines Flusses sich in den schnellen und weit vom Ufer entfernten Strömungen fanden, so konnten sich auch im hohen Gras und den schattigen Bodensenken des gewellten Geländes die gefährlichsten Raubtiere verstecken. Daher hielten sie ihre Speere bereit, falls etwas Großes und Hungriges sie aus den Grasflächen heraus anspringen sollte, an denen sie vorbeikamen.

Dann stießen sie auf Nayas Kleid und ihren Korb. Torka winkte die anderen heran. Niemand sprach ein Wort. Es schien sogar, daß niemand zu atmen wagte. Sie starrten diese ihnen nur allzu bekannten Dinge an, als wären es die Überreste einer Leiche.

»Es gibt kein Blut!« sagte Demmi voller Hoffnung und hob nach Torkas zustimmendem Nicken die Sachen auf. »Nichts ist zerrissen!« Sie schnupperte am Kleid. »Die Bärin ist hier gewesen — ich kann ihren Speichel riechen. Das Tier ist krank, und wo es die Kleidung berührt hat, stinkt es nach vereiterten Wunden. Aber den Spuren nach war Naya schon lange fort. Sie ist gerannt, wie es aussieht. Aber es scheint, daß die Zwillinge ihr in geringerem Abstand folgten als die Bärin.«

Alle atmeten erleichtert auf, und Torka nickte anerkennend über die Klugheit seiner Tochter. Er hatte sie gut unterrichtet. Obwohl er in den vergangenen Jahren immer wieder kritisiert worden war, weil er eine Frau in der Jagdkunst ausbildete, bereute er es nicht. Seine Frau und seine Töchter konnten Beute aufspüren und erlegen. In Notzeiten waren sie ein Gewinn für den Stamm.

Torka stand in seiner Kleidung aus dem Fell von Löwen und Wölfen im Wind, der nach wie vor heftig aus westlicher Richtung blies. Sein Mund fühlte sich trocken an, als würden seine Atemwege von einem schlecht geschürten Feuer versengt. Er hoffte, daß der Wind so lange anhielt, bis er seine Warnung verstanden hatte.

Torka schüttelte ungeduldig den Kopf. Ein Mann mußte die Witterung im Wind entweder verstehen oder nicht. Niemals zuvor hatte er seine Fähigkeiten als Fährtenleser in Zweifel gezogen. Mit einem Zischen tadelte er sich selbst. Jetzt war nicht die Zeit für Zweifel. Der Wind würde zu ihm sprechen, wenn es soweit war.

# 5

Die große Bärin war von springenden und knurrenden Hunden umgeben und erhob sich auf die Hinterbeine, während sich die Jungen schutzsuchend an ihre Seite drängten. Doch es nützte ihnen nichts. Denn die Hunde stießen immer wieder angriffslustig vor, um nach ihnen zu schnappen.

Mit ihrer Größe von fast dreieinhalb Metern ragte die Bärin über ihnen auf, streckte die Vorderbeine aus, schüttelte den Kopf und hob ihre geifernden Lefzen, um den Hunden ihre furchteinflößenden Zähne zu zeigen.

Sie spürte noch den Geschmack von Fleisch, Knochen und Blut eines ihrer Artgenossen, dessen Überreste vor ihr lagen. Angestachelt vom Geheul ihrer verwirrten und erschrockenen Jungen, holte sie mit ihrer gesunden Tatze aus.

Die ganze Kraft ihres Rückens und ihrer Schulter lag in diesem Hieb. Sie fühlte, wie ihre Krallen Fleisch zerrissen. Zwei Hunde, von denen jeder genauso viel wog wie eine Frau, wurden fortgeschleudert, als wären es nur lästige Insekten. Blut und Eingeweide flogen durch die Luft.

Die Bärin warf ihren Kopf zurück und schüttelte ihn, während sie die kläffenden Hunde anbrüllte, die, vorsichtig geworden, zurückwichen und sie in größerer Entfernung umkreisten. Nur einer ihrer Peiniger ergriff verletzt und in Panik die Flucht, stolperte über seine eigenen Eingeweide und ging mit blutüberströmtem Körper und aufgerissener rechter Seite zu Boden. Die anderen Hunde blieben.

Ein großes, graubepelztes Männchen umkreiste sie hartnäckig und knurrend und führte immer wieder Scheinangriffe durch. Die Bärin stellte sich auf alle viere und brüllte in plötzlicher Wut, als der Schmerz in ihrer verstümmelten Pfote aufflackerte. Sie griff an.

Die Hunde flohen und verteilten sich, hielten sich außerhalb ihrer Reichweite und schlossen von hinten bereits wieder den Kreis. Sie fuhr herum und griff erneut an. Die Hunde wiederholten das Manöver und hörten nicht auf, sie aufzustacheln und in blinden Zorn zu treiben. Zwei weitere Hunde starben in einer Wolke aus Blut und Haaren. Ihre Jungen waren verschwunden. Sie konnte hören, wie sie durch das Gras flüchteten. Sie stand wieder auf, und ein lebender Berg aus Fleisch, Fell und Kraft ragte über den Hunden auf, die ihre Angriffe trotz massiver Drohungen nicht aufgaben.

Tief in ihrem Bärengehirn machte sich Verwirrung breit. Diese Hunde benahmen sich ganz anders als gewöhnliche Hunde! Warum waren sie nicht ihren verletzbaren Jungen gefolgt? Warum blieben sie, selbst nachdem sie einige von ihnen getötet hatte?


»Halt! Ruhig jetzt!« Umaks Befehle blieben unbeachtet. Sämtliche Rückenhaare von Gefährte sträubten sich. Der Jäger versuchte den Hund zu beruhigen und hätte es vielleicht auch geschafft, wenn nicht Erdhörnchenjägers Wutgeheul zu hören gewesen wäre. Umak spürte, wie Gefährte sich in seiner Armbeuge versteifte. Er versuchte, den Hund festzuhalten, aber Gefährte war nicht nur fast genauso groß wie ein Wolf, sondern auch genauso stark. Der Kopf des Hundes fuhr herum, und er zeigte drohend seine Zähne. Umak ließ los. Im nächsten Augenblick war Gefährte bereits durch das Gras davongestürmt, um einen Artgenossen zu verteidigen.

Umak hatte nicht die Absicht, auf die Beine zu springen. Er und Manaravak befanden sich immer noch zwischen dem Bären und dem See und somit in einer guten Position, um den Bären zu vertreiben, wenn die Hunde es nicht schafften. Er konnte seine Mutter und Grek hören, die die Hunde zum See zurückriefen, doch es lag in der Natur der Tiere, sich selbst zwischen Gefahr und den Stamm zu stellen. Umaks Bedürfnis, Gefährte davon abzuhalten, in den Tod zu rennen, war eine reine Reflexhandlung gewesen. Er war seit der Geburt des Hundes mit ihm zusammengewesen. Also war Umak jetzt ebenfalls aufgesprungen, lief los und schwenkte seine Speere. Und Grek hatte ihn gesehen.

Manaravak stand auf und lief mit dem Geheul eines wütenden Hundes in den Kampf, um das Leben seines Bruders zu schützen.


Naya schrie. »Haltet den Bären auf! Er tötet die Hunde!«

Der alte Grek wurde noch mehr durch den Schrei des kleinen Mädchens beschämt als durch den Anblick der Zwillinge, die auf die Bärin losstürmten.

Honee, die neben Naya im Wasser stand, fuhr herum und stieß das Mädchen um. »Hunde! Ist das alles, worum du dir Sorgen machst? Manaravak und mein Umak sind in Gefahr, und du schreist wegen der Hunde?«

»Manaravak...«

Es war nicht Naya, die seinen Namen seufzte. Es war Larani, die Tochter von Simu und Eneela. Sie stieß ihn mit solchem

Verlangen und solcher Angst aus, daß Lonit sich verblüfft zu dem Mädchen umdrehte.

Laranis zarter, wohlgeformter Körper glänzte in der Sonne, während eine anmutige Hand auf ihrem Herzen ruhte und die andere sich auf ihre Lippen preßte, als wollte sie keinen weiteren Laut unbeabsichtigt von sich geben.

*Sie sorgt sich sehr um ihn*, dachte Lonit. *Aber er ist für Naya bestimmt ... die sich mehr um die Hunde sorgt.*

Lonit verspürte Ärger über das kleine Mädchen, aber sie wußte, daß jetzt nicht die Zeit für solche Gefühle war. Die Frau des Häuptlings wandte sich wieder der offenen Steppe zu. Daß Manaravak seinen Bruder Umak noch nicht eingeholt hatte, lag daran, daß Umak verzweifelt versuchte, zu Gefährte aufzuschließen. Der Hund hatte bereits die Hälfte des Weges zum Bären zurückgelegt, und die Entfernung zwischen ihm und den Zwillingen vergrößerte sich weiter. Trotzdem hetzte Umak hinter dem Hund her und rief immer wieder seinen Namen.

Lonit seufzte erleichtert, als Manaravak sich endlich auf Umak stürzte und ihn zu Fall brachte. Nach einem kurzen, wilden Kampf war Umak wieder auf den Beinen und rannte weiter. Lonit war entgeistert. Da Manaravak größer und schwerer war, hatte Umak sich bislang nie körperlich gegen ihn durchsetzen können.

Doch jetzt sah sie, wie Manaravak verblüfft im Gras saß. Im nächsten Augenblick war er wieder aufgesprungen und rannte hinter Umak her. Lonit hatte Umak noch niemals schneller laufen sehen. Die Sorge um seinen Hund trieb ihn voran.

Ihr Herz schien in ihrer Kehle zu klopfen. *Wo ist Torka?* fragte sie sich. *Wo sind Simu, Dak und meine tapfere Demmi?*

Ein schreckliches Gefühl der Hilflosigkeit ließ ihren Bauch verkrampfen. Ihre eigenen Speere befanden sich im Lager. Obwohl die Frauen ihre Steinschleudern mitgenommen hatten, standen ihnen jetzt keine richtigen Waffen zur Verfügung. Wenn der Bär sich dem See näherte, wären sie alle in großer Gefahr. Wut überschattete ihre Furcht. Die Schuld für diese

Situation lag bei einem kleinen, gedankenlosen Mädchen, das absichtlich hinter seinem Stamm zurückgefallen war.

Lonit bestückte ihre Steinschleuder und befahl den Frauen, die ebenfalls diese Waffe besaßen, dasselbe zu tun. Sie atmete tief ein, um sich zu beruhigen. Die Zwillinge liefen jetzt weit voneinander entfernt, heulten und brüllten angriffslustig und schüttelten ihre Speere, während sie einen Bogen um den Bären machten. Mit Rufen und Gesten verständigten sie sich über ihre Strategie, den Bären einzuschüchtern, um ihn entweder zu vertreiben oder einen tödlichen Wurf anzubringen.

Lonits Brust schmerzte gleichzeitig mit der Sorge und dem Stolz einer Mutter.

»Glaubt meine Mutter, daß meine Brüder das schaffen werden, was die Hunde nicht geschafft haben?«

Schwan war zitternd neben Lonit getreten. Sie hielt ihre eigene Steinschleuder bereit.

»Wir alle müssen die Mächte der Schöpfung bitten, ihnen die Kraft dazu zu geben!« antwortete Lonit. Sie wollte stark und zuversichtlich klingen, doch ihre Stimme war gebrochen. Sie richtete sich gerade auf. Für die anderen – und insbesondere die Kinder – mußte sie ein Beispiel an Tapferkeit geben.

Lonit bemerkte, daß der Wind jetzt konstant aus Norden wehte und nicht mehr den süßen Duft nach Gras mit sich brachte. Jetzt lag ein bitterer Geruch darin, der sie an Kochsteine, Feuergruben und röstendes Fleisch erinnerte. Grek stieß plötzlich einen furchteinflößenden Laut aus. Sie hatten schon völlig vergessen, daß er auch noch da war.

»Halt!« Unter dem zottigen Umhang zitterten die breiten Schultern des alten Mannes, als er einen gequälten Verzweiflungsschrei ausstieß. »Ihr werdet hier an diesem sicheren Ort bleiben! Grek ist der Bewacher der Frauen! Grek wird den anderen sagen, was sie tun sollen!«

Ohne ein weiteres Wort zu verlieren, stürmte er mit einem wilden Geheul voller Entschlossenheit los, so daß der kleine Kharn, der immer an Sommermonds schlanker Hüfte hing, in Tränen ausbrach.

Grek sah sich nicht um. Er schwenkte seine Speere und

brüllte mit aller Kraft, um dem Bären zu zeigen, daß er lieber die Flucht ergreifen sollte, bevor alles zu spät wäre.

Lonit machte instinktiv ebenfalls einen Satz nach vorn, packte seinen pelzigen Arm und versuchte ihn zurückzuhalten. »Warte! Wenn meine Söhne es nicht schaffen, den Bären zu vertreiben, werden wir dich hier brauchen, um uns zu beschützen, Grek!« Der Ausdruck im Gesicht des alten Mannes ließ sie innehalten.

»Tatsächlich?« fragte er bitter. »Bah! Hältst du diesen Mann für dumm? Umak und Manaravak sind die Wölfe, die meine Naya gesehen hat! Du und dein Mann und alle anderen, ihr denkt, daß Grek nicht mehr Wolf genug ist, um Bewacher der Frauen zu sein!«

Lonit fühlte sich durch die Wut verletzt, die sie in seinen Augen sah. »Nein...« Sie zögerte. Es lag nicht in ihrer Natur, jemanden anzulügen. »Du verstehst nicht, Grek. Du mußt...«

»Was muß ich? Ja, Grek versteht sehr gut! Und weil er versteht, muß Grek euch zeigen, wozu dieser alte Mann noch imstande ist! Dieser Mann ist immer noch ein Mann!«

»Grek, bitte!« Iana stolperte durch das niedrige Wasser auf ihren Mann zu. »Denk an Naya und die Kinder!« Sie verstummte, als sie seinen vernichtenden Blick sah.

»Habe ich jemals etwas anderes getan, als an Naya, meine Kinder und meinen Stamm zu denken? Und an dich, Iana. Ja! Es ist der Stolz eines Mannes, an seine Frauen und Kinder zu denken. Und deshalb sage ich dir, daß du zurückbleiben sollst! Grek wird sich nicht beschämen lassen – weder von dir noch von der Frau Torkas oder seinen Söhnen! Und ganz bestimmt nicht von ihm selbst!«


Der alte Grek lief über das goldene Land. Umak und Manaravak blieben stehen und starrten ihn verblüfft an, als er sie mit Handbewegungen vertrieb und ihnen zu verstehen gab, daß diese Beute ihm zustand.

Inzwischen versammelte Lonit ihre Kinder hinter ihrem

Rücken und ließ die Frauen und älteren Mädchen einen schützenden Halbkreis um sie bilden. Die Frau des Häuptlings sorgte dafür, daß jede Frau ihre Steinschleuder bereithielt, um einen Steinhagel auf den großen Bären loszulassen, wenn alle anderen Mittel versagten. In diesem Augenblick erschienen Torka und die anderen Jäger auf der Anhöhe. Doch sie waren zu weit entfernt, um eingreifen zu können. Sie konnten nur zusehen, wie Grek sich zu voller Größe aufrichtete und die Arme hob.

Nur der Wind bewegte sich und drängte gegen den Rücken des alten Mannes, als die Bärin den Kopf neigte und zu entscheiden versuchte, was für ein seltsames Tier es gewagt hatte, ihr entgegenzutreten.

Dann griff Grek die Bärin an. Mit gesenktem Kopf und unter die Arme geklemmten Speeren stampfte er durch das Gras. Sein heulendes Gebrüll schien die Macht eines dröhnenden Donnerschlags zu besitzen.

Während der alte Mann direkt auf sie zustürmte, richtete sich die Bärin weiter auf und bereitete sich darauf vor, mit ihrer gesunden Tatze nach ihm zu schlagen. Plötzlich flogen Speere aus den Händen von Umak und Manaravak. Die Bärin fuhr sofort herum, als zwei davon von ihrem Schulterfell abglitten. Die Bewegung des Tieres erlaubte Grek, nahe genug heranzukommen, um mit seinen beiden Waffen einen Stoß anzubringen, der eigentlich hätte tödlich sein müssen. Doch dann ließ die Bärin sich unvermittelt auf alle viere fallen und stürmte auf die jungen Jäger los. Greks Speere ragten noch aus ihrem Rumpf.

Manaravak und Umak, die den Geruch des Todes in der Nase hatten, liefen in die Deckung des hohen Grases. Ein kurzer Blick über ihre Schultern überzeugte sie, daß es für einen von ihnen das Ende sein würde. Beide wußten es. Ihnen blieb keine Zeit mehr für Worte. Ohne ihren Lauf zu unterbrechen, berührten sie sich kurz mit den Händen und rannten dann in verschiedene Richtungen davon. Jeder von ihnen hoffte, die große Bärin vom anderen abzulenken.

Umak lief weiter, während ihm die Grashalme ins Gesicht

schlugen. Plötzlich fiel er, als er über seinen eigenen Schrecken strauchelte. Er landete flach auf dem Bauch und lag wie ein Fell da, das von den Frauen zum Trocknen aufgespannt worden war.

Er hörte die Bärin hinter sich heranstampfen und das Bellen und Knurren der Hunde, die sie verfolgten.

»Vater Himmel und Mutter Erde, gebt mir einen schnellen Tod!« Sein Gebet an die Mächte der Schöpfung kam als halb ersticktes Schluchzen.

Bald würde er zerrissen, ausgeweidet und gefressen werden. Doch die Vorstellung war mehr, als er ertragen konnte. Irgendwo tief in ihm explodierte der Schrecken und verwandelte sich in blinde Wut.

»Nein! Nicht so einfach!« stieß er zwischen den Zähnen hervor, als er feststellte, daß er noch einen seiner Speere hatte. Er packte ihn fest mit seiner rechten Faust, rollte sich herum und sah kauernd dem Tod ins Auge.

Er kam — und ging vorbei. Die Bärin rannte buchstäblich über ihn hinweg, während die Spitze von Umaks Speer abgebrochen in ihrer Schulter steckte und die Hunde hinter ihr her hetzten.

Verblüfft lag der junge Jäger flach auf dem Rücken. Als er nach Luft schnappte, merkte er, daß er so viele Schrammen hatte, daß er lieber nicht darüber nachdenken wollte. Aber er war am Leben. Er blickte zum Himmel auf und lachte laut. »Danke!« rief er Vater Himmel und Mutter Erde und allen Mächten der Schöpfung zu, die ihm sein Leben für diesen Augenblick geschenkt hatten.

Er schloß die Augen. Das Leben war schön! Nach einer Weile hörte er, wie seine Mutter und Honee nach ihm riefen. Er würde ihnen sofort antworten. Jetzt war er vor Erleichterung noch zu schwach.

Es war gut, ruhig dazuliegen und den Wind über sich hinwegstreichen zu spüren, bis sich plötzlich kühle Schatten über das Gesicht der Sonne legten.

Er öffnete irritiert die Augen. Seltsamerweise war der Wind warm. Er bemerkte, daß die blaue Haut von Vater Himmel grau war und das gelbe Auge der Sonne von hohen Wolken verhüllt wurde, die nach Rauch rochen.

Erneut überwältigte ihn ein panischer Schrecken. Er hörte die Stimme seines Vaters von der Anhöhe rufen. Sie rief das eine Wort, das kein Mensch hören wollte, der sich weit entfernt vom Lager auf dem sommertrockenen Grasland befand.

*»Feuer!«*

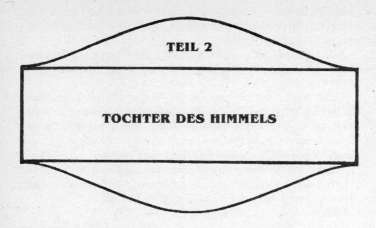

# TEIL 2

## TOCHTER DES HIMMELS

1

Es war Vater Himmel, der das Feuer mit der stechenden Spitze seines silbernen Blitzspeers machte, wenn er wütend war. Als Naya allein am Ufer saß, weit entfernt von den anderen, die sich am gegenüberliegenden Ufer versammelt hatten, wußte sie, daß Vater Himmel das Feuer geschickt hatte, weil er zornig auf sie war. Es war alles ihre Schuld – der Angriff der Bärin, die toten und verletzten Hunde und nun das ferne, aber ständig näher rückende Lauffeuer. Wenn sie doch nur nicht hinter den anderen zurückgeblieben wäre! Und es war sehr böse von ihr gewesen, Demmi, der Tochter des Häuptlings, den Tod zu wünschen. Doch jetzt wünschte sie ihn ihr fast wieder, als sie aufblickte und Demmi durch den See auf sie zustürmen sah.

Vor wenigen Augenblicken war Torka mit Demmi, Dak, Simu und Nantu am See zu den anderen gestoßen. Es war ein bedrücktes Wiedersehen gewesen. Manaravak und Umak hatten sie unterwegs auf der Steppe getroffen, und zwischendurch hatten sie sich noch die Zeit genommen, die tödlich verletzten Hunde zu suchen und ihnen mit ihren Speeren ein gnädiges

Ende zu bereiten. Die anderen Hunde verfolgten immer noch die große Bärin. Vielleicht würden sie zum Stamm zurückkehren, vielleicht auch nicht.

Mit ernstem und tadelndem Blick blieb Demmi vor Naya stehen. »Ich habe dein Kleid und deinen Korb gefunden. Hier, nimm sie!«

Naya starrte zur zweiten Tochter Torkas hinauf. Wie Demmi da so über ihr stand, gab sie ihr das Gefühl, klein und unbedeutend zu sein. Ihr abweisender Blick und ihre tiefe, belegte Stimme verursachten Naya Kopfschmerzen. Sie suchte in Demmis Gesicht nach Zuneigung, fand aber keine.

Als sie an der Häuptlingstochter vorbeiblickte, sah sie, daß Manaravak und Umak auf sie zukamen. Manaravak schenkte ihr ein breites Lächeln ... oder galt es Demmi?

»Manaravak ...«, flüsterte sie.

Demmi drehte sich um, sah ihre Brüder und drückte Naya schnell den Korb und das Kleid in die Hände. »Zieh dich an, kleines Mädchen! Es gibt noch viel zu tun, bevor das Feuer unser Lager erreicht. Ich kann mir überhaupt nicht vorstellen, warum Grek euch alle so weit weggeführt hat!«

»Grek ist stark und mutig!«

»Grek ist alt! Er hat falsche Entscheidungen getroffen.«

Manaravak und Umak blieben vor Naya stehen. Beide starrten sie mit breitem Grinsen an. Beschämt nahm sie ihre Sachen von Demmi entgegen und hielt sie sich vor ihren Körper. Wie hatte sie nur Vergnügen daran finden können, von ihnen angestarrt zu werden? Jetzt fühlte sie sich ihrer bewundernden Blicke unwürdig. Sie wünschte nur, daß ihre Kopfschmerzen endlich aufhörten. »Sei nicht so streng mit dem kleinen Mädchen!« tadelte Manaravak seine Schwester. Genauso wie die Augen Umaks hingen auch seine immer noch an Naya, und sein Gesichtsausdruck zeigte unverhülltes sexuelles Interesse.

Naya senkte den Blick. Manaravaks Augen ließen ihre Kopfhaut jucken, und ihr Gesicht wurde flammend rot. Sie konnte weder ihn noch Umak ansehen.

Mit einem verächtlichen Schnauben trat Demmi zwischen Naya und ihre Brüder. »Laßt das kleine Mädchen zufrieden, damit sie sich anziehen kann! Wir müssen zu den anderen zurück!«

»Du gehst zu ihnen zurück! Dieser Mann und Umak haben noch etwas vor«, sagte Manaravak unheilverkündend.

»Was? Wo?« fragte Demmi.

Umak antwortete. »Unser Vater hat gesagt, daß das Lager für die Frauen und Kinder zu weit weg ist, besonders, da es bald dunkel wird. Manaravak und ich müssen zurückgehen, bevor das Feuer alles zerstört. Wir werden soviel Fleisch und Felle zum Wasser tragen, wie wir können, wenn genug Zeit ist – oder sie vergraben, wenn keine Zeit mehr ist.«

Demmi hatte sich so gerade aufgerichtet, daß es Naya schien, als würde ihr Rücken jeden Moment brechen. »Ich werde auch gehen!«

»Nein!« widersprach Umak ihr mit Nachdruck. »Torka sagt, daß alle Frauen und Kinder hierbleiben sollen. Hier wird es sicher sein.«

»Aber wenn es euch einholt, bevor ihr das Lager und den Fluß erreicht, werdet ihr ungeschützt sein.« Demmis Stimme war genauso steif wie ihr Rücken.

»Es wird uns nicht einholen«, versicherte Umak ihr. »Bald wird die Zeit der langen Dunkelheit anbrechen, Schwester.« Seine Stimme war so beruhigend wie seine Augen. »Wenn es früh schneit und die Wintervorräte des Stammes vom Feuer gefressen werden, wie sollen wir dann ohne Behausung überleben? Wie werden wir in einem Land Nahrung finden, das von den Flammen vernichtet wurde?«

»Umak hat recht«, sagte Manaravak. »Die Söhne Torkas sind schnelle Läufer. Gemeinsam werden Umak und Manaravak das Fleisch, die Wintervorräte und die Zelte retten, dann werden wir zurückkommen, um mit dem Stamm in diesem See zu sitzen, bevor das Feuer kommt. Du wirst sehen, so wird es sein!«

Demmi versetzte Manaravak wütend einen harten Schlag auf den Oberarm. »Und ich hatte befürchtet, der große Bär hätte dich gefressen! Hah! Er wäre an deiner Überheblichkeit erstickt!«

Manaravak lachte laut auf und umarmte seine Schwester.

Demmi schloß die Augen und vergrub ihr Gesicht in der tiefen Höhle zwischen seinem kräftigen Hals und seiner Schulter. »Oh, Manaravak, ich hatte solche Angst um dich, als du die Jagdgruppe ohne ein Wort verlassen hast! Geh nicht wieder ohne mich fort! Versprichst du es mir? Bitte!«

Nayas Stirnrunzeln vertiefte sich. Ihr Kopfschmerz war ein gemeiner, pulsierender Knoten. Demmi war ganz anders, wenn sie mit Manaravak zusammen war. Ihre Stimme war so sanft geworden, ihre Art so herzlich, verletzlich und flehend. Und Demmi stand in Manaravaks Umarmung, als wäre sie seine Frau und nicht seine Schwester!

Mit einem flüchtigen Kuß auf die Stirn seiner Schwester löste Manaravak Demmis Arme von seinem Hals. »Ich bin kein kleiner, wilder Junge mehr. Ich bin jetzt ein großer und starker Mann. Ich werde gehen, wohin ich will. Ich brauche keine Schwester, die sich ständig Sorgen um mich macht. Du hast jetzt ein Kind. Wenn du dir Sorgen machen willst, geh und paß auf deinen kleinen Jungen auf!«

»Gut! Und gut gesprochen!«

Naya blinzelte verblüfft. Sie hatte sich so sehr auf Manaravak konzentriert, daß sie gar nicht bemerkt hatte, wie Dak vom anderen Ufer zu ihnen gekommen war. Kharn ritt auf seinen muskulösen Schultern. Der dreijährige Junge juchzte begeistert, als sein Vater ihn schwungvoll absetzte. Dak blieb vor Demmi stehen und sah seine Frau mit offener Feindseligkeit an, als er ihr das Kind in die Arme drückte.

»Das hier nennt man einen Sohn!« sagte Dak zu seiner Frau. »Er hat Hunger und verlangt nach der Brust seiner Mutter.«

»Gut! Und gut gesprochen!« äffte Demmi ihren Mann nach. »Dann kannst du ihn ja behalten!« Sie gab den verständnislos dreinblickenden Jungen seinem Vater zurück. Dann stapfte sie davon und stand allein mitten im See. Sie hatte die Hände in die Hüften gestemmt und blinzelte mit zugekniffenen Augen und wehenden Haaren in den Wind, als sie ihre Wut zu dämpfen versuchte.

Dak fluchte leise und drückte seinen Sohn fester an sich.

»Welcher böse Geist nagt am Herzen eurer Schwester?« fragte

er die Zwillinge. Doch bevor einer von ihnen antworten konnte, sprach er schon weiter. »In den letzten Tagen kann man nicht mehr mit ihr reden. Warum haßt sie mich auf einmal? Wir waren doch so glücklich!«

Seine Klage wurde durch Torkas Ruf unterbrochen. Naya blickte zum anderen Ufer. Der Häuptling hatte die Arme erhoben und forderte seinen Stamm auf, sich um ihn zu versammeln.

»Wir müssen jetzt aufbrechen«, sagte Umak zu Dak.

Dak brummte widerwillig seine Zustimmung. »Ja, ja. Macht euch nur auf den Weg und rettet unsere Sachen! Vor uns liegt ein langer, dunkler, kalter und hungriger Winter. Alle Zeichen deuten darauf hin: ein Sommer ohne Regen... Bären, die unsere Vorräte plündern... Herden, die immer kleiner werden... junge Mädchen, die nicht zu Frauen werden wollen... das große Mammut, unser Totem, das dieses Land verlassen hat... und ein erbärmlicher kleiner Stamm ganz allein in der Welt, ohne die Möglichkeit einer Rückkehr in das Land, aus dem wir gekommen sind. Was hat das Ganze zu bedeuten? Vielleicht wäre es das Beste, wenn wir alle vom Feuer vernichtet würden.«

Umaks Gesicht verzog sich vor Wut, als er Dak am Arm packte und ihn so nah an sich heranzog, daß sich fast ihre Nasen berührten. »Willst du durch das Verbotene Land zurückwandern? Hast du die Schrecken schon vergessen, die wir hinter uns gelassen haben? Dann geh doch zurück! Aber dann gehst du allein, Dak, weil ich nicht zulassen werde, daß meine Schwester und ihr Sohn dich begleiten! Und geh sofort, denn wenn du noch länger bleibst und weiterhin den Zorn der Mächte der Schöpfung heraufbeschwörst, indem du solche lästerlichen Worte sprichst, dann wird nicht mehr viel von dir übrig sein, wenn deine Seele vom Wind davongetragen wird... und deine Seele wird auf ewig herumirren, um sich selbst zwischen den Überresten deiner Knochen wiederzufinden!«

Die Worte kamen wie eine Lawine und waren wie Steine, deren Dröhnen im Wind nachhallte.

Umak und Dak sahen sich gegenseitig in die Augen wie zwei

Hirschböcke, deren Geweihe sich ineinander verkeilt hatten. Während der Wind immer stärker nach Asche roch, drängte sich Kharn zwischen die beiden und quengelte, doch weder Umak noch Dak schienen auf den unglücklichen Jungen zu achten.

Naya war über Umaks Wutausbruch schockiert. Umak und Dak hatten sich noch nie auf diese Weise gestritten. Sie waren seit frühester Kindheit als Speerbrüder aufgezogen worden und hatten gelernt, gemeinsam zu jagen. Sie hatten ihre erste Beute gemeinsam erlegt und die Rituale, die sie zu Männern des Stamms gemacht hatten, gemeinsam durchgestanden.

»He, hört jetzt auf!« versuchte Manaravak seinen Bruder zu beruhigen, aber er hatte keinen Erfolg damit.

»Nimm deine Worte zurück!« forderte Umak.

Dak funkelte ihn feindselig an und ließ sich keine Spur von Schwäche anmerken.

Mit einem wütenden und ungehaltenen Schnauben versetzte Dak ihm plötzlich einen Stoß, der ihn zurücktaumeln ließ. Die zwei jungen Männer starrten sich wieder an. Die Spannung war fast greifbar, bis Kharn mit tränennassem Gesicht und schluchzend seine Arme um Daks Hals schlang und sich an ihn klammerte.

»Da...«, wimmerte der Junge.

Dak schloß die Augen. Er atmete hörbar aus. »Ich nehme meine Worte zurück«, sagte er. »Dein Zorn war berechtigt.«

»Du hast nicht das Recht, ihm zu vergeben, Umak«, rief Demmi ihrem Bruder von der Mitte des Sees zu, als die Männer, die eine lebenslange Freundschaft miteinander verband, sich die Hände reichten. »Das können nur die Mächte der Schöpfung. Warum nimmst du nicht den Jungen und gehst, wenn du davon überzeugt bist, Dak? Ich würde jedenfalls keinen von euch beiden vermissen!«

»Demmi!« kam Lonits entsetzter Ruf vom anderen Ufer. Neben ihr standen Daks Eltern Simu und Eneela. Sie starrten Demmi mit einer Feindseligkeit an, die so heiß wie das ferne Grasfeuer brannte, während ihre Tochter Larani mitfühlend den Kopf schüttelte.

Naya sah zum Häuptling hinüber. Torka rührte sich nicht. Er stand steif und kerzengerade da, und für einen Augenblick sah das Mädchen so viel von Manaravak in ihm, daß sie angesichts seiner Kraft und Schönheit den Atem anhielt. Sein Haar war voll und schwarz wie das eines Jugendlichen, sein Bauch flach, seine Hüften schmal und seine Schenkel muskulös. Dann zeigte Torka auf Demmi und tadelte sie mit funkelnden Augen. »Du machst mir immer mehr Kummer und Schande, Tochter! Wir sind *ein* Stamm! Niemand darf die Einheit stören, die uns wenigen die Kraft und Hoffnung für die Zukunft gibt. Niemand! Und schon gar nicht eine herzlose und unbedachte Frau! Aber jetzt ist keine Zeit für so etwas! Du wirst mit Dak und deinem Sohn beim Stamm bleiben. Gemeinsam werden wir uns auf die kommende Nacht des Feuers vorbereiten, während Umak und Manaravak gehen, um zu tun, was getan werden muß. Geht jetzt, ihr beiden! Lauft schnell und bittet die Geister des Windes, euch Geschwindigkeit zu verleihen!«

Sie liefen Seite an Seite und gerade so schnell, daß sie auf der großen Strecke, die noch vor ihnen lag, nicht ermüdeten. Sie sprachen nicht miteinander. Umak fragte sich jedoch, ob Manaravak beim Laufen an Naya dachte... schwere, hungrige Gedanken, wie es mit ihr sein würde... eines Tages... bald. Er schluckte seine Eifersucht hinunter und schalt sich, weil er wußte, daß er kein Recht zu solchen Gefühlen hatte. Außerdem gab es jetzt viel wichtigere Dinge zu bedenken.

Am Fuß der Anhöhe drehten die Spuren der Bärin und der Hunde nach Norden ab. Umak und Manaravak blieben stehen und warfen sich gegenseitig bedeutungsvolle Blicke zu. Die Bärin führte ihre Jungen und die Hunde auf das Feuer zu! Umak konnte kaum ein Zittern unterdrücken, als sich alles in ihm vor Sorge anspannte.

*Gefährte! Wo bist du, mein alter Freund? Laß die Bärin gehen! Sie ist jetzt nicht mehr wichtig!*

Umak hob seine Stimme zu einem langen, heulenden Ruf.

Dann warteten die Brüder, das Gesicht in den Wind gedreht,

und blinzelten im heftigen Luftstrom aus dem Norden. Sie konnten die Asche und den Rauch schmecken und spürten den heißen, fernen Geruch nach versengten Steinen und Tod — den Tod von Gras und Strauchwerk — und nach verbranntem Haar und Fell.

Umak zuckte bei diesem Gedanken zusammen. »Die Hunde haben denselben Überlebenswillen wie wir«, sagte er mit Nachdruck und wünschte sich, er würde selbst daran glauben. »Mögen die Mächte der Schöpfung bei ihnen sein, denn wir können es nicht. Wir müssen weiter. Das Überleben des Stammes liegt in unseren Händen.«

Dann liefen sie weiter und blieben nur kurz stehen, als sie den Gipfel der Anhöhe erreichten und sich umsahen. Manaravaks Augen waren unnatürlich rund und weit aufgerissen mit der instinktiven Furcht eines wilden Tieres. In den flachen Schluchten vor den Bergen im Westen und Norden loderte das Feuer und näherte sich über die ganze Breite des Horizonts. Darüber hing eine bedrohliche Rauchwolke, die genauso groß und schwarz wie die Wolken war, die über den Berggipfeln standen.

»So ein großes Feuer! Das ganze Land im Norden brennt!«

Umak war so sehr von der Gewalt des Feuers ergriffen, daß er nicht auf Manaravaks Worte und Tonfall achtete. Er blickte zurück zu seinem Stamm. Von hier aus konnte er die Frauen und Kinder sehen, winzige Gestalten, die sich am Ufer des Sees scharten. Torka sprach mit den Männern und Jungen. Die Frauen und Mädchen sammelten Schilf. Die Kinder tollten herum, als gäbe es keinen Anlaß zur Sorge. Plötzlich wurde Umak bewußt, daß sich dort unten jeder befand, den er liebte: seine Mutter, sein Vater, seine Kinder, Schwestern, Brüder, Freunde ...

»Im See werden sie sicher sein«, sagte er — hauptsächlich, um sich selbst zu beruhigen.

Manaravak wandte ihm langsam und ungläubig den Kopf zu. »Sind sie das? Es ist ein sehr kleiner See. Wird das seichte Wasser den Stamm vor einem *solchen* Feuer schützen?«

*Nein!* Das Wort schien in Umaks Kopf zu explodieren und

wäre ihm beinahe über die Lippen gekommen. Als Umak auf die näher rückende Flammenwand starrte, verengten sich seine Augen. Er war sich nicht mehr sicher, ob Torkas Entscheidung, am See zu bleiben, richtig war. Aber wer war er, daß er einen großen Häuptling wie seinen Vater kritisieren durfte? Er atmete tief ein. Er war ein treuer und liebender Sohn. »Natürlich werden sie sicher sein! Torka würde niemals das Leben des Stammes in Gefahr bringen! Der Stamm bedeutet ihm alles.«

»Aber sieh dir doch die Wolken an!« sagte Manaravak. »Torka kann sie von dort unten nicht sehen.«

Umak wurde plötzlich übel, und er schalt sich einen Narren. Die Wolken wurden immer größer und stiegen kochend in den Himmel.

Ihm wurde klar, daß es dieselben Wolken waren, die er schon früher an diesem Tag gesehen hatte. Das Feuer mußte schon seit Stunden unsichtbar hinter den Gipfeln gebrannt haben.

Seine Übelkeit verstärkte sich, als er sich selbst tadeln mußte. Während er Naya durch das Grasland gefolgt war, hatte er versäumt, die Wolken mit den wachsamen und trainierten Augen eines Jägers oder Zauberers zu analysieren. Er war nur ein nutzloser Mann gewesen, der sich von einer Frau den Kopf hatte verwirren lassen.

In diesen Wolken war der Tod. Umak spürte ihn. Er starrte geradeaus, ohne zu blinzeln, als der gnadenlose Geisterwind ihm eine Vorahnung brachte, die ihn tief erschütterte: Das Feuer war zu mächtig und der See zu seicht. Er sah, wie das Wasser kochte, wie sein Stamm von den Flammen eingeschlossen wurde, wie die Menschen in einem Regen aus schwarzer Asche erstickten, während ihr Fleisch kochte und von den Knochen fiel wie bei einem Braten in den ledernen Kochbeuteln der Frauen.

Er hörte, wie sein Sohn Jhon und seine kleine Tochter Li nach ihm riefen. Er sah sie schmelzen und schreien...

Er keuchte. Er wäre durch die vernichtende Macht dieser Vision zu Boden geworfen worden, wenn Manaravak nicht nach seinem Arm gegriffen hätte.

»Was ist los, Bruder?«

Eine Weile konnte er nicht atmen. Er fiel auf die Knie, ließ den Kopf hängen und zwang sich zum Weiteratmen, während der Geisterwind sich verflüchtigte.

»Du muß weitergehen, Manaravak. Du hast noch einen weiten Weg vor dir, wenn du die Dinge retten willst, die in diesem Winter für den Stamm das Leben oder den Tod bedeuten werden.«

»Ich? Was ist mit dir?«

»Ich werde folgen. Zusammen mit dem Stamm.«

Manaravak runzelte die Stirn. »Du stellst dich gegen die Entscheidung unseres Vaters, am See zu bleiben?«

»Ich muß mich dagegenstellen. Wenn ich es nicht tue, wird er sterben ... und mit ihm unser ganzer Stamm.«

2

Torka stand reglos in einer Dunkelheit, die drohender war als alles andere, was er je erlebt hatte. Sie stülpte sich in Form von windgetriebenen Wolken aus Rauch und Feuer über die Welt. In dieser unnatürlichen Nacht wimmerten die Kinder vor Furcht, und die Menschen versammelten sich um ihn. Torka hatte Angst.

*Hast du dich diesmal geirrt? Hättest du den Stamm von diesem Ort fortführen sollen?* Vor Verzweiflung wurde ihm übel. Seine Instinkte tobten. *Du mußt gehen, bevor es zu spät ist! Aber was ist, wenn es bereits zu spät ist und das Feuer uns auf dem offenen Grasland einholt?*

»Vater!«

»Umak?« Er war überrascht, den ältesten seiner Zwillinge durch den düsteren Rauch auf sich zulaufen zu sehen. »Warum bist du zurückgekommen? Wo ist dein Bruder?«

»Er ist auf dem Weg zum Lager. Du und die anderen, ihr müßt weitergehen, Vater! Wenn du das Feuer und den Rauch sehen könntest, wüßtest du, daß es für euch hier keine Sicherheit gibt.«

»Wenn Torka gesagt hat, hier ist es sicher, dann *ist* es hier sicher!« verkündete Grek, dessen Stolz nach seiner Begegnung mit dem Bären wiederhergestellt war.

»Das Feuer hat sich verändert!« widersprach Umak. »Es ist gewachsen! Ich spreche als Zauberer mit der Stimme des Geisterwinds. Wir dürfen nicht an diesem Ort bleiben!«

Torka wußte jetzt eindeutig, daß sein Instinkt recht gehabt hatte, denn als sein Blick Umaks Augen traf, spürte er ebenfalls den Geisterwind ... und sah die Vision der Vernichtung.

Die Frau des Häuptlings trat im Ascheregen vor, der inzwischen eingesetzt hatte. »Bevor wir gehen, müssen wir alle noch etwas tun!«

Lonit hatte den Stamm bereits dazu angetrieben, sich so schnell wie möglich Umhänge aus nassem, matschigem Schilf herzustellen. Alle Männer, Frauen und Kinder hatten einen solchen Umhang übergeworfen. Während Torka mit zusammengezogenen Augenbrauen zusah, holte Lonit Schlick vom Seegrund. Sie wies die anderen an, dasselbe zu tun und sich eine dicke Schicht des bräunlichen Schlamms über den Kopf, das Gesicht und die Hände zu schmieren.

»Wenn die Mächte der Schöpfung es zulassen«, erklärte sie, »wird uns dies vor dem Feuerregen schützen, bis wir den Fluß erreicht haben.«

Niemand widersprach ihr, denn alle erkannten die Weisheit in ihren Worten.


Wie kurzweilig war doch der weite Weg gewesen, als der Tag noch jung gewesen war und es keinen Grund zur Eile gegeben hatte. Doch jetzt, als der Tag vorüber und die Dunkelheit über eine Welt hereingebrochen war, in der Wind und Feuer tobten, schien die Entfernung unüberwindlich.

Unter dicken Rauchwolken, die Asche und Glut auf sie herabregnen ließen, wechselten sich Männer und Frauen ab, die jüngsten Kinder zu tragen, während die Mädchen und Jungen unter der Führung von Nantu vorausliefen, der sich bereits für einen Mann hielt und es die anderen auch jedesmal wissen ließ, wenn sie zurückblieben.

Hinter ihnen hörten sie ein tiefes, wütendes Grollen, das manchmal wie eine Explosion klang. Es war die zornige Stimme des Feuers, der Tochter des Himmels, wie die Alten es nannten. Der Stamm versuchte wegzuhören, denn es hieß, daß das Feuer sich von der Haut und den Knochen der Kinder der Erde ernähren mußte, wenn es überleben wollte.

Naya weinte um die Hunde und all die anderen sterbenden Tiere, während sie stolpernd weiterlief, langsamer als die anderen, bis Larani sich zurückfallen ließ und sie am Arm weiterzerrte.

»Beeil dich Naya! Jetzt ist keine Zeit für Tränen. Lauf mit mir! Du mußt jetzt stark und mutig sein, und du darfst nicht zurückblicken.«

»Aber ich bin nicht stark und mutig. Ich bin...«

»... die Enkelin von Grek. Und die Tochter von Karana, dem größten Zauberer aller Zeiten. Er sieht dir aus der anderen Welt zu. Willst du ihn beschämen? Willst du uns allen Schande machen? Du willst doch kein kleines Mädchen mehr sein! Jetzt hast du die Gelegenheit, es zu beweisen. Lauf, sage ich, lauf schnell und weit!«

Mit diesen Worten beschleunigte Larani ihre Schritte und ließ Naya hinter sich zurück, die weiterstolperte und noch heftiger als zuvor weinte. Larani scheuchte unbeabsichtigt eine Familie von Steppenantilopen aus ihrer Deckung auf. Die Tiere sprangen aus dem Gras und hatten die Augen vor Schreck weit aufgerissen, während sie helle Laute der Panik von sich gaben. Larani lief mit ihnen weiter, als wäre sie ein Mitglied ihrer Herde. Als sie ausscheren und umkehren wollten, schwenkte sie die Arme und trieb sie weiter.

»Was ist los mit euch?« schrie die Tochter von Simu und Eneela. »Ihr müßt in diese Richtung laufen, wenn ihr nicht wollt, daß die Tochter des Himmels euch lebendig verbrennt!«

Naya schluckte ihre Tränen hinunter. Der Anblick ihrer Freundin beschämte sie. Wenn Manaravak sehen könnte, wie

Larani sich verhielt, würde er niemals Naya anlächeln oder sie zur Frau haben wollen, wenn es nur ein Wort an den Ältestenrat bedurfte, um statt dessen Larani zu bekommen. Sie atmete tief die heiße, rauchgeschwängerte Luft ein und begann, schneller zu rennen. Larani hatte recht. Sie mußte weiterlaufen! Sie durfte den anderen keinen Grund geben, mit ihr unzufrieden zu sein.

Und so zwang sie ihre Beine zu Kraft und Schnelligkeit und ihr Herz zu Mut und rannte weiter. Doch obwohl sie sich anstrengte, war sie wirklich noch ein kleines Mädchen. Die Jahre der Verwöhnung hatten ihr zwar das Glück ins Herz gepflanzt, aber keine Ausdauer in ihren Körper. Nach ein paar Minuten begann sie zu keuchen, und ihre Beine wurden kraftlos.

»Lauf!« trieb sie sich selbst verzweifelt an.

Iana näherte sich ihr von hinten mit den langen stetigen Schritten einer Frau, die nur halb so alt wie sie war. Naya hatte Schwierigkeiten, mit ihr Schritt zu halten, obwohl sie bald den Verdacht hatte, daß Iana sich noch zurückhielt, um Grek nicht zu überholen, der mit der kleinen Yona auf dem Rücken schwer an ihrer Seite voranstampfte.

Naya versuchte sich einzureden, daß sein keuchender Atem nichts mit seinem Alter zu tun hatte. Er schnaufte sicher nur deswegen so heftig, damit sie sich besser fühlte, weil ihre eigenen Schritte immer schwächer wurden. Auch das Atmen fiel ihr schwerer, da ein furchtbarer Gestank nach übelriechendem Dampf in ihre Nase drang. Dann kam ihr die erschreckende Erkenntnis: *Das Feuer hat den See erreicht! Der Gestank stammt vom seichten Wasser, das sich in Dampf verwandelt, und lebende Dinge werden darin gekocht. Oh, was wäre nur aus uns geworden, wenn Umak nicht zurückgekehrt wäre, um uns zu warnen?*

Sie schluchzte bei dieser schrecklichen Vorstellung und wurde fast ohnmächtig, als sich ein Glutstück durch den getrockneten Schlamm brannte und ihre Kopfhaut versengte. Diesmal schrie sie vor Schmerz und Todesangst auf. Das Feuer kam immer näher.

Sie zog sich den dampfenden Schilfumhang über den Kopf und lief nach Luft schnappend weiter.

»Schnell, Mädchen! Die anderen sind uns schon weit voraus. Wir werden bald am Lager sein! Wir können uns später ausruhen, wenn wir das andere Ufer des Flusses erreicht haben!«

Naya war dankbar für Ianas Ermutigung. Sie biß die Zähne zusammen und beschloß, so schnell zu laufen, daß sie noch vor Larani im Lager sein würde. Manaravak sollte sehen, daß sie wirklich eine starke und mutige Frau war.

Grek gab ein Schnauben von sich, das nach einem großen Tier klang, das verzweifelt nach Atem rang.

Naya drehte den Kopf und erwartete schon, ihn stürzen zu sehen, aber er lief weiter, obwohl sein Gesicht vor Anstrengung verzerrt war und seine Augen aus den Höhlen zu treten schienen. »Ja...«, schnaufte er. »Muß...weiter...laufen...ja!«

Sie liefen unter wirbelnden schwarzen Wolken, bis Grek strauchelte. Iana schrie verzweifelt auf. Doch bevor Torka und die anderen umkehren konnten, um ihm zu helfen, war Grek schon wieder auf den Beinen, schüttelte den Kopf und verfluchte einen nicht vorhandenen Stein.

»Alles in Ordnung?«

Grek knurrte nur als Antwort auf Torkas Frage. Seine Augenbrauen senkten sich über den eingesunkenen Rücken seiner Nase. »Natürlich ist alles mit mir in Ordnung! Wieso auch nicht! Bist du noch nie in deinem Leben gestolpert?« Er schnaubte. »Unter so einem Himmel und in so einer üblen Schwärze und Hitze wundert es mich, daß noch keiner von uns gestürzt ist!«

Yona saß vor ihm auf dem Boden. Ihr rundes, rußgeschwärztes Gesicht war tränenüberströmt, als sie die Arme nach ihrer Mutter ausstreckte. »Trag du mich!«

Doch Grek ließ Iana nicht an das Mädchen heran. »Glaubst du, ich kann meine Tochter nicht selbst tragen? Glaubst du, daß Grek schon zu alt ist und er wieder stürzen wird?«

»Yona, geh zu deinem Vater!« befahl Iana.

Das Kind gehorchte heulend, als der alte Mann es mit einer großen Hand auf seine Hüfte hob.

Grek ordnete ihre dürren, schlammverkrusteten Beine so, daß sie sich unter dem Schutz seines Schilfumhangs fest um seine Taille klammern konnte. Als das Mädchen sich in seine Armbeuge kuschelte und ihre Finger in die langen Haare seines Bisonfellmantels krallte, funkelte er seine Söhne an. »Was starrt ihr mich so an? Wollt ihr auch von diesem Mann getragen werden? Glaubt ihr, das könnte ich nicht?«

Gleichzeitig wichen Tankh und Chuk vor ihrem Vater zurück.

»Ich bin kein Baby mehr, das getragen werden muß!« In Chuks Stimme klang unterdrückter Ärger mit.

»Und du, Tankh? Spricht dein Bruder auch für dich?« Tankh sah Grek wütend an. »Ich habe schon neun Sommer kommen und gehen sehen. Ich brauche keinen jüngeren Bruder, der für mich spricht, und kein Mann muß mich irgendwohin tragen!«

»Gut!« lobte Grek. »Aber denkt nicht, daß dieser Mann, der dem großen Bären zwei Speere in den Hintern plaziert hat, euch nicht tragen könnte, wenn es nötig wäre!« Er sah Naya an. »Und du, meine Enkelin? In Greks Armen ist immer Platz für das Kind meiner armen, verlorenen Mahnie. Komm! Ich sehe die Erschöpfung in deinen Augen. Grek wird seine beiden kleinen Mädchen tragen!«

»Nein!« Naya wich zurück. »Ich bin fast eine Frau, Großvater. Ich kann laufen.«

Sie beeilten sich, um die verlorene Zeit aufzuholen. Obwohl niemand etwas sagte, waren insgeheim alle froh, daß Grek gestolpert war. In der Zeit, die er gebraucht hatte, um aufzustehen und seine Würde wiederzuerlangen, hatten sie alle ihre Muskeln ausruhen können und versucht, wieder zu Atem zu kommen.

Doch es schien unmöglich. Das Atmen erforderte eine bewußte Anstrengung, und selbst dann stärkte es sie nur wenig. Die Luft war von Rauch und Hitze erfüllt, während sie von einer erschreckenden und alles erstickenden Dunkelheit eingehüllt wurden. Die Kinder wurden langsamer, und der alte Grek schnaufte bald wie ein sterbender Bulle.

Torka machte sich immer größere Sorgen. Er hatte noch nie

ein solches Feuer erlebt. In einem Augenblick zerrte eine heftige Windböe aus nördlicher Richtung an seinem Rücken, im nächsten ließ der Wind fast völlig nach, nur um sofort wieder aus allen Richtungen gleichzeitig zu wehen. Wirbelnde Ströme aus Hitze und Asche regneten aus den Wolken, zusammen mit Grasfetzen und verkohlten Überresten, die er gar nicht erst identifizieren wollte. Sie fielen auf die Menschen, zerrten und rissen an ihnen, als wollten unsichtbare Hände sie in den Himmel forttragen.

Der Schrei einer Frau ließ ihn gerade noch rechtzeitig herumfahren, um zu sehen, wie Honee in einen sehr heißen Luftstrom geriet. Ungläubig beobachtete er, wie ihr der Schilfumhang aus den Händen gerissen wurde. Das von der Hitze getrocknete Schilf fing Feuer und wurde vom Wind davongewirbelt. Honee brach vor Entsetzen zusammen. Ihr Sohn Jhon und die Frauen versammelten sich, um ihr zu helfen. Sommermond und Schwan versuchten gemeinsam mit Eneela, Larani und Naya, Umaks Frau wieder auf die Beine zu stellen.

Honee hatte Schwierigkeiten, wieder zu Atem zu kommen. Dann kam Umak ihr zu Hilfe. Die Frau wischte sich mutig die schwelende Glut vom Kopf und wies entschlossen die Unterstützung von Lonit und den anderen Frauen zurück. Torka war von ihrer Tapferkeit gerührt.

»Laß mich in Ruhe!« Ihre Stimme war kaum mehr als ein Krächzen. Sie griff mit einer Hand an ihre Kehle und zuckte vor Schmerz zusammen. Es war deutlich zu erkennen, daß sie kaum noch atmen, geschweige denn sprechen konnte. »Es geht mir gut! Die Tochter des Himmels kann meinen Umhang haben! Kommt jetzt, wir alle müssen...« Als sie sah, daß der Häuptling sie beobachtete, senkte sie demütig den Kopf. »Ist es richtig, wenn wir jetzt weitergehen?«

Er nickte. »Ja, Tochter. Es ist sogar unbedingt nötig, daß wir weitergehen.«

Auf Honees Gesicht erschien ein breites Lächeln. Torka vermutete, daß sie unter der Dreckschicht errötete. Das geschah immer, wenn er sie Tochter nannte. Die dicke Frau drängte Umak weiter, als sie so schnell zu laufen begann, wie ihre kurzen, dicken Beine es ihr erlaubten. Torka sah, wie Umak die Augen verdrehte und ihr mit einem Knuff bedeutete, still zu sein.

»Vater?« Sayanahs kleine, aber starke Hand schloß sich heiß und verschwitzt um seine. »Wo ist der Fluß, Vater?«

»Da vorne«, sagte der Häuptling und hob den Jungen auf seine Schultern. Sayanah schien dagegen keine Einwände zu haben. »Wird das große Mammuttotem dort sein, mit Manaravak und den Hunden, um dem Stamm wieder Glück zu bringen?« Die Stimme des Jungen klang kraftlos. Er schlang seine Arme um Torkas Hals und lehnte das Gesicht gegen den Kopf seines Vaters.

»Wir werden sehen«, sagte Lonit, als sie mit Schwan und Sommermond an die Seite ihres Mannes kam.

Torka übernahm wieder die Führung und verfiel allmählich in einen Dauerlauf.

»Bald werden wir das Lager und den Fluß erreichen«, sagte er. Lonit schnappte angestrengt nach Luft, und seine Töchter seufzten erleichtert.

Aber er lief weiter und immer weiter. Und jetzt begann das Feuer sie brüllend und kreischend einzuholen. Es schleuderte Glut über ihre Köpfe, bis plötzlich das Gras direkt vor ihnen in einer Feuerwand aufging und die erschrockenen Menschen zurücktrieb. Torka blieb stehen. Jetzt gab es keine Hoffnung mehr, das Lager zu erreichen.

Schwan ging verzweifelt in die Knie. Er zog sie an den Haaren wieder hoch. »Der Fluß!« schrie er mit aller Kraft, um die Flammen zu übertönen. »Wir müssen nach Süden, dann werden wir den Fluß erreichen!«

Sie wandten sich unter dem Feuerregen nach Süden und liefen weiter, bis der alte Grek erneut stürzte. Torka kehrte zu ihm zurück und befahl den anderen, weiterzugehen.

Niemand außer Iana rührte sich. Sie legte Yona in Nayas zitternde Arme. »Nimm Yona! Du läufst mit Chuk und Tankh zum Fluß! Ich werde meinen Mann nicht verlassen.«

Alle zögerten, bis Torka das Mädchen anbrüllte. »Geh, Naya! Und du auch, Iana! Grek und ich werden folgen!«

Nur Grek bewegte sich. Er setzte sich auf, schnappte nach Luft und schaffte es, den Kopf zu schütteln und Torka zu drängen, ihn allein zu lassen.

»Du wirst gleich wieder zu Atem kommen, du alter Bison! Bis dahin überläßt du Torka, was zu tun ist!«

Simu schüttelte den Kopf und blickte ängstlich zum Himmel auf. »Er ist alt, Torka! Wenn du auf ihn wartest, wirst du sterben!«

Torka warf ihm einen drohenden Blick zu. »Führe die anderen zum Fluß, Simu! Ich *befehle* dir zu gehen! Aber ich werde keinen Mann dieses Stammes im Feuer zurücklassen!«

Simus Gesichtsausdruck sah wie der eines in die Enge getriebenen Wolfes aus. Seine dunklen Augen brannten und zeigten ein Gefühl, daß Torka bis tief ins Herz drang. »Was sollen wir am Fluß, wenn du nicht mehr da bist, um uns zu führen, Torka? Du und ich, wir werden Grek gemeinsam helfen, wieder auf die Beine zu kommen.« Der alte Mann schüttelte den Kopf, doch weder Simu noch Torka achteten auf ihn. Sie hoben ihn an den Armen hoch und führten die anderen ohne ein weiteres Wort weiter voran.

»Wenn euch sein Gewicht erschöpft, werden Dak und ich für euch einspringen«, bot Umak an.

»Ich bin kein Säugling, der von einem von euch jungen...«

»Dann beweise es!« forderte Torka den alten Mann auf. »Du bist groß und mutig, Grek, aber, bei den Mächten der Schöpfung, du bist auch schwer! Also mach es uns nicht noch schwerer und hör auf, dich zu beschweren!« Torka und Simu hatten den alten Mann kaum fünfzig Schritte weit getragen, als Grek grunzend und schnaufend schon wieder auf seinen eigenen Beinen lief.

*Doch wie lange noch?* fragte sich Torka.

Die Tochter des Himmels schrie in seinem Rücken und ließ Feuer auf seinen Kopf regnen. Simu lief neben ihm und warnte düster:

»Finde den Fluß, alter Freund, finde ihn schnell! Oder es wird bald keine Menschen mehr geben, die ihn überqueren können!«

# 3

Es war das Heulen von Tieren, die dicht hinter ihr liefen, das Naya dazu veranlaßte, über die Schulter zu blicken und zu straucheln.

»Wanawuts!« kreischte sie, als die Gestalten durch das düstere Glühen an ihr vorbeirannten.

Benommen lag sie am Boden. Niemand hatte sie schreien gehört. Es war schon eine Weile her, seit sie Yona erschöpft hatte absetzen müssen und Iana das Mädchen genommen und weitergetragen hatte. Wieder einmal war Naya hinter die anderen zurückgefallen und nun ganz allein im Rauch, im Feuer und inmitten der Wanawuts. Ihr Herz setzte vor Schrecken aus, begann aber wieder zu schlagen, als die dunklen, gebückten Bestien weiterliefen, ohne auf sie zu achten. Sie rannten wie große, behaarte und deformierte Menschen, stützten sich mit den Fingerknöcheln der riesigen Hände am Boden ab und schrien sich gegenseitig an. Dann verschwanden sie im wehenden Rauch, als würden sie selbst nur aus Nebel bestehen.

»Steh auf, kleines Mädchen!«

Der Zauberer hob sie mit einer starken Hand auf die Beine.

»Umak!« Naya zitterte vor Angst. »Hast d-du sie gesehen?«

»Ich habe etwas gesehen«, gab er zu. »Tiere sind an dir vorbeigelaufen und einige Bären, glaube ich. Egal. Die Flucht vor dem Feuer und nicht der Hunger treibt die Tiere und die Menschen voran. Komm jetzt, kleines Mädchen, du mußt schneller laufen!«

Naya sackte neben ihm zusammen und wurde vor Erschöpfung beinahe ohnmächtig. »Ich bin so müde, Umak!« Ihre Beine fühlten sich an, als würden sie schmelzen, doch sein starker Arm hielt sie fest, während er sie weitertrieb. Sie folgten dem Stamm in die Richtung, in der auch die Tiere gelaufen waren. »O Umak, man sagt, daß die Wanawuts sich vom Fleisch der Menschen ernähren! Werden sie den Fluß überqueren?«

»Wenn sie nicht gebraten werden wollen, werden sie das tun.«

Sie begann zu weinen. »Ich habe solche Angst.«

Er sah sie liebevoll an, während er sie fester in den Arm nahm und sie näher an sich heranzog. »Weine nicht! Umak wird dich nicht als Nahrung für die Flammen hier zurücklassen.«

Sie vergrub ihr Gesicht an seiner Brust. Sie spürte sein Herz klopfen, kräftig und sehr schnell. Dann hörte sie plötzlich ein tiefes Seufzen, und obwohl er schon Jhon auf seinem Rücken trug, hob er sie in seine Arme.

»Hab keine Angst, Naya! Ich werde niemals zulassen, daß dir etwas zustößt — niemals!« Seine Stimme war heiser vom Rauch und der Anstrengung, aber sie war ebenso kräftig und tröstend wie seine Arme, als er sie in Sicherheit trug, als würde sie nicht mehr wiegen als der Rauch, durch den sie liefen.


Torka hatte endlich den Fluß gefunden. Aber der Feuersturm hatte sie weit nach Süden getrieben, weit fort von der seichten Stelle, an der sich das Lager befand. Er kannte diesen Teil des Flusses nicht, und was er durch die glühenden Rauchwolken sah, gefiel ihm überhaupt nicht. Auf seinem Weg nach Süden hatte der Fluß eine neue Gefährtin gefunden, und jetzt lag ein neuer Fluß zwischen Torkas Stamm und dem fernen Ufer. Es war eine riesige Wasserfläche, die schnell und tief zwischen hohen, steilen Ufern dahinströmte. Tiere flohen vor dem Rauch und stürzten sich über die Klippen, um sofort von der Strömung fortgerissen zu werden.

Er drehte sich zu seinem restlos erschöpften Stamm um und blickte in tränende Augen. »Wir können den Fluß hier nicht sicher überqueren.«

Erschöpft und voller Furcht gingen sie am Fluß entlang weiter, während sich das Feuer von hinten näherte. Torka konnte keine seichten Stellen im Wasser entdecken, wo der Stamm den Fluß ohne Gefahr hätte überqueren können — nur große, schäumende Tiefen mit Felsblöcken, an denen ertrunkene und ertrinkende Tiere von der Strömung vorbeigetrieben wurden. Es schien, daß die Welt nur noch aus zwei Farben bestand, aus

Rot und Schwarz, ein brüllendes Inferno, das sich im Wasser und in den Augen der Menschen spiegelte, wenn sie sich gegenseitig ansahen und versuchten, nicht an den Tod zu denken.

Der Wind wurde immer heftiger, als er sich mit den nächtlichen Luftströmen vereinigte, die aus den hohen Bergen durch die Schluchten kamen.

Und dann stieg mit einem lauten Krachen eine große Feuerwolke auf und explodierte in der Luft, um nicht Asche oder Glut, sondern Flammen auf die Menschen herabregnen zu lassen. Als Torka sich duckte und mit den Armen das fallende Feuer abzuwehren versuchte, sah er, daß sein Stamm dasselbe tat. Sie vollführten einen grausamen Tanz des Schreckens, wirbelten herum, stampften mit den Füßen, warfen die brennenden Schilfumhänge ab und schlugen nach den Flammen, die sich auf ihnen festgesetzt hatten.

Simu schrie verzweifelt. »Nein! Komm zurück! Warte!«

Torka blinzelte, bemühte sich, in dem Inferno etwas zu erkennen, und sah, wie der Jäger sein jüngstes Kind Uni an Eneela weitergab und ohne sich umzusehen seiner Tochter Larani nachrannte.

Das Mädchen lief schreiend auf den Fluß zu. Torka sah entsetzt, daß sie noch immer ihren Schilfumhang trug, obwohl er lichterloh auf ihrem Rücken brannte. Simu schrie ihr zu, sie solle den Umhang fortwerfen.

Torka hob Sayanah von seinem Rücken und stellte ihn neben Lonit. Dann lief der Häuptling los, während Demmi an seiner Seite auftauchte. Umak hatte Greks Enkelin und den kleinen Jhon abgesetzt, um sich ihnen anzuschließen.

Torka lief schneller, um das fliehende Mädchen einzuholen, warf den Kopf zurück und brüllte vor Verzweiflung über die grausame Ungerechtigkeit des Ganzen. Larani hatte schon immer etwas an sich gehabt, das seine Seele erfreute, eine gewisse natürliche Selbstsicherheit, die sie schon als Säugling von den anderen unterschieden und zu Simus Stolz gemacht hatte. Er brüllte noch einmal.

Er lief jetzt so schnell, daß er die anderen längst hinter sich gelassen hatte. Langsam kam er Larani näher. Die Funken und abgelösten Teile ihres Umhangs flogen ihm entgegen und ins Gesicht. Er roch verbranntes Haar und wußte, daß mehr als nur Laranis Umhang in Flammen stand.

Als er gerade nach ihr greifen wollte, geriet sie in einen starken Luftwirbel, der das Mädchen in die Wolken hinaufzureißen schien. Torka wurde von der Böe umgeworfen, und auf dem Rücken liegend, sah er fassungslos zu, wie Larani wie eine lodernde Fackel in den Fluß geschleudert wurde.

Grek kam aus dem brüllenden Feuersturm und hetzte ihr nach, stieß Simu und Dak zur Seite, um in den reißenden Strom zu springen, als hätte er keine Angst davor.

»Nein!« kreischte Iana. »Larani ist verloren! Laß sie gehen! Du wirst ertrinken, Grek!«

Torkas Ohren waren nach dem Knall noch wie taub. Er kämpfte sich wieder auf die Beine. Umak und Demmi waren ebenfalls von dem Wirbelwind umgeworfen worden, wie er jetzt sah. Entsetzt stellte er fest, daß seine Kinder reglos auf der Erde lagen. Dann fluchte Umak, sprang auf und schlug nach den Funken, die ihm die Kopfhaut und die Handrücken versengten. Honee half ihm, ging dabei offensichtlich jedoch zu ungestüm vor, denn nun schlug er nicht mehr nach den Funken, sondern nach seiner Frau, bis sie zurückwich und gegen Dak stieß, der der halb bewußtlosen Demmi aufhalf.

»Torka!« Lonit war neben ihm und berührte ihn vorsichtig, als wäre sie sich nicht sicher, ob er wirklich noch lebte. Ihr Gesicht war vor Reue verzerrt, als sie zu ihm aufsah. »Für immer und ewig, Torka, sind wir zusammengewesen, und wir werden zusammensein, selbst jetzt, am Ende.«

»Ende?«

Er sah die Bestätigung in ihren überfließenden Augen, die Gewißheit und die Trauer, das Bedauern und die Verzweiflung, die tief in sein Herz drangen.

»Nein.« Sein Herz pochte. »Die Mächte der Schöpfung sind bislang auf unserer Seite gewesen! Warum sollten sie uns jetzt im Stich lassen? Ich werde es nicht glauben! Ich werde es nicht hinnehmen!« Er konnte sich nicht dazu überwinden, das Wort *Tod* auszusprechen. Dann spürte er, wie er aus einer inneren

Quelle neue Entschlossenheit gewann. Er drehte sich um, blickte den Weg zurück, den sie gekommen waren, und dann nach vorn.

Lonit hatte recht. Obwohl er es nicht hatte wahrhaben wollen, würde in wenigen Augenblicken alles vorbei sein. Sie waren vom Feuer eingeschlossen. Vor ihnen lag der Fluß — der für eine Überquerung, selbst für den Versuch einer solchen, viel zu tief und zu gefährlich war. Dennoch wartete im Feuer der sichere Tod. Lag in der Gefahr des Flusses nicht zumindest eine kleine Hoffnung auf Überleben? Er bezweifelte es.

Er starrte auf den Fluß hinaus. Ein sichtlich bestürzter Simu kniete am Ufer und heulte den Namen seiner verlorenen Tochter. Torka sah entsetzt zu, wie der alte Grek immer weiter davongetrieben wurde, bis er überraschenderweise plötzlich Halt fand.

Torka sprang auf. Sah er Geister? Nein! Der Mann stand bis zur Brust im reißenden Strom und kämpfte sich Schritt für Schritt voran. Grek war weit vom Ufer entfernt, aber er war weder in Gefahr zu ertrinken noch fortgerissen zu werden.

»Schaut!« Simu deutete mit ausgestrecktem Arm auf den alten Mann.

»Seht ihr das?« Umaks Stimme brach wie die eines heranwachsenden Jungen, als er begeistert aufschrie.

Sie alle sahen es. Grek hielt sich auf den Beinen und kämpfte sich zu der Stelle vor, an der Laranis Körper zwischen mehreren großen Felsblöcken eingeklemmt lag, die wie eine Insel aus spitzen Zähnen aus der Strömung ragten.

»Er hat mein Mädchen erreicht ... mein armes verbranntes und ertrunkenes Mädchen«, schluchzte Eneela.

Noch während Simus Frau sprach, sah Torka, wie Grek kurz vor den Felsen ausrutschte und im tobenden Wasser verschwand.

Neben ihm senkte Lonit den Kopf und flüsterte leise Greks Namen im Tonfall der Trauer.

Doch als der Häuptling gerade die Hoffnung aufgegeben hatte, hielt er vor Staunen erneut den Atem an. Der alte Mann war auf der anderen Seite der Felsen wieder aufgetaucht. Er schlug mit den kräftigen Armen und arbeitete sich auf die Felsen zu. Als er sie erreicht hatte, zog er sich auf einen der Blöcke und blieb einen Augenblick ruhig liegen, um nach Luft zu schnappen. Dann rappelte er sich auf, ganz wie ein Bison aus einem Wasserloch, in dem er sich gesuhlt hatte. Er kletterte auf die Felsblöcke und richtete sich auf.

Er winkte ihnen allen auffordernd zu. »Kommt!« rief Grek laut und stolz. »Die Strömung wird euch tragen, ja! Hier ist das Wasser nicht tief! Ein guter, sicherer Platz, an dem wir warten können, bis die Tochter des Himmels ihren Appetit am trockenen Land und seinen Kindern verloren hat! Bindet euch mit den Steinschleudern zusammen, damit niemand fortgetrieben wird! Die Mächte der Schöpfung sind dem Stamm von Torka wohlgesonnen!«

Torkas Kopf ruckte hoch. Es wäre ein gefährliches Unternehmen, aber in dieser Gefahr lag Hoffnung.

»Kommt!« rief Grek erneut und gestikulierte wild. »Worauf wartet ihr?«

Torka spürte den Herzschlag in seiner Kehle, als er den Weg zurückblickte, den sie gekommen waren. Er mußte die Mächte der Schöpfung noch um einen Gefallen bitten, bevor er seinen Stamm in den Fluß führte.

»Vater Himmel, Mutter Erde, laßt meinen Sohn Manaravak nicht im Stich. Wenn er noch lebt, wird er all eure Macht benötigen, um diese Nacht lebend zu überstehen.«


Manaravak hatte immer wieder den Fluß überquert, doch sein Stamm war noch nicht zurückgekehrt.

Irgendwann während der ersten Überquerung waren die Hunde zu ihm gestoßen – ein verdreckter, sechsköpfiger Haufen, der von Gefährte, Erdhörnchenjäger und der kleinen grauen Hündin angeführt wurde, die der Stamm Schneefresser getauft hatte.

Manaravak erkannte an ihrem Verhalten und dem verwirrten, leeren Blick in ihren Augen, daß die Tiere die einzigen Überlebenden des Rudels waren. Sie waren erschöpft und ließen die Schwänze hängen, doch bis auf Erdhörnchenjägers fehlendes linkes Ohr und Gefährtes blutige Schnauze waren sie unverletzt.

Manaravak war dankbar gewesen, als sie gekommen waren und ihm dabei halfen, das Lager des Stammes zu retten. Sie trugen gehorsam die vielen Gepäckstücke und schleppten vollbeladene Schlitten. Der Mensch und die Hunde hatten zusammengearbeitet, bis sie alle das Bedürfnis verspürten, sich auszuruhen. Inzwischen war es Nacht geworden. Sie saßen im zunehmenden Wind auf der anderen Seite des Flusses zwischen den Dingen, die sie hatten retten können. Stumm und besorgt hatten sie dem Toben des Feuers gelauscht und seine Annäherung beobachtet. Sowohl der Mensch als auch die Hunde spürten tief im Innern, wie sich die Bestie der Furcht regte.

»Der Stamm wird kommen«, hatte Manaravak gesagt.

Gefährte hob seine verletzte Schnauze und heulte. Manaravak wußte, daß er nach Umak rief, und so stimmte er in das Geheul mit ein. Dann warteten sie still auf eine Antwort. Doch es gab keine.

»Kommt!« sagte er, stand auf und ging wieder ins Wasser. »Wir müssen noch mehr herüberholen. Ich bitte euch nur noch um diese eine Überquerung. Wenn wir wieder an diesem Ufer sind, wird auch der Stamm eingetroffen sein.«

Die Hunde waren anderer Meinung.

Ungeduldig watete Manaravak allein durch den Fluß. Er wußte, daß die Arbeit ihm half, seine Panik unter Kontrolle zu halten. Es war noch eine Hütte übrig, die er abbauen mußte ... noch ein Satz von Riemen, die er lösen mußte, eine weitere schnelle Suche nach wertvollen Werkzeugen und Lederbeuteln mit Öl, Fett und Trockenfleisch, bis er die wasserdichte Bodenplane über das Fellzelt ausbreiten konnte.

Ein Schwall heißer, sengender Luft flog über ihn hinweg wie ein kreischender Flammenvogel. Er achtete nicht darauf. Endlich, nachdem seine Augen schon lange brannten und tränten und seine Lungen nach Luft schrien, hatte er alles um sich versammelt. Dies waren die Dinge, die in der kommenden Zeit der langen Dunkelheit über Leben und Tod des Stammes entscheiden würden. Er hatte alles gerettet!

Sein Stamm würde jubeln, wenn er sah, was er geschafft hatte. Er hob den schweren Packen auf die Schultern, stand auf und sah über das Wasser nach Osten. Er blinzelte ungläubig. Das Feuer hatte den Fluß übersprungen, das andere Ufer stand bereits in Flammen!

Die Panik war wie eine Faust, die ihm in den Magen schlug, als er instinktiv herumfuhr, um nach Westen zu starren ... in die Richtung, aus der er gekommen war und aus der auch der Stamm zu ihm stoßen mußte.

Was er sah, entsetzte ihn so sehr, daß er den Packen fallen ließ. Eine geschlossene Wand aus grollenden, windgepeitschten Flammen ragte vor ihm auf. Trotz der Hitze wurde ihm eiskalt. Sein Stamm würde niemals durch ein solches Feuer kommen können. Wenn sie es versucht hatten, waren sie jetzt alle tot.

»Nein!«

Sein Schrei schien die Tochter des Himmels in Zorn zu versetzen. Auf dem Rücken des Windes sprang sie hoch, kehrte ihren Körper von innen nach außen und warf den fassungslos zusehenden Manaravak in einer mächtigen Explosion aus Hitze und weißglühenden Flammen um. Betäubt lag er flach auf dem Bauch und brannte.

Es war die Hitze der Flammen, die sein Fleisch berührten, die ihn unvermittelt aufspringen ließ. Er schrie vor Wut und rannte los, um sich in das kalte Wasser zu werfen. Dort wälzte er sich hin und her und heulte wie ein dummes Tier, bis die starken Zähne eines anderen Tieres ihn an seiner Jacke packten und stromabwärts in tieferes Wasser zerrten.

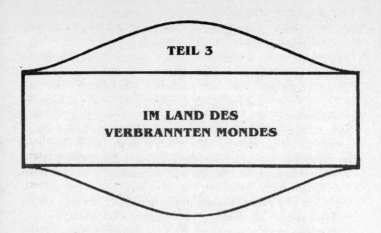

# TEIL 3

# IM LAND DES VERBRANNTEN MONDES

1

Die ganze Nacht über blieben sie auf der kleinen Felsinsel in der kalten Strömung des Flusses. Die Familien hatten sich in ängstlich zitternden Gruppen zusammengedrängt. Die Erwachsenen hielten ihre Kleinsten an sich gedrückt, blickten flußabwärts und saßen mit dem Rücken gegen die größten Felsen, damit sie nicht vom Fluß davongeschwemmt wurden, in dem sich das Licht des Feuers blutrot spiegelte. Die Nacht dröhnte mit der Gewalt des Feuersturms, und die Tochter des Himmels machte sich hungrig über das trockene Land her.

Naya, die sich schutzsuchend im nassen Schoß Greks zusammengerollt hatte, dachte daran, daß wohl kein lebendes Wesen dem gierigen Hunger des Feuers entrinnen konnte, das nicht gewagt hatte, Sicherheit im Fluß zu suchen. Von überall hörte sie die fernen Schreie sterbender Tiere, ihr Blöken, Mauzen, Kreischen, Brüllen und angstvolles Heulen.

Sie fühlte sich so leer. *Manaravak, wo bist du? Und Erdhörnchenjäger und Gefährte und all die anderen Hunde? Oh, bitte seid in Sicherheit!*

Sie vergrub ihr Gesicht in den feuchten Strähnen von Greks Bisonfellumhang und weinte, als sie das leise und schreckliche Stöhnen Laranis hörte, die im Sterben lag.

»Vielleicht wäre es besser gewesen, wenn dieser Mann sie nicht aus dem Wasser gezogen hätte.« Die Stimme des alten Mannes klang bedrückt vor Kummer. »Ihr Rücken und ihr Gesicht – ihr armes, hübsches Gesicht – alles ist so schrecklich verbrannt...«

»Mich hätte es treffen sollen, nicht Larani!« heulte Naya reuevoll. Ohne ein weiteres Wort verließ sie den alten Grek und ging vorsichtig zu Larani hinüber, die in Simus Armen lag.

Eneela kniete neben ihr. Sie sah ausgezehrt aus und hatte keine Tränen mehr. »Was ist, Naya?«

»Ich...« Die Worte blieben ihr in der Kehle stecken, als sie ihre Freundin ansah. Simus Arm lag über dem Mädchen und schützte sie vor dem ständigen Ascheregen, aber Naya konnte sehen, daß er seine Tochter in Bandagen gewickelt hatte, für die er seine eigene Jacke aus Hirschleder in Streifen geschnitten hatte. Sie waren mit Flußwasser getränkt, um ihre Verbrennungen zu kühlen. Trotzdem bewegte Larani sich unruhig und schlug mit den Armen um sich, während sie wie ein verwundetes Tier stöhnte und heulte.

Simu sah Naya mit einem Gesicht an, in das die Sorge tiefe Furchen gegraben hatte. »Was willst du, Mädchen?«

»Ich will... helfen«, stammelte sie.

Unter dem brennenden Himmel sah Simu aus, als würde er jeden Augenblick in Tränen ausbrechen. Doch er knurrte nur, als er seinen Arm wegzog und Naya heranwinkte. »Sieh sie dir an, bevor du sprichst, kleines Mädchen! Du magst von deiner Großmutter in die Heilkunst eingeweiht worden sein, aber für meine Larani gibt es keine Heilung mehr und keine Hilfe und keinen Trost.«

Naya riß die Augen auf. Bis jetzt hatte sie sich nicht überwinden können, nahe genug heranzukommen, um das Ausmaß von Laranis Verbrennungen zu erkennen. Sie trat zurück, als ihr übel wurde. Gleichzeitig war sie erleichtert, daß die Tochter von Simu und nicht die Enkelin von Grek diese Verbrennungen

erlitten hatte. Sie drehte sich um und flüchtete zurück in den
tröstenden Schoß von Grek.


Als das Wasser unter Manaravak tiefer wurde, war es plötzlich
kälter und die Strömung schneller. Der Fluß machte eine
abrupte Biegung und trieb ihn und das Tier, das sich an ihn
klammerte, zwischen hohe Felsen, durch die das Wasser wild
schäumend hindurchbrauste.

Gefährte hielt ihn so lange wie möglich gepackt, aber als
Manaravak seinen Retter erkannte und dem großen Hund einen
Arm um den Hals zu legen versuchte, war es schon zu spät.
Wenn Gefährte vor Furcht bellte, merkte Manaravak es nicht,
denn sein eigenes Heulen war viel zu laut. Die Strömung wechselte erneut die Richtung, und das Wasser floß schnell und dunkel, zunächst durch schmale Kanäle und dann in breiter Fläche
durch offenes Land. Er konnte das Feuer an beiden Ufern brennen sehen. Es spiegelte sich im Wasser und in den vor Schreck
weit aufgerissenen Augen des Hundes, während der wirbelnde
Strom sie durch eine Reihe von Strudeln riß und sie dann gegen
eine harte Bank aus Felsblöcken warf, die steil am anderen Ufer
aufragte.

Manaravak erkannte das Ufer wieder und schrie auf. Verzweifelt versuchte er, ans trockene Land zu kommen, doch er
schaffte es nicht. Er verlor Gefährte aus den Augen, sah jetzt
jedoch andere Tiere, die hilflos vom Wildwasser fortgetrieben
wurden. Einige waren tot — verbrannt und ertrunken, ähnlich
wie er es bald sein würde.

Er geriet in Panik. Er war nicht mehr Manaravak, der Sohn
von Torka und Lonit. Er war jetzt der Wanawut, der Sohn der
Bestie, nur noch ein Tier, das wütend und heulend um sein
Leben kämpfte. Dann warf ihn der Fluß auf einen Streifen
Sand, wo er keuchend und vor Erschöpfung und Erleichterung
weinend liegenblieb.

Etwas mit kleinen Pfoten lief über seinen Rücken, dann etwas
mit Hufen und schließlich wieder etwas mit Pfoten. Er drehte
sich um und sah ein Erdhörnchen und eine Antilope, die hinter

einem kleinen Hasen mit verkohlten Ohren herhetzte. Und dann hörte er ein Pferd in Todesangst wiehern. Als er sich auf die Handflächen stützte, sah er über sich einen Hengst, der von den hohen Steinwänden einer Klippe stürzte. Das Pferd flammte im Fallen auf, während sich Funken und brennendes Fell von ihm lösten, bis es neben ihm landete. Manaravak rollte sich rechtzeitig zur Seite und hörte das Geräusch, mit dem die Vorderbeine und das Genick des Tieres brachen. Es rollte kopfüber voran und blieb auf der Seite liegen. Es stöhnte noch einmal, bevor es neben ihm starb. Die Mähne und der Schwanz brannten immer noch, während der Körper bereits schwarz verkohlt war und die Augen ausliefen.

In plötzlichem Entsetzen über diesen Wahnsinn sprang Manaravak auf die Beine. Seine Glieder waren geprellt und aufgeschürft, aber er lief vom Kadaver des verbrannten Pferdes davon, fort vom sicheren Tod am Flußufer, kletterte über Felsen und lief aufs Land. Er war ein Tier, eine wilde Bestie, die sich nur von ihren Instinkten leiten ließ, während er vor dem Feuer floh, bis er nicht mehr konnte. Er fiel auf die Knie und dann auf den Bauch und keuchte in der alles erstickenden Wolke, die über dem Land lag. Die rauchgeschwängerte Luft, die er in seine Lungen einatmete, begann ihn zu töten.


Das Land war zu beiden Seiten des Flusses schwarz und rauchend, aber der Wind hatte sich gelegt, und ein stetiger Regen fiel aus dem schweren, grauen Himmel. Das Feuer war erloschen. Die Tochter des Himmels würde heute nicht mehr von der Erde fressen.

»Wir können nicht an diesem Ort bleiben«, verkündete Torka. »Mit dem Regen ist der Fluß bereits angestiegen. Bald wird diese Felsinsel überflutet sein.«

Niemand widersprach ihm. Während der schrecklichen Nacht hatten sie sich ausruhen können, ohne daß es ihnen Erleichterung gebracht hätte. Obwohl alle unter Rauchvergiftung und Erschöpfung litten, wußten sie, daß der Häuptling recht hatte.

Stumm taten die Stammesmitglieder, was sie konnten, um die Kleinen und die verbrannte Larani zu trösten. Dann bereiteten sie sich darauf vor, den Fluß erneut zu überqueren, und zwar auf dieselbe Weise, auf die sie gekommen waren. Doch Torka überraschte sie mit seinem Befehl:

»Wir gehen mit der Strömung, nicht in Gegenrichtung.«

»Flußabwärts? Aber wie?« fragte Dak, dem offenbar nicht gefiel, was er hörte. »Das Wasser fließt zu schnell und ist zu tief.«

Torka brachte ihn mit einer Handbewegung zum Schweigen. Er starrte eine Weile über den Fluß, bis er ruhig sprach: »Schaut stromabwärts. Der Fluß ist von Inseln wie dieser übersät. Mit etwas Glück schaffen wir noch einmal dasselbe, was Grek gestern abend geschafft hat.«

»Aber wie?« hakte Dak erneut nach. »Gestern nacht wurde die Hälfte von uns beinahe davongeschwemmt, als wir Grek folgten. Wir hätten fast die Kleinen verloren, obwohl wir sie uns fest auf den Rücken gebunden hatten.«

Demmi, die allein auf dem höchsten Felsblock hockte, lachte ihren Mann spöttisch aus. »Du hast das Herz einer alten Frau, Dak! Gib nicht auch noch damit an!«

Torka achtete nicht auf seine Tochter, als er Dak ernst ansah. Der junge Mann hatte seine Entscheidungen in den letzten Tagen stets allzu leichtfertig in Frage gestellt. Er fragte sich, ob er Dak Grund gegeben hatte, an ihm zu zweifeln oder sich über ihn zu ärgern. Trotz Daks Mangel an Mut zu neuen Wegen erwies sich seine Sturheit gelegentlich als beharrliche Kraft. Letztendlich lag die Verantwortung jedoch auf Torkas Schultern, vor allem in einer Situation wie dieser, und er wußte genau, was zu tun war, wurde der Regen doch immer heftiger und trieb den Fluß unaufhaltsam vorbei.

»Wir können hier nicht bleiben«, sagte er eindringlich. »Die nächsten Inseln nähern sich immer mehr dem Ufer, bis die letzte und fernste fast das trockene Land berührt. Wenn wir Glück haben . . .«

»Davon hatten wir in letzter Zeit nicht sehr viel«, wandte Simu gereizt ein, als er zu Torka aufsah. Er kniete neben Eneela über der zusammengekauerten Gestalt ihrer Tochter Larani. Nur mit einem Kopfnicken deutete er auf das Mädchen und sah dem Häuptling offen in die Augen. »Oder willst du das hier als Glück bezeichnen?« Seine Stimme klang so hart wie die Felsen, auf denen sie hockten.

Doch Torkas Stimme war noch härter. »Wenn sie in einem richtigen Lager gepflegt wird, werden Laranis Verbrennungen heilen. Bald wird es ihr wieder besser gehen.«

»Aber sie wird für immer entstellt sein!« schluchzte Eneela betrübt.

Torka bekämpfte seine aufflackernde Wut. »Aber sie lebt, Frau! Wir alle leben! Ja, Simu, ich sage wirklich, daß wir Glück gehabt haben. Letzte Nacht gab es eine Zeit, als ich daran zweifelte, ob irgend jemand von uns noch eine weitere Morgendämmerung erleben würde! Wenn der Feuersturm Larani nicht in den Fluß geschleudert hätte, wäre sie zu Tode verbrannt, und wir hätten niemals diesen Schutz vor den Flammen gefunden.«

»Die Mächte der Schöpfung waren in der letzten Nacht auf unserer Seite«, gab der Zauberer den anderen zu bedenken.

Torka drehte sich um und sah, daß Umak neben ihn getreten war.

»Wo waren sie?« lehnte sich Dak auf. »Und wo ist dein Bruder? Und dein Hund? Wo sind die anderen Hunde?«

Umak verengte trotzig die Augen, als er den Kopf hob. »Ich weiß es nicht«, erwiderte er ungerührt. »Aber der Stamm lebt noch. Torka und die Mächte der Schöpfung haben uns durch das Feuer geführt und...«

»Umak spricht die Wahrheit!« Dieser impulsive Ausruf kam von Honee. Sie sah stolz und bewundernd zu ihrem jüngeren Mann auf. »Umak hat die Gefahr gesehen, die uns im See gedroht hätte! Er sprach mit der Stimme des Geisterwindes! Wenn Umak sagt, daß die Mächte der Schöpfung Torka und seinem Stamm günstig gestimmt waren, dann ist es so!«

Umaks Gesicht blieb ausdruckslos. Er stand in der Haltung des Zauberers mit erhobenen Armen da. Der Regen schien ihn nicht zu berühren, als er sprach. »Kein Mann und keine Frau soll jemals vergessen, daß die Mächte der Schöpfung auf Torkas Seite sind! Wir müssen ihnen und Torka vertrauen, der uns in der Vergangenheit niemals im Stich gelassen hat!«

Ein Raunen ging durch den Stamm. Dak trat ernüchtert nach dem Wasser, das um seine Knöchel wirbelte, und drehte sich um.

Kurz darauf senkte Umak die Arme und wandte sich seinem Vater zu. Niemand außer Torka sah das leichte Zwinkern seines rechten Augenlides.

»Nun?« drängte Umak den Häuptling. »Behalte deine Weisheit nicht für dich, Torka! Wie sollen uns die Mächte der Schöpfung über das Wasser bringen?«

Torka kniff die Augen zusammen, als er den jungen Mann ansah und dessen scheinbare Herausforderung durchschaute.

»Wir werden den Fluß überqueren«, sagte der Häuptling, »so wie wir das brennende Land überquert haben: mit Mut und Stärke!«

Nur wenige Menschen erhoben sich.

»Wir müssen ein so langes und starkes Seil machen, wie wir können«, fuhr Torka fort.

»Ein Seil?« Daks Augenbrauen senkten sich wie eine unheilverkündende Gewitterwolke. »Was wollen wir in dieser Situation mit einem Seil?«

»Sei still, Dak!« befahl Torka. »Ich bin dein Häuptling, nicht deine Frau! Du wirst dich nicht mit mir zanken!« Er wirbelte herum und bemerkte Demmis spöttisches Grinsen. »Und du wirst kein weiteres beleidigendes Wort an deinen Mann richten! Ihr beide werdet tun, was euch befohlen wird!«

»Was wirst du uns befehlen, Torka?« Lonits Frage entspannte die Lage.

Er befahl seinem Stamm, die Kleider auszuziehen und sie in lange, breite Streifen zu schneiden. Auf seine Anweisung hin stellten sie ein Seil aus den immer noch feuchten Fellstreifen her. Die Frauen knüpften Lederriemen an den Hauptstrang, mit denen sie sich ihre Kinder auf den Rücken binden würden. Mit Hilfe aller war die Arbeit bald erledigt.

»Ich werde als erster gehen«, sagte Torka. »Sobald ich die

nächste Insel erreicht habe, werde ich mein Ende des Seils dort befestigen. Dann könnt ihr es benutzen, um nachzukommen. Wenn der letzte Mann dort ist, werden wir uns ausruhen und dann zur nächsten Insel weiterziehen, bis wir ... bis die Mächte der Schöpfung und die Flußgeister uns sicher ans andere Ufer gebracht haben.«

Lonits Augen waren immer noch voller Furcht, aber sie war klug genug, ihre Bedenken nicht auszusprechen. »Die kleineren Jungen müssen getragen werden — und ich will keine Widerrede hören! Simu, du wirst Larani auf dem Rücken tragen!«

Diese Methode war gefährlich, aber es war die einzige, die ihnen blieb. Es regnete jetzt stärker, und der Wasserspiegel um die Felsen war bereits merklich gestiegen.

Torka prüfte den Fluß. Der Häuptling war nackt bis auf ein Stück Seil, das er kreuzweise über Brust und Schultern verschnürt hatte, um seine Speere waagerecht auf seinem Rücken zu befestigen. Eine Seilschlaufe war um seine Hüfte gebunden und sicherte seine Keule und seine Speerschleuder. Grek und Simu hielten das andere Ende des Seils und gaben langsam nach.

Die Kälte des Wassers umfing ihn und drang in seine Haut ein, bis er das Gefühl hatte, sein ganzer Körper würde gleich in kleine Eisstückchen zerplatzen.

Benommen suchte Torka nach Halt. Seine Finger wurden bei der Berührung mit der rauhen Oberfläche der Steine aufgerissen, aber er schaffte es, sich aus dem Wasser zu ziehen. Nachdem er auf die Felsen geklettert war, saß er eine Weile mit gesenktem Kopf da und stützte seine Arme auf seinen nackten Knien. Er konnte den Jubel seines Stammes hören. Simu und Grek schrien und winkten begeistert und hielten das andere Ende des Seils hoch. Er war zu erschöpft, um ihr Winken oder ihre Rufe erwidern zu können, aber das Zerren des Seils war beruhigend. Es hatte gehalten.

Während der Regen auf seinen bloßen Rücken fiel, bemerkte er mit einem ironischen Lächeln, daß nur noch eine Schlaufe um seine Hüfte übrig war. Das Seil war gerade lang genug, um

ihn mit jenen zu verbinden, die er zurückgelassen hatte...
gerade genug, um seinem Stamm eine Chance zu geben.
 Mehr konnte ein Mensch nicht verlangen.


In den folgenden Stunden durchquerten die Menschen das Wasser, während Torka das Seil hielt, das über Leben oder Tod seines Stammes entschied. Niemand ging im Fluß verloren, obwohl die Kälte und die Erschöpfung ihnen schwer zusetzten. Die Kinder weinten aus Angst vor dem weiten Weg, der noch vor ihnen lag.
 Torka führte den Stamm von einer Felseninsel zur nächsten, bis er eine lange Sandbank fand, die bis zum Ufer reichte. Dann saßen sie zusammengekauert auf dem Land, rieben sich gegenseitig warm und blickten den Weg zurück, den sie gekommen waren. Mit klappernden Zähnen dankten sie den Mächten der Schöpfung, den Geistern des Flusses und dem Schicksal, daß sie ihnen das Leben geschenkt hatten.


Später, während der langen arktischen Dämmerung, saßen Torka und sein Stamm in unbearbeiteten Fellen von den vielen ertrunkenen Tieren, die überall am Fluß verstreut lagen, und zitterten sich warm.
 Unter seinem blutigen Elchfell wurde Umak auf die laute Stimme seiner Schwester Demmi aufmerksam. »Er lebt!« schrie sie den Jägern zu. »Ich weiß, daß er lebt! Wie könnt ihr hier herumsitzen? Ihr müßt aufstehen und mir helfen, ihn zu finden!«
 »Setz dich hin, Frau!« Daks Stimme klang unendlich erschöpft. »Wir müssen unsere Kräfte sammeln. In der Zwischenzeit wird er — wenn er tatsächlich noch am Leben ist — vermutlich schon den Weg zu uns gefunden haben!«
 »Aber...«
 »Demmi, tu, was man dir sagt!« brachte Torkas Befehl sie zum Schweigen. »Dein Mann spricht für uns alle.«
 Umak war dankbar. Das letzte, was er jetzt ertragen konnte,

war, dem endlosen Gezank von Demmi und Dak zuhören zu müssen. Er verstand die beiden nicht. Sie waren einmal ein so glückliches Paar gewesen. Aber er war zu müde, um länger darüber nachzudenken. Selbst ein Zauberer mußte sich einmal ausruhen. Er verschränkte die Arme um seine Beine und versuchte zu schlafen. Doch es half nichts, denn Umak machte sich ebenfalls große Sorgen um Manaravak. Hatte er die Feuersbrunst überlebt? Hatte er den Fluß überqueren können, und waren die Hunde bei ihm?

*Gefährte! Wo bist du, alter Freund?*

Fast wie eine Antwort auf seine unausgesprochene Frage erklang ein Geheul in den fernen Hügeln. Feurige Bilder erschienen in Umaks Geist, als er sich an die undeutlichen Gestalten im Rauch erinnerte, die er auf dem Höhepunkt des Brandes gesehen hatte. *Wanawuts.*

Jetzt lauschte er dem fernen Heulen und fragte sich, ob es Wanawuts waren. Viele Jahre lang hatte der Stamm geglaubt, daß es auf der ganzen Welt keinen einzigen Wanawut mehr gab – und dann hatten sie ihre Spuren gefunden. Alle außer Manaravak hatten vor Furcht gezittert. Hatten die seltsamen Bestien, die halb Bär, halb Mensch zu sein schienen, das Feuer überlebt und den Fluß überquert? Waren sie jetzt dort draußen und heulten den Himmel an, bis ihr Lied in den Hügeln verklang und vom Regen erstickt wurde?

Umaks Augen wurden schwer. Er döste ein, wurde jedoch von einem kurzen Heulen wieder geweckt. Er blickte auf. Niemand sonst schien es gehört zu haben. Aber er spürte es noch in seinem Herzen nachklingen, lange nachdem der Schrei selbst verstummt war: der Schrei eines Menschen. *Manaravak . . . ?*

Umak saß jetzt kerzengerade und war hellwach. Sein Herz pochte. Hatte er seinen Zwillingsbruder gehört? Heulte sein Bruder gemeinsam mit den Tieren dort draußen im verbrannten Land? Er wartete darauf, daß der Laut wiederholt wurde, und war erleichtert, als es nicht geschah.

Doch tief in ihm rührte sich ein Schuldgefühl. Was war er nur für ein Bruder? Manaravak war sein Zwillingsbruder! Wollte er nicht, daß er zu seinem Stamm zurückkehrte? Natürlich wollte er das! Aber ... wenn Manaravak nicht zurückkehrte, wer würde dann für Naya sprechen, wenn endlich ihre erste Blutzeit begann? Er schluckte. Er wollte nicht an so etwas denken. Er brachte Schande über sich selbst, seinen Bruder und das Mädchen.

Honee begann neben ihm zu schnarchen. Ihre Tochter lag wie ein regloser Hügel unter der Wärme des angesengten Elchfells, das er für sie abgehäutet hatte. Li und Jhon schliefen im warmen Schutz ihrer weichen Arme und Brüste. Er lächelte, weil er sie in Sicherheit wußte, doch sein Lächeln hielt nicht lange an. Wenn Honee doch nur nicht so fett wäre! Wenn Honee doch nur ... Naya wäre.

## 2

Sie suchten das Flußufer nach Manaravak ab. Doch sie fanden nichts. Dann wurde das Wetter schlechter, und der strömende Regen machte jeder Hoffnung ein Ende, noch eine Spur von ihm zu entdecken.

»Wir müssen umkehren.« Torkas Stimme klang trostlos.

»Nein! Wir müssen weiter!« widersprach Demmi.

»Wenn sich das Wetter bessert«, versprach ihr der Häuptling. »Vorher werden wir keinen Erfolg haben.«

Zwei Tage lang lagerten sie auf dem versengten Ufer und sammelten ihre Kräfte, während ein scharfer Schneeregen fiel. Wölfe heulten Lieder voller Kummer und Tod von den feuergeschwärzten Hügeln.

Der Regen wurde immer heftiger, und der Stamm wußte, daß Manaravak, wenn er noch am Leben war, allein seinen Weg zurück zum Stamm finden mußte.

»Ich habe euch gesagt, daß wir hätten weitersuchen müssen, als wir noch eine Chance dazu hatten!« Demmis Anklage versetzte allen einen Stich.

Lonit hielt sich tapfer gegen die schlimmste Furcht einer Mutter. »Der Verlorene war schon einmal verloren«, sagte sie, ohne etwas von ihrer inneren Aufgewühltheit zu zeigen. »Er ist aus großer Ferne zu seinem Stamm zurückgekehrt, aus den Armen einer Bestie und über den Abgrund der Zeit. Also müssen wir hoffen. Es wäre eine Beleidigung der Geister, an etwas anderes zu denken.«

Doch die Hoffnung wurde vom strömenden Regen ertränkt, während die Familien die Felsinseln im anschwellenden Fluß versinken sahen. Aufgequollene Tierleichen trieben am Ufer vorbei — Hasen und Vielfraße, Pferde und Löwen, Faultiere und Säbelzahnkatzen, Antilopen und Luchse und Mäuse —, Raubtiere und Pflanzenfresser waren gleichermaßen dem Fluß zum Opfer gefallen.

Mit Hilfe der toten Tiere konnten Torka und sein Stamm überleben. Es gab Fleisch im Überfluß, das die Menschen roh aßen, denn niemand wollte für eine Weile Feuer sehen, nicht einmal unter strengsten Sicherheitsvorkehrungen. Sie lösten die Felle von den Tieren, um sich daraus einfache Schlaffelle und Zelte zu machen.

In solch einem Zelt lag Dak auf der Seite, während Kharn in seinen Armen schlief. Auch Dak wäre schon längst eingeschlafen, wenn Demmi nicht neben ihm auf dem Rücken gelegen und hellwach in die Dunkelheit gestarrt hätte.

»Wir werden ihn finden, Frau«, sagte Dak leise. Er wußte, daß ihre Gedanken bei ihrem Bruder waren.

»Du bist kein Zauberer!«

»Nein. Ich bin nur dein Mann und versuche, dein Herz zu erleichtern.«

Sie sog schmerzvoll den Atem ein und wandte sich verzweifelt an ihn. »Suche ihn für mich, Dak! Du bist ein guter Fährtenleser und ein zuverlässiger Jäger.«

»Ich würde es tun, wenn ich könnte, Demmi«, versicherte er ihr. »Wenn ich damit erreichen könnte, daß du mich nur noch ein einziges Mal anlächelst.« Er löste seinen Arm von dem schlafenden Jungen und berührte ihre Wange. Er zog langsam die Konturen ihres Gesichts nach, strich ihre langen Haarsträhnen zurück und ließ die Enden durch seine Finger hindurchgleiten. »Was ist nur zwischen uns geschehen, Frau? Warum verbrennst du mich mit deiner Zunge und wendest mir in der Nacht den Rücken zu, wo wir doch einmal so viel Freude miteinander hatten?«

Sie zitterte, als sie ihre Hand hob und auf seine legte. »Er ist irgendwo dort draußen, Dak ... allein, wie er es schon einmal war. Niemand kümmert sich um ihn, niemand liebt ihn.«

In seiner Stimme wurde leichte Verärgerung hörbar. »Er ist jetzt ein starker und selbständiger Mann, Demmi. Er wird überleben, bis wir ihn finden oder er uns findet.«

Demmi stützte sich auf ihre Ellbogen. Selbst in der Dunkelheit konnte Dak erkennen, daß ihre Augen jetzt voller Hoffnung leuchteten. »Gemeinsam könnten wir ihn finden!« Die Anspannung ihres Körpers löste sich. »Wenn wir jetzt aufbrechen, würde es niemand bemerken, bis ...«

»Das Wetter ist schlecht, Demmi. Bevor wir unsere verlorene Kleidung ersetzt haben, können wir nicht ...«

»Kleidung! Ich mache mir nichts aus Kleidung!«

»Trotzdem, Demmi. Meine Schwester Larani hat schwere Verbrennungen. Ich könnte sie jetzt nicht allein lassen. Außerdem muß sich jemand um Kharn kümmern!«

»Du bist nicht seine Mutter!«

Ihre Feststellung verblüffte ihn. »Nein, aber du bist es.«

»Bah! Ich habe ihn geboren, aber das Bemuttern liegt mir nicht. Dafür gibt es genug Frauen in diesem Lager. Schwan paßt gerne auf Kharn auf ... fast genausogerne wie auf dich!«

Ihre unerwartete Neckerei erleichterte ihn. Dies war die Demmi, die er seit seiner Kindheit geliebt hatte. Er lächelte und berührte ihren Mund herausfordernd mit seinen Fingerrücken. »Schwan ist ein Mädchen. Du bist eine Frau. Meine Frau.«

Sie stieß seine Hand weg, und in ihren Augen funkelte es feindselig. »Jetzt nicht, Dak! Ich werde auf keinen Fall in diesem Lager bleiben, solange Manaravak noch vermißt wird. Wenn du und die anderen Jäger nicht den Mut haben, die Suche erneut aufzunehmen, werde ich eben allein gehen!«

Kharn wurde durch die lauten Worte seiner Mutter geweckt, erhob sich und streckte die Arme nach ihr aus.

»Sei still, Kleiner! Schlaf weiter! Ich habe keine Lust mehr, dich zu stillen. Es ist Zeit, daß du entwöhnt wirst!« Demmi stieß den Jungen zurück.

Kharn brach in Tränen aus und flüchtete sich an Daks breite Brust.

Dak legte seine große Hand auf Kharns Rücken und starrte Demmi an, als wäre sie eine Fremde. »Ich verstehe dich nicht«, sagte er leise.

Mit einem Seufzer, der leicht bedauernd klang, legte sie sich wieder hin und wandte ihm den Rücken zu. »Egal«, sagte sie schließlich. »Manaravak versteht mich.«


Es regnete unaufhörlich. Tage vergingen. In ihren Zelten stellten sich die Erwachsenen die lebensnotwendigen Dinge her. Als sie genug Sehnen aus den Kadavern der toten Tiere gewonnen hatten, schnitzten sie sich Ahlen aus Knochen und machten sich an die Aufgabe, grobe Kleidungsstücke zusammenzuflicken. Die unbeholfenen Finger von Männern und Jungen waren Anlaß für manch amüsierte Bemerkung, die sich als gutes Heilmittel gegen die betrübte Stimmung der Menschen erwies.


Doch es gab kein Heilmittel, mit dem Larani geholfen werden konnte. Sie lag allein in dem besonderen Zelt, das Simu für sie errichtet hatte, damit sie sich in Ruhe von ihren Verbrennungen erholen konnte. Aus feuchten Stücken blutigen und fleischigen Fells wurden Umschläge für sie gemacht. Eneela tränkte sie im Fluß und imprägnierte sie mit zerstampftem Fett und Mark, mit dem die Heilung der verbrannten Haut beschleunigt werden sollte, doch Larani wußte davon nichts. Sie kannte nur ihren entsetzlichen, endlosen Schmerz.

Es war immer jemand bei ihr. Sie bemerkte kaum das leise Kommen und Gehen und unterdrückte Flüstern. Doch sie spürte, daß sie betrachtet wurde. Der Blick der starrenden

Augen brannte auf ihrer Haut und ließ sie aufstöhnen. Das Flüstern war ein sanftes, irritierendes Summen, das gegen ihre Trommelfelle schlug, so daß sie schreien wollte. Als sie es tat, verstummten die Beobachter, und sie war froh. Nur in der Stille konnte sie reglos liegen, tief durchatmen und sich auf den langsamen Rhythmus jedes Atemzugs konzentrieren. Es war ein Mittel, um den Schmerz zu kontrollieren: indem sie so intensiv an eine Sache dachte, daß nichts anderes mehr daneben existierte.

Doch jetzt störte Simu ihre Konzentration.

»Wie geht es dir heute, Larani? Nicht so schlecht wie gestern?« Seine Stimme klang wie aus weiter Ferne, als würde er in die entgegengesetzte Richtung blicken, während er zu ihr sprach. Jeder schien das zu tun, aber Larani fragte sich nicht, warum das so war. Sie wünschte sich nur, daß er zu reden aufhörte, weil seine Worte die Luft aufwirbelten und ihrer Haut Schmerzen zufügten.

Doch er sprach weiter. Seine Stimme klang angestrengt, weil er versuchte, unbeschwert zu wirken. »Naya und Schwan sind gerade gegangen. Sie haben mir gesagt, daß du nichts ißt, Larani. Du mußt etwas essen, Tochter! Deine Mutter macht sich allmählich Sorgen um dich! Dazu besteht kein Grund, habe ich zu ihr gesagt. Wenn die beiden besten Freundinnen von Larani nicht von ihrer Seite weichen, wird unser Mädchen bald wieder auf den Beinen sein. Sie wird wieder essen und über die Dinge schwatzen, über die junge Mädchen so gerne schwatzen. Bald wird es dir wieder besser gehen, Larani, und...« Seine Stimme brach. Als er wieder ansetzte, klang darin ein verzweifelter Unterton mit. »Ich wollte hinterherspringen und dich retten. Das mußt du mir glauben, Larani! Der alte Mann hat mich völlig überrumpelt, als er mich zurückstieß. Er ist stärker, als ich für möglich gehalten hätte! Und später schien es, daß der Fluß dich fortgetrieben hätte, und es schien keinen Sinn mehr zu haben...« Seine Stimme versagte. »Larani, kannst du mir verzeihen, daß nicht ich es war, der dich gerettet hat? Larani, kannst du mich hören?«

»Verzeihen?« Die Frage strengte sie sehr an, ebenso wie das

Öffnen ihrer Augen. Selbst eine so geringfügige Bewegung wie das Teilen ihrer Lippen oder das Heben ihrer Lider brachte die Bestie der Todesqualen wieder zum Rasen. Der Schmerz war so intensiv, daß sie davon geblendet wurde. Sie wußte nicht, wovon ihr Vater sprach, und es war ihr auch egal. Sie hatte ihre eigenen Erinnerungen an das Feuer. Sie endeten nicht in Flammen und Schrecken, sondern mit der dunklen, kalten Umarmung des Flusses, der sie von ihrem Schmerz befreit und in die Bewußtlosigkeit fortgerissen hatte. Danach sehnte sie sich jetzt. Der Schmerz war so unerträglich, daß sie nur davor fliehen wollte. »Laß mich sterben!« schluchzte sie. »Bitte, Vater, laß mich sterben!«

»Oh, mein armes, verbranntes Mädchen!« Eneela betrat das Zelt und kniete sich neben Simu. »Sei tapfer! Sei stark! Wir alle haben das Land nach unverbrannten Weidentrieben und -blättern abgesucht, denn die Geister, die den Schmerz verzehren, leben in den Weidenbäumen. Früher oder später werden wir sie finden, um dir Erleichterung zu verschaffen, mein liebes Kind. Wir werden und wir müssen!«

»Sei tapfer, meine Tochter! Der Schmerz wird bald vorbeigehen«, versprach Simu. »In der Zwischenzeit richtet Umak seine Gebete an Vater Himmel und Mutter Erde, um die Schmerzen Laranis zu lindern und um Manaravak sicher zu seinem Stamm zurückzuführen. Laß zu, daß der Zauberer dir hilft, und danke den Mächten der Schöpfung, daß sie dir dein Leben geschenkt haben.«

»Manaravak ... ist verloren?« Eine kleine, schwarzverkohlte Hand klammerte sich um Simus Handgelenk, als Laranis Körper sich erneut in Qualen wand. »Hat die Tochter des Himmels uns beide genommen? Oh, dann laßt mich mit ihm gehen! Meine Seele soll mit ihm im Wind treiben. Bitte! Tötet mich! Es schmerzt so sehr, daß ich nicht mehr leben will!« Simu wurde von ihren Worten tief erschüttert. Das Mädchen hatte recht. Ein verbranntes und entstelltes Mädchen ... wie würde sie als Frau sein? Häßlich und deformiert. Kein Mann würde sie ansehen. Sie wäre für den Stamm ohne Nutzen. Es hatte keinen Sinn, ihre Qualen zu verlängern. Er beugte sich über sie.

»Larani...« Zum letzten Mal flüsterte er den Namen seiner Tochter, und während sie immer noch sein Handgelenk hielt, schlossen sich Simus Finger um ihre schlanke Kehle. Tränen schossen ihm in die Augen.

»Ja...«, stimmte das Mädchen zu und lächelte zum ersten Mal seit dem Feuer – ein schmerzverzerrtes Lächeln, das ihn ermutigen sollte. »Bitte, Vater... bitte...«

Er hätte sie in diesem Augenblick erwürgt. Der Tod wäre schnell und gnädig gekommen. Doch dann begann der kleine Uni zu weinen, und Eneelas plötzliches, herzzerreißendes Jammern brachte den Häuptling zu ihrem Unterschlupf.

»Was ist los? Gibt es etwas...?« Torka starrte in das Innere des Zeltes, während Umak und Dak hinter ihm standen. Sofort hellten sich alle drei Gesichter verstehend auf.

»Nein!« rief Dak ungläubig, doch dann wandte er sich ergeben ab, als er erkannte, daß seine Schwester sterben sollte.

Umaks Gesicht war ernst. »Ich habe die Geister um Hilfe für Larani gebeten. Könnt ihr nicht warten?«

»Sie hat große Schmerzen!« sagte Simu mit vor Verzweiflung gebrochener Stimme. »Wir wollen es hinter uns bringen.«

»Warte!« Torkas Befehl ließ keinen Widerspruch zu, als er sich bückte und auf Knien in das kleine Zelt kroch. Vorsichtig entfernte er Laranis Umschläge und versuchte, beim Anblick und dem Gestank der verbrannten Haut seinen Ekel nicht zu zeigen.

Sie lag auf der rechten Seite. Ihre Schulter, die obere Hälfte des Rückens, ihr ganzer linker Arm und die linke Gesichtshälfte waren schwarz. Ihr einstmals langes, volles Haar war zu einer klebrigen Masse aus Asche zusammengeschmolzen.

Doch die Verbrennungen beschränkten sich nur auf einen Teil ihres Körpers. Der Rest war immer noch ein schöner Anblick. Es war der Körper eines gerade zur Frau gewordenen Mädchens mit weicher Haut, die im düsteren Zelt fast weiß aussah. Ihre Schenkel, Hüften und Brüste waren üppig gerundet, und bei diesem Anblick regte sich sogar der Mann in ihm, denn trotz ihrer Verbrennungen im Gesicht, am Arm und auf der Schulter besaß Larani den Körper einer Frau, die künftiges Leben hervorbringen würde.

»Hierin liegt die Zukunft des Stammes«, sagte er leise. »Larani darf nicht sterben.«


Manaravak blickte in den Regen hinauf. Das Flußufer vor ihm war mit den aufgedunsenen Körpern zusammengebrochener Tiere übersät. Ein Karibukalb erhob sich neben seiner Mutter, stolperte ein paar Schritte und stürzte wieder. Ein schwer verbrannter Dachs kauerte neben einer toten Säbelzahnkatze. Er starrte das Geschöpf an und wußte plötzlich, wie schwach er war, als er kein Verlangen verspürte, die Fangzähne der Katze mitzunehmen. Wozu nützte ein solcher Schmuck einem sterbenden Menschen oder Tier — und in diesem Augenblick war Manaravak beides.

Er ließ den Kopf hängen, hechelte wie ein Hund, der in einer luftdichten Hütte gefangen ist, und sah dann verschwommen durch schmale Augenschlitze Erdhörnchenjäger auf der Seite liegen. Er kroch näher heran, als er in dem Hund einen Freund erkannte, und vergrub sein Gesicht im feuchten, tröstenden Fell des Hundes. Doch der Trost hielt nur kurz an, denn der Brustkorb bewegte sich nicht — kein Atem, kein Herzschlag. Der Hund war kalt und tot.

Ein verzweifeltes Heulen drang aus Manaravaks Kehle, und er fühlte sich leer und müde, als er seinen Kopf auf die Leiche von Erdhörnchenjäger legte. Wenn er sterben mußte, wollte er hier bei einem Freund sterben — bei Nayas Freund.

Naya, die reizende, verrückte und liebenswerte Naya! *Es tut mir so leid, daß du diesen Hund und diesen Mann nie wiedersehen wirst. Es wäre gut zwischen uns geworden.* Bei dem Gedanken an sie lächelte er ein wenig. Dann verlor er das Bewußtsein und folgte seiner Vision des nackten Mädchens unter der Sonne, bis etwas Kleines mit Pfoten über seinen Rücken huschte.

Er schlug um sich. Als er feuchtes Fell zwischen den Fingern spürte, öffnete er noch rechtzeitig ein Auge, um den Hasen mit den verkohlten Ohren zu sehen, der schon einmal über seinen Rücken gelaufen war. Merkwürdig, daß er ihm zweimal begegnete, dachte er, bis ihm einfiel, daß es viele Hasen mit verkohlten Ohren geben mußte. Das Tier schien genau zu wissen, wohin es wollte. Mit langen, hüpfenden Sprüngen erklomm es das hohe Ufer und war plötzlich verschwunden. Verblüfft richtete Manaravak sich auf. Über dem Fluß befand sich in drei- oder vierfacher Manneshöhe ein Schatten, der sich waagerecht durch die Uferkante zog. In diesem Schatten war der Hase verschwunden.

Zum ersten Mal seit dem Feuer verspürte der junge Mann wieder Hoffnung. Im nächsten Augenblick war er auf den Beinen und folgte dem Hasen. Als er sah, was er zu finden gehofft hatte, stieß er ein triumphierendes Heulen aus. Es war eine Höhle! Er war mit Höhlen vertraut, denn der Wanawut hatte ihn in einer aufgezogen. Und diese besaß eine Öffnung, die groß genug war, um einen Menschen hindurchzulassen.

Er betrat sie und witterte nach räuberischen Bewohnern. Doch seine Nase nahm nur den Geruch nach feuchten Felsen, altem Hasenkot und Nestmaterial wahr. Er bückte sich und ging einen breiten, tiefen Korridor entlang. Neuer Lebensmut regte sich in ihm, und er achtete kaum auf die Wände aus losem Geröll und die Rinnsäle, die zwischen den Steinen hervordrangen. Je weiter er vordrang, desto sauberer und kühler wurde die Luft. Es war ein belebendes Gefühl, also atmete er tief ein und aus, bis ihm schwindlig wurde.

Schwankend blieb er stehen, als ihn sein Verstand und die völlige Finsternis warnten. Er war überrascht, daß er schon so tief in die Höhle vorgedrungen war. Mit einem Seufzen machte er sich auf den Rückweg. Er kam nur langsam voran, aber schließlich erreichte er die Stelle, von wo aus er schwaches Licht erkennen konnte. Er setzte sich und sah sich um. Doch in diesem Augenblick dröhnte die Erde über ihm, als eine Tierherde in wilder Panik zum Fluß flüchtete. Das Dröhnen schien die Erde in ihren Grundfesten erbeben zu lassen, und das Dach der Höhle begann, über ihm zusammenzubrechen.

Der Regen hörte während der dritten Morgendämmerung auf. Es war die plötzliche Stille, durch die Umak geweckt wurde. Unter schweren, schläfrigen Augenlidern sah er seinen Vater, der sich mit Speeren und Keule bewaffnet hatte, aus seinem Zelt kommen und sich unter dem Glühen der regenlosen Dämmerung aufrichten. Der junge Mann rieb sich die Augen. Er war an der Reihe gewesen, das Lager vor Raubtieren zu bewachen. Jetzt erwartete er, daß Torka die Wache übernahm.

Doch Torka achtete nicht auf seinen Sohn, sondern blickte über das Lager, als erwarte er, es nie wiederzusehen. Dann drehte er sich um und lief in nordöstlicher Richtung davon.

»Warte!« hielt Umak seinen Vater auf. »Wohin gehst du?«

»Zurück.« Torkas Gesicht sah abgezehrt aus. »Das Land ist tot, Umak. Wir müssen es verlassen. Wir müssen das große Mammut suchen und ihm ins Gesicht der aufgehenden Sonne folgen. Unser Glück liegt bei unserem Totem. Doch zuerst muß ich noch einmal nach meinem Sohn suchen.«

»Wir haben doch schon vergeblich nach Spuren gesucht!«

»Ich werde diesmal weiter flußaufwärts gehen, dorthin, wo unser Lager war... und noch weiter, wenn es sein muß. Wenn ich nach fünf Tagen – so lange wie die Seele im Körper bleibt und die Toten bewacht werden müssen, falls sie doch noch ins Leben zurückkehren sollten – keine Spuren gefunden habe, werde ich wiederkommen. Dann werden wir weiterziehen.«

»Du kannst nicht allein gehen!«

»Ich bin in meinem Leben schon sehr oft allein gegangen, Umak. Ich werde die anderen Jäger dieses Stammes nicht in Gefahr bringen. Es ist mein Sohn, der vermißt wird.«

»Dieser Sohn wird mit dir gehen!«

»Nein, Umak. Du hast eine Frau und zwei Kinder, um die du dich kümmern mußt. Und falls ich aus irgendeinem Grund nicht zurückkehren sollte, wird der Stamm seinen Zauberer mehr als sonst nötig haben, und deine Mutter und dein kleiner Bruder werden einen Mann brauchen, der für sie auf die Jagd geht.«

»Wenn er noch lebt, meinst du nicht, daß er uns schon längst hätte finden müssen?«

»Ja. Es sei denn, er ist verletzt.«

Umak hatte das Gefühl, als wären seine Eingeweide aus Stein. Er hatte bisher immer nur an die Möglichkeit gedacht, daß sein Bruder entweder tot oder lebendig sein könnte. Die Idee, daß Manaravak vielleicht verletzt und hilflos war, war ihm nie gekommen.

»Sag den anderen, wohin ich gegangen bin, mein Sohn. In der Zwischenzeit sollst du ›Zauber‹ für Larani machen. Vielleicht kann Naya dir dabei helfen. Ich weiß, daß sie ein gedankenloses kleines Mädchen ist, aber wie ihre Großmutter Wallah hat sie sich immer sehr für die Heilkunst interessiert.«

»Ich... ja... ich werde mit Naya reden.«

»Und bitte Vater Himmel und Mutter Erde, diesem Mann günstig gestimmt zu sein, damit ich mit meinem verlorenen Sohn zurückkehren kann.«


»Enkelin von Grek...«

Von Eneelas Flüstern überrascht, hob Naya den Kopf. Sie saß immer noch im Schneidersitz neben der unruhig schlafenden Larani. Ihr Nacken schmerzte, und ihr Rücken war wund. Wie lange hatte sie geschlafen? Als sie eingenickt war, hatten Umaks Gesänge die Nacht erfüllt. Jetzt sang er nicht mehr.

Es war sehr dunkel in dem kleinen Zelt. Der Gestank von Laranis Verbrennungen durchdrang alles. Naya zwang sich dazu, sich davon nicht stören zu lassen.

»Hör zu...« Eneelas Stimme war kaum hörbar. »Die Bestien sind jetzt näher. Hörst du sie? Demmi ist verschwunden, und Dak ist ihr nachgegangen.« Sie schüttelte sich.

Naya lauschte. Wölfe heulten in den fernen Hügeln jenseits des Flusses. Sie klangen wie einsame und verlorene Menschen... wie Jäger, die weit vom Lager entfernt waren und keine Chance zur Rückkehr hatten. Bei dem Gedanken zuckte sie zusammen. *Manaravak ist auch irgendwo dort draußen... wenn noch etwas von ihm übrig ist!*

Dann heulte etwas anderes. Mit dem Laut kam ihre Erinnerung an die Begegnung mit den Wanawuts, die im schwarzen Rauch des brennenden Landes verschwunden waren.

Eneela erschauderte. »Bald wird es dunkel werden«, flüsterte sie. »Die Wölfe und die Wanawuts werden ihre Behausungen aufsuchen. Geh jetzt, kleines Mädchen! Auch du mußt dich ausruhen.«

»Ich würde lieber bei Larani bleiben. Iana ist nicht sehr nett zu mir.«

»Ich werde mich jetzt um Larani kümmern. Deinetwegen konnten wir schlafen. Wallah würde sich freuen, wenn sie sehen würde, wieviel ihre Enkelin von ihr gelernt hat. Der Zauberer Karana wäre stolz über die Heilkünste seiner Tochter. Mögen die Mächte der Schöpfung mit dir sein, kleines Mädchen, aus Dankbarkeit für dein mitfühlendes Herz und deine sanften Hände.«

»Ich verdiene deine Dankbarkeit nicht, Eneela.« Sie hatte sich nicht durch Mitleid, sondern durch Schuld verpflichtet gefühlt, sich um Laranis Verletzungen zu kümmern. Es war dunkel genug, daß Eneela die Wahrheit nicht in ihren Augen sah, aber es konnte niemals dunkel genug sein, um es vor ihr selbst zu verbergen. Iana hatte recht gehabt. Alles Schlimme war nur durch ihre Schuld geschehen. Solange Naya lebte, würde sie niemals Laranis Verbrennungen vergessen, denn sie war dafür verantwortlich.

Sie konnte nicht atmen. Ihr Herz klopfte. Mit einem Schluchzen kroch sie auf den Knien aus dem Zelt und stand im nächsten Augenblick unter dem Sternenlicht, das bereits in der Dämmerung verblaßte. Die Wölfe und die Wanawuts schwiegen jetzt. Schniefend ging sie nicht etwa zu Greks Zelt, sondern zum nahen Ufer. Sie erreichte den Fluß und blieb stehen, um in das Wasser zu starren.

»Naya? Warum weinst du?«

Vor Überraschung stockte ihr der Atem. Als sie sich umsah, erkannte sie Umaks Gestalt, die sich neben ihr vor dem Hintergrund der Hügel abzeichnete.

»Geht es dir gut, Naya?«

Ihre nächsten Worte brachen ihr in einem Schwall der

Gefühle aus der Kehle, von dem sie beide überrascht wurden. »Es tut mir so leid, Umak!« weinte sie und schlang ihm die Arme um den Hals.

»Leid?«

»Wegen allem, was geschehen ist! Seit ich hinter Grek und den anderen auf dem Weg zum See zurückgeblieben bin, ist nur Schlimmes geschehen. Oh, Umak, ich war es, dem der große Bär gefolgt ist, und durch meine Schuld...«

»Du konntest doch nicht wissen, daß der Bär in der Nähe war.«

»Nein.« Sie schloß die Augen und lehnte ihr Gesicht an seine nackte Brust, die sich warm an ihrer Wange anfühlte. Sie drückte sich fester an ihn und spürte, wie er sie umarmte und festhielt. Es war gut und beruhigend, in Umaks Armen zu liegen.

»Du bist sehr oft gedankenlos und nachlässig, aber wenn du aus deinem letzten Fehler gelernt hast, wird es für uns alle ein Gewinn sein.«

»Ich habe gelernt, Umak. Du wirst sehen. Du mußt mich nie wieder bewachen.«

»Es macht mir nichts aus, auf dich aufzupassen, Naya. Ich werde immer für dich da sein. Warum bist du zurückgeblieben, kleines Mädchen?«

»Ich wollte mir aus den hübschen Beeren ein Halsband machen. Ich dachte, es wären Preiselbeeren, aber das stimmt nicht. Als ich damit fertig war, wollte ich nur noch allein unter der Sonne stehen... um zu tanzen und zu lachen, und dann...« Sie öffnete die Augen. »Und dann dachte ich schreckliche Gedanken, die Vater Himmel sehr verärgert haben müssen. Ach, Umak, es tut mir so leid.«

»Ich weiß, ich weiß.« Er wiegte sie sanft in den Armen und hielt sie noch fester als zuvor. »Wir alle haben Schlimmes durchgemacht. Aber du kannst dir wirklich nicht allein die Schuld geben. Die Zeichen standen schon seit sehr langer Zeit schlecht für diesen Stamm.«

Sie schniefte erneut. Hatte er recht? Natürlich hatte er recht. Umak war doch der Zauberer! Ein schwaches Lächeln spielte um ihre Mundwinkel. »Dann glaubt Umak nicht, daß alles nur Nayas Schuld ist?«

»Umak glaubt, daß weder Vater Himmel noch Mutter Erde jemals so böse auf die Enkelin von Grek sein können.«

»Und ist Umak böse auf Naya?«

»Naya erfüllt mein Herz mit vielen Gefühlen, aber Zorn ist keines davon.«

Sie drückte ihn fest an sich. »Ich bin so froh. Ach, Umak, sag mir doch, was ich tun soll, damit die Geister es wieder gut mit mir meinen. Was kann ich tun, damit Manaravak wieder heimkommt? Wenn er nicht zurückkehrt, wer wird dann mein Mann sein?«

Er hörte auf, sie zu wiegen. Sie spürte, wie sich sein Herzschlag beschleunigte. »Ich werde dein Mann sein«, sagte er.

»Ach, Umak!« rief sie begeistert und schlang wieder ihre Arme um ihn. Diesmal drückte sie ihr Gesicht an seine Brust und küßte seine bloße Haut aus Dankbarkeit für sein Verständnis. Es gefiel ihr, von einem Mann festgehalten zu werden, und die Wärme seines Atems über ihre Kopfhaut streichen zu spüren. Doch ganz besonders mochte sie es, wenn dieser Mann liebevoll ihren Namen flüsterte. »Bald werde ich eine Frau sein. Wenn Manaravak zurückkommt, mußt du ihn drängen, um mich zu bitten! Ach, Umak, er ist ein so hübscher Mann. An seinem Feuer wird dieses Mädchen zur Frau werden!«

Mit einem Mal fühlte Umaks Körper sich anders an. Anspannung ließ ihn härter werden.

»Es dämmert, kleines Mädchen, und du mußt jetzt in das Zelt deines Großvaters gehen. Wenn Torka zurückkehrt, werden wir diesen Ort verlassen — ob mit oder ohne den Vermißten.«

# 3

Unter dem kalten Licht des pockennarbigen Mondes ging Demmi zielstrebig flußaufwärts, ohne sich umzublicken. Dak würde wütend sein, wenn er feststellte, daß sie das Lager verlassen hatte, aber das war ihr egal. Ihren Speer hielt sie in der Hand, und ihre Steinschleuder hatte sie sich um die Stirn gebunden, aber dennoch lief es ihr vor Angst kalt den Rücken hinunter. Sie wußte, daß sie Torka finden mußte, wenn sie lange genug überleben wollte, um nach Manaravak zu suchen. Sie knirschte mit den Zähnen, als sie sich an den Gesang ihres Bruders in ihrem armseligen Zeltlager erinnerte.

»Singe, soviel du willst, Umak! Dadurch wirst du unseren Bruder nicht zurückbringen! Wenn mein Manaravak noch lebt, werden Torka und ich ihn finden.«

Aber wo war Torka? Sie verlor plötzlich die Orientierung in dem bitteren Nebel, der über dem Land lag. Demmi blieb stehen und hatte das Gefühl, beobachtet zu werden.

Sie starrte durch den wirbelnden Dunst des dicken, übelriechenden Bodennebels, der sie einhüllte. Zuerst hatte er sich sehr langsam gebildet, um dann immer dichter zu werden, bis sie kaum noch einen Schritt weit hatte sehen können.

»Manaravak! Wo bist du? Vater! Kann mich jemand hören?« Der Nebel verschluckte ihre Worte.

Sie stellte fest, daß sie sich offenbar verirrt hatte und einem unbekannten Nebenfluß folgte, der durch unvertrautes Land führte.

Sie schnaubte tapfer und versuchte, ihre Ängste mit einem Schulterzucken verschwinden zu lassen. Wie sollte auch irgend etwas, sei es ein Mensch oder ein Tier, sie durch diesen Nebel beobachten können? Sie konnte selbst kaum etwas darin erkennen!

Trotzdem hielt sie den mit Sehnen umwickelten Griff ihres Steinmessers fest in der linken Hand, während sie ihren Lieblingsspeer in der rechten balancierte. Sie drehte sich langsam um und versuchte sich zu erinnern, wann sie das letzte Mal ganz allein und ohne Anhaltspunkt gewesen war.

»Nie«, zischte sie durch zusammengebissene Zähne. Sie war nie allein gewesen, sondern immer nur mit dem Stamm oder mit Dak, ihrem Vater oder den anderen Jägern zusammen... oder mit Manaravak.

»Nebelgeister der Nacht, könnt ihr diese Frau nicht ein wenig mehr sehen lassen?«

Dann hielt sie verblüfft den Atem an, denn in diesem Augenblick regte sich ein leichter Wind. Der Nebel bewegte sich und schien dünner zu werden. Sie lachte vor Freude und Erleichterung laut auf. Doch als der Nebel sich verzog, konnte sie auch das Wesen sehen, das sie beobachtete... und das sie verfolgt hatte. Ein Schrei blieb ihr in der Kehle stecken – sie war zu erschrocken, um ihn auszustoßen. Statt dessen warf sie ihren Speer, doch selbst während er flog, konnte sie sich nicht dazu überwinden, den Namen des Wesens auszusprechen, das vor ihr stand. Es war ein Wanawut!

Es war kalt, feucht und stockfinster in der Höhle. Geräusche von draußen waren gedämpft durch den verschütteten Eingang und durch das Fleisch der Erde gedrungen... die Geräusche des Windes und Feuers, des strömenden Regens und der Flut und des Todes... bis eben.

Jetzt war es völlig still um Manaravak, bis auf das immer flacher werdende Geräusch seines eigenen Atems. Er lag ganz ruhig auf der Seite und hatte seine Arme fest um seine Knie geschlungen, um nicht zu zittern, während seine großen dunklen Augen in die Finsternis starrten. Er lag im Sterben, und er wehrte sich nicht gegen den Tod. Seinen Durst und Hunger hatte er längst überwunden, es machte ihm nichts mehr aus. Seine Hände und Schultern waren wund, nachdem er versucht hatte, sich einen Weg durch den Schutt zu graben, der den Höhleneingang versperrte. Auch an den Hasen hatte er schon lange nicht mehr gedacht. Vielleicht war das Tier ebenso gefangen wie er selbst und starb gerade allein und ängstlich in einem tieferen Abschnitt der Höhle. Wenn es an ihm vorbeigekommen wäre, hätte er es gefangen und ihm das Blut ausgesaugt.

Als er an Flüssigkeit dachte, bekam er Durst. Seine Kehle schmerzte ihn, nachdem er so lange seinen Vater und Bruder um Hilfe gerufen hatte. Niemand hatte ihn gehört, außer den Wölfen, die die Welt über ihm durchstreiften. Er hielt den Atem an und lauschte. Er wußte, daß er sehr nahe am Eingang zur Höhle sein mußte, denn er konnte wieder hören, wie sich die Wölfe näherten.

Sein Herzschlag beschleunigte sich. Er konnte sie sogar riechen! Die schwere, kalte Nachtluft senkte sich herab und trug ihren Geruch durch die Ritzen zwischen den Steinen zu ihm herein.

Sie nahmen schnuppernd seine Witterung auf, winselten und gruben ein wenig, bis sie gelangweilt schnauften, urinierten und wieder gingen.

»Wartet! Geht nicht! Laßt mich nicht allein!« Verzweifelt jaulte er und machte alle Wolfslaute, die er kannte, um sie zurückzurufen. Doch das Geräusch ihrer Pfoten verriet ihm, daß sie weitergezogen waren.

Schluchzend heulte er enttäuscht auf und schalt sich einen Narren. Selbst wenn die Wölfe es geschafft hätten, die Steine zu lösen und sich einen Weg in die Höhle zu graben, wußte er nicht, ob sie ihn als Bruder oder als willkommene Mahlzeit begrüßt hätten. Es wäre ihm egal gewesen. Als er den beißenden Geruch ihres Urins wahrgenommen hatte, wußte er, daß es der Geruch des Lebens war.

Dann geriet er in Panik. Knurrend versuchte er erneut, sich freizugraben. Doch es nützte nichts. Das Fleisch seiner Finger war bis auf die Knochen abgewetzt. Erschöpft und blutig lag er still da und weinte wie ein Baby, bis er einschlief. Doch auch im Schlaf fand er keine Ruhe und keinen Frieden, denn er träumte von Feuer, Flut und Tod. Er sah seinen Stamm in den Flammen umkommen, genauso wie die Hunde, das Pferd und den großen Bären – und den Wanawut. Er trommelte sich auf seine breite Brust, als er seinen Namen rief: »*Manaravak!*«

Er erwachte und horchte. Doch da war nur das Geräusch seines eigenen Atems und seines Herzschlags und das Rauschen des Flusses. Sogar von den Wölfen war nichts mehr zu hören.

Obwohl seine Augen offen waren, schlief er trotzdem wieder
ein, wie es auch Tiere konnten, und träumte erneut. Er winselte
leise und schmerzvoll, während irgendwo hinter dem Eingang
zur verschütteten Höhle ein Hund bellte und ein Mann seinen
Namen rief. Doch Manaravak träumte vom Wanawut und antwortete nicht.


Einen Tag und eine Nacht lang war Torka durch das verbrannte
und zerstörte Land flußaufwärts gegangen. Zweimal hatte er
sich verirrt, als sich der Fluß gegabelt und schließlich wieder
vereinigt hatte. Er fand keine Spur von Manaravak. Immer wieder rief er seinen Namen. Doch nur die Wölfe antworteten ihm.
 Er stürmte auf jede Versammlung von aasfressenden Vögeln
zu, die er entdeckte, und vertrieb sie schreiend und gestikulie-
rend von ihrer toten Beute. Mit blutigen Schnäbeln und verwirrt über seine Dreistigkeit, hüpften sie davon oder schlugen
drohend mit den Flügeln, so daß er jedesmal sah, was er sehen
wollte ... aber nie das, was er zu sehen fürchtete.
 Er ging immer weiter. Schließlich erreichte er die Stelle, wo
sich das Lager befunden haben mußte. Er erkannte den Ort nur
an den Formen der verkohlten Hügel. Als er zum anderen Ufer
hinübersah, suchte er nach den kegelförmigen Hütten seines
Stammes, doch wo einst eine geschickt angelegte Ansammlung
von Behausungen gestanden hatte, erstreckte sich nur noch eine
verbrannte Ebene bis zu den Hügeln und fernen eisbedeckten
Bergen. Es dauerte einen Moment, bis er diese Tatsache akzeptieren konnte, doch schließlich nickte er und fand sich mit der
grausamen Wahrheit ab.
 »Manaravak!« Immer und immer wieder rief er den Namen
seines Sohnes, bis er auf einen fliehenden Hasen aufmerksam
wurde.
 Das kleine Tier schoß plötzlich unter einem geschwärzten
Haufen zu seinen Füßen hervor. Als Torka sich bückte, um es
sich genauer anzusehen, verspürte er einen heftigen Stich im
Herzen. Zu seiner grenzenlosen Überraschung fand er unter
einer dicken Schicht vom Regen zusammengeklumpter Asche

einen Stapel angesengter Werkzeuge und die langen Knochen, die der Stamm zur Errichtung seiner Hütten benutzte. Schnell suchte er nach anderen Knochen — den Knochen seines Sohnes — und weinte fast vor Erleichterung, als er keine fand. Also hatte Manaravak es tatsächlich geschafft, das Lager zu erreichen und den Besitz des Stammes ans andere Ufer zu bringen. Aber wo war er jetzt?

Sein Blick fiel auf die längliche, verkohlte Form von Lonits Lampe, die sie so geliebt hatte. Schockiert stellte er fest, daß er neben den rußgeschwärzten Überresten seiner eigenen Hütte kniete. Die vielen aus Harnblasen hergestellten Schläuche mit wertvollem Öl und gegorenen Getränken waren verloren, genauso wie die langen Därme mit zerstampftem Fett und die Päckchen mit schmerzlindernden Weidenblättern und heilendem Beifuß. Lonits dreizackiger Speer zum Fischen zerbröselte unter seiner Berührung, und auch ihr Fellkamm und der leichte Feuerbohrer, mit dem sie so viele Kochfeuer entfacht hatte, waren unbrauchbar.

Sein Blick wanderte zur Lampe aus Speckstein zurück. Er hob sie auf und war nicht überrascht, als ein Stück davon in seiner Hand abbrach. Die Lampe war schon lange vor dem Feuer zerbrochen gewesen. Torka lächelte bei diesen Erinnerungen. Von all ihrem Besitz war diese Lampe für Lonit das kostbarste Stück. Es war eins der ersten Dinge gewesen, die er ihr jemals geschenkt hatte. In ihrem Licht hatten Torkas Kinder über die Geschichte und die Tradition des Stammes erfahren. Er schloß die Augen und drückte die Lampe an sich. Angesichts des langen Risses in der Seite war es erstaunlich, daß das Gefäß nicht in unzählige Stücke zersprungen war. Vielleicht war das Feuer, die Tochter des Himmels, doch nicht ein so erbarmungsloses Wesen.

Das Bellen eines Hundes vertrieb Torkas Erinnerungen. Plötzlich hatte er sich in einen alternden Mann verwandelt, der sich nur noch an die Vergangenheit erinnerte, während er doch nach seinem verlorenen Sohn suchen sollte. Er öffnete die Augen und starrte über das zerstörte Land, während er immer noch die Lampe in den Händen hielt. Er legte eine Hand an den Mund und rief den Namen seines Sohnes.

»Manaravak!«

Und diesmal hörte er eine Antwort. Doch es war nicht die, die er erwartet hatte. Es war Demmis Schrei, der ihn veranlaßte, sofort mit dem Speer in der einen und der Lampe in der anderen Hand flußabwärts loszurennen.


Der Wanawut stand vor Demmi im Nebel und sah wie ein großer, gebückt gehender Mann mit kurzen Beinen aus. Er blickte sie aus kleinen grauen Augen an, die wie polierte Kieselsteine über einer länglichen Schnauze glänzten.

Mit einem Blick sah sie die massiven Muskeln seines bepelzten Körpers, die zottige Mähne, die sich über den oberen Rücken und die Schulter zog, den kurzen, dicken Hals und die Arme, die fast so lang wie das Tier groß waren, so daß die Knöchel seiner behaarten und krallenbewehrten Hände den Boden berührten. Sie sah auch sein Gesicht, den vorspringenden Augenwulst unter dem flachen Schädel, die spitzen, aber auf groteske Weise menschenähnlichen Ohren, die tief an der Seite seines Schädels saßen, die breite, haarlose Nase und den breitlippigen Mund, in dem gewaltige Eckzähne aufblitzten, als das Wesen seinen Kopf vorstreckte und ihren Geruch witterte.

In diesem Augenblick schrie Demmi auf. Sie warf mit aller Kraft ihren Speer, aber der Nebel verdichtete sich, und sie verlor das Wesen aus den Augen. Sie hörte ein überraschtes Schnaufen, dann das Scharren von Füßen und ein wütendes Knurren. Atemlos vor Angst rührte sie sich nicht vom Fleck. Sie war sich sicher, daß sie den Wanawut getroffen hatte. Aber hatte sie ihn auch getötet? Sie löste ihre Steinschleuder, bestückte sie mit Steinen aus einem kleinen Beutel an ihrem Gürtel und hielt die Waffe bereit. Beklommen hörte sie, wie das Wesen sich im Nebel bewegte, heftig atmete und Luft durch die Zähne einsog. Ihr wurde übel. Sie hatte es gereizt, und nun würde es sich an ihr rächen.

Sie trat einen Schritt zurück und hob die Steinschleuder. Sie ließ die Riemen über ihrem Kopf kreisen, und als sie die Steine gerade mit tödlicher Kraft freigab, kreischte sie erschrocken auf und wurde fast ohnmächtig, denn was plötzlich aus dem Nebel auftauchte, war nicht der Wanawut, sondern Dak, der mit dem Speer in der Hand auf sie losstürmte.

Er warf sich auf die schlammige Erde, als das Geschoß knapp an seinem Schädel vorbeizischte.

»Dak? Bist du das, Dak?« Völlig verwirrt sah sie zu, wie er auf die Beine kam und sich wütend den Schlamm aus dem Gesicht und von der Kleidung wischte. Wo war der Wanawut?

»Hast du nicht gehört, wie ich dich gerufen habe?« brüllte er. »Warum hast du nicht geantwortet?«

»Ich...« Sie runzelte die Stirn. »Wo ist...?«

»Wo ist was?« schnappte Dak und spuckte Dreck aus.

Sie sah ihm in die Augen und formte mit den Lippen das Wort »Wanawut«, ohne es laut auszusprechen. »Er ist mir gefolgt.«

Er schnaufte verächtlich. »Niemand außer diesem Mann ist dir gefolgt!«

War sie so verängstigt gewesen, daß sie nicht einmal das Gesicht und die Gestalt ihres eigenen Mannes erkannt hatte? Als sie sein breites, verdrecktes, etwas schiefes Gesicht betrachtete, stellte sie erstaunt fest, wieviel es ihr bedeutete. Wodurch nur hatten sich ihre Gefühle zu ihm verändert? Sie wußte es nicht.

»Es tut mir leid. Ich wollte nicht...« Sie verstummte. Sie wurde von ihrer eigenen Stimme überrascht. Sie hatte so zärtlich, so besorgt und reuevoll geklungen. Sie sah, wie der abweisende Blick in Daks Augen sich mit Liebe und Freude füllte, da er glaubte, ihre Zuneigung wiedererlangt zu haben. Sie versteifte sich. Sie wollte Dak gegenüber keine Zuneigung zeigen. Nicht jetzt. Vielleicht nie wieder. Wenn Manaravak wirklich tot war, würde sie nie wieder jemanden lieben.

»Du hättest mir nicht folgen dürfen«, sagte sie kalt.

Sein Ausdruck wurde wieder abweisend.

»Hätte ich es nicht getan, hättest du gesagt, daß Dak nicht den Mut hat, nach seiner Frau zu suchen und sie sicher ins Lager zurückzubringen, nachdem sie sich verirrt hat.«

»Ich habe mich nicht verirrt!« Diese Lüge beschämte sie, und sie blickte sich um. »Zumindest weiß ich jetzt, wo ich bin!«

Seine Augen verengten sich, doch seine Stimme klang freundlich. »Ich werde dir helfen.«

»Ich brauche deine Hilfe nicht!«

Es kam ihr in den Sinn, daß sie sich sehr stur und dumm benahm. Dak war ein guter Fährtenleser, also hätte sie mit ihm an der Seite eine wesentlich bessere Chance gehabt, ihren Vater und ihren Bruder wiederzufinden. Sie schloß die Augen, beschwor das Bild ihres verlorenen Bruders herauf und hielt es verzweifelt hinter ihren Lidern fest. *Er muß gefunden werden! Ich bitte alle Geister dieser und der anderen Welt, laßt mich ihn lebend finden!*

»Demmi?«

Sie hielt ihre Augen fest geschlossen und wollte nicht zulassen, daß Dak in ihre Gedanken an Manaravak eindrang.

»Demmi!«

Sie öffnete die Augen und funkelte ihn an. Nur mit Mühe konnte sie sich davor zurückhalten, nach ihm zu schlagen, weil er ihr stummes Gebet an die Mächte der Schöpfung unterbrochen hatte.

»Ist alles mit dir in Ordnung?« Vorsichtig kam er näher.

»Nein!« Sie blieb reglos stehen, denn sie wollte nicht auf ihn zugehen. »Mit mir ist nicht alles in Ordnung!« Sie schlug seine Hand weg, die er nach ihr ausgestreckt hatte. »Solange ich meinen Bruder nicht wieder an meiner Seite habe, wird nichts mehr in Ordnung sein.« Sie bedauerte weder ihre Worte noch den offensichtlichen Schmerz, den sie ihm damit bereitete. »Was starrst du mich so an? Geh zurück ins Lager, Dak! Kharn dürfte dich bereits vermissen. Nimm ihn in die Arme, nicht mich! Du bist eine bessere Mutter als ich.«

Dak riß die Augen auf und kniff sie wieder zusammen. Vergeblich versuchte er, seinen Zorn zu unterdrücken. Er knurrte wie ein gereizter Wolf, packte sie an den Handgelenken und warf sie zu Boden. Er stürzte sich auf sie und drückte sie mit dem Rücken auf die Erde. »Du bist meine Frau!«

Eine widersprüchliche Flut von Gefühlen überschwemmte

sie, und ihr Atem stockte vor Stolz, weil er ihr Mann war und sich so sehr um sie sorgte, daß er ihr gefolgt war. Dennoch konnte sie nicht anders, als sein Knurren zu erwidern und ihn erneut zu verletzen. »In einem anderen Stamm wäre ich nie deine Frau geworden! In einem anderen Stamm hätte es mehr als einen Mann gegeben, unter denen ich hätte wählen können, und ich hätte mich für einen anderen entschieden!«

Er schlug sie, worauf sie vor Schmerz aufschrie und für einen Augenblick die Besinnung verlor. Benommen und ohne sich rühren zu können, hörte sie, als sie wieder zu sich kam, das helle, aufgeregte Bellen eines Hundes näher kommen. Sie fühlte allerdings keine Schmerzen, sondern einen Kuß. Es war ein tiefer, forschender Kuß der Liebe und Leidenschaft, und durch ihre Benommenheit hindurch hörte sie Dak murmeln.

»Es tut mir leid, Demmi. Es tut mir so leid.«

Ihr Geist füllte sich mit dem Bild des von ihr geliebten Mannes, als sie den Kuß hemmungslos erwiderte, ihren Körper wand und sich gegen die Wärme des Mannes preßte, der über ihr lag. Halb im Traum flüsterte sie: »Manaravak...«

Dak unterbrach seinen Kuß und zog sich von ihr zurück. Er schlug Demmi kräftig mit der flachen Hand ins Gesicht und hätte ihr noch einen Schlag mit dem Handrücken versetzt, der ihr den Kiefer gebrochen hätte, wenn Torka nicht eingeschritten wäre.

»Halt! Hör sofort damit auf!« Torka warf seine Waffen und die Lampe fort, packte Dak am Kragen seiner Jacke und zog den jungen Mann von Demmi herunter.

Dak wehrte sich nicht. Er stand mit schlaffen Armen da, starrte auf seine Frau hinab und wischte sich den bitteren Geschmack ihres Kusses von den Lippen.

Torka sah ihn ernst an. »Ich hörte meine Tochter schreien und dachte, sie würde von einem Tier angegriffen werden. Und nachdem ich den ganzen Weg hierher gelaufen bin, muß ich feststellen, daß du es bist!«

»Er *ist* ein Tier!« erklärte Demmi, als sie aufstand und ihr Gesicht vorsichtig betastete. Prüfend bewegte sie ihr Kinn, als wäre sie nicht sicher, ob es noch heil war.

Daks Gesicht war verbissen. Er ließ ihre Anschuldigungen unwidersprochen verhallen.

»Warum bist du hier?« fragte Torka seine Tochter. »Ich habe dir nicht erlaubt, die anderen zu verlassen.«

»Aber du hast es auch nicht verboten«, sagte sie und zuckte zusammen, als sich ihr Kinn schmerzhaft bemerkbar machte.

»Ich habe das Lager verlassen, bevor du hättest fragen können. Meine Handlungsweise sollte deutlich gemacht haben, daß ich diese Reise allein unternehmen wollte.«

»Ich mußte einfach mitkommen, Vater! Ich konnte nicht anders!«

»Nein, Demmi«, sagte Torka kalt. »Du mußtest nicht mitkommen. Deine wichtigste Verantwortung ist dein Kind und...«

»Nichts und niemand ist ihr wichtiger als Manaravak«, wandte Dak ein.

Torka war beunruhigt. Das Verlangen der jungen Frau, ihren Bruder wiederzufinden, war zu einer fixen Idee geworden. Es hatte schon immer ein ungewöhnlich festes Band der Zuneigung und des Verständnisses zwischen den Geschwistern bestanden. Aber als er jetzt den wild entschlossenen Blick in Demmis Augen sah, fragte er sich, ob es gut für eine Frau war, wenn sie die Liebe zu ihrem Bruder höher bewertete als die zu ihrem Kind und ihrem Mann.

Torka hatte keine Gelegenheit mehr, diesen Gedanken weiterzuverfolgen. Hunde bellten in der Ferne. Er hatte sie schon früher, als er auf Demmis Schrei hin losgerannt war, gehört und gedacht: *Wenn Manaravak lebt, ist er vielleicht bei den Hunden!*

Die Hunde kamen immer näher.

Plötzlich schoß ein Hase mit verkohlten Ohren aus der Deckung eines niedrigen, verbrannten Weidengebüschs, um über das Land zu fliehen. Verblüfft erkannte Torka das Tier wieder, und im selben Augenblick brachen zwei Hunde durch dasselbe Gebüsch und ließen eine Wolke aus Asche und Kohlestückchen aufstieben, während sie den Hasen flußabwärts verfolgten. Torka seufzte. Manaravak war nicht bei ihnen.

Schneefresser lief dem Hasen weiter nach, ohne sich umzublicken. Aber Gefährte blieb stehen, drehte sich um und senkte irritiert seinen großen, wolfsähnlichen Kopf, als er Torkas Blick erwiderte. Ein kurzes Bellen schien ganz deutlich zu sagen: »Folge mir!«

4

Sie folgten den Hunden, die Hunde folgten dem Hasen, und der Hase führte sie zum Gesuchten.

Es war nicht einfach, Manaravak aus der Höhle zu graben, aber sie schafften es. Als sie ihn schließlich fanden, lag er im Delirium und gab wie ein Tier leise, maunzende Laute von sich. Der Hase mit den verkohlten Ohren saß heftig atmend auf seiner Brust. Selbst als sie ihn aus der Höhle heraus ans Tageslicht zerrten, machte das Tier keine Anstalten, davonzurennen. Auch die Hunde ließen es in Frieden, während es passiv und erschöpft auf dem Menschen lag.

Demmi kniete sich neben ihren Bruder und berührte Manaravaks Gesicht und seine Handrücken vorsichtig mit den Fingerspitzen. Er hatte nur leichte Verbrennungen — nur soviel, daß er vor Schmerzen stöhnte. Sie zog ihre Hand zurück und küßte Manaravak auf die Stirn, während Dak eifersüchtig zusah.

Für Torka war es ein heiliger Augenblick. »Das kleine Tier mit den verbrannten Ohren ist Manaravaks helfender Geist«, verkündete er. »Als ich diesen Hasen das erste Mal sah, zeigte er mir, wo Manaravak gewesen ist. Jetzt weicht er nicht von ihm, als wäre er sein Bruder. Wenn es ihm besser geht, wird der Hase ihn verlassen. Ihr werdet sehen — so wird es sein!«

Dak lächelte, doch es war kein Humor in seinen Augen, als er abschätzig sagte: »Mein Vater hat mir gesagt, daß ein Mann im fernen Land manchmal helfende Geister haben konnte. Bis jetzt hätte ich gedacht, Manaravaks Geist wäre die Bestie

Wanawut gewesen. Jetzt hat er ein angemessenes Totem: halb Mensch und halb Tier.«

»Paß auf, was du über meinen Sohn sagst, Dak!« Torka schüttelte mit väterlichem Tadel den Kopf. »Ihr seid hoffnungslos, ihr beide! Helft mir jetzt, bevor ihr euch mit eurem ewigen Gezank gegenseitig umbringt und ich nur noch die Hunde habe, um meinen Sohn nach Hause zu bringen!«

Umak stand mit seinen Schwestern Sommermond und Schwan vor dem Unterschlupf des Häuptlings. Er sah, wie Naya auf ihn zugerannt kam und streckte instinktiv seine Hand nach ihr aus.

Sie warf sich um seinen Hals. »O Umak, danke, daß du so ein wunderbarer Zauberer bist! Danke, daß du die Mächte der Schöpfung gebeten hast, nicht böse auf dieses dumme kleine Mädchen zu sein! Danke, daß du Manaravak in Sicherheit gebracht hast!«

Während sie ihre kleine Hand auf seine Brust drückte, reckte sie sich auf den Zehenspitzen und gab ihm einen schnellen Kuß auf das Kinn, bevor sie von ihm abließ. Mit dem Harnschlauch voller heilendem Öl in der freien Hand war sie plötzlich auf den Knien und verschwand im Zelt der Häuptlingsfamilie, ohne zuvor um Einlaß zu bitten.

»Ein dummes Mädchen«, brummte Schwan mürrisch.

Umak war noch wie benommen von der Zurschaustellung ihrer Zuneigung und dachte dankbar: *Ja, sie ist dumm. Aber sie ist auch so liebenswert, daß Torka, Lonit und Manaravak sie genausowenig wie ich fortschicken können.*

Schwan verdrehte die Augen. »Nur Naya kann es sich erlauben, einfach so unaufgefordert irgendwo hereinzuplatzen. Unser Vater sollte sie mit einem kräftige Tadel wieder hinauswerfen.«

»Torka wird in der Nacht, in der er Manaravak zum Stamm zurückgebracht hat, niemanden tadeln«, sagte Sommermond ruhig. »Außerdem wird Naya bald die Frau unseres Bruders sein. Sie geht davon aus, daß sie das Recht hat, sich gewisse Freiheiten zu nehmen, was die Sitten und Traditionen betrifft.«

»Sie benimmt sich so arglos wie ein verzogenes kleines Kind«, stellte Schwan verärgert über ihre lebenslange Freundin fest. »Was ist überhaupt mit diesem Stamm los? Demmi gehorcht niemandem mehr – außer ihren eigenen Launen –, und Naya tut, was ihr gefällt! Hat Torka uns nicht immer gesagt, daß das Wohl des Stammes bedacht werden muß, wenn dieser überleben soll?«

Umak war über die unerwartete Leidenschaft ihrer Worte verblüfft. »Ja, das hat Torka immer wieder gesagt.«

Sie nickte zufrieden über seine Bestätigung. »Wäre es dann nicht an der Zeit, daß jemand Naya darauf hinweist, daß sie keine Ausnahme ist? Zu ihrem eigenen und zu Manaravaks Wohl werde ich mit Naya reden!«

Sommermond hob die rechte Augenbraue, als sie ihre jüngere Schwester nachdenklich ansah. »Wirst du auch mit Demmi und Dak sprechen?«

»Ich...«, stammelte das Mädchen.

Umak warf Sommermond einen Blick zu. Sie hatte ihre Schwester offenbar an einem wunden Punkt getroffen. Schwan... und Dak?

Schwan hob den Kopf. »Demmi macht sich nichts aus ihm!«

Sommermond lächelte auf die leise, geheimnisvolle Weise reifer Frauen, die die Stimme der Jugend, Unschuld und Naivität hören. »Sei dir nicht zu sicher, kleine Schwester! Außerdem wird Naya, wenn sie zur Frau geworden ist, nur einen starken und zuverlässigen Mann brauchen, um ihr Ungestüm zu heilen.«

»Manaravak ist mindestens so ungestüm wie sie«, erwiderte Schwan.

»Ja«, stimmte Sommermond zu und sah Umak an. »Das ist er.«

Es war, als würde sie direkt in seine Gedanken blicken. Er sträubte sich dagegen. »Naya wird auf Manaravak hören, wenn er ihr Mann ist«, sagte Umak zu seiner Schwester und ärgerte sich, weil sie jetzt auch ihn auf diese nachgiebige und wissende Weise anlächelte.

Aber mehr noch ärgerte er sich darüber, wie sich seine Mundwinkel nach unten verzogen hatten, als er diese Worte sprach. Sein Herz war voller Freude gewesen, als Torka, Demmi und Dak seinen Bruder zurückgebracht hatten ... bis Naya ihm in die Arme gelaufen war.

»Oh, Manaravak! Du lebst!« Naya war eine kleine, atemlose Gestalt, die sich über ihn beugte.

Er war durch ihre Worte irritiert — eine Feststellung des Offensichtlichen und somit völlig belanglos. Natürlich lebte er! Wenn nicht, wären dann seine Augen offen gewesen, und hätte dann sein Atem seine Brust gehoben und gesenkt, auf der der Hase schlief? Doch genauso wie der übrige Stamm machte Naya auch dann Worte, wenn sie selbst keinen Sinn darin sah. Wenn sich jemand anderer über ihn gebeugt hätte, hätte Manaravak vermutlich nicht gesprochen. Aber ihr Gesicht war so klein, so lieblich, daß er sagte: »Ich lebe.«

Sie lächelte und seufzte glücklich. »Oh, Manaravak, ich bin so froh, daß du lebst! Ich bin so froh, daß du zu uns zurückgekommen bist!«

Nayas Wiederholung von so vielen unsinnigen Worten ermüdete und ärgerte ihn. Natürlich lebte er! Natürlich war sie froh! Der ganze Stamm war froh! Auch er war froh gewesen, aber seine Freude hatte sich in dem Augenblick verflüchtigt, als er aus der Höhle gekommen war und wieder all die toten und sterbenden Tiere gesehen hatte. Er schloß die Augen. Er erinnerte sich an die tote Säbelzahnkatze, das sterbende Karibukalb und das schreiende Pferd, das brennend in den Tod gestürzt war. Er erinnerte sich an die Tiere, die vom reißenden Fluß davongetrieben worden waren. Manaravak dachte an den Wanawut, der ihn aufgezogen hatte, und er fühlte sich unermeßlich einsam, als er sich fragte, ob einer von ihnen den Zorn der Tochter des Himmels überlebt hatte.

Unter seiner schützenden Handfläche rührte sich der kleine Hase auf seiner Brust und seufzte unregelmäßig. Er streichelte den schlanken Rücken und spürte das schnelle, unrhythmische Herzklopfen des Tieres im schwachen Schutz seines Brustkorbs.

»Hört nur, wie es atmet! Es ist krank. Du solltest es töten!«
Erschrocken öffnete Manaravak seine Augen und sah, daß Sayanah den Hasen über Nayas Schultern hinweg betrachtete.
»Ich würde dich nicht töten, wenn du krank wärst«, erwiderte Manaravak.
»Natürlich nicht. Ich bin doch dein Bruder!«
»Alle lebenden Geschöpfe dieser Welt sind meine Brüder, Sayanah«, sagte er. Als er dann seinen Bruder ansah, fragte er sich, ob ein Mann, der unter Tieren aufgewachsen war, nicht immer ein Tier bleiben würde. Sayanahs Stirn legte sich nachdenklich in Falten. »Ja. Aber dieser Hase leidet. Du solltest ihn aus Mitleid töten.«
»Nein!« rief Naya.
Zu Manaravaks Überraschung nahm das Mädchen das Tier in die Hände und drückte es gegen ihre Brust. »Ich werde deinen Bruder gesundpflegen, Manaravak«, flüsterte sie leidenschaftlich. »Ich werde ihn heilen, damit mein Mann einen starken helfenden Geist hat!«
Er runzelte die Stirn. Er hatte vergessen, daß sie für ihn bestimmt war. Als er ihr zusah, wie sie zärtlich den Hasen streichelte und liebkoste, verschwand seine düstere Stimmung. Sie war ein so nettes und hübsches Mädchen. In seiner Erinnerung schien die Sonne, und ein kleines, goldenes Mädchen lief unbeschwert und nackt über das Land der Vergangenheit ... in eine Zukunft, die seine Lenden wärmte und ihn lächeln machte. Naya würde bald eine Frau sein — seine Frau! Als er daran dachte, war Manaravak doch froh, ein Mensch und ein Mann zu sein.

# 5

Niemand sah die Löwen, die im aufsteigenden Nebel jenes Morgens das Lager umkreisten, aber jeder konnte riechen und hören, wie sie in der Nähe umherstreiften, bis die Rufe der Jäger die Tiere knurrend fliehen ließen.

»Sie sind immer noch in der Nähe«, sagte Grek.

»Nah genug, um eine Gefahr für jeden zu sein, der das Lager verläßt«, bestätigte Simu.

Der Häuptling rührte sich nicht. »Wir dürfen nicht länger in diesem Land bleiben.«

Greks müde Stimme klang eher flehend, als er Argumente gegen einen Weiterzug vorbrachte. »Wir könnten diese Löwen jagen. Wir könnten von ihrem Fleisch essen und uns ausruhen, während wir wieder zu Kräften kommen...«

»Nein, alter Freund«, sagte Torka zu ihm. »Wir sind nur wenige Jäger. Ich werde weder dich noch einen anderen Mann oder Jungen wegen dieser Löwen in Gefahr bringen. Wir haben genug Fleisch, so daß wir das Lager abbrechen und nach Osten ziehen können. Vielleicht finden wir dort unser Totem – und unser Glück – wieder, in einem Land, das nicht von der Tochter des Himmels heimgesucht wurde.«

In den folgenden Tagen führte Torka seinen Stamm geradeaus nach Osten, vom Fluß fort und über das zerstörte Land. Larani wurde auf einem Schlitten transportiert, der aus Fellen bestand, die über die langen Knochen eines Kamels gespannt waren. Gefährte hatte sich bereitwillig anschirren lassen und zog das Mädchen, als wäre sie überhaupt keine Last, während die viel kleinere Schneefresser an seiner Seite ging. Die Menschen trotteten voran und trugen die fest zusammengerollten Fellplanen ihrer Zelte auf Rückentragen, die aus denselben Knochen bestanden, die die kleinen Zelte hielten, wenn sie ihr Lager aufschlugen. Und das geschah oft, denn zwei Tage nach ihrem Aufbruch änderte sich das Wetter, und ein kalter, wechselhafter Regen erschwerte ihr Vorankommen.

Trotzdem zog Torka von einem feuchten, übelriechenden Lager zum nächsten. Er hoffte, bald Wild und damit frisches Fleisch zu finden. Sie zogen immer weiter und suchten nach einem Land, das nicht vom Feuer verwüstet worden war, bis es ihnen schien, als ob die gesamte Welt verbrannt worden wäre, und alle auf ihr lebenden Geschöpfe außer ihnen und den Aasfressern des Himmels umgekommen wären.

Dann änderte sich die Landschaft. Das Grasland wurde schmaler und zog sich zwischen niedrigen Hügeln dahin. Sie kamen immer weiter, aber unter den Füßen der Reisenden war die Haut von Mutter Erde immer noch schwarz und verbrannt. Larani lag auf ihrem Schlitten und sah die Welt an. Dann schloß sie ihr nicht verbundenes Auge und weinte. »Ach seht nur! Die Welt sieht genauso aus wie ich«, flüsterte sie betrübt. »Warum hat der Seelenfänger mich am Leben gelassen?«

»Es gibt schon zuviel Tod in diesem Land!« knurrte Manaravak.

Er schreckte sie auf. Wie lange ging er schon mit Naya neben ihrem Schlitten?

»Manaravak ist gekommen, um zu sehen, wie es dir geht, Larani«, erklärte Naya ihr. »Schau mal: Seine Verbrennungen sind schon fast geheilt, und ich habe den Hasen geheilt, den er trägt. Bald wirst du auch wieder gesund sein. Du wirst sehen.«

Larani sah nur eins — und das war Manaravak. Selbst in ihren Schmerzen und ihrer Verzweiflung beschleunigte sich ihr Herzschlag. Doch dann schien ihr Herz stehenzubleiben, als er ohne Vorankündigung die ölgetränkte Hirschlederdecke zur Seite zog, die die verbrannte Seite ihres Gesichts bedeckte.

»Nein!« schrie sie. »Sieh mich nicht an!«

Es war zu spät. Er hatte sie angesehen. Und als sich bei ihrem Anblick sein schmaler, zarter Mund in unverhohlenem Entsetzen und Ekel öffnete, zerrte sich Larani das Hirschfell wieder über den Kopf und wußte, daß die Schmerzen ihrer Verbrennungen nichts waren gegen die Qualen, die sie jetzt empfand.

In dieser Nacht suchte Manaravak die Einsamkeit unter dem weiten, kalten und erbarmungslosen Gewölbe des bedeckten Himmels. Wenn es einen Mond gab, so konnte er ihn nicht sehen. Wenn es Sterne gab, so wurde ihr Licht von den Wolken verschluckt. In einem leichten, flüsternden Wind hockte er auf seinen Fersen. Mit der Spitze seines rechten Zeigefingers begann er, Punkte und Kreise in die verkohlte Oberfläche der Erde zu ritzen — Punkte, die die Sterne darstellten — und einen Kreis für den Mond. Er hielt inne und starrte auf den Boden.

Er war zufrieden mit seiner Zeichnung, zufrieden, weil er die Sterne und den Mond davor bewahrt hatte, von der gierigen Erde verschluckt zu werden. Oder? Er blickte wieder auf. Wolken bedeckten immer noch den Himmel. Erst wenn der Wind sie forttrieb, würde er mit Sicherheit wissen, ob es noch Sterne und einen Mond gab.

Er konnte sich gut daran erinnern, wie er als nacktes Kind auf dem knochenübersäten Boden der feuerlosen Höhle des Wanawuts gehockt und vor Freude die unterschiedlichsten Laute von sich gegeben hatte, wenn er seine Zeichnungen machte. Die Bestie war gar nicht damit einverstanden gewesen. Sie hatte ihn jedesmal angekreischt und ihn in seine Ecke geschickt, wenn sie ihn dabei erwischte. Dann hatte sie seine Zeichnungen beschnuppert und angeknurrt, sie mit den Füßen zerstampft und den Darm über denen entleert, die sie nicht auf andere Weise auslöschen konnte.

Dennoch war es für Manaravak immer ein Bedürfnis gewesen, und es hatte etwas Beruhigendes, wenn er Bilder in die Oberfläche der Erde ritzen oder zeichnen konnte. Außer heute nacht, weil die Erde tot war. Keine Zeichen in der Haut von Mutter Erde konnten daran etwas ändern, ebensowenig wie er das zerstörte Gesicht von Larani wiederherstellen konnte.

Er zitterte, nicht nur vor Ekel, sondern auch vor Mitleid, als er an sie dachte.

»Warum?« fragte er die erbarmungslose Nacht. »Warum?«

Es gab keine Antwort.

Wie ein verletzter Wolf warf er den Kopf zurück und heulte seine Wut zu den kalten und leblosen Mächten der Unendlichkeit hinauf.


Im Zelt, das sie mit Dak und Kharn teilte, schreckte Demmi aus dem Schlaf hoch. Atemlos vor Panik erwachte sie aus ihrem

Traum und dachte für einen Augenblick, daß das Heulen der Bestie Wanawut sie geweckt hatte.

Doch dann lösten sich die Bilder des Alptraums auf. Sie lag stumm horchend da und war erleichtert, als sie erkannte, daß es nur ein Wolf war, der da heulte, bis sie den Atem anhielt und wußte, daß es ihr Bruder war. »Wohin willst du?« fragte Dak und hielt sie fest.

»Zu Manaravak. Hör nur! Er braucht mich.«

»Schlaf weiter. Laß Torka oder Lonit oder das Mädchen, das seine Frau werden wird, zu ihm hinausgehen, wenn er Trost braucht.«

»Aber ich...«

»Du wirst tun, was ich sage, Demmi! Oder ich werde dir bei allen Mächten dieser und der nächsten Welt diesmal wirklich den Kiefer brechen!«


Naya war aufgestanden, aus Greks Zelt geschlüpft und auf dem Weg zu Manaravak, bevor der alte Mann oder seine Frau es ihr verbieten konnten, aber Lonit kam bereits von Manaravak zurück und hielt sie auf.

»Nein, kleines Mädchen, er will allein sein. Manchmal gibt es keinen Trost. Manchmal findet die Trauer ihre Erlösung in der Einsamkeit. Seit er wieder in seinem Stamm lebt, ist das Manaravaks Art und Bedürfnis gewesen. Wir müssen den Wolf in seiner Seele sprechen lassen. Wenn er ihn mit seiner Stimme herausläßt, wird er ihn vielleicht irgendwann ganz verlassen.«


Am folgenden Tag führte Torka seinen Stamm weiter. Sie suchten nach Wild und fanden keins, obwohl sie gelegentlich die fernen Geräusche von brünstigen Elchen hörten – das Krachen aufeinanderstoßender Geweihe, das hohe, durchdringende Pfeifen der Bullen, die auf dem Höhepunkt der Brunstzeit in Kampfstimmung waren.

»Wie können sie in einem Land wie diesem nur an die Paarung denken?« fragte Dak, als er anhielt und sich vornüberbeugte, um das Gewicht seiner Rückentrage zu erleichtern. Er bemerkte überrascht, daß er sich nach dem ersten harten Winterfrost sehnte, der das Reisen und Jagen leichter machen würde.

Demmi funkelte ihn an und ließ ihn die Verärgerung sehen, die sich seit der letzten Nacht in ihr aufgestaut hatte. »Wie kannst *du* nur in einem Land wie diesem daran denken?«

Er erwiderte ihren Blick mit derselben Verärgerung. »Manaravak ist nicht der einzige Mann in diesem Stamm, der deinen Trost braucht, Demmi! Ab und an mag er seine Schwester nötig haben, aber als dein Mann brauche ich mehr als das von dir.«

Schwan, die neben den beiden stand, errötete beschämt, und da sie nichts mit ihrem Streit zu tun haben wollte, rief sie Sommermond und Sayanah zu, daß sie auf sie warten sollten.

»Sich zu paaren ist in jedem Land gut!« verkündete Lonit. Sie war zurückgefallen, um Demmi und Dak für eine Weile ihren Enkel abzunehmen. Kharn klammerte sich mit den Beinen um ihre Hüfte und hielt sich mit den Händen an den Schulterriemen fest, mit denen ihre Rückentrage gehalten wurde. Sie drehte den Kopf, gab dem Säugling einen lauten Kuß und sah Demmi und Dak an. »Sich zu paaren ist in einem Land wie diesem besonders gut! Es ist ein Beweis, daß die Lebewesen dieser Welt – einschließlich euch beiden – noch an ihre Zukunft glauben!«

Demmi schnaufte. »Das meinst *du*!« rief sie, reckte die Nase in die Luft, setzte einen schmollenden Gesichtsausdruck auf und stapfte hinter Schwan her.

Daks streitsüchtiger Ausdruck milderte sich. Er sah verletzt und enttäuscht aus, als er ihr nachstarrte.

Lonit musterte ihn nachdenklich. »Du solltest sie gelegentlich diesen Gesichtsausdruck sehen lassen, Dak, statt sie ständig wütend anzubrüllen!«

Er strengte sich an, seine Gesichtszüge wieder unter Kontrolle zu bringen. »Ich brülle nicht!« brüllte er. »Ich bin nicht wütend!« sagte er wütend. »Als ich Demmi zur Frau nahm, hast du mir geraten, streng mit ihr zu sein!«

»Ich habe gesagt, du sollst streng mit ihr sein. Aber ich habe nicht gesagt, daß du Gewalt anwenden sollst. Keine Frau wird lange nett zu ihrem Mann sein, wenn er sie schlägt.«

»Demmi ist überhaupt nicht nett zu mir!«

»Warum?«

»Ich weiß es nicht!«

»Finde es heraus! Sieh sie mit Liebe an — mit einem Ausdruck, der ihr sagt, daß sie deine Frau ist und die Mutter deines Sohnes und daß ihr zwei zusammengehört, ganz gleich, was geschieht oder was sie bedrücken mag. Und weil du sie liebst, wirst du alles tun, damit eure Zukunft eine gute sein wird!«


In dieser Nacht waren die Hunde unruhig, und die Kinder wollten nicht schlafen. Wanawuts heulten mit den Wölfen, und Manaravak antwortete ihnen. Umak bemalte sein Gesicht mit Asche und Schlamm und betete zu den Mächten der Schöpfung. Im Namen des Stammes bat er um frisches Fleisch. Die Vorräte, von denen sie aßen, gingen langsam zur Neige und wurden faulig.

In dieser Nacht träumte der Häuptling von Mammuts, und als er aufwachte, hörte er ihr Trompeten in den fernen Bergpässen im Osten. Er stand auf, hüllte sich in sein Schlaffell und trat hinaus in die Dämmerung.

Ein Sturm hatte die schwarze Erde mit einer dünnen, trockenen Schneeschicht überzogen, die noch vor dem Morgen weggetaut sein würde. Das Land und der Himmel waren noch zu warm, um den Schnee festzuhalten. Er blickte nach Osten. Der Wind hatte über den fernen Gebirgszügen seine Kraft verloren. Als die Sonne hinter ihnen aufging, sahen sie wie eine große gezähnte und undurchdringliche schwarze Wand aus. Wieder hörte er das Trompeten der Mammuts.

Lonit kam aus dem Zelt und trat neben ihn. Sie war atemlos vor Aufregung.

»Hast du es gehört?« fragte er sie.

»Ja! Was meinst du? War es Lebensspender?«

»Es sind auf jeden Fall Mammuts! Und wo Mammuts weiden, dort gibt es Gras und Fichtenwälder. Und wo es Fichtenwälder und Grasland gibt, dort gibt es auch Fleisch!«

Vor ihnen öffnete sich ein Paß durch die Berge. Es war ein dunkler und abweisender Weg, aber die Berge wichen an dieser Stelle zurück. Der Gebirgszug knickte nach Süden ab, wo Torka seinen Stamm durch hohes und unebenes Hügelland führte — doch immer noch war die Oberfläche des Landes vom Feuer geschwärzt.

In den nächsten Tagen führten sie über ihnen kreisende Kondore zu Kadavern, die noch genug Knorpel besaßen, um Aasvögel anzulocken. Die Frauen und Mädchen kamen dicht genug heran, um ein paar kleine Vögel mit ihren Steinschleudern zu erlegen, während die Männer in dieser Zeit dreimal größere Beute vor die Speere bekamen und der Stamm mit neuer Zuversicht das Fleisch von einigen Adlern und einem Kondor teilte.

Sie dankten den Geistern für die Jagdbeute, und sie dankten den Kondoren, daß sie sie hergeführt hatten. Sie sammelten die hohlen Knochen und Federn und hoben sie auf, weil es heilige Gegenstände waren, die die Menschen mit den Geistern des Himmels und mit ihren Ahnen verbanden, deren Seelen für immer im Wind wanderten.

Doch für einen Stamm mit vierundzwanzig Mitgliedern reichte das Fleisch und Blut von Vögeln nicht lange aus. Sie lebten von dem Fleisch, das sie in den ersten Tagen nach dem Feuer für die Reise präpariert hatten, als die Kadaver am Fluß noch frisch gewesen waren. Doch das Fleisch war in den feuchten Tagen ohne Wind und Sonne schnell zubereitet worden, so daß es sich nicht lange hielt. Es hatte einen ranzigen Geruch und die leichte Süße der Verwesung angenommen, die nur den unempfindlichsten Zungen schmecken konnte.

»Eßt, eßt!« drängte Grek seine Frau und die Kinder begeistert, als sie sich am Ende des Tages unter seinem nachlässig errichteten Zelt zu einem Familienmahl zusammenfanden. »Warum macht ihr über diesem Essen so ein Gesicht? Im fernen Land hat Grek Männer und Frauen gesehen, die das Los entscheiden ließen, wer so gut gereiftes Fleisch wie dieses essen durfte!« Er schmatzte genüßlich mit den Lippen, als er ein Stück ranziges Fett verschlang und einen Streifen hinterherschob, der einmal ein Filet roten Fleisches gewesen war. Jetzt war es blau und so stark zersetzt, als wäre es bereits von Verdauungssäften bearbeitet worden.

»Du machst doch einen Witz, oder?« Chuks Gesicht war vor Ekel verzerrt.

»Kein Witz! Es ist gutes Fleisch, wirklich!«

»Es riecht schlecht, Bisonmann«, wimmerte Yona und rümpfte die Nase.

»Es stinkt!« erklärte Tankh und sah zweifelnd die Spieße mit grünen Fettstückchen an, die Iana ihm anbot.

»Es ist das Beste, was wir haben«, sagte seine Mutter zu ihm.

»Wir könnten die Hunde essen«, schlug Tankh vor.

Iana schlug ihn so kräftig, daß er auf die Seite fiel und Blut aus seiner Nase drang. »Torkas Stamm ißt keine Hunde!«

Ianas Gesicht war gerötet, während sie ihn anbrüllte, aber sie hatte den Fettspieß bereits weggelegt und kniete neben ihrem Sohn, half ihm auf und sah nach, was sie ihm angetan hatte.

Tankh setzte sich auf, berührte seine Nase, starrte auf seine blutigen Fingerspitzen und schüttelte den Kopf, um wieder zu sich zu kommen. »Warum? Sie sind nicht unser Totem!«

Iana nahm den Saum ihres Rocks und säuberte sein Gesicht, ohne auf seine Proteste zu hören. »Die Hunde, die mit uns ziehen, sind die Kinder von Aar. Seit den Tagen von Torkas Großvater, dem alten Umak, haben sie unser Gepäck getragen und an unserer Seite gejagt. Die Menschen anderer Stämme haben uns wegen unserer Hunde Zauberer genannt – vielleicht hatten sie sogar recht damit. Als der dreipfotige Bär kam, um unsere Frauen und Kinder am See zu fressen, wer hat ihn da zuerst angegriffen? Die Hunde. Als der helfende Geist den Häuptling zu seinem verlorenen Sohn führte, wären Torka und die anderen ihm niemals gefolgt, wenn Gefährte und Schneefresser den Männern nicht den Weg gezeigt hätten. Öfter als diese Frau zählen kann, haben die Hunde uns zu Tieren geführt und uns bei der Jagd geholfen, damit alle gemeinsam Fleisch essen konnten – Menschen und Hunde, die wie Brüder ihre Nahrung teilen. Du willst sie essen, sagst du? Würden wir uns gegenseitig essen?« Diese Vorstellung ließ den Jungen erbleichen.

»Menschen essen keine Menschen!« platzte Chuk angewidert heraus.

Iana und Grek tauschten einen langen Blick aus.

»Und doch, vor langer Zeit im fernen Land war es so«, erzählte Iana ernst. »In der tiefsten, dunkelsten und kältesten Zeit der Winterdunkelheit, wenn die Stämme sich in Hungerlagern versammelten und der Seelenfänger auf dem Wind ritt, um nach den Seelen von Menschen zu suchen, die er fressen konnte, haben manche Stämme das Fleisch von Neugeborenen und die Leichen der Toten als Nahrung genommen.«

»Das Fleisch von toten *Kindern*, die nicht essen wollten, wenn ihre Eltern es ihnen sagten!« fügte Grek drohend hinzu.

Seine Kinder fielen plötzlich gierig über ihr Essen her, wie er es beabsichtigt hatte.

Nur Chuk hielt sich zurück und starrte seine Eltern ungläubig an. »Ihr würdet uns doch ... nicht wirklich essen?«

»Niemals!« Ianas Gesicht verzerrte sich bei dieser Vorstellung. Im fernen Land hatte sie bei anderen Stämmen und als Sklavin von Räubern erlebt, wie ihre Babys genommen und getötet worden waren. Diese schrecklichen Erinnerungen ließen sie erzittern und mit einer Leidenschaft sprechen, die ihre Kinder verblüffte. »In Torkas Stamm ißt niemand von den Toten oder den Neugeborenen! Das ist der Grund, warum er allein durch ein Land zieht, in dem es keine Menschen gibt. Das ist der Grund, warum wir uns ihm angeschlossen haben! Deshalb mußt du deinem Vater gehorchen und das essen, was dir vorgesetzt wird, damit du stark bist, wenn Torka seinem Totem in ein neues Land folgt, wo die Jagd gut sein und es viel frisches Fleisch für alle geben wird!«

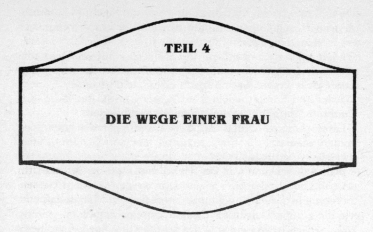

# TEIL 4

## DIE WEGE EINER FRAU

## 1

Unter den breiten Schwingen eines kreisenden Weißkopfadlers erstieg der Stamm eine lange, steinige Anhöhe und erkannte, daß er endlich den Ort erreicht hatte, wo die Tochter des Himmels gestorben war. Hier hatte der Wind das Feuer gegen sich selbst gewendet. Zu ihren Füßen war die Haut der Erde noch schwarz, aber vor ihnen lagen nur ein paar Flecken mit verkohlten Stoppeln zwischen ansonsten unversehrtem Gras, Moos und niedrigen Zwergsträuchern.

Umak hob seine Arme und dankte den Mächten der Schöpfung, während Honee sich auf den Boden hockte und voller Stolz und Liebe zu ihm aufblickte. Sie versuchte, ohne Schmerzen zu atmen.

Als die Überlebenden des Feuers, der Flut und der langen, hungrigen Reise über das verwüstete Land dort standen, weinten nicht nur die Frauen vor Glück. Sayanah und Jhon sprangen vor Freude herum, bis tadelnde Blicke von Nantu und den älteren Jungen sie daran erinnerten, ihre Würde zu bewahren.

Naya und Schwan nahmen die kleinen Mädchen an den Händen und tanzten im Kreis, während sich die Jäger des Stammes umarmten, sich gegenseitig auf den Rücken klopften und vor Erleichterung jubelten.

Lonit sah bewundernd zu Torka auf, der aufrecht und entschlossen dastand. Er wußte jetzt, daß er das Richtige getan hatte, als er seinen Stamm nach Osten geführt hatte.

Simu und Eneela hielten ihre Tochter Larani, damit sie ›das Land der Hoffnung‹ sehen konnte, wie sie sagten.

Larani seufzte, schloß die Augen und legte sich unter den immerwährenden Schmerzen zurück auf den Schlitten. »Für euch, ja ... nicht für mich.«

Dak nahm Demmi an der Hand und sagte zu ihr, daß im neuen Land für sie beide alles besser werden würde. Doch sie trat von ihm zurück und ging zu ihrem Bruder. Manaravak achtete nicht auf sie, denn als Demmi an seine Seite kam, sprang ihm sein helfender Geist von der Schulter und hüpfte davon. Er zeigte dem Stamm den Weg ins Land, wo das große Mammut Lebensspender abseits graste, während seine Artgenossen am Ufer eines weiten Flusses tranken, der im Licht der aufgehenden Sonne blau und silbern funkelte.

Der Fluß war das auffallendste Merkmal des Landes. Sie alle hatten schon große Flüsse gesehen, aber dieser war breiter, als sie sich jemals vorgestellt hätten. Er grub sich seinen Weg nach Norden durch ein riesiges Tal, dessen goldenes Gras, rote Erde und gelbe Weiden sich zwischen blauen und purpurnen Hügeln und dunklen Wäldern mit arktischen Fichten, Lärchen und herbstlich kahlem Hartholz erstreckten, die sich zögernd die felsigen Ausläufer der umgebenden Berge hinaufwagten.

»*Deh Scho* ...«, murmelte Grek in der Sprache des Stammes, in dem er vor langer Zeit geboren worden war.

Torka nickte. Es war Jahre her, daß er den alten Mann seine Muttersprache hatte sprechen hören, aber die Sprachen der nomadischen Großwildjäger vom Land jenseits des Eises entstammten alle einer Wurzel. Einige Worte waren so ähnlich, daß sie praktisch identisch waren.

»*Dehscho*«, bestätigte der Häuptling im Dialekt seiner Vorfahren. Großer Fluß. Kein anderer Name war besser geeignet.

Froh, daß sie wieder die dicke, federnde Haut der Tundra unter den Füßen hatten, zogen sie weiter und spürten kaum noch das Gewicht ihrer Rückentragen, als sie über das Tal des Großen Flusses blickten.

»Es ist so schön!« rief Lonit.

Niemand konnte ihr widersprechen. Doch da war noch etwas viel Schöneres als der Anblick des Landes – und das war der Anblick des Wildes, das in ihm lebte. Elche ästen in Tundrateichen. Am Ufer und auf dem Wasser mehrerer Seen hielten sich noch Wasservögel auf, um sich an den letzten Beeren des Nordlands zu mästen, bevor sie ihre Wanderung über die großen weißen Gebirgszüge begannen, die sich im Südosten erhoben. Eine Herde goldbraun gestreifter Pferde durchquerte einen der vielen Nebenflüsse, die sich aus den dunklen Bergschluchten ergossen, um die weite Ebene wie silberglänzende Adern zu durchziehen. Eine Gruppe Antilopen floh vor einem Raubtier, das im hohen Gras unsichtbar blieb, während eine Familie Moschusochsen langsam über eine Schotterfläche trottete. Dieser Ort sah vielversprechend aus, ein Ort, den man im Gedächtnis behalten mußte, wenn die Männer des Stammes später nach Steinen suchen würden, die sich zu Messern, Speerspitzen und Schabern verarbeiten ließen.

Sie hielten an und schlugen am Südhang neben einem spärlich bewaldeten Gebirgsbach ihr Lager auf.

»Weiden!« rief Naya begeistert. »Schaut her! Wir haben endlich Weidenbäume gefunden! Jetzt können wir Medizin für Larani machen!« Gemeinsam mit Schwan machte sie sich sofort daran, die grünsten Triebe zu pflücken.

Ianas Augenbrauen hoben sich nachdenklich. »Man könnte meinen, sie wäre die einzige Frau des Stammes, die etwas vom Heilen versteht. Eine richtige kleine Medizinfrau!«

»Wie auch schon ihre Großmutter«, fügte Grek stolz hinzu.

»Und ihr Großvater Navahk«, gab Iana düster zu bedenken.

Grek warf seiner Frau einen bösen Blick zu. »Ich bin ihr einziger Großvater! Der andere ist tot, und die einzige Medizin, die er je gemacht hat, war böse Medizin, die Schmerzen statt Trost brachte, die Leben nahm statt es zu erhalten. Sprich seinen Namen nicht in diesem Lager aus! Schau dir Naya an! Sie ist ganz ihre Mutter!«

Ianas Augenbrauen senkten sich. »Dein Blut ist stark in ihr, aber manchmal sehe ich auch seins. Sieh nur, wie sie lächelt ... ihre Zähne, sie hat so viel von Navahk und Karana, daß ...«

»Hör auf, sage ich! Ich will nichts mehr davon hören!«

Sein Tonfall war so entschieden, daß Iana nicht anders konnte, als ihm zu gehorchen.


»Ist es noch nicht genug?« fragte Schwan, als sie ihre Arbeit unterbrach, um dem Stamm zuzusehen, der mit der Errichtung des neuen Lagers begonnen hatte.

Naya musterte das Bündel Zweige, das sie gemeinsam mit der jüngsten Tochter Torkas gesammelt hatte. »Ja, es reicht. Jetzt brauchen wir ein gutes, heißes Feuer, in dem wir die Steine für einen Kochbeutel erhitzen können.«

»Warum? Die schmerzlindernden Öle der Triebe werden sich in Laranis Mund freisetzen, wenn sie sie kaut. Wir können später einen Tee aus den Blättern machen, aber jetzt sollten wir den anderen mit dem Lager helfen.«

Naya runzelte die Stirn. Die Errichtung der Hütten war schwere Arbeit. »Die Medizin, die ich machen werde, wirkt am besten, wenn sie gekocht ist«, teilte sie Schwan mit.

Dann hatte sie plötzlich jeden Gedanken an Larani vergessen, als sie Manaravak entdeckte, der ganz alleine ein Stück flußaufwärts stand. Wie hübsch er war! Er schien auf etwas zu starren. Irritiert und besorgt stellte Naya fest, daß der Hase nirgendwo zu sehen war. Ohne ein Wort zu verlieren, ging Naya zu ihm hinüber. »Wo ist dein helfender Geist?« fragte sie ihn, während er die Riemen löste, die seine Rückentrage hielten.

Er ließ sein Gepäck fallen und zeigte auf die Wäldchen, die sich den Bach entlangzogen. »Dort. Jetzt, wo wir unser Totem gefunden haben, wird er wieder zu seinen Artgenossen gehen. Der Hase mit den verkohlten Ohren wird sich eine Frau suchen, bevor die Winterdunkelheit anbricht.«

»Glaubst du wirklich?«

»Er hat es mir gesagt.«

»Wirklich?«

»Nicht alles wird in Worten ausgedrückt, kleines Mädchen«, sagte er. Und während der ganze Stamm zusehen konnte, zog er sie zu sich heran und gab ihr einen langen Kuß.

»Weg da! Weg da, sage ich!« rief Grek und schleuderte einen Speer in Richtung des Paares.

Iana schrie entsetzt auf. Es war ein kräftiger Wurf, der immerhin so gut gezielt war, daß Manaravak das Mädchen losließ und Naya erschrocken aufkreischte.

»Jetzt ist nicht die Zeit für so etwas!« rief Grek Manaravak zu. »Bevor das kleine Mädchen nicht ihre erste Blutung als Frau gehabt und deine Brautgeschenke angenommen hat, hast du dazu kein Recht!«

Manaravak war eher verblüfft als beunruhigt über den Wutausbruch des alten Mannes. »Ja«, lenkte er ein. »Aber bald!« fügte er mit einer Leidenschaft hinzu, die Naya erröten ließ.


Bevor die Sonne untergegangen war, standen die Zelte, und Nayas heilendes Gebräu war zubereitet. Zum ersten Mal, seit die Tochter des Himmels Larani in den Fluß geworfen hatte, schlief sie ohne Schmerzen, während sich der Stamm um ein hohes, prasselndes Gemeinschaftsfeuer aus Treibholz versammelte. Die Hunde waren dabei, und sogar Honee ging es gut genug, um sich zum Stamm zu gesellen und den letzten Vorrat an ranzigem Reiseproviant zu essen.


Mit der nächsten Dämmerung verließen die Jäger das Lager, um Elche aufzuspüren. Doch sie fanden, was sie nie zu hoffen gewagt hätten, nämlich die winterlichen Weidegründe der Karibus.

Seit Anbeginn der Zeiten waren das Fleisch, das Fell, die Knochen und das Geweih der Karibus die wichtigste Lebensgrundlage der nomadischen Jäger der nördlichen Steppen gewesen. Seit Anbeginn der Zeiten waren Torkas Vorfahren den

Karibus im fernen Land gefolgt, um sie zu jagen. Aber dies war ein neues Land, eine neue Welt. Und diese herbstlich fette und gesunde Karibuherde hatte noch nie einen Menschen gesehen, geschweige denn eine ganz Jagdgruppe.

»Sprecht leise!« drängte Torka, der genauso wie die anderen Jäger und Hunde flach auf dem Boden lag. »Wir wollen sie nicht aufschrecken, bevor wir in Speerwurfweite sind.«

Manaravak, der rechts von seinem Vater lag, hob den Kopf in den Wind. »In ihrem Geruch ist keine Spur von Furcht. Sie kennen uns nicht. Sie rufen sich keine Warnungen zu.«

»Woher willst du das wissen!« fragte Umak verärgert, der auf der anderen Seite seines Vaters lag.

Manaravak zuckte die Schultern. »Ich weiß es einfach.«

»So viele Tiere!« Grek leckte sich die Lippen.

»Habt ihr jemals etwas so Schönes gesehen?« hauchte Dak.

»Umak und Manaravak, ihr zwei haltet euch mit den Hunden zurück, bis ich euch rufe«, gab Torka seine Anweisungen. »Die anderen folgen mir.«

Der Häuptling erhob sich und rückte mit den anderen Jägern vorsichtig gegen den Wind vor. Er hatte sich tief gebückt, blieb oft stehen und ahmte sehr überzeugend ein grasendes Karibu nach, während er seine Speere wie zwei Geweihe aufrecht über den Kopf hielt. Dann blieb er an einem Haufen frischen Karibukots stehen. Er kniete sich hin, hob eine Handvoll auf und begann, ihn langsam über seine Arme zu verteilen. So hatten es schon sein Vater, sein Großvater und Tausende von Generationen vor ihm getan. Wenn sich jetzt der Wind drehte, würde die Beute ihn nicht mehr wittern können. Da er jetzt wie ein Karibu roch, ging und graste, würden ihn die Tiere für einen der ihren halten.

Er führte seine Jäger immer näher an die Herde heran, bis eine junge Kuh sie aus sanften schwarzen Augen anstarrte.

Torka blieb stehen. Er wußte, daß die Männer und Jungen hinter ihm dasselbe getan hatten. Sein Herz klopfte, und seine Hände faßten die Knochenschäfte seiner Speere fester. Die Muskeln seiner Schultern, seines Rückens und seiner Schenkel zitterten und spannten sich an. Die Kuh rührte sich immer noch nicht. Nur ihre Kiefer arbeiteten, bis eine späte Mücke, die irgendwie den ersten Schnee überlebt hatte, auf ihrem linken Ohr landete. Als die Mücke Blut saugte, drehte sich das Ohr des Karibus, und ein Zucken ging durch die Muskeln des Halses, der Hinterbacken und der Schultern. Doch sie starrte immer noch unverwandt die Jäger an. Während ihr Ohr zuckte, kam sie ruhig und mit aufgerichtetem Schwanz auf die seltsamen Karibus mit den langen Geweihen zu.

Die anderen Tiere folgten ihr. Einige waren jetzt in Speerreichweite. Und sie kam immer noch auf ihn zu, immer näher. Torka hielt den Atem an. Noch ein paar Schritte und er würde sie am Geweih packen und ihr mit einem Ruck das Genick brechen können.

Sie hielt an, sah ihm direkt in die Augen und dann zu seiner Verblüffung tief in seine Seele. Er keuchte überrascht über den unerwartet intensiven Augenkontakt. Sie zeigte ihm, daß es die Neugier und nicht die Furcht war, die sie zu einem Wesen hinzog, das sie für eines ihrer Art hielt. Er hätte den Blick abwenden sollen, denn so, wie sie ihm einen tiefen Blick in ihr Wesen erlaubte, erlaubte er ihr einen Blick in seines.

Er war ein Wolf!
*Nein!*
Er war ein Bär!
*Nein!*
Er war ein Löwe!
*Nein!*

Sie blinzelte. Verwirrt und ängstlich hob sie den Kopf, und ihre Nüstern blähten sich. Jeder Muskel in ihrem Körper spannte sich an, als sie plötzlich alarmiert feststellte, daß dieses seltsam aussehende Karibu gar kein Karibu war. Es war etwas, das sie noch nie zuvor gesehen hatte – und es war das, was sie am meisten fürchtete.

Es war ein Raubtier!

Und wenn er noch einen Sekundenbruchteil länger gezögert hätte, wäre sie davongesprungen und hätte die ganze Herde gewarnt. Doch die anderen Tiere reagierten bereits auf die Veränderung ihrer Haltung, so daß Torka nicht mehr zögerte. Ihre

Schönheit, ihr Vertrauen und ihre Verletzlichkeit hatten ihn tief berührt, aber er war nun einmal das Raubtier und sie die Beute. Und die Frauen und Kinder seines Stammes in den Zelten am Bach hatten Hunger.

Sie töteten und töteten immer wieder.


Noch bevor es Abend wurde, war das neue Lager im Tal des Großen Flusses mit Fellen, Fleisch und Knochen angefüllt, und vor jedem Zelt lag ein Haufen Geweihe, die anzeigten, daß der hier wohnende Mann ein guter Jäger war und seine Familie versorgen konnte.

In dieser Nacht gab es keinen Mond, aber das machte nichts. Die Sterne und das zitternde Glühen eines grünen Nordlichts waren hell genug für Torkas Stamm, als sie ein großes Feuer errichteten und die erste Jagd im Tal des Großen Flusses feierten. Sie aßen sich satt und sangen.

Die Männer prahlten mit ihrem Mut und Geschick. Die Hunde hatten ihren Platz am Feuer, wo sie ihren Anteil an Fleisch und Fett erhielten. Die Nachkommen Aars wurden von den Jägern gefeiert, die davon sangen, wie Gefährte und Schneefresser die fliehenden Karibus verfolgt hatten, bis diese verwirrt und verängstigt umgekehrt und zurück vor die bereiten Speere der Männer gelaufen waren. Die Kinder sahen erstaunt und begeistert zu, saugten an Karibuaugen und schöpften den grünen, zersetzten Inhalt aus den Innereien, die an sie ausgeteilt worden waren.

Die Frauen lobten die Männer für ihre Taten und gaben das Blutfleisch an alle aus, wobei sie darauf achteten, daß die jungen Mädchen — einschließlich Larani — eine großzügige Portion der Drüsen erhielten.


Doch Larani verweigerte das Essen. Sie lehnte ab, was ihre Mutter ihr anbot, während sie auf zitternden Beinen neben ihrem eigenen kleinen Zelt stand. Sie hielt sich im Schatten, damit sie nicht gesehen wurde, und so weit vom Feuer entfernt, daß nicht einmal der beharrlichste Funke sie erreichen konnte. Ein leichtes Schlaffell lag über ihrer rechten Schulter und bedeckte die Vorderseite ihres Körpers bis zu den Knöcheln. Ihre linke Schulter, der Arm und obere Rücken lagen bloß. Es war noch zu schmerzvoll, das rohe, nässende Fleisch auch nur mit dem dünnsten Stoff zu bedecken.

Sie holte vorsichtig Luft. Trotz ihrer Schwäche war es gut, wieder einmal auf den Beinen und draußen in der kühlen Nachtluft zu sein. Sie fühlte sich erfrischt. Mit Hilfe von Nayas heilenden Getränken und Salben war der Schmerz nur noch ein dumpfes, beständiges Pochen, solange Larani die verbrannten Stellen ihres Körpers nicht berührte. Die brüllenden Qualen waren vorbei.

»Du mußt vom Drüsenfleisch essen, Tochter!« meinte Eneela hartnäckig.

»Warum?«

»Damit du das Blut des Mondes vergießt und eine Frau des Stammes wirst. Dazu wurdest du geboren! Um einen Mann zu nehmen! Um Kinder zu gebären!«

»Die Tochter des Himmels hat all das zunichte gemacht, Mutter.«

»Nein, Larani! Das darfst du nicht sagen!«

»Warum nicht? Es ist die Wahrheit!« Ihre Stimme klang ungewohnt. Sie formte die Worte langsam, wobei sie darauf achtete, nicht die Lippen zu bewegen, damit sie die Bestie des Schmerzes in den Verbrennungen ihrer linken Gesichtshälfte nicht wieder weckte.

Eneela versuchte sie aufzumuntern. »Sieh nur! Die anderen Mädchen und Frauen tanzten jetzt. Nach der nächsten Jagd wirst du dabei sein. So wie deine Heilung voranschreitet, ist...«

»Ist was, Mutter?« Laranis Herz schmerzte so sehr, daß es fast der Qual ihrer Verbrennungen gleichkam. »Sieh dich doch an! Du stehst in Windrichtung, damit du meine zerstörte Haut nicht zu riechen brauchst, und du wendest den Blick ab, damit du nicht siehst, was noch von meinem Gesicht übrig ist.«

Eneela blieben die Worte in der Kehle stecken, aber jetzt sah sie ihrer Tochter in die Augen. »Ja! Du hast recht! Es schmerzt mich, dich so zu sehen! Aber du wirst wieder gesund werden, Larani! Du wirst wieder sein, wie du einmal warst!«

»Wirklich?«

Die Frage hing unheilschwanger in der Luft.

»Ja!« beharrte Eneela.

Zu viel Zeit war zwischen der Frage und der Antwort verstrichen. Larani fühlte sich plötzlich müde. Sie spürte den kalten Nachtwind auf ihrer nackten Haut.

Als sie jetzt durch das Lager zu den Männern blickte, die stolz und lautstark die Jagd nachstellten, sah sie Manaravak halbnackt im Feuerschein tanzen und spürte einen anderen Schmerz, den Schmerz des Verlangens. Er würde sie in Zukunft nur noch mit Ekel ansehen... so wie beim letztenmal. Und früher hatte er sie einmal anders angesehen, denn sie hatte seinen Blick erwidert, und in jenem Augenblick, als er ihr ein gewinnendes Lächeln schenkte und voller männlichem Stolz aufheulte, hatte sie gehofft, daß der Tag kommen würde, an dem Manaravak sich eine zweite Frau nehmen durfte. Es hätte ihr nichts ausgemacht, nur die zweite Frau an seiner Feuerstelle zu sein. Das hätte ihr genügt – mehr hätte sie sich nicht erhoffen können. Doch sie wußte, daß es nun niemals dazu kommen würde.

»Ich will mich jetzt ausruhen«, sagte sie. »Geh zu den anderen zurück! Ich werde euch zusehen und an der Freude dieser Nacht teilhaben.«

»Gut, mein liebes Mädchen, wenn du willst. Aber nimm wenigstens etwas von dem Drüsenfleisch... um deine Mutter glücklich zu machen.«


Als die Sterne über den Nachthimmel zogen, gab es überall im Lager von Torka zufriedene Bäuche. Viel zu schnell, so schien es, waren die letzten Tänze getanzt, worauf der Stamm sich den verträumten Stunden des Geschichtenerzählens zuwandte. Einer nach dem anderen schliefen sie ein, bis nur noch Torka an der warmen, pulsierenden Glut des Feuers wachte. Er lauschte dem Wind und dem Ruf der Wölfe, bis das Trompeten eines einsamen Mammuts aus der Dunkelheit des östlichen Talrandes erscholl.

Als er den Ruf seines Totems hörte, fragte sich Torka, warum er sich nicht damit zufrieden geben konnte, endlich sein Glück gefunden zu haben.

# 2

Ein neuer Tag brach an, und Naya fühlte sich bereits erschöpft, wenn sie nur daran dachte, wieviel Arbeit auf sie wartete. Wenn sie doch nur größer und kräftiger gewesen wäre! Ihr Rücken tat ihr immer noch weh, nachdem sie stundenlang gebückt über den frisch geschlachteten Karibus gearbeitet hatte. Ihre Fingerspitzen und Handgelenke waren wund von der Schufterei und der langweiligen Beschäftigung, endlose Sehnenstränge aus den blutigen Rückenmuskeln zu zerren. Die Arbeit war auch deshalb weniger schmackhaft, weil der Herbst nicht nur die beste Zeit war, um das Fleisch und die Felle für den kommenden Winter vorzubereiten, sondern auch die Zeit, zu der die arktischen Beeren und Wurzeln reif und am süßesten waren.

»Wenn wir jetzt nicht auf Beerensuche gehen, wird es zu spät sein«, sagte sie zu Iana, als sie sich bereitmachten, Greks Zelt zu verlassen.

Yona war ebenfalls schon auf und angezogen. »Naya hat recht, Mutter! Außerdem macht Beerenpflücken viel mehr Spaß, als mit Fleisch und Fellen zu arbeiten.«

Iana verzog verärgert über Naya das Gesicht. »Du hast schon genug Zeit damit verbracht, Weidenzweige gegen Laranis Schmerzen zu suchen. Fürs erste muß das reichen. Die Felle und das Fleisch müssen zubereitet werden, bevor alles schlecht wird.«

»Aber Grek geht heute mit den Jungen in gutes Beerenland,

um Steine für Speerspitzen und andere Werkzeuge zu suchen. Wir könnten sie begleiten.«

»Hör auf zu jammern, Naya! Grek und die Jungen werden viel zu beschäftigt sein, um auch noch auf beerenpflückende Mädchen aufzupassen!«

»Aber...«

»Kein Wort mehr, sage ich! Was hätten wir jetzt von ein paar Beeren und Wurzeln! Dieser Stamm lebt hauptsächlich von Fleisch. Wir müssen uns auf einen Winter in einem Lager vorbereiten, in dem wir alles, wirklich alles, neu herstellen müssen. Neue Felldächer für die Winterhütten! Neue Werkzeuge! Neue Bodenplanen und Schlaffelle und Kleidung und Mokassins!«

Naya stöhnte, als sie in den Morgen hinaustrat. Die anderen Frauen und Mädchen waren bereits draußen und bei der Arbeit. Sie verscheuchten die Hunde, schwatzten fröhlich und lachten. Sie sah zu, wie Schwan das eine Ende einer Sehne hielt und mit Schneefresser kämpfte, die sich mit dem anderen Ende zwischen den Zähnen davonmachen wollte. Die Frauen und Mädchen lachten über das Tauziehen.

Schneefresser knurrte wild und wedelte mit dem aufgerichteten Schwanz. Die Hündin war so in den spielerischen Kampf vertieft, daß sie nicht bemerkte, wie Gefährte sich von hinten anschlich und sie interessiert beschnupperte.

»Guter Hund!« rief Manaravak von der anderen Seite des Lagers. Die Männer des Stammes stimmten bei der Aussicht auf eine gute Vorstellung in seine Worte mit ein.

»Paß auf deinen Hintern auf, Schneefresser, bevor es zu spät ist!« lachte Honee.

»Los, Gefährte, jetzt ist deine Chance!« drängte Umak.

»Los, Hund!« rief Torka. »Wir könnten einen neuen Wurf Welpen gebrauchen!«

Naya wußte, daß Schneefresser seit gestern läufig war, und jetzt nutzte Gefährte diese Gelegenheit aus. Er besprang sie und begann zu stoßen, während die Männer ihn anfeuerten. Naya riß die Augen auf, denn der große Hund schien tatsächlich zu lächeln!

Schneefresser sah das anders. Sie ließ die Sehne los und versuchte sich zu befreien, aber es nützte ihr nichts. Gefährte war tief eingedrungen und hielt sie mit den Vorderpfoten fest. Der große Hund bewegte sich auf den Höhepunkt zu. Schneefresser, die trocken und unvorbereitet war, jaulte protestierend auf und versuchte mit aller Kraft, von ihm loszukommen. Obwohl sie mitleiderregend winselte, reagierte Gefährte darauf nur mit Knurren und weiteren Stößen.

Die Männer des Stammes lachten und feuerten Gefährte weiter an. Naya wurde übel. Sie wußte nicht, auf wen sie wütender war — auf die Männer des Stammes oder den Hund. »Er tut ihr weh!« rief sie. »Er soll aufhören!«

Jetzt lachten sogar die Frauen.

Naya konnte nicht verstehen, was sie daran so komisch fanden. Schneefresser hatte die Ohren zurückgelegt und fletschte knurrend die Zähne. Unter Schmerzensschreien stemmte sie hektisch ihre Pfoten gegen den Boden, bis ihre erschöpften Schultermuskeln versagten und sie zu Boden ging. Gefährte verstärkte seinen Griff um ihr Hinterende und pumpte weiter.

Die Männer und Jungen des Stammes jubelten begeistert. Die Frauen feuerten Schneefresser an, wieder aufzustehen. »Mach es ihm nicht zu einfach, Mädchen!« rief Eneela.

Mit ausgestreckten Vorderpfoten und dem Kopf auf der Erde winselte Schneefresser, während Gefährte weiterstieß und plötzlich zitternd zum Höhepunkt kam. Mit hängender Zunge starrte er wie benommen geradeaus. Obwohl Schneefresser weiterhin protestierte, hielt er sich immer noch an ihr fest.

Naya konnte es nicht mehr ertragen. »Bringt ihn runter von ihr! Er tut ihr weh!« schrie sie und wäre Schneefresser zu Hilfe geeilt, wenn Iana sie nicht zurückgehalten hätte.

»Faß ihn jetzt an, und er wird dir einen Arm abreißen!« Iana schüttelte mit gespielter Mißbilligung den Kopf und rief so laut, daß alle es hören konnten: »Er ist genauso wie jeder andere Mann — er schleicht sich an eine Frau heran und schlüpft hinein, bevor sie dazu bereit ist!«

Jetzt brüllten die Männer vor Lachen los.

Angewidert und so wütend, daß ihr Tränen in die Augen traten, starrte Naya die Hunde an. Schneefresser war aufgestanden, hielt jedoch den Kopf gesenkt und die Ohren so flach am Kopf, daß sie kaum noch zu sehen waren. Ihre Haltung drückte äußerste Niedergeschlagenheit aus, während sich das große Männchen weiterhin an ihr festklammerte. Als es sich zurückzuziehen versuchte, heulte Schneefresser vor Schmerzen auf und schnappte nach ihm. Gefährte blieb, wo er war.

»Ich habe das schon früher gesehen«, sagte Iana ruhig. »Gefährte muß in Schneefresser bleiben, bis sich sein Glied genug entspannt hat, damit er es herausziehen kann. Das könnte Stunden dauern.«

»Aber wir müssen ihm helfen! Er tut ihr weh!«

»Wir können nichts tun. Wenn jemand ihn mit Gewalt von ihr löst, könnte sie aufgerissen und verletzt werden. Mit der Zeit wird sich das Problem lösen. Du wirst sehen.« Iana wandte sich ab. »Komm, Naya! Die Sehnen warten auf uns! Zeit, um mit Rücken und Händen an die Arbeit zu gehen.«

Naya schmollte. »Bald werde ich keinen Rücken und keine Hände mehr haben.«

»Hör mir zu, kleines Mädchen!« sagte Iana wütend. »Du kannst nicht erwarten, daß dein alter Großvater sich ewig um dich kümmert. Es wäre nicht schlecht, wenn du eines Tages die Schlaffelle mit Manaravak teilst. Aber glaubst du, daß ein so wilder Mann sehr nachsichtig mit seiner Frau sein wird? Du mußt lernen, dich um dich selbst zu kümmern – und um die Babys, die du zur Welt bringen wirst.«

*Babys?* dachte Naya. Darüber hatte sie noch nie so genau nachgedacht. Nachdem sie gerade die Paarung der Hunde beobachtet hatte, fand sie den Gedanken daran nicht sehr angenehm. Kinder zu bekommen war eine blutige und schmerzvolle Erfahrung, und wenn die Babys erst einmal geboren waren, stellten sie eine ständige Verantwortung dar. Und Naya war es nicht gewöhnt, Verantwortung zu übernehmen.

»Ah...«, sagte Iana. »Das hat dich ins Grübeln gebracht, was? Ja, es ist an der Zeit, daß du deine Aufgaben lernst. Diese Frau wird nie wieder deine Kleidung nähen und die Felle abschaben, die für deine Schuhe und dein Bettzeug gedacht sind! Du solltest dich lieber schnell an wunde Finger gewöhnen, denn deine Arbeit hat gerade erst begonnen!«

»Das werden wir noch sehen!« erklärte Naya trotzig und suchte nach ihrem Großvater.


Greks Bitte, die er im Namen seiner Tochter äußerte, klang überzeugend. Torka hörte sie sich an, ebenso wie Ianas Bedenken.

»Was kann es schon schaden?« fragte Torka Iana und fügte hinzu, daß Naya morgen wieder ihre Arbeit bei den Frauen aufnehmen würde.

Der Stamm sah zu, wie die kleine Gruppe gemeinsam das Lager verließ – Grek, die Jungen, eine triumphierende Naya und Manaravak, der zusätzlich von Torka bestimmt worden war, sie vor Raubtieren zu schützen.

»Das Mädchen macht ständig Ärger...«, zischte Demmi leise. »Ich habe auch keine Lust auf die Frauenarbeit mehr! Ich will Beeren suchen! Laß mich durch, Dak!«

»Das werde ich nicht. Es gibt Arbeit zu tun, und du wirst hierbleiben!«

Demmi starrte wütend über das Lager auf die Gruppe um ihren Vater. Laut rief sie: »Wenn Grek nicht so ein alter Mann wäre, der die schwache Stelle des Mitleids im Herzen meines Vaters gefunden hat, würde Naya dann auch auf Beerensuche gehen?«

Torkas Kopf ruckte hoch, und sein Gesicht verzog sich zu einer Maske der Wut. Demmi hielt den Atem an. Nur selten hatte sie ihren Vater so erzürnt gesehen.

»Wenn Naya mit heilenden Pflanzen und Beeren zurückkehrt, wird das gut für den Stamm sein!« Als Lonit ihre Tochter tadelte, blitzten auch ihre Augen zornig auf. »Torka hat seine Entscheidung weise und zum Wohl aller getroffen!«

»Ich wollte sie nicht in Frage stellen«, entschuldigte Demmi sich. Sie wollte ihren Vater auf keinen Fall vor allen anderen bloßstellen. Sie wünschte sich, sie hätte zu ihm gehen und ihm sagen können, daß es niemanden in der Welt gab, den sie mehr als ihn liebte.

Doch es gab jemanden. Manaravak. Der ganze Stamm wußte es und Dak am besten. Sie war sich bewußt, daß er neben ihr stand und sie beobachtete.

»Komm, Demmi! Ich werde dir helfen, das Fell dort auszustrecken. Du hast gesagt, es wäre bereit dazu«, bot er ihr mit angespannter Stimme an.

Sie hörte nicht auf ihn. Sie war es leid, seine Frau und die Mutter Kharns zu sein, sie war die Eintönigkeit ihres Lebens leid. Sie sah, daß Naya die Hand Manaravaks hielt, so wie sie selbst sie immer gehalten hatte — als er ein Junge und sie ein Mädchen gewesen war, eine liebende Schwester, die ihr Leben mit ihm geteilt, ihn unterrichtet, ihn geführt und alles andere seinetwillen vernachlässigt hatte, bis er eines Tages begonnen hatte, Naya anzusehen und seine Schwester nicht mehr an seiner Seite haben wollte. *Naya!* Sie zerbiß den Namen zwischen ihren Zähnen.

Enttäuscht fuhr sie herum und lief zu ihrem Zelt, während sie die Tabus verfluchte, die zwischen ihr und dem Mann standen, für den sie geboren war. *Manaravak!* Sie waren eine Seele! Ihre Herzen schlugen im gleichen Rhythmus des Lebens! Wenn sie im Land ihrer Vorfahren in Simus Stamm geboren worden wären, hätte sie ihren Bruder offen mit den Augen einer Frau ansehen dürfen. Sie wären als Bruder und Schwester Mann und Frau geworden, und Vater Himmel und Mutter Erde und alle Mächte dieser und der nächsten Welt wären dem Paar günstig gestimmt gewesen.

Sie weinte fast, als sie an Schwan vorbeistapfte, die sich um Kharn kümmerte.

»Stimmt etwas nicht, Demmi?« fragte ihre Schwester.

»Sie werden *ihnen* niemals günstig gestimmt sein!« verkündete sie. Atemlos vor Zorn blieb sie stehen, um Manaravak und Naya nachzustarren.

Schwan war irritiert. »Wer?«

Demmi war den Tränen so nahe, daß sie nicht zu sprechen wagte. Vor ihr, am Rand des Lagers, starrte Umak mit leeren Augen über die Hügel und sehnte sich traurig nach der Enkelin von Grek.

Demmi trat an seine Seite. »Das kann doch nicht dein Ernst sein!« sagte sie verärgert zu ihm, während ihr Blick dem seinen folgte. »Kann es sein, daß du *ihr* mit Elchaugen nachsiehst?«

Er schluckte beschämt. »Naya... sie... äh... wird erwachsen.«

»Ich wünschte, sie würde schnell altern und morgen schon sterben!« erwiderte Demmi.

Und als sie diesmal ein Mann schlug, war es nicht Dak. Es war ihr Bruder Umak.

3

Es war ein schöner Tag, an dem das herbstliche Land so süß wie der mildeste und längste Tag des Sommers war. Als Naya anhielt, um Preiselbeeren an einem sandigen Bachbett zu pflücken, gab Grek Manaravak Anweisungen, auf das kleine Mädchen achtzugeben, damit sie sicher war. Dann führte der alte Mann Tankh, Chuk, Jhon und Sayanah zu einer Stelle, die er Speerberg nannte. Nantu hatte sich ebenfalls angeboten, Naya zu bewachen, aber Grek hatte abgelehnt, und nun zogen ihn die anderen Jungen wegen seines Eifers auf.

Naya, die immer noch böse auf Iana war, machte sich einen Spaß daraus, absichtlich ihre Mokassins zu ruinieren, indem sie durch den seichten Bach zu einem Weidengebüsch watete, um zu einem Strauch zu gelangen, der reich mit Preiselbeeren behangen war und knapp über dem sandigen Flußbett wuchs.

»Wohin gehst du?« fragte Manaravak, der ihr stirnrunzelnd folgte, als er bemerkte, daß der Lederbeutel, den das Mädchen über einer Schulter trug, bereits überquoll.

»Dort sind noch mehr Preiselbeeren! Ach, sieh nur, hier ist eine so schöne grüne Pflanze!«

Für Manaravak sah eine grüne Pflanze wie die andere aus, solange er nicht auf der Jagd war und sich vielleicht die Beute darin verstecken könnte. Doch Naya war glücklich und zwitscherte wie ein kleiner Vogel über die heilsamen Kräfte dieses immergrünen Strauchs. Manaravak fand eine Stelle über ihr auf dem sonnigen Ufer und beobachtete sie. Er hockte auf einem flechtenbewachsenen Stein und hielt seinen Speer fest. Dabei dachte er, daß sie wohl das hübscheste Mädchen des Stammes war, wünschte sich aber auch, daß sie nicht so viel reden würde.

»Man nennt das hier Preiselbeeren«, erklärte Naya ihm stolz. »Wenn die Blüten noch frisch sind, sehen sie wie kleine Vögel aus.«

Manaravak neigte nachdenklich den Kopf. »So wie du... unter deiner Kleidung!«

Naya errötete, schluckte und runzelte hinreißend die Stirn. »Genauso wie ich erwartet hatte! Hier sind jede Menge Blätter, aber keine Beeren mehr. Ich wünschte, wir wären früher zum Beerensuchen hierhergekommen.«

»An dieser Stelle sind schon seit langer Zeit keine Beeren mehr«, sagte Manaravak zu ihr. »Sieh dir die Blätter an! Viele sind zerrissen, und die Zweige sind geknickt und an manchen Stellen abgebrochen. Während der letzten Tage der langen Sonne, als wir noch im verbrannten Land waren, haben Bären alle Früchte hier gefressen.«

Nayas Gesicht wurde plötzlich bleich. »Bären? Werden sie nicht böse sein, daß wir an ihre Futterstelle gekommen sind?« Manaravak bemerkte ihre Angst und antwortete mit tiefer, bedächtiger Stimme, die ihre Furcht verstärkte. »Ja, die Bären werden böse sein! Sie werden kommen und uns vertreiben..., und zwar so!«

Mit einem ausgelassenen Lachen sprang er plötzlich vom Stein und landete vor ihr. Er bückte sich und vollführte die beste und witzigste Nachahmung eines knurrenden Bären, die sie je gesehen hatte. Dabei riß er Blätter von den Zweigen und schob sie sich in den Mund.

»Manaravak!« Sie lachte vor Erleichterung und Freude über seine unerwarteten Possen.

Er spuckte die Blätter aus. Als er die Bewegungen ihrer geschmeidigen und lieblichen Figur unter ihrem schweren, häßlichen Kleid sah, gab er seinem Verlangen nach, ihren Fuß zu packen und sie zu Boden zu ziehen.

Sie kreischte auf und entkam seinem Griff mit einem schnellen Sprung. Sie ließ ihren Beutel mit Blättern stehen und rannte fort, um ihn zur Verfolgung anzustiften. Es war ein Spiel, das sie schon als Kinder gespielt hatten, und Naya fühlte sich schwindelig und albern, als sie in die Weidensträucher plumpste. Er kam durch die Zweige hinter ihr her gestürzt.

Lachend schaffte sie es gerade noch, ihm zu entkommen. Auf den Knien krabbelte sie tiefer in den kühlen Schatten des fast herbstkahlen Weidenwäldchens hinein. Dann hielt sie plötzlich an.

Naya hatte sofort die kleinen, blutroten Beeren wiedererkannt, die sie im fernen Land vor dem Feuer entdeckt hatte. Sie erinnerte sich an ihre verlorene Halskette und freute sich mit einem glücklichen Aufatmen, daß sie sich jetzt eine neue machen konnte. Sie streckte ihre Hand aus und pflückte ein paar der kleinen, harten Früchte, die warmen Saft von sich gaben, als sie die Finger darum schloß. Sie hob die Hand und leckte sie ab. Ja, es war genauso wie damals, nur daß der Saft dicker und öliger war.

In diesem Augenblick stürzte sich Manaravak auf sie und warf sie um. Bei dem Stoß blieb ihr der Atem weg, und dann stemmte sie ihren Rücken gegen seine Brust und versuchte sich lachend und strampelnd aus seinen Armen zu befreien.

Doch plötzlich spürte sie seinen Herzschlag und die Hitze seines Atems in ihrem Genick, und dann brach in ihr eine Flut von Gefühlen los. Sie schien den Flügelschlag eines Vogels in sich zu spüren, der mit ihrem Körper zu einem wunderbar warmen Ort der Zuflucht davonflog. Sie entspannte sich. Obwohl sie verwirrt war, mochte sie dieses Gefühl, und sie mochte es auch, Manaravak ganz nah zu spüren. Sie wollte gar nicht mehr vor ihm davonlaufen.

Sie hörte, wie er ihren Namen keuchte, bis er ihre Stellung veränderte. Jetzt lag er auf dem Rücken und bewegte seine Arme, packte sie mit seinen Händen an der Seite. Dann hob er sie hoch und drehte sie, so daß sie nach unten sah und über ihm hing, als wäre sie ein Blatt oder eine Feder und völlig gewichtslos.

Und dann ließ er sie langsam herunter, bis sie auf ihm saß und seine Hüfte zwischen ihren Beinen eingeklemmt war. Ihre Hände lagen auf seiner Brust, bis sie bemerkte, wie klebrig ihre Finger waren, und sich atemlos entschuldigte, daß sie sein neues Hemd verschmutzt hatte.

Sein Mund verzog sich amüsiert über ihre Sorge. Genauso wie ihr unansehnliches Kleid war seines auch nur ein provisorischer Schutz gegen die Belästigung durch Insekten und Wetter, bis bessere Kleidung aus ordentlich behandelten Fellen hergestellt werden konnte. »Das macht nichts«, sagte er heiser und berührte ihr Kleid. »Deins sieht auch nicht besser aus. Zieh es aus!«

Dieser Vorschlag kam ihr seltsam vor. »Dann wäre ich ja nackt!«

»Ja, ich werde auch nackt sein.«

Bei der Idee mußte sie kichern. »Schau!« sagte sie und hielt ihm ihre Handfläche hin. Die Beeren, die sie immer noch darin hielt, waren jetzt eine matschige Masse, die ihm auf die Brust tropfte. »Sind sie nicht seltsam?«

Er sah überhaupt nicht die zerquetschten Beeren an, sondern fummelte an ihrem Schulterriemen, der ihr Kleid hielt. Dann nahm er ihre Zöpfe und löste die Schnüre, mit denen sie zusammengebunden waren.

Naya machte es nichts aus, denn sie mußte sich sowieso neue flechten. Als er ihr durchs Haar fuhr, leckte sie an ihren Fingern und rieb die Masse in den rauhen Stoff seines Hemds. Sie wußte nicht, warum sie etwas so Ungewöhnliches tat, aber irgendwie konnte sie nicht anders.

»Ich habe einen Strauch mit diesen Beeren im verbrannten Land gefunden und mir daraus eine Halskette gemacht, aber der Fluß...« Ihre Stimme klang, als würde sie aus weiter Ferne kommen. Sie schüttelte den Kopf, um ihre Gedanken zu klären. »Hier, probier mal den Saft! Er ist süß.«

Er nahm ihre Hand und drückte ihre Handfläche gegen seinen Mund.

Sie keuchte, als sie von erstaunlichen Gefühlen überwältigt

wurde. Seine Zunge glitt an ihrer Handfläche entlang und drang zwischen ihre Finger. Als er ihr den Saft von der Haut zu saugen begann, entflammte plötzlich eine kribbelnde Wärme in ihren Lenden und in ihren Brüsten. Sie erschauerte und bog sich zurück, während sie ihn mit ihren Schenkeln umklammerte, sich an ihn drückte und ihre Hüfte bewegte. Dadurch wurde das Gefühl in ihren Lenden intensiver, das Kribbeln schlimmer und gleichzeitig wunderbarer als zuvor. Es breitete sich wie ein Feuer zwischen ihren Beinen aus, das sie dazu trieb, sich noch enger und fester an ihn zu pressen.

Ein kehliges Stöhnen kam aus seinem Mund. Sie spürte die Spannung in seinem Körper. Seine Hände hielten ihre Hüften, bewegten sie, und dann hob er seine Hüften, um ihr Pressen zu erwidern.

Naya zitterte erstaunt und glücklich über diese außergewöhnliche Erfahrung. Sie wußte nicht, warum sie ihre Gefühle ihm gegenüber verschweigen sollte.

»Gut... gut... sehr gut...« Sie seufzte und bewegte sich, während sie auf Manaravak hinunterblickte, auf den schönen, starken Manaravak, der eines Tages ihr Mann sein würde. Sein Mund war vom Saft der Beeren verschmiert. Ihre Blicke trafen sich. Seine Augen waren so dunkel, so schwarz und heiß — und so hungrig.

Irritiert drehte sie den Kopf zur Seite. »Wenn du Hunger hast, in meinem Beutel ist noch etwas Fleisch...«

»Das hier ist das einzige Fleisch, das ich von dir will!«

Sie keuchte erneut, als er sich plötzlich aufrichtete und ihr mit einer einzigen Bewegung das Kleid herunterzog. Die Riemen, die er bereits gelöst hatte, glitten auseinander, und seine Hände bearbeiteten heftig ihre kleinen Brüste.

Es tat ihr weh. »Nicht!« rief sie.

Er hörte nicht auf sie. Sein Gesichtsausdruck machte ihr angst. Er beugte sich vor und nahm ihre Brüste in den Mund und saugte daran. Unbeirrt bog er sie zurück und ließ seine Hände hart über ihren Bauch und tiefer gleiten... immer tiefer, bis seine langen Finger ihre intimste Stelle erreichten und in sie eindrangen. Schockiert schrie sie auf.

Dann knurrte er und drückte sie mit Gewalt zurück, packte ihre Schenkel und zog sie auseinander. Er bückte sich, um sie zu beschnuppern und mit seiner Zunge zu lecken, wie Hunde es taten. Plötzlich dachte sie an Gefährte und Schneefresser, wie sie ineinander verkeilt gewesen waren, und an die Art und Weise, wie Welpen – und menschliche Babys – geboren wurden. Mit Blut und Schmerzen. Und immer nach einer Paarung.

»Nein! Hör auf! Ich will keine Babys!«

Wenn er sie gehört hatte, so ließ er es sich nicht anmerken. Knurrend hielt er sie mit einer Hand am Boden fest, während er sich zurückbeugte und auszog.

Sie wand sich unter ihm zur Seite. Für einen Augenblick dachte sie, daß sie sich von ihm befreit hatte, aber das war ein Irrtum. Er hielt sie am Bein fest, dann drehte er sie herum und bestieg sie, während er wie ein Wolf brüllte. Nein, nicht wie ein Wolf!

»Wanawut!« kreischte sie und verlor den Kampf gegen eine plötzliche Welle des Schreckens, während sie auf sein Glied starrte und den Blick nicht mehr abwenden konnte. In voller Erektion aufgerichtet, erschien es ihr riesig – ein großer, blaugeäderter Speer, der ihr bis ins Herz dringen würde, wenn er in sie vorstieß. Obwohl sie immer noch schrie, ließ er sich nicht beirren und machte sich bereit, sie zu vergewaltigen.

In diesem Augenblick kamen Grek und die Jungen durch das Gebüsch gestürmt, und der alte Mann brüllte vor Wut, als er Manaravak von seiner Enkelin zerrte und Nantu von Manaravak.

Als Naya in den Schutz von Greks Armen floh, schwor Nantu, daß er Manaravak töten würde. Und seit diesem Augenblick – obwohl es noch niemand wußte – würde die Welt für Torkas Stamm nicht mehr dieselbe sein.

# 4

In dieser Nacht schluchzte Naya, als wolle ihr das Herz brechen. Die Frauen und Kinder waren still, und die Männer berieten sich leise und besorgt in der Ratshütte mit den Wänden aus Knochen, Geweihen und Fellen von Karibus.

Torka forderte Manaravak zum Sprechen auf, doch der junge Mann wußte nicht, was von ihm erwartet wurde. Jeder schien auf jeden böse zu sein — und der gemeinsame Zorn richtete sich gegen ihn, der betrübt in seinen Schoß starrte. Sie erinnerten ihn daran, daß er ein Mann war und kein Tier, während Torka schweigend dasaß und auf eine Antwort von ihm wartete.

Er konnte nicht sprechen. Er fand keine Worte. Er verstand ihre Anschuldigungen nicht. Natürlich war er ein Mann! Hatte er nicht wie ein Mann gehandelt? Männer paarten sich doch, wenn sie von einer willigen Frau erregt wurden!

Der alte Grek saß im Schneidersitz auf dem fellbedeckten Boden, schien jedoch zu schweben, als er vor Manaravaks Nase in der Luft herumfuchtelte und ihn wie ein angriffslustiger Bulle anbrüllte. »Naya ist noch ein Kind! Ich habe dich gewarnt! Du hast Schande über uns alle gebracht!«

Manaravak blickte auf. *Schande?* Er verstand diesen Begriff genausowenig, wie er verstand, warum Naya ihn plötzlich abgewiesen hatte, nachdem sie ihn so bereitwillig in einen Zustand gebracht hatte, der ihm kein Zurück mehr erlaubte. Selbst als er jetzt daran dachte, wie sie sich gegen seine Lenden gedrückt hatte, war er nicht davon überzeugt, daß sie wirklich hatte aufhören wollen. Er verstand nicht, warum alle so wütend darüber waren, daß er versucht hatte, sie zum Weitermachen zu zwingen. Alle waren sich darin einig, daß sie seine Frau sein sollte. Was spielte es da für eine Rolle, wie oder wann er sie nahm? Das Ergebnis wäre ja doch dasselbe. Außerdem waren sie alle bis auf Torka bereit gewesen, ihre Frauen mit ihm zu teilen.

Er dachte darüber nach. Er hatte Honee nur zweimal benutzt, weil sie eine uninteressante Partnerin war. Iana hatte ihm gewöhnlich geraten, sich weniger ›wölfisch‹ zu verhalten, und da er keinen Spaß an einer Frau hatte, die ihn während der Paarung kritisierte, hatte er sich meistens an Eneela gewandt, wenn ihn sein männliches Bedürfnis drängte. Obwohl sie ihn tagsüber nur mit Mißbilligung betrachtete, kam sie in der Nacht flüsternd zu ihm, ohne daß Simu davon wußte. Sie schlüpfte in sein Zelt, zog sich aus und legte sich nackt unter seine Schlaffelle, um seinem Mund ihre großen Brüste mit den braunen Brustwarzen anzubieten und sich ihm und seinem Drängen zu öffnen.

Er runzelte die Stirn. Waren die Männer wütend, weil er ihre Frauen mit ihnen teilte? Er wußte es nicht. Er war der Sohn des Häuptlings und der Bruder des Zauberers, aber er kam sich wie ein Außenseiter vor. Es war ein Gefühl der Einsamkeit. Er mochte es nicht. Er wollte einer von ihnen sein. Er wollte wissen, warum sie alle von Naya immer nur als Kind sprachen. Was war sie für ein Kind, das einen Mann in ein Weidengebüsch lockte, ihm lachend in die Arme fiel und dann seine Lenden in zitternder Erwartung der sexuellen Erfüllung bearbeitete? So benahm sich kein Kind!

Vielleicht war ihm eine Feinheit der Sprache seines Stammes entgangen. Schließlich hatte er sie erst zu erlernen begonnen, als er zehn Herbste alt gewesen war. Verwirrt fragte er sie: »Li, die Tochter meines Bruders Umak, sie ist doch ein kleines Mädchen, ja?«

»Das ist sie«, bestätigte sein Zwillingsbruder.

»Und Uni, die Tochter von Simu, ist auch ein kleines Mädchen?«

Simu nickte brummend mit dem Kopf.

Manaravak nickte ebenfalls. Bis zu diesem Punkt schien sein Begriff eines Kindes mit dem der anderen übereinzustimmen.

»Yona, die Tochter von Grek, ist auch ein kleines Mädchen?«

Die Mundwinkel des alten Mannes zogen sich tief nach unten. »Meine Yona ist ein Baby!«

Jetzt war Manaravak noch verwirrter als zuvor. Babys schrien ständig, saugten Milch aus den Brüsten ihrer Mütter und machten in die Windeln. Yona war jedoch sechs, und Uni und Li waren fünf. Er stellte sich ihre rundlichen kleinen Körper mit flachen Brustkörben und dünnen Beinen vor. Er würde sich selbst mit einem Stein den Kopf einschlagen, wenn er auch nur daran dachte, sich mit einer von ihnen zu paaren! Jetzt wurde *er* wütend. War es vielleicht das, was sie ihm vorwarfen? »Ich verstehe nicht!« protestierte er. »Naya, die Enkelin von Grek, ist *klein*, aber sie ist *kein* Kind. Sie hat schon Brüste und runde Hüften, sie riecht wie eine Frau, und sie bewegt sich vor einem Mann wie...«

»Sie hat noch nicht als Frau geblutet!« dröhnte Grek.

Manaravak verstand immer noch nicht. »Aber sie wird es bald tun. Was macht das für einen Unterschied?«

»Einen sehr großen!« bellte Grek zurück, wollte aufspringen und hätte mit dem Kopf das niedrige Dach der Ratshütte durchstoßen, wenn Simu und Dak ihn nicht an den Schultern zurückgehalten hätten.

Umak, der rechts neben Torka saß, verdrehte die Augen über das Unverständnis seines Bruders.

Torkas Gesicht war ausdruckslos, als er seinen zweiten Sohn ansah. »Ein Mann des Stammes darf sich nicht mit einem Mädchen paaren, das noch nicht als Frau geblutet hat, Manaravak. Das habe ich dir schon oft gesagt.«

Manaravak blinzelte und starrte vor sich hin. »Ja.« Er erinnerte sich und verstand endlich. Er hatte eine Art Verbot gebrochen, und das Leben des Stammes war voller Verbote. »Als ich mit Naya im Weidengebüsch war, hat sie es mir leicht gemacht, das zu vergessen.«

»Sie?« Grek beugte sich vor und zitterte vor Wut, während sich sein altes Gesicht im Bemühen verzerrte, nicht die Beherrschung zu verlieren. »Du hast das kleine Mädchen zum Weinen gebracht! Wenn wir ihre Schreie nicht gehört hätten und Nantu nicht losgerannt wäre...«

Manaravak beugte sich ebenfalls vor und brüllte Grek über das kleine Feuer hinweg an. »Deine Naya ist kein kleines Mädchen! Frage Umak, wie sie nackt vor uns getanzt hat, am Tag, als die Tochter des Himmels die Erde in Flammen aufgehen ließ! Dein kleines Mädchen hat die Männer aufgefordert, sich mit ihr zu paaren, und sie hat mich dazu aufgefordert, als sie mich in das Gebüsch führte! Sprich, Umak, sag es ihnen!«

Er wartete. Er sah Umak in die Augen und wandte den Blick nicht von ihm ab. Warum schwieg sein Bruder? Warum sah er so besorgt aus?

»Trotzdem, ein Mann des Stammes darf niemals die Traditionen seiner Vorfahren vergessen, Manaravak!« sagte Torka mit feierlichem Ernst.

Manaravak verstummte. Er blickte seinen Bruder so lange an, bis Umak sich abwandte. Er fühlte sich einsam und verraten. Wer sollte zu seiner Verteidigung sprechen, wenn Umak es nicht tat?

Torka starrte Manaravak kalt an — mit den Augen eines Häuptlings, nicht mit denen eines Vaters. »Was zwischen dir und Naya geschehen ist, war falsch. Das muß bestraft werden. Du bist kein wilder Junge mehr, dessen Unwissen über die Sitten deines Stammes einfach so entschuldigt und verziehen werden kann.«

Manaravak beugte sich vor, nahm seinen Kopf zwischen die Hände und seufzte. Wie sehr er sich auch anstrengte, die zehn langen Sommer, die er als einsames menschliches Wesen unter Tieren gelebt hatte, hatten Spuren in ihm hinterlassen, von denen er sich nicht freimachen konnte. Die Muttermilch, die ihn als Säugling genährt hatte, war nicht aus den Brüsten einer Frau, sondern aus den Zitzen eines Tieres gekommen. Als er ein Kind gewesen war und sich nach Wärme und Trost gesehnt hatte, war keine menschliche Mutter zur Stelle gewesen, um die Felltür der Erdhütte gegen das Wetter zu verschließen und ihn zu halten, zu wiegen, Lieder zu singen und die wundervollen Legenden zu erzählen, durch die ein Kind lernte, was es bedeutet, ein menschliches Wesen zu sein.

Nein. Für Manaravak hatte es nur ein Nest aus Knochen, Zweigen und blutigen Federn gegeben, die schreienden Kondoren und Adlern aus der Brust gerupft worden waren. Und für Manaravak hatte aller Trost der Welt nur in den starken, haarigen Armen des Wanawuts gelegen, im Maunzen der Bestie und im sanften Atem eines Raubtiers, das ihm liebevoll das Gesicht und den Körper angehaucht hatte, um ihn zu wärmen. Die Erinnerung bewegte ihn. Die mütterliche Zuneigung der Bestie war ihm genug gewesen — sie war alles gewesen. Er schloß die Augen und drückte seine Finger gegen die Augenlider. Die Männer seines Stammes berieten sich leise, um zu einer Entscheidung zu kommen. Das Geräusch war wie das Summen von Mücken, die in der goldenen Luft eines windstillen Sommertages flogen. Manaravak hörte es kaum. Er erinnerte sich an sein anderes Leben, sein Leben als Tier, ein Leben ohne Worte, Lieder und abstrakte Gedanken — ein Leben, das im Jetzt stattfand, niemals in der Vergangenheit oder der Zukunft... ein Leben, in dem es die Frage *Warum?* nicht einmal als Gedanken gegeben hatte... ein Leben der reinen und gedankenlosen Reaktion auf die Stimme der Instinkte und der Befriedigung der eigenen Bedürfnisse. Er seufzte. Es war kein so schlechtes Leben gewesen.

»Manaravak?«

Torkas Stimme riß ihn aus seinen Träumereien.

»Wir sind zu einem Entschluß gelangt.« Torkas Augen waren gleichzeitig unnachgiebig und traurig. »Naya ist nicht mehr für dich bestimmt. Das ist ihr Wunsch, der respektiert werden soll. Wenn Naya zur Frau wird, kann sie zu Umak gehen. Er hat um sie gebeten. Honee geht es nicht gut, und sie könnte Hilfe mit den Kindern an ihrer Feuerstelle gebrauchen.«

Manaravak stapfte wütend aus der Ratshütte.

»Manaravak!« Umak folgte ihm. »Warte, Bruder!«

»Warum? Was für ein Bruder bist du? Warum hast du geschwiegen, als ich dich bat, für mich zu sprechen? War es, weil du durch dein Schweigen bald die Gelegenheit haben wirst, dir wie ein hungriger Wolf meine Frau zu schnappen?«

»Sie ist nicht deine Frau, Manaravak. Sie ist überhaupt keine Frau.« Umak trat seinem Bruder in den Weg. »Hör mir zu, Bruder! Naya hat dich abgewiesen. Grek hat gesagt, daß sie nicht einmal dann zu dir kommen wird, wenn sie eine Frau geworden ist.«

Manaravaks Gesicht war ernst und mißtrauisch. »Und gleichzeitig hast du für dich eine angenehme Lösung gefunden,

Bruder Umak! Du wirst sie an deine Feuerstelle holen, obwohl du dort bereits eine eigene Frau hast. Du bist ein gewitzter Zauberer! Du hast zwei Frauen an deinem Feuer, während Manaravak allein lebt!«

»Es war deine eigene Wahl, Manaravak. Du hättest Honee wählen können.«

»Nein, das hätte ich nicht. Du bist der Ältere. Sie hatte keinen Mann, und die Tradition hat sie für deine Schlaffelle bestimmt. Und jetzt willst du auch noch meine Naya haben! Du bist zu habgierig, Umak!«

Umak legte seinem Bruder beruhigend eine Hand auf den Unterarm.

»In diesem Augenblick will sie überhaupt keinen Mann! Du hast ihr soviel angst gemacht, daß sie gar kein Verlangen mehr hat, eine Frau zu werden!«

Manaravak sah ihn finster an. »Das glaube ich nicht.«

»Das solltest du aber.«

Manaravaks Blick wurde kalt. »Du erstgeborener Zwilling, ältester Sohn und Zauberer, du weißt alles. Und du hast alles. Du hast die Gabe des Geisterwinds, aber ich bin dein Zwillingsbruder. Ich weiß, was in deinem Herzen vor sich geht. Ich weiß, was du willst. Versuche nicht, mir etwas anderes zu erzählen!«

Sie standen sich gegenüber, während die anderen Männer aus der Ratshütte hervorkamen.

»Zwischen uns sollen keine bösen Gefühle sein, Bruder.« Umak sprach offen und ohne sich zu verstellen. »Wenn Naya dich wieder anschaut und lächelt, wenn sie ihre Meinung ändert und deine Frau werden will, bin ich damit einverstanden, wenn der Rat zustimmt.«

Manaravak nickte. »So soll es sein.« Es war nicht einfach, lange auf seinen Bruder wütend zu sein.

»Und wenn sie mich anlächelt und meine Frau werden will?« hakte Umak nach.

Manaravak hob eine Augenbraue. Er hatte schon immer Herausforderungen geliebt, besonders wenn sie von Umak kamen, der genau wußte, wie ein Wettbewerb interessant gemacht wurde. »Ich werde einverstanden sein, wenn du bereit bist, sie mit mir zu teilen!«

»Niemals!« erwiderte Umak.

»Wir werden sehen«, sagte Manaravak. »Wir werden sehen.«

5

Der Herbst schien in eine einzige, lange Nacht überzugehen. In den folgenden kühlen Tagen, die immer kürzer wurden, während der Wind zunahm, und gelegentlich leichter Schnee fiel, wurde die böse Stimmung auf Befehl des Häuptlings vergessen. Alle arbeiteten zusammen, um ein starkes Lager für die kommende endlose Nacht zu errichten. Die Menschen konnten den Neuschnee in den Bergpässen riechen, und viele redeten über einen frühen Winter.

Larani war froh. Obwohl sie noch schwach und voller Schmerzen war, hatte die Liebe zu ihrer Mutter sie dazu bewogen, Eneelas Pflege anzunehmen. Durch die Nahrung aus Markbrühe, Blut und Drüsenfleisch begann sie sich bereits besser zu fühlen. Der Ruf der Seetaucher hatte sie an diesem Morgen geweckt, und sie hatte für eine lange Zeit stillgelegen und dem willkommenen Laut zugehört. Mit plötzlicher Klarheit war ihr bewußt geworden, daß sie schon immer den Ruf der Seetaucher gemocht hatte. Wie die Vögel bald vom Wasser aufsteigen und vor dem ersten harten Frost davonfliegen würden, so konnte auch sie sich jetzt aus ihrer Lethargie und Verzweiflung erheben. Wenn sie wieder geheilt war, würde sie für den Stamm von Nutzen sein können. Was konnte man mehr vom Leben erwarten?

Und so war sie hinausgetreten und hatte den bitteren Geschmack der kalten Morgenluft genossen. Zum ersten Mal seit ihrer Verletzung freute sie sich auf die Tage der endlosen Nacht, in denen sie im Hintergrund der Gemeinschaftshütte würde sitzen können, wo ihre Narben sicher von der Dunkelheit verhüllt werden würden. Sie würde den anderen endlich wieder nahe sein, während sie auf ihre Geschichten und Gespräche lauschte.

Sie blickte über das Tal zu den Bergen. Unter dem bleiernen Himmel erschienen sie so grau und abweisend wie die Narben eines alten Jägers... oder wie ihre eigene Haut, wenn sie irgendwann einmal geheilt war.

Larani schüttelte sich bei diesem Vergleich, und ihr Umhang rieb sich an ihren Verbrennungen. Schmerzen flammten auf. Sie schob den Umhang zurück, und ohne daß sie es wollte, schrie sie auf. Von überall im Lager sahen die Menschen von ihrer Arbeit auf, um sie anzustarren.

Als sie bemerkte, daß Manaravak unter ihnen war, hüllte Larani sich wieder in den Umhang und wurde von den Qualen fast ohnmächtig, als sie schnell wieder im Schutz ihres eigenen Zelts verschwand. Sie fiel auf die Knie, und der Umhang glitt von ihren Schultern. Sie hob die Hände ans Gesicht. Als die Felltür zur Seite geschoben wurde und der Wind hereinfuhr, wußte sie, daß Manaravak ihr gefolgt war. Ihr ganzer Körper versteifte sich.

»Hier, Larani. Ich habe etwas gegen deine Schmerzen mitgebracht.«

Larani atmete enttäuscht aus, als sie Nayas Stimme hörte. »Kann ich eine Weile bei dir bleiben?« fragte Greks Enkelin.

»Geh weg, Naya! Die Schmerzen, die ich empfinde, können von deiner Medizin nicht gelindert werden.«

Naya nahm einen Schluck aus dem Harnschlauch, den sie für Larani mitgebracht hatte, und leckte sich über die Lippen. »Ach, Larani, darf ich nicht bei dir bleiben? Das ist die einzige Möglichkeit, wie ich den beiden entfliehen kann!«

Larani drehte sich zu Naya um. Das Mädchen sah mitleiderregend aus, wie sie so klein, nervös und offensichtlich besorgt dasaß. Die Beinahe-Vergewaltigung hatte sie verändert, aber noch nicht so sehr, daß sie erkannte, wie verletzend ihre Worte gewesen waren. »Arme Naya... was sollst du nur machen! Es muß wirklich schrecklich sein, beide Zwillinge des Häuptlings davon abzuhalten, dich nett zu finden!«

Naya verzog das Gesicht. »Willst du mich verspotten, Larani?«

»Nein, kleines Mädchen. Ich beneide dich mit ganzem Herzen.«


Obwohl die letzten Wasservögel auf ihrem alljährlichen Zug bereits das Tal verlassen hatten, blieb das große Mammut Lebensspender mit seinen Artgenossen in den Fichtenwäldern der östlichen Flügel. Als Torka und seine Jäger einen tiefen Vorstoß in die Ausläufer der Berge unternahmen, entdeckten sie zu ihrer unermeßlichen Freude, daß auch kleine Herden Karibus und Elche den Winter in den windgeschützten Schluchten verbringen würden.


»Ja, dies ist wirklich ein gutes Land!« verkündete Grek grinsend, als er erregt und erschöpft von der langen Wanderung über das Land nach Atem rang.

Torka und Simu musterten den alten Jäger mit kaum verhüllter Besorgnis, bis Dak sie auf die Hügel im Süden aufmerksam machte.

»Seht!« rief er. »Die Pferde, die wir bei unserem ersten Vorstoß ins Tal gesehen haben, sind immer noch da! Und dahinter sind die Elche, die das Eis des Teiches aufbrechen!«

Simus Blick folgte seinem ausgestreckten Arm. Mit einem langsamen, nachdenklichen Kopfnicken lächelte er und sprach seine Gedanken aus. »Wenn unsere Vorräte zur Neige gehen sollten und auch unsere Vorratsgruben für den Winter nicht ausreichen – und wenn die Mächte der Schöpfung es erlauben –, dann werden wir auch in der tiefsten Winterdunkelheit auf die Jagd nach frischem Fleisch und heißem Blut gehen können.«

*Unsere Vorräte werden nicht zur Neige gehen, und unsere Vorratsgruben werden ausreichen*, dachte Torka mit fester Überzeugung.

In den folgenden Tagen legten die Männer unter seiner Anweisung Vorratsgruben an, damit die Jäger, wenn sie auf Streifzüge durch das Tal gingen, oder der Stamm, wenn das

Lager im Notfall verlegt werden mußte, immer in der Nähe eines Vorrats an Nahrung und Werkzeugen waren. Jede Grube wurde mit wasserfesten Häuten ausgelegt, dann bis zum Rand mit Fleisch und Fett, Sehnenschnüren und Lederriemen, Feuerbohrern und Zunder, Speerspitzen und -schäften sowie Werkzeugen aus Karibuknochen und dem Stein gefüllt, den die Männer und Jungen vom Speerberg mitgebracht hatten.

Torka wußte, daß er noch nie mit einem besser ausgestatteten Lager in den Winter gegangen war.

Doch während der Mond auf- und wieder unterging und die Tage immer kürzer wurden, erlaubte Torka nicht einmal den jüngsten Stammesmitgliedern, ihre Zeit zu verschwenden. Der Stamm fing Fische mit Speeren und Schneehühner mit Fallen. Die Trockenrahmen beugten sich unter dem Gewicht von Karibufleisch, während die Frauen Felle präparierten, aus denen Kleidung, Schlaffelle und Hüttendächer für drei Stämme hergestellt werden konnten.

Als Naya sich beschwerte, sagte Lonit ihr, sie solle still sein. »Hör auf, deine Zeit zu vertrödeln, Naya! Selbst die ganz Kleinen helfen mit, die Schneehühner zu rupfen ... auch wenn sie uns dabei keine große Unterstützung sind.«

Als Naya sich umblickte, sah sie, wie Kharn mit Federn nach Uni und Li warf. Schwan, die wie immer auf den Jungen aufpassen mußte, versuchte, ihn zurückzuhalten, aber es war schon zu spät. Sofort wurden Gefährte und Schneefresser auf das Spiel aufmerksam und sprangen bald bellend in einem Schneesturm aus Daunen herum. Alle Menschen des Stammes lachten, als der Wind die Federn aufwirbeln ließ.

Kharn und die anderen Kinder machten sich einen Spaß daraus, hinter den schwebenden Federn herzujagen. Doch Schwan, die in der Federnwolke kaum noch zu erkennen war, fing den Jungen ein und klemmte ihn unter den Arm. Springende Hunde und rennende Kinder gerieten ihr zwischen die Beine, so daß sie über Gefährte stolperte und hinfiel. Im nächsten Augenblick waren Simu, Grek, Umak und Torka da, um ihre Söhne und Töchter aufzulesen und auszuschimpfen, während Dak die Hunde verscheuchte und Schwan wieder auf die Beine half.

»Macht Spaß!« krähte Kharn federnspuckend.

»Mir geht es gut!« sagte Schwan zu Dak, der die beiden auf Verletzungen untersuchte. Obwohl ihr hochroter Kopf in der Daunenwolke kaum zu sehen war, war es ihrer Stimme anzuhören, daß ihr die Angelegenheit peinlich war. Als sie Kharn seinem Vater übergab und sich abwandte, sah Demmi ihr spöttisch nach.

»Sei vorsichtig, Schwan! Ich beobachte dich!«

»Gut!« antwortete Schwan so leise, daß nur Torka es hören konnte, als sie mit zusammengebissenen Zähnen und blitzenden Augen an ihm vorbeiging.

Am nächsten Tag führte Torka die Frauen durch das Tal, um nach den letzten süßen Wurzeln des Jahres zu graben. Danach drängte er Naya, weitere heilende Kräuter und Beeren zu sammeln. Er schickte sie in Gesellschaft der anderen Frauen und Mädchen los und bewachte sie persönlich. Er bestand darauf, daß Manaravak ihn begleitete, damit sein Sohn sah, was von einem erwachsenen Mann erwartet wurde, wenn er mit der Bewachung der Frauen beauftragt war. Umak kam unaufgefordert mit.

Manaravak benahm sich fehlerlos. Naya sagte zu ihm, er solle sich von ihr fernhalten. Das tat er auch, aber bevor der Tag zu Ende ging, hatte er für sie ein Halsband aus merkwürdig aussehenden Beeren angefertigt. Als offensichtliche Entschuldigung bot er es mit unbeholfenen Worten und größter Unterwürfigkeit an.

»Was ist denn das für ein Geschenk?« spöttelte Umak. »Ich werde dir eine Halskette aus dem schönsten Grünstein und dem schwärzesten Obsidian machen!«

Das Mädchen schien ihm nicht zuzuhören. Sie blieb Manaravak gegenüber mißtrauisch, aber es war unverkennbar, daß ihr die Halskette gefiel. Stumm registrierte Torka, daß sie Manaravaks Geschenk annahm.

In dieser Nacht trompeteten die Mammuts in den östlichen Hügeln, und Wölfe heulten ihr beunruhigendes Lied, das Torka und seinen Stamm von einer bevorstehenden Wetterveränderung erzählte. Bald würde der Schnee kommen. Die Sonne würde für drei Monate verschwinden, aber Torka machte sich keine Sorgen.

Er schlief gut, und als er am nächsten Tag allein das Lager verließ, erfüllte ihn ein fast überwältigendes Gefühl der Zufriedenheit. Er blickte zum neu errichteten Lager seines Stammes zurück. Die großen und kleinen Kegel der Wintererdhütten hoben sich vor dem Horizont ab. Es war ein schöner Anblick. Bald würden Torka und sein Stamm ihren ersten Winter im Tal des Großen Flusses verbringen. Sie hatten warme Behausungen und genug Fleisch und Fett zu essen. Über kleinen Lagerfeuern aus Dung, Knochen und getrockneten Grassoden oder im Licht von Lonits Lampe würden sie sich die Geschichten der Ahnen erzählen, aus denen sie ihre Kraft bezogen. Bald würden die Kinder des neuen Landes davon hören, wie ihre Vorfahren ungezählte und unzählbare Winter im fernen Land aus Eis, weit entfernt im Westen überstanden hatten. Sie würden erfahren, daß sie Abkömmlinge des ersten Mannes und der ersten Frau waren, die gemeinsam über das nachgiebige Fleisch von Mutter Erde und unter der riesigen, sternenübersäten Haut von Vater Himmel gegangen waren, während die Bestie Wanawut am Rand der Welt lauerte, um den Stamm die Bedeutung des Wortes *Furcht* zu lehren.

# 6

Es war die Zeit der langen Dunkelheit und die Zeit, in der Vater Himmel sein gelbes Auge schloß und sich in einen Mantel aus Sturm und Dunkelheit hüllte, während er in den Armen von Schwester Mond schlief.

Naya saß mit untergeschlagenen Beinen in Greks Erdhütte

und nippte betrübt an einem bitteren Gebräu aus geschmolzenem Schnee, aufgelöstem Fett, pulverisierten Weidentrieben und dem letzten Familienvorrat an zerkleinerten Nierendrüsen.

»Trink!« forderte Iana sie auf.

Naya starrte die Frau ihres Großvaters an. »Ich mag nicht!«

»Zu schade! Du weißt, was das Drüsenfleisch bewirkt! Larani hat bereits ihre erste Blutung gehabt, und für dich wird es auch bald Zeit.«

Naya verzog angewidert das Gesicht. »Es ist mir egal, ob ich überhaupt irgendwann zu einer Frau werde!« sagte sie aufsässig.

»Aber mir nicht!« Iana war sichtlich wütend. »Weil du dann endlich diese Hütte verlassen wirst! Dein armer alter Großvater sollte in der Winterdunkelheit nicht draußen sein, um für dich frisches Drüsenfleisch von Karibus zu jagen!«

Die Feindseligkeit in Ianas Stimme ließ Naya beinahe in Tränen ausbrechen. Als sie sich verteidigte, zitterte ihr Kinn. »Schwan hat auch noch nicht geblutet. Und ich habe Großvater gesagt, er soll nicht gehen!«

Iana musterte das Mädchen mit plötzlicher Nachdenklichkeit. »Naya, hast du etwa Angst davor, zur Frau zu werden?«

Das Mädchen starrte in ihren Schoß. »Ich bin glücklich, so wie ich bin, hier in der Hütte meines Großvaters.« Dann schüttelte sie heftig den Kopf. »Ich will keinen Mann — weder Umak noch Manaravak. Ich will überhaupt keinen Mann!«

»Du mußt keine Angst haben, Mädchen. Was im Weidengebüsch geschehen ist, war nicht gut, aber Manaravak hat versprochen, sich zu bessern und...«

Naya sah sie mit blitzenden Augen an. »Ich sage dir, ich will keinen Mann! Ich bin noch zu jung! Jeder sieht doch, daß ich zu jung bin! Jeder nennt mich noch kleines Mädchen — jeder außer *ihm*, und *ihn* will ich nicht, nie wieder! Auch nicht Umak! Ich will Honee nicht als Feuerschwester! Ich habe schon eine Schwester. Ja, die kleine Yona ist für mich wie eine Schwester.« Ihr Gesicht entspannte sich, als sie das Kind ansah. »Nicht wahr, Yona? Komm! Wir wollen wieder mit den neuen Fellpuppen spielen, die Iana für dich gemacht hat. Komm! Du

159

darfst auch meine Steinperlenkette tragen!« Yona nahm die Einladung sofort an. »Ich spiele mit dir, wenn du mir eine Halskette aus den roten Beeren machst, die du noch in deinem großen Beutel hast!«

Im kalten, blauen Licht der arktischen Winternacht trotteten Torka, Manaravak, Grek und Gefährte durch das Tal des Großen Flusses, um nach Karibus zu suchen. Die Nacht war so kalt, daß sogar der Hund Stiefel trug. Seine Pfoten steckten in kleinen Beuteln aus Karibufellen, die mit Sehnenschnüren festgeknotet waren.

Die Menschen brauchten mehr als nur Stiefel. Unter ihren Rückentragen aus Karibugeweih trugen Torka, Manaravak und Grek Unterkleidung, Kniestrümpfe und Fäustlinge aus dem Fell von Karibukälbern, das von den Frauen und Mädchen so lange gekaut worden war, bis es weich wie Samt geworden war. Die eigentlichen Handschuhe bestanden aus Karibuleder, das mit dem Fell gegerbt und dann umgestülpt worden war, so daß das innenliegende Fell einen zusätzlichen Schutz vor der Kälte bildete. Ihre Stiefel waren bis zum Knie kreuzweise mit Lederriemen verschnürt, mit Daunen und Flechten gefüllt und besaßen eine dreifache Sohle aus hartgegerbtem Leder, die auch die Zehen und Fersen umschloß und so an den Stiefelschaft aus dem weicheren, kurzhaarigen Beinfell von Karibus genäht war. Ihre Jacken und Hosen bestanden aus doppelten Lagen von weichem Karibufell, das mit der Fellseite nach innen getragen wurde.

Sie blieben eine Weile stehen, um sich abzukühlen. Obwohl die Temperatur niedrig genug war, um ihre Lungen tödlich zu vereisen, wenn sie ihren Atem nicht durch die langen Haare ihrer Halskrausen aus Wolfsschwänzen gefiltert hätten, schwitzten die Jäger. In dieser Nacht zu frieren, würde den sicheren Tod bedeuten.

Schließlich erreichten sie den tieferen Schnee der Hügel. Als Grek zurückfiel, blieben Torka und Manaravak stehen, um nach vorn zu zeigen. Obwohl keine Karibus zu sehen waren, nickten Vater und Sohn, denn sie wußten, daß sie ihre Beute gefunden hatten. Vor ihnen hing ein eisiger Nebel in der Luft, der vom Atem lebender Tiere stammte.

Torka und Manaravak hoben ihre Speere. Torka hatte Manaravak auf diese Jagd mitgenommen in der Hoffnung, daß Grek seine Meinung über seinen zweitgeborenen Sohn änderte.

»Vergeßt nicht, daß wir nur drei Tiere erlegen werden!« schärfte Torka ihnen ein. »Eins für die neue Frau Larani, die geehrt werden muß; eins für Schwan, die Drüsenfleisch braucht, wenn sie jemals zur Frau werden soll und eins für Naya.«

Grek schürzte gereizt die Lippen. »Ja, vielleicht eines Tages.«

»Dann sind wir uns einig«, sagte Torka. »Wir kommen aus einem Lager voller getrocknetem Fleisch und gelagertem Fett. Es wäre eine Beleidigung der Mächte der Schöpfung und der Lebensgeister der Karibus, wenn wir mehr töten, als wir brauchen.«

Der Hund sprang davon und verschwand im Nebel. Torka, Manaravak und Grek hatten ihre neuen Jagdumhänge angelegt, die sie in ihren Rückentragen transportiert hatten, und rückten mit den Speeren in der Hand vor.

Torkas Speer traf, und eine Kuh stürzte. Ein heranwachsendes Kalb wandte den Kopf, um zu sehen, weswegen sie so überrascht und schmerzvoll aufgebrüllt hatte. Dann brach es ebenfalls zusammen, als es von Manaravaks Speer in die Lunge getroffen wurde und ihm heißes Blut aus Nüstern und Maul schoß. Kurz darauf wurde eine zweite Kuh von Greks Speer niedergestreckt, und dann heulten die Männer und Hunde gemeinsam im Triumph auf.

Nach den endlosen Tagen des Eingeschlossenseins in der Dunkelheit ihres Winterlagers hatte Manaravak Lust, ein viertes Tier zu erlegen — einen Bullen, der für einen Mann angemessener als ein Kalb war —, aber Torka und Grek bemerkten es nicht. Sie schlachteten die toten Tiere und aßen wie Löwen von ihrem rohen Fleisch, bis Torka sich schließlich satt und zitternd zurückzog.

Wölfe heulten draußen in der Nacht, und für einen furchterregenden Augenblick lang schien es, daß etwas Größeres und Gefährlicheres — und etwas beinahe Menschliches — mit ihnen heulte. *Wanawut*? Er horchte, aber da war nur das Geräusch des Windes und von Grek, Manaravak und den Hunden bei der Mahlzeit.

Er sah sie an und bemerkte erschrocken, daß statt der drei nun vier tote Karibus am Boden lagen. Er erinnerte sich an etwas, das ihn sein vor langer Zeit gestorbener Großvater gelehrt hatte: *Vergiß nicht, Torka, nur der schmale Grat der Kontrolle unterscheidet die menschliche Bestie von der tierischen Bestie und das Raubtier von der Beute. Und du darfst niemals vergessen, Torka, daß nur ein Narr sich mehr vor dem Wanawut fürchtet als vor dem Tier, das in ihm selbst lebt.*

Plötzlich wurde ihm das tierhafte Schmatzen, Grunzen und Saugen zuviel, das nicht nur von den Hunden, sondern auch von Grek und Manaravak kam. »Genug!« befahl er. »Was habt ihr vor? Wollt ihr alle vier Karibus alleine auffressen?«

Grek legte die blutigen Eingeweide weg, aus denen er den weichen, halbverdauten Inhalt der letzten Mahlzeiten des Karibus herausgedrückt und sich in den Mund geschoben hatte. Er leckte sich geräuschvoll die Lippen und wandte sich von seiner Mahlzeit ab. Selbst in der Dunkelheit war zu erkennen, daß sein Fellkragen blutüberströmt war. »Tut mir leid. Ich habe mich mitreißen lassen. Vier, sagst du?«

Manaravak unterbrach seine Beschäftigung nicht. Er hockte auf dem Brustkorb des Karibubullen und hatte seinen Jagdumhang abgeworfen und die Kapuze zurückgeschoben. Er hatte sein Gesicht in der Kehle des Tieres vergraben und saugte wild und laut Blut aus der Wunde, die sein Messer gerissen hatte, während das Tier noch im Sterben lag. Ein Hinterbein des Karibus zuckte, und die Vorderbeine zitterten krampfartig.

»Genug!« brüllte Torka, denn jetzt erst sah er, daß das Tier, dem sein Sohn das Blut aussaugte, noch am Leben war. »Manaravak!« Der junge Mann blickte auf. Sein Gesicht war blutverschmiert. »Was ist?«

»Dein Speer in der Flanke dieses Bullen markiert ihn als deine Beute — als viertes Tier, während ich befohlen habe, nur drei zu erlegen. Außerdem fällst du darüber her wie ein Löwe und nicht wie ein Mensch!«

Manaravak schien dies als Kompliment zu nehmen. »Ich mußte etwas Besseres als dieses Kalb töten, um die neue Frau zu ehren! Wir drei haben wie Löwen gejagt! Ein Löwe weiß, daß er das Blut trinken muß, bevor es gefriert. Kommt, bevor dieses Karibu stirbt und das Blut nicht mehr fließt! Komm, Vater, und auch du, Grek, du alter Löwe! Hier ist Leben und Kraft für Männer, die viel Fleisch zu ihrem Stamm zurücktragen müssen!«

Er hatte recht, und Torka wußte es. Sicher, sie hatten nicht drei, sondern vier Tiere getötet, aber was machte das jetzt noch für einen Unterschied?

Grek war eitel genug, um das Kompliment des jungen Mannes anzunehmen. Mit sichtlichem Stolz trat er vor, suchte sich eine Stelle, wo er dem Karibu das Blut aussaugen konnte, und hatte seine Feindseligkeit gegenüber Manaravak vergessen. »Alter Löwe, sagst du?«

»Ja«, antwortete Manaravak. »Alt und stark und sehr gefährlich für Karibus!«

# 7

Die Bluthütte war klein und kegelförmig und unterschied sich von den anderen Erdhütten nur dadurch, daß sie in einiger Entfernung von ihnen errichtet worden war.

Larani lugte durch den Eingang der Bluthütte zum Lager und der großen Gemeinschaftshütte hinüber. Ihr Blick fand die beiden Geweihe mit den zwölf Enden, die über dem Eingang aufragten. Die Geweihe waren eisverkrustet und mit Eiszapfen behangen, so daß sie im Schein eines vielfarbigen Nordlichts rot, blau und grün schimmerten. Larani neigte bei diesem Anblick den Kopf und lauschte auf den Gesang des Zauberers, der zusammen mit dickem, grauem Rauch aus dem Abzugsloch an der Spitze des gewölbten Dachs drang. In jeder anderen Nacht hätte Larani dies alles schön gefunden, aber heute schienen darin nur drohende Zeichen zu liegen.

»Umak singt für dich«, sagte Eneela stolz. »Komm wieder herein, Tochter! Die anderen Frauen werden bald hier sein, und es gibt noch viel zu tun, um dich auf die Feier zu deinen Ehren vorzubereiten.«

Larani wurde fast übel vor Besorgnis. Sie erinnerte sich an den freudlosen, aber tröstenden Moment, als sie vor weniger als einem Mond mit dem Ruf des Seetauchers begonnen hatte, ihren Zustand zu akzeptieren. Doch vor einem Monat war sie noch ein Mädchen gewesen, das noch nicht als Frau geblutet, geschweige denn geahnt hatte, was ihr bevorstand. Jetzt war ein neuer Mond auf- und wieder untergegangen, und die Seetaucher hatten das Tal des Großen Flusses verlassen. Sie schloß die Augen und stellte sich vor, wie sie mit ihnen nach Süden flog und allem entfloh.

Für einen Augenblick faßte sie wieder Hoffnung. Sie konnte einfach aus der Hütte und dem Lager davonlaufen. Ein paar tiefe Atemzüge würden ihre Lungen vereisen lassen und für die Zukunft jeden weiteren Atemzug unmöglich machen. Sie würde sterben, aber ihre Seele würde mit den Seetauchern davonfliegen, befreit von ihrem zerstörten Körper und den Schmerzen ihrer Verbrennungen und ohne die peinlichen Verpflichtungen, die ihr bevorstanden.

»Komm wieder ins Warme, Larani! Schließ die Felltür, Tochter, und setz dich ans Feuer! Du mußt keine Angst haben. Ich habe genug Wasser dabei, wenn es zu heiß wird. Komm, du mußt jetzt diesen guten Rauch einatmen und die letzten Reste deiner Kindheit ausschwitzen.« Eneela warf ein paar Beifußzweige ins kleine Feuer. »Ach, mein liebes Mädchen, seit dem Tag deiner Geburt habe ich mich danach gesehnt, diesen Tag der Freude mit dir zu erleben! O Larani, wenn du doch diesen Augenblick als genauso schön empfinden würdest wie ich – eine Mutter, die miterlebt, wie ihr ältestes Mädchen zur Frau wird!«

Larani sah ihre Mutter wütend an. »Hör auf!« schrie sie,

doch als sie Eneelas liebevollen Gesichtsausdruck verschwinden sah, verflog auch ihr eigener Ärger, und ihre Gedanken an den Tod verschwanden. »Es tut mir leid, aber ich will nicht hier sein und würde auch nicht hier sein, wenn Torka und Simu nicht darauf bestanden hätten.«

Eneela schnalzte tadelnd mit der Zunge. »Du hättest nicht in deiner eigenen Hütte bleiben können, Larani. Wenn eine Frau das Blut des Mondes vergießt, muß sie abgeschieden werden, damit die Geister nicht auch die anderen bluten lassen. Stell dir nur einmal vor, die Männer des Stammes würden auch Krämpfe bekommen und . . .«

»Ich war doch schon weit weg von allen anderen«, fuhr Larani dazwischen, die nicht in Stimmung für den angestrengten Versuch eines Scherzes ihrer Mutter war.

»Nicht weit genug! Was ist los mit dir, Larani? Jedes Mädchen träumt davon, endlich als Frau in die Bluthöhle zu kommen.«

»Sieh mich doch an, Mutter!!«

Eneela hob abwehrend den Kopf. »Deine Heilung macht gute Fortschritte.«

»Ich bin vernarbt und häßlich!«

»Du bist eine neue Frau, die jetzt neues Leben in ihrem Bauch heranwachsen lassen kann und aus ihrem eigenen Fleisch die Zukunft ihres Stammes schafft! Es gibt nichts Schöneres oder Wunderbareres!«

Larani ließ den Kopf hängen und spürte, wie sich das frisch vernarbte Gewebe an der Seite ihres Halses streckte und schmerzte. Sie begann zu weinen. Für Eneela würde sie immer schön aussehen. Aber was war mit den anderen? Was würde Manaravak denken? Was würde er in ihr sehen, wenn die neue Frau gerufen wurde, um sich zu zeigen? Sie griff nach dem Schlauch mit dem heilenden Gebräu, das Naya ihr dagelassen hatte. Das Getränk linderte nicht nur den Schmerz, es benebelte auch den Verstand. Larani nahm einen tiefen Schluck.

»Fühlst du dich immer noch unwohl?« fragte Eneela besorgt.

Larani schürzte die Lippen, als sie die ungewohnte Süße des Getränks bemerkte. Naya mußte diesem Schlauch etwas Unvertrautes hinzugefügt haben. Ihr wurde schwindelig. »Mir ist schlecht«, sagte sie und stellte den Schlauch zur Seite. Es ging vorbei. Jetzt war sie schläfrig und ziemlich mürrisch. »So schlecht, wie dem Stamm werden wird, wenn er die neue Frau vor dem Lagerfeuer zu sehen bekommt.«

Die Jäger kehrten im kalten, metallischen Schein des Nordlichts zurück. Das frische Karibufleisch wurde aufgeteilt und für das Festessen zubereitet. Ein großes Feuer war entzündet worden, das mit Fett, Knochen und Treibholz vom Flußufer genährt wurde.

»Ah!« rief Naya, als sie aus Greks Erdhütte lugte. »Wenn es dann auch für mich ein solches Feuer gibt und Geschenke und Tanzen und Essen, dann will ich doch eine Frau werden! Ich will nur keinen Mann haben!«

Ianas scharfe Augen sahen deutlich, daß Naya sich zum ersten Mal seit vielen Tagen wesentlich besser fühlte. Grek würde sich darüber freuen. Er war mit den anderen Männern in der Ratshütte, wo sie sich immer vor einer solchen Zeremonie versammelten. Yona lag auf dem Rücken und summte schläfrig ein Lied für eine ihrer Puppen.

Iana sah ihre Tochter aus schmalen Augenschlitzen an. Yona war ständig müde und gereizt, seit Naya ihr ein Beerenhalsband geschenkt hatte.

Iana rückte näher an sie heran, um sich die Früchte genauer anzusehen. Sie waren ihr unbekannt. »Du kannst sie tragen«, hatte sie Yona erlaubt, »aber du darfst sie nicht essen!«

Sie konnte sich noch daran erinnern, wie Naya die Halskette gestreichelt und angelächelt hatte, als wäre sie eine Freundin, die zurücklächeln konnte. »Diese Beeren sind gut. Sie haben mich niemals krank gemacht«, hatte sie mit Überzeugung gesagt.

Ianas Stirnrunzeln verwandelte sich in einen irritierten Gesichtsausdruck, denn die Beeren schienen Naya glücklich und zufrieden zu machen. Sogar jetzt, als sich das Mädchen wohlig auf ihre Schlaffelle fallen ließ, kaute sie wieder auf einer herum.

»Wir müssen mit unbekannter Nahrung vorsichtig sein, Naya.«

»Ja, natürlich.« Naya war nicht in Stimmung, vorsichtig zu sein. Sie hatte großen Spaß daran, ihr Haar zu kämmen. »Sieh mal, Iana ... siehst du, wie die Zinken durch das verknotete Haar gehen? Dieser Kamm, den Umak mir geschenkt hat, ist sehr gut.«

»Wenn du keinen Mann haben willst, solltest du seine Geschenke nicht annehmen.«

»Umak ist anders. Er ist mein Freund.«

»Trotzdem ist er ein Mann — der dich ebenso, wenn nicht mehr begehrt als Manaravak.«

Naya dachte darüber nach, während sie die kleine getrocknete Beere zwischen ihren Schneidezähnen hielt und mit der Zunge das letzte Öl herausholte. »Wie ist es, wenn man begehrt wird?« Ihre Stimme wurde fast zu einem Säuseln. »Wie ist es, wenn Grek auf dir liegt, oder wenn du Manaravaks männliches Bedürfnis befriedigen sollst? Wenn er nackt auf dir liegt, wie ein Widder zustößt und wie ein Wolf heult, wenn sein Mannknochen in dich eindringt? Macht es Spaß, oder tut es weh, wenn du die Beine für ihn öffnest, oder ist Spaß und Schmerz dasselbe, wenn ein Mann und eine Frau sich zusammen bewegen und ...«

»Naya!« Iana war nicht nur durch die Fragen des Mädchens verblüfft, sondern auch über den Blick ihrer Augen. Das Mädchen war plötzlich wie verändert. Sie hatte ihren Kamm fallen gelassen und saß jetzt kerzengerade auf den Knien da, während sie sich langsam auf den Fersen bewegte. Ihre Pupillen waren starr und erweitert. »Wie kommst du dazu, solche Fragen in Anwesenheit von Yona zu stellen? Und dann von einem Mädchen, das ständig verkündet, sie hätte kein Verlangen nach einem Mann! Hör sofort auf, so auf deinen Fersen herumzurutschen! Wenn du dich jetzt sehen könntest — du bist ja richtig heiß darauf!«

»Darauf?« fragte Naya unschuldig.

Iana wurde wütend. Ihre Ohrfeige kam schnell und kräftig. Doch zu ihrer Überraschung lächelte Naya, als hätte der Schlag sie eher amüsiert als geschmerzt, während sie ihre Hand gegen die Wange hielt. »Du kannst mir nicht weh tun!« sagte sie trotzig.

»Vielleicht nicht«, gab Iana zu, »aber ich werde deinem Großvater davon erzählen. Und dann wird er auch erfahren, daß ich wieder ein Kind bekomme. Ja, mein Mädchen, schau nicht so überrascht! Bald werden Yona, Tankh und Chuk einen neuen Bruder oder eine neue Schwester haben. Und bald wird Greks Hütte nicht mehr groß genug sein für dich und mich!«


Torkas Stamm umringte das Lagerfeuer. In ihrer schweren Winterkleidung und den Kapuzen klatschten sie in die Hände, die in dicken Fäustlingen steckten, und bewegten sich schrittweise nach rechts.

Umak tanzte allein im Kreis, bis er schließlich stehenblieb und mit der schallenden, befehlenden Stimme des Zauberers rief: »Larani!«

Der Tanz brach ab. Der Stamm blickte den Zauberer an und nickte anerkennend über seine stolze Erscheinung und Haltung. Honee hatte seinen Umhang und Kopfschmuck entworfen und ihn reich mit den Federn von Polareulen und winterweißen Schneehühnern verziert. Über seinem Rücken lag ein Überwurf aus der Haut eines Kondors, an der sich noch die Federn befanden. Die ausgebreiteten Flügel waren an seinen Handschuhen befestigt, so daß er in die Nacht hinaufzufliegen schien, wenn er die Arme ausbreitete. Der Kopf des Kondors mit aufgerissenem Schnabel und zwei funkelnden Stücken Obsidian in den Augenhöhlen krönte eine dicke Kapuze aus Fuchsfell.

Naya sah ihm zu. Er richtete sich kerzengerade auf und dachte: *Bald wird auch für dich das Freudenfeuer der neuen Frau brennen! Und dann wirst du einen Mann nehmen! Du wirst mich wählen!*

Umaks Zufriedenheit verschwand, als er sah, daß der alte Mann neben Manaravak stand. Greks schlechte Meinung über Manaravak hatte sich verändert, seit sie zum Lager zurückgekehrt waren. Jeder war froh über ihre wiedergefundene Freundschaft, aber Umak war verblüfft gewesen, bis er hörte, wie Manaravak den alten Mann als ›alten Löwen‹ bezeichnet hatte.

*Schmeichelei.* Der Wind erstarrte in Umaks Mund. *Dieses Spiel können auch zwei spielen!* dachte er und wußte, daß er als Zauberer bereits einen Vorteil hatte.

»Larani, Tochter von Simu und Eneela! Larani, Schwester von Dak und Nantu und Uni! Larani, neue Frau und neue Schwester der Töchter des Stammes, tritt jetzt vor den Stamm!«

Die Frauen und Mädchen hoben Knochenflöten, um den zweiten Aufruf des Zauberers mit einer schrillen Fanfare zu begleiten.

»Larani, neue Frau, tritt jetzt vor die Söhne dieses Stammes, damit sie sich über die Ankunft der neuen Frau freuen können! Komm jetzt, neue Frau! Dieser Zauberer ruft dich, und der Älteste des Stammes — *der bisonstarke und löwenmutige Älteste* — schlägt die Willkommenstrommel, während die neue Frau vortritt!«

Beschwingt durch das unerwartete Kompliment, hob der alte Grek die zeremonielle Trommel, die für diese Gelegenheit hergestellt worden war. Die Tradition bestimmte, daß der älteste Mann als erster mit der flachen Hand die Trommel schlug, bevor er sie dem Häuptling überreichte, der sie nach dem zweiten Ehrentrommeln an die übrigen männlichen Mitglieder des Stammes weitergab.

Simu war der letzte in der Reihe. Als Vater der neuen Frau mußte er die Trommel behalten, bis sie sich einen Mann erwählt hatte. Wenn ihre Jungfräulichkeit dann verloren war, würde ihr Mann die Trommel vor dem versammelten Stamm zum Häuptling bringen und sie ein letztes Mal schlagen. Dann würde er das Fell der Trommel symbolisch mit seinem Speer durchstechen und sie ihren Eltern zurückgeben, die sie schließlich verbrannten.

Als Simu jetzt die Trommel schlug, rief er ebenfalls nach der neuen Frau, wie es seine Pflicht war. Der Stamm jubelte, als sie endlich von ihrer Mutter aus der Bluthütte geführt wurde.

Die Atemwolke, die sich über der Versammlung bildete, glänzte im Schein des sternenbesetzten Polarlichts, bis sie von der aufsteigenden Hitze des Lagerfeuers vertrieben wurde.

Simu deutete es als schlechtes Omen. Er nahm nur deshalb an dieser Feier teil, weil Torka darauf bestanden und Eneela ihm geschworen hatte, wenn er es nicht tun würde, mit dem Rücken zu ihm zu schlafen, hart und kalt wie ein Eisblock ... und wenn sie ein weibliches Bedürfnis überkäme, würde sie zu Manaravak gehen.

Simu knirschte mit den Zähnen. Die letztgenannte Drohung war bereits ein ständiger Streitpunkt zwischen ihnen. Er hatte zwar Sommermond zu seiner Erleichterung, aber sie war endlich schwanger, und er wollte nichts tun, um ihren lang ersehnten Traum nach einem eigenen Baby zu gefährden.

Er starrte seine Tochter an. Er hatte die hübschen Kleider einer neuen Frau gesehen, die Eneela gemacht hatte, aber statt dessen war Larani in einem zeltähnlichen Umhang aus weißem Karibuleder und Fuchsfell gehüllt, das ihr von Kopf bis Fuß reichte. Das Mädchen trug ihr neues Schlaffell!

Die Knochenflöten verstummten. Ein bestürztes und mitleidiges Stöhnen drang aus allen Mündern.

Simu kämpfte mit seiner Enttäuschung. Wie sehr hatte er sich auf diesen Augenblick gefreut! Er hatte sich seine schöne, strahlende Larani vorgestellt, wie sie würdevoll zum Ehrenfeuer schritt, ihre Kapuze zurückwarf und jedem Stammesmitglied ihr glückliches Gesicht zeigte, während sie stolz verkündete: »Ja, hier ist die neue Frau Larani! Der Stamm soll feiern, während sie für immer das Kind hinter sich zurückläßt, das einmal auf ihren Namen hörte!«

Simu hätte fast in seine Halskrause geweint. Er würde Torka niemals verzeihen, daß er sie nicht hatte töten dürfen oder daß sie an dieser Farce teilnehmen mußte. Wie konnte sie als Trägerin zukünftigen Lebens geehrt werden, wenn niemals ein Mann bei ihr liegen würde – es sei denn, sie wäre die letzte überlebende Frau des Stammes, oder sie würde sich für immer unter diesem lächerlichen Zelt verstecken! Wenn Torka nur seine Anweisung widerrufen würde, daß Bruder und Schwester nicht zusammenleben durften! Dak würde seine geliebte Schwester an seine Feuerstelle nehmen, ganz gleich, wie sie aussah.

»Larani, neue Frau dieses Stammes, tritt vor!«

Es war Torka, der die neue Frau jetzt rief, aber Larani reagierte nicht. Die Menschen starrten und warteten, bis sie sich Sorgen zu machen begannen. Es wäre nicht gut, in einer solchen geheiligten Nacht mit der Tradition der Vorfahren zu brechen.

Torka, der die gewaltige Hitze des großen Lagerfeuers im Rücken spürte, verstand die Angst der jungen Frau vor den Flammen. Ohne auf das Raunen seines Stammes zu achten und gegen die Tradition, ging er zu ihr und setzte die Zeremonie in größerem Abstand zum Feuer fort.

»Ist dies die neue Frau, die vor dem Häuptling des Stammes steht?«

Larani antwortete nicht. Eneela hielt die blutigen Felle hoch, auf denen ihre Tochter zur Frau geworden war. »Hier ist das Blut meines Kindes Larani!«

Torka nahm die ungereinigten Felle an. Die Tradition verlangte, daß die neue Frau sie von ihm annahm und als symbolisches Opfer ihrer Kindheit in die Flammen warf. Er wußte, daß sie davor zurückschrecken würde, und sie enttäuschte ihn nicht. Sie tat ihm leid.

»In diesem Land bist du das erste Mädchen, dessen Blutzeit angebrochen ist«, erinnerte er sie leise. »Das ist eine große Ehre und ein großes Geschenk.«

»Es nützt mir nichts.«

»Wie dem auch sei, Larani, du bist nun einmal eine Frau geworden. Im Tal des Großen Flusses wird der Stamm nicht die Sitte seiner Vorfahren entehren, indem die traditionelle Zeremonie mißachtet wird, die zu Ehren einer neuen Frau und allem, was sie bedeutet, veranstaltet werden muß.«

»Ich habe keine Bedeutung«, antwortete sie völlig niedergeschlagen. »Schwan und Naya hätten die ersten sein sollen. Das war der Wille der Mächte der Schöpfung, als sie mir die Tochter des Himmels schickten. Du hättest nicht eingreifen dürfen! Vergib mir, Torka, daß ich so spreche, aber die Vorfahren hätten mich durch die Hand meines Vaters sterben lassen. Als du ihn gezwungen hast, mich am Leben zu lassen, hast du sie entehrt ... wie auch meinen Vater und mich selbst.«

Ihre Worte trafen ihn tief ins Herz. Dann hob sie plötzlich mit ihrem unverletzten Arm das Schlaffell an und warf es fort. Larani stand nackt in der nächtlichen Kälte und zeigte sich stolz und trotzig im goldenen, flackernden Schein des Lagerfeuers, während die Menschen bei ihrem Anblick aufschrien.

»Siehst du?« zischte sie Torka an. »Das hier ist bloß eine Verschwendung von gutem Feuerholz! Das Kind Larani ist bereits den Flammen geopfert worden!« Ihre Worte kamen langsam und undeutlich, als wäre ihre Zunge zu groß für ihren Mund geworden. »Seht ihr alle, was ich in den letzten Monden vor euren Augen verborgen habe? Ja, Torka hat dieses Leben gerettet! Ja, es hat gelebt, um als Frau zu bluten! Aber laßt euch nicht täuschen! Auch wenn Naya diesen Körper umsorgt hat, ist er schon seit langer Zeit tot, gestorben in den Armen der Tochter des Himmels.«

Wieder einmal war die Ratshütte im Tal des Großen Flusses mit leisen, besorgten Gesprächen erfüllt. Die Männer saßen ernst im Kreis, um zu beraten, was mit Larani geschehen sollte.

»Dieser Mann ist beschämt«, sagte Simu aufgeregt. »Keine Frau dieses Stammes hat sich jemals so unmöglich benommen. Vielleicht ist es an der Zeit, Larani an die Tochter des Himmels zurückzugeben.« Simus Gesicht wirkte entschlossen und unnachgiebig, doch seine Stimme brach bei diesen Worten, und in seinen Augen war ein wilder Blick, der darum bettelte, beruhigt und widerlegt zu werden.

»Nein!« Dak war wütend auf seinen Vater. »Der Tod ist keine angemessene Strafe für Larani. Ihre Verbrennungen heilen, sie kann wieder gehen, und bald wird sie ihren Arm wieder ganz benutzen können. Sie ist kein kränkliches Kind oder eine zitternde Greisin, die nach der Überlieferung vielleicht als Last betrachtet und zum Sterben aus dem Stamm ausgestoßen werden könnte!«

»Du hast recht, alter Freund«, sagte Umak. »Es wäre eine Beleidigung der Mächte der Schöpfung, das Leben einer möglichen Mutter aufzugeben.«

Manaravak, der neben ihm saß, wirkte irritiert. »Sie ist gar nicht so häßlich, wie ich dachte – oder wie sie selbst zu glauben scheint. Der halbe Kopf ist verbrannt, ein Arm und eine Schulter und ein Teil des oberen Rückens ... aber ein Großteil ihres Gesichts ist immer noch ein Gesicht, und sie hat Augen und Ohren und den schönen starken Körper einer Frau mit Brüsten, die ...«

»Paß auf, was du über meine Schwester sagst!« warnte Dak ihn gereizt.

Manaravak zuckte entschuldigend die Schultern. »Ich wollte niemanden beleidigen. Deine Schwester ist eine gute Frau – auch wenn sie stellenweise verbrannt ist.«

»Was willst du ...« Dak sprang über das Feuer auf Manaravak zu, bevor ihn jemand aufhalten konnte.

Manaravak blieb auf seinem Platz sitzen. Er hob seine Arme und wehrte Daks Angriff dadurch ab, daß er die Hände gegen seine Schultern stieß. Simus Sohn wurde über das Feuer zu dem Platz zurückgeschleudert, wo er gesessen hatte. Er landete mit einem überraschten Grunzen.

Während Grek hastig die verstreute Glut in die Feuerstelle zurückschob, schüttelte Manaravak mit gelassener Geringschätzung den Kopf und sprach weiter, als wäre nichts geschehen. »Du bist viel zu häufig jähzornig, Dak. Das Sprechen fällt mir nicht leicht, das weißt du. Aber ich denke, daß Larani wie ein verwundetes Tier ist, das gerade wieder zu Kräften kommt und befürchtet, daß ihr Leben nicht mehr so sein wird, wie es einmal war. Als sie böse Worte zu ihrem Stamm sprach, war es wegen der Schmerzen und der Unsicherheit, so wie ein verletztes Tier vor Angst aufschreit, wenn es in die Enge getrieben wird.«

»Du mußt es ja wissen!« Dak bereute seine unschöne Bemerkung, noch bevor die Worte verklungen waren. Auf Manaravak loszugehen war schon fast zu einer instinktiven Reaktion geworden, doch diesmal hatte der Mann viel Einfühlungsvermögen und Mitleid gezeigt. War es das, was Demmi an Manaravak so liebte? Diese Möglichkeit ließ seine Wut erneut aufflackern.

Torka sah es und hob warnend die Hand. »Bleib, wo du bist, Dak! Wenn wir unter uns nicht vernünftig reden können, dürfen wir auch der neuen Frau nicht vorwerfen, daß sie unvernünftig zu uns allen gesprochen hat!«

Es wurde still. In der Feuergrube sackten kleine Stücke Dung und Soden zusammen und ließen Funken aufwirbeln.

»Wir haben noch keine weisen Worte von unserem Ältesten gehört«, sagte Umak. »Du mußt deine Gedanken mit uns teilen, Bisonmann... Mann, der den dreipfotigen Bären mit zwei Speeren getroffen hat... Mann, der sich als erster in den Fluß gewagt hat.«

Grek starrte den Zauberer mit mißtrauisch funkelnden Augen an. Doch dann lehnte er sich geschmeichelt zurück und grunzte zufrieden. »Grek sagt, daß der Vater von Larani mit seiner Tochter sprechen muß. Hol sie zurück in deine Erdhütte, Simu! Es ist nicht gut für sie, wenn sie allein lebt. Wir Männer müssen über den verrückten Geist hinwegsehen, der den Kopf einer Frau zu gewissen Zeiten des Mondes überkommt.«

»Jetzt gibt es keinen Mond, alter Mann«, erwiderte Simu düster.

»Alter Mann? *Bah!* Dieser Mann jagt wie ein Löwe! Dieser Mann hat den dreipfotigen Bären angegriffen und vertrieben! Dieser Mann hat einen Weg über den Fluß gefunden! Und dieser Mann würde niemals sein Kind zum Sterben aus dem Stamm ausstoßen!«

Simu funkelte den alten Mann verächtlich an. »Du hast uns allen bewiesen, wie streng du es mit der Disziplin deiner Tochter nimmst! Es war ihr Ungehorsam, der die dreipfotige Bärin dazu verleitet hat, die Frauen am See anzugreifen! Und es war ihr Ungehorsam, der die Tochter des Himmels gerufen hat, um über meine Larani herzufallen!«

Grek war sichtlich entsetzt. »Wir reden hier nicht über meine kleine Naya! Deine Behauptung ist eine sehr schlimme Sache, Simu, sehr schlimm. Dieses alte Herz wird niemals zustimmen, daß Larani — oder irgendein anderes Stammesmitglied — aufgegeben wird. Niemals!«

Torka fühlte sich plötzlich müde und kalt. Sowohl Grek als auch Simu hatten recht. Irgendwo zwischen diesen widersprüchlichen Argumenten mußte die Antwort auf das furchtbare Dilemma liegen. Torkas Blick wandte sich Simu zu. Niemand hatte je daran gezweifelt, daß Larani, die seiner geliebten Frau Eneela so ähnlich sah, immer sein Lieblingskind gewesen war. Wie konnte er jetzt ihren Tod verlangen? War er so sehr davon überzeugt, daß damit dem Wohl aller gedient war?

Torkas Augenbraue senkte sich. Könnte jemals eine Zeit kommen, in der Torka darauf bestand, daß eins seiner Kinder zum Sterben aus dem Stamm ausgestoßen wurde?

»Niemals!« Das Wort kam ohne das leiseste Zögern. »Niemand — und schon gar nicht das arme Mädchen — wird jemals aus diesem Stamm ausgestoßen werden, solange ich Häuptling bin!«

Simu sprang auf. Die ganze Hütte geriet ins Wanken, als sein Kopf gegen die Decke mit den Verstrebungen aus Geweihen und Knochen stieß. Er fluchte über den unerwarteten Schmerz und legte seine Hände auf den Kopf. »Wie kann Larani mit der Schande solcher häßlicher Narben und dem Schmerz leben, den sie ihrer Seele und ihrem Stolz verursachen? Jeden Tag und jede Nacht wird sie unter den Qualen ihrer Erniedrigung leiden und von der Erinnerung an das, was sie einmal war, gepeinigt werden!«

Torka musterte Simu verbittert. Dieser neue Einblick in den Charakter des Mannes ließ ihn angewidert das Gesicht verziehen. »Ich verstehe. Aber sag mir, Simu, wer sich mehr durch die Narben deiner Tochter erniedrigt fühlt — Larani oder du?«

Torkas Frage fuhr Simu wie ein Speer in die Eingeweide. Er starrte ihn an. »Ich . . .« Und als er plötzlich beschämt die Wahrheit erkannte, schlug er die Hände vor sein Gesicht, setzte sich abrupt und weinte wie ein Kind.

Torka spürte die Blicke von Dak, Grek und seinen Söhnen.

Er hatte genug von dieser Diskussion. »Die Versammlung ist beendet. Larani wird bei ihrem Stamm bleiben. Wenn jemand von euch diese Entscheidung in Frage stellt, sollte er das Folgende bedenken: Die Mächte der Schöpfung haben die Tochter des Himmels geschickt, um Larani zu verbrennen und wie eine flammende Fackel in den Fluß zu schleudern. Dadurch, daß Grek dem Mädchen hinterhergesprungen ist, haben wir einen sicheren Weg gefunden, den Fluß zu überqueren. Laranis Schmerzen verdanken wir es, daß wir jetzt in diesem guten Land leben. Wenn sie sie ertragen kann, dann müssen wir es um ihretwillen auch tun. Denn ohne Larani würden wir alle nicht mehr am Leben sein und könnten jetzt nicht in dieser Hütte sitzen, um über ihr Schicksal zu reden!«

8

Die dunklen Tage vergingen ohne Unterschied. Dichter Schnee fiel im Tal des Großen Flusses und in den umliegenden Hügeln und Bergzügen. Unter Torkas Führung taten die Stammesmitglieder ihr Bestes, um ihre Meinungsverschiedenheiten zu vergessen, während sie die endlose Zeit der Kälte und der Stürme ertrugen.

In Umaks Erdhütte setzten Schneefressers Wehen ein, und auf Honees Lieblingsschlaffell platzte ihr die Fruchtblase. Honee brachte den Hund zur Bluthütte, »wo alle Babys dieses Stammes geboren werden!«, wie sie sagte. Die Mädchen durften der jungen Hündin zusehen, wie sie angestrengt keuchte, während die Frauen ihre Schmerzen zu lindern versuchten — jedoch ohne Erfolg.

»Das erste Baby ist immer das schwerste«, stellte Lonit fest, die neben Schneefresser hockte und ihr über den Rücken strich, während Sommermond zusah und ohne Zweifel an ihr eigenes Baby dachte.

Iana hob wissend eine Augenbraue. »Die Welpen müssen bald kommen, sonst werden sie sterben.«

Larani sah Naya an. »Hast du ein heilendes Getränk, das ihre Wehen beschleunigen würde?«

Naya nickte. »Tausendblatt und Bärentraube, in Wasser gekocht und...«

»Nein!« Demmi kam herein. Sie schüttelte sich den Schnee von Kopf und Schultern und den bloßen Füßen und kroch auf Knien heran. »Es ist nicht mehr genug Zeit, um etwas zu kochen, Naya! Tretet zur Seite! Ich weiß, was zu tun ist!«

»Du bist keine Heilerin!« protestierte Naya.

»Nein? Wir werden sehen!« Demmi sah Schwan mit einem vielsagenden Zwinkern an. »Ich habe dich auf die Welt gebracht, Schwester, als ich selbst kaum mehr als ein Baby war. Ich habe einfach mit meinem schlanken Arm hineingelangt, genauso wie ich es jetzt mit meiner schlanken Hand tun werde.«

Eins nach dem anderen kamen die Welpen mit Demmis Hilfe hervor, bis zehn blutige Knäuel neben Schneefresser lagen. Li weinte, weil das erste Junge totgeboren war, doch dann lächelte sie wieder, als Schneefresser ihren Wurf beschnüffelte und die unbeholfenen Welpen sauberleckte, die so blind und winzig wie Bärenjunge waren.

»Gefährte wird stolz auf seine Kinder sein!« sagte Demmi zu Schneefresser.

Die Kinder liefen los, um frisches Gras aus der nächsten Vorratsgrube im Lager zu holen und riefen den Männern und Jungen die Neuigkeit zu. Li bestand darauf, daß der totgeborene Welpe außerhalb des Lagers bestattet wurde. Umak sprach die Worte des Zauberers, während sich der Stamm versammelte und zusah, wie Li bedächtig den toten kleinen Welpen so plazierte, daß er für immer in den Himmel blickte.

In dieser Nacht war in der Nähe des Lagers das Heulen von Wölfen zu hören. Li wachte zitternd auf.

»Sie sind gekommen, um den kleinen Hund zu holen!« rief sie.

»Nein, meine Kleine«, beruhigte Umak sie. »Die Seele des Welpen ist sicher im Himmel. Kein Wolf kann ihr etwas anhaben.«

Aber am nächsten Tag ging er in der Dunkelheit des Vormittags aus dem Lager, um die Stelle zu überprüfen, an der der Welpe bestattet worden war. Da immer noch Schnee fiel, brauchte er viel Geschick und Geduld, bis er schließlich die Fährten der Wölfe gefunden hatte.

*Sie kommen dem Lager viel zu nahe*, dachte er. Der Welpe war verschwunden. Er zweifelte nicht daran, daß die Wölfe ihn gefressen hatten ... bis er weitere Spuren entdeckte, die größer und tiefer waren. *Wanawuts?*

Bei diesem Gedanken schien sein Blut zu gefrieren. Mit seinen Handschuhen versuchte er die Spuren genauer zu bestimmen, aber es sah so aus, als wären sie absichtlich verwischt worden.

»Du willst auch nachsehen, ob die Wölfe dem Lager zu nahe sind?« Umak blickte überrascht auf und sah Manaravak hinter sich stehen. »Der Wind sagt, daß es bald Sturm geben wird, Umak. Wir sollten umkehren.«

Umak wurde mißtrauisch. »Hast du die anderen Spuren verwischt?«

»Was für andere Spuren?«

»Diese!«

Manaravak zuckte mit den Schultern und bückte sich. »Vielleicht ein Bär. Oder ein Löwe. Schwer zu sagen. Ich sehe sie zum ersten Mal. Komm zurück, bevor das Wetter umschlägt! Wir müssen Torka sagen, daß sich alle vor den Wölfen in acht nehmen sollen.«


Torka ordnete an, daß die Männer Fallen für Wölfe aufstellten, und nachdem drei Tiere gefangen und gehäutet waren, wurden keine weiteren Wölfe mehr in der unmittelbaren Nähe des Lagers gesehen oder gehört.

Trotz des Erfolgs der Jäger wurde Naya in ihren Träumen von heulenden Bestien heimgesucht. Sie hatte fest geschlafen und glücklich von säugenden Welpen und tanzenden Puppen geträumt, bis sie durch einen dumpfen Schmerz im Genick geweckt wurde. Jetzt lag sie still da und lauschte auf fernes

Wolfsgeheul. Das Lied klang merkwürdig, fast menschlich, und Naya erschauerte, als sie an den Wanawut dachte. Sie versuchte, wieder einzuschlafen, aber dann überkam sie ein plötzliches Verlangen nach Beeren und ließ sie über die Schlaffelle kriechen, die sie mit Yona teilte.

Ihre Bewegung weckte Iana. »Naya? Was machst du da?«

»Nichts!« antwortete sie und wunderte sich gleichzeitig, warum sie gelogen hatte. Sie brauchte nicht lange, um ihren Beutel mit Beeren zu erreichen. Sie nahm eine Handvoll heraus, aß sie und kroch dann wieder unter ihre Schlaffelle.

Naya schlief wie tot, bis sie wieder zu träumen begann. Es waren seltsame, zusammenhanglose Träume von Wölfen und Männern, die über das Land liefen, und vom Wind, der atmend in ihr lebte – ein warmer Wind, der durch ihre Adern strömte und ihre Brüste und Lenden anschwellen ließ, bis sie erregend pulsierten. Sie öffnete sich weit, bewegte sich, tanzte und schlug wild um sich. Der Traum wurde intensiver. Wölfe und Männer liefen nebeneinander und jagten sie, doch ganz gleich, wie schnell sie rannte, sie konnte ihnen nicht entkommen. Dann waren sie über ihr, Wölfe mit den Gesichtern von Männern – von Umak und Manaravak – und dann waren von einem Moment zum anderen überhaupt keine Männer und Wölfe mehr da.

»Wanawut!« schrie sie, als sie sich bückten, um über sie herzufallen.

Sie wehrte sich, aber die Bestien klammerten sich an ihren Rücken und hielten sie an den Handgelenken fest. Der Wind strömte aus ihrem Körper und ließ sie kraftlos zurück. Die Wanawuts wurden zu einer großen Bestie, zu einem einzigen zuckenden brüllenden zweiköpfigen männlichen Glied, das zwischen ihren Schenkeln leckte, in sie eindrang und sie ausfüllte. Schreiend versuchte sie sich davon zu befreien, aber genauso wie Schneefresser war sie in der Paarung gefangen, und das Organ steckte fest und schwoll immer weiter an, bis es sie erstickte. Es drang aus ihrer Nase, ihren Augen und Ohren hervor, und dann explodierte ihr Körper. Die Fetzen verwandelten sich in schleimige Welpen, die sich in der blutroten Masse der Nachgeburt wanden.

»Nein!« schrie sie und kämpfte verzweifelt gegen die Hände, die ihre Arme fest gegen ihre Schlaffelle drückten...

»Naya! Was ist los, kleines Mädchen?«

»Bei den Mächten der Schöpfung, Yona, hol den Zauberer! Vielleicht kann er helfen!«

Naya starrte durch die furchtbare Finsternis und erkannte Grek und Iana, die erschrocken und verwirrt auf sie herabblickten.

»Bin ich tot?« fragte sie, während sie langsam begriff, daß es Grek war, der sie festhielt.

Er ließ ihre Handgelenke los und zog sie mit einem erleichterten Schluchzen in seine Arme. Er wiegte sie und strich ihr über den Kopf. »Nein, mein kleines Mädchen. Du hast nur geträumt.«

Plötzlich wurde ihr eiskalt, und sie begann, unkontrolliert zu zittern. »Ich habe keine Welpen geboren?«

Ianas rauher Seufzer zeigte zugleich ihre Erleichterung. »Nein, Mädchen! Was du dir einbildest!«

Naya schloß die Augen und drückte sich fest an Grek.

»Grek! Was ist los?« Umak betrat hinter Yona die Hütte. »Yona sagte, daß Naya im Sterben liegt!«

Naya wollte nicht schreien, aber als sie zu Umak hinüberblickte, sah sie nicht den Zauberer in ihm, sondern bloß das geifernde Gesicht der Bestie.

»Nein! Geh weg! Verschwinde!« schrie sie und vergrub ihr Gesicht in Greks Brust. »Laß nicht zu, daß er mich anrührt, Großvater! Bitte, er darf mich nicht kriegen!«

Verblüfft wich Umak zurück.

Dann hielt der Häuptling die Felltür zu Greks Erdhütte auf und sah hinein. Der ganze restliche Stamm drängte sich in seinem Rücken und versuchte, ebenfalls etwas zu erkennen.

»Was ist geschehen?« fragte Torka.

Iana schüttelte langsam den Kopf. »Naya hat einen schlimmen Alptraum gehabt.«

Naya klammerte sich an Grek. Der Traum war vorbei, und sie kam sich dumm vor. Vorsichtig warf sie Umak einen Blick zu. »Mit mir ist wieder alles in Ordnung«, flüsterte sie.

»Beruhige dich, Mädchen«, sagte Iana besorgt. »Ich werde dir etwas zu trinken holen. Oder möchtest du vielleicht ein paar von deinen Beeren, um...«

»Nein!« erwiderte Naya sofort. »Keine Beeren!« Und sie gab sich selbst das Versprechen, in Zukunft vorsichtiger mit unbekannten Pflanzen umzugehen.

Naya stand allein vor Greks Erdhütte und beobachtete, wie die Jäger und Hunde in der Ferne der Winterdunkelheit verschwanden. Schneefresser ging wieder mit Gefährte auf die Jagd. Naya seufzte und kuschelte sich in ihre Felle. Dies war ein ganz besonderer Morgen! Es war Blut an ihrer Unterkleidung gewesen, als sie heute aufgewacht war.

Seit der Nacht ihres schrecklichen Alptraums hatte sie versucht, keine Beeren mehr zu essen, aber ihre Brüste spannten, ihr Kopf schmerzte, und Tag und Nacht träumte sie von den Früchten. Sie war sich nicht sicher, seit wann es zu einer Gewohnheit geworden war, am Beerenhalsband zu lutschen, das Manaravak für sie gemacht hatte. Iana hatte sie dabei erwischt und es ihr immer wieder verboten. Sie hatte versucht zu gehorchen, aber schon bald waren die kleinen Früchte völlig zerkaut gewesen. Sie vermißte ihre ölige Süße und sehnte sich nach dem angenehmen Gefühl, das sie verursachten. Da sie Iana nicht erzürnen wollte, knabberte Naya nur dann an ihrem kleinen Vorrat verbotener Früchte, wenn die Frau nicht zusehen konnte.

Als Iana hinausgegangen war, hatte Naya den Beutel Ianas, in dem sie ihr Nähzeug aufbewahrte durchwühlt und alle Beeren herausgeholt, die sie finden konnte. Doch dann legte sie genügend zurück, damit Iana den Diebstahl nicht bemerkte. Der Rest war in ihrem eigenen Beutel verschwunden. Jetzt trug sie ihn ständig an ihrer Seite. Niemand dachte sich etwas dabei, denn Frauen und Mädchen bewahrten ihre Nähsachen immer an ihrem Körper auf.

Sie starrte geradeaus, kaute auf einer Beere und wartete auf die Sonne. Sie wollte sie an diesem ganz besonderen Morgen sehen – ihren ersten Sonnenaufgang als Frau! Ja, die Sonne sollte zur Feier dieses denkwürdigen Augenblicks aufgehen! Aber die Sonne ging nicht auf. Die Sonne würde nichts von Nayas Geheimnis erfahren. Niemand wußte davon – weder Umak noch Iana. Sie hatte nichts davon gesagt, daß sie geblutet hatte. Sie war leise aufgestanden, hatte ihr Kleid und ihren Wintermantel angezogen und ihre Schlaffelle über den Fleck gehäuft, der für immer die Stelle markieren würde, wo das kleine Mädchen gestorben war. Und dann war sie triumphierend aus der Erdhütte getreten.

Während sie jetzt so dastand und sich eine von Yonas Fellpuppen zwischen die Beine gebunden hatte, um die Wahrheit über ihren Zustand zu verbergen, lachte sie leise. Iana würde toben, wenn sie es jemals herausfand. Greks Frau hatte einen solchen Wirbel darüber veranstaltet, was getan und was nicht getan werden mußte, wenn ihre Blutzeit einsetzen würde. Iana hatte sogar eigens Frauenfelle angefertigt und sie für Naya zurückgelegt, aber Naya würde sie nicht benutzen. Das Blut floß nur schwach, so daß die Puppe es problemlos aufsaugen würde.

Die kleine Yona verlegte ständig ihre Puppen. Niemand würde sich darüber wundern, daß wieder einmal eine fehlte. Iana würde Yona ausschimpfen, weil sie so nachlässig war. Yona würde heulen, und Naya würde es wiedergutmachen, indem sie ihr eine neue Puppe bastelte ... und danach eine weitere ... und auf diese Weise würde sie ihr Geheimnis wahren, damit Iana sie nicht aus der Hütte ihres Großvaters in die Schlaffelle von Umak oder Manaravak vertrieb.

Sie erschauerte, als sie sich an den schrecklichen Alptraum erinnerte. Zitternd schwor sie, daß sie sich niemals einen Mann nehmen würde – niemals!

»Naya ...?«

Überrascht drehte sie sich um und sah Manaravak, der neben sie getreten war. Er kam näher und legte ihr behutsam seine breite Hand auf die Schulter. Es war ihm deutlich anzumerken, daß er fürchtete, sie könne schreien oder aus Panik über seine Berührung davonlaufen. Als sie blieb, entspannte sich seine Hand. »Ich habe ein Geschenk für dich.«

Sie wußte nicht, was sie dazu trieb, aber sie beugte sich zu ihm hinüber und verriet ihm ein Geheimnis. »Ich habe deinen Bruder Umak gebeten, mir rote Beeren aus den Vorratsgruben mitzubringen. *Psst!* Sag niemandem etwas davon, sonst wird Iana davon erfahren! Meine Beeren sind fast aufgebraucht. Sie sind alles, was ich brauche, alles, was ich will. Sieh mal, was aus dem schönen Halsband geworden ist, das du mir gemacht hast!«

Sie öffnete ihren Wintermantel, damit er ihre zerkaute und ausgetrocknete Beerenkette sehen konnte, die an ihrer bloßen Kehle hing. »Ich habe dir etwas viel Besseres mitgebracht«, sagte er, als er mit seiner Hand ihren Hals entlang unter ihr Haar fuhr, um den Riemen zu lösen und die Kette zu entfernen.

»Nein!« Ihre Hände schlossen sich um seine.

Doch er zog das Halsband mit der linken Hand weg. Sie ließ ihn los, und Manaravak suchte unter seinem Hemd, bis er etwas zum Vorschein brachte, daß sie entzückt aufjuchzen ließ.

»Helfender Geist!« rief sie, als sie es erkannte.

»Ich habe sein Bild aus einem Geweihknochen geschnitzt.«

Zufrieden legte sich Naya dieses außergewöhnliche Geschenk um den Hals. »Oh, Manaravak!« Sie sang seinen Namen, als sie sich auf die Zehenspitzen reckte und ihn mit kindlicher Begeisterung umarmte. Er lächelte strahlend und legte ihr die Arme um die Hüften. Dann hob er sie vom Boden und hielt sie hoch. »Dir gefällt mein Geschenk?«

»Ja, es gefällt mir.«

Er lachte und setzte sie ab. Er sah ihr direkt in die Augen, bis sie ihn ohne jede Scham auf die Lider küßte. Dann gab sie ihm je einen Kuß auf seine freiliegenden Wangen. Schließlich küßte sie ihn noch auf die Stirn, auf die Nase und aufs Kinn. Dann drückte sie ihre Lippen auf seine. Und nachdem sie sich einen Augenblick lang an ihn gedrückt, sich seufzend diesem Gefühl hingegeben und ihren Mund einladend seiner Zunge geöffnet hatte, erinnerte sie sich plötzlich an ihren Alptraum. Sie erstarrte wie ein erschrockener kleiner Fisch und wand sich wild, um sich aus dem liebevollen Griff seiner Hände zu befreien. Er mußte sie schließlich loslassen, und während ihre

Hand sich schützend um ihren neuen Talisman klammerte, drehte sie sich um und verschwand in der Hütte des alten Grek.

Er stand eine Weile verblüfft, aber nicht unglücklich da. Seine Hand legte sich auf seinen Mund. Sie hatte ihn geküßt! Sie war vor ihm davongelaufen, aber sie hatte sein Geschenk behalten, und sie hatte ihn wirklich geküßt. Und wie sie ihn geküßt hatte! Er lächelte, als er sich umwandte und in die dunkle Ferne sah, in der sein Bruder mit den anderen verschwunden war.

*Bring ihr Beeren mit, wenn sie dich darum gebeten hat, aber dein Geschenk zählt nicht mehr viel, wo sie jetzt meines angenommen hat! Der helfende Geist wird dafür sorgen, daß sie ihr Herz Manaravak schenkt, und sogar ohne seinen Zauber hat mir ihr Kuß eine Wahrheit verraten, die sie nur noch nicht ausgesprochen hat: daß sie bereits mir gehört!*

»Bilde dir nicht zuviel darauf ein!«

Er drehte sich um. »Wie lange stehst du schon dort, Demmi?«

»Zu lange.« Er hörte die Verachtung in ihrer Stimme und sträubte sich dagegen. »Sie wird meine Frau werden. Du wirst sehen. Wenn sie zur Frau geworden ist, wird Naya nicht Umak, sondern Manaravak wählen.«

»Zu schade für dich.«

Er starrte sie an. Ihr Blick drang wie ein scharfes Messer in ihn. »Meine Schwester Demmi mag die Enkelin von Grek nicht.«

»Nein, Demmi mag die Enkelin von Grek nicht.«

»Warum?«

»Ich glaube, daß außer Iana und mir jeder Naya mag. Und ich glaube auch, daß Naya jeden mag ... außer Iana und mich. Das ist bereits eine Sache, die ich an ihr nicht mag.«

»Du bist zu einer Frau mit bitterer Zunge und harten Augen geworden, Demmi.«

»Ich bin anders als die Enkelin von Grek.«

»Ja. Du bist überhaupt nicht wie meine Naya.«

»*Deine* Naya? Glaubst du wirklich daran? Deine Schwester Demmi ist eine Frau mit harten Augen und bitterer Zunge, aber was ist Naya, wenn sie in deine Arme springt und ihr süßer Mund sich deinem Kuß öffnet? Hm! Du solltest Umak fragen, wenn er ins Lager zurückkommt. Ja, frage unseren Bruder, ob er sie genauso entzückend findet wie du, wenn sie ihm wie ein glücklicher kleiner Vogel in die Arme fliegt, den süßen Mund geöffnet, mit sanfter Zunge seinen Name sprechend und die Augen voller Verlangen!«

Ein Abgrund schien sich unter ihm zu öffnen. »Umak?«

Sie schnaubte verächtlich durch die Nase. »Öffne deine Augen, Bruder! Ich habe sie zusammen gesehen, bevor Umak mit den anderen Jägern aufgebrochen ist. Armer Umak. Armer Manaravak. Wie können die Söhne des Häuptlings nur so leichtgläubig sein? Ich möchte wissen, woran mein Bruder wohl denkt, wenn er jetzt in der Winterdunkelheit ihre Bitte erfüllt. Ehrlich gesagt, glaube ich, daß sie keinen von euch beiden will, aber sie wird es trotzdem bald geschafft haben, daß ihr euch gegenseitig an die Kehle springt, wenn das noch lange so weitergeht. Und du fragst mich, warum ich sie nicht mag!«

# 9

Die Fußabdrücke von Raben überlagerten die Bärenspuren. Es gab kaum ein schlechteres Omen. Die Jäger blieben stehen, um sich ungläubig die Form der Eindrücke im blauen Sternenlicht anzusehen. Sie kannten diese Spuren. Sie alle hatten sie schon einmal gesehen.

»Drei Pfoten...«, hauchte Torka den Namen. »Ich kann keine Spur ihrer Jungen entdecken, aber sie ist aus dem verbrannten Land gekommen und sucht jetzt in den Vorratsgruben des Stammes nach Nahrung.«

»Vier geplünderte Lager!« sagte Dak. »Wenn der hungrige Räuber mit den anderen dasselbe gemacht hat...«

»Du darfst nicht einmal daran denken!« brachte Umak ihn zum Schweigen. Doch auch er dachte daran. Wenn die Bärin sämtliche ihrer Vorratslager gefunden hatte, besaß der Stamm nur noch geringe Chancen, diesen Winter zu überleben. Als sie schließlich die fünfte Grube unversehrt vorfanden, blieben die Männer kurz im treibenden Wind und dichten Schneefall stehen, um den Geistern dieser und der nächsten Welt zu danken. Es war eins ihrer größten Vorratslager.

»Wir werden mit mehr Schlitten zurückkehren«, sagte Torka, denn in dieser Grube war mehr Nahrung, als drei Männer und zwei Hunde tragen konnten.

»Laß uns noch ein weiteres Lager überprüfen«, schlug der Zauberer vor. »Westlich von hier ist eins mit guten Karibufilets, Sehnenschnüren, Zunder und getrockneten Früchten, über die sich unsere Frauen freuen werden.«

Torka sah keinen Grund, Umaks Vorschlag abzulehnen. »Wenn wir eine weitere unversehrte Grube finden, werden wir Anlaß zur Freude haben.«

Sie fanden sie im Schneetreiben ... und es gab Anlaß zur Freude, als der Stamm später das Fleisch aß, das sie mitgebracht hatten. Um die Frauen und Kinder nicht unnötig zu beunruhigen, erwähnten die Jäger die große Bärin mit keinem Wort.

Honee war gerade damit beschäftigt, Lis Haare zu flechten, als sie aufblickte und Naya zulächelte, die aus dem nächtlichen Schneetreiben in Umaks Erdhütte kam. »Was führt dich in die Hütte des Zauberers und seiner Familie?«

»Ich ... habe eine heilende Markbrühe für die Frau des Zauberers gebracht, damit ihr Husten vergeht.«

»Das ist sehr nett von dir, kleines Mädchen! Komm, setz dich und rede eine Weile mit dieser Frau! Schau dich nur an! Du wächst ja so schnell, daß man kaum glauben kann, daß du immer noch nicht zur Frau geworden bist! Umak, nimm den Mantel unseres Gastes und hol ein neues Fell aus dem Lager, damit sich Naya setzen kann, während wir reden.«

Umak gehorchte, war jedoch gekränkt, weil Honee ihn ungeniert in Anwesenheit des Mädchen herumkommandierte, aber

Naya schien es nicht zu bemerken. Sie lächelte ihn aus ihren großen Rehaugen an, und nachdem sie Honee den Schlauch mit dem Medizingetränk gegeben hatte, zog sie ihren Kapuzenmantel aus und reichte ihn Umak mit einem Blick, der vom Geheimnis eines Kusses, von weichen Armen um seinen Hals und einem Versprechen, ihr einen neuen Vorrat an kleinen roten Beeren zu bringen, sprach.

Er lächelte, als er ihren Fellmantel zusammenlegte und ihren Geruch einsog, während er ihn neben seinen eigenen legte. Verblüfft stellte er fest, daß es der Geruch einer Frau war — und zwar einer Frau während ihrer Zeit des Blutes! Doch das war unmöglich. Er vergaß den Gedanken, als er Honee das trockene Fell für Naya brachte. Dann setzte er sich mit Jhon auf die Männerseite des Kochfeuers in der Mitte seiner Hütte. Er war damit beschäftigt gewesen, dem Jungen beizubringen, wie man eine Steinklinge in das eingekerbte Ende eines langen Knochens einsetzt. Jhon hatte das Wichtigste bereits verstanden und wollte die Arbeit allein zu Ende bringen. Umak hatte keine Einwände, außerdem sah er lieber Naya an.

Der Zauberer lächelte entzückt, als er sie anblickte. Er stellte sich vor, wie es sein würde, wenn sie einmal zu seiner Familie gehörte. Diese Vorstellung ließ ihn fast in Ekstase geraten. Umak spürte ein heißes Verlangen, wenn er sie nur ansah, und sehnte sich nach dem Augenblick, in dem das Mädchen endlich nackt und glücklich neben ihm unter seinen Schlaffellen lag. Er schloß die Augen und hing seinen Phantasien nach, bis Honees Stimme ihn abrupt in die Wirklichkeit zurückholte.

»Wach auf, mein Mann! Wo ist dein gutes Benehmen? Unser Gast verläßt uns.«

Umak war sofort auf den Beinen und holte ihren Mantel.

Naya dankte Honee für die Gastfreundschaft. »Nimm nach dem Aufwachen einen großen Schluck von der Medizin und trinke noch dreimal davon, bevor du wieder schlafen gehst! Das Tausendblatt in der Brühe müßte deine Atembeschwerden erleichtern.«

»Du bist wirklich ein süßes Kind, Naya! Genauso wie deine Großmutter Wallah. Könnte ich mich nicht glücklich schätzen, wenn du Umak als Mann wählst, wenn deine Blutzeit angebrochen ist?«

»Wirst du dann bei uns wohnen, Naya?« Li war überglücklich. »Wirst du dann meine große Schwester sein?«

»Wir sind doch schon Stammesschwestern«, erwiderte Naya. »Also kannst du mich bereits jetzt als deine große Schwester ansehen, wenn du willst.«

Sie war einer Antwort ausgewichen, dachte Umak, doch dann rief er sich zur Vernunft. Er gab ihr ihren Mantel zurück, und nachdem er in seine Mokassins geschlüpft war und seinen eigenen Mantel angezogen hatte, begleitete er sie nach draußen. »Das war sehr aufmerksam von dir, Naya«, sagte er zu ihr, als sie vor der Hütte standen. »Seit dem Feuer hat Honee oft große Beschwerden, aber sie würde sich niemals darüber beklagen.«

Sie stand ganz still vor ihm und wirkte sehr angespannt, als würde sie auf etwas warten. »Ja, es ist gut, etwas von Heilkunst zu verstehen«, sagte sie schließlich.

»Wallah wäre stolz auf dich.«

»Ja.«

»Ich denke oft an sie, weißt du. Die tapfere alte Wallah. Genauso wie Grek. Die beiden waren wirklich ein Paar! Ich habe oft...«

»Umak... ich... hast du mir die Beeren aus den Vorratsgruben mitgebracht?«

Er hörte die Ungeduld in ihrer Stimme und kam sich dumm vor. »Ja, hier.« Er griff in seinen Mantel und zog einen kleinen Lederbeutel hervor, den er mit einer Knochennadel am Innenfutter des Kleidungsstücks befestigt hatte.

Ihre Hand schoß vor und griff schnell danach.

»Ich hoffe, das reicht für deine Bedürfnisse aus.«

Sie erstarrte. »Bedürfnisse? Was meinst du?« fragte sie mißtrauisch.

»Genug Beeren, um damit dein Geschenk für Iana zu verzieren, wie du gesagt hast.«

»Geschenk... Ach ja, die Babytrage!« Sie langte hektisch in den Beutel, nahm ein paar Beeren heraus und schüttete sie sich in den Mund. »Langsam... nicht zuviel auf einmal«, sagte sie, offenbar zu sich selbst. »Oh, Umak, was ist, wenn sie nicht ausreichen ... ich meine, für Ianas Geschenk?«

»In den anderen Gruben sind noch mehr.«

»Und du würdest sie mir auch bringen?«

»Wenn du sie brauchst.«

»Ja, ich brauche sie! Ich meine, es wird eine sehr große Babytrage.« Sie seufzte. »Oh, Umak, wie kann ich dir jemals dafür danken, daß du mir die Beeren gebracht hast?«

»Werde meine Frau, wenn es soweit ist!«

Sie legte sich den Handschuh über den Mund und bemühte sich vergeblich, nicht die Fassung zu verlieren. »Umaks Frau ...« Sie lachte. Er war verwirrt, und ihm gefiel die Art ihres Lachens nicht. Er hatte den Verdacht, daß sie sich über ihn lustig machte. Verärgert zog er sie an sich heran und spürte überrascht, wie sie in seinen Armen schlaff wurde.

»Naya? Ist alles in Ordnung mit dir?«

Sie legte beide Hände, in denen sie noch den Beutel hielt, auf seine Brust und schob ihn ein Stückchen zurück, damit sie ihm direkt ins Gesicht blicken konnte. »Mit dir habe ich keine Angst«, sagte sie, »nicht wie mit Manaravak.«

Ihre Kapuze war zurückgerutscht. Schneeflocken fielen auf ihr Gesicht und wehten ihr ins Haar, auf dem sie wie weiße Sterne in der Schwärze des Winterhimmels funkelten. »Naya ...« Ihre Schönheit raubte ihm den Atem. Er war viel zu verliebt, um auch nur daran zu denken, sie zu küssen. Es war genug, sie zu halten, sie anzuschauen und zu wissen, daß sie bald ihm gehören würde. »Sag es! Sag mir, daß du mich wählen wirst! Du wirst es nie bereuen, meine Naya! Niemals!«

Ihr Kopf sank auf seine Brust, als sie sich gegen ihn lehnte, »Umak, mein Umak.« Sie schien für einen Augenblick eingeschlafen zu sein, bis sie sich plötzlich mit einem Kichern wieder aufrichtete und erschauerte. »Es ist kalt, und ich bin müde. Ich gehe nach Hause.«


Tage der Dunkelheit vergingen. Stürme fegten durch das Tal. Als dann ein neuer Mond aufging, der gelegentlich zwischen eisigen, windgetriebenen Wolken sichtbar wurde, bewegte der alte Grek seine schmerzenden Knochen und trat hinaus, um die anderen Männer in der Ratshütte zu treffen, während die kleine Yona nach ihrer Puppe zu schreien begann.

»Schon wieder ist eine Puppe weg!« weinte sie.

»Aber da liegt sie doch auf deinen Schlaffellen«, sagte Iana.

»Nicht die neue, die Naya mir gemacht hat!« jammerte das Kind verzweifelt. »Eine von den alten. Die große mit den Steinperlenaugen. Sie ist verloren, so ganz allein im Schnee da draußen!«

»Dann hättest du sie nicht mit nach draußen nehmen dürfen!« Iana war sichtlich gereizt.

»Ich habe sie gar nicht mit nach draußen genommen!«

»Dann muß sie hier irgendwo in der Hütte sein.«

»Nein, ich habe schon überall gesucht!«

Iana seufzte und nahm ihre Tochter tröstend in die Arme. »Du mußt besser auf deine Puppen aufpassen, Yona, dann gehen sie auch nicht verloren.«

Das Mädchen sah verbittert und wütend aus.

Naya saß im Schneidersitz auf ihren Schlaffellen im schwachen Licht von Ianas stinkender Talglampe. Sie runzelte die Stirn, während sie heimlich an einer ausgetrockneten Beere saugte, und fragte sich, wie viele Puppen noch verschwinden würden, bevor entweder das Kind oder die Frau sie bei ihrem Diebstahl erwischten. Die Falten auf ihrer Stirn wurden noch tiefer, als sie beobachtete, wie Yona alle ihre fünf Puppen einsammelte, sie auf ihr Bett setzte und sie mit einer Sehnenschnur zusammenband.

»Jetzt seid ihr in Sicherheit!« sagte das Kind zu seinen Puppen. »Yona ist eine gute Mutter, nicht wahr, Naya?«

Naya stöhnte leise, legte sich auf die Seite und rollte sich gegen die Krämpfe zusammen, die in ihrem Unterleib tobten. Eine Beere reichte inzwischen nicht mehr aus, um die Schmerzen zu erleichtern, die mit dem Aufgang des Mondes und dem Blutfluß kamen. Als sie sicher war, daß Iana nicht zusah, nahm sie drei Beeren aus ihrem Beutel und steckte sie sich in den Mund.

»Gut!« rief Yona und huschte durch das düstere Innere der kleinen Hütte herbei. »Du holst deinen Beutel mit den Nähsachen heraus! Machst du mir jetzt eine neue Puppe?«

»Jetzt nicht, Yona.« Naya schloß die Augen. Das erwartete Rauschgefühl setzte fast unmittelbar ein.

»Bist du krank, Naya?« fragte Yona.

Bei der Frage drehte sich Iana zu ihr um. »Fühlst du dich auch unwohl, Naya?«

Naya antwortete nicht. Das gefährlich bedeutungsvolle *auch* sagte ihr genau, wohin Ianas Frage führen würde, wenn sie sich darauf einließ. Schwan fühlte sich unwohl. Alle Zeichen deuteten darauf hin, daß die jüngste Tochter des Häuptlings kurz davor stand, das Blut einer neuen Frau zu vergießen.

»Naya schläft«, sagte Yona.

Iana war einen Augenblick lang still. »Hmm... es ist gar nicht so ungewöhnlich, daß bei den Mädchen die Blutzeit gleichzeitig einsetzt. Niemand weiß, warum das so ist, aber oft kommt mit dem neuen Mond auch das Blut einer Frau und die Geburt eines Kindes.« Sie gähnte und legte sich unter ihre Schlaffelle.

Naya hatte Angst. Ahnte Iana die Wahrheit? Sie würde sehr wütend werden! Es schien ein Tabuverstoß zu sein, wenn ein Mädchen vor dem Stamm geheimhielt, daß sie geblutet hatte, damit sie nicht gezwungen werden konnte, sich für einen Mann zu entscheiden und die Verantwortung einer Frau zu übernehmen! Doch jetzt ölte der süße Rest der Beeren ihren Mund und strömte prickelnd durch ihre Adern. Er wusch alle Sorgen fort und ließ sie in einen dunklen und traumlosen Schlaf gleiten.

Die Frau des alten Löwen lag noch eine Weile wach. Iana machte sich Sorgen. Yona war offenbar nicht davon abzubringen, daß ihre Puppen auf irgendeine geheimnisvolle Weise verschwanden. War es tatsächlich möglich, daß sie sie gar nicht verloren hatte? Aber was konnte sonst mit ihnen geschehen sein?

Sie schloß die Augen, und als sie unter ihrer Handfläche

spürte, wie sich das Baby in ihrem Bauch bewegte, lächelte sie glücklich und schlief ein, denn sie wußte, daß es Sommer sein würde, wenn dieses Baby zur Welt kam... und in der tiefsten Winterdunkelheit im kalten Licht eines neuen Mondes, unter dem sich draußen ein weiterer Sturm zusammenbraute, gab es keinen schöneren Gedanken als diesen.

# 10

»Bald werden alle Vorratslager leer sein«, flüsterte Torka sorgenvoll Lonit zu, als ein weiterer Sturm durch das Tal des Großen Flusses wehte und sie sich unter ihren Schlaffellen in den Armen lagen. »Es kommt mir vor, als wären wir unter die Erde gegangen... als wären wir ein Stamm Erdhörnchen, Wühlmäuse oder Bären.«

Sie kuschelte sich an ihn. »Ich bin froh, daß wir keine Bären sind. Dann würde ich nur meine Kinder bei mir haben. Ich liebe meine Kinder, aber es ist viel besser, mich mit dir unter der Erde zu verkriechen!«

Er war viel zu sehr durch seine Sorgen abgelenkt, um darüber schmunzeln zu können. »Das Land um dieses ehemals gute Lager herum ist leergejagt. In unserem Stamm machen sich Feindseligkeiten breit, Lonit. Es stinkt wie schlechter Rauch nach angesengten Gefühlen und verbranntem Stolz und Meinungsverschiedenheiten in den Familien.«

»Die Zeit der langen Dunkelheit dauert nicht ewig, Mann meines Herzens. Alles wird wieder gut, wenn es wärmer wird und die Tage des Lichts zurückkehren.«

»Und das Mammut... ich habe sein Trompeten schon lange nicht mehr gehört.«

»Wie kann man in diesem Wintersturm und Schneetreiben überhaupt etwas hören? Unser Totem grast mit seinen Artgenossen in den windgeschützten Hügeln. Ich bin mir ganz sicher.«

»Wie kannst du das wissen, wenn du es nicht gesehen hast? Ich fürchte, daß es nach Osten gezogen ist, in die großen weißen Berge.«

»Auch das kannst du nicht wissen«, sagte sie mit freundlichem Spott, »wenn du es nicht gesehen hast!«

»Stimmt«, mußte er zugeben.

Sie lagen ganz still da und horchten auf den Wind, der Schnee gegen die Erdhütte wirbelte, während Schwan und Sayanah tief und fest unter ihren eigenen Fellen in der Dunkelheit der unbeleuchteten Hütte schliefen.

Lonit erriet die Gedanken ihres Mannes, als sie die Anspannung seines Körpers spürte, und stützte sich auf einen Ellbogen, um ihn mit tiefer Besorgnis anzusehen. »Der Schnee liegt noch zu hoch, um das Lager abzubrechen und ihm zu folgen!«

»Ja«, stimmte er zu, »der Schnee ist zu hoch.«

Sie seufzte erleichtert. »Ich bin froh. Es sind schwangere Frauen in diesem Lager. Honee hat sich immer noch nicht völlig von dem Feuer erholt – von Larani ganz zu schweigen. Und ich mache mir Sorgen um den alten Grek. Iana hat mir erzählt, daß er stundenlang wie ein fiebriges Kind schläft, und wenn er wach ist, tut er oft so, als würde er schlafen, damit er sich nicht bewegen muß. Außerdem will er nicht einen einzigen Schluck von Nayas schmerzlinderndem Gebräu nehmen, das sie für ihn zubereitet hat. Es wäre nicht gut für ihn, wenn er jetzt reisen müßte, in dieser Kälte und Dunkelheit.«

Torka wußte, daß sie recht hatte. Er hatte wegen des alten Mannes schon viele Kompromisse machen müssen – vielleicht zu viele. Er atmete beunruhigt aus. Er wollte das Thema wechseln und sprach von alltäglichen Dingen, über die neue Kleidung, die Lonit für die Familie machte, über die Babytrage, die ein Überraschungsgeschenk für Sommermond werden sollte, und über Sayanahs Geschick mit den neuen Schneeschuhen.

Sie drehte sich um und legte ihm einen Finger auf den Mund. »Siehst du? Die Zeit der langen Dunkelheit ist gar nicht so schlecht in diesem gemütlichen, warmen Lager, das du für den Stamm errichtet hast. Wir essen ein wenig, schlafen viel, und hierfür ist auch viel Zeit...« Sie beugte sich zu ihm hinab, um seine Sorgenfalten auf der Stirn wegzuküssen, und dann gab sie ihm einen Kuß auf den Mund. Es war ein langer, tiefer Kuß der liebevollen Einladung, Wärme und Freude mit ihm zu teilen.

»Ja, diese Frau findet es sehr schön, sich mit dir unter der Erde zu verkriechen.«

»Selbst nach so langer Zeit?«

Sie lächelte mit leichtem Spott. »Der alte Grek sagt, daß manche Dinge mit dem Alter besser werden. In deinem Fall würde ich unbedingt zustimmen.«

»Ich bin mir nicht sicher, ob es eine so gute Idee ist, auf den alten Grek zu hören. Vergiß nicht, daß der Bisonmann auch weiches und angeschimmeltes Fleisch vorzieht.«

Lonit unterdrückte ihr spöttisches Lächeln. Ihre Hand glitt tiefer über Torkas Bauch. »Was diese Frau betrifft, so möchte sie ihr Fleisch jetzt warm und fest — wenn du kannst, heißt das!«

Er mußte über ihre Herausforderung lachen. »Wenn ich kann?« Ihre Hand war warm und kannte ihn gut, und sie erregte sie beide, bis er Lonit an sich heranzog und ihr sagte, daß er sie liebte.

»Für immer und ewig?«

»Für immer und ewig!«

»Zeig es mir ... aber zeig es mir leise. Wir wollen unsere Jungen nicht aufwecken.«


Er hatte keine Probleme, ihrer Aufforderung nachzukommen. Es war ein schönes Liebesspiel — es war immer schön mit Lonit —, und als er ihre Forderung erfüllt hatte, schliefen sie befriedigt und jeder in den Armen des anderen ein.

Torka träumte von seiner Jugend und von schönen Dingen — bis er das Heulen des Wanawuts hörte und aus dem Schlaf aufschreckte. War es ein Traum oder Wirklichkeit gewesen? Alles war still! Er schloß die Augen.

Eine alptraumhafte Vision stieg vor seinem inneren Auge auf. Es war eine Vision, wie der Wanawut mit Manaravak über das Land zog, mit Manaravak jagte, sich neben Manaravak bückte und sich einen Moment lang zu Torka umdrehte, bevor er an Manaravaks Seite von einem blutigen Kadaver fraß ... dem Kadaver des *vierten* Karibus. Irgendwie schienen Manaravak und die Bestie in diesem Augenblick eins zu sein.

Beklommen versuchte Torka, den Schrecken dieses Traums zu vertreiben. Aber er ließ ihn nicht los. Er stand auf, zog seinen Mantel und die Wintermokassins an und ging hinaus in die Nacht. Er brauchte Luft, die grausame Kälte, die sein Gesicht und seine Lungen vereisen würde, damit er wußte, daß er wach und am Leben war und nicht das hilflose Opfer eines Alptraums, der seine Seele schmerzen ließ.

Doch er fand keinen Frieden in der Nacht. Es heulte wirklich eine Bestie im Wintersturm. Er hatte den Laut nicht geträumt. Als Torka durch die Dunkelheit und das Schneetreiben starrte, das über seinem Lager wütete, sah er seinen Sohn. Manaravak stand allein am Rand des Lagers. Und Manaravak heulte.

Lonit weinte vor Freude, als ihre Töchter Sommermond und Demmi zu ihr kamen, um gemeinsam mit ihr Schwan zur Hütte des Blutes zu begleiten.

Sommermond küßte ihre jüngste Schwester. »Mögen die wachsamen Geister aller unserer weiblichen Vorfahren dir freundlich gesonnen sein, so wie sie es am Ende auch mir waren!«

Demmi trat heran und drückte Schwan in einer Umarmung fest an sich. »Es wurde auch Zeit!« tadelte sie sie mit einem Augenzwinkern. »Aber vergiß nicht: Dak gehört mir!«

Schwan sah ihre Schwester nachdenklich an. »Hast du ihn jemals wirklich gewollt?«

Demmi zuckte mit den Schultern. »Nicht wirklich. Aber sonst gab es ja niemanden für mich. Außerdem ist er gar nicht so übel.«

»Er ist wunderbar!« erwiderte Schwan und wurde knallrot, als Demmi mit der Zunge schnalzte, sie liebevoll umarmte und ihr noch einmal ins Gedächtnis rief: »Er gehört mir!«

Als Torka später zusah, wie die anderen Frauen und Mädchen Lonit und seinen Töchtern folgten, versuchte er, nicht wie ein Idiot zu grinsen, während seine Söhne und die Männer des Stammes kamen, um ihm zu gratulieren.

Er war so stolz! Drei Töchter, die jetzt alle Frauen waren... eine war schwanger, und die andere hatte bereits einen dreijährigen Jungen. Wo war die Zeit geblieben? Sie war genauso verschwunden wie seine Jugend. Es war, als hätte ihm jemand eiskaltes Wasser ins Gesicht geschüttet. Er wollte sich nicht alt fühlen. Er wehrte sich gegen die Drohungen des Alters, das seinen männlichen Stolz verspottete, das über seinen Geist und seinen Körper kommen und dasselbe mit ihm tun wollte, was es mit dem armen alten Grek machte.

»Kommt!« Er hob einen Arm und rief seine Söhne herbei. »Wir werden zu den Vorratslagern hinausgehen und neues Fleisch holen. Vielleicht finden wir auch eine Spur des dreipfotigen Bären. Dann wird der Pelz des großen Diebes ein Geschenk zu Ehren der neuen Frau Schwan sein.«

Lonit, die neben der Bluthütte stand, in die Schwan gerade verschwunden war, fuhr herum, während sie noch die Felltür in der Hand hielt. »Nein!« schrie sie.

Er sah die Angst in ihren Augen. Angst um ihre Söhne oder um ihn? Er kannte sie gut genug, um zu wissen, daß letzteres der Fall war. Er warf ihr einen mißtrauischen Blick zu. Hielt sie ihn für zu alt für eine solche Jagd?

»Es wird gut sein«, erwiderte er mit kaltem Trotz. »Wenn die Mächte der Schöpfung mit uns sind, werden wir vielleicht sogar das Festmahl mit dem Fleisch von Drei Pfoten abhalten!«

Er fühlte sich so mutig und sah nur sich selbst, wie er die große Bärin angriff, daß er einen Moment brauchte, bis er merkte, daß er gerade eines der ältesten Tabus seiner Vorfahren gebrochen hatte: Er hatte seine Beute beim Namen genannt, noch bevor er sie auch nur gesehen hatte.

Alle starrten ihn entsetzt an. Wenn er jetzt den großen dreipfotigen Bären jagte, würde das Tier wissen, daß er kam.

Er hob seinen Kopf. Sollten sie doch starren! Er hatte in seinem Leben schon weitaus gefährlichere Wesen gegenübergestanden als einem dreipfotigen Bären! Er hatte gegen Wölfe und wütende Mammuts gekämpft, gegen Wollnashörner, Bären, Löwen und gegen den Zorn mordlüsterner Zauberer und Sklavenhalter ... und, was das schrecklichste war, er hatte in der Winterdunkelheit gestanden und seinen Sohn am Rand des Lagers gesehen, wie er einer Bestie gleich in den Sturm geheult hatte. Die Erinnerung schlug in seinem Herzen wie der harte, schmerzhafte Schlag einer Kriegstrommel

Er hatte endgültig genug von Erinnerungen, vom Winter, von finsteren Gesichtern, schlimmen Tränen und unheilvollen Zeichen. Sein Totem war vielleicht in die großen, weißen Berge im Osten weitergezogen, aber das mußte nicht bedeuten, daß Lebensspender ihm sein Glück entzogen hatte. Ein halbes Leben lang waren alle guten Dinge, die er erlebt hatte, im Gefolge des großen Mammuts gekommen, aber davor hatte es doch eine Zeit gegeben, als er selbst der Herr seines Glücks gewesen war!

Er hatte lange genug gelebt, um zu wissen, daß er allen Wendungen des Schicksals aus eigener Kraft entgegentreten konnte. Drei Pfoten war irgendwo dort draußen. Wenn die Bärin die Vorratsgruben des Stammes plünderte, würde er dafür sorgen, daß ihr Fleisch dem Stamm als Nahrung diente. Wenn er sie unabsichtlich provoziert und auf sein Kommen aufmerksam gemacht hatte, spielte das keine Rolle! Sie war eine alte, lahme Bärin. Es war an der Zeit, daß sie starb.

Er war Torka. Er war nicht alt und lahm! Und er hatte keine Angst, ihre Verfolgung aufzunehmen und sie zu töten.

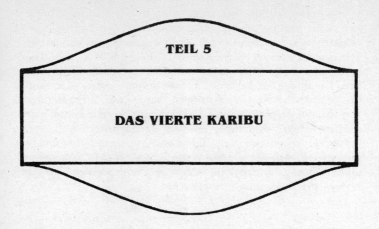

# TEIL 5

## DAS VIERTE KARIBU

1

*Glück.* Das Wort kreiste in Umaks Kopf herum wie ein Fisch, der im seichten Wasser einer steinernen Reuse gefangen war. *Was ist Glück überhaupt?*

Die Frage quälte ihn, während er hinter den anderen Jägern einherschritt. Atemlos blieb er stehen, schüttelte den Kopf und murmelte eine jämmerliche Erklärung. »Glück ist eine unsichtbare Kraft, aufgrund derer die Mächte der Schöpfung einem günstig gestimmt sind. Doch wenn diese Kraft unsichtbar ist, kann ein Mensch dann wissen, ob er sie verloren hat, bevor es zu spät ist, sie zurückzugewinnen?«

Er schüttelte erneut den Kopf. Ein Zauberer sollte nicht solche Fragen stellen müssen — ein Zauberer sollte die Antworten darauf wissen. Aber er wußte sie nicht. Er fluchte, doch dadurch verflüchtigte sich seine Unsicherheit auch nicht. Er sah zu, wie sein Vater mit Manaravak und Grek vorausging. Sie zogen abwechselnd den Schlitten, auf dem ein wenig Proviant und Speere lagen, falls der Ausflug zur Vorratsgrube tatsächlich zu der von Torka erhofften Jagd werden sollte.

Umak blieb stehen. Die anderen gingen weiter und bemerkten nicht, daß er zurückgeblieben war. Als er seinen Vater beobachtete, sah Umak, daß der Häuptling sich mit seinen Schneestöcken und geflochtenen Schneeschuhen vorwärtsbewegte, als wären sie natürliche Anhängsel seiner Gliedmaßen. Umak empfand den Stolz eines Sohnes. Alles, was Torka tat, geschah mit Kraft und Anmut. Warum war Torka dann so von Zweifeln geplagt?« Und daß er es war, konnte Umak ganz deutlich sehen, während er ihn jetzt beobachtete.

*Weil er zugelassen hat, daß Grek mitkommt, obwohl er genau weiß, daß der alte Mann dazu ungeeignet ist. Weil er ein uraltes Tabu gebrochen hat, indem er schon vor der Jagd den Namen der Beute ausgesprochen hat.*


»Warte!«

Auf Daks Ruf hin drehte er sich um.

»Wir hatten gar nicht mehr mit dir gerechnet«, sagte der Zauberer, als Simus Sohn zu ihm aufschloß.

»Ich mußte noch einmal ins Lager zurück.«

Dak machte unter seiner Kapuze ein finsteres Gesicht, während er stehenblieb und seine Schneestöcke in den Schnee rammte. »Demmi ist mir gefolgt. Ich mußte sie praktisch fesseln, um sie davon abzuhalten, mitzukommen.«

»Warum hast du sie nicht gelassen? Sie ist ein ebenso guter Jäger wie du und ich.«

»Wenn die Wahrheit herauskommt, daß dieser Ausflug zu den Vorratslagern eigentlich eine Jagd auf den Bären ist ... ich mache mir große Sorgen, und ich möchte nicht, daß meine Frau in Gefahr gerät. Außerdem hätte Grek und nicht mein Vater und die Jungen bei den Frauen und Kindern zurückbleiben sollen. Der alte Mann wird uns aufhalten und uns behindern, wenn wir unsere Beute angreifen oder uns verteidigen müssen. Simu ist nicht glücklich, Umak. Er hat es als persönliche Beleidigung aufgefaßt, daß er nicht mitkommen durfte. Torka scheint ihn seit kurzem bei jeder sich bietenden Gelegenheit herausfordern und erniedrigen zu wollen.«

»Hast du kein Mitleid mit Greks verletztem Stolz? Und hätte Torka deinen Vater nicht herausfordern sollen, als Simu seine Tochter töten wollte?«

Dak stöhnte verzweifelt. »Ich weiß es nicht, Umak. Wenn ich nicht bald wieder Tageslicht sehe, weiß ich nicht, was ich noch denken oder sagen soll.«

Umak ließ einen Speer los und legte Dak brüderlich seinen Arm um den breiten Rücken. »Wir beide haben schon lange und schlimme Winter überstanden. Vielleicht ist eine Jagd genau das, was wir jetzt brauchen, oder?«

Dak war nicht in der Stimmung, sich aufmuntern zu lassen. »Ich habe noch nie einen solchen Winter erlebt. Was bist du nur für ein Zauberer, daß du nicht wußtest, wie tief der Schnee werden würde und wir nicht einmal die Schluchten erreichen können, in denen die Karibus überwintern!«

»Der Geisterwind kommt, wie er will! Manchmal weht er die Wahrheit heran, manchmal weht er überhaupt nicht! Ich tue mein Bestes. Was verlangst du noch von mir? Sogar Grek sagt, daß er einen solchen Winter seit seiner Kindheit nicht mehr erlebt hat.«

»Grek lebt ja auch schon seit Anbeginn der Zeiten!«

»Und Grek hat überlebt, damit er seine Erfahrungen mit uns teilen kann. Wir haben eine gute Chance, die Tage dieser langen Winterdunkelheit zu überleben. Aber du wirst es vielleicht nicht schaffen, wenn du nicht aufhörst, wie der kleine Kharn nach den Armen von Demmi zu schreien!«

Daks Gesicht verzog sich bei diesem unangenehmen Vergleich. »Er hat aufgehört, nach ihr zu schreien«, sagte er traurig. »Jetzt will er nur noch zu Schwan. Deine jüngste Schwester ist für meinen Jungen eine bessere Mutter als Demmi. Warum ist sie nicht so wie Schwan? Und warum kann Torka seiner Tochter nicht klarmachen, wo sie zu Hause ist?«

»Wenn sie ein Zuhause hätte, wäre es *deine* Aufgabe, sie dort zu halten! Aber Demmi hat schon immer nur sich selbst geliebt. Du wußtest das, als du sie an dein Feuer geholt hast. Und es gab eine Zeit, wo es dir sogar imponiert hat.«

Dak konnte seine Stimme nur mühsam unter Kontrolle halten. »Sie hat sich mir gegenüber verändert. Ich interessiere sie überhaupt nicht mehr. Aber in letzter Zeit scheint sich alles um mich herum verändert zu haben. Sieh dich um, Umak! Unser Stamm hungert in der Winterdunkelheit. Meine Schwester Larani weint leise um ihre verlorenen Träume ... Träume von Dingen, die es für sie in diesem ›schönen und guten‹ Land, in das uns dein Vater geführt hat, nie geben wird. Ich frage dich, alter Freund, hat er uns hierher gebracht, damit wir leben oder damit wir sterben?«

Umak wollte kein weiteres Wort mehr hören und stapfte den anderen hinterher.


Als sie das Vorratslager erreichten, fanden sie überall Bärenspuren. Außer ein paar Werkzeugen und Dingen zum Feuermachen war nichts mehr übrig.

Die Jäger legten die Überreste auf den Schlitten und dachten daran, daß ihre letzten Fleischvorräte in ihrem einzigen noch übrig gebliebenen Winterlager vergraben waren ... falls es nicht auch schon vom dreipfotigen Bären geplündert worden war.

Dann zogen sie weiter. Der Wind blies heftig aus dem Norden, und dichter Schnee fiel, als sie die letzte Vorratsgrube erreichten. Sie war unversehrt.

»In diesem Schnee sind keine Spuren des Bären oder anderer Tiere zu erkennen«, sagte Manaravak.

Torka wußte, daß Manaravak recht hatte. Ein Schneesturm zog auf. Während der Wind zunahm, die Lufttemperatur fiel und sich das Land und der Himmel in ein einziges Schneegestöber verwandelten, durften sie nur noch an ihr Überleben denken. Die Männer kippten den Schlitten auf die Seite, wobei der solide Boden den Wind abhalten sollte, und spannten darüber eine Zeltplane auf. Sie krochen hinein, damit sie sich ausruhen und den Sturm abwarten konnten. Die Jäger aßen von ihrem Reiseproviant und schliefen tief und fest in ihrem engen Unterschlupf. Als sie erwachten, tobte der Sturm noch immer.

Noch halb im Tagtraum gefangen, sprach Manaravak seine

Gedanken aus. »Das Fell des großen dreipfotigen Bären würde ein schönes Geschenk für meine Naya abgehen.«

»Sie ist noch nicht deine Naya!« wandte Umak ein. »Sie gehört mir. Das hat sie mir gesagt.«

Manaravak war sofort hellwach. »Sie trägt meinen Talismann!«

»Das kann nicht sein. Sie sagte mir, daß sie Angst vor dir hat!«

»Ihre Lippen zeigten keine Spur von Angst, als sie mich umarmte ...«

»Hört auf!« Grek war wütend. »Ihr werdet den Namen des kleinen Mädchens nicht in den Mund nehmen, um ihn mit schlechten Worten auszuspucken! *Ich* werde entscheiden, an wessen Feuer sie geht, wenn sie eine Frau geworden ist!«

Dak schüttelte geringschätzig den Kopf. »*Wenn* sie jemals eine Frau wird!«

»Ihre Zeit wird bald kommen«, sagte Torka. »Und dann wird sie sich einen Mann erwählen. Du kannst sie nicht für ewig bei dir behalten, Grek. Und ich werde nicht zulassen, daß sie Zwietracht zwischen meinen beiden Söhnen stiftet.«

»Das hat sie bereits getan«, stellte Dak nüchtern fest.

»Sie hat einen Talismann von dir angenommen? *Wann?*« hakte Umak nach.

Manaravak zuckte mit den Schultern. »Es war eine geschnitzte Figur des helfenden Geistes. Sie trägt ihn seit dem letzten Mond um ihren Hals.«

»Auch ich habe ihr Geschenke gemacht. Sie hat gesagt, daß sie mir gehört. Hat sie das auch zu dir gesagt?«

»Nein, aber sie hat mich geküßt! Und es war der Kuß einer Frau!«

Dak legte Grek seine Hand auf den Unterarm. »Mach dich nützlich, alter Löwe, und sage ihnen, daß sie mit ihrem Streit aufhören sollen. Du bist der Stammesälteste. Vielleicht werden sie auf dich hören.«

Das taten sie. Und bald schliefen sie wieder. Grek schnarchte und saugte an den Ruinen seiner ehemals gesunden Zähne. Stunden später erwachten Torka, Umak, Manaravak und Dak, als sie ein Heulen hörten.

»Wölfe...«, flüsterte Umak.

»Nein«, korrigierte Manaravak seinen Bruder. »Wanawuts. Ein ganzer Stamm, weit weg. Viele tiefe, männliche Stimmen... keine Frauen... vielleicht ein oder zwei... ihnen ist kalt, sie suchen nach Unterschlupf.«

»Das verstehen wir auch ohne deine Übersetzung!«

Manaravak hörte nicht auf Dak. Er neigte den Kopf und lauschte. »Die Wanawuts sind in den südlichen Bergen am Fluß. Sie heulen den Sturm an. Sie haben Hunger. Ihre Schreie klingen so einsam.«

»Sei vorsichtig, Manaravak!« warnte Dak. »Sonst könnten wir glauben, daß du wieder einer von ihnen sein möchtest.«

»In gewisser Weise werde ich wohl immer einer von ihnen sein.«

»Naya würde das gar nicht gefallen, wenn du so etwas sagst«, bemerkte Umak.

»Der Sturm wird bald vorbei sein«, fuhr Torka dazwischen, um das Gespräch abzubrechen. »Sobald es das Wetter erlaubt, werden wir uns wieder auf den Weg zurück zum Lager machen.«

Neben ihm schmatzte Grek und fiel wieder in einen tiefen Schlaf. »Dieser Ausflug ist zuviel für den alten Löwen gewesen.« Dak sah die Gestalt des Schlafenden unter dem Fell an, während er Torka ansprach.

Torka nickte zustimmend. »Es ist Zeit für den Bisonmann, daß er wieder zum Bewacher der Frauen wird. Ich hoffe, daß er durch diesen Ausflug von selbst zu dieser Erkenntnis kommt.«

Dak war fassungslos über diese Enthüllung. »War das deine Absicht, als du ihn mitgenommen und darauf bestanden hast, daß Simu zur Bewachung des Lagers zurückbleibt?«

»So ist es«, sagte Torka ruhig, doch mit der Andeutung einer Frage, als könne er sich nicht vorstellen, daß der junge Mann etwas anderes vermutet haben könnte.

# 2

Schwan blickte zum Himmel hinauf, als sie von ihrer Mutter aus der Bluthütte geleitet wurde. Sobald die von ihrem ersten Blut geröteten Felle im Lagerfeuer verbrannt waren, würde der Stamm feiern und ihr Geschenke bringen.

Sie stand reglos da. Der Schnee fiel leise durch die windstille Luft, als der Häuptling die neue Frau willkommen hieß.

»Tritt vor, Schwan, neue Frau dieses Stammes!«

Schwan gehorchte stolz, aber auch ein wenig traurig, als sie an Larani dachte und daran, wie bitter diese Zeremonie für sie gewesen war. Kurz erinnerte sie sich an einen Abend vor langer Zeit, an dem Naya, Larani und sie sich in der Hütte des Häuptlings auf einem Schlaffell gedrängt hatten. Sie hatten die ganze Nacht lang davon geredet, wie es sein würde, wenn sie erwachsen und endlich neue Frauen sein würden, die dem versammelten Stamm stolz ihre Schönheit zeigten.

»Alle Männer, die mich ansehen, werden sich in mich verlieben!« hatte Naya entzückt geseufzt, als sie sich diese allumfassende Bewunderung vorstellte. »Aber ich werde mir den Besten von allen aussuchen – und nur, nachdem er mir viele Geschenke gebracht und mich oft zum Lachen gebracht hat!«

Schwan hörte noch Laranis Frage: »Und wer wird dieser Mann sein?«

»Ich weiß es noch nicht! Aber er muß viel jagen, noch öfter töten und immer wieder seinen Mut beweisen, bevor ich ihn anlächle.«

»Ich weiß schon, wen ich will«, hatte Schwan ihnen leise und sehnsüchtig anvertraut. »Er muß nicht mehr tun, als mir seine Hand reichen und mich an sein Feuer führen – denn ich werde bereitwillig mitkommen.«

»Ja, das gilt auch für den Mann, den ich einmal haben werde«, hatte Larani zugestimmt.

»Wer ist es?« Selbst in ihrer Erinnerung klang Nayas Stimme stolz und ungeduldig.

Schwan wußte auch noch, wie Larani gelächelt, sich auf dem

Rücken ausgestreckt und die Augen geschlossen hatte. »Wenn ihr nicht wißt, wer der Beste ist, dann hat es auch keinen Sinn, es euch zu sagen.«

»Du bist eine Spielverderberin, Larani! Was ist mit dir, Schwan? Wen willst du als Mann?«

»Das ist ein Geheimnis«, hatte Schwan voller Vorfreude geantwortet. Doch jetzt war die Freude verflogen, denn sie wollte immer noch denselben Mann, und der hatte bereits eine Frau und ein Kind an seiner Feuerstelle. Jetzt blieb sie neben der glücklich strahlenden Lonit und vor ihrem Vater stehen und hörte den Worten ihrer Mutter zu, die ihre Kindheit für immer beenden würden.

»Sieh!« sagte Lonit zu Torka und streckte ihm die blutigen Felle hin. »Hier ist das erste Blut meines Kindes Schwan. Es ist jetzt kein Kind mehr. Die neue Frau, die vor dir steht, trägt jetzt ihren Namen.«

Torka nahm die Felle entgegen und hielt sie seiner jüngsten Tochter hin. »Ist das die neue Frau, die auf den Namen Schwan hört?«

»Diese neue Frau hört auf den Namen von Schwan«, antwortete sie, während sie ihre Erinnerungen verdrängte und froh war über das Glück und den Stolz in seinen Augen. Sie wollte, daß dies ein unvergeßlicher Augenblick für sie selbst und den ganzen Stamm werden würde, aber ganz besonders für ihren Vater. Seine Anspannung in letzter Zeit bereitete ihr Sorgen. Wenn doch nur der Winter bald zu Ende wäre! Wenn doch nur die Karibus aus den fernen Hügeln und Schluchten kommen würden! Vielleicht würden die Mächte der Schöpfung dem Stamm wieder wohlgesonnen sein, wenn diese zweite Zeremonie im neuen Land ohne Probleme vonstatten ging. Mit erhobenem Kopf nahm sie die Felle und ging damit zum Feuer.

»Die neue Frau übergibt dem Feuer das Blut von Schwan. Dieses Kind gibt es nicht mehr. Jetzt hört diese Frau auf ihren Namen.«

Während alle mit angehaltenem Atem zusahen, warf sie das Opfer in die Flammen, drehte sich um und grüßte den Stamm mit ausgebreiteten Armen. Dann bat sie ihn, sie als neue Frau des Stammes anzunehmen.

Alle riefen gleichzeitig ihren Namen.

»Schwan! Tochter von Torka und Lonit, Schwester von Umak, Manaravak, Sayanah, Sommermond und Demmi, Tante von Jhon und Li und Kharn! Tritt jetzt vor deinen Stamm, damit die neue Frau willkommen geheißen werden kann!«

In dieser Nacht war die Stimmung in Torkas Lager glücklich. Der neuen Frau wurden Geschenke gebracht, die so lange zurückgelegt wurden, bis sie sich einen Mann genommen und eine eigene Erdhütte und Feuerstelle zu versorgen hatte. Grek schenkte ihr eine Kochlampe, die von Iana durch einen Vorrat guter Dochte ergänzt wurde. Von Simu und Eneela erhielt sie eine neue Schlafmatratze, die breit genug für zwei war. Lonit machte ihr das traditionelle Geschenk aus Feuerwerkzeug mit einem hervorragend gearbeiteten Feuerbohrer. Damit sollte die Sicherheit und Wärme einer Feuerstelle symbolisch weitergegeben werden. Von ihrem Vater bekam sie ein Frauenmesser. Ihre Brüder überreichten ihr Ahlen und Nähnadeln. Auch die Geschenke der Brüder an ihre Schwester waren von der Tradition vorgeschrieben, und als Manaravak ihr einen Satz Fingerhüte aus enthaartem Karibufell überreichte, war sie überrascht – wie jeder andere auch –, während Naya kicherte, als wäre dies ein Geschenk, das sie niemals von ihm angenommen hätte. Die Kinder des Stammes traten vor sie und brachten ihr plumpe Ketten aus Steinperlen und andere Geschenke, die eigentlich nur für sie selbst einen Sinn ergaben. Schwan nahm jedes der Kinder in die Arme, um ihnen zu danken. Die Geschenke waren nicht wichtig, es zählte nur die Geste des Schenkens.

»Die neue Frau Schwan wird eines Tages einen schönen Schwarm Kinder für einen glücklichen Mann dieses Stammes gebären«, sagte Honee, als sie ihr ein wunderbar zueinander passendes Paar Trinkgefäße aus Horn schenkte.

Schwan errötete. Ihre Freude löste sich in Bedauern auf. Kein Mann hatte bisher für sie gesprochen, und das würde vermutlich auch nicht eher geschehen, bis einer der Jungen alt genug dazu sein würde. Wahrscheinlich würde es Nantu sein. Er war der älteste, obwohl sie ihn für viel zu stur und uneinsichtig hielt. Außerdem wußte jeder, daß er in Naya vernarrt war. Schwan seufzte. Es gab nur einen Mann in diesem Stamm, den sie wirklich begehrte — den sie schon immer begehrt hatte. *Dak.*

Sie warf ihm über das Feuer hinweg einen kurzen Blick zu. Wartete er auf ein Zeichen von ihr, damit er den Mut fand, seine einladenden Worte zu sprechen, woraufhin sie aufstehen und entweder ja oder nein zu ihm sagen würde?

Als Dak ihren Blick erwiderte, geschah das mit der warmen Zuneigung eines guten Freundes, nicht eines Geliebten. Er würde sie nicht auffordern. Er würde sie niemals auffordern. Schwan senkte schnell den Kopf und starrte in ihren Schoß, damit weder er noch sonst jemand die Tränen der Enttäuschung sehen konnte, die sich unter ihren Lidern sammelten.


Die Menschen aßen, sangen Lieder und erzählten Geschichten. Als niemand zusah, kam Larani aus Simus Erdhütte, um sich möglichst weit vom Feuer entfernt hinzusetzen und den Geschichten zuzuhören, die der alte Grek so kunstvoll webte wie die Frauen ein Fangnetz. In der Dunkelheit der mondlosen Nacht ließ Larani ihre Kapuze zurückfallen. Sternenlicht schimmerte auf ihrem Gesicht, und schließlich sah Manaravak sie allein dort sitzen. Sein Mitleid trieb ihn dazu, ihr Fleisch zu bringen.

»Geh weg!« forderte sie ihn auf und zog sich den Umhang über den Kopf.

Er sah eine Weile auf sie hinab, bevor er sich bückte und ihr das Fleisch hinstellte. »Warum versteckst du dich die ganze Zeit, Larani?«

»Warum?« wiederholte sie bitter.

»Ja. Warum?« beharrte er auf seiner Frage. Sie schien ihm einfach genug zu sein.

Mit einem wütenden Keuchen warf sie plötzlich das Fell zurück und funkelte ihn aufsässig an. »Sieh mich etwas genauer an, Sohn von Torka! Willst du immer noch wissen, warum?«

Er zuckte nicht zusammen, sondern sah sie nur an. Ihr Haar war an einigen Stellen bereits nachgewachsen. Ihre Verbrennungen glänzten auf eine merkwürdige Weise — sie sahen gar nicht wie Haut aus, sondern wie glattpolierter, dunkler Stein. Er neigte den Kopf, runzelte die Stirn und streckte seine Hand aus, um den verbrannten Teil ihres Kopfes zu berühren. Sie schlug seine Hand so schnell und heftig weg, daß sie ihm und sich selbst weh tat.

»Au!« riefen sie gleichzeitig.

Larani gab ein leises, mitleiderregendes Stöhnen von sich. »Nun? Hast du genug gesehen? Habt ihr alle genug gesehen?« Sie zog sich den Umhang wieder über den Kopf.

Manaravak zuckte mit den Schultern. »Du bist gar nicht so häßlich, wie ich dachte, Larani.«

»Nein? Willst du mich an dein Feuer nehmen? Würdest du mich zu deiner Frau machen?« Sie sprang auf die Beine und warf den Umhang erneut ab, damit alle sie im Sternenlicht sehen konnten. »Hätte irgendein Mann in diesem Stamm den Mut, mich zu seiner Frau zu nehmen?«

Im Lager war es plötzlich völlig still geworden.

Manaravak war verwirrt. Larani hatte sich verändert. Früher war sie ein so nettes und freundliches Mädchen gewesen. Jetzt war sie gemein und verbittert. Warum stellte sie ihre Verbrennungen mit einem solchen Trotz zur Schau? Schämte sie sich ihrer, oder war sie stolz darauf? Ihre Narben faszinierten ihn. Er glaubte, daß in Laranis Körper eine große Kraft wohnen mußte, wenn ihre Seele so große Schmerzen und Qualen überstehen konnte. Warum war sie so wütend auf ihn?

»Was ist?« drängte sie ihn und hüllte sich wieder in den Umhang. »Sprich, Sohn von Torka! Sag mir, daß du mich zu deiner Frau nehmen willst!«

Da Manaravak nicht wußte, wie er reagieren sollte, sprach er die Wahrheit. »Wenn ich eine Frau nehme, so wird ihr Name Naya sein«, sagte er einfach zu Larani. Er fragte sich, warum sie plötzlich zitterte, bevor sie sich umdrehte und in der Erdhütte ihres Vaters verschwand. Dann rief ihm Umak von der anderen Seite des Feuers eine unmißverständliche Herausforderung zu.

»Du wirst nicht der einzige sein, der für Naya spricht!«

Manaravak wandte sich um und sah seinen Bruder an. Jetzt war auch Umak wütend auf ihn. Und auf der Frauenseite des Feuers hielt sich Naya die Hände vor den Mund, ohne damit ihr prustendes Kichern unterdrücken zu können. Als er es hörte, wurde Manaravak noch verwirrter. Worüber lachte das Mädchen? Und wie konnte sie überhaupt lachen, wenn ihre Freundin Larani offenkundig so traurig war?

Als er Naya ansah, wurde ihm klar, daß er sie eigentlich nicht sehr mochte, auch wenn seine Lenden bei dem Gedanken, mit ihr zu schlafen, heiß wurden. Sein Stirnrunzeln vertiefte sich. Vielleicht wäre es besser gewesen, wenn er den Talisman Larani geschenkt hätte.

Doch noch während er darüber nachdachte, ließ Naya die Hände sinken. Als sie seinen Gesichtsausdruck sah, verschwand ihr Lächeln. Sie sah sehr seltsam aus – sie wirkte halb glücklich, halb traurig, halb wach und halb schlafend, als hätte sie einen völlig konfusen Traum.

Sein Herz flog ihr über das Feuer hinweg zu. Sie war über diesen Augenblick genauso verwirrt wie er.


Der Abend war verdorben. Iana schimpfte mit Naya, die zu weinen begann. Grek brüllte Iana an, weil sie das kleine Mädchen zum Weinen gebracht hatte. Und Simu schrie Manaravak an und beschuldigte ihn, seine Tochter beschämt zu haben.

Manaravak starrte Simu an. »Ich habe ihr doch nur etwas zu essen gebracht!«

»Das wäre die Aufgabe ihres Mannes!« entgegnete Laranis Vater.

»Aber sie hat keinen Mann!« wehrte sich Manaravak. »Und du scheinst immer wieder zu vergessen, daß sie noch am Leben ist!«

»Ja, leider lebt sie noch!« Simu stand auf, stapfte zu seiner Erdhütte, packte einen seiner Speere und verschwand in der Nacht.

Eneela jammerte und bettelte Dak an, er solle seinem Vater

folgen, da sie fürchtete, daß er in seiner Stimmung unaufmerksam wurde und Raubtieren zum Opfer fiel.

Dak gehorchte. Auch der junge Nantu suchte schnell nach seinem Speer und folgte seinem Bruder, ohne daß seine Mutter dagegen protestierte.

»Wartet!« rief Manaravak dem Jungen und Dak nach. »Wenn ich jemanden beleidigt habe, dann sollte ich es sein, der...«

»Beleidigt!« Eneela rief ihren Söhnen zu, weiter ihrem Vater zu folgen. Dann wandte sie sich Manaravak zu und nannte ihn dumm und herzlos. »Wenn du einer Frau Fleisch bringst, zeigst du ihr damit, daß du für sie sorgen willst – daß du ihr Mann und Gefährte sein willst! Das mußt du doch wissen! Wie kannst du dann so grausam sein? Wie lange willst du noch unter uns leben, bis du endlich unsere Sitten gelernt hast, oder bist du im Herzen immer noch ein Tier?«

Manaravak war so entsetzt über Eneelas Wut und Gehässigkeit, daß er ebenfalls aus dem Lager rannte.

»Du bist jetzt still!« befahl der Häuptling.

»Ja, sei still, Eneela!« wiederholte Lonit wütend. »Wenn eine freundliche Geste in diesem Stamm als Handlung eines Tieres ausgelegt wird, dann sollten wir uns vielleicht lieber alle wie Tiere verhalten und nicht wie Menschen!«

»Ehrlich gesagt, Eneela«, fügte Sommermond hinzu, »wir alle haben schon Mammuts gesehen, die sich liebevoller um ihre verletzten Jungen gekümmert haben als unser Mann Simu um Larani!«

»›Unser‹ Mann?« Eneela war so wütend, daß ihre Stimme klang, als würde sie daran ersticken. »Zweite Frau! Das ist alles, was du für ihn bist! Eine zweite Frau, die er zu sich genommen hat, um deinem Vater einen Gefallen zu tun! Nur weil du jung bist und nach vielen Jahren endlich sein Baby im Bauch trägst...«

»Eneela!« Umak war aufgesprungen. »Überlege dir, was du sagst! Was du einmal ausgesprochen hast, kann nicht mehr zurückgenommen werden!«

Demmi stand reglos neben Sommermond und sah Eneela mit gefährlicher Entschlossenheit an. »Es war meine Schwester, die deinem Mann einen Gefallen getan hat, Eneela, und nicht umgekehrt! Ja, Sommermond ist jung — aber du wirst alt! Und mein Bruder Manaravak ist Torkas Sohn. Vergiß das niemals, sonst werde ich persönlich mein Messer nehmen und...«

»Halt!« Schwan war aufgesprungen. Trotz ihres geschmückten Aufzugs sah sie wie ein Häufchen Elend zwischen all ihren Geschenken aus. »Ihr habt alles ruiniert! Ach, ich wünschte, diese Nacht hätte niemals stattgefunden!«


Das Licht der Sonne glühte golden hinter der hohen, gezackten Bergkette am östlichen Rand der Welt. Sie sahen es zum ersten Mal seit scheinbar unendlich langer Zeit. Doch niemand brachte viel Begeisterung für die Gesänge auf, die sie jetzt anstimmen mußten, als sie sich versammelten, um Umak zuzusehen, wie er die zurückkehrende Sonne begrüßte.

»Mein Vater und Dak sind starke und vorsichtige Jäger. Sie und Nantu werden bald mit Manaravak ins Lager zurückkehren. Ich bin mir sicher, daß er ihnen nachgegangen ist. Sie werden bald alle wieder hier sein. Die Rückkehr der Sonne ist ein gutes Omen«, versicherte Larani. Von Kopf bis Fuß in ihren zeltähnlichen Umhang gehüllt, hatte sie sich an Schwan gewandt.

»Ist es das?« erwiderte die neue Frau lustlos. »Nach der letzten Nacht hoffe ich das sehr. Nachdem die Sonne jetzt mit Gesängen begrüßt wurde, bereiten sich auch Torka und Umak darauf vor, denen zu folgen, die noch nicht zurückgekehrt sind.«

»Ich weiß. Es tut mir leid wegen letzter Nacht, Schwan. Es tut mir leid, daß ich ohne Rücksicht auf dich meinen Schatten über das geworfen habe, was eine Feier für dich hätte sein sollen.«

»Was geschehen ist, kann nicht mehr rückgängig gemacht werden.«

»Stimmt. Aber kann eine Freundin noch eine Freundin bleiben?«

Schwan trat einen Schritt auf sie zu und umarmte Larani vorsichtig. »Für immer! Es scheint, daß wir beide neue Frauen in einem Stamm sind, in dem keine von uns jemals den Mann ihres Herzens bekommen wird.«

Larani erstarrte und wich vor ihr zurück. »Es gibt keinen Mann meines Herzens.«

»Freundinnen belügen sich nicht, Larani. Nur Naya wird den Mann ihres Herzens bekommen.«

Larani atmete aus. »Welchen von deinen Brüdern wird sie wählen?«

Schwan schüttelte den Kopf. »Ich weiß es nicht. Demmi sagt, ganz gleich, ob sie Manaravak oder Umak nimmt, sie wird auf jeden Fall beide damit unglücklich machen.«

Ein qualvoller Schrei ließ beide Mädchen erschrocken herumfahren. Sie sahen, wie Torka und Umak abrupt stehenblieben und hörten Eneela erneut schreien. Als sie erkannten, weswegen die Frau von Simu geschrien hatte, schritten Torka und Umak bereits durch das Lager und hielten ihre Speere und Speerwerfer bereit.

Dak und Manaravak bewegten sich auf dem Rückweg zum Lager still und leise durch den allgegenwärtigen Schnee. Sie wirkten wie neblige Gestalten aus einem unwirklichen Traum. Es war ein ungewohnter Anblick, sie Seite an Seite gehen zu sehen, aber es war der Anblick Simus, der den beiden vorausging, bei dem alle Frauen zu jammern begannen und die Männer entsetzt erstarrten. Denn Simu trug die schlaffe, blutüberströmte und kopflose Leiche seines Sohnes Nantu auf den Armen.

# 3

»Drei Pfoten . . .«, sagte Simu nur, als er im Kreis des Ältestenrats saß.

»Du hast die Bärin gesehen?« fragte Torka.

»Wir haben nichts gesehen«, sagte Dak. »Nur das . . . was von ihm übriggeblieben ist.«

»Manaravak?« Torka wandte sich an seinen Sohn, damit er ihm eine Antwort gab.

»Ich hörte die Schreie des Jungen, dann die Rufe von Simu und Dak. Überall war Nebel, dichter und kalter Nebel. Ich rannte los... und fand... was noch von dem Jungen übrig war.«

Simu weinte. »Als der Nebel aufzog, sagte ich Nantu, er solle sich in meiner Nähe halten. Der Junge hat nie auf mich gehört. Ich hätte strenger mit ihm sein müssen... ich hätte...«

Dak sah Manaravak durch das Zwielicht der Ratshütte an. »Du hast dein Leben riskiert, um meinen Bruder zu retten. Ich danke dir dafür.«

Manaravak starrte in seinen dunklen Schoß. Sein Gesicht war ausdruckslos und sah selbst im schwachen Licht aschfahl aus. »Heißt es nicht, daß wir alle in diesem Stamm Brüder sind? Seine Stimme war sehr leise. »Ich... wünschte... ich...«

»Wir müssen den Mörder Nantus jagen!« Grek sprach ruhig und mit Entschlossenheit. »Das Tier hat das Fleisch aus unseren Vorratsgruben gestohlen, und jetzt fällt es über die Menschen selbst her. Es muß getötet werden. Sofort!«

Simu schien die Worte des alten Mannes nicht gehört zu haben. »Ich habe ihm gesagt, er solle in meiner Nähe bleiben... und nicht umherstreifen. Aber Nantu ist schon immer seinen eigenen Weg gegangen... wir alle wissen das... aber ich habe es ihm immer wieder gesagt, nicht wahr, Dak? ›Hör auf deinen Vater, Nantu! Drei Pfoten könnte dort draußen im Nebel sein. Also bleib, wo du bist! Wenn du dich erleichtern mußt, bleib in Sichtweite! Ja, Junge, bleib in Sichtweite!‹ habe ich gesagt. ›Der Nebel wird zu dieser Jahreszeit am Fluß immer sehr dicht. Man kann nicht vorhersehen, wann er sich bildet, oder wann er sich in Nichts auflösen wird. Also bleib bei mir, Junge! Hör jetzt auf deinen Vater und...‹«

»Ja, Vater, du hast ihn gewarnt. Du hast alles getan, was du konntest.« Dak rückte näher an Simu heran.

»In welche Richtung führen die Spuren?« fragte Torka.

»Das habe ich nicht gesehen«, sagte Dak. »Manaravak

brachte Nantu durch den Nebel. Mein Vater und ich, wir ... hörten, wie sich etwas nach Norden entfernte ... oder Nordosten ... schwer zu sagen.«

Torka runzelte die Stirn. Sie sagten, sie hätten nichts gesehen, aber Simu, der noch unter Schock stand, hatte die Bestie dennoch beim Namen genannt und damit das Tabu gebrochen. Erneut erinnerte er sich an das vierte Karibu, dem sein Sohn das Blut ausgesaugt hatte. Aber er selbst, Torka hatte bereits gegen das Tabu verstoßen, als er den Bären beim Namen genannt und damit geprahlt hatte, daß er ihn töten würde. Bei dieser Erinnerung schien sein Herz zu Eis zu erstarren. »Hast du das Tier gesehen, dem Simu einen Namen gegeben hat, Manaravak? War es das Tier mit den drei Pfoten, das unsere Vorratsgruben geplündert hat?«

Manaravak sah ihn wie ein in die Enge getriebenes Tier an. »Was sonst kann es gewesen sein? Ja, ich habe es gesehen, aber nur durch den Nebel. Es war ein Bär! Ein großer Bär. Was sonst hätte einen Jungen so zurichten können?«

Jetzt blickte Umak besorgt drein. »Ein Löwe ... ein Wanawut ... eine ausgewachsene Säbelkatze oder ein Wolf. Wenn du den Angriff nicht wirklich gesehen hast, wie ...«

»Wanawuts reißen Jungen nicht die Köpfe ab!« entgegnete Manaravak so heftig, daß er selbst darüber erschrak. »Ich habe den Angriff gesehen! Ich habe den großen Bären gesehen! Kommt, ich werde es euch zeigen. Ich werde euch zu seinen Spuren führen, wenn ihr mir nicht glaubt!«

Die Anklage hing lastend im Raum.

»Jetzt ist zuviel Schnee«, sagte der Häuptling und löste die Spannung. »Wir werden warten. Wir wollen den Frauen Zeit geben, den Jungen so gut es geht vorzubereiten. Wir werden die angemessene Totenwache halten – fünf Tage lang. Dann werden wir gehen. Grek hat recht: Das, was unseren Stamm bedroht, muß getötet werden!«


Die Mutter und die Schwestern von Nantu sowie Simus zweite Frau wuschen die Leiche. Larani zählte alle Krallenspuren auf seiner Haut und ging zu Torka. Er saß mit Manaravak und Umak vor seiner Erdhütte, wo sie ihre Waffen für die Jagd vorbereiteten.

»Ich möchte für Nantu sprechen«, sagte sie.

»Sprich!« forderte Torka sie auf.

Unter ihrem schweren Umhang war nichts von ihrem Gesicht zu erkennen, aber sie stand aufrecht da. »Ohne seinen Kopf kann mein Bruder Nantu nicht darauf hoffen, noch einmal wiedergeboren zu werden. Wenn die Leiche meines Bruders Nantu ohne Kopf aufgebahrt wird, kann er nie für immer in den Himmel blicken. Wie kann seine Seele hoffen, die Welt jenseits dieser Welt zu finden, wenn er den Weg nicht sehen kann? Bring dieser Frau den Kopf von Nantu, Torka! Und für jede Krallenspur, die sich in sein Fleisch gegraben hat, stich einmal tief mit deinem Speer zu. Und wenn du das tust, rufe laut die Namen von Nantu und Larani, damit der große dreipfotige Mörder weiß, daß unsere Geister bei dir sind, wenn du sein Leben forderst.«

»Wenn die Mächte der Schöpfung uns erlauben, die Beute zu finden und zu töten, werde ich das tun«, antwortete Torka, der über die Stärke erstaunt war, die von der jungen Frau ausging.

»Ich danke dir«, sagte sie, drehte sich ohne ein weiteres Wort um und ging davon. Sie ließ drei Männer zurück, die ihr verblüfft nachstarrten.

Fünf Tage später wurde Nantus Leiche an einem klaren, kalten Morgen aus dem Lager getragen. Das neue Licht betörte die Sinne der Menschen, obwohl ihre Herzen voller Trauer über den Tod eines Jungen waren.

Seine Mutter weinte. Die Frauen des Stammes weinten mit ihr, um gemeinsam die erdrückende Last ihres Kummers zu ertragen. Die Hunde im Lager heulten ebenfalls und zerrten an ihren Leinen.

Die Tradition verlangte, daß der Vater des Toten das Lebenslied für seinen verlorenen Sohn sang, aber Simu war so verzweifelt, daß er kaum mehr als ein Murmeln zustande brachte.

Dak sah Umak flehend an. Als der Zauberer verstand, begann er zu Ehren von Daks Bruder zu singen, denn der junge Nantu war nicht nur leichtsinnig, sondern auch mutig gewesen. Am Ende seines Lebens verdiente er etwas Besseres als das unverständliche Gemurmel eines erschütterten Vaters.

Es war eine traurige und einsame Zeremonie. Als der Stamm endlich durch den Schnee zum Lager zurücktrottete, sprach niemand ein Wort. Stumm fanden sich die Familiengruppen zusammen, um in ihren Erdhütten zu verschwinden.

Draußen bereiteten sich die Männer auf die Jagd vor.

Die Sonne war aufgegangen. Naya blinzelte ins Licht und lächelte. Ihr schwindelte für einen Moment.

Umak trat neben sie. »Geht es dir gut, meine kleine Naya?«

»Ja, sehr gut.« Er hielt sie mit seinem rechten Arm fest, der hart wie ein Felsen war. Ihr gefiel das, und sie lehnte sich an ihn.

»Du mußt deine Fleischmesser, Ahlen und Schaber bereitlegen, Naya, denn wenn ich derjenige bin, den die Mächte der Schöpfung begünstigen, wird das Fell des großen Bären dir gehören. Aus seinen Zähnen werde ich dir eine Halskette machen, gegen die jeder Talisman von Manaravak armselig aussieht!«

Es war eine gutmütige Prahlerei, aber sie wußte, daß er nicht gescherzt hatte. Ihre Hand fuhr an ihre Kehle. Woher wußte Umak von dem Talisman? Er befand sich gut verhüllt unter ihrem Wintermantel. Aber schließlich war Umak ein Zauberer, dem der Geisterwind so manches Geheimnis anvertraute.

Sie drückte sich noch enger in Umaks Arm, während Manaravak, der mit Dak und Torka zusammenstand, sie anstarrte. Er war ein so hübscher und netter Mann! Und Umak auch! Wie könnte sie sich jemals zwischen ihnen entscheiden? Und plötzlich kam ihr mit einem Schwindelgefühl, das sie kichern machte, eine Idee. Sie blickte auf und bedeutete Umak, sich tiefer zu ihr hinunterzubeugen. Als er es tat, klang ihre Stimme, obwohl sie eigentlich nur flüstern wollte, sehr laut.

»Ich denke, ich werde den großen Bären entscheiden lassen, an wessen Feuer dieses Mädchen ziehen wird. Ja, durch seinen Tod soll Drei Pfoten mir aus der Seele sprechen und für mich zwischen den beiden Söhnen von Torka wählen.«

»Naya!« Lonit, die mit der Zusammenstellung des Reiseproviants für die Jäger beschäftigt war, starrte sie entsetzt und fassungslos an. »Nimm sofort deine Worte zurück!«

Naya hatte Lonit noch nie so wütend gesehen. Merkwürdig war nur, daß sie sich gar nicht genau daran erinnern konnte, was sie gerade gesagt hatte. »Worte?«

»Ja! Du hast die Beute beim Namen genannt, nach der unsere Jäger suchen! Willst du, daß meine Söhne während der Jagd miteinander im Wettstreit liegen, statt gemeinsam zum Wohl aller zusammenzuarbeiten?«

Naya war irritiert. Warum wurde sie von allen so verärgert angestarrt? Sie mußten doch wissen, daß sie weder Umak noch Manaravak oder einem anderen Mann des Stammes etwas Böses wünschte. Ihre Lippen waren plötzlich taub und prickelten, als würden Insekten darüber hinwegkrabbeln. »Ich... nehme zurück... was immer ich auch gesagt habe.«

Honee, die im Schneidersitz neben der Häuptlingsfrau saß, schüttelte den Kopf, als sie Umak ansprach. »Vergiß nicht, daß für diese Frau und deine Kinder das Fell des Tieres mit den drei Pfoten nichts bedeutet. Für sie bedeutet das Fell des Mannes alles!«

4

»Du wirst uns auf diesem Jagdzug nicht begleiten, alter Löwe. Solange Simu sich noch nicht wieder gefaßt hat, brauche ich einen zuverlässigen Mann, der dem Stamm als Bewacher der Frauen dient.«

Greks breite Nasenflügel blähten sich, als würde er die Doppeldeutigkeit dieser Worte in der Luft wittern. Er streckte trotzig sein Kinn vor.

Torka legte ihm beschwichtigend eine Hand auf die Schulter. »Umak, Manaravak, Dak, Tankh und Chuk werden an meiner Seite sein. Wir werden deine Kraft, deinen Mut und deine Weisheit vermissen, aber genau so einen Mann brauchen wir hier.«

Sie ließen Grek zurück, der mit den Speeren in der Hand und aufgeschnallter Rückentrage am Rand des Lagers stand. Ohne sich noch einmal umzublicken, ging Torka weiter und fragte sich, ob er jemals zuvor in seinem Leben so etwas Schwieriges getan hatte.

»Du hattest keine Wahl.« Umak ging mit Dak und Gefährte an seiner Seite. Manaravak und die beiden Jungen liefen voraus.

Torka warf Dak und Umak einen Blick zu, ohne seine Schritte zu verlangsamen. »Glaubt ihr beiden, daß ihr niemals alt werdet?«

Dak antwortete mit seiner typischen Schroffheit. »Wenn ich alt bin, werde ich vernünftig genug sein, um zu wissen, wann ich beiseite treten muß, um jüngeren Männern meinen Platz auf der Jagd zu überlassen.«

»Das klingt vernünftig«, stimmte Torka zu. »Aber wirst du wissen, *wann* du zu alt bist? Oder werden sich deine Jahre anschleichen wie Jäger, die ein Karibu verfolgen ... eins nach dem anderen, jedes sieht genauso wie das vergangene aus, bis die Jagdumhänge fallen und die Speere der Wahrheit zum Vorschein kommen, um dich zu verwunden ... bis du eines Tages ein junger Mann bist, der in der Haut eines alten Mannes gefangen ist und immer noch glaubt, seine alten Knochen könnten all die Dinge tun, die du in deiner Jugend getan hast? Wirst du dann versuchen, das Gegenteil zu beweisen, auch wenn es dich umbringen könnte?«

Dak schnaufte amüsiert. »Meinst du, ich sollte Mitleid mit ihm haben?«

»Hast du keines?« fragte Torka.

»Nein!« antwortete Dak ohne Zögern. Dann versicherte er sich mit einem Blick nach vorn, daß weder Tankh noch Chuk in Hörweite waren, bevor er weitersprach. »Hast du ihn dir in letzter Zeit einmal genauer angesehen? Der Winter hat Grek sehr zugesetzt.«

Umak sah seinen Vater nachdenklich an. »Grek hätte sich freiwillig als Bewacher der Frauen melden sollen. Es war falsch von ihm, zuzulassen, daß du das Lager mit der Last der Reue verläßt, denn die Schuld liegt bei ihm, Vater, nicht bei dir. Du hast Grek nicht beschämt. Er hat sich selbst beschämt.«


An der Stelle, an der Nantu den Tod gefunden hatte, war keine Spur von Blut oder einem Bären zu erkennen. Während sie Totenwache gehalten hatten, war neuer Schnee gefallen. Anschließend war die Lufttemperatur rasch gestiegen und ebenso rasch wieder gefallen, so daß der Schnee zu einer dicken, steinharten Schicht verklumpt war.

»In welche Richtung gehen wir?« fragte Dak und blinzelte in die Ferne.

»Unser Vater würde sagen, daß wir wie unsere Beute denken müssen, wenn wir sie finden wollen.«

Wer hatte gesprochen? Tankh oder Chuk? Torka nahm sich nicht die Zeit, es herauszufinden. Einer von Greks Söhnen hatte gerade einen sehr klugen Rat gegeben, aber der Häuptling konnte dies auch von Jungen erwarten, die vom alten Löwen großgezogen worden waren.

Torka ließ seinen Blick den Horizont entlangwandern und fragte: »In welche Richtung ist der Mörder von Nantu davongelaufen, als du ihn im Nebel gesehen hast, Manaravak?«

Manaravak schwieg.

»Nun?« drängte Dak gereizt.

»In so viel Nebel und in einem solchen Augenblick war es unmöglich zu erkennen!«

Dak schnappte verärgert nach Luft. »Du mußt doch in der Lage sein, uns etwas mehr zu erzählen! Immerhin hast du beim Wanawut gelebt. Die Gedanken der Bestie, die wir jagen, müßten dir doch einigermaßen vertraut sein.«

Torka war angewidert. »Genug! Ich will auf dieser Jagd keine

Streitereien haben. Uns erwarten genügend Gefahren, wir brauchen keine weiteren heraufzubeschwören. Wir werden nach Osten gehen. Wenn ich die Beute wäre, die wir jagen, würde ich in den Hügeln am Fuß der Berge Sicherheit vor Wind und Stürmen suchen. Dort gibt es Südhänge und Fichtenwälder in den Schluchten. Es wäre eine gute Umgebung für unsere Beute.«

»Auch für ein Mammut?« fragte Umak.

»Ja, Umak. Wenn Lebensspender dort grast, dann wird es mein Herz beruhigen, ihn dort zu finden.«

Die Jäger suchten ein großes Gebiet nach Bärenspuren ab, doch ohne Erfolg. Sie erreichten die letzte Vorratsgrube, die von Drei Pfoten geplündert worden war, und kamen den weißen Bergen im Osten immer näher. Nach zwei Tagesmärschen zwang sie ein schneidender Wind zum Anhalten und Lagern. Stumm errichteten sie ein einziges Zelt. Sie hockten sich an ein kleines Feuer, das sie aus mitgebrachtem Zunder und trockenen Knochen entfachten, aßen ihre Rationen und teilten sie mit dem Hund. Während der Wind zunahm und ein matschiger Schnee fiel, schliefen sie ein.

Torka träumte unter seinem Wintermantel aus Karibufell von den gnadenlosen Geistern der Toten, die auf dem Wind ritten. Ihre Gestalten waren vollkommen menschlich.

*Mutter! Vater! Großvater Umak! Karana... Mahnie... Nantu... Navahk!*

Die Gestalt des toten Zauberers zerschmetterte seinen Traum und ließ ihn wie altes Eis zerbrechen. Unter diesem Eis sah ihn das Gesicht des mörderischen Navahk an und lachte. Weitere skelettierte Gespenster erschienen unter dem Eis seiner Erinnerungen. Sie tanzten wirbelnd auf den schimmernden, blauen Strömen der Nordlichter. Sie sangen die Lieder der Vergangenheit und des wilden, bergigen Landes der erbarmungslosen Eiszeit, das sich bis in die Unendlichkeit erstreckte.

*Komm!* riefen die Geister der Toten, als sich plötzlich ein großes Geistertier aus den Wolken und dem Schnee erhob, während die Toten Speere mit riesigen, schädelförmigen Spitzen in den fleischlosen Händen hielten.

Torka stockte der Atem, als der Geisterbär eine verstümmelte

Vorderpfote hob, um am Himmel zu zerren. Ein Regen von Speeren fiel aus den Wolken und den Händen der Toten. Der Geisterbär brüllte, und seine Pfote verwandelte sich in eine Hand. Die Hand fing die Speere auf und schleuderte sie Torka entgegen.

»Nein!« schrie er, doch es war schon zu spät. Sie hatten ihn tief in die Brust getroffen. Er zerrte an den Speeren und versuchte sie herauszuziehen, während die Geister ihn lockten.

*Komm! Warum suchst du nach deinem verlorenen Totem und dem Glück, das du niemals wiederfinden wirst? Laranis Verbrennungen haben Narben zurückgelassen, die niemals heilen werden. Nantus Geist ist ohne Kopf dazu verdammt, für ewig im Wind umherzuirren. Die Männer deines Stammes sind zerstritten und bezweifeln deine Entscheidungen. Der große Bär ist unauffindbar. Denn du bist zu alt. Alt! Für dich ist es an der Zeit, deine Seele gemeinsam mit uns dem Wind zu überlassen.*

»Nein!« wehrte sich Torka. Er war nicht alt! Er war noch nicht bereit zu sterben!

»Vater?«

Er blinzelte. Umak sah auf ihn herab.

»Ist alles in Ordnung? Du hast im Schlaf geschrien.«

Er fühlte sich plötzlich sehr müde, aber unendlich erleichtert. »Ein Traum... nur ein Traum.«

Umak nickte und legte sich wieder hin, um weiterzuschlafen.

Torka blieb wach. Er fand keinen Schlaf, wie er auch den Bären nicht fand. Er schloß die Augen, verfluchte das Tier und die Schmerzen, die tief in seinen Knochen steckten und vor diesem Winter noch nicht dagewesen waren. Er dachte an den alten Grek.

*Wirst du wissen, wann du alt bist?* Er verfluchte die Frage und zwang sich, an etwas anderes zu denken.

Irgendwann mußte er dann doch eingeschlafen sein. Als er erwachte, fühlte er sich sehr müde. Das Geräusch des Windes und des Schneefalls hatte aufgehört. Umak, Manaravak, Dak und die Jungen atmeten tief und gleichmäßig. Dann hörte er im Osten das einsame Trompeten eines Mammuts, und als Torka lächelte, verschwand seine Müdigkeit. Er wußte jetzt, daß die

Geister seines Traums nur die Gestalten seiner eigenen Furcht gewesen waren. Er war nicht alt! Er war noch nicht zum Sterben bereit!

Lebensspender hielt sich in den östlichen Bergen auf, wie er es schon immer gewußt hatte. Wenn das Mammut ihnen vorausging, würden sie bald auf Drei Pfoten stoßen, denn sie hatten endlich ihr Glück wiedergefunden!

Und dann kam Demmi mit Schneefresser zu ihrem Lager.

»Möge die Dämmerung diesen Jägern die Gunst der Geister bringen!« In ihrer schneeverkrusteten Winterkleidung stand sie stolz wie eine Löwin da und rief den traditionellen Morgengruß des Stammes. Während Gefährte aufsprang und sich schwanzwedelnd neben sie stellte, trat sie gegen einen der Pflöcke, die das Zelt hielten und sprang lachend zurück, als die Plane zusammenstürzte und die Männer und Jungen mit Schnee überschüttete.

»Steht auf, Männer des Stammes! Nehmt eure Speere! Diese Frau hat im Süden eine Spur der Beute gefunden, nach der ihr sucht — matschig und stinkend frisch!«

Die Männer wühlten sich aus dem Schnee und schüttelten sich.

»Was machst du hier?« fragte Dak. »Du mußt dich um unseren Sohn kümmern!«

»Schwan kümmert sich um Kharn. Mit ihr kommt er ohnehin besser zurecht.«

»Du hast keine Anweisung erhalten, diesen Jagdzug mitzumachen, Demmi!«

»Aber mir wurde auch nicht befohlen, zurückzubleiben, Dak!« Sie hob ihren Kopf. »Außerdem mußte ich nach Nayas Herausforderung dafür sorgen, daß meine beiden kleinen Brüder auch tatsächlich die Beute jagen ... und nicht sich selbst!«

Torka trat zwischen Dak und Demmi. »Habe ich dich richtig verstanden, Tochter? Du hast eine Spur unserer Beute gefunden?«

»Große, stinkende Fußspuren! Sie sind sogar noch größer als

die des Tieres, das zum Gehen nur eine Vorderpfote benutzt — eine Pfote ist etwa so groß!« Demmi hob ihre Hände, um eine Bärentatze anzudeuten, die fast so groß wie der Kopf einer solchen Bestie war.

Tankh sah bewundernd zu der jungen Frau auf. »Du bist sehr tapfer für eine Frau!«

Demmi strich dem Jungen freundlich mit dem Handschuh über den Kopf. »Für eine Frau, sagst du? Hättest du dich etwa allein über das Land getraut, nach dem, was mit Nantu geschehen ist?«

Dak wurde plötzlich wütend, schlug seine Frau mit der flachen Hand und riß sie dann an sich heran. Ihre Kapuze verrutschte, und er starrte ihr direkt ins verbitterte Gesicht. »Lächle nicht, wenn du den Namen meines armen toten Bruders aussprichst! So mutig bist du gar nicht. Oder hast du schon vergessen, daß ich es war, den du auf deinem letzten Alleingang mit einem Speerwurf und der Steinschleuder fast getötet hättest, als du in typisch weiblicher Panik hinter jedem Felsblock und jeder Nebelwolke einen Wanawut gesehen hast?«

Demmi löste sich aus seinem Griff und hob ihre Speere. Sie antwortete ihm mit ebenso großem Zorn. »Gibt es hier einen Mann oder einen Jungen, der sagen würde, daß ich besser zum Nähen und Windelwechseln geeignet bin als für die Jagd? Ja, ich bin eine Frau! Aber ich bin Demmi, die Tochter von Torka, und die Mächte der Schöpfung haben mich zu dem gemacht, was ich bin!«

»Geh zurück zu den anderen Frauen, wo du hingehörst!« verlangte Dak.

Sie schüttelte energisch den Kopf. »Ich bin da, wo ich hingehöre. Simu kann nicht mit euch jagen, weil er krank vor Trauer ist. Grek kann nicht mit euch jagen, weil er zu alt ist. Also werde ich mit euch jagen! Mein Speerarm ist stark. Meine Beine sind schnell, mein Herz ist mutig. Und mein Geist ist bereit, dem Räuber und Mörder eines Jungen gegenüberzutreten. Ich habe keine Angst vor ihm!«

Doch Dak war so wütend auf sie, daß er sie zu Boden warf.

»Einmal, nur *einmal* wirst du das tun, was ich dir sage!« schrie er sie an, während er über ihr stand. »Steh auf! Wir werden zusammen zum Lager zurückgehen!«

»Nein!« griff Manaravak ein. Er zitterte vor Wut, als er Dak von Demmi wegzerrte.

Torka sah, wie Dak den Arm hob. Der Häuptling packte Dak am Ärmel, bevor er Manaravak schlagen konnte. »Hört auf! Du hast das Recht, deine Frau zu maßregeln, Dak. Aber du wirst sie nicht prügeln! Halt dich da raus, Manaravak! Das ist nicht deine Angelegenheit. Steh auf, Demmi! Tu, was dein Mann befiehlt!«

Sie gehorchte stumm und stand mit gesenktem Kopf da.

Die Spannung war fast greifbar. Torka war überrascht, als Manaravak sie mit beschwichtigenden Worten löste. »Dak muß hierbleiben. Dak muß den Mörder seines Bruders jagen. Dieser Mann wird ein anderes Mal jagen.« Die Worte fielen ihm nicht leicht, ebensowenig wie die folgenden, die er mit einem Seufzen und Schulterzucken an seinen Bruder richtete. »Vielleicht wirst du den tödlichen Wurf anbringen. Wenn es so ist, Umak, denke daran, daß ich diesen Jagdzug verlassen habe. Wenn Naya dich wählt, habe ich es dir ermöglicht. Du mußt sie mit mir teilen. Aber darüber reden wir später. Jetzt wird Manaravak Demmi ins Lager zurückbringen.«

»Nimm deine dreckigen Wanawut-Hände von meiner Frau!« knurrte Dak mit tiefer, kehliger Stimme. Er klang wie ein Löwe, der einem anderen drohte, weil dieser sich zu nahe an seine Beute wagt.

Torka war entsetzt über das, was er in diesem Augenblick in Daks Gesicht sah – und in Manaravaks. Haß, Eifersucht, Bösartigkeit und Mordlust. Schnell trat er vor, nahm Demmi an der Hand und zog seine Tochter von beiden fort.

»Es reicht jetzt!« warnte er sie alle. »Die Beute, die wir suchen, wird wiederkommen und wieder töten. Wir müssen ihr Leben beenden, sonst wird kein Mann, keine Frau und kein Kind mehr sicher sein.« Er warf Demmi einen warnenden Blick zu. »Du hast die Spur gefunden, nach der wir gesucht haben. Führe uns hin. Du magst eine mutige und starke Frau sein,

Demmi, aber du bist auch unvernünftig und unreif. Du wirst mit uns gehen. Kein Mann wird diese Jagdgruppe deinetwegen verlassen.«

## 5

»Mutter, was ist los?« fragte Schwan. Sie saß mit den anderen Frauen und Kindern in der Sonne und beschäftigte sich mit kleinen Aufgaben, um sich von der Sorge um die Jäger abzulenken. »Du siehst so merkwürdig aus.«

»Ich weiß es nicht.« Lonits Worte kamen leise und zweifelnd. »Etwas beunruhigt mich — ein Gefühl, daß in diesem Augenblick etwas Schlimmes passiert.«

»Jeder macht sich Sorgen um die Sicherheit der Jäger«, sagte Schwan zu ihr. »Und daß Demmi ihnen gefolgt ist, macht es nur noch schlimmer.«

Noch während sie sprach, kam die kleine Yona heulend aus Greks Erdhütte gelaufen und fiel weinend in Ianas Schoß. Gleichzeitig trat Naya aufgeregt aus der Hütte heraus.

»Meine Puppe ist tot!« heulte Yona. »Sie ist voller Blut!«

Iana starrte sie fassungslos an. »Wo hast du diese Puppe gefunden, Yona?«

»Schneefresser hat sie mir gebracht. Naya will sie wegbringen und begraben! Sag Naya, daß sie meine Puppe nicht begraben soll!«

Iana nahm die Puppe, hob sie an ihre Nase und schnupperte am Blut. Dann stand sie langsam auf und starrte Naya mit kaum verhülltem Zorn an.

»Du wolltest sie also vergraben?«

»Ich...« Naya war so bleich geworden, daß sogar ihre Lippen weiß waren.

»Du wolltest sie genauso wie die anderen verschwundenen Puppen vergraben? Eine Puppe für jeden Mond? Du hast vor dem Stamm verschwiegen, daß du zur Frau geworden bist!«

»Nein!« Nayas Schrei kam so schnell und heftig, daß er sofort als Lüge durchschaut wurde.

Während alle Naya anstarrten, trat Iana vor und versetzte dem Mädchen einen so harten Schlag, daß es einmal herumgewirbelt wurde, bevor es in die Knie ging.

Grek stapfte wütend herbei. »Was geht hier vor? Du wirst mein kleines Mädchen nicht schlagen!«

»Dein kleines Mädchen ist eine verlogene, betrügerische *Frau*! Schau dir das an! Sie hat die Puppen unserer Yona gestohlen, um damit ihre Blutung aufzufangen! Vier Männer, eine Frau und unsere zwei Söhne sind auf einem Jagdzug und brauchen alles Glück, das die Geister gewähren können, und in diesem Lager hat dein kleines Mädchen seit mindestens zwei Monden verborgen, daß sie eine Frau ist! Sie hat uns belogen und getäuscht und die Söhne Torkas zum Narren gehalten. Sie hat jedem von beiden vorgegaukelt, er wäre das Objekt ihrer Begierde, während sie in Wahrheit keinen von beiden will. Sie hat jedes Tabu gebrochen, das für ihr Geschlecht gilt... und wir haben uns gewundert, warum die Mächte der Schöpfung diesem Stamm nicht mehr wohlgesonnen sind!«

Grek war so fassungslos, daß er keine Worte fand.

Langsam und würdevoll trat Lonit vor die Erdhütte von Grek. Sie streckte ihre rechte Hand aus und bedeutete Iana, ihr die Puppe zu geben. Sie nahm das von Hundezähnen zerkaute und mit aufgeweichtem Blut verschmierte Ding, um daran zu riechen, und ließ dann ihren Arm sinken.

»Ich verstehe«, sagte Lonit eiskalt. Dann kniete sie sich neben die verzweifelte Naya und hob mit der freien Hand das Gesicht des Mädchens. »Warum hast du das getan, Naya?«

»Ich... w-wollte bei G-Grek bleiben... a-als Mädchen... n-nicht als Frau... will m-mich n-nicht entscheiden...«

»Zwischen meinen Söhnen?«

Das Mädchen nickte betrübt.

»Aber du *mußt* dich entscheiden, Naya.« Lonits Stimme war sanft und voller Mitleid und Sorge. »Alle Mädchen werden einmal zur Frau. Du wirst feststellen, daß du davor keine Angst haben mußt.«

Eneela war aufgestanden und neben Lonit getreten. Sie starrte Naya schockiert an.

»Mein Nantu hat nur dich geliebt«, sagte Eneela zum Mädchen. »Wenn du geblutet hast und nicht in die Bluthütte gegangen bist, sondern mit den Männern in derselben Hütte geschlafen und gegessen hast, dann hast du die Seele jeden Mannes in diesem Stamm verunreinigt und das Unheil verursacht, das Nantu heimgesucht hat. Ich darf gar nicht daran denken, daß mein Dak jetzt dort draußen im Schnee ist, ohne Glück und ohne...«

»Keine weiteren Anschuldigungen mehr«, wurde sie von Lonit unterbrochen. »Naya gehört zu unserem Stamm. Sie hat Laranis Verbrennungen geheilt und Manaravaks Verletzungen gepflegt. Nantu ist tot, weil er nicht auf seinen Vater gehört hat. Dein Mann hat es selbst gesagt, Eneela.«

Eneela zitterte und konnte kaum ihre Tränen der Feindseligkeit zurückhalten.

»Ich verlange, daß Naya meine Hütte verläßt.« Ianas Stimme war unnachgiebig, während sie Grek anfunkelte und beide Hände schützend über ihrem dicken Bauch verschränkte. »Zum Wohl dieses Kindes, das ich in mir trage, und zum Wohl von Yona, Tankh und Chuk will ich sie nicht mehr in meiner Nähe haben!«

»Großvater!« jammerte Naya.

Doch Greks Gesicht war aschfahl. »Naya! Sag mir, daß du so etwas Schreckliches nicht getan hast!«

»Sie hat es getan!« sagte Lonit. Sie stand auf, nahm Naya an der Hand und zwang das Mädchen aufzustehen. Dann hob die Häuptlingsfrau sanft Nayas Kopf und sah ihr in die Augen. »Wird Naya von diesem Tag an die Wahrheit sagen und die Traditionen ihres Stammes ehren?«

Naya schluckte. »J-ja«, stammelte sie.

Lonit nickte. »Dann hör zu, was diese Frau dir jetzt sagt! Wenn die Jäger ins Lager zurückkehren, wird diese Frau Torka auffordern, den Rat einzuberufen und einen Mann für die neue Frau Naya auszusuchen, die das Recht auf eine eigene Entscheidung verwirkt hat. Naya wird zu ihrem Mann gehen – ganz gleich, wer es sein wird –, ohne sich zu beschweren. Bis es soweit ist, wird sie in Torkas Hütte wohnen. Naya hat auch das Recht verwirkt, durch das Fest geehrt zu werden, mit dem ihr neues Leben als Frau gefeiert worden wäre. Diese neue Frau wird keine Geschenke erhalten. Die Mächte der Schöpfung sollen sehen, daß der Stamm niemandem Ehre erweist, der das Glück aller in Gefahr bringt, um seine selbstsüchtigen Launen zu befriedigen.«

Menschen hatten ihre Methode, um Bären zu jagen. Aber auch Bären hatten ihre Methode, um Menschen zu jagen. Als sie bereits zur Hälfte in die Hügel vorgedrungen waren, führten die Spuren zunehmend durch verschneites Gelände, bis die Fährte zwischen unübersichtlichen Weidenbüschen und Schneewehen verschwand und Torka die Jäger anhalten ließ.

»Drei Pfoten hat uns eine Spur gelegt«, sagte Dak.

Seine Worte waren überflüssig, denn alle hatten es bereits erkannt. Aber nun war es bereits zu spät, weil sie der gelegten Spur schon gefolgt waren. Bevor sie sich in Verteidigungsstellung bringen konnten, stürmte die Bärin in einer aufstiebenden Schneewolke den Hügel herunter. Sie hatte die Schnauze erhoben und die Zähne gebleckt. Sie blitzten im Sonnenlicht durch den Geifer. Eine schlimmere Situation als ihre war für die Jäger kaum denkbar.

»Verteilen!« Torkas Befehl wurde augenblicklich befolgt. Die Jäger liefen in verschiedene Richtungen davon, während sich mehrere hundert Pfund Fleisch, Blut, Knochen und Fett hinter ihnen näherwälzten.

Demmi wurde hart von Dak und Manaravak angeschubst und verlor ihre Speere. Sie fiel auf die Seite und stauchte sich den Rücken. Dak warf sich auf sie und hielt sie fest. Dann rollten die beiden den steilen Abhang hinunter.

Manaravak stieß ein unheimliches Heulen aus, sammelte die Speere seiner Schwester ein und watete mit erhobenen Armen durch den Schnee hinter Dak und Demmi her, bis seine Schneeschuhe auch ihn zu Fall brachten. Er stürzte der Bärin direkt in den Weg. Torka, Tankh und Chuk, die sicher außerhalb der Angriffsrichtung des Tieres standen, versuchten auf dem rutschigen Abhang ihr Gleichgewicht zu bewahren und machten ihre Speere bereit. Sie rechneten damit, daß die Bärin zur Seite in ihre Richtung ausscheren würde, aber ihr Gewicht trieb sie unaufhaltsam vorwärts. Als sie vorbeikam, rief Torka: »Jetzt!«

Er und die Jungen warfen ihre Waffen. Die Bärin wurde getroffen – von drei Speeren. Doch keiner war tödlich. Die Bärin stürmte weiter den Abhang hinunter auf den gestürzten Manaravak und auf Dak und Demmi zu, die ein Stück weiter benommen dalagen.

»Nein!« schrie Umak. Er stand mit Gefährte neben dem Schlitten in einer relativ sicheren Position, da die Bärin vermutlich an ihm vorbeischießen würde – wenn er nichts unternahm.

»Manaravak!« rief Umak verzweifelt. »Steh auf! Halt einen Speer bereit, wenn du kannst!«

Dann drehte er sich um, nahm den Schlitten und fand genug Kraft und Gleichgewicht, um ihn der Bärin in den Weg zu stoßen. Umak sprang in dem Augenblick zur Seite, in dem ihre kranke Pfote mit dem Schlitten in Kontakt kam. Sie brüllte vor Schmerzen und Verwirrung auf, während Gefährte einen Satz machte und sich auf ihrer häßlich vernarbten Seite festkrallte. Sie wurde aus dem Gleichgewicht geworfen und stürzte kopfüber hin. Der Hund wurde in den Schnee gewirbelt. Umak stieß seinen Speer mit aller Kraft in die Schulter der Bärin und in ihre Lunge.

Ein Stück tiefer blickte Manaravak auf, sah alles, versuchte aufzustehen und rollte nach links weg. Endlich schaffte er es, sich von seinen Schneeschuhen zu befreien, kam auf die Knie und erwartete mit erhobenem Speer die Bärin.

Torka jubelte begeistert. Was hatte Lonit ihm für wunderbare Söhne geschenkt!

Die Bärin spuckte Blut. Speere ragten aus ihrem Fell. Bei ihrem Sturz brachen sie ab und wurden gleichzeitig tiefer in ihren Körper getrieben. Als sie vor Manaravak zum Halt kam, warf Torka seinen zweiten Speer. Tankh und Chuk taten es ihm nach. Vom Boden der Schlucht schleuderte Dak die einzige Waffe, die ihm noch geblieben war.

Die große Bärin blutete und keuchte gurgelnd, als sie mit ihrer verletzten Lunge zu atmen versuchte. Dann wollte sie wieder aufstehen. Jetzt würde Manaravak den letzten Stoß anbringen, und Drei Pfoten würde sterben. Doch Manaravak rührte sich nicht. Er hockte immer noch auf Knien da und hielt seinen Speer bereit, aber er warf ihn nicht.

Torka bekam einen furchtbaren Schrecken, als er feststellte, daß das von Verbrennungen entstellte Geschöpf gar nicht mehr wie ein Bär aussah. Wie es so aufrecht dastand und seine Arme bewegte, sah es weder wie ein Bär noch wie ein Mensch aus. Es glich einem anderen Tier – dem einzigen Geschöpf, das sein Sohn niemals würde töten können – dem Wanawut. Demmi erkannte es ebenfalls. »Manaravak!« Ihr Schreckensschrei schnitt durch die Luft.

Manaravak hörte nicht auf sie. Ruhig, als würde er keine tödliche Gefahr fürchten, legte er seinen Speer auf seine Schenkel.

Drei Pfoten reckte sich zu voller Größe auf und hob ihre blutüberströmten Arme und den Kopf. Blut und Speichel regnete auf Manaravak herab, und Torka wußte, daß mit seinem Sohn auch ein Teil von ihm sterben würde.

Zwei Speere kamen von oben herabgeflogen. Einer verfehlte sein Ziel, der andere traf. Umak und Torka stapften durch den Schnee abwärts, wedelten mit den Armen und heulten wie die Wölfe, um mutig das Tier zu vertreiben.

Doch es war zu spät. Manaravaks Zögern rächte sich. Die Bärin stürzte sich mit furchtbarer Wildheit auf ihn, kurz bevor Umak hinzusprang und den tödlichen Wurf anbrachte.

Die tote Bärin begrub Manaravak unter sich. Die rasende Demmi sprang auf den Kadaver, stach immer wieder hinein und schluchzte verzweifelt. Dak schrak vor ihrem wilden Ausdruck der Trauer zurück. Alle mußten gemeinsam anpacken, um die junge Frau wegzuzerren und die tote Bärin von Manaravak herunterzurollen.

»Er sieht aus wie tot, aber ich glaube, er atmet noch!« rief Torka.

Voller Angst, sich falsche Hoffnungen zu machen, kniete Torka nieder und drückte seine Fingerspitzen an Manaravaks Kehle, wobei er versuchte, vor dem Ausmaß seiner Verletzungen nicht zurückzuschrecken. Ja, es war noch ein Puls spürbar!

»Manaravak lebt!« verkündete er.

Umak stand mit grimmigem Gesichtsausdruck neben ihm. »Aber nicht mehr lange, wenn wir seine Blutungen nicht stillen. Tankh und Chuk, holt meinen Medizinbeutel! Er ist am Schlitten festgebunden. Beeilt euch!«

Demmi kniete sich neben Umak und ihren Vater. Ihr Gesicht wurde bleich. »Seht ihn nur an, meinen Bruder, meinen schönen Bruder!« schluchzte sie und klammerte sich an Manaravak, als wolle sie ihn nie wieder loslassen.

»Demmi, so kannst du ihm nicht helfen. Laß ihn los, Tochter!«

Torka versuchte, sie sanft zurückzuziehen, aber sie wollte sich nicht beruhigen lassen. Dak und Umak mußten ihm helfen, sie von ihm zu lösen und fernzuhalten. Torka war gereizt. Um Manaravaks willen kämpfte er seinen Zorn gegen Demmi nieder, der in ihm aufkochte. Manaravaks Atmung deutete an, daß seine Rippen gebrochen und vielleicht auch seine Lungen verletzt waren. Er war teilweise skalpiert worden, und die Krallen der Bärin hatten schwere Kratzwunden am Rücken, auf den Armen und in der linken Gesichtshälfte gerissen. Seine furchtbaren Wunden mußten genäht und verbunden werden, damit er nicht am Blutverlust starb. Dak, der neben Demmi stand, bemerkte, daß auch Umaks Arm heftig blutete. Aber der Zauberer war so um seinen Bruder besorgt, daß er seine eigenen Schmerzen und Verletzungen gar nicht bemerkte. Als Tankh und Chuk mit dem Medizinbeutel zurückkehrten, nahm Dak ihn an sich, öffnete ihn und holte ein Stück Verbandsleder heraus. »Ich kümmere mich um den Zauberer«, kündigte er an.

Umak ließ erst zu, sich verbinden zu lassen, nachdem Torka das Ausmaß seiner Verletzung gesehen hatte und darauf bestand, daß Dak sich um ihn kümmerte.

»In den kommenden Tagen und Nächten wird der Stamm nur über diese Jagd sprechen und darüber, wie Umak sein Leben riskiert hat, um seinen Bruder zu retten«, sagte Torka zu seinem erstgeborenen Sohn.

Umak nahm das Lob schweigend an und ließ zu, daß Dak ihn verarztete. Dann machten er und Dak sich mit Demmi an die Aufgabe, Manaravak so zu versorgen, daß er sicher ins Lager zurückgebracht werden konnte. Vater, Tochter und Sohn arbeiteten schweigend zusammen.

Da er nicht helfen konnte, ging Dak mit Tankh und Chuk zum Kadaver der Bärin. »Wir müssen einen Bären enthäuten«, sagte er zu ihnen. »Wir müssen damit fertig sein, bis Manaravak für die Reise bereit ist.«

Als Chuk später zu ihm kam, war Umak so beschäftigt, daß er gar nicht auf ihn achtete.

»Sieh mal, Umak! Dak sagte mir, ich soll dir das hier zeigen. Es ist eine von deinen Speerspitzen. Dein Speer hat die Bärin getötet. Du bist jetzt derjenige, der Naya bekommt, nicht wahr, Umak?«

Umak sagte nichts und vernähte weiter Manaravaks Augenbraue. Sein Bruder atmete sehr flach. Die Farbe seines Gesichts wies darauf hin, daß er unter Schock und vielleicht sogar kurz vor dem Tod stand. Naya war das letzte, was ihn jetzt interessierte. Selbst wenn sie neben ihm gestanden und ihn angefleht hätte, sie zur Frau zu nehmen, hätte er sie weggeschickt.

# 6

Die Jagdgruppe hatte zwei Tage und eine Nacht gebraucht, um Manaravak zurück ins Lager zu bringen. Jetzt kämpfte der Sohn Torkas in seiner Erdhütte mit dem Tod. Er war noch immer bewußtlos.

Mit Hilfe von Schwan, Sommermond und Demmi kümmerte Lonit sich um ihn. Sie befahl Naya, ihren eigenen Beutel mit Heilmitteln aus der Hütte ihres Großvaters zu holen, um Manaravaks Fieber und Demmis Rückenschmerzen zu lindern.

Draußen wurde im Zentrum des Lagers das Fell der großen Bärin vom Schlitten genommen und entfaltet. Das Fleisch, das darin lag, wurde aufgeteilt, aber niemand wollte davon essen, bevor Manaravak sich erholt hatte oder gestorben war. Der Stamm bereitete sich darauf vor, zu fasten und zu den Mächten der Schöpfung zu beten.

Torka berief den Ältestenrat nicht ein. Nachdem er unter vier Augen mit Lonit über Naya gesprochen hatte, rief er den Stamm zusammen und sagte: »Wir wollen keine weiteren Traditionen und Tabus mehr brechen, damit wir nicht alle unter der Gedankenlosigkeit und Nachlässigkeit einiger weniger leiden müssen.« Er drehte sich um und zeigte auf Umak. »Auf der Jagd hast du den tödlichen Wurf angebracht. Alle haben deine Tapferkeit gesehen. Der Stamm soll wissen, daß die Enkelin von Grek jetzt die Frau von Umak ist. Es wird keine Zeremonie und keine Geschenke geben.«

Umak war zu verblüfft, um etwas zu erwidern. Das Mädchen mußte während der Abwesenheit der Jäger zur Frau geworden sein, aber wie konnte sie nur so kurze Zeit in der Bluthütte verbracht haben? Was hatte sie getan, das Iana und Torka so wütend machte und Grek beschämt den Kopf hängen ließ? Plötzlich wurde Umak zornig. Jetzt war nicht die Zeit für einen Mann, an eine Frau zu denken – nicht einmal an Naya.

»Ich werde keine Frau zu mir nehmen, solange das Schicksal meines Zwillingsbruders noch nicht von den Mächten der Schöpfung entschieden wurde!« verkündete er. »Und ich hätte die Bärin nie töten können, wenn mein Bruder sich ihr nicht in den Weg gelegt hätte. Wir haben sie gemeinsam erlegt!«

Nach diesen Worten gab er Torka keine Gelegenheit, ihm zu widersprechen. Er warf seinen Mantel ab und legte sich das Fell der Bärin um. Er blies eine Flöte aus einem ausgehöhlten Bärenknochen und flehte die Mächte der Schöpfung mit einem eindrucksvollen Tanz an, das Leben seines Bruders zu retten.


Naya starrte Umak an und kämpfte gegen ihre bohrenden Kopfschmerzen. Der Zauberer tanzte vor ihr. Doch ihr gefiel weder sein Tanz noch wie er im schrecklich verstümmelten Fell der Bärin aussah. Sie haßte das Fell, und sie bereute es, jemals darum gebeten zu haben. Wenn er versuchen sollte, es ihr zu geben, würde sie es abweisen. Sie wollte nichts damit zu tun haben, ebensowenig wie mit ihm. Er sah überhaupt nicht mehr wie Umak aus. Er wirkte riesig, drohend und auf furchterregende Weise männlich. Sie erhaschte einen kurzen Blick auf seinen Körper unter dem Fell, der bis auf die Bemalung und die Reifen aus Federn und Knochen um seine Hand- und Fußgelenke splitternackt war.

Wie anmutig er war. Wie beeindruckend! Und auch wie angsteinflößend! Er war mächtiger, als sie bisher gedacht hatte, nicht so groß wie Manaravak, aber mit breiteren Schultern. Seine Hüften und sein Bauch waren genauso schmal, und sein Organ so groß, daß sie bei seinem Anblick erschrocken keuchte. Wie mußte es erst sein, wenn es angeschwollen war?

Umaks Glied, das mit denselben roten und schwarzen Spiralen bemalt war wie der Rest seines Körpers, wirkte bedrohlich. Es war groß genug, um im Körper einer Frau steckenzubleiben, Schmerzen zu verursachen und zartes Fleisch zu verletzen. Mit erschrocken aufgerissenen Augen erinnerte sie sich an die Hunde und an den Wanawut aus ihrem Alptraum. Ihr wurde übel vor Angst, als sie zum ersten Mal dieses Körperteil von Umak sah. Wenn Torka oder Umak nicht ihre Meinung änderten, würde der Zauberer sie in seine Hütte holen können und... Es war ihr unmöglich, daran zu denken, aber sie konnte auch nicht den Blick abwenden.


Ein Tag und eine Nacht wechselten sich schnell im Lager am Fluß ab. Und während der ganzen Zeit hielt Larani stumme Wache, während der todkranke Manaravak in seiner Hütte lag. Sie saß in ihren Fellen vor der Erdhütte ihres Vaters, ohne etwas zu essen und ohne zu schlafen. Sie betete zu den Geistern, Manaravak zu verschonen. Und die ganze Zeit über tanzte Umak, bis er so gebückt wie der alte Grek ging und so schwere Füße hatte wie das Mammut, das in den östlichen Bergen trompetete. Doch er setzte seinen Gesang fort und unterbrach ihn nur, wenn Honee und Jhon ihm Wasser brachten, um seine trockene Kehle anzufeuchten. Er wollte nichts essen und auch nicht schlafen, bis er sicher war, daß die Seele seines Bruders wieder sicher in ihrem Körper war.

Nur die Anwesenheit des Mammuts hielt Torka davon ab, völlig den Mut zu verlieren, und nur Lonits versöhnliches Herz gestattete Naya den Zugang zu Manaravaks Hütte, damit sie ihm mit ihrer Heilkunst helfen konnte. Naya zeigte tiefe Sorge, als sie neben Manaravak kniete und den kunstvoll geschnitzten Talismann abnahm.

»Unser helfender Geist«, flüsterte sie ihm zu. »Ich habe dir den Hasen mit den verkohlten Ohren gebracht, damit er dir hilft. Siehst du?«

Manaravak sah nichts. Er fieberte. Die junge Frau legte ihm vorsichtig das Amulett um den Hals. »Es ist ein sehr wertvolles Geschenk, aber du brauchst seinen Zauber jetzt mehr als ich. Der helfende Geist wird dich heilen und wieder stark machen.«

Naya kümmerte sich zwei weitere Nächte und Tage um ihn. Ihr Gebräu aus zerstampften roten Beeren und pulverisierten Blüten von getrocknetem Tausendblatt in Weidenbrühe begann, Manaravaks Fieber und Schmerzen zu lindern. Er atmete wieder ruhiger. Obwohl er immer noch im Fieberwahn schwitzte, lachte er manchmal laut auf.

Durch ihre Unterstützung konnte Lonit gelegentlich schlafen, während Demmi das Mädchen mit müden und vorwurfsvollen Augen bewachte. »Es scheint, daß deine alte Großmutter Wallah dich gut unterrichtet hat«, mußte Demmi widerstrebend zugeben. »Anscheinend bist du gar nicht so nutzlos.«

Am Morgen des dritten Tages ließ Manaravaks Fieber nach. Er bat um Wasser. Naya brachte es ihm in einem Schlauch aus eingefetteter Harnblase und hielt ihm die Tülle aus poliertem Knochen an die Lippen. Im gleichen Augenblick kam Lonit durch die Felltür. Sie hockte sich neben ihren Sohn, strich ihm über die Stirn und beugte sich herab, um ihn zu küssen. Sie lächelte und konnte ihre Freudentränen kaum zurückhalten.

»Oh, Demmi! Es scheint, daß das Schlimmste endlich überstanden ist! Und Naya, wie kann ich dir nur danken?«

Umaks heiserer und müder Gesang drang in die Stille der kleinen Hütte. Naya lauschte und erinnerte sich an den Anblick des Zauberers, wie er im Bärenfell mit bloßem Glied getanzt hatte – das ihr riesig und gefährlich erschienen war. Sie blickte zu Lonit auf und zögerte nicht einen Augenblick. »Sag dem Häuptling, daß ich noch nicht dazu bereit bin, Umaks Frau zu werden. Bitte ihn, mich nicht zu drängen.«

Lonits Lächeln verschwand. »Naya, du verlangst zuviel von mir. Trotz all deiner Hilfe, wie kann ich Torka nach allem, was du getan hast, um so etwas bitten?«

Manaravak hob seine Hand und schloß sie schwach um das Handgelenk seiner Mutter. Er hatte keine Ahnung, auf welche Taten Nayas Lonit sich bezog. Trotzdem sprach er die zwei Worte. Zu mehr hatte er keine Kraft. Es waren nur zwei einfache Worte – doch sie waren wie zwei Sandkörner, die den Felsblock des Schicksals lösen und eine Lawine über sie alle hereinbrechen lassen würden. Zwei Worte.

»Bitte ihn!«


Torka war so müde, daß ihm die Bitte seiner Frau unwichtig erschien. »Gib Naya das Recht der Wahl zurück! Manaravak begehrt sie noch immer.«

»Das kann ich nicht«, sagte er. Er hatte den verlangenden Blick in Umaks Augen nicht vergessen, als dieser gesagt hatte: *Ich will sie. Ich begehre sie mehr als alles andere in meinem Leben.* »Umak hat sich das Mädchen verdient. Allerdings verstehe ich nicht, was er – oder Manaravak – an ihr findet.«

»Manaravak wäre gestorben, wenn sich Greks Enkelin nicht um ihn gekümmert hätte. Dafür verdient sie ein gewisses Entgegenkommen. Außerdem war Umak nicht gerade bereit, sie anzunehmen, als du sie ihm zugesprochen hast.«

»Aus gutem Grund. Ich habe in dieser Angelegenheit bereits entschieden, Lonit. Vor dem gesamten Stamm habe ich ihre Strafe bekanntgegeben.«

»Widerspricht es den Traditionen deiner Vorfahren, wenn ein Häuptling seine Meinung ändert?«

»Ich werde nicht zulassen, daß meine Söhne sich wegen Naya gegenseitig an die Kehle springen!«

»Das werden sie nicht tun. Ihre Liebe zueinander ist tief und stark. Laß das Mädchen entscheiden. Wirklich, das ist die einzige Möglichkeit, wie jemals Frieden zwischen ihnen einkehren kann.«

Er schloß die Augen, hielt sie in seinen Armen und spürte, wie ihre Wärme seine Müdigkeit linderte. »Einen Mond... soviel Zeit will ich ihr geben.«

»So krank, wie Manaravak ist, wird das nicht ausreichen. Es soll später nicht heißen, daß sie sich aus Mitleid für einen kranken Mann wie Manaravak entschieden hat.«

Er begann bereits einzuschlafen. »Dann eben so lange, bis die Zeit des Lichts gänzlich ins Tal des Großen Flusses zurückgekehrt ist. Wenn die Mächte der Schöpfung uns wohlgesonnen sind, müßte der Verwundete bis dahin wieder gesund und bei Kräften sein.«

»Ja«, stimmte sie zu, gähnte und kuschelte sich an ihn. »Wenn die Mächte der Schöpfung uns wohlgesonnen sind. So wird es gut sein, und ich bin sicher, daß Umak es verstehen wird.«


Der Zauberer grübelte. Er fühlte sich von seinen Eltern hintergangen und konnte nicht verstehen, warum Naya verschwiegen hatte, daß ihre Blutzeit angebrochen war. Ebensowenig verstand er, wieso sie nach ihrer Entlarvung Torkas Strafe nicht als Erfüllung ihrer eigenen Wünsche angesehen hatte. Er fluchte leise. Torka hatte sie ihm gegeben! Doch jetzt war die Entscheidung rückgängig gemacht worden, und als ob diese Demütigung nicht schon genug wäre, ging ihm Naya auch noch aus dem Weg.

Umak knirschte mit den Zähnen. Manaravak war nur deshalb am Leben, weil Umak bereitwillig sein Leben riskiert hatte, um ihn zu retten. Und während Umak nackt im kalten Wind getanzt und zwei Tage und eine Nacht lang gefastet hatte, um die Geister zu beschwören, das Leben seines Zwillingsbruders zu schonen, hatte Manaravak ihre Mutter gebeten, sich ihm zuliebe für Naya einzusetzen... und ihm damit eine Chance zu geben, ihre Gunst wiederzugewinnen.

Umak zitterte vor Enttäuschung und Zorn. Wie hatte Lonit sich nur einverstanden erklären können, für ihn zu sprechen? Und wie hatte Torka einwilligen können? Er verstand es nicht. Und er war nicht sicher, ob er es überhaupt verstehen wollte.

7

Die Sonne blieb jeden Tag länger am Himmel. Es lag noch Schnee, und immer noch trieben Stürme über das Land, aber sie schienen in ihrer Stärke nachgelassen zu haben. Der Schnee änderte seine Konsistenz, und zwischen den Stürmen lag ein Hauch von Frühling in der Luft. Die Menschen rochen und spürten es. Sie wußten, daß es nicht mehr lange bis zum Mond des Aufbrechenden Eises war. Und danach würde der Mond des Grünen Grases über dem Tal des Großen Flusses aufgehen. Dann war auch der Sommer nicht mehr weit. Als sie wußten, daß ihre Sehnsucht nach langen Tagen des Lichts und der Wärme bald befriedigt sein würde, hellte sich die Stimmung der Menschen auf, und allmählich schienen die Spannungen des langen Winters von ihnen abzufallen.

In der Hütte Simus erhob sich Eneela, als sie von Sommermonds Willkommenslied für die zurückgekehrte Sonne geweckt wurde. Die junge Frau saß draußen mit Uni im schwachen, aber wohltuenden Sonnenlicht. Das Kind klatschte in die Hände und summte fröhlich mit.

»Meine Sommermond singt wie ein Vogel«, sagte Simu anerkennend, als er sich neben Eneela aufrichtete und lächelte. Während der vergangenen Tage und Nächte hatte er sich langsam verändert – der Wahnsinn des untröstlichen Kummers war von seiner Seele gewichen. »Das Baby, das sie erwartet, hat sie glücklich gemacht.«

»Und dich«, sagte Eneela.

Sein Gesicht verzerrte sich vor Glück, Trauer, Verlangen und Bedauern. »Ja«, gab er zu. »Es wird gut sein, wieder ein Baby in den Armen zu halten und den Sommer zu sehen und ...«

Er sprach weiter, aber Eneela hörte nicht mehr zu. Sie starrte auf ihre Hände. Sie waren abgearbeitet, schwielig und hatten dicke Knoten an den Gelenken. Sie sahen wie totes Holz aus, das man auf die Schlaffelle geworfen hatte. Es waren die Hände einer alten Frau. Aber wie war das möglich? Mit sechsunddreißig war sie fast genauso alt wie Lonit. Trotzdem brauchte sie nicht das ruhige, spiegelnde Wasser eines Tundrateiches, der ihr sagte, daß sie älter als die Frau des Häuptlings aussah. Das sagten ihr ihre Hände und das Gewicht ihrer Brüste, die vor ihrem Bauch hingen. Sie waren einst ihr ganzer Stolz gewesen. Schöne, feste und üppige Brüste voller Milch für ihre Babys und manchmal auch für die Babys anderer Frauen, die nicht genug Milch für ihre eigenen Säuglinge hatten. Es waren schöne Brüste gewesen, an denen ihr Mann viel Freude gehabt hatte.

Doch nun saß Simu da und lauschte seiner zweiten Frau, der lieblichen Sommermond, deren schlanker Körper neues Leben in sich trug. Als sie das fröhliche Lied der wesentlich jüngeren Frau hörte, wurde Eneela traurig und sehnte sich nach ihrer verlorenen Jugend und ihren toten Kindern zurück. »Eneela! Warum weinst du?« fragte Simu besorgt.

Erschrocken bemerkte sie, daß ihr Tränen über die Wangen liefen. Beschämt wischte sie sie weg, doch dabei fiel ihr Blick wieder auf ihre Hände, und sie begann erneut zu schluchzen. »O Simu, Nantu ist tot und Larani verbrannt, und ich bin eine alte, häßliche Frau!«

Er umarmte sie leidenschaftlich. »Du? Du bist meine erste Frau, Eneela! Noch viele Jahre werden vergehen, bis wir gemeinsam alt werden. Später werden Sommermond und die Kinder, die sie noch von mir bekommt, sich um uns beide kümmern!« Er lachte zum ersten Mal seit Nantus Tod. Lächelnd drückte er sie auf die Schlaffelle zurück. »Was redet meine

Eneela da überhaupt? Wer sagt denn, ich könnte dir nicht noch ein Baby machen?«

In seinen Augen war das Feuer eines jungen Mannes. Es wärmte sie, und sie errötete. »Ich will nicht alt sein, Simu.«

»Aber du bist doch nicht alt, Eneela! Und du bist jetzt bei mir. Laß uns beide für eine Weile wieder jung sein!«


An einem klaren Tag, der bereits den kommenden Frühling ankündigte, hielt Umak Naya auf, die gerade zu dem Ort unterwegs war, an dem die Frauen sich erleichterten. Er stand schweigend da und versperrte ihr den Weg, bis sie mit zitternder Unterlippe ihr Kinn hob.

»Wie geht es meinem Bruder?« fragte er.

Sie hörte den unausgesprochenen Tadel in seiner Stimme und begann zu stammeln. »B-besser. Jeden Tag g-geht es ihm besser.«

»Und wie geht es meiner Naya?«

Sie riß die Augen auf. »Ich...«

»Wirst du jemals ›meine‹ Naya werden?«

»Ich...« Sie starrte ihn an. Ihre schwarzen Pupillen schienen im Weiß ihrer Augen zu schweben... wie zwei große schwarze Monde, die in Schatten gehüllt waren. Es war, als würde er in die Augen einer blinden Frau blicken. Plötzlich machte er sich Sorgen um sie.

»Geht es dir nicht gut, Naya?«

»Doch! Warum sollte es mir nicht gutgehen?«

Umak kam der Gedanke, daß sie sich aus Sorge um seinen Bruder zu wenig um sich selbst kümmerte. Sie hielt ihre Lippen nicht mit Fett feucht. Eine Frau, die sich nicht einölte, würde bald austrocknen wie ein vergessenes Stück Leder, das zu lange in der Sonne gelegen hatte. Doch er konnte sich vorstellen, sie selbst dann noch zu lieben.

»Laß mich vorbei, Umak!« verlangte sie. Er wollte sie nicht durchlassen, aber ihm blieb keine Wahl. Also trat er beiseite. Als sie vorbeieilte, fragte er sie noch einmal. »Naya, warum hast du mich abgewiesen?«

Ohne ihre Schritte zu verlangsamen, warf sie ihm über die Schulter einen Blick zu und lächelte ihn mit einem unerwarteten Kichern an. Dann sprach sie die Worte, die in seinem Herzen wieder die Sonne scheinen ließen. »Ich habe dich überhaupt nicht abgewiesen!«


Wenn es das Wetter erlaubte, spielten die Kinder jetzt draußen, während die Frauen ihre Näharbeiten aus den Erdhütten holten und die Männer damit begannen, im Tageslicht neue Speere anzufertigen.

Obwohl Manaravak immer noch schwach, voller Schmerzen und nicht ganz fieberfrei war, sehnte er sich nach der Wärme der Sonne und kroch nach draußen, um sich im Windschatten vor seine Erdhütte zu setzen. Naya und Demmi hielten sich in der Nähe auf und sorgten dafür, daß ihn seine Schlaffelle warmhielten. Jetzt, wo Manaravak außer Gefahr war, gab er Naya den Talismann mit Dank zurück. Lonit lächelte ihn an, als sie ihm eine neue Rückenlehne brachte, und Sayanah kam mit den anderen Jungen, um die Wunden seines Bruders zu bewundern.

»Seht nur! Er wird viele Narben haben!« erklärte Sayanah voller Ehrfurcht und Neid, denn unter Jägern war ein Mann ohne Narben ein Feigling, der nie sein Leben riskiert hatte.

Larani kam in diesem Augenblick ganz zufällig vorbei. Sie blieb stehen, trat etwas näher heran und lächelte leicht. »Narben, sagst du? Du magst Narben, Sayanah?«

Larani versteckte sich schon lange nicht mehr unter ihren Schlaffellen, aber sie trug immer noch ein Stück Leder wie eine Kapuze über dem Kopf. Sayanah sah zu ihr auf, als hätte er Angst, daß sie sie abnehmen würde.

Sie seufzte schulterzuckend und bedachte Manaravak mit einem kühlen Blick. »Hmm, ja, Sayanah hat recht. Du wirst viele Narben haben, aber vielleicht siehst du damit ›gar nicht so häßlich‹ aus, wenn du wieder gesund bist!«

Manaravak sah zu Larani hoch. Er konnte unter der Kapuze nur ihre unverbrannte Gesichtshälfte erkennen, die ihn anlächelte. Ihre Augen funkelten belustigt. Plötzlich erinnerte er sich wieder und erkannte, daß sie ihn absichtlich mit seinen eigenen Worten verspottet hatte. War es möglich, daß er so herzlos zu ihr gewesen war? Das hatte er nicht beabsichtigt.

Trotz ihrer stolzen Haltung zeigte sich Mitleid auf ihrem Gesicht, und sie lachte — nicht über ihn, sondern mit ihm, als wären sie beide das Opfer eines makabren Scherzes geworden. Sieh nicht so finster drein! Du bist doch am Leben und hast noch alle Glieder!«

Plötzlich drehte sich der Wind ohne jede Vorankündigung und entblößte Laranis Kopf, bevor sie ihre Kapuze packen konnte und sie sich wieder überziehen konnte.

Im hellen Tageslicht sahen ihre Narben schrecklich aus. Der dunkle Schorf war größtenteils abgefallen, und die neue Haut darunter schimmerte rötlich. Sie sah wie die winzigen Blütenblätter der Rhododendronbüsche aus, die in den hochgelegenen Bergtälern wuchsen. Ihr fast völlig verbranntes Haar wuchs jetzt auf der unversehrten Kopfseite nach. Es waren dicke schwarze Stoppeln, die in einem bläulichen Glanz schimmerten. Es erinnerte ihn an die Mähne eines jungen Pferdes, denn wo es lang genug war, hatte sie es zur Seite gekämmt, damit es über die Stellen fiel, wo nie wieder Haare wachsen würden. Mit der Zeit würde sie auf diese Weise ihre Entstellung verbergen können.

»Was starrst du so? Hast du alles gesehen? Bin ich nicht wunderschön?« Die junge Frau hob ihren Kopf. Ihre Augen blitzten, und ihre Nasenflügel bebten trotzig, als sie Manaravak aufforderte, seine Ekelgefühle auszusprechen.

Doch er empfand keinen Ekel. Er dachte, daß sie auf eine seltsame Weise wirklich schön war, nachdem das Feuer ihr eine neue Gestalt gegeben hatte. Und sie erinnerte ihn irgendwie an das brennende Pferd, das in den Abgrund gesprungen war. War die Seele des Pferdes in der Tochter von Simu und Eneela wiedergeboren worden? Der Gedanke faszinierte ihn ebensosehr wie der Anblick der starken, aufsässigen Frau. Was waren seine Schmerzen und Narben im Vergleich zu Laranis Tapferkeit?

»Nun?« drängte sie ihn überheblich. »Ist dir von meinem

Anblick so übel geworden, daß du nicht mehr sprechen kannst?«

Er schüttelte den Kopf. Es tat weh, aber das war ihm egal. Er wandte seinen Blick nicht von Larani ab. »Du bist wunderschön.«

Sie erstarrte. Sie suchte in seinen Augen nach Spott, und als sie keinen darin fand, konnte sie es nicht glauben. Ihr Mund wurde zu einem dünnen, geraden Strich. »Du bist ein Lügner... oder ein Blinder!« sagte sie, drehte sich ohne ein weiteres Wort um und ging fort.


Wolken zogen von Nordwesten heran und verhüllten die Sonne. Abends begann es zu regnen. Es war ein dünner, kalter Regen, der entfernt nach Salz und anderen, unbekannten Substanzen roch.

Umak stand im Regen und ließ ihn sich über das Gesicht und in den Mund laufen. Seit Naya ihn wieder ermutigt hatte, war er in guter Stimmung gewesen. Er sprach sogar wieder mit Manaravak. Schließlich konnte er es sich erlauben, nicht nachtragend zu sein. Er hatte mit eigenen Augen gesehen, wie Naya seinem Bruder den Talisman zurückgegeben hatte. Die Enkelin von Grek würde endlich doch seine Frau werden. Er war sich ganz sicher!

Die Nacht brach an. Als er jetzt den Geisterwind rief, damit er ihm die Bedeutung dieses Regens enthüllte, der wie verwässertes Blut schmeckte, drehte sich der Wind, und der Geschmack verschwand. Umak sah darin keine Bedrohung. Der Regen hielt fast die ganze Nacht an. Kurz vor der Morgendämmerung ging er in Schneeregen über. Und dann, gerade als sie alle gehofft hatten, daß der Winter vorbei wäre, kehrte die Kälte zurück, als befände sie sich auf einem Rachefeldzug. Die Hütten wurden vereist, und Eiszapfen funkelten im Licht der Sonne, die zwar strahlend schien, aber keine Wärme spendete.

Dann wurden unter treibenden Wolken endlich die Karibus gesichtet, die aus den fernen Bergen in das Tal des Großen Flusses kamen. Die Männer bereiteten sich auf die Jagd vor, und die

Frauen auf das Schlachtfest. Der Häuptling sagte, daß die Kälte ein Geschenk der Geister sei, damit die Jäger den immer noch gefrorenen Fluß überqueren und die Karibus auf der anderen Seite des Tals erreichen konnten.

Torka führte die Männer des Stammes zur fernen Herde. Umak war froh, daß Manaravak noch nicht gesund genug war, um sie zu begleiten. Gefährte sprang vergnügt an seiner Seite, und er war zuversichtlich, daß er diesmal Geschenke für Naya mitbringen würde. Manaravak konnte nichts tun, um ihn aufzuhalten.

In ihren Jagdumhängen schlichen sie sich an, und mit ihren Speeren erlegten sie die Karibus. Dies war die erste Jagd des Jahres. Es gab keine Beschränkung in der Anzahl der Tiere, die getötet werden durften. Irgendwann kamen Wölfe und Hunde aus den schneebedeckten Hügeln, und bald jagten Mensch und Tier zusammen, töteten und aßen gemeinsam.

Als das Töten endlich vorbei war, zogen die erschöpften Männer das Los. Simu wurde bestimmt, zurückzugehen und die Frauen über den Fluß zu holen. Wie immer, wenn so große Beute gemacht worden war, kamen die Frauen an den Ort, an dem die Männer gejagt hatten, um dort vorübergehend ein Schlachtlager zu errichten. Hier würden sie die Felle provisorisch bearbeiten und das Fleisch zubereiten, bevor alles zurück ins Lager transportiert wurde. Diesmal würden viele Transporte nötig sein, bis nur noch die Knochen und Reste für die Aasfresser übrigbleiben würden.

Als die Jäger Simu verabschiedet hatten, feierten sie ihren außergewöhnlichen Erfolg und dankten den Mächten der Schöpfung. Ein scharfer Wind blies aus dem Westen und kündigte einen heftigen Sturm an, aber sie machten sich darüber keine Sorgen. Simu würde mit den Frauen zurückgekehrt sein, bevor er einsetzte. Bald würden sie an warmen Feuern sitzen und frisches Fleisch essen, während der Stamm unter geräumigen Zelten feierte, die die Jäger jetzt errichteten.

Torka hatte sich seit vielen Monden nicht mehr so gut gefühlt. Er hatte sich auf der Jagd ausgezeichnet bewährt. Alle hatten seine Kraft und seinen Mut gesehen. Umak, der neben ihm arbeitete, hatte sich ebenfalls ausgezeichnet, als er einen beachtlichen Bullen erlegt hatte. Sein Fell war ungewöhnlich hell, sogar auf dem Rücken, und an den Flanken war es fast so weiß wie am Bauch.

»Für Naya?« fragte Torka.

»Für *meine* Naya!« bestätigte Umak. »Sie wird sich über ein so schönes Fell freuen.«

»Und über den Mann, der es ihr bringt!«

Unaufhörlich arbeiteten sie weiter, bis die Nacht über dem Tal des Großen Flusses hereinbrach. Die Jäger waren zu müde, um ein Feuer zu entfachen. Im Schutz ihrer Zelte schliefen sie mit vollen Bäuchen und träumten von der Jagd.

Die Frauen erreichten den Schlachtplatz gegen Abend des folgenden Tages. Sie zogen Schlitten hinter sich her, die mit den Geräten für die bevorstehende Arbeit beladen waren, und sangen Lieder.

Die Jäger begrüßten sie freudig. Lonit, Schwan und Sommermond, Eneela und Larani, Iana und Honee wurden von den älteren Kindern begleitet.

»Wo ist Demmi?« fragte Dak seinen Vater.

Simu musterte seinen Sohn mitleidig. »Wenn du Demmi willst, mußt du sie schon selbst holen.«

»Aber sonst sind doch alle Frauen gekommen, um ihren Männern zu helfen! Die einzige Frau, die Grund zum Zurückbleiben hat, ist Naya. Sie muß sich um Manaravak kümmern.«

Simu sah ihn ungeduldig an. »Warum machst du dir die Mühe, dich um eine solche Frau zu kümmern, Dak? Sieh dir doch einmal dort ihre Schwester Schwan an. Das wäre eine gute Frau für dich. Schenke ihr einige von diesen schönen Fellen, ein bißchen Fett, ein paar Federn, und sie wird sofort zu dir kommen. Torka und Lonit würden sich darüber freuen.«

»Genug, Vater! Demmi ist meine Frau. Ich lasse mich nicht beschämen!« Er betrachtete den bedrohlichen Himmel. »Wenn das Wetter wieder umschlägt, werde ich ins Lager zurückgehen und sie herholen, selbst wenn ich ihr blaue Augen schlagen und sie schreiend und zappelnd den ganzen Weg herzerren muß!«

»Dak?«

Der Zauberer, der sich reisefertig gemacht hatte, trat neben Simu. Gefährte hockte an seiner Seite und war an einen schwer beladenen Schlitten angeschirrt.

»Komm, alter Freund! Gemeinsam müßten wir es schaffen, Demmi zur Vernunft zu bringen. Ein Schlachtlager sollte ein Lager der Freude sein. Wenn wir uns beeilen, können wir das Lager am Fluß erreichen, bevor der Sturm beginnt. Und ich kann es nicht erwarten, Naya meine Beute zu zeigen. Hast du jemals in deinem Leben ein schöneres Karibufell gesehen? Wenn sie schon nicht mit den anderen herkommen konnte, möchte ich ihr damit eine Überraschung machen!«

Im Lager am Fluß tobte der Sturm wie eine gewaltige weiße Flut heulend und rasend über das Land. In Manaravaks Hütte flackerte das Feuer und ging schließlich aus. Demmi schlief neben ihrem Bruder ein, nachdem sie von Nayas Gebräu getrunken hatte, das ihre Rückenschmerzen lindern sollte. Er jedoch lag wach und horchte auf den Schneesturm und das Heulen der Wölfe. Schließlich kam Naya. Er sah sie in der Dunkelheit an. Sie war so klein, so leichtfüßig und reizend.

Sie stand über ihm und bückte sich, wobei ihre Zöpfe über ihre Schultern fielen. »Ich habe dir noch etwas von meinem heilenden Getränk gebracht, damit du ruhig schlafen kannst.« Sie kniete sich hin und legte ihre kühle Handfläche an seine Stirn. Sie roch nach Schnee und Sturm und lauter guten Dingen. »Ich will dein Fieber fühlen.«

Er lächelte sie an. »Es ist gar nicht so schlimm, ein Mann mit Fieber zu sein, wenn die Enkelin von Grek mich mit ihrer Heilkunst pflegt.«

Sie wandte sich von ihm ab und sah nach der schlafenden Demmi. Sie wirkte überrascht, da Demmi ansonsten während ihres letzten abendlichen Besuchs immer wach war.

»Ich bin froh, daß du gekommen bist«, sagte Manaravak zu Naya. Als sie ihm den Schlauch an die Lippen hielt, saugte er gierig an der Knochentülle und entspannte sich allmählich. Er spürte, wie sich die Wärme der Flüssigkeit in seinem ganzen Körper ausbreitete, bis er unendlich müde wurde.

Das Mädchen wünschte ihm eine gute Nacht, aber er hielt ihre Hand fest.

»Bleib bei mir, während ich schlafe, Naya! Der Sturm wird immer schlimmer. Du mußt nicht wieder in die Kälte hinausgehen.«

Naya konnte nicht schlafen. Der Sturm tobte außerhalb der Erdhütte, und gelegentlich glaubte sie, etwas heulen zu hören. Sie erschauderte, zog sich ihren Mantel enger um die Schultern und saß still da. Sie wollte erst dann in Greks Hütte zurückkehren, wenn der Wind nachgelassen hatte.

Naya sah sich Demmi genauer an und schrak überrascht zurück. Die Frau lächelte im Schlaf und sah wirklich glücklich aus.

Manaravak jedoch wand sich in unruhigen Träumen. Besorgt beruhigte Naya ihn mit sanften Worten und gab ihm immer wieder etwas von ihrem Gebräu zu trinken. Nach jedem Schluck schlief er ruhiger. Mit einem Seufzen nahm Naya selbst einen Schluck aus dem Schlauch.

Sie saß reglos da und dachte an ihre Medizin. Ohne sie konnte sie nicht einschlafen, und auch tagsüber dachte sie manchmal so intensiv daran, daß sie Kopfschmerzen und zitternde Hände bekam, wenn sie nicht davon trank.

Sie seufzte, nahm einen weiteren Schluck, dann noch einen und noch einen, bis sie sich daran erinnerte, daß ihre Beeren schlechte Träume bringen konnten. Aber ihr Durst war so groß, daß sie unbedingt weitertrinken mußte. Sie konnte sich nicht erinnern, ob sie jemals zuvor schon so viel von ihrer Medizin auf einmal getrunken hatte. Aber es schmeckte so gut und machte so warm! Und plötzlich fühlte sie sich heiß und schläfrig. Sie zog Mantel und Hemd aus. In der feuerlosen Hütte war es kalt, so daß sie heftig zitterte. Ihr Atem kondensierte vor ihrem Gesicht zu Nebel. Dann wurde ihr Verlangen nach Wärme genauso dringend und verdrängte jeden anderen

Gedanken wie zuvor ihr Verlangen nach ihrem Getränk. Schließlich schlug sie Manaravaks Schlaffelle zurück, kroch auf seine Matratze und kuschelte sich an ihn.

Manaravak bewegte sich leicht. Als sie ihn und sich mit den Fellen zudeckte, unterdrückte Naya ein Kichern. Sie fragte sich, was Demmi wohl sagen würde, wenn sie ihren Bruder und Naya nackt unter seinen Schlaffellen entdeckte.

Manaravak schreckte aus dem Schlaf hoch, als kühle Fingerspitzen vorsichtig über seine Lippen strichen. Er blickte in Nayas Gesicht und stellte fest, daß er nicht allein war. Sie lag nackt neben ihm, hatte sich auf einen Ellbogen gestützt und ein schlankes Bein locker über seine Schenkel gelegt, während sie ihn neugierig ansah, als würde sie einen Fremden mustern und mit ihm zufrieden sein.

»Ma... nara... vak...«

Er starrte sie fassungslos an. Sie schien wie im Traum zu sprechen. Obwohl ihre Augen geöffnet waren, war er sich nicht sicher, ob sie wach war. Dann berührte er ihre Lippen mit seinen Fingerspitzen. Er spürte ihre Zunge an seinen Fingerrücken, und die Berührung war so erregend sinnlich, daß er stöhnte.

Sie lächelte und strich mit ihrem nackten Bein über seinen Schenkel.

Wenn sie nicht so verträumt geseufzt und sich enger an ihn gepreßt hätte... wenn er nicht den süßen Geruch ihres Atems gerochen und ihre heißen, aufgerichteten Brustwarzen auf seiner Haut gespürt hätte... wenn sie nicht geflüstert hätte, wie sehr sie sich freute, daß seine Seele ihn noch nicht verlassen habe... vielleicht hätte er sie dann nicht geküßt.

Sie mochte bald die Frau seines Bruders sein, aber jetzt war sie hier bei ihm. Obwohl sie sich noch nicht eindeutig entschieden hatte, wehrte sie sich nicht gegen seinen Kuß und ermutigte die forschenden Bewegungen seiner Zunge. Sie reckte ihren kleinen Körper, um die Erkundungen seiner Hände zu erleichtern und ließ ihn ihre Erregung und Bereitschaft spüren, als sie ihre runde und weiche Hüfte bewegte und gegen seinen Schenkel drückte.

Wie vor so langer Zeit im Weidengebüsch, ließ sie bereitwillig zu, daß er sie in Stellung brachte. Doch als sie sich jetzt rittlings auf ihn setzte und sein erregtes Glied sah, kicherte sie wie ein Kind und begann es zu streicheln. Sie spürte, wie es sich bewegte und anschwoll, sah ihn unschuldig an und fragte ihn, ob es ein eigenes Leben hätte.

Die Frage belustigte ihn.

»Ja«, bestätigte er lachend. »O ja, Naya. Komm, ich will es dir zeigen! Ich will sein Leben mit dir teilen!«

Naya hatte keine Angst vor ihm – sie war fasziniert. Ihr Körper fühlte sich gleichzeitig leicht und schwer an. Es gab keine Gedanken mehr, nur noch Empfindungen. Manaravak erforschte sie mit seiner Zunge und ermutigte sie, dasselbe bei ihm zu tun. Sein Körper war warm und schmeckte salzig. Sie fragte sich benommen, wie sie ihm jemals etwas hatte verweigern können. Ihre Lenden pulsierten, waren feucht und fühlten sich leer an, als wollten sie gefüllt werden. Aber womit? Irgendwie wußte sie, daß Manaravak ihr darauf eine Antwort geben würde.

Ihre Haut brannte unter seinen Berührungen. Sie gab sich ihm hin, öffnete sich weit und wehrte sich nicht, als seine kräftigen Hände sie anhoben. Er ließ sie langsam, sehr langsam wieder sinken – auf jenem Körperteil, das sie zu einer überraschenden Ekstase erregte. Naya kam es vor, als würde Manaravak die Sonne in ihrem Körper explodieren lassen. Ihre Hitze und ihre Strahlen war die Erfüllung, die sie gesucht hatte! Und als er jetzt ihre Hüfte hielt und tief in sie eindrang, schrie sie nicht mehr vor Schrecken, wie bei der Erinnerung an die grausame Paarung der Hunde, sondern vor Entzücken. Nur die wechselseitige Bewegung konnte ihr Verlangen nach mehr von ihm erfüllen. Die alles verschlingenden Wellen der Ekstase erschütterten sie bis in die Tiefen ihrer Seele.

Sie schrie erneut. Aber es war kein Schmerz in ihrem Schrei, sondern nur Freude, als Manaravak sich in sie ergoß. Sie bewegte sich weiter, bis ein plötzlicher, kalter Windstoß und ein Schneeschauer gemeinsam mit Dak und Umak in die Hütte eindrangen. Manaravak zog sich zurück und schob sie mit einem enttäuschten Seufzen von sich herunter.

»Nein!« schrie Naya und starrte die Eindringlinge an. Sie sah in ihnen nur gesichtslose, unwillkommene Gestalten aus einem Traum. Ihre Lenden pulsierten und drängten noch nach Befriedigung. Es gefiel ihr überhaupt nicht, daß die Eindringlinge ihren Traum störten. »Geht weg!« forderte sie, kroch zu Manaravak und wimmerte leise. »Füll mich ... noch einmal ...«

Und plötzlich starrte sie ein Mann an, der sehr nach Umak aussah und äußerst enttäuscht und verbittert wirkte.

»Gut, dann gehört sie also dir! Hinter meinem Rücken und ohne Ehre hat sie sich entschieden. Hier, nimm diese Felle! Ein Geschenk von Umak an die neue Frau und ihren neuen Mann!«


# 8

Ohne sich um die völlig verwirrte Naya zu kümmern, kam Manaravak unbeholfen auf die Beine und folgte Umak nach draußen.

»Bruder! Warte!« rief Manaravak. Sein Herz war eiskalt. Er spürte den Zorn seines Zwillingsbruders.

Umak schritt unbeirrt durch Wind und Schnee.

Manaravak, der immer noch nackt, barfuß und durch das Fieber und Nayas Medizin benebelt war, lief ihm hinterher. Er war in Panik. Er litt zutiefst unter der Erinnerung an das gequälte Gesicht seines Bruders. Er hatte nicht gewußt, wie sehr Umak Naya liebte – und er konnte es immer noch nicht verstehen. Wenn Umak ihm nur zuhören würde, könnte er ihm vielleicht erklären, daß das, was zwischen Naya und ihm geschehen war, nicht beabsichtigt gewesen war. Es war doch nicht so tragisch, wenn man sich in einer verschneiten Nacht näherkam, oder? Warum war Umak so aufgeregt? Wenn Umak so viel an Naya lag, konnten sie sich die Frau doch teilen!

Es schneite immer heftiger. Eine dicke weiße Schicht legte sich immer höher über die Erdhütten. Am Rand des Lagers stolperte Manaravak. Er lag auf dem Bauch und starrte in den Wind, den Schnee und die Dunkelheit.

»Warte, Umak! Ich ... sie ...«

Umak blieb stehen, drehte sich um und wartete.

In seiner Verzweiflung konnte Manaravak immer noch nicht klar denken. Er sah seinem Bruder in die Augen und wußte nicht, was er sagen sollte, um die Dinge wieder ins Lot zu bringen. Also sagte er nichts.

Umak wandte sich angewidert ab und stapfte schneller und wütender als zuvor weiter.

Manaravaks Verwirrung nahm zu. Er stand auf. »Umak!«

Doch nur der Wind antwortete ihm. Er wußte, daß sein Bruder am Rand des Lagers im Windschatten seiner Erdhütte die Einsamkeit suchte. Es hatte jetzt keinen Zweck, mit ihm zu reden oder auf sein Verständnis zu hoffen. Ein unermeßliches Gefühl der Verzweiflung überwältigte ihn. Unter seinen Artgenossen war er ein Außenseiter – ein Fremder. Irgend jemand im Stamm war immer zornig auf ihn. Alles, was er sagte oder tat, fügte irgend jemandem Schaden zu. Er tat, was er immer getan hatte, wenn er vor Verwirrung und Einsamkeit keinen Ausweg mehr gewußt hatte: Er warf den Kopf zurück und heulte.

Und von irgendwo jenseits des Flusses im Südosten, aus der sturmdurchtobten Weite des zerklüfteten Berglandes jenseits des Tals des Großen Flusses, antwortete ihm eine Stimme. Er verstummte und lauschte erstarrt auf den Ruf seines Artgenossen.

»Wanawut!« rief Demmi ängstlich.

Dak hörte nicht auf sie. Er zog sie an den Haaren auf die Beine und packte ihre Schultern, um sie zu schütteln, bis ihre Zähne klapperten.

»Wie konntest du dabei nur ruhig schlafen?« fauchte er sie
an. Dann wandte er sich an Naya. »Und du ... zieh dich sofort
wieder an! Es mag sein, daß Manaravak und Umak gar nicht
genug von deinem Anblick kriegen können, aber ich würde dir
am liebsten das Fell abziehen!«

Plötzlich erzitterte die gesamte Erdhütte, als Grek die Felltür
aufriß und wissen wollte, was dieses Geschrei zu bedeuten
habe. Dak erzählte ihm alle Einzelheiten.

»Nein, nein!« Naya wimmerte unter den Schlaffellen.
»Ich ... kann mich gar nicht erinnern. Mir ist so übel!«

»Unmöglich!« Das Gesicht des alten Mannes verwandelte
sich in eine Maske des Schreckens.

»Umak sitzt allein außerhalb des Lagers, nicht weit von seiner Hütte entfernt. Manaravak ist nicht mehr im Lager. Er ist
nach Südosten davongelaufen, dem Heulen des Wanawut entgegen. So wie er gerannt ist, glaube ich nicht, daß er jemals
zurückkommen wird!«


Dak, Umak und Demmi machten sich auf die Suche nach
Manaravak. Sie riefen seinen Namen und versuchten den
Sturm zu übertönen, der die Welt in einen heulenden weißen
Schleier hüllte.

Umak war still und ernst. Ganz gleich, was Manaravak getan
hatte, ein Bruder blieb ein Bruder — und erst recht, wenn er ein
Zwillingsbruder war. »Wir müssen weitersuchen«, sagte er. »In
seinem geschwächten Zustand kann er nicht lange überleben.«

»Vielleicht wäre das für alle das Beste«, sagte Dak.

Umak wirbelte herum und schlug ihn nieder.

Niemand sprach. Dann reichte Umak dem Sohn von Simu
seine Hand.

Dak starrte sie eine Weile an. Schließlich, ohne Entschuldigung oder Dank, nahm er sie an, stand auf und ging weiter an
Demmis Seite voraus. Doch selbst der geschickteste Jäger
konnte in diesem alles verhüllenden Weiß keine Suche anführen. Dak kam zurück und trat neben Umak. Er schrie, um sich
im Sturm verständlich zu machen. Sein Gesicht war unter der

schnee- und eisverkrusteten Kapuze nicht zu erkennen. »Wollen wir uns zusammenbinden und weitergehen?«

Umak schüttelte langsam den Kopf. »Wir müssen hier Schutz vor dem Sturm suchen. Selbst zusammengebunden würden wir vermutlich im Kreis gehen. Der Schnee hat unsere Fußspuren schon wieder zugedeckt, bevor wir den nächsten Schritt gemacht haben.« Er drehte sich um und wollte Demmi ein paar tröstende Worte sagen. »Mach dir keine Sorgen. Wir werden ihn finden, sobald das Wetter...«

Er sprach den Satz nicht zu Ende, denn Demmi war verschwunden.


Im Schlachtlager jenseits des Flusses wartete der Stamm den Sturm ab, hielt sein Festmahl und hörte sich Geschichten an. Niemand bemerkte den unvermittelten Wechsel der Windrichtung. Später wurde die Gemeinschaftshütte, in der Torka und Lonit schliefen, von einer heftigen Böe getroffen. Die Nacht war schon weit fortgeschritten, seit sie in seinen Armen eingeschlafen war. Er hatte tief und ruhig neben ihr geträumt, doch jetzt lag er wach und lauschte dem Wind. Er nickte immer wieder für kurze Zeit ein, bis er plötzlich aufstand, seinen Wintermantel anzog und in den Sturm hinaustrat.

Es fror nicht mehr, und der Wind wehte nicht mehr aus dem Norden. Er trieb Schneematsch und Regen vor sich her, und überall im Lager war das Geräusch fließenden Tauwassers zu hören.

Wann war die Temperatur gestiegen? Zumindest war der Neuschnee bereits geschmolzen, aber das heftige Frühlingstauwetter hatte noch nicht eingesetzt. Noch war nichts sicher.

»Auf! Alle aufstehen! Wacht sofort auf! Wir müssen soviel Karibufleisch wie möglich auf die Schlitten laden und schnellstens ins Lager am Fluß zurückkehren?«

Gesichter lugten aus den Zelten. Alle starrten überrascht in den Regen. Niemand mußte ihnen sagen, was die Schneeschmelze im Lager zu bedeuten hatte. Wenn es hier taute, würde auch das Eis auf dem Großen Fluß schmelzen. Wenn es aufbrach, wären sie auf dieser Seite gefangen und hätten keine Möglichkeit, den Fluß zu überqueren, bis der Sommer vorbei war und das Wasser bei Anbruch des nächsten Winters erneut gefror.

Lonit kam aus der Hütte. »Habt ihr nicht gehört, was euer Häuptling gesagt hat? Es gibt jede Menge Arbeit, und wir müssen uns beeilen. Wenn das Flußeis aufbricht, bevor wir es überquert haben, werden nur die Mächte der Schöpfung wissen, wann wir die wiedersehen, die wir im Lager zurückgelassen haben!«

# TEIL 6

## DER GROSSE WILDE FLUSS

## 1

Demmi folgte Manaravak in Richtung des Flusses. Sie blickte sich weder um, noch sorgte sie sich um die anderen. *Sollen sie sich doch Sorgen machen!* Sie würde auf keinen Fall zu ihnen zurückkehren. Alles, worüber die anderen redeten, war ja doch nur, umzukehren und die Suche nach Manaravak abzubrechen.

Der Sturm, der gegen ihren Rücken drückte, erleichterte ihre Schritte. Sie stapfte weiter, ohne auf Daks Rufen zu achten. Der Wind trug seine Stimme über die beachtliche Entfernung her, die mittlerweile zwischen ihnen lag. Er klang verzweifelt, und Demmi überlegte kurz, daß es vielleicht falsch gewesen war, ihn ohne ein Wort der Erklärung zu verlassen. Aber wenn er sie jetzt einholte, würde er seine Erleichterung vermutlich mit einer Tracht Prügel ausdrücken.

Sie ließ sich von ihrem Instinkt leiten. Sie befand sich in Welt, in der Himmel und Land nicht mehr zu waren. Es gab keinen Horizont, und alles versch windgepeitschten weißen Nebel. Sie drehte sic allmählich die Orientierung.

Ermüdet und verzweifelt begann Demmi zu rufen.

»Manaravak! Benimm dich einmal in deinem Leben wie ein Mensch und nicht wie ein vom Wanawut erzogener Narr, der jedesmal davonrennt, wenn er einen Fehler gemacht hat! Komm zurück, und wir werden die Sache klären! Umak hat dir verziehen!«

Einsam und ängstlich wie sie war, sah Demmi monströse Gestalten in dem weißen Nichts, das sie umgab. Sie packte ihre Speere fester. Was immer sie gesehen haben mochte, es war nicht mehr da. Es war überhaupt nichts zu sehen — weder Wanawuts noch Manaravak. Demmi kämpfte gegen ihre Tränen an und hackte mit Speer und Messer eine Mulde in den harten Schnee, in dem sie den Sturm abwarten wollte. Doch sie konnte nicht schlafen, weil sie ständig an ihren geschwächten Bruder dachte, der allein, nackt und ohne Waffen durch die Welt zog.

Bevor die Dämmerung einsetzte, machte ein Wechsel der Windrichtung sie auf eine Wetteränderung aufmerksam. Sie kroch aus ihrem Bau und lief durch den Schnee, der sich allmählich in Matsch verwandelte. Dann ging der Schneefall in Regen über, der immer heftiger wurde. Beklommen versuchte Demmi, schneller zu laufen. Wenn die vergangenen warmen Tage das Ende des Winters bedeutet hatten, könnte das Eis auf dem Fluß jetzt jeden Augenblick aufbrechen und Manaravak verschlingen, wenn er nicht sicher auf der anderen Seite war. Und von dort würde es für ihn keine Rückkehr mehr geben.

Die Angst um das Leben ihres Bruders trieb sie weiter. Dann sah sie den Fluß. Verzweifelt kämpfte Demmi sich voran, bis sie im Schneematsch des breiten, leicht geneigten Ufers auf die Knie fiel. Sie sah seine Spuren und wußte, daß sie zu spät gekommen war. Manaravak hatte den Fluß bereits überquert.

Sie konnte ihn jetzt auf der anderen Seite erkennen. Er lief nach Südosten in unbekanntes Gebiet, aus dem ihn der Wanawut gerufen hatte.

»Warte!« schrie sie, so laut sie konnte.

Er blieb stehen, drehte sich um und blickte zurück.

Sie sprang auf und winkte mit den Armen, während ihr Herz

vor Freude und Erleichterung über das Wiedersehen pochte. Sie hatte ihn gefunden! Und er lebte! »Komm zurück!«

Er starrte sie eine Weile reglos an.

Und da wußte sie, daß er nicht zurückkommen würde. Und sie wußte auch, daß sie ihn nicht allein lassen würde.

»Warte!« rief sie erneut, aber diesmal lief sie weiter auf den Fluß zu. Sie lief aufs Eis, wobei sie immer wieder ausrutschte, hinfiel und wieder aufstand, bis ein furchtbares Krachen die ganze Welt erzittern ließ. Aber es war nur das Eis des Flusses, das zerbrochen war. Eine riesige Lücke aus schwarzem Wasser tat sich vor Demmi auf.

Auf der anderen Seite des Flusses machte Manaravak kehrt und hetzte ohne zu zögern auf das Flußufer zu.

»Nein!« warnte Demmi ihn.

Doch Manaravak hatte sich bereits auf den Fluß gewagt. Es war ein Fehler, denn nun brach das Eis auch unter seinen Füßen.


Torka führte seinen Stamm in einem verzweifelten Wettlauf mit der Zeit über den Fluß. Er war davon überzeugt, daß die Panik eine weitaus größere Gefahr als der Fluß darstellte, also hielt er die Menschen in Bewegung. Sie stemmten sich gegen das Gewicht ihrer hastig beladenen Schlitten und hofften, daß sie, wenn sie weiter mit dieser Geschwindigkeit vorankamen, bald sicher am anderen Ufer stehen würden.

Torkas Überlebenswille gab ihm Kraft. Er stapfte energischer voran und bewegte sich beharrlich nach Westen. Plötzlich war ein lautes, furchtbares Krachen zu hören, und das Eis unter ihm hob sich, schob sich ruckartig nach rechts und senkte sich wieder.

Er fiel auf die Knie, brach jedoch nicht durch das Eis. Es war immer noch fest genug, um sein Gewicht zu tragen. Neben ihm lagen Lonit, Schwan und Sayanah am Boden. Sein S war seitwärts weggerutscht und hing mit den K Wasser eines schmalen Kanals, der sich plötzli tan hatte... und einmal ganz um ihn herum

Ein dünner Nieselregen wurde ihm vom Wind ins Gesicht getrieben. Der Häuptling verfluchte sich selbst, weil er kostbare Zeit mit dem Versuch verschwendet hatte, das Fleisch zu retten. Wenn sie sofort aufgebrochen wären, hätten sie schon längst den Fluß sicher überquert. Er stand vorsichtig wieder auf und überblickte die Oberfläche des Flusses, die in große weite Stücke zerbrochen war, die auf dem Wasser schaukelten.

»Laßt die Schlitten zurück! Die Jungen helfen ihren Müttern und Schwestern! Los!«

»Aber das viele Fleisch!« protestierte Simu.

»Widersprich nicht, sondern tu, was ich sage, Simu! Das Fleisch der Karibus wird von diesem Fluß verschlungen werden, aber nicht das Fleisch der Menschen!«


Der Geisterwind kam mit einer Vision des Todes über Umak... Er sah warmes, bleiches Fleisch, das im tosenden Wasser unterging. Er blieb abrupt stehen. »Wir müssen umkehren!«

»Nicht bevor wir Demmi gefunden haben!« sagte Dak.

Umak ließ nicht locker. »Wenn Demmi den Fluß überquert hat, bevor sich der Wind gedreht hat, ist sie inzwischen sicher am anderen Ufer. Wenn nicht...« Er wollte den Gedanken nicht zu Ende führen. »Auf jeden Fall können wir jetzt nichts mehr für sie tun. Aber wenn wir uns beeilen, könnten wir den anderen helfen, bevor es zu spät ist.«


»Bewegt euch!« brüllte Torka seinen Stamm an. Alle außer Eneela gehorchten sofort. Vor Schreck war sie nicht mehr in der Lage, um Hilfe zu rufen. Simu war vorgesprungen, um der von der Furcht gelähmten Sommermond wieder auf die Beine zu helfen.

»Komm schon, Eneela!« Simus Befehl wurde vom Regen verschluckt. Er kämpfte sich mit Sommermond weiter.

»Bleib dicht bei mir, Frau von Simu! Ich werde dich schützen!« Tankh kam mit Larani an Eneela vorbei.

›Beeil dich, Mutter! Wir sind schon zur Hälfte über den

Fluß!« drängte Larani und ging weiter. Die beiden stützten sich gegenseitig, während sie über immer breitere Lücken voller schwarzem Wasser von einer Eisscholle zur nächsten sprangen.

Eneela blinzelte im Regen und starrte zum weit entfernten Ufer hinüber. Dann senkte sie den Blick. Das Eis unter ihren Füßen bewegte sich auf und ab. Die Kraft des Flusses bewirkte, daß sich die gefrorene Oberfläche hob und senkte, als würde sich darunter ein riesiges Ungeheuer bewegen.

Eneela konnte sich nicht dazu überwinden, weiterzugehen, obwohl der Rest des Stammes jetzt fast am anderen Ufer angelangt war. Durch den Regen und das Getöse des Flusses riefen Stimmen ihren Namen. Sie hörte Torka, Lonit, Sommerwind und Simu.

»Eneela! Wo bist du, meine Frau?«

»Komm schnell zu uns!«

»Nein! Bleib wo du bist! Ich komme zu dir!«

Der Wind vertrieb die Wolken, und Eneela sah die anderen am Ufer stehen. Simu bewegte sich auf sie zu und sprang von Eisscholle zu Eisscholle. Torka folgte ihm.

Eneela riß die Augen auf. Sie brachten sich ihretwegen in Lebensgefahr!

»Halt, Simu! Warte Torka! Ich komme!« rief sie genau in dem Augenblick, in dem das Eis unter ihren Füßen aufbrach.

»Eneela!« schrie Simu.

Das Eis bewegte sich und warf die Männer um, während Eneela strauchelte und verzweifelt ihr Gleichgewicht zu halten versuchte. Der Fluß veränderte sich so schnell, daß es unmöglich war, sich darauf einzustellen.

Am Ufer weinte Sommermond, und Lonit brauchte die Hilfe von Iana, Honee, Schwan und den Jungen, um Larani davon abzuhalten, in den Fluß zu springen. Denn jetzt war es ein Fluß und keine gefrorene Eisfläche mehr. Die großen, flachen Eisplatten, die die Menschen noch vor wenigen Augenblicken überquert hatten, schoben sich nun übereinander, drehten sich und schwankten auf dem Wasser das sich aus seinem eisigen Gefängnis befreite.

Torka und Simu kämpften verzweifelt dagegen an,

heruntergeschleudert zu werden, während sie langsam von der Strömung flußabwärts getrieben wurden. Eine freie Wasserfläche lag zwischen ihnen und Eneela, die in der Mitte des Flusses auf einer flachen Eisinsel gefangen war, die sich zunehmend auflöste.

Mit einem verzweifelten Schluchzen streckte sich Simu nach ihr, verlagerte sein Gewicht vom einen auf den anderen Fuß, bis er die Balance verlor und stürzte. Torka lag jetzt mit dem Bauch auf der Eisscholle, die sie beide trug, stemmte die Spitzen seiner Schneeschuhe ins Eis und packte Simu an den Fransen seiner Stiefel, bevor er kopfüber in das eisige Wasser stürzen konnte.

Dann lagen sie nebeneinander, schnappten nach Luft und wurden allmählich schwindlig, da die Eisscholle sich immer schneller drehte und sie immer weiter flußabwärts wirbelte. Voller Schrecken erkannten sie, daß sie zur Rettung Eneelas nichts mehr unternehmen konnten.

»Vater Himmel!« Torka verfluchte alle bösen Geister dieser und der nächsten Welt, während er zusehen mußte, wie Simus Frau immer kleiner wurde, eine Gefangene auf einer Insel aus Eis. Dann wurde sie ohne Vorwarnung hochgehoben, als aus den schnellfließenden Tiefen des Flusses ein Eisberg hervorschoß, das Oberflächeneis in tausend Stücke zerbrach und Eneela hoch hinauf in die Regenwolken schleuderte.

Torka und Simu mußten mit ansehen, wie sie sich in der Luft überschlug, auf festes Eis stürzte und dort so schlaff und reglos wie eine nasse Fellpuppe liegenblieb. Torka hörte Simu stöhnen – und sich selbst –, und während Simu immer wieder den Namen seiner Frau rief, ging ein Ruck durch ihre Eisscholle. Der Zusammenstoß ließ Torka seitwärts auf das Wasser zurollen. Diesmal war es Simu, der ihn rettete. Doch dann neigte sich die Eisscholle nach rechts, versank auf der einen Seite und hob sich auf der anderen, bis sie sich steil aufgerichtet hatte. Die beiden Jäger klammerten sich verzweifelt an den oberen Rand.

Als sie umkippte, geschah es so schnell, daß Torka und Simu keine Zeit mehr hatten, loszulassen. Unter lautem Getöse des Flusses wurden sie ins Wasser geschleudert. Benommen spürten sie, wie ihnen die Luft aus den Lungen gepreßt wurde. Dann hatten sie das Gewicht des Eises auf dem Rücken, das sie immer tiefer hinunter drückte... immer tiefer in die eisige Kälte des Flusses, aus dem es kein Entrinnen mehr gab.


Umak und Dak stürmten ins seichte Wasser, um Torka und Simu aus den eisigen Fluten zu ziehen. Der tosende Fluß hatte sie ans Ufer geschwemmt. Halb ertrunken und steif vor Kälte, saß der Zauberer zitternd am Ufer und rieb seinen Vater warm, während Dak dasselbe für Simu tat und schluchzend von Eneelas Ende berichtete.

Umak war voller Trauer. *Eneela, meine Freundin, es war dein Tod, den ich sah und den ich nicht verhindern konnte.*

Der Geisterwind war ein leises, bedrohliches Flüstern im Hintergrund seiner Gedanken. Eneela war tot. Sie würden ihre leblose Gestalt nur noch in ihren Erinnerungen wiederfinden. Konnte er seinem Vater sagen, daß Demmi und Manaravak ebenfalls vermißt wurden?

*Später.* Jetzt brachte der Geisterwind ihm eine weitere Vision, und er wußte, daß er seinen Vater vor einer anderen schrecklichen Gefahr warnen mußte. »Die Flut, die wir bald erleben, wird schlimmer sein als alle, die wir bisher erlebt haben. Wir müssen zum Winterlager zurückkehren, um es an eine höhere Stelle zu verlegen!«

»Und Demmi und Manaravak? Sollen wir auch ihnen den Rücken zukehren?« fragte Dak verbittert und vorwurfsvoll.

Torka starrte Umak sprachlos an und wartete auf eine Antwort.

Umak versuchte ruhig und vernünftig zu klingen. »Vater, was geschehen ist, kann nicht mehr ungeschehen gemacht werden. Der Fluß wird anschwellen und die Ufer überfluten. Er wird uns alle mit sich reißen, wenn du nicht auf mich hörst. Die, die verlorengegangen sind... die Mächte der Schöpfung mögen mit ihnen sein. Aber wenn du den Stamm retten willst, mußt du jetzt mit mir gehen und nicht mehr zurückblicken.«

»Ich werde meine Frau nicht zurücklassen!« regte sich Dak auf.

Doch Torka war noch wütender. »Demmi ist meine Tochter, und Manaravak ist mein Sohn, aber Umak spricht die Wahrheit! Die Zukunft der Menschen liegt im Stamm. Das Leben der Frauen und Kinder liegt in unserer Verantwortung. Wir dürfen sie nicht in Gefahr bringen — nicht einmal für die, die wir lieben.«


Demmi und Manaravak klammerten sich aneinander und wurden flußabwärts getrieben. Nur mit gemeinsamer Kraft schafften sie es, die Köpfe über dem Wasser zu halten, bis sie in einer Flußbiegung auf eine Landzunge aus eisigem Kies geworfen wurden, die sich weit in den Fluß erstreckte. Benommen und vor Kälte zitternd, saßen sie im Regen.

»Müde...«, keuchte Manaravak. »So k-kalt...« Seine Augen verdrehten sich.

Demmi glaubte für einen Moment, er wäre tot. Erschrocken beugte sie sich über ihn. Manaravak lag nackt im kalten Regen, doch seine Haut war heiß. Seine Bemühungen, ihr das Leben zu retten, waren ihm nicht gut bekommen. Sein Fieber war zurückgekehrt, und sein Atem ging unregelmäßig. Sie drückte ihn an sich, hielt ihn in den Armen und wiegte ihn, als wäre er wieder ein Kind.

Manaravaks Kopf fiel auf ihre Schulter. Er schlief in ihren Armen. In Regen und Wind schlief er wie ein geistloses, erschöpftes Tier neben dem tosenden Fluß.

Etwas wurde an der Landzunge vorbeigetrieben. Es war ein pelziger Haufen auf einer wirbelnden Eisscholle. Demmi begann vor Furcht zu zittern. Der Fluß strömte so schnell und wild dahin, daß sie die Gestalt schon fast aus den Augen verloren hatte, bevor sie sie richtig sehen konnte.

Doch es reichte, um eine menschliche Hand zu erkennen, die reglos auf dem Eis lag, einen Haarschopf und ein Gesicht mit totenstarren Augen. Blut schwärzte das Eis unter dem weit aufgeklappten Mund.

»Eneela?«

Die Eisscholle war schon vorbei. Entsetzt wartete Demmi

darauf, daß weitere Leichen an ihr vorbeitrieben. Und als das nicht geschah, versuchte sie sich einzureden, daß sie sich die erste nur eingebildet hatte.

Sie blickte auf die eisigen Wellen und bemerkte, daß das Wasser beträchtlich gestiegen war, seit sie und Manaravak vor nur wenigen Augenblicken auf die Kiesbank gekrochen waren. Der Fluß würde noch weiter steigen, da das Tauwetter gerade erst eingesetzt hatte.

»Wir können hier nicht bleiben!« Erfolglos versuchte sie, ihren bewußtlosen Bruder wieder auf die Beine zu bringen. Die Anstrengung erschöpfte sie so sehr, daß sie wieder in die Knie ging. Manaravak war durch seine Verwundungen und sein Fieber völlig entkräftet worden. Er konnte nicht aufstehen. Sein Leben lag in ihren Händen. Obwohl sie endlich mit ihm allein war, konnte sie sich darüber nicht freuen, denn sie waren auf der falschen Seite des Flusses, abgeschnitten von ihrem Stamm, allein auf einem Stück Land, das zusehends überflutet wurde.

## 2

Wie Umak vorausgesagt hatte, trat der Fluß wütend über seine Ufer und ertränkte und vertrieb alles Lebende in seiner Reichweite. Es gab keine Zeit, um Eneela zu trauern oder sich zu fragen, was aus Manaravak und Demmi geworden war.

Es war ein stiller, trostloser Stamm, der vor dem reißenden Fluß in die hohen Hügel floh, die vor den Bergen im Osten lagen. Sie hatten nur die wichtigsten Dinge und nicht einmal ihre Schlitten mitgenommen. Als eine Hasenfamilie vor ihnen davonhüpfte, versicherte Naya allen, daß die Tiere sie zu Manaravak führen würden. Als Belohnung für diese Bemerkung erhielt sie von Iana einen heftigen Schlag auf den Kopf. Grek hörte nicht auf ihr Protestgeschrei. Und als Naya zu Umak ging, um an seiner Seite zu laufen, brüllte er sie an, sie solle aus seiner Nähe verschwinden.

Lonit fand keinen Grund, das Mädchen zu bemitleiden. Obwohl Naya schwor, sie hätte keine Ahnung, warum Umak so wütend oder Manaravak mit Demmi im Gefolge in den Sturm hinausgelaufen war, hatte Grek beschämt so viel über das unverzeihliche Benehmen seiner Enkelin enthüllt, daß es Lonit große Sorgen bereitete. Sie hatte dem Mädchen vertraut, aber Naya hatte ihnen allen trotzdem wieder Ärger gemacht. Sie würden sich später auf einer offiziellen Ratsversammlung damit befassen — wenn der Fluß ihnen noch ein Später gestattete.

Sie zogen immer weiter, während der Fluß ihnen folgte. Als die Kleinen erschöpft zurückblieben, befahl Torka den Älteren, sie zu tragen. Als deren Schritte langsamer wurden, befahl Lonit ihnen, ihre Hoffnungen auf Torka zu richten — denn er würde sie sicher in höheres Gelände führen. Dennoch lag zum ersten Mal in ihrem Leben Zweifel in ihren Worten.

Zwei ihrer Kinder waren verschwunden. Nantu war tot, und Larani war für immer entstellt. Es bestand wenig Hoffnung, Eneela lebend wiederzufinden. Das Tal des Großen Flusses vertrieb die Menschen genauso brutal, wie es zuvor die Tochter des Himmels getan hatte. Wenn das große Mammut ihnen noch vorausging, so war nichts von ihm zu sehen. Vielleicht hatte Torka sein Glück endgültig verloren.

Demmi konnte sich später nicht mehr erinnern, wie sie die Kraft gefunden hatte, Manaravak aus dem Fluß zu ziehen. Das Wasser schwappte bereits über die Kiesbank, als sie ihn endlich auf festen Boden gezerrt hatte.

»Laß mich!« stöhnte Manaravak. »Bring dich selbst in Sicherheit!«

»Ohne dich bin ich niemand! Steh auf und hilf mir! Ich schaffe es nicht allein!«

»Das wirst du müssen!«

»Niemals! Habe ich mich seit unserer Kindheit nicht immer um dich gekümmert? Demmi und Manaravak haben bislang immer zusammengehört!«

Sie stützten sich gegenseitig und kämpften sich voran vom Fluß weg und auf die Hügel zu. Aber der Fluß folgte ihnen und breitete sich wie ein riesiger und schrecklich tobender Schatten über dem Land aus. Eisstücke stießen gegen ihre Beine, brachten sie aus dem Gleichgewicht und ließen sie in die kalten, wirbelnden Fluten stürzen, in denen sie sich kaum noch halten konnten.

Vom Himmel herab und von den Hügeln herunter tobte das Wasser, schoß durch alte Flußbetten, suchte sich neue Wege durch die Geröllebene und über das weite Schwemmland am Fuß der großen Berge. Der Fluß rief seine verwandten Geister zu sich, die Wolken und den Regen im Himmel, das Eis und das Wasser in den Bergen, damit sie seinen wahnsinnigen Strom durch das überflutete Land begleiteten.

Überwältigt von der großen Katastrophe, die über sie hereinbrach, hielt Demmi ihren Bruder fester. Als er stürzte, stürzte sie mit ihm und spürte, wie er sich nicht länger gegen seine Schwäche wehren wollte.

»Gib jetzt nicht auf!« schrie sie ihn an. Sie schlug ihm gegen die Schulter und zog ihn hoch, womit sie fast ihre letzten Kraftreserven verbrauchte. »Wir sind schon fast hoch genug«, log sie. »Komm weiter! Ich brauche dich ebensosehr wie du mich!«

Er sah sie von der Seite an, nickte und kam ihretwillen noch einmal auf die Beine.

Gemeinsam stolperten sie weiter. Das Wasser stand ihnen bis zu den Knien und stieg schnell. Ängstlich klammerte Demmi sich fest an Manaravak. Ein Eisblock versetzte ihr von hinten einen schmerzhaften Stoß. Sie verlor den Boden unter den Füßen und wurde zusammen mit ihrem Bruder davongetrieben.

»Halt dich fest!« flehte sie ihn an und schrie dann verzweifelt auf, als Manaravak sich heftig in ihrem Griff wand und sie wegstieß.

»Schwimm, Demmi! Lebe! Für Dak und Kharn mußt du überleben! Wenn ich dich nicht aufhalte, hast du noch eine Chance!«

»Nein!« schrie sie und sah ihn untergehen. Das Wasser schloß sich über ihm und gab ihn nicht wieder frei, obwohl sie nach ihm suchte und sogar unter die schwarze, wirbelnde Oberfläche tauchte. Doch sie konnte ihn nicht sehen – sie konnte überhaupt nichts sehen.

Das eiskalte Wasser betäubte ihre Sinne, und das tosende Dröhnen drang in ihren Körper ein. Es hämmerte gegen ihre Augen, in den Ohren und in ihrem Brustkorb, bis sie das Gefühl hatte, in Stücke gerissen zu werden. Sie gab sich auf und ließ sich in der Strömung treiben, die sie immer weiter davontrug.

Plötzlich wurde ihre Vorwärtsbewegung abrupt von etwas Festem und Unbeweglichem aufgehalten. Die Gewalt des Flusses wollte Demmi daran vorbeidrücken. Mit ihren letzten Kraftreserven griff sie danach und spürte, wie sich ihre Finger um grasige Büschel schlossen, die der Strömung trotzten. Sie schloß die Augen und sehnte sich nach ihrem verlorenen Bruder. *Möge er noch am Leben sein! Und möge der Fluß ihn auf trockenes Land getrieben haben!* Sie war zu schwach, um ihrer Hoffnung Stimme zu verleihen. Sie zog sich an den haarigen Büscheln nach oben und schlang sie sich um ihre Arme, damit der Fluß sie nicht wieder in den sicheren Tod reißen konnte, sollte sie erneut das Bewußtsein verlieren.

Und tatsächlich schlief sie für einen Augenblick ein...

Unvermittelt wurde sie aus dem Schlaf gerissen. Sie bewegte sich wieder und wurde fortgetragen... vom Fluß? Nein, das Wasser floß um sie herum, verschwand hinter ihr, und dennoch bewegte sie sich vorwärts, stetig und in einem langsamen Rhythmus. Ihr Körper wurde gehoben und gesenkt, immer wieder, bis ihr klar wurde, daß das Ding, an dem sie sich festklammerte, sie davontrug.

Im Regen und der Dunkelheit brauchte sie eine Weile, bis sie erkannt hatte, daß das Ding das große Vorderbein eines lebenden Tieres war. Und als sie zur Seite blickte, während sie wieder einmal emporgehoben wurde, konnte sie andere seiner Art unerschütterlich durch das steigende Wasser stapfen sehen.

»Mammuts!«

Der Fluß hatte sie gegen das Bein eines Mammuts getrieben! Vor Überraschung und Benommenheit ließ sie plötzlich los und fiel nach unten. Sie schlug mit dem Rücken aufs Wasser auf und blickte zum größten Mammut von allen hinauf – zu Lebensspender, ihrem Totem.

Mit einem scheinbar mürrischen Schnauben streckte das Mammut seinen Rüssel aus und hob die schreiende Demmi aus dem Wasser und hoch über seine riesigen Stoßzähne und den geteilten Schädel, der sieben Meter über dem Flußboden aufragte. Dann setzte er sie einfach mit einem Plumps auf seinen steilen Schultern ab.

*Ich bin tot und in der Geisterwelt, denn nur dort können solche Dinge geschehen!* dachte sie. Demmi hielt sich an den langen Haarbüscheln des Mammuts fest und kletterte hoch auf den Rücken des Tieres. In seinem Nacken rutschte sie in eine sitzende Position und wickelte sich das Fell um die Schenkel, um zu verhindern, daß sie wieder herunterglitt oder durch den schwankenden Gang des Mammuts in den Fluß geschleudert wurde.

Sie fühlte sich unendlich erschöpft. Wieder sagte sie sich, daß dies alles nicht wirklich sein konnte, denn sie sah, wie Lebensspenders Rüssel eine weitere schlaffe Gestalt aus dem Wasser hob.

»Manaravak?« Sie weinte, als das Mammut den nackten Körper ihres halb bewußtlosen Bruders vor ihr in sein Genick legte.

»Demmi...«, flüsterte er ihren Namen. »Träume ich, Demmi?«

»Du bist tot«, sagte sie ihm. »Wir sind beide tot. Denn nicht einmal im Traum können solche Dinge geschehen.«

# 3

Als die Flut endlich nachließ, suchten Torka und die anderen Jäger das verwüstete Land nach Spuren von Demmi und Manaravak ab. Doch sie hatten keinen Erfolg.

Obwohl sie die Kadaver vieler Tiere fanden, die aufgequollen und in beginnender Verwesung in der Sonne lagen, entdeckten sie keine Spuren der Vermißten.

»Sie sagen, du bist schuld!«

Verzweifelt und mit vom stundenlangen Weinen geröteten Augen blickte Naya auf, als Yona zu ihr kam. Sie saß allein am Rand eines trostlosen, provisorischen Lagers. Hinter den armseligen Zelten hatten sich die Männer in einem durchhängenden Zelt versammelt, wo sie sich seit Anbruch der Abenddämmerung berieten.

»Die Männer und die älteren Jungen sind böse auf dich, Naya! Sogar Grek. Simu sagt, daß die Mächte der Schöpfung sich gegen den Stamm verschworen haben, weil du so viele schlechte Dinge getan hast!«

Naya hielt sich den schmerzenden Kopf. Natürlich hatten sie recht. Es war alles ihre Schuld. Sie sagten, daß sie bei Manaravak gelegen hatte. Sie sagten, daß sie Schande über Umak gebracht hatte. Aber wie konnte es sein, daß sie all das getan hatte, sich aber nicht mehr daran erinnerte?

»Hörst du mir zu, Naya?«

»Ich will nicht zuhören.« Sie fühlte sich übel vor Selbstmitleid, kramte eine der wenigen Beeren hervor, die noch in ihrem Beutel waren, und steckte sie sich in den Mund. Es war ihr gleichgültig, ob Yona es sah oder nicht.

»Iana wird böse sein, wenn sie erfährt, daß du wieder diese Beeren ißt«, sagte Yona.

»Sie ist doch schon böse«, erwiderte Naya. »Niemand außer dir spricht noch mit mir.«

»Du bist in großen Schwierigkeiten, Naya.« Yonas Ausdruck süffisanter Rachesucht war irritierend und schmerzend.

»Du bist nicht sehr nett zu mir, Yona. Warum freust du dich, daß der Stamm so über mich verärgert ist?«

»Du hast meine Puppen getötet!«

Naya seufzte. »Niemand kann eine Puppe töten. Außerdem habe ich dir neue gemacht und...«

»Du hast meine Puppen getötet! Ich habe das Blut gesehen! Ich hoffe, sie hören auf Simu und stoßen dich aus dem Stamm aus!« Naya war plötzlich kalt vor Angst. Aus einem Stamm ausgestoßen zu werden, das kam einem Todesurteil gleich.

»Das würden sie niemals tun. Es ist eine Strafe, die es früher einmal bei unseren Vorfahren gab. Aber Torka würde niemals...«

»Torka ist sehr traurig und hört nur zu, ohne selbst zu reden. Simu sagt, daß es an der Zeit ist, sich an die alten Sitten zu erinnern.« Das Gesicht des kleinen Mädchens strahlte. »Wenn sie dich fortschicken, damit deine Seele für immer im Wind wandert, dann wird Grek mich ganz allein lieben! Wenn sie dich wegschicken, muß ich nicht mehr auf meine Puppen aufpassen, denn niemand im Stamm außer dir will sie töten.«


»Ich will kein Wort mehr über den Tod hören!«

Die grimmige Entschlossenheit in Torkas Stimme verriet allen, daß eine Kritik nicht willkommen oder ratsam wäre.

Nur Simu wagte es, dem Häuptling in die Augen zu sehen. »Ich kann deine Entscheidung nicht annehmen! Das Mädchen hat uns in diese Lage gebracht. Mein Sohn Nantu ist tot! Meine Tochter Larani ist für den Rest ihres Lebens entstellt! Meine Eneela ist im Fluß verlorengegangen. Das Hunderudel besteht nur noch aus zwei Tieren und einem Wurf Welpen. Wir wurden durch Feuer und Regen und Wasser und Eis von einem Jagdlager zum nächsten getrieben!«

Greks Augen funkelten. »Die Tochter des Himmels ist für den Stamm keine Fremde, wenn der Mond des Gelben Grases aufgegangen ist! Du kannst meiner Naya dafür nicht die Schuld geben! Was deinen Nantu betrifft, so hat er dir nicht gehorcht und ist allein davongegangen, um sich selbst an Drei Pfoten zu verfüttern. Auch dafür kannst du meiner Naya nicht die Schuld geben! Wenn Eneela auf dem Eis nicht hinter uns zurückgeblieben wäre, würde sie noch unter uns sein! Meine Naya hat sie nicht zurückgehalten. Und Demmi, die Frau deines Sohns Dak, hat diesem Stamm ebenso viele Probleme gemacht wie meine Naya! Warum geben wir ihr nicht die Schuld an Laranis Verbrennungen und an Nantus Tod und...«

»Demmi ist vielleicht schon von den Geistern zur Rechenschaft gezogen worden«, sagte Umak. Seine Stimme hatte einen merkwürdigen Klang.

Simu erwiderte den Blick des Zauberers. »Also hat unser Zauberer endlich doch noch gesprochen!« konterte er. »Vergißt du die Schande, die Naya über dich gebracht hat — mit deinem eigenen Bruder? Übersiehst du die Tatsache, daß Manaravak und Demmi durch Nayas Handlungen aus dem Lager und in den Sturm hinausgetrieben wurden? Wenn irgend jemand das Recht hat, gegen Naya zu sprechen, dann bist du es!«

»Ja, alles, was du gesagt hast, ist wahr, Simu. Aber Gefühle sind der Feind der Weisheit. Das ist eine Wahrheit, die dir weiterhelfen könnte, wenn du dir die Mühe machen würdest, sie zu erlernen.«

Simu wurde durch die Anspielung auf sein Verhalten beschämt. »Bah! Ein Mann ohne Gefühle ist überhaupt kein Mann. Wie lange willst du hier noch herumsitzen und die Sache unentschieden lassen?«

»Sie wurde bereits entschieden«, erwiderte Umak kühl. »Der Häuptling hat sie entschieden. Nur du hast seine Entscheidung kritisiert.«

»Aber es muß doch eine Strafe geben!« schrie Simu frustriert.

»Genug!« Torka schlug mit den Handflächen auf seine Schenkel. »Ich habe gesagt, daß ich kein Wort mehr über den Tod hören will. Ich bin zu einer Entscheidung gekommen!«

Alle Augen richteten sich auf den Häuptling.

»Die Enkelin von Grek hat uns allen viele Sorgen gemacht«, gab er zu. »Dennoch ist sie jung und kann noch lernen, sich zu ändern. Sie wurde Umak bereits einmal zugesprochen. Jetzt wird sie an sein Feuer gehen. Er ist der Zauberer. Er wird mit ihr verfahren, wie er es für richtig hält. Das ist sein Recht.«

Umaks Gesicht wurde weiß. »Ich ... ich will sie nicht mehr.«

Torka schüttelte den Kopf. »Willst du dich also Simus Willen beugen und sie für immer aus dem Stamm ausstoßen?«

»Ich ...« Umak sah aus, als würde ihm übel werden.

»Sie kann nicht mehr an die Feuerstelle Greks zurückkehren«, machte Torka ihm klar. »Der alte Löwe hat bewiesen, daß er sie nicht unter Kontrolle halten kann.«

Grek ließ den Kopf hängen.

»Damit wäre nur noch Dak übrig«, fuhr Torka fort. »Würdest du Naya an dein Feuer nehmen?«

Dak zuckte zusammen. »Ich habe schon eine Frau!«

»Zuviel Gerede führt zu nichts. Ich bin der Häuptling. Die Diskussion ist beendet, wenn ich gesprochen habe. Ich sage, daß Umak als Zauberer der beste Mann für Naya ist. Umak, du *wirst* die Enkelin von Grek an deine Feuerstelle nehmen – wenn nicht zu deiner eigenen Befriedigung, dann zur Erleichterung von Honees Arbeit.«

»Und wenn Manaravak zurückkehrt?« Simus Stimme war vor Wut verzerrt.

»Sie ist jetzt Umaks Frau«, wiederholte Torka. »Es wird keinen Streit mehr geben.«

»Wo Naya hingeht, folgt ihr der Streit wie ein Schatten!« Simu war außer sich vor Wut. »Was ist, wenn sie erneut die Traditionen unserer Vorfahren verletzt und wieder großes Unheil über den Stamm bringt?« Die Frage hing in der Luft, dunkel und überriechend wie der Rauch von verkohltem Fett. Torka atmete ihn ein und antwortete ruhig und ernst: »Dann werde ich zum Wohl des Stammes gezwungen sein, sie zum Tode zu verurteilen. Bist du nun zufrieden, Simu? Seid ihr alle damit zufrieden?«

»Nein.« Die Augen des Zauberers waren schwarz und trostlos vor furchtbarer Entschlossenheit, als er mit leiser, müder Stimme zu seinem Vater und seinen Jagdgefährten sprach. »Wenn ich Nayas Mann sein soll, dann nehme ich auch meine Rechte und Pflichten als ihr Mann in Anspruch. Wenn sie die Mächte der Schöpfung erneut beleidigt und den Stamm weiterhin in Gefahr bringt, dann wird es meine Aufgabe sein, sie zu töten!«

4

Demmi erwachte und blickte in die Sonne. Lebensspender hatte Manaravak und sie mit dem Rüssel von seinem Rücken gehoben und sie auf dem Sims vor einer großen, von der Sonne gewärmten Höhle abgesetzt, als wären sie nicht schwerer als der winzige, spatzenähnliche Langsporn, der auf Demmis Schulter Schutz gesucht hatte. Alles kam ihr wie ein Traum vor: Manaravak neben ihr ... die Sonne auf ihrem Gesicht ... das tiefe, schattige Innere der Höhle hinter ihr ... das Mammut, das langsam davonschritt ... der kleine Vogel, der sich an ihren Hals kuschelte ... das alles waren seltsame, wunderbare Zutaten einer phantastischen Geschichte. Ihr Körper war voller Abschürfungen und ihre Füße zerschunden, doch sie fühlte sich gut und voller Leben. Als der Langsporn seine Flügel ausbreitete und nach Nordosten davonflog, lächelte sie, weil sie wußte, daß er nach seinen Artgenossen suchen würde.

Manaravak stützte sein Gewicht auf ein Bein und stand mit gebeugten Schultern erschöpft neben ihr. Er sah aus der Höhle heraus über das Land. »Auf der anderen Seite des Flusses dürften sie alle tot sein. Wir werden den Stamm niemals wiedersehen. Ich kann ihren Tod riechen. Ja, ich rieche die Verwesung.«

Er brach auf dem steinernen Höhlenboden zusammen und schüttelte leise stöhnend den Kopf. Besorgt kniete Demmi sich neben ihn. Zum ersten Mal seit ihrem Erwachen sah sie sich ihren Bruder genauer an. Das Mammut hatte ihn aus dem Fluß gerettet, aber er war immer noch sehr krank. Sie berührte seine Schulter. Seine Haut war fieberheiß.

Bleib hier und ruh dich aus!« befahl sie ihm. »Ich hole dir Wasser und versuche etwas zu finden, das dich warmhält.«

»Sorge dich nicht um mich.«

Mit liebevollem Tadel schüttelte sie den Kopf, zog ihre Jacke aus und legte sie ihm fest um seine Schultern. »Wie kann ich mich nicht um dich sorgen, Manaravak, wenn ich das schon immer getan habe?«

»Du hättest mir nicht folgen dürfen.«

»Du hättest nicht in den Sturm hinauslaufen dürfen!«

»Dak hätte dich öfter verprügeln sollen!«

Dak? Was ging sie Dak in diesem Augenblick an? Demmi war froh, den unangenehmen Verpflichtungen entkommen zu sein, die ihr Mann verkörperte. Sie war froh, mit Manaravak allein zu sein. Aber jetzt mußte sie sich um sein Wohlergehen kümmern! Sie stand auf. Mit entblößtem Oberkörper zitterte sie in der kalten und feuchten Zugluft, die aus der Höhle drang. Erst jetzt hörte sie das Geräusch tropfenden Wassers aus der Höhle. Wenn es drinnen Wasser gab, mußte sie sich nicht den Kopf zerbrechen, wie sie es zu ihrem Bruder bringen sollte. Als sie den Gestank nach verwesendem Fleisch wahrnahm, rümpfte sie die Nase. Stammte er von einem Geschöpf, das in der Höhle gewohnt hatte und dort gestorben war, oder vom Fleisch der Beute eines Tieres. Wenn ja, fraß es dann gerade davon, oder würde es bald zurückkehren, um davon zu fressen? Löwen verhielten sich so, und Bären auch.

Demmi schluckte. In ihrem Zustand hatten sie und Manaravak nicht die geringste Chance gegen den Angriff eines Raubtiers.

»Wir können hier nicht bleiben!« sagte sie zu ihm.

Doch dann bemerkte sie, daß er sie gar nicht gehört haben konnte. Er lag im Fieberwahn auf dem Boden der Höhle. Sie schaffte es, ihn auf die Schulter zu heben und ging ein paar zögernde, unbeholfene Schritte, bis sie die Sinnlosigkeit ihres Tuns einsah. Das Mammut hatte sie auf einen hohen Vorsprung in der Felswand gehoben, und wenn sie hinuntersteigen wollte, hatte sie einen beträchtlichen Höhenunterschied zu überwinden. Mit Manaravak als Last war das unmöglich. Sie legte ihn wieder hin, kniete sich neben ihn, berührte sein Gesicht, küßte ihn auf die Stirn und den Mund und berührte die Narben, mit denen die große Bärin ihn gezeichnet hatte. Dann küßte sie ihn erneut auf den Mund – und es war der Kuß einer Frau. Dak hätte es überhaupt nicht gefallen. Aber Dak war nicht hier. Schließlich stand sie wieder auf und wünschte ihrem Bruder Kraft und Leben, sollte sie bei dem versagen, was sie jetzt beabsichtigte.

Langsam, mit klopfendem Herzen und trockenem Mund ging Demmi ins Innere der Höhle. In ihrer Hand hielt sie ihr Schlachtmesser.

Naya saß immer noch am Rand des Lagers, wo sie allein gedöst hatte, und blickte zu Umak auf, als er mit dem Morgenlicht im Rücken auf sie zukam. Sein Gesicht war ernst und seine Augen beunruhigend. Er blieb dicht vor Naya stehen. Ja, seine Augen waren dunkel, starr und feindselig. Es waren nicht die warmen braunen Augen, die sie so gut kannte.

»Pack deine Sachen zusammen und komm mit mir!«

»Nein!« schrie Naya bestürzt und fassungslos. »Umak, sag mir, daß du mich nicht fortschicken wirst!«

»Nimm deine Sachen und komm mit mir, Naya! Zwing mich nicht, es noch einmal zu sagen.«

Naya war zu verängstigt, um sich rühren zu können. Sie konnte die Gesichter sehen, die sie aus den Familienzelten anstarrten. Die Jäger waren endlich aus dem Ratszelt gekommen. Sie standen regungslos da und starrten sie an. Grek wandte sich ab, als sich ihre Blicke trafen.

»Komm, sage ich!«

Sie zuckte zusammen. Umaks Befehl war wie ein wütend geschleuderter Speer. Ihr wurde kalt vor Angst. Der Mann, der jetzt vor ihr stand, war nicht mehr ihr Umak. Er war der Zauberer. Er wirkte unnahbar und bedrohlich. Naya erstarrte und erinnerte sich daran, wie er für seinen verwundeten Bruder vor den Mächten der Schöpfung getanzt hatte — bemalt, mit Federn geschmückt, seinen kräftigen nackten Körper für alle sichtbar zur Schau gestellt, sein männliches Organ so groß und drohend wie alles andere an ihm.

»Nein!« rief sie und duckte sich. »Ich werde nirgendwo mit dir hingehen!« Brennende Tränen schossen ihr in die Augen. Sie biß die Zähne zusammen, um nicht laut loszuschreien.

Er bückte sich, packte sie an den Haaren und hob sie mit solchem Schwung hoch, daß sie fast ihren Beutel mit dem Nähzeug fallen ließ.

»Sag nicht noch einmal nein zu mir!« warnte er sie und begann, sie ohne ein weiteres Wort durch das Lager zu seinem Zelt zu schleifen.

Umak empfand gleichzeitig eine heftige Wut und ein ekstatisches Glücksgefühl. Naya gehörte ihm und mußte tun, was er sagte, wenn sie nicht sterben wollte! Seine Macht über sie befriedigte und erregte ihn. Noch nie hatte er ein stärkeres Verlangen nach ihr verspürt — und doch wollte er sie eigentlich gar nicht mehr haben.

Er zerrte sie rücksichtslos durch das Lager zu seinem Zelt. Wenn sie stolperte, zerrte er sie weiter, bis sie es schaffte, wieder auf die Beine zu kommen. Er stieß sie in sein Zelt und an der fassungslosen Honee vorbei. Li und der kleine Jhon sprangen zur Seite, als sie auf seine ordentlich gehäuften Schlaffelle stürzte.

Benommen rappelte sie sich zu einer sitzenden Position auf, griff nach ihrem Nähbeutel, zog die Knie an und schlang zitternd die Arme um ihre Unterschenkel.

Umak funkelte sie wütend an. Sein Zorn schürte noch sein Verlangen nach ihr.

Honee schickte die Kinder nach draußen. »Euer Vater will jetzt für eine Weile mit seiner neuen Frau allein sein.«

Die Worte der Frau überschütteten Naya wie eine Lawine. Sie brach in Tränen aus. Sie jammerte nach ihrem Großvater und wollte aufstehen, doch Umak stieß sie zurück.

»Grek wird nicht kommen«, sagte er kalt zu ihr. »Dies ist von jetzt an deine Feuerstelle. Der Rat hat es so befohlen. Je schneller du dich an diese neue Situation gewöhnst, um so besser wird es für uns alle sein. Du hast Schande über mich gebracht, Naya. Du hast dich selbst und den ganzen Stamm beschämt. Das Mindeste, was du jetzt tun kannst, ist, den Willen des Häuptlings und der Mächte der Schöpfung zu akzeptieren. Du bist meine Frau. Wenn dir noch etwas an deinem Leben liegt, darfst du das nie vergessen und mußt mir ohne Widerspruch gehorchen!«

Nayas Kopf senkte sich auf ihre Knie. Ihr ganzer Körper wurde von ihrem Schluchzen erschüttert. Honee scheuchte Jhon und Li aus dem Zelt und blieb dann für einen Augenblick stehen, um ihren Mann besorgt anzusehen. »Vergiß nicht, daß sie wirklich noch ein Mädchen ist, Umak! Sei freundlich zu ihr!«

Ihre sanft gesprochene Bitte erregte nicht sein Mitleid, sondern machte ihn nur noch wütender. »Wenn ich nicht freundlich gewesen wäre, hätte sich Simu im Rat durchgesetzt. Er hatte recht, als er sagte, daß sie nur Ärger macht.«

Honee stand reglos da. Ihr Gesicht war ernst. Ohne ein weiteres Wort nahm sie ihren warmen Umhang und sagte, daß sie wiederkommen würde, wenn er nach ihr rief.

»Du brauchst nicht zu gehen.«

Sie musterte ihn und das schluchzende Mädchen mit wissendem Blick. »Ich würde aber lieber gehen.«

Er sah ihr nach, wie sie das Zelt verließ. Er kannte Honee gut genug, um sicher zu wissen, daß sie mit den Kindern zu Greks Zelt gehen und den alten Mann damit trösten würde, daß es Naya gutging.

Nayas Schluchzen machte ihn wieder auf die kleine, verletzliche junge Frau aufmerksam. Er verstand nicht, warum sie solche Angst vor ihm hatte. Er konnte es nicht dulden.

»Du hast nicht geflennt, als du dich für Manaravak geöffnet hast. Du hast nicht geschluchzt, als du ihn bearbeitet und ihn angefleht hast, dich noch einmal ... zu füllen.«

Sie blickte auf. Ihr Gesicht war kreidebleich und verhärmt. »Ich kann mich nicht daran erinnern.«

»Nein?« Umak ließ sich von ihrem mitleiderregenden Tonfall nicht rühren. Ihr unschuldiger Ausdruck machte ihn wütend. Eine Frau konnte sich einfach nicht so verhalten, wie sie es bei Manaravak getan hatte, und sich dann nicht mehr daran erinnern. »Nun«, sagte er und bückte sich, um sie aufzuheben. »Hieran wirst du dich erinnern!«

Noch während er sich ihr näherte, rief sie, daß ihr schlecht würde und übergab sich heftig. Anschließend brach sie zu seinen Füßen zusammen, weinte mitleiderregend und sagte, daß es ihr leid täte.

Er wußte später nicht mehr, wann sein Zorn verraucht war. Er wußte nur, daß er sie irgendwann kniend in den Armen hielt und wiegte, als wäre sie ein kleines Kind. »Bitte nicht, Naya! Ich wollte dich nicht zum Weinen bringen.«

Sie schluchzte weiter, bis sie auch dazu zu erschöpft war und nur noch schlaff in seinen Armen hing. Er stand auf und holte feuchte Felle, um ihr das Gesicht abzuwischen. Dann hob er sie hoch und trug sie zu einer Matratze mit frischen Schlaffellen. Er spürte, wie sie ihn beobachtete, als er den Fußboden des Zeltes reinigte. Dann raffte er seine ruinierten Schlaffelle zusammen und warf sie aus dem Zelt. Als er zu ihr zurückkam, saß sie erschöpft und zusammengesunken da und sah ihn beschämt aus müden Augen an. Er ging vor ihr in die Knie und fragte sie, ob ihr immer noch übel wäre.

»Meine Beeren...«, flüsterte sie. »In meinem Nähbeutel da drüben. Dann wird es mir bessergehen.«

Er holte ihr den Beutel und bemerkte ihr besorgtes Stirnrunzeln, als sie hektisch und mit zitternden Händen ein paar runzelige Kügelchen hervorholte, die die Farbe von getrocknetem Blut hatten.

»Sie sind fast alle«, sagte sie zu ihm und seufzte bedauernd. Sie ließ sie bis auf eine wieder im Beutel verschwinden. »Ich muß sparsam damit umgehen, damit sie noch eine Weile reichen.« Sie aß die getrocknete Frucht.

Er beobachtete, wie sich ihr Gesicht entspannte. Die Farbe kehrte in ihre Lippen und Wangen zurück. All seine alten Gefühle für sie waren wieder da, als sie ihn matt anlächelte.

»Gute Medizin«, sagte sie und schloß die Augen. Dann schlang sie ihm plötzlich die Arme um den Hals und klammerte sich an ihn. »O Umak, warum sind nur alle so böse auf mich?«

Er war von der Tiefe seiner Liebe zu ihr erschüttert. Er streichelte ihre Arme und ihren Rücken und spielte geistesabwesend mit einem Lederriemen, der um ihren Hals lag. »Du mußt lernen zu denken, bevor du handelst, damit die anderen nicht mehr unter den Folgen deiner Fehler und Nachlässigkeit zu leiden haben.«

Sie zitterte ein wenig und vergrub ihr Gesicht tiefer in seiner Schulter. »Manchmal tue ich Dinge, ohne daß ich weiß warum oder ohne mich später daran zu erinnern. Das ist nicht gut.«

»Nein, das ist wirklich nicht gut.« Er hielt sie fest, küßte sie auf den Kopf, streichelte weiter ihren Nacken und ließ das Lederhalsband zwischen Daumen und Zeigefinger hindurchgleiten. »Du darfst nie vergessen, daß du jetzt meine Frau bist. Ich werde dir helfen, in Zukunft vorsichtiger zu sein. Du wirst es nicht bedauern, daß du meine Frau geworden bist.«

»Ich will mich nicht für deinen Mannknochen öffnen. Er ist so groß!« Der Widerwille und die Beklommenheit in ihrer Stimme waren nicht zu überhören.

»Du hast dich auch für Manaravak geöffnet.«

Sie atmete tief ein. »Ich kann mich nicht daran erinnern«, sagte sie dann. »Er muß mich dazu gezwungen haben! Und hinterher hat es drinnen weh getan und geblutet. Sein Mannknochen war auch sehr groß! Es war gar nicht gut für mich.« Sie versteifte sich ein wenig in seinen Armen und wechselte dann das Thema. »Wenn die Zeit des endlosen Lichts kommt, wird mein Umak mir dann helfen, mehr von den guten Medizinbeeren zu suchen?«

»Wenn es dir Freude macht.«

»Es wird mir große Freude machen. Aber wir dürfen Iana nichts davon sagen.«

»Du bist jetzt meine Frau. Um Iana brauchst du dich nicht mehr zu kümmern.«

Erneut seufzte sie glücklich und ein wenig schläfrig. »Gut.« Sie gähnte. »Ich mag Iana nicht.«

Die Wärme ihres Atems an seiner Kehle war so angenehm und süß wie der Sommerwind. Er schloß die Augen und hielt sie an sich gedrückt. Sie ließ es ohne Gegenwehr zu. Sie gehörte jetzt ihm und war in seinen Armen sicher und zufrieden. Was immer auch als Mann und Frau zwischen ihnen geschehen würde, würde dann geschehen, wenn es soweit war. Er würde sie nicht zwingen, wie Manaravak es getan hatte. Er würde sie sanft führen und sie allmählich seinem Bedürfnis öffnen, bis ihr Körper wie ein guter, nachgiebiger Handschuh zu seinem passen würde.

Seine Augenbrauen senkten sich. Also hatte Manaravak sie gegen ihren Willen genommen! Als er sie im Sturm überrascht hatte, mußte seine Eifersucht ihn dazu getrieben haben, sich das Schlimmste einzubilden. Naya hatte sich seinem Bruder nicht freiwillig hingegeben. Und jetzt hatte sie kein Verlangen, jemals wieder bei ihm zu liegen. Manaravak hatte sie mit Gewalt gezwungen und ihr weh getan. Kein Wunder, daß er davongelaufen war!

Umak lächelte bitter und traurig. Armer Manaravak. Immer wieder heulte der Wanawut in den Tiefen seiner Seele und entfesselte seine tierische Natur, die sich niemals richtig an die Sitten und Verbote seiner Mitmenschen anpassen würde. Wenn die Mächte der Schöpfung ihn irgendwann sicher zurückbrachten, würde er vielleicht lernen. Auf jeden Fall würde Umak ihm verzeihen. Schließlich waren sie Brüder — und Zwillinge —, und Naya gehörte jetzt ihm. Und nichts, was Manaravak tat, weder in dieser noch in der nächsten Welt, würde jemals etwas daran ändern können.

Ohne sich noch einmal umzublicken, ging Demmi unbeirrt durch das immer schwächer werdende Licht auf den ekelhaften Gestank des verwesenden Fleisches zu. Die Höhle war tief und geräumig. Kalte Zugluft rauschte wie umherirrende Gespenster durch unsichtbare Spalten in der Felswand. Demmi erschauderte. Ihr gefiel die Höhle nicht. Um sich zu beruhigen, dachte sie daran, daß Bären lieber in engeren Höhlen wohnten und Löwen einen trockenen Unterschlupf bevorzugten.

Sie blieb stehen. Sie stand jetzt im tiefen Schatten und holte tief Luft. Ihre nächsten Schritte brachten sie zu dem, was sie gesucht hatte. Das tote Tier, das am Ende der Höhle lag, hatte vorher nicht hier gewohnt. Es gab keine Reste von Fleischmahlzeiten und keinen Kot. Nur ein paar Steine waren hier und dort verrückt worden, als der große Bär sich in die Höhle geschleppt hatte, um hier zu sterben. Demmi legte sich die Hand über Mund und Nase, um sich vor dem Gestank nach vergammeltem Fleisch zu schützen. Der Kadaver war groß und weiblich. Das Fell war braun wie das eines Bisons. Die Krallen hatten die Größe von kleinen Hörnern, und die Pfoten, an denen sie hingen, waren so breit wie die Köpfe zweier Männer. Sie kniete sich nieder und fragte sich, woran das Tier wohl gestorben sein mochte, bis sie die klaffenden Wunden im Bauchfell sah.

Wodurch waren sie gerissen worden? Löwen? Ein Rudel Wölfe? Ein Riesenfaultier? Oder ein Wanawut? Sie verdrängte diesen Gedanken. Es spielte keine Rolle, was die Bärin und die halb entwickelten Jungen getötet hatte, die mumifiziert in ihrer offenen Gebärmutter lagen.

Demmi schaffte es kaum, ihre aufsteigende Übelkeit zu unterdrücken. Sie wartete den Schwindelanfall ab, biß die Zähne zusammen und fragte sich, ob sie vielleicht schwanger war. Ihre letzte Blutzeit war ausgeblieben, und während der vorangegangenen zwei Monde war sie nicht sehr stark gewesen. Aber in schweren und hungrigen Zeiten war es nicht ungewöhnlich, daß Frauen überhaupt nicht bluteten.

Sie hatte ihre Schwangerschaft gehaßt. Es war ihr ständig übel gewesen, und sie hatte sich nur langsam bewegen und nicht mit den Männern auf die Jagd gehen können. Aber darüber mußte sie sich jetzt keine Gedanken machen. Manaravak brauchte sie. Und es gab noch viel Arbeit für sie, wenn das Fell, das Fleisch und das Mark der toten Bärin ihr und ihrem Bruder Wärme und Nahrung geben sollten.


# 5


Die Überlieferung besagte, daß die Zeit alle Wunden heile. Selbst lebensgefährliche Wunden fänden mit der Zeit im Tod ihre Erlösung. Doch als Torka seinen Stamm aus dem verwüsteten Tal des Großen Wilden Flusses führte, um bessere Jagdgründe zu suchen, wußte er, daß die Überlieferung sich irrte. Es gab Wunden, die niemals heilen, die nie zu schmerzen aufhören würden, Wunden die den Geist töteten, aber das Fleisch am Leben ließen, damit es schmerzte und blutete in der Sehnsucht nach wertvollen Dingen, die verloren waren und nie wiedergefunden werden konnten. Der ganze Stamm schien unter der Last des Kummers zu leiden. Selbst die Kinder und die Hunde waren still.

Die Notwendigkeit, jenseits des Tals frisches Fleisch zu finden, trieb den Stamm voran. Die Jäger hatten nach Demmi und Manaravak gesucht, doch nur Gefährte hatte einen von Demmis Mokassins gefunden, was jeden vom Tod der jungen Frau überzeugt hatte. Ansonsten war ihre Suche nach den Geschwistern vergeblich geblieben. Auch Eneelas Leiche war nicht aufzufinden gewesen.

Dak, der seine Frau, seine Mutter und seinen jüngeren Bruder verloren hatte, war tief betrübt und verweigerte das Essen. »Der Fluß hat Demmi und Manaravak mit sich genommen«, hatte er zu Umak gesagt. »Meine Frau hat endlich ihren Willen bekommen. Sie wird für immer bei ihrem Bruder sein. Wir werden sie niemals wiedersehen ... weder in dieser noch in der nächsten Welt.«

Als der Stamm das weitläufige, gewellte Hügelland am Nordrand des Tals erreichte, machte er halt, um sich vom Großen Wilden Fluß zu verabschieden. Doch zuvor wurde noch eine ernste Abschiedszeremonie für die abgehalten, die nicht mehr bei ihnen waren.

Es war spät am Tag, und die Sonne stand bereits tief. Ein milder Wind wehte aus dem Westen. Bedrückt gingen sie ans Ufer und übergaben Demmis Mokassin und Manaravaks Fell von Drei Pfoten dem Fluß, in dem ihre Seelen nun für immer wohnen würden. Als das Fell und der Mokassin von der Strömung davongetrieben wurden, gab der Stamm jede Hoffnung auf, daß er die Vermißten jemals wiedersehen würde.

In diesem Augenblick schreckte Daks Verzweiflungsschrei die Versammlung auf, und Umak, Torka, Simu und Grek stürzten herbei, um ihn davon abzuhalten, sich sein Messer in die eigene Brust zu stoßen.

»Nein!« schrie Larani und hastete zu ihrem Bruder.

Doch zur allgemeinen Überraschung war Schwan am schnellsten bei ihm. Sie ließ Kharn stehen und stand im nächsten Augenblick neben ihm, um seinen Arm zurückzuhalten. Sie ließ nicht locker und drückte seine Hand mit aller Kraft weg. Mit vor Anstrengung verzerrtem Gesicht fauchte sie ihn durch die Zähne an. »Du gedankenloser Egoist! Was bist du für ein schrecklicher Mann! Laß das Messer los! Merkst du nicht, daß Kharn dir zusieht? Er hat seine Mutter und seine Großmutter verloren! Soll er jetzt auch noch seinen Vater verlieren?«

Ihre Worte verletzten ihn so sehr wie ein Messer, aber erst als sie ihm heftig gegen das Schienbein trat, ließ er den Arm sinken und starrte sie benommen an. Dann schlug sie ihm so kräftig ins Gesicht, daß sein Kopf zur Seite ruckte.

Niemand rührte sich. Larani sah, wie Torka die Augen zu schmalen Schlitzen zusammenkniff und wie Honee erstaunt keuchte, während sie mit offenem Mund dastand. Sie hätte niemals gedacht, daß die sanftmütige Schwan einmal so wütend werden könnte.

»Du undankbarer, armseliger Kerl willst ein Mann sein?« schrie Schwan ihn mit funkelnden Augen an. Tränen liefen ihre Wangen hinunter, aber sie machte sich nicht die Mühe, sie fortzuwischen. »Du Feigling! Du Schwächling! Demmi, um die du angeblich trauerst, würde sich für dich schämen! Genauso wie ich mich für dich schäme!«

Dak blinzelte ungläubig.

»Sieh mich an!« forderte sie ihn auf. »Auch ich weine wie eine Frau um meine verlorene Schwester, meinen Bruder und deine Mutter. Aber am meisten weine ich deinetwegen, weil du Schande über uns alle bringst!«

Dak starrte auf Schwan herab, als wäre sie eine Fremde.

Wütend erwiderte sie seinen Blick mit tränenüberströmtem Gesicht voller Verachtung. »Warum verschwende ich meine Zeit mit dir? Tu, was du nicht lassen kannst! Setz deinem Leben ein Ende, wenn du nicht den Mut findest, deinen Verlust und deinen Kummer wie ein Mann zu ertragen!«

Sie machte auf dem Absatz kehrt und stapfte davon, um sich auf ihr Reisegepäck zu setzen. Sie starrte über den Fluß, bis Kharn zu ihr kam und an ihrem Ärmel zupfte. Ohne zu zögern, hob Schwan ihn in ihren Schoß und drückte ihn an sich. »Was für ein großer, tapferer Junge du bist, Kharn!« sagte sie laut. »Genauso tapfer wie deine *Mutter*!«

Daks Kopf ruckte hoch, und er biß die Kiefer zusammen. Er hob langsam den Arm mit dem Messer, und als Larani, Torka und Umak sich näherten, um ihn aufzuhalten, warnte er sie mit einem Knurren.

»Was ich jetzt tue, tue ich für Demmi, damit von diesem Tag an alle sehen können, welche Narbe sie in meinem Leben zurückgelassen hat ... und damit nie wieder jemand — und besonders keine Frau — Grund hat, mich einen Feigling zu nennen!«

Larani sah, wie Schwan ihn mit aufgerissenen Augen anstarrte und dann schnell Kharns Gesicht wegdrehte. Sie schrie verzweifelt auf. »Tu's nicht, Bruder! Bitte!« Mit unendlicher Langsamkeit und ohne einen Laut von sich zu geben, zog Dak unerschütterlich sein Messer über die Schläfen, beide Arme hinunter und quer über die Brust. Das Leder seiner Ärmel und seines Hemdes öffnete sich, und Blut lief über seine Kleidung.

Stumm sah der Stamm zu, wie Dak das blutige Messer hob und es in den Fluß schleuderte.

Stumm verbrachten sie die Nacht, und stumm erwachten sie am nächsten Morgen, schulterten ihre Rückentragen und zogen weiter, ohne sich noch einmal umzublicken.


Erst spät am Tag machte der Stamm Rast. Wieder wurden Kondore gesichtet, die im Süden kreisten. Lonit sah ihnen erschöpft zu und drängte Torka, den Stamm in diese Richtung zu führen, damit sie vielleicht doch noch die Knochen der Verstorbenen entdeckten.

»Wenn sie tot unter dem Schatten der großen Aasfresser liegen, könnten wir sie zumindest so bestatten, daß sie für immer in den Himmel blicken.«

Torkas Augenbrauen senkten sich. »Wir haben ihre Seelen dem Fluß anvertraut. Deine Hoffnung muß jetzt in der Zukunft liegen. Du mußt nach vorn blicken, nicht zurück. Unser Glück hat bisher immer im Osten gelegen. Wenn wir es wiederfinden wollen, müssen wir den Spuren des großen Mammuts Lebensspender folgen«

Lonit seufzte niedergeschlagen, aber sie widersprach ihm nicht.

Weit entfernt, auf der anderen Seite des Flusses, träumte Manaravak von einem Pferd, das über das Gesicht der Sonne galoppierte. Auf seinem Rücken ritt brennend die Tochter des Himmels, die laut seinen Namen rief.

»Manaravak!« Demmi rüttelte an seiner Schulter, um ihn aus seinem Traum zu reißen. Er fuhr hoch und blinzelte. Er hatte erwartet, Larani zu sehen, an die ihn das brennende Pferd und das Feuer erinnert hatten.

»Hör zu!« Demmis Stimme klang eindringlich.

Er stützte sich auf einen Ellbogen und war enttäuscht, als er nur seine Schwester sah, die neben ihm auf dem Sims der Höhle hockte. Wie lange war sie schon hier, mit den zwei ungeschliffenen Knüppeln, die sie sich aus Bärenknochen hergestellt hatte, um ihn mit ihrem Leben zu beschützen? Tage. Nächte. Er hatte jedes Zeitgefühl verloren, aber er fühlte sich kräftiger als an den vielen Tagen vorher und war zum ersten Mal hungrig.

»Hörst du sie?« fragte sie.

Er lauschte. »Wanawuts!« sagte er lächelnd.

»Mach nicht so ein fröhliches Gesicht!« Sie sah Manaravak an. Die Wunden in seinem Gesicht und auf den Armen eiterten trotz ihrer Bemühungen, sie sauberzuhalten, und obwohl sie sie immer wieder mit Bärenfett eingerieben hatte. Ihre Hand strich über sein Gesicht, seinen Hals, seine Schultern und seine Brust. »Auch wenn du viele Narben haben wirst, bist du für mich immer noch der beste und schönste von allen Männern.«

»Laß mich schlafen, Demmi!«

»Tut es dir immer noch leid, daß wir zusammen sind?«

»Ja...« Er begann schon wieder einzuschlafen. »Besser, wenn du nicht gefolgt wärst...«

Demmi legte ihre Speere beiseite und kroch unter die wohlige Wärme des Bärenfells, um sich an Manaravak anzukuscheln.

Ihre Hand strich über seinen Bauch und dann tiefer hinunter, bis sie nach einem kurzen Zögern das tat, wonach sie sich seit so vielen Monden schon gesehnt hatte. Sie berührte seine Lenden und streichelte ihn, bis sich sein Glied regte und unter dem sanften Druck ihrer Handfläche und den langsamen, zielstrebigen Bewegungen ihrer Finger anschwoll. »Dein Körper tut nicht das, was deine Worte gesagt haben, Manaravak.«

Mühevoll wandte er sich von ihr ab. »Laß mich schlafen, Schwester!« brummte er mit einer Stimme, die schmerzvoll und gereizt klang. »Das ist uns nicht erlaubt.«

Ihre Hände strichen über seinen Rücken. »Nur weil wir zu Torkas Stamm gehören. Im fernen Land unserer Vorfahren, in Simus Stamm, wäre es nicht verboten.«

»Laß mich zufrieden! Ich will dich nicht!«

Sie lag eine Zeitlang still da und zitterte vor Verlangen, während er sich neben ihr im Schaf entspannte. Sie rührte sich nicht und überließ ihn seinen Träumen, bis sie in der Dämmerung hörte, daß es regnete. Sie blieb bei ihm – voller Wärme und dem Verlangen einer Frau nach einem Mann.

Er lag jetzt auf dem Rücken. Seine Haut war heiß und trocken vor Fieber. An seinem gelegentlichen Stöhnen erkannte sie, daß er Schmerzen hatte. Erneut versuchte sie, ihn mit sanftem Streicheln und liebevollem Geflüster zu trösten. Ihre Hände glitten wieder zu seinen Lenden hinab. Er schlief, aber er lebte noch – er war so hart, wie sie feucht und bereit für ihn war.

Langsam und mit klopfendem Herzen kniete sie sich über ihn und bearbeitete ihn, bis sein Glied steif pulsierte. Erst dann brachte sie ihn in Stellung und keuchte vor Lust, als sie sich auf ihn setzte. Er war so groß! Er paßte so perfekt zu ihr! Sie bewegte sich, um ihn tief in sich aufzunehmen. Ihr Körper schien zu brennen. War es mit Dak jemals so gewesen? Nein! Sie hatte nie ein solches Verlangen nach dem Sohn von Simu gehabt wie nach Manaravak ... sie war nie so erregt gewesen, wie sie es jetzt war. Atemlos beugte sie sich vor, stützte sich mit den Handflächen ab und steigerte sich dem Höhepunkt entgegen, während sie immer wieder seinen Namen schluchzte. Ohne die Augen zu öffnen, griff er nach ihren Hüften, bäumte sich unter ihr auf und ergoß sich mit einem heiseren Stöhnen in ihr. Er hielt sie fest, während er in Ekstase zitterte und mit seinem Glied noch tiefer in sie stieß.

»Manaravak!« stöhnte sie. »Endlich! Ich wußte, daß es so für uns sein würde!«

Mit einem Knurren öffnete er die Augen und starrte sie verbittert an. Dann zog er sich aus ihr heraus und stieß sie grob zur Seite. »Zwischen uns ist es verboten!« schrie er sie angewidert an. »Nie wieder, Demmi! Geh weg! Du bringst Schande über uns beide!«

Sie ging nicht weg. Sie kniete sich neben ihn und sagte ihm, daß sie ihn liebte und ihr Stamm weit weg sei und niemals erfahren würde, was hier zwischen ihnen geschah.

Er zog sich das Bärenfell über den Kopf und sprach den Rest des Tages nicht mehr mit ihr. Als die Nacht anbrach, mußte sie allein schlafen.

So verging eine weitere Nacht und dann ein weiterer Tag. Die Wunden auf seinem Gesicht und seinen Armen eiterten.

»Die Geister sind böse, weil ein Bruder und eine Schwester als Mann und Frau beieinander gelegen haben«, sagte er.

»Dann sollen sie auf *mich* böse sein, denn du hast es nicht aus freiem Willen getan.«

Eine seiner schwarzen Augenbrauen senkte sich. »So tief ist mein Schlaf auch nicht, Demmi.«

Ihre Blicke trafen sich.

»Es wird wieder dunkel«, sagte er. »Können die Geister in Höhlen hineinschauen und erkennen, was dieser Mann und seine Schwester zusammen tun?«

»Ich kann nicht für die Geister sprechen, Manaravak, aber ich habe keine Angst vor ihnen, wenn ich bei dir bin. Komm, ich will deine Wunden wieder mit Fett von der Bärin behandeln.«

Aber es war nicht das Fett der Bärin, das seine Schmerzen linderte, es war die Berührung ihrer Hände. Er lehnte sich zurück und gestattete ihr, ihn zu lieben, wie sie ihn schon einmal geliebt hatte. Geschwächt und verletzt wie er war, fand Manaravak keinen Grund, Widerstand zu leisten. Sie waren weit vom Stamm entfernt — weit weg von sehenden Augen, die die Verletzung des uralten Verbots entdecken könnten, das sie bis jetzt von der geschlechtlichen Vereinigung abgehalten hatte.

# 6

Weit entfernt im Nordosten zogen Torka und sein Stamm weiter ins Gesicht der aufgehenden Sonne. Es war eine lange Reise, aber sie hatten schon längere hinter sich. Die Jagd war schlecht, aber sie hatten schon schlechtere erlebt. Das Wetter war wechselhaft und manchmal trügerisch, aber sie hatten nie etwas anderes erlebt.

Das Ödland der Tundra schien unendlich. Sie zogen unermüdlich weiter und näherten sich den immer noch weit entfernten Bergen. Umak, der seine Tochter auf den Schultern trug, ließ sich von seinen Gedanken und Erinnerungen forttreiben, während er dem Wind lauschte, der über das Ödland rauschte. Er flüsterte und seufzte, bis Umak plötzlich stehenblieb. Es war nicht die Stimme des Windes, die um ihn herum flüsterte – es war die Stimme Eneelas.

»Vergiß mich nicht, Zauberer! Vergiß mich nicht, und ich werde ewig leben!«

»Vater! Was ist los, Vater?« fragte Li. Sie beugte sich herab und versuchte, sein Gesicht zu erkennen.

Das Seufzen des Windes war überall. Umak konnte sich nicht rühren. Honee, die rechts neben ihm ging, fragte ihn nicht nach dem Grund, warum er stehengeblieben war. Sie war immer froh, wenn sie sich einen Augenblick lang ausruhen konnte, genauso wie Naya, die links neben ihm hertrottete.

»Hört doch!« sagte er dann zu ihnen. »Da sind Stimmen im Wind!«

Sie lauschten, aber sie hörten nichts und sagten es ihm.

Der Zauberer reagierte nicht auf ihre Antwort. Eneela war bei ihm, und sie war nicht allein. Er spürte den kühlen Atem des Windes in seinem Gesicht, aber er wußte genau, daß es nicht der Wind war: Es waren Geister, die in der Luft an ihm vorbeizogen.

»Trauere nicht um die, die verloren sind, Zauberer! Und sag meinem Simu, daß er nicht trauern soll! Ich ziehe mit all denen im Wind, die euch zuvor verlassen haben. Ich bin nicht allein. Karana und Mahnie sind bei mir. Der alte Umak, nach dem du benannt wurdest, zieht an meiner Seite mit dem großen Hund Aar im Wind, und mein Nantu ist auch bei mir. Gemeinsam suchen wir nach seinem verlorenen Kopf. Du bist der Zauberer, Umak. Der Stamm braucht deine Weisheit jetzt dringender als jemals zuvor. Sei stark, hör auf den Geisterwind! Hab Vertrauen in deine Macht! Vergiß mich nicht, und blicke niemals zurück!«

Der Wind legte sich.

»Warte!« rief Umak dem Geist von Eneela zu, während er auf andere Stimmen lauschte, auf die seiner Schwester und seines Zwillingsbruders ... aber wenn die Seelen von Demmi und Manaravak tatsächlich für immer gemeinsam mit Eneela im Wind wehten, dann hatte sie sie nicht erwähnt, und sie hatten auch nicht selbst zu ihm gesprochen. Vielleicht würden sie es niemals tun. Seine eigene Wut und Eifersucht auf Naya hatten sie aus dem Lager vertrieben.

Und Umaks Weisheit gab dem Stamm tatsächlich neuen Mut. Während er ständig auf Spuren von Lebensspender achtete, führte Torka den Stamm durch das Sumpfland und um die mit Grasbüscheln bestandene Ebene herum. Er suchte nach Gegenden, die Nahrung für Mammuts boten. Doch statt dessen stieß er auf Antilopen.

Die Männer jagten und töteten. Sie schlugen ihr Lager auf und ruhten sich von ihrer langen Reise aus.

Da sie immer noch um die Verlorenen trauerten, veranstalteten sie kein Festmahl, sondern dankten den Lebensgeistern der Tiere, die sie erlegt hatten, während sie zum ersten Mal seit vielen Tagen wieder gut aßen. Sie brachen die Knochen auf und kratzten das nahrhafte Mark heraus, bis nichts mehr übrig war. Sie verarbeiteten die Felle und die Sehnen. Sie schnitten das übriggebliebene Fleisch in dünne Scheiben und legten dieses auf Rahmen aus Knochen, damit sie im Wind und schwachen Frühlingslicht trockneten.

Es war ein gutes Lager, dicht neben einem kleinen Bach, an dem knospende Weiden wuchsen, die groß genug waren, um den Wind zu brechen. Die Frauen erlegten Schneehühner und stellten Fallen für Erdhörnchen und Hasen auf. Alle machten sich daran, sich mit dem schmackhaften Fleisch vollzustopfen – alle außer Dak, der in seiner Grübelei immer noch nicht seinen Appetit wiedergefunden hatte.

Nicht weit entfernt kniete Larani neben der Beute aus ihren Fallen. Nachdem sie die zwei fettesten Erdhörnchen ausgewählt hatte, weidete sie sie aus und füllte sie mit duftenden grauen Wermutzweigen. Dann steckte sie sie auf lange Knochenspieße und band sie mit den Eingeweiden zusammen. Damit ging sie an das Kochfeuer, das Sommermond vor Simus Erdhütte entfacht hatte.

»Darf ich diese Tiere auf dem Feuer meines Vaters rösten, auch wenn sie nicht für ihn sind?«

Sommermond neigte ihren hübschen Kopf. »Die Hitze dieses Feuers gehört dir ebenso wie mir, Larani. Wir können plaudern, während die Erdhörnchen rösten.«

Larani starrte in die Flammen und fragte sich, ob sie sich jemals wieder ohne Angst dem Feuer würde nähern können, selbst wenn es noch so klein wäre. Als sie ihre Spieße darüberhielt und die starke Hitze spürte, die von der gut geschürten Glut aufstieg, bezweifelte sie es. Trotzdem hielt sie das Fleisch ruhig und niedrig über die Glut. »Ich habe diese Nager für meinen Bruder und für Kharn gefangen. Der Junge mag es, wie ich die Erdhörnchen zubereite, und Dak hat noch nie frische, mit Wermut gefüllte Erdhörnchen abgewiesen. Ich mache mir solche Sorgen um ihn, Sommermond.«

»Du bist nicht die einzige, die sich um Dak sorgt, Larani«, sagte die ältere Frau. Schwan trat neben sie. In der Hand hielt sie einen Schlauch mit Markbrühe.

»Mutter hat dies für dich gemacht, Sommermond. Sie sagt, es ist gut für dich und das Baby.«

Sommermond nahm den Schlauch an. »Larani kocht gerade Daks Lieblingsessen. Vielleicht erlaubt sie dir, es ihm zu bringen?«

Larani sah schnell genug auf, um zu sehen, wie Schwan errötete. Sie verstand sofort. »Natürlich. Hier! Das Fleisch ist genau so, wie er es mag — außen fast verkohlt und innen noch weich und saftig und so rosa wie deine Wangen!«

Schwan errötete noch stärker, aber als Larani ihr die Fleischspieße reichte, zögerte sie nicht, sie anzunehmen.


»Dak?«

Er saß reglos vor seinem nachlässig errichteten Zelt und antwortete nicht.

»Dak, darf ich mit dir sprechen?« Schwan kam mit gemessenen Schritten näher. Sie hatte Angst, er könne plötzlich aufspringen und sie für ihre frühere Unverschämtheit schlagen. Er hatte noch nicht mit ihr über die Art und Weise geredet, wie sie ihm am Tag, als sie das Tal des Großen Wilden Flusses verlassen hatten, zurechtgewiesen hatte.

Er rührte sich nicht. Er starrte blicklos auf den Boden, wo Kharn zwischen seinen Stiefeln saß und im Schlamm spielte — und von Kopf bis Fuß verdreckt war.

Schwan musterte Daks ungepflegtes Aussehen und die Sorglosigkeit, mit der er sein Zelt errichtet und seine Sachen davor hingeworfen hatte. Sie räusperte sich, kam ein paar Schritte näher und hielt ihren Kopf unterwürfig gesenkt. Sie blieb knapp außerhalb der Reichweite seiner Arme vor ihm stehen. »Du hast gejagt. Du hast Fleisch in dieses Lager gebracht, aber du hast kaum etwas gegessen. Hier. Das habe ich dir von Larani mitgebracht.«

»Ich bin nicht hungrig.«

»Deine Schwester sorgt sich um dich, Dak.«

»Geh weg, Schwan! Aber du kannst das Fleisch für Kharn hierlassen.«

Sie ging nicht weg. »Der Junge braucht mehr als nur Fleisch«, sagte sie sanft und reichte ihm die Spieße. »Ein sauberes Gesicht und saubere Hände könnten ihm nicht schaden, und er ist völlig durchnäßt. Sieh nur, der Matsch ist ihm sogar durch...«

Dak blickte zu ihr auf. Sein Gesicht war ernst, und seine Augen waren schwarz und kalt. »Dann nimm ihn mit. Zweifellos haben deine Mutter und meine Schwester dich deswegen zu mir geschickt. Warum sind sie nicht selbst gekommen?«

»Weil du ihre Hilfe verschmäht und sie mehrere Male abgewiesen hast. Und mich hat niemand geschickt, Dak. Ich bin gekommen, weil auch ich mir Sorgen mache... um Kharn.«

»Bah! Was geht dich mein Sohn an? Wie du siehst, ist er zufrieden, wenn er nur einen vollen Bauch hat.«

»Du vergißt — Kharns Mutter war meine Schwester, und ein Kind braucht mehr als einen vollen Bauch, um zufrieden zu sein.«

»Demmi wäre anderer Meinung gewesen.«

Schwan neigte ihren Kopf zur Seite. Seine Worte kamen scharf und waren voller Verachtung, aber er wandte seinen Blick ab, während er sprach. Und jetzt starrte er wieder auf den Boden, und seine Kiefernmuskeln arbeiteten. Er wollte Schwan mit einer Handbewegung verscheuchen, aber sie rührte sich immer noch nicht.

»Ich vermisse Demmi so sehr«, flüsterte sie nach einer Weile und kniete sich dann neben ihn. »Und ich vermisse Eneela. Und es tut mir leid wegen der Dinge, die ich zu dir gesagt habe. Ich möchte es wiedergutmachen. Ich...«

»Geh jetzt, Schwan! Nimm den Jungen mit, wenn du willst, aber laß mich allein!«

Plötzlich war sie verärgert und ungeduldig. »Ich werde nicht gehen! Ich werde so lange hierbleiben, bis du gegessen hast!«

Er sah sie erneut an. »Du bist wirklich Demmis Schwester, nicht wahr?«

»Das bin ich!« bestätigte sie stolz.

Er schüttelte den Kopf. »Wer hätte gedacht, daß du dich zu einem so scheußlichen Mädchen entwickeln würdest!«

»Ich bin nicht scheußlich — du bist es! Du hockst hier mit finsterem Gesicht, verweigerst die Nahrung und machst allen große Sorgen. Haben wir denn nicht schon genug Sorgen und genug Schmerzen erlitten? Dein Leiden wird Demmi nicht zurückbringen. Und jetzt, wo sie nicht mehr da ist, wie kannst du da ihr Andenken entehren, indem du ihren Sohn behandelst, als würde er dir nicht mehr bedeuten als einer der Hunde!«

»Sie hat sich auch nicht besser um ihn gekümmert«, gab er mit einem verächtlichen Knurren zu bedenken.

Sie erwiderte sein Knurren. »Aber ich tue es! Komm, Kharn?« Sie griff nach dem Jungen und lächelte ihn strahlend an, als er immer noch auf den Erdhörnchen kauend bereitwillig in ihre ausgebreiteten Arme lief. »Guter Junge! Komm zu Schwan! Sieh dir nur die Unordnung in diesem Lager an, die dein Vater angerichtet hat! Komm, großer, starker Junge meiner Schwester! Mit deiner Hilfe wird Schwan es ganz schnell aufgeräumt haben!«

Im Schatten vor Simus Zelt blickte Larani wehmütig zu Schwan hinüber, die gerade Kharn in die Arme genommen hatte. »Dak fühlt sich belästigt, aber er schickt sie nicht fort«, sagte sie zu Sommermond. »Vielleicht wird mein Bruder bald eine neue Frau haben.«

Sommermond dachte einen Augenblick nach. »Simu will Torka fragen, ob du Daks neue Frau werden kannst.«

Larani war entsetzt. »Dak ist mein Bruder! Das ist vom Häuptling verboten!«

»In Torkas Stamm, nicht in eurem.«

»Torkas Stamm ist mein Stamm! Für mich ist es nie anders gewesen!«

»Ja, aber dein Vater kommt aus einem anderen Stamm. Und er ist zunehmend der Ansicht, daß die Sitten von Torkas Stamm sich mit seinen eigenen Traditionen und Bedürfnissen reiben. Er ist so unglücklich, Larani. Seit deine Mutter gestorben ist, denkt er nur noch an die Vergangenheit – an Nantu, an Eneela und daran, wie es für dich hätte sein können, wenn...«

»Ich werde nicht bei meinem eigenen Bruder liegen, nur um den Kummer meines Vaters zu besänftigen!«

Sommermond sah unglücklich aus. »Ich weiß. Ich wollte dir nur erzählen, was er gesagt hat, aber ich wußte nicht, wie ich es tun sollte. Er meint es gut mit dir, Larani. Er will doch nur...«

»Ich brauche dich nicht, um für mich zu sprechen!« Simu, der weggegangen war, um sich zu erleichtern, stapfte jetzt herbei und blieb wütend vor seiner Feuergrube stehen. Er fixierte seine Frau und seine Tochter mit abschätzenden, tadelnden Augen, dann wandte er sich ganz Larani zu. »Du willst also nicht zu deinem Bruder gehen, wie?«

»Nein!«

»Im fernen Land unserer Vorfahren hättest du keine Wahl gehabt!«

»Ich bin nicht im fernen Land unserer Vorfahren. Ich bin hier — eine Frau in Torkas Stamm!«

Er schnaufte mißbilligend. »Du bist überhaupt keine Frau, wie ich die Sache sehe — nicht, bis du einen Mann hast, der für dich spricht und dich aus der Erdhütte deines Vaters führt.«

Sommermond erbleichte. »Simu, bitte nicht!«

»Sei ruhig! Sie muß endlich die Wahrheit hören!«

Larani stand auf und sah ihn über die Glut des Feuers hinweg an. »Wenn du nicht mehr für mich verantwortlich sein willst, dann werde ich...«

Er schnaufte erneut. Diesmal klang es ungeduldig, aber auch bedauernd und tadelnd. »Bah, Mädchen, sei still! Dein Gesicht ist nicht mehr das, was es einmal war, und dein verbrannter Arm und Rücken sind kein hübscher Anblick. Aber du bist stark. Dein verbrannter Arm arbeitet genauso gut wie der gesunde, und im Schatten meiner Hütte habe ich gesehen, daß deine Brüste, deine Hinterbacken und Hüften noch genauso sind wie früher. Ein Mann könnte dich an sein Feuer nehmen und zumindest im Dunkeln Freude daran haben, sich in dich zu ergießen und neues Leben zu machen — neue Söhne, die seine Arbeit erleichtern, wenn er älter wird. Ich werde mit Dak reden, bevor er und Schwan sich zu nahe...«

Entsetzt schüttelte Larani den Kopf. »Ich werde nicht zu Dak gehen!« schrie sie ihn an.

»Ein Mann ist ein Mann. Du weißt, daß Dak immer eine besondere Zuneigung zu dir gehabt hat. Es könnte sich etwas sehr Gutes daraus entwickeln. Ich habe die Möglichkeiten schon mit Sommermond durchgesprochen. Sie hat recht, wenn sie sagt, daß ich mir Sorgen um dich mache, Larani. Ich werde bald mit Torka darüber reden. Immerhin war es der Häuptling, der darauf bestanden hat, daß du am Leben bleiben sollst, also ist er auch für dich verantwortlich. Er muß dafür sorgen, daß du einen Mann bekommst. Torka muß mit den Traditionen seiner Vorfahren brechen und dir erlauben, als Frau bei deinem Bruder zu leben, oder er hat die Verpflichtung, dich an sein eigenes Feuer zu nehmen!«

Larani wurde eiskalt. »Wenn du immer noch das Bedürfnis hast, die Entscheidungen des Häuptlings zu kritisieren, dann tu es! Aber du wirst mich nicht als Entschuldigung dafür mißbrauchen! Ich bin nicht geeignet, eine Frau des Häuptlings zu werden. Ich will nicht das Mitleid eines Mannes! Bin ich dir nicht eine große Hilfe, jetzt wo Sommermond schwanger ist und Eneela nicht mehr an dieser Feuerstelle ist? Kann mein Vater meinen Anblick nicht länger ertragen, obwohl ich mir mein Fleisch durch nützliche Arbeit verdiene?«

»Selbst wenn du anderer Meinung bist, mußt du mir als Tochter gehorchen. Du widersprichst mir in letzter Zeit viel zu häufig. Du mußt tun, was ich dir sage!«

Larani war niedergeschlagen. »Was bleibt mir anderes übrig? Ich bin nur eine Frau. Aber ganz gleich, was du auch zu Torka sagst, kein Mann – nicht einmal ein Bruder, und mit Sicherheit auch kein Häuptling – möchte eine Frau mit einem so vernarbten Gesicht und Körper an seiner Feuerstelle haben. Du bist nicht der einzige, der den Blick abwendet, wenn ich mich nähere, Vater. Sie alle schauen weg, alle außer...« Sie unterbrach sich. Sie konnte sich nicht dazu überwinden, seinen Namen auszusprechen.

*Manaravak!* Er hatte sich niemals abgewandt. Er war der Mann, den sie niemals würde haben können... bis zu dem Zeitpunkt, an dem sie sterben würde. Dann würde sie gemeinsam mit ihm die Geisterwelt durchstreifen.

In dieser Nacht hatte Naya Kopfschmerzen, und nicht einmal zwei Beeren ihres rapide dahinschwindenden Vorrats konnten sie lindern. Honee gab ihr einen Brei aus Fett und Weidenöl, der ihr auch nur wenig half. Umak kam zu ihr, um sie zu trösten.

Doch als er sich hinter sie legte und sie sanft an sich drückte, spürte sie am Rücken, wie sich sein Herzschlag beschleunigte, und an der Rundung ihrer bloßen Hinterbacken, wie sein Mannknochen sich bewegte, anschwoll und heiß wurde. Schließlich schrie sie vor Angst und schickte ihn zurück in Honees Schlaffelle. Daraufhin war er wütend auf Naya, und Honee war wütend auf ihn, weil er ›ihre‹ Naya bedrängt hatte.

»Sie ist nicht ›deine‹ Naya, Frau, sie ist meine! Und ich habe sie überhaupt nicht bedrängt!« Er hatte genug von seinen Frauen, nahm seinen Umhang und setzte sich in die hinterste Ecke der Hütte, um allein zu schlafen.

Naya lag ruhig da und war froh, daß Umak nicht bei ihr war. Doch sie machte sich Sorgen über ihre schlimmen Kopfschmerzen. Es war ein leichter, stechender Schmerz, der zeitweise so heftig wurde, daß sie dadurch fast blind wurde. Sie schienen zu der Zeit eingesetzt zu haben, als sie immer weniger von ihren Beeren zu sich genommen hatte.

Sie wunderte sich darüber. War es möglich, daß die Beeren, die Schmerzen verhinderten, wenn sie sie aß, Schmerzen verursachten, wenn sie sie *nicht* aß? Das erschien ihr unlogisch. Zwei oder drei Beeren reichten inzwischen nicht mehr aus, den Schmerz zu lindern. Sie würde fünf oder sechs benötigen, aber dann wäre ihr restlicher Vorrat schnell aufgebraucht. Sie stöhnte vor Verlangen, und mit einem Anflug von Reue erinnerte sie sich an Ianas Warnung:

*Du kannst sie tragen, aber du darfst sie nicht essen! Wir müssen mit unbekannter Nahrung vorsichtig sein.*

Doch als ihr Kopf jetzt vor Schmerzen scheinbar platzen wollte und ihr so heiß war, daß sie sich fast übergeben mußte, wollte Naya nichts mehr von Warnungen oder Erinnerungen oder von irgendwelchen anderen Gedanken wissen. Sie stand auf. Verzweifelt suchte sie ihren Medizinbeutel, kramte tief nach den wenigen übriggebliebenen Früchten und verschlang sie gierig und zitternd vor Verlangen.

Plötzlich schien es in ihrem Kopf hell zu werden, und kurz

darauf waren die Schmerzen verschwunden. Naya schlüpfte wieder unter ihre Felle und schlief sofort ein.

Sie träumte von großen, grünen Büschen, deren Äste vom Gewicht unzähliger roter Beeren durchhingen, die im Licht der Sonne rund und fett wurden... und von einem jungen Mädchen, das nackt tanzte und wild und sorglos zwischen den Sträuchern hindurchlief, die Beeren pflückte und sie zwischen ihren Fingern zerquetschte. Sie rieb sich den Saft über den Körper, beschmierte ihre Brüste, ihren Bauch und ihre Schenkel und lachte, während sie über die goldene Ebene rannte und ihren Körper den zwei grauen Wölfen zeigte, die sie beobachteten... die warteten... mit hungrigen Augen und begierig auf...

Sie drehte sich im Schlaf um. Sie fühlte sich warm, so warm. Tief in ihren Lenden war das Verlangen, gefüllt zu werden... mit der Hitze eines Mannes. Obwohl sie allein schlief, war die gesichts- und formlose Gestalt eines Mannes bei ihr. Ein warmer Wind strich über ihre Haut und streichelte ihre Brüste und leckte zwischen ihren Schenkeln.

Sie berührte sich selbst, bog ihre Hüften durch, spreizte ihre Beine und schrie dem Wind auffordernd zu, in sie einzudringen, bis sie benommen hochschreckte und Umak neben ihr sitzen sah, der ihr über die Stirn strich.

»Geht es dir gut?« fragte er.

»Gut...?«

»Hast du deine Meinung geändert?« Seine Stimme war tief und heiser vor Verlangen, als er zu ihr unter die Schlaffelle schlüpfte. »Es wird gut mit uns beiden werden. Du wirst sehen.«

Wovon redete er? Sie hielt das Fell wie einen Schutzwall zwischen sich und ihn. Sie schlief noch, sie träumte, sie halluzinierte. Umak war nicht Umak, er war ein Fremder – nicht einmal ein Mensch, sondern eine schwarzhaarige, formlose Fellpuppe, die sich vorbeugte, um sie zu küssen. Und im Gesicht, das keine Augen, Ohren, Lippen oder Nase hatte, bildete sich eine große Öffnung, die sich über ihren Mund stülpte, während die Puppe sie hinunterdrückte.

Ihr Kuß erstickte sie, saugte ihr das Leben aus dem Körper. Sie war ein schlaffes, lebloses Gefäß, durch das der Wind fuhr, und als er wieder aus ihr herausströmte, tötete er sie. Plötzlich war der schreckenerregende Alptraum wieder da. Die Bestien fielen über sie her — Wölfe, Wanawuts, die furchtbare, gesichtslose Puppe, der tödliche Wind ... und sie starb in einer Welle aus Blut und Schrecken, bis ...

»Naya! Bei den Mächten der Schöpfung, hör auf!«

Sie blinzelte. Der Traum wich von ihr. Umak kniete neben ihr und hielt sie an den Schultern.

»Geh weg!« flüsterte sie. »Ich habe solche Angst. Bitte, Umak, geh weg und nimm den Traum mit!«

Sein Gesicht zeigte völlige Verwirrung — dann Niedergeschlagenheit und schließlich Ekel. Er nahm seine Kleidung und die Mokassins und verließ die Hütte.

Honee sprach sie aus der Dunkelheit an. »Naya, es ist nicht gut, einen Mann aufzufordern und ihn dann wieder fortzuschicken.«

»Ich habe ihn nicht aufgefordert!«

»Doch, das hast du, mein liebes Mädchen. Du hast seinen Namen gerufen und ihn gebeten, dich zu füllen. Ich habe es sehr deutlich gehört.«

»Nein!« schluchzte Naya und zog sich ihre Schlaffelle über den Kopf.


Kurz vor der Morgendämmerung wurde der Stamm vom Geheul der Riesenwölfe geweckt. Nur Umak war schon seit Stunden wach. Unruhig und frustriert hatte er sein Zelt verlassen und war mit Gefährte an seiner Seite um das Lager gestreift.

»Du hast mehr Glück mit deiner Frau als ich!« sagte er zum Hund. »Wenn ich nur wüßte, was ihr solche Angst macht!« Er verstummte, als er bemerkte, daß Torka im verblassenden Sternenlicht stand, nach Osten blickte und den Sonnenaufgang erwartete.

Froh über diese Gelegenheit, von seinen Sorgen um Naya abgelenkt zu werden, trat Umak neben ihn, und eine ganze

Weile standen sie schweigend da. Gefährte gähnte, setzte sich und stupste gegen das Bein des Zauberers.

»Was besorgt dich, mein Vater?« fragte Umak und kraulte dem großen Hund Kopf und Ohren.

»Zu viele Dinge in letzter Zeit, mein Sohn.« Torkas Stimme war leise und bedrückt.

»Wir haben schon zuvor schlimme Zeiten erlebt. Bald wird sich alles wieder zum Guten wenden.«

»Sprichst du als Zauberer oder als Sohn, der das Herz seines Vaters trösten will?«

»Als beides«, antwortete Umak und wünschte, er wäre sich über den zweiten Teil seiner Behauptung genauso sicher wie über den ersten.

Torka starrte immer noch nach Osten. Die Sonne ging über den zerklüfteten Eisgipfeln der östlichen Berge auf, ließ die Nacht zurückweichen und verwandelte den unteren Teil des Himmels in Gold und Rosa, während die Berge zu pechschwarzen, furchterregenden Schatten wurden.

»Dieser Stamm ist so klein...« Torka sprach die Worte wie eine Klage. »Dieses Land ist so groß, und die Berge, die vor uns liegen, sind so hoch und breit und weiß.«

Noch während sein Vater sprach, sah Umak Tausende von winzigen Pfeilspitzen, die wie Mücken über den Bergen schwärmten. Staunend beobachtete er, wie sie plötzlich zu funkeln begannen. Dann erkannte er, daß er das Licht der noch nicht aufgegangenen Sonne sah, das auf die Körper und Flügel von in der Ferne vorüberziehenden Wasservögeln traf.

»Sieh nur!« rief er und streckte den Arm aus. »Die Vögel kehren aus der aufgehenden Sonne in die Tundra zurück! Hast du jemals so viele gesehen? Können wir auf ein besseres Zeichen hoffen, Vater?«

Torka sah es, aber es machte ihm keine Hoffnung. »Zumindest die Vögel scheinen zu wissen, wohin sie ziehen. Jedes Jahr fliegen sie zur gleichen Zeit nach Osten und kehren zur gleichen Zeit zurück. Wohin fliegen sie, Umak? Und warum? Ziehen sie in ein wärmeres Land – dasselbe Land, in das auch die großen Herden am Ende des Sommers wandern – zu einem Ort, wo es keine Zeit der Dunkelheit gibt und wo niemals der Hungermond aufgeht, weil es immer Wild gibt? Stell es dir einmal vor, Umak: ein Land, in dem unser Stamm nie wieder unter Kälte oder Hunger leiden müßte! Ein ganzes Leben lang habe ich danach gesucht, aber ganz gleich, wie weit ich gehe, die Dunkelheit holt mich immer wieder ein, während die Vögel verschwinden und die Herden ihnen folgen.«

Umak sah bestürzt zu, wie Torka sich von der Verzweiflung mitreißen ließ. Schließlich schüttelte der Häuptling den Kopf und atmete zischend durch die Zähne aus. »Mit der Rückkehr der Vögel ist es sicher, daß wir in den nächsten Tagen nicht mehr hungern werden. Aber werden wir genug Fleisch haben, um den nächsten Winter zu überstehen? Ich mache mir Sorgen. Und deine Mutter auch. Es gibt Streit zwischen den Menschen dieses Stammes, Umak. Irgendwann ist Simu unbemerkt zu meinem Feind geworden. Ich fühle, daß er mich genau beobachtet und nur darauf wartet, daß ich wieder einen Fehler mache, um . . .«

»Du bist Torka! Du bist der Häuptling! Soll Simu doch denken, was er will! Er wurde im Rat überstimmt.«

Torka atmete tief ein. »*Weil* ich Häuptling bin, Umak, schmerzt es mich, daß ich das Vertrauen eines Mannes verloren habe, der einst seinem eigenen Stamm den Rücken zukehrte, um an meiner Seite zu gehen. Simu war einst mein Freund. Ich weiß, wie es in ihm aussieht. Er gibt mir die Schuld an Laranis Verbrennungen, an Nantus Tod und an seinem und Daks Verlust . . . als hätte ich nicht auch unter dem Verlust zu leiden! Als würde ich nicht über den Verlust von zweien meiner Kinder trauern! Als würde ich nicht jeden Morgen im Licht der aufgehenden Sonne stehen und die Mächte der Schöpfung fragen: Sind sie wirklich tot? Und wenn sie es sind, ist es meine Schuld?«

Umak war fassungslos. Noch nie hatte Torka ihm so viel von seinen geheimsten Gedanken anvertraut. Der Zauberer fühlte sich geehrt und tief bewegt, aber der Sohn war beunruhigt, daß trotz der Stärke und Weisheit seines Vaters auch Torka nur ein Mann war, der von Kummer zerrissen wurde.

»Wir müssen sie in Frieden lassen, mein Vater. Demmi und Manaravak ... sie alle ... wir dürfen nicht an ihnen festhalten. Wenn wir ihre Seelen nicht freigeben, werden wir unsere eigenen verlieren. Ich habe die Stimme des Geisterwinds gehört. Die Geister der Vergangenheit sind aus der Welt jenseits dieser Welt zu mir gekommen. Sie haben gesagt, daß wir weiterziehen müssen und nicht zurückblicken dürfen.«

7

Viele Tage waren vergangen, seit Demmi die Höhle verlassen hatte, um zu jagen, und sicher mit frischem Fleisch für sie und ihren Bruder zurückgekehrt war. Jetzt schreckte sie aus dem Schlaf hoch und lag ganz ruhig da. Sie starrte in die frühmorgendliche Dunkelheit der Höhle. Die Geräusche, die sie geweckt hatten, waren unmißverständlich: Wanawuts. Manchmal waren es knurrende Laute voller Drohung und Wut, dann hohe, schrille Schmerzensschreie wie von einer gequälten Frau. Schließlich gingen sie in ein klagendes, furchtbares Heulen über. Demmi hörte sie nicht zum ersten Mal, seit sie die Spuren der Bestien entdeckt hatte, aber das Heulen, durch das sie geweckt worden war, war aus dem Innern der Höhle gekommen.

Jetzt klangen die Laute jedoch wie aus weiter Ferne und wurden immer schwächer. Ängstlich starrte und lauschte sie, bis die Sonne aufging. Schließlich verstummten die Wanawuts, und Manaravak sprach. Er saß mit untergeschlagenen Beinen im Zwielicht im Hintergrund der Höhle und hatte sich seine Hälfte des rauhen Bärenfells um die Schultern gelegt.

»Sie hatten eine gute Jagd.«

»Wie lange bist du schon wach?« fragte sie ihn.

»Lange ... ich rede mit meinen Brüdern und Schwestern, die am anderen Ende der Welt jagen.«

»Du hast mich mit deinem Geheul geweckt. Tu das nie wieder! Eines Nachts wird dein Heulen sie in unsere Höhle locken, Manaravak. Wenn sie angreifen und uns zu fressen versuchen, wirst du sehen, daß sie nicht deine Brüder oder deine Schwestern sind!«

Das Licht der Dämmerung strömte als dünne, farblose Flut in die Höhle. Es erhellte das Gesicht ihres Bruders, ließ seine Narben hervortreten, seine hübschen, ausgeprägten Züge und die langen, nachdenklich verengten schwarzen Augen.

»Sie haben einen Elch erlegt«, sagte er. »Ein großes und altes Tier, das aber noch stark genug war, um einem von ihnen Schmerzen zuzufügen, als sie es töteten. Vielleicht ist auch einer von ihnen tot.«

Sie erschauderte. »Du denkst zu oft an die Wanawuts, mein Bruder. Du kannst doch nicht wissen, was sie jagen!«

»Ich weiß es. Sie haben es mir gesagt ... und auch, daß sie einsam sind. Es sind nur noch so wenige in der ganzen Welt übrig. Wenn sie nicht bald Frauen finden, wird es demnächst gar keine mehr geben.«

Demmi verspürte eine seltsame Kälte, die ihr eine Gänsehaut verursachte. Manaravak hatte sich verändert, seit er in den Sturm hinausgelaufen war. Seit sie in dieser Höhle waren, hatte sie es nicht geschafft, ihn von seinen Grübeleien über die Wanawuts abzuhalten.

Sie musterte ihn stirnrunzelnd. »Torka hat all seine Kinder gelehrt, unterscheiden zu können, ob der Laut eines Tieres Angst, Hunger oder Schmerz bedeutet. Aber Tiere haben nicht die Fähigkeit, Worte zu sprechen. Ich kann nicht glauben, daß sie dir sagen, was sie jagen oder warum sie einsam sind.«

Er sah sie mit traurigen Augen an. »Anders als Männer und Frauen, brauchen die Wanawuts keine Worte, um sich gegenseitig zu verwirren, Demmi.«

»Du bist kein Wanawut!«

»Nein?« Ein bitteres Lächeln spielte um seine Mundwinkel. »Ich habe mit den Worten der Menschen gesprochen, aber du verstehst mich nicht oder glaubst mir nicht, wenn ich spreche. Die Sprache und die Art der Wanawuts ist besser. Und bis jetzt sind zwischen Demmi und Manaravak keine Worte nötig gewesen.«

Sie wehrte sich heftig gegen die unangenehme Wahrheit. »Bis jetzt hat Manaravak versucht, ein Mann zu sein und keine Bestie. Du bist von Drei Pfoten verletzt und vom Großen Wilden Fluß geschwächt worden. Aber bald wirst du wieder ganz gesund sein und stark genug, um...«

»Nein, Demmi.« Sein Gesicht war ernst. »Verstehst du immer noch nicht, meine Schwester? Du hast mich bisher immer am besten verstanden. Weißt du nicht, was in meinem Herzen vorgeht? Die Bärin und der Fluß haben mich nicht geschwächt, das hat der Stamm getan. Die Menschen sagen, daß ich ein Mann bin — aber alles, was ich bisher als Mann getan habe, hat sie beleidigt und mein Herz gequält. Meine Seele gehört zu den Tieren und den Wanawuts. Vielleicht ist es an der Zeit, daß ich wieder zu ihnen zurückkehre.«

Erschrocken war Demmi aufgesprungen. Der Morgenwind ließ ihren nackten Körper erzittern, als sie durch die Höhle ging und vor ihm auf die Knie fiel. Sie packte ihn an den Schultern und zwang ihn, sie anzusehen, während sie ihn wild schüttelte.

»Niemals!« rief sie. »Ich habe meinem Stamm nicht den Rücken zugekehrt und bin dir in den Sturm gefolgt, damit ich tatenlos zusehe, wie du zu den Bestien gehst. Und wenn du glaubst, daß ich an deiner Seite mit ihnen gehe, dann verstehen wir uns wirklich nicht!«

»Du hättest mir nicht folgen sollen, Demmi!«

»Was spielt es für eine Rolle, was hätte sein sollen? Wir sind jetzt zusammen. Ich werde nicht zulassen, daß ich dich an die Wanawuts verliere!«

Während sie immer noch nackt vor ihm kniete und seine Schultern hielt, drückte sie ihre warmen Brüste gegen ihn, küßte ihn auf die Stirn, auf die Schläfen und entlang der Narbe, die zu seinem Mundwinkel führte. Und dann küßte sie ihn auf den Mund. Als sie sich zurückzog, erschien zunächst ein Ausdruck des Triumphs auf ihrem Gesicht, doch dann verrieten ihre Züge gemischte, widerstreitende Gefühle. Sie legte ihre Hände auf die Schenkel und starrte ihn aus engen Augenschlitzen an. »Bist du ein Mann des Stammes oder ein Wanawut? Was bist du, Manaravak? Oder hat Dak recht, wenn er sagt, daß du beides bist?«

Er starrte sie verwirrt an und knurrte.

»Sei nicht wütend auf mich, Manaravak! Wir müssen füreinander sorgen.« Sie drückte ihren Körper gegen seinen und legte ihre Arme zärtlich um seinen Kopf. Sie hielt ihn sanft fest und machte aus ihm einen freiwilligen Gefangenen. Langsam bewegte sie sich auf den Knien vor und zurück wie ein nachgiebiger Baum im leichten Wind des Morgens.

Wie hätte er wütend sein können? Ihr Körper erzählte ihm von ihrer Liebe und Reue, von ihrem Bedürfnis nach Vergebung und Zuneigung. Er gab ihr beides mit seinen Händen, die stark und sicher über ihren Rücken und die festen, vollen Hinterbacken strichen. Sie seufzte und rückte noch näher an ihn heran. Ihr Geruch war ganz der einer Frau. Als ihre Brüste über seine Wange streiften, war es wie die Berührung mit dem warmen, seidenen Bauch eines milchspendenden Tieres. Instinktiv drehte er sein Gesicht und nahm sie in den Mund. Er hörte sie keuchen, und ihre Brustwarzen richteten sich unter den Bewegungen seiner Zunge auf und wurden hart.

»Ich könnte kein Tier lieben«, flüsterte sie und beugte sich hinunter, um ihn auf den Kopf zu küssen. »Du bist ein Mann, Manaravak! Ein Mann des Stammes! Zweifle niemals daran! Ich begehre dich so sehr ... seit so vielen Jahren habe ich nur dich gewollt.«


Fern im Osten verstummte Umak mitten im Gespräch, das er mit den anderen Männern des Stammes führte und blickte nach Süden. Ein Gefühl sagte ihm, daß Manaravak und Demmi noch lebten. War es eine Vorahnung oder eine falsche Hoffnung? Er schüttelte den Kopf. Würde er sich jemals mit ihrem Tod abfinden können? Selbst wenn sie durch einen wunderbaren Zauber zurückkehren sollten, würde ihre Abwesenheit die Dinge wieder komplizieren, denn Schwan hatte sich an Daks Feuerstelle begeben, und seine eigene Beziehung zu Naya wurde immer besser. Vielleicht hatten die Dinge auf diese Weise ja auch ihre bestmögliche Lösung gefunden.

Der Gedanke beunruhigte ihn. Sein Bruder, seine Schwester

und die erste Frau Simus waren tot. Wie konnte das für irgend jemanden das Bestmögliche sein? Mit einem Schulterzucken verdrängte er die Frage und wandte sich wieder den anderen zu.

Torka redete mit ernster Miene. »Schwan ist mit ihren Schlaffellen an Daks Feuer gezogen, ohne die Erlaubnis des Häuptlings oder ...«

»Oder die von Dak einzuholen!« verteidigte sich Simus Sohn erregt.

»Du hast sie nicht fortgeschickt«, wandte Torka ein.

»Doch, das habe ich! Mehr als einmal. Aber sie kommt immer wieder zurück! Sie schleicht sich an, wenn ich nicht hinsehe, entfacht ein Feuer und kocht eine Mahlzeit — aus Liebe für den Jungen, sagt sie.«

Umak musterte seinen Freund abschätzend und wissend. »Nicht für dich, wie?«

»Ich habe sie nicht angerührt.«

Torka ließ seine Worte eine Weile im Raum schweben. »Warum nicht?« fragte er schließlich.

Umak war verblüfft über diese völlig überraschende Frage — und die anderen ebenfalls.

Dak war sichtlich fassungslos. »Ich ... sie ... ich meine ... deine Tochter Schwan ist eine gute neue Frau, Torka, aber ich trauere um Demmi. Meine Schwester kümmert sich um mich. Larani genügt mir.«

»Larani!« fuhr Simu vehement dazwischen. »Hörst du das, Torka? Larani ist eine bessere Wahl für meinen Dak in einem Stamm, der sich ansonsten um eine arme, häßliche Frau kümmern müßte. Schwan jedoch ist stark, hübsch und gesund. Es ist nicht nötig, eine neue Frau wie sie an meinen Dak zu verschwenden, wenn er sie gar nicht will!«

Umak sah in Torkas Gesicht, wie der Häuptling seinen Zorn zu zügeln versuchte. »Ich habe dich bereits gewarnt, Simu. Es ist Brüdern und Schwestern verboten, wie Mann und Frau zusammenzuleben.«

»In *deinem* Stamm! Nicht in meinem.«

Dak starrte Simu angewidert und ungläubig an. »Ist Larani eine solche Last für dich, Vater? Solange ich noch einen Speer halten kann, werde ich für sie jagen und dafür sorgen, daß sie es im Winter warm hat, selbst wenn du es nicht tust! Ich muß sie nicht zur Frau nehmen, um ihr einen Platz in diesem Stamm zu gewährleisten.«

Torkas Augen verengten sich. »Kühne Worte, Dak, von einem, der in letzter Zeit nichts für den Stamm getan hat! Ich habe dich beobachtet und darauf gewartet, daß du dich wieder wie ein Mann benimmst – daß du wieder mit Begeisterung auf die Jagd gehst, daß du dich wieder für deinen Sohn interessierst, daß du wieder am Gemeinschaftsleben des Stammes teilnimmst – doch mein Warten war vergebens. Dein Verhalten beleidigt mich und die Geister deiner Vorfahren! Du mußt wieder in die Zukunft schauen, Sohn von Simu! Demmi ist die Vergangenheit, und Schwan hat dich als Mann angesehen.«

»Aber ich habe sie nicht als Frau angesehen!«

Umak zuckte zusammen. Er wußte, daß Dak nicht die Absicht hatte, Schwan zu beleidigen. Trotzdem waren die Worte ausgesprochen.

Torka saß regungslos und scheinbar ruhig da, als er Greks ältestem Sohn den Blick zuwandte. »Tankh, vielleicht ist es an der Zeit, daß du dir eine Frau nimmst. Du bist jung, aber Schwan ist nicht so viel älter. In einem so kleinen Stamm wie unserem müssen alle Frauen einen Mann finden! Da du wie ein Mann jagst und wie ein Mann im Rat sitzt, Tankh, solltest du dir überlegen...«

»Moment!« protestierte Dak. Seinem Gesicht war anzusehen, daß er bisher nicht an die Möglichkeit gedacht hatte, daß Schwan zu einem anderen Mann gehen könnte. Ihm gefiel diese Möglichkeit überhaupt nicht.

Tankh war derweilen sichtlich unter seinen Fellen zusammengesunken. Jetzt entfuhr ihm ein erleichtertes Seufzen.

Mit einem Mal verstand der Zauberer die Situation. Torka ging es nicht nur um Schwan, sondern er hatte Dak durchschaut und eine Wahrheit erkannt, die allmählich auch dem Sohn von Simu klarwurde. Demmi würde für immer in Daks Herzen leben, aber sie begann es mit der wesentlich liebevolleren und aufmerksameren Schwan zu teilen.

Torka nickte feierlich. »Schwan hat ihre Schlaffelle an deine Feuerstelle gebracht, Dak. Ob sie sich auf diese Weise nur um Kharn kümmern oder bei dir liegen will, könnt nur ihr beide sagen. Fest steht, daß sie es aus freien Stücken getan hat und daß sie dich damit ehrt. Durch deine Abweisung entehrst du sie, mich und den ganzen Stamm. Nach allem, was dein Stamm erlitten hat, wäre es gut, wenn er wieder einmal die Verbindung einer neuen Frau mit einem Mann feiern könnte.«

Simu blickte den Häuptling an und knurrte wie ein gereizter Hund. »Bah! Wäre nicht die Enkelin von Grek gewesen, hätten wir schon längst Grund zum Feiern gehabt!«

»Sei still, Simu!« befahl Torka. »Was mit Naya geschieht, ist längst von diesem Rat beschlossen worden. Bring die Angelegenheit nicht erneut ins Spiel!« Der Häuptling wandte sich an Dak. »Wie es die Sitten unserer Vorfahren bestimmen, wird Dak auf die Jagd gehen. Er wird Fleisch und Felle als Geschenk für die neue Frau mitbringen, um Schwan zu ehren. Wenn er zurückgekehrt ist, wird er feierlich vor dem versammelten Stamm die Verantwortung für sie übernehmen, oder ich werde sie jetzt Tankh geben!«

Als Dak den Atem anhielt, wurde Torkas Gesicht bleich vor Furcht.

Dak blieb stumm. Was Torka vorschlug, bedeutete für ihn, daß er Demmis Tod anerkennen und hinnehmen mußte.

»Nun?« drängte Torka. »Wie lautet deine Entscheidung?«

Schließlich stimmte Dak ohne sichtbare Gefühlsregung zu. »Um Kharns willen werde ich jagen. Um Kharns willen werde ich die Geschenke bringen. Ich werde die Schwester meiner Demmi nicht entehren oder beschämen. Ich werde Schwan zur Frau nehmen.« Simu grollte immer noch. Seine Augen funkelten wie schwarze Glut. »Und was ist mit meiner Larani? Wer wird sie zur Frau nehmen? Wer wird ihr Geschenke bringen, um sie als neue Frau zu ehren? Wessen Babys werden in ihrem Bauch heranwachsen – in einem Stamm, in dem alle Frauen einen Mann finden müssen, wie der Häuptling sagt?«

Tankh sackte erneut unter seinen Fellen zusammen, bis Torka sprach.

»Meine... wenn sie einverstanden ist.«

»Wenn?« Simu grinste wie ein satter Wolf. »Du bist der Häuptling des Stammes! Natürlich wird sie einverstanden sein!«


Weit entfernt unter der riesigen, winddurchtosten Weite des arktischen Himmels flogen Raben über das Gesicht der Sonne, und die Tiere der Tundra blickten zu den Hügeln. Ein Wolf heulte in der Höhle, in die das große Mammut den Sohn und die Tochter Torkas gebracht hatte. Nur war es gar kein Wolf, sondern ein Mensch. Es war Manaravak.

Er nahm seine Schwester wie ein Wolf von hinten und arbeitete sich dem sexuellen Höhepunkt entgegen.

»Warte!« flüsterte Demmi. »Manaravak! Nicht so! Du dringst zu tief ein und bist zu schnell! Außerdem glaube ich, daß ich schwanger bin. Hör auf, bitte, hör auf!«

Er hörte sie, aber ihre Worte stellten für ihn nur eine Ablenkung dar. Er wollte sich jetzt nicht damit beschäftigen! Demmi hatte sein männliches Bedürfnis erregt, und jetzt trieb es ihn voran – ein reines, gedankenloses und männlich-tierisches Bedürfnis, das ihn zu immer tieferen und härteren Stößen trieb.

Demmi schrie vor Schmerz auf. »Nein! Nein... zu schnell... warte...« Seine Erfüllung kam wie immer heftig und schnell. Die flüssige Kraft seines Lebens brach durch seine Lenden, wie Magma sich durch Risse im Fleisch der Erde brannte.

Er ejakulierte immer noch, als er ihre Brüste packte, während sie wegzukriechen versuchte. Er hielt sie fest und zerrte sie zurück, so daß er noch tiefer in sie eindrang. Sie wehrte sich und wand sich unter ihm, aber er ließ sie nicht los. Keine Frau hatte ihm jemals gesagt, er solle warten, obwohl Iana ständig versucht hatte, seine ›wölfische Natur‹, zu zügeln, und Naya vor Angst geschrien hatte.

*Naya.* Sein Herzschlag beschleunigte sich, als er an sie dachte – sie war so klein und hübsch, hatte so weiches Fleisch, einen so feuchten Mund und war so süß zwischen den Schenkeln.

Umak würde wohl inzwischen ihr Mann sein – vielleicht schlief er sogar in diesem Augenblick mit ihr.

Überrascht stellte Manaravak fest, daß sein Glied erneut anschwoll. Er geiferte und knurrte vor anhaltender Lust und begann erneut zuzustoßen, diesmal noch tiefer, härter und heißer, bis Demmi sich fallen ließ und ihn anflehte, aufzuhören. Doch selbst wenn er es gewollt hätte, wäre es ihm nicht möglich gewesen. Er blieb in ihr und pumpte, bis sie schrie und mit den Armen nach ihm schlug. Er bewegte sich weiter und stieß im Rhythmus seiner arbeitenden Hüften immer wieder denselben Namen zwischen den Zähnen hervor.

»Naya. Naya. Naya!« Er sah keinen Grund, warum er ihn nicht aussprechen sollte. Demmi hatte seine tiefsten Gefühle schon immer gekannt. Aber wieso erschlaffte sie dann plötzlich?

»Warum bin ich dir nicht genug?«

Die Frage ärgerte ihn. *Nicht genug*? Was meinte sie damit? Sein Glied füllte sie aus, glühte und pulsierte in der pochenden, feuchten Wärme ihres Körpers. Was verlangte sie noch? Was konnte er noch verlangen?

*Naya*. Er wollte Naya. Aber die Enkelin von Grek war weit weg. Demmi war hier und hatte sich ihm angeboten. Warum versuchte sie jetzt, sich ihm zu entziehen?

Plötzlich wurde er wütend. Er verstand die Frauen der Menschen nicht. Er hatte die Paarung wilder Tiere beobachtet. Nie hatte ein Weibchen versucht wegzurennen, wenn das Männchen sie einmal besprungen hatte und tief in ihr war.

Seine Gedanken bestätigten seine Handlung. Als Demmi sich von ihm zu lösen versuchte, wollte sein Glied sie nicht loslassen. Er verfolgte sie wild. Er hielt sie immer noch fest und stieß noch heftiger zu. Er war ein Wolf! Er war ein Löwe! Er war ein Wanawut! Wenn er einmal ein Weibchen bestiegen hatte, würde er sich nicht mehr vertreiben lassen. Sobald er erregt war, ließ sich die sinnliche Erregung, die er auf einem Weibchen fand, nicht mehr abschütteln. Für ihn zählte nur noch der Augenblick und die Befriedigung, die er darin fand.

Als er sein letztes Feuer herauspreßte, warf er den Kopf

zurück und heulte immer wieder in der reinen tierischen Ekstase eines Höhepunkts, der ihn bis in die Tiefen seiner Seele erschütterte.

Wölfe und Löwen antworteten auf sein Heulen, und fern im Süden erkannten die Wanawuts die Bedeutung des Lautes, den er ausstieß, wußten, daß er einer von ihnen war, und sie erwiderten seinen Ruf.

Und als die Kraft aus seinen Armen und Gliedern wich, ließ er sich zur Seite fallen, ohne die benommene, verletzte, unbefriedigte und enttäuschte Demmi loszulassen. Endlich befriedigt, entspannte er sich, und während er noch mit seiner Schwester verbunden war, schlief er wie ein zufriedenes Tier ein und träumte von Naya und Larani. So hörte er nie die Worte, die Demmi sprach, und sah auch nicht die Tränen, die ihr über die Wange liefen.

»Du bist wirklich ein Tier!« schluchzte sie. Dann lauschte sie auf die Tiere, die in der Welt unter der Höhle heulten, und dachte an Dak, an ihren starken, zuverlässigen Dak und an die vielen Male, die sie miteinander geschlafen hatten. Dak hatte immer nur ihren Namen wie Manaravak den von Naya gesprochen.

Sie weinte vor Enttäuschung. Ihr Bruder hatte sich mit ihr aus männlichem Trieb gepaart, nicht aus Liebe oder einem speziellen Verlangen nach ihr. Er hätte sich auch in ein Loch in einem Felsen stecken können, so wenig bedeutete sie ihm. Die Erkenntnis erschütterte sie. Sie schloß die Augen, und als sie ihre Hand auf den Bauch legte, spürte sie die Bewegung von Daks ungeborenem Kind. Sie sehnte sich nach ihm, obwohl sie ihm Unrecht getan hatte, denn sie wußte endlich, daß seine Meinung über ihren Bruder schon immer richtig gewesen war: Manaravak hatte so lange unter Tieren gelebt, daß er selbst zu einem geworden war. »Oh, Dak...« Sie zitterte, als sie seinen Namen sprach. »Wie sehr ich mich danach sehne, dich wiederzusehen und neben dir und Kharn zu liegen, während ich dir von unserem Kind erzähle, das ich erwarte! Oh, Dak, vergiß deine Demmi nicht, die jetzt nur noch für den Tag lebt, an dem sie wieder als deine Frau an deiner Seite geht ... eine Frau, die nie wieder Verlangen nach ihrem Bruder haben wird!«

# 8

»Du beschämst mich«, flüsterte Lonit. Sie kniete vor ihrer Talglampe in der Hütte des Häuptlings und schaute über deren Schein hinweg Torka an.

Er blickte ihr in die Augen – die sanften Antilopenaugen, die er fast sein ganzes Leben lang geliebt hatte – und begann erneut zu erklären. »Du mußt mich verstehen, Frau meines Herzens! Ich muß es tun! Simu hat die Falle aufgestellt, und ich bin hineingetreten. Was soll ich sonst mit Larani machen? Du bist für immer und ewig meine einzige Frau, aber...«

»Aber!« unterbrach sie ihn ungeduldig. »In diesem Gespräch ist kein Platz für ein ›Aber‹. Ich bin nicht beschämt, weil du um Larani gebeten hast. Du beschämst mich, weil du tatsächlich zu glauben scheinst, daß ich dich nicht verstehen würde! Ich sehe, was Simu beabsichtigt hat, und frage mich, warum du nicht schon früher um das Mädchen gebeten hast. Armes Kind! Ihr Stolz muß sehr gelitten haben. Wir müssen sie willkommen heißen, Torka. Wir müssen all den Schmerz wiedergutmachen, den sie erlitten hat.«

»Wir?«

»Natürlich! Du wirst mit Larani eine neue Frau haben, und ich eine neue Tochter, die wieder an unserem Feuer sitzt, jetzt wo Sommermond und Schwan eigene Männer haben, und Demmi...« Sie verstummte. »Ich träume so oft von ihr... von meinem verlorenen Mädchen... und meinem verlorenen Sohn. Ich weiß, daß der Geisterwind eine Vision ihres Todes gebracht hat, aber ich kann immer noch nicht glauben, daß sie...«

»Sprich nicht weiter, Frau meines Herzens! Auch ich trauere immer noch um sie. Ich trauere auch um das, was ich jetzt tun muß, denn obwohl ich um Larani bitten werde, gehört mein Herz dir allein.«

»Du beschämst mich.« Zum zweiten Mal sprach eine Frau diese Worte in Torkas Lager. Larani sagte sie in Simus Erdhütte zu ihrem Vater.

»Beschämen?« Simu war fassungslos. »Du – die du in jedem anderen Stamm niemals einen Mann haben würdest – du wirst jetzt den besten von allen Männern haben!«

»Den besten von allen...« Larani dachte über die Worte nach, während ihre Gedanken viele Jahre zurückgingen. Sie sah sich selbst als Kind neben dem Feuer des Häuptlings zwischen Naya und Schwan liegen. Die geheimen Wünsche dreier junger Mädchen hallten ihr aus der Vergangenheit entgegen, um sie zu verspotten. Sie alle hatten sich nach den besten Männern gesehnt – und jetzt hatte Naya Umak, Schwan Dak, und Larani hatte... Träume von Manaravak. Sie seufzte. Das genügte ihr. Mehr wollte sie nicht.

Simu lachte triumphierend und schlug sich auf die Schenkel. »Dieser alte Jäger hat seine Fallen geschickt aufgestellt. Da staunst du, was ich für mein Mädchen erreicht habe, was?« Larani zuckte zusammen. »So alt bist du noch nicht«, sagte sie ehrlich zu ihrem Vater und fügte dann mit ebensolcher Ehrlichkeit hinzu: »Ich habe nicht den Wunsch, Torkas Frau zu werden.«

Simus Lächeln verschwand.

»Als neue Frau, die noch nie bei einem Mann war, habe ich das Recht der Wahl. Ich will ihn nicht. Und ich werde auch nicht einen kleinen Jungen wie Tankh unter meine Schlaffelle lassen.«

»Aber du brauchst einen Mann! Willst du etwa *gar* keinen Mann?«

»Früher wollte ich einen, ja. Vor langer Zeit. Jetzt nicht mehr. Was du da von mir verlangst, Vater... die Schande wäre größer als die Schmerzen meiner Verbrennungen.«

»Schande? Wovon redest du? Überleg doch, Larani! Torka ist gerade dabei, zusammen mit Dak das Lager zu verlassen, um Geschenke für die neuen Frauen zu jagen. Niemandem in unserer Familie ist jemals so große Ehre erwiesen worden!«

»Ich werde nicht geehrt. Ich werde bemitleidet. Das ist nicht dasselbe.«

»Und was ist mit mir?« brüllte er. »Hast du kein Mitleid mit mir? Was ist mit meiner Schande? Dich jeden Tag ansehen zu müssen! Das, was aus dir geworden ist! Torka ist schuld an diesem Elend, weil er dir erlaubt hat, weiterzuleben! Er ist für dich verantwortlich! Er muß dich ehren! Es ist seine Verpflichtung. Und als meine Tochter hast du die Pflicht, ihn anzunehmen!«

»Ich würde lieber sterben«, sagte sie kalt.

»Dann tu es doch!« tobte er. »Von dem Augenblick an, in dem du Torka abweist, wirst du von mir kein Fleisch und keinen Unterschlupf mehr bekommen!«

Laranis Kopf ruckte hoch. »Dann sei es so«, sagte sie ruhig. Und mit einem dicken Kloß in der Kehle, der sich nicht herunterschlucken ließ, stand sie auf, drehte sich um und begann, ihre Sachen zusammenzusuchen.

»Larani...«, sagte Simu mit gebrochener Stimme. Er schien ebenfalls einen Kloß in der Kehle zu haben. »Ich will das nicht.«

Sie rührte sich nicht. »Ich auch nicht.«

»Also wirst du, wenn Torka kommt, um für dich zu sprechen, ja zu ihm sagen?«

Sie seufzte und schloß die Augen, damit ihr keine Tränen über die Wangen liefen. »Torka will keine andere Frau als Lonit. Das, wozu er sich deinetwillen bereit erklärt hat, ist nur ein Akt der Freundlichkeit und des Mitleids. Daß ich seine Geschenke annehme, in seine Hütte gehe und er sich zwingt, ein Mann für mich zu sein... das alles werde ich nicht zulassen. Du hast recht, Vater, er ist wirklich der beste aller Männer. Und obwohl du es gut mit mir meinst, würde ich lieber sterben, als ihn anzunehmen.«


So wurde Torka, als er zu Simus Hütte kam, von Larani mit ablehnenden Worten begrüßt.

»Ich habe mich noch keinem Mann hingegeben«, sagte Larani. »Nach den uralten Überlieferungen von Torkas Stamm hat eine Jungfrau das Recht, selbst zu wählen. Diese Frau wird keinen Mann... überhaupt keinen Mann nehmen, bevor sie nicht dazu bereit ist.«

Torka war völlig verblüfft. Er hatte nicht mit einer Abweisung gerechnet, und ganz sicher hatte er nicht damit gerechnet, daß er sich dabei enttäuscht fühlen würde. Das Mädchen hatte sein Selbstvertrauen stark erschüttert. Er runzelte die Stirn und blickte in ihr markantes, vernarbtes Gesicht, auf ihren geraden Rücken und ihre schönen, hohen Brüste, die sich unter dem Stoff ihres Hemdes wölbten. Larani hatte einen starken, bewundernswerten Charakter, und das machte sie trotz ihrer Narben zu einer schönen Frau. Wie konnte Simu das nur entgangen sein? Und wieso waren seine Söhne so blind dafür gewesen und hatten sich Naya zugewandt, wo doch ein Mädchen wie Larani zur Verfügung gestanden hatte?

»Diese Frau will den Häuptling des Stammes nicht beleidigen!« versuchte Simu zu beschwichtigen. »Aber dieser Mann wird sie nicht länger ernähren oder kleiden.«

Torkas Augenbrauen senkten sich. »Ich bin nicht beleidigt«, sagte er zum Jäger. »Larani wird sich einen Mann wählen. Bald. Nicht wahr, Larani? Aber jetzt spricht sie die Wahrheit. Nach allem, was sie durchgemacht hat, hat sie sich das Recht verdient, sich ihren Mann selbst auszusuchen. Es gibt bereits zwei schwangere Frauen in diesem Lager. Dak ist auf der Jagd, um Geschenke für Schwan mitzubringen. Wenn Vater Himmel und Mutter Erde ihrer Verbindung günstig gestimmt sind, wird in diesem Lager vielleicht bald ein weiterer Bauch wie ein voller Mond anschwellen. Das ist gut. Wenn dein Vater dich nicht ernähren und beherbergen will, Larani, bist du an meiner Feuerstelle willkommen – als meine Tochter oder Schwester oder Frau. Ganz, wie du es vorziehst.«

Er spürte Lonits Blicke in seinem Rücken und war froh, daß sie hinter ihm stand, denn er errötete wie ein unreifer Junge.

Laranis Augen wurden sanfter.

»Ich danke dir«, sagte sie feierlich und hätte noch mehr hinzugefügt, wenn Dak sich nicht mit offener Feindseligkeit eingemischt hätte.

»Wie ich schon im Rat gesagt habe, an meiner Feuerstelle ist immer ein Platz für Larani!«

»Gut.« Simu hatte den Kopf gesenkt und die Augen zusammengekniffen. Als er herumfuhr und sich in seine Erdhütte zurückzog, sah er aus wie ein in die Enge getriebener Wolf. »Sie wird ihn brauchen, denn an meiner ist sie nicht länger willkommen!«

Dak nahm seine Speere und schulterte seine Rückentrage aus Karibugeweihen. Schwan kam zu ihm und fragte ihn, ob er alles habe, was er brauchte. »Geschenke sind eigentlich gar nicht nötig. Du bist mir genug. Ich werde eine gute Frau sein, Dak. Du wirst es nicht bedauern, daß ich gekommen bin, um dein Feuer mit dir zu teilen.«

»Ich bedauere es schon jetzt!« sagte er zu ihr und machte sich auf den Weg. Doch er wußte, daß er gelogen hatte. Er bedauerte es nicht, er fühlte sich schuldig. Demmi war tot, und ihre jüngere Schwester wohnte an seinem Feuer und in seiner Hütte ... und er war darüber viel zu glücklich. So glücklich, daß er froh war, als Umak ihn rief und ihn damit von seinen Gedanken ablenkte.

»Halt! Warte auf mich!« Der Zauberer und der große Hund Gefährte waren kurz darauf neben ihm. »Die Tradition verlangt, daß dein Speerbruder dich auf dieser Jagd begleitet.«

Dak sah Umak an. Er schien sich für eine lange Reise bereitgemacht zu haben. »Was ist das für eine Tradition, alter Freund? Ich habe noch nie davon gehört.«

Umak blinzelte. »Ich auch nicht, aber wenn ich nicht für eine Weile von Naya und Honee wegkomme ... ich brauche eine Jagd, alter Freund! Sie wird aus mir einen neuen Mann machen. Komm! Je schneller wir das Lager hinter uns lassen und auf das offene Land gelangen, desto besser werde ich mich fühlen!«

Demmi saß am Höhleneingang und sah zu, wie die Sonne über den östlichen Bergen aufging. Karibus weideten bereits die Flechten auf der Ebene zwischen den Bergen im Süden ab. Wenn das Gras bei Aufgang des nächsten Mondes grün wurde, würde zweifellos das größere Wild folgen.

Sie stand auf und streckte sich zufrieden. Bald würden Manaravak und sie ihr Reisegepäck zusammenstellen und sich auf die Suche nach ihrem Stamm machen.

Demmi drehte sich um und ließ ihren Blick über die Felswand schweifen. Sie war nicht überrascht, keine Spur ihres Bruders zu entdecken. Seit ihrer letzten Vereinigung war er böse auf sie und ging ihr aus dem Weg.

Das Baby bewegte sich in ihr. Es fühlte sich ein wenig an, als würde es schwimmen, und wie so oft, seit sie mit Manaravak geschlafen hatte, war dieses Gefühl von Schwindel und Übelkeit begleitet. Manchmal fand sie anschließend Blutspuren in ihrer Unterkleidung. Besorgt redete sie mit dem ungeborenen Kind, als könne es jedes Wort verstehen.

»Es ist meine Schuld, weißt du, nicht Manaravaks. Er ist wie er ist, und ich habe viel zuviel von ihm erwartet. Und jetzt bin ich ihm gegenüber deinetwegen unbeherrscht. Ich bin selbstsüchtig gewesen und habe die Traditionen unserer Vorfahren verletzt, ohne auf dich Rücksicht zu nehmen. Es tut mir leid, daß ich zugelassen habe, daß Manaravak dir weh getan hat. Er wollte es nicht. Er versteht etwas von der Paarung mit Weibchen und wie Junge geworfen werden, aber er versteht nichts von Frauen und Liebe und Babys. Das ist nämlich ein großer Unterschied. Ich werde versuchen, es ihm beizubringen. Es wird dann leichter für ihn sein, wenn er schließlich wieder zum Stamm zurückkehrt.«

Sie verstummte, weil sie eine Bewegung in der Schlucht wahrnahm. Sie stand auf und versuchte durch den Wald aus Fichten und knospendem Hartholz hindurch zu erkennen, was sich dort befand. Doch es war durch die Bäume nicht zu sehen. Vor Neugier wäre sie fast heruntergestiegen, um es herauszufinden, aber bevor sie auf die Jagd ging, wollte sie zunächst alles mit ihrem Bruder besprechen.

»Manaravak! Manaravak! Ich muß mit dir reden. Es tut mir leid, daß ich mich so unfreundlich benommen habe! Manaravak!«

Sie lauschte und wartete auf eine Antwort. Doch sie hörte nichts. Sie nahm es ihm nicht übel. Hätte er sie behandelt, wie sie ihn behandelt hatte, würde sie auch nicht mehr mit ihm reden wollen.


Der See war nicht groß, aber er schien grenzenlos. Während der letzten fünf Tage waren Dak, Umak und Gefährte dem Ufer gefolgt und in immer öderes Land gekommen, bis sich der Fluß in viele Arme geteilt hatte. Sie hatten noch nie eine so unwirkliche Landschaft gesehen. Außer Flechten, Moosen und vom Wetter gestutzten Sträuchern gab es keine Vegetation. Die wenigen Bäume, über die sie buchstäblich stolperten, wuchsen waagerecht. Ihre winzigen Zweige und Stämme hielten sich flach am Boden der Tundra und suchten sich einen Weg zwischen Steinen und Spalten hindurch, um dem Wind zu entkommen und soviel Sonnenlicht aufzunehmen, wie der kalte, bewölkte Himmel erlaubte.

»Ich mag diesen Ort nicht«, sagte Dak. »Wir sollten umkehren.«

»Wenn du jemals Geschenke für Schwan finden willst und ich frische Beeren für Naya, müssen wir weitergehen, bis wir in eine bessere Gegend kommen.«

»Beeren? Ist das alles, was du der Enkelin von Grek bringen sollst? Keine Felle oder seltene Federn?«

»Naya hat die letzten von den seltsamen kleinen Früchten aufgebraucht. Jetzt will sie neue«, sagte Umak.

Sie kämpften sich weiter. Am zweiten Tag nach ihrem Aufbruch vom Lager hatte es zu regnen begonnen, und es regnete noch immer. Es war kein heftiger Regen, sondern ein leise im Wind flüsterndes Nieseln, das kaum mehr als ein Nebel war. Ihre wasserfesten Regenumhänge und Überstiefel aus eingefetteten Innereien hielten sie trocken. Eine Plane aus demselben Material hatten sie dem Hund über den Rücken gespannt, um Gefährte und die Seitentaschen zu schützen, die er trug. Sie fingen ein paar Erdhörnchen und aßen sie. Mit der Leber der Tiere köderten sie mehrere ihnen unbekannte rabengroße Vögel mit krummen Schnäbeln und heiserer Stimme und erlegten sie durch Steinwürfe. Das Fleisch der Vögel war eine Enttäuschung

— es war rot und faserig — aber sie nahmen die Haut mit den grau-blauen Federn mit, die sich zumindest als erster Beitrag zu Schwans Brautgeschenken eignete.

»Du willst sie eigentlich gar nicht zur Frau nehmen, stimmt's, Dak?«

»Demmi ist meine Frau.«

»Wirst du dich niemals damit abfinden können, daß Demmi tot ist?«

Ihre Blicke trafen sich. »Demmi ist ein Teil von mir, Umak. Ich kann sie nicht einfach aus meinen Gedanken und meinem Herzen verbannen.« Er schnaufte verächtlich und zerbrach ein paar der Federn, die er in der Hand hielt. »Schwan ist eine gute Frau, Umak, und ich habe gelernt, sie zu schätzen... Vielleicht zu sehr. Aber manchmal, obwohl ich kein Zauberer bin, weiß ich einfach, daß Demmi noch lebt — sie und ihr wahnsinniger Wanawut-Bruder. Ich spüre sie beide. Hier!« Er ließ den Vogel fallen und legte die Hand auf sein Herz. »Spürst du es nie? Mußt du niemals gegen den Drang ankämpfen, dich noch einmal auf die Suche nach ihnen zu machen?«

»Nein.« Seine Antwort war kurz und abgehackt. Umak fragte sich, ob Dak spürte, daß es eine Lüge war. Er bückte sich und hob die zerknitterte Haut des seltsamen Vogels auf. »Komm!« drängte er ihn. »Wir müssen diese Häute präparieren und verpacken, bevor wir weitergehen können. Schwan wird sich darüber freuen, und wenn Demmi aus der Geisterwelt zusieht, bin ich mir sicher, daß sie sich ebenfalls freut.«

Demmi freute sich nicht, denn Manaravak war verschwunden. Sie stand mit dem Rücken zur Wand in der Höhle und hielt in der einen Hand ihre Steinschleuder und in der anderen ihren Speer bereit. Trotzdem kamen die Wanawuts immer näher.

Es waren sieben — erwachsene Männchen bis auf zwei, und selbst eins von den Weibchen war ein gefährlich kräftig wirkendes Geschöpf mit riesenhaften Ausmaßen. Nur der Anführer des Rudels, ein großes Männchen mit silbernem Rückenfell, war noch größer und bedrohlicher. Demmi hielt den Atem an.

Sie war wie betäubt vor Schrecken und Entsetzen. Sie warf weder ihren Speer, noch schleuderte sie einen Stein. Sie kannte diese Bestie! Sie sah wie ein großer, kurzbeiniger Mann mit gebeugten Schultern aus und starrte Demmi aus kleinen, grauen Augen an, die gefährlich über der länglichen Schnauze funkelten. Als sich das Wesen leicht schwankend vorbeugte und sich mit den mächtigen Knöcheln seiner behaarten und krallenbewehrten Hände abstützte, wußte sie genau, wo sie es schon einmal gesehen hatte.

»Du!« Das Wort war kaum mehr als ein Flüstern. Demmi erinnerte sich genau an die alptraumhafte Begegnung vor langer Zeit im Nebel. Dak hatte sie verspottet und ihr eingeredet, daß sie sich alles nur eingebildet hatte, aber da war etwas im Nebel gewesen! Etwas Großes, Männliches und Bedrohliches.

Sie erkannte die mächtige Muskulatur seines pelzigen Körpers, die zottige graue Mähne, die sich auf seinen Schultern sträubte, den kurzen, dicken Hals und sein Gesicht ... Beim Anblick seines Gesichts wurde ihr übel.

Diesmal wurde die Sicht durch keinen Nebel getrübt. Sie sah den vorspringenden Augenwulst unter dem flachen Schädeldach, die spitzen, aber auf groteske Weise menschenähnlichen Ohren, den breitlippigen Mund, der Zähne enthüllte, die so lang und tödlich wie die eines Löwen waren, und die haarlosen Nüstern, die sich aufblähten, als er ihre Angst witterte.

Von ihrem Geruch erregt, stieß er ein schnelles, keuchendes Grunzen aus und wankte auf seinen Hinterbeinen. Hinter ihm rührten sich die anderen Wanawuts und rückten geifernd vor.

»Nein!« Da Demmi keine Möglichkeit zur Flucht hatte, hielt sie Speer und Steinschleuder bereit. Nur weil sie wußte, wie sehr Manaravak diese Geschöpfte liebte, zögerte sie noch, sich zu verteidigen. Vielleicht hatte er recht. Vielleicht sahen sie nur gefährlich aus, ohne es zu sein. »Zurück! Laßt mich in Ruhe!«

Sie blieben stehen. Ihre Augen starrten sie an — neugierig, nicht bedrohlich — mit den ruhigen, mitleidlosen Augen von Raubtieren, die ihre Beute musterten.

Demmi wurde übel. Wo war Manaravak? Falls er jemals zur Höhle zurückkehren würde, könnte er sich glücklich schätzen, wenn er die Reste wiedererkannte, die seine geliebten Bestien von ihren Knochen übriglassen würden ... und von den Knochen ihres ungeborenen Kindes. *Das Kind!*

»Verschwindet!« rief sie den Wanawuts mit neuer Entschlossenheit und neuem Mut zu. »Aus Liebe zu meinem Bruder, der durch einen Zauber, den ich nie verstehen werde, als einer von euch aufwuchs, gebe ich euch noch eine letzte Chance!«

Die Wanawuts reagierten auf ihre Drohung. Das silberhaarige Männchen hatte sich aufgerichtet. Es trommelte sich wütend auf die Brust, während das große Weibchen kreischend angriff.

Demmi warf ihren Speer und ließ dann ihre wirbelnde Steinschleuder auf sie los.


Der Nordwind trug einen kurzen Schrei zu ihm heran. Es war ein Todesschrei.

Manaravak blieb stehen und rührte sich nicht. Dann hörte er einen zweiten Schrei. Er kam aus weiter Ferne und klammerte sich schwach wie eine sterbende Seele an den Wind. In seiner Kehle rasselte sein Atem, und sein Herz machte einen Satz. Ein schrilles Kreischen in Todesqualen wurde von einer schrecklichen Stille abgelöst, die ihm von Schmerzen, Blut und Tod erzählte.

»Wanawut!« Das Wort entfuhr ihm sehnsüchtig und voller Zuneigung.

Dann wurde es wieder still in der Welt. Nur noch das höhnische Rauschen des Windes und das lange, schmerzvolle Jammern einer Frau in weiter Ferne waren zu hören.

»Demmi! Hast du sie getötet, Demmi? Oder ...« Eine erschreckende Möglichkeit ließ ihn beinahe den Boden unter den Füßen verlieren. »Oder haben sie dich getötet?«

Er konnte den Gedanken nicht ertragen. Er hatte sie im Stich gelassen, sie und seine schöne neue Kleidung und seine neuen Speere, um sich wieder der Welt der Tiere anzuschließen. Er war sich so sicher gewesen, daß Demmi schon nichts zustoßen würde. Aber sie war ganz allein!

»Schwester!« Er rannte zurück in Richtung Höhle und versuchte nicht daran zu denken, was er dort vorfinden würde, wenn er sie erreichte. Denn jetzt wußte er zum ersten Mal, daß er sich selbst angelogen hatte. Der Geist von Nantu hatte es ihm gesagt ... der Geist des toten Jungen, der eines Nachts in den Nebel hinausgegangen war, um seinen Kopf zu verlieren – nicht an Drei Pfoten, sondern an die Bestie, die Manaravak damit im Nebel hatte verschwinden sehen – die Bestie, die er nicht hatte sehen wollen ... die Bestie, die den Stamm die ganze Zeit verfolgt hatte ... die Bestie Wanawut!

Umak, Dak und Gefährte folgten den immer größer werdenden Scharen von kreischenden Seevögeln nach Norden durch das Delta des Großen Wilden Flusses. Er hatte sich mit einem zweiten, nach Norden strömenden Fluß vereinigt und ergoß sich über das Ödland, wobei er sich in viele kleine Arme aufteilte. Umak und Dak blieben schließlich an einer Stelle stehen, an der noch nie zuvor ein Mensch gewesen war – an der Küste des Nordpolarmeers. Staunend standen sie da. Niemals zuvor hatten sie einen so großen ›See‹ gesehen. Langsam trat Umak vor. Er war der erste Mensch, der diese Küste erreicht hatte. Er kniete sich nieder und schöpfte mit der Hand Wasser, um davon zu trinken. Überrascht nahm er den angenehmen Geschmack des Salzes wahr. Er hatte kein Wort dafür – ebensowenig wie für die angriffslustigen und hakenschnäbligen Möwen, die über ihm kreisten, oder die vielen großen, ungewöhnlich schlanken und langbeinigen weißen Bären, die nicht weit entfernt auf einer Sandbank im Flußdelta fischten.

Er und Dak staunten über die unzähligen beinlosen Tiere, die wie Hunde bellten, aber Flossen wie Fische besaßen. Die größten von ihnen hatten Stoßzähne wie Mammuts und röhrten wie Elche, während andere einen Schnurrbart wie Löwen besaßen und merkwürdige blökende Laute von sich gaben. Sie faulenzten in großen Herden am Strand oder sprangen von den Felsen und Eisbergen im Wasser, um geschickt im See herumzuschwimmen.

»Dieses Wasser schmeckt nach Blut«, rief Dak, der sich neben Umak gekniet hatte. Die Geräusche des Meeres, der vielen Flüsse und Ströme und der riesigen Herden von bellenden Tieren waren betäubend. »Und nach Schweiß und Tränen.«

»Ja, als wäre es ein lebendes Wesen.«

Umak stand auf und blickte die Küste entlang. Er war fasziniert. »So viele...«, sagte er andächtig.

»Ja, aber so viele *was*? Bist du sicher, daß es wirkliche Tiere und keine Geister sind? Häßlich genug sind sie.«

»Beleidige sie nicht, nachdem wir sie gerade zum ersten Mal getroffen haben! Sie scheinen sehr wirklich zu sein, nach dem Gestank ihrer Hinterlassenschaften und den vielen Neugeborenen zu urteilen. Sieh nur! Die Vögel fressen die Nachgeburt — ein sicheres Zeichen, daß diese Geschöpfe lebende Tiere sind und keine Geister. Und für einen Jäger des Stammes ist kein Tier häßlich, es sei denn, es ist nicht eßbar oder sein Fell unbrauchbar.«

»Du willst doch nicht etwa vorschlagen, daß wir Jagd auf diese... Dinger machen sollen?«

»Warum nicht?« erwiderte Umak. »Wir sind auf einem Jagdzug. Wären die Geister dieser Tiere nicht beleidigt, wenn wir sie nicht für würdig hielten, unsere Speere gegen sie zu erheben, um herauszufinden, woraus sie bestehen?«

Dak grübelte über das Argument des Zauberers nach. Nach einer Weile kam es ihm vernünftig vor.

Während Gefährte vorauslief und sich bemühte, die Tiere vor sich her zu treiben, die Menschen eines anderen Zeitalters einmal Walrosse nennen würden, waren Umak und Dak bald über das Verhalten der Geschöpfe verwundert. Die Tiere, die noch nie einen Menschen gesehen hatten, machten keine Anstalten zu fliehen. Umak und Dak wateten in die Herde hinein und mußten nur ein paar Bissen und gelegentlichen Angriffen ausweichen, bei denen sogar zwei Junge überrannt und getötet wurden. Verwirrt und angewidert von der Dummheit und Faulheit der großen Tiere, zogen Umak und Dak sich wieder zurück, da sie sich nicht dazu überwinden konnten, solch unwürdige Beutetiere zu töten. Doch dann scheuchte Gefährte ein Männchen auf, das so groß wie ein langhörniges Bison war. Seine Stoßzähne waren fast so lang, wie Dak und Umak groß waren.

Unter den eher gleichgültigen Blicken seines Harems ging der Herrscher des Strandes auf Dak und Umak los. Obwohl es keine Beine besaß, bewegte sich das mutige Tier mit beunruhigender Schnelligkeit, wenn es zum Angriff gereizt wurde. Schließlich trafen ihre Speere, und bald saßen sie am Rand der Herde und teilten die Augen und das seltsam schmeckende Fleisch und Fett ihrer frischen Beute mit dem Hund.

»Es ist nicht schlecht«, gab Dak zu.

»Man könnte sich daran gewöhnen!« stellte Umak fest.

»Ja, und viele Lampen könnten den ganzen Winter lang brennen, wenn sie vom Fett nur eines dieser Tiere gespeist würden. Hast du jemals ein Tier mit soviel Fett gesehen?«

Umak schüttelte den Kopf. »Ich habe keine Beerensträucher für Naya gefunden, aber ich werde ihr Fett für ihre Lampe bringen und auch genug Fett für Grek! Wenn ich damit zurückkehre, wird sie mir freundlich gestimmt sein.«

Dak sah ihn skeptisch an. »Ist sie dir zur Zeit nicht freundlich gestimmt? Was sagt Honee, wenn du ständig nur über Naya redest?«

»Ich werde auch Fett für Honees Lampe mitbringen!« Als sein Hunger gestillt war, wischte Umak sich das Fett des Tieres über das Gesicht, um seine Haut geschmeidig zu halten, und blickte zu den weißen Bären hinüber, von denen sie sich bisher ferngehalten hatten. Seine Stimmung änderte sich unvermittelt. »Sieh mal! Sie sind alle weiß! Sogar die Jungen!«

Dak sah es, schien aber nicht beeindruckt zu sein. »Nach allem, was geschehen ist, bin ich nicht darauf erpicht, bald wieder auf Bärenjagd zu gehen.«

»Aber eines ihrer Felle würde ein wunderbares Brautgeschenk für Schwan abgeben! Und für Naya — ich meine, für meine *beiden* — und für meine kleine Li.«

Dak musterte die Bären nachdenklich. »Ich würde nur ungern ins Lager zurückkehren, ohne etwas Beeindruckendes mitzubringen. Vielleicht schaffen wir es, ein oder zwei Pelze zu erhalten, ohne selbst dabei das Fell zu verlieren ... wenn die Mächte der Schöpfung uns günstig gestimmt sind.«

Umak nickte und war begeistert. Das Rauschen des Meeres, der Geruch der Luft und die Landschaft gefielen ihm und erregten ihn. »An diesem See des Blutigen Wassers ist genug Fleisch, um den Stamm endlose Monde lang zu ernähren! Und Knochen und Stoßzähne und Sehnen und Felle! Es gibt hier alles, was wir zum Leben brauchen! Vielleicht sind die Mächte der Schöpfung uns tatsächlich günstig gestimmt. Meinst du nicht, Dak?«

Dak sah sich zweifelnd um. »Ich sehe offenes Land. Ich sehe viele Flüsse, die in einen kalten See münden, in dem Berge aus Eis sind.«

»Und ich sehe dort drüben eine Anhöhe, auf der sich ein gutes, trockenes Lager errichten läßt. Und ich sehe Berge von Fleisch für den Stamm!«

»Aber was für Fleisch? Keine Karibus. Keine Bisons. Keine Elche. Keine Pferde oder ...«

»Wenn diese Tiere den ganzen Winter lang am See bleiben – selbst wenn sie nur im Frühling an dieses Ufer kommen, um ihre Jungen zu werfen –, dann hat uns der Geisterwind nach allem, was wir erlitten haben, nordwärts geführt, um uns zu zeigen, daß wir nicht für ewig nach den großen Herden der weiten Steppen suchen müssen. Vielleicht haben wir eine neue Art Fleisch gefunden, von dem wir uns ernähren können! Sieh dich um, Dak! Gibt es ein besseres Omen für unseren Stamm? Vielleicht haben wir die schlechten Zeiten endgültig hinter uns gelassen! Vielleicht hat uns der Geisterwind nach Norden geführt, damit wir hier das Glück entdecken, nach dem Torka die ganze Zeit gesucht hat!«

Dak beobachtete die Bären beim Fressen und blieb nachdenklich. »Vielleicht. Wir werden rasten, unsere Speere schärfen und Gesänge für die Lebensgeister unserer beabsichtigten Beute anstimmen. Dann werden wir jagen. Dann werden wir sehen.«

Obwohl Umak bereits vom Gedanken an die Jagd erregt war, wußte er, daß Dak weder an die Bärenjagd noch an die schönen weißen Felle dachte, die er Schwan mitbringen würde. Als Dak die Schönheit dieses seltsamen Landes im Norden betrachtete, brauchte es keinen Zauberer, um an seinem trauervollen Gesicht abzulesen, daß er immer noch an Demmi dachte.

Es war dunkel in der Höhle. Manaravak roch überall Blut, und es war schlüpfrig unter seinen Füßen. Er blieb stehen und bezwang sein Zittern. Es war unnatürlich, fast furchterregend still. Er sprach nicht. Ihm kamen keine Worte über die Lippen, auch nicht der Name seiner Schwester. Doch was spielte das schon für eine Rolle? Worte waren seine Feinde. Er würde auch ohne sie sehr bald schon die Wahrheit über das erfahren, was geschehen war.

Er trat mutig einen Schritt vor, um sofort vor Angst und Ekel zurückzuweichen. Etwas lag tot vor ihm am Boden. Er konnte den Körper kaum erkennen. In der Dunkelheit sah er grau und blutleer aus. Manaravak erkannte die vertrauten Umrisse des Rumpfes und der Gliedmaßen... die Brüste... den zur Seite gedrehten Kopf und das Auge, aus dem Blut lief. Aus mehreren tödlichen Wunden ragten Speere – Demmis Speer und drei seiner eigenen.

Manaravak fiel auf die Knie. Er winselte wie ein verletztes Tier, als er den Körper berührte und den Stein herauszog, der in der zerschmetterten Augenhöhle steckte. Dann nahm er den pelzigen und leblosen Körper des Wanawut-Weibchens in seine Arme und hielt ihn fest. Er wiegte ihn wimmernd, als hielte er keine Bestie, sondern ein totes Mitglied seiner eigenen Familie.

Aus der tiefen Dunkelheit im Hintergrund der Höhle beobachtete Demmi ihn und brachte es nicht über sich, etwas zu sagen oder den Blick abzuwenden. Wie lange hatte sie schon so im Dunkeln mit dem Rücken an der Höhlenwand dagesessen? Das Feuer, das sie vor sich entfacht hatte, war schon vor langer Zeit ausgegangen.

Langsam und ohne ein Wort zu sagen, kam sie zitternd auf die Beine. Sie stand in der Dunkelheit und beobachtete Manaravak. Sie versuchte sich zu erinnern, ob sie sich jemals so müde gefühlt hatte. Nicht einmal der Große Wilde Fluß hatte sie derart erschöpft. Heute hatte sie sich gegen viel gefährlichere Feinde gewehrt. Sie hatte alleine die Wanawuts besiegt! Sie hatte zwei verwundet, einen getötet und den Rest des wilden Rudels in die Flucht geschlagen. Doch jetzt empfand sie eine Erschöpfung, die nichts mit körperlicher Überanstrengung zu tun hatte – es war die kalte, betäubende Erschöpfung, wie sie nur eine verzweifelte Seele empfinden konnte.

Ihre Augen hatten sich schon lange an die Dunkelheit gewöhnt. Nach dem Angriff war sie sogar froh darum gewesen, denn wenn die Wanawuts noch einmal versucht hätten, die Höhle zu stürmen, hätte sie ihre Schatten vor den Sternen gesehen, ein gutes Ziel für ihre Speere. Vielleicht hatten auch sie es gewußt. Vielleicht war das der Grund, warum sie nicht zurückgekommen waren. Während der langen Stunden voller Furcht, in denen sie auf die Rückkehr der Bestien gewartet hatte, wußte sie, daß Manaravak seine Meinung ändern und zu ihr zurückkommen würde. Sie war seine Schwester. Er konnte sie unmöglich im Stich lassen!

Doch als sie ihn jetzt beobachtete und die leisen Tierlaute hörte, die er von sich gab, schien die Nacht auch in ihre Seele einzudringen. Es war eine sternenlose Nacht. Und in der Dunkelheit sah sie den Ausdruck der Trauer auf seinem Gesicht und wußte, daß seine Liebe zu dem toten Ding, das schlaff und häßlich in seinen Armen lag, grenzenlos war. Die freudige Hoffnung, die sie noch vor wenigen Augenblicken empfunden hatte, als sie seine Gestalt vor dem Sternenlicht erkannt hatte, verschwand wieder und wich der tiefsten Enttäuschung ihres bisherigen Lebens.

*Nicht ein Mal hatte er ihren Namen gerufen oder in die Dunkelheit und Stille der Höhle gefragt, ob sie noch am Leben war!*

Sie hielt sich an ihrem Speer fest und richtete sich auf. Dann ging sie durch die Höhle und blieb vor ihm stehen.

Er blickte auf. »Demmi, hast du das getan? ... Nicht nur mit deinen, sondern auch mit meinen Speeren?«

»Ja.«

»Warum? Sieh sie an! Sie könnte Mutter sein.«

Demmi hatte das Gefühl, als wäre gerade etwas in ihr gestorben. Er sprach nicht von Lonit, sondern von dem Tier, das ihn aufgezogen hatte und seit langem tot war. Die Jahre, die er als Tier unter Tieren gelebt hatte, hatten ihre unauslöschlichen Spuren in ihm hinterlassen. Sie verstand und hatte Mitleid. Und doch fühlte sie sich verletzt und war wütend. »Andernfalls wäre *ich* jetzt tot gewesen, Manaravak!«

»Nein, niemals! Ich hätte dich niemals verlassen, wenn ich geglaubt hätte, sie könnten dir etwas antun. Das würden sie niemals tun! Sie...« Er verstummte. Sie war entsetzt über seinen erschrockenen Ausdruck, der seine Gesichtszüge verzerrte. Er schien völlig die Fassung verloren zu haben. In seinem Gesicht standen Trauer, Reue und Verwirrung. Langsam ließ er die Leiche der Bestie zu Boden gleiten und starrte sie lange an. Dann stand er wie im Traum auf und zog Demmi in seine Arme. »Vergib mir, Schwester, wenn du kannst. Ich hätte dich fast getötet.«

Ihr Herz war erschüttert, und ihre Seele blutete. Sie hatte Tränen in den Augen und schlang ihre Arme um ihn, hielt ihn fest an sich gedrückt. »Nicht du. Sie. Die Wanawuts.«

»Das ist dasselbe.«

Seine Worte brachten sie so sehr aus der Fassung, daß sie von ihm zurückwich. »Nein. Das ist nicht dasselbe!« Sie nahm seine Hände, legte sie auf ihren Bauch und drückte sie an sich, bis er der Bewegungen des Babys in ihr spürte.

»Hier liegt mein Leben, Manaravak — ein neues Leben, eine Fortsetzung der Generationen des Stammes. Daks Kind. Doch in gewisser Weise ist es auch dein Kind — nicht, weil wir uns geliebt haben, sondern weil du mein Bruder bist. Das Blut unserer Familie fließt in uns beiden, und es wird auch in diesem Kind fließen, wenn es geboren ist... falls es geboren wird. Ich kann dich nicht zurückhalten, wenn dein Herz dir sagt, daß du dich von deinem Blut abwenden und mit Tieren zusammenleben mußt. Aber kannst du wirklich auf dieses tote Tier schauen und sagen, daß du von seiner Art bist? Dies hier ist nicht dieselbe Bestie, die dich aufgezogen hat, Bruder! Dieses

Tier hier hätte mich getötet und gefressen, wenn ich mich nicht gewehrt hätte. Und wenn es mir nicht gelungen wäre, es zu töten, und du ganz allein auf sie und ihr Rudel gestoßen wärst, hätten sie dich ebenfalls getötet!«

Sie wartete darauf, daß er ihr widersprach, aber er tat es nicht. Sein Schweigen ermutigte sie, und so sprach sie weiter. »Hast du keine Sehnsucht nach unserem Stamm, Manaravak? Nach unserem Vater und unserer Mutter, nach unseren Brüdern und Schwestern, so wie auch ich mich nach ihnen und nach meinem Mann und meinem Sohn sehne? Das Mammut hat uns in dieses gute Land geführt. Obwohl wir von Wanawuts verfolgt wurden, war das Glück auf unserer Seite! Komm mit und laß uns unseren Stamm finden und ihn hier hinführen! Gemeinsam könnten wir die Wanawuts aus diesem guten Land vertreiben. Noch nie habe ich ein besseres oder wildreicheres Land gesehen als das, das hinter den südlichen Bergen liegt. Wie Torka immer wieder gesagt hat, sind die Geister denen freundlich gesonnen, die im Schatten von Lebensspender ziehen. Wenn das stimmt, ist das vielleicht der Grund, warum das große Mammut uns gerettet hat – nicht um *uns* zu helfen, sondern dem Stamm! Welchen Wert haben wir beide schon unter der riesigen Haut des Himmels? Wir sind nur zwei, der Stamm jedoch, das sind viele! Nur deshalb sind wir noch am Leben. Ich muß zu ihm zurückkehren, Manaravak! Ich muß ihm von diesem guten Land erzählen, wo unser großes Totem lebt. Komm mit mir, Manaravak! Du kannst noch lernen, wie ein Mensch unter Menschen zu leben. Ich weiß es. Also frage ich dich jetzt, nein, ich flehe dich an, bleib bei mir, so wie ich bei dir geblieben bin, als du schwach und krank warst. Sei meine Stärke und mein Mut, während ich mein werdendes Baby auf der Suche nach unserem Stamm über das ertrunkene Land führe. Ich muß zu ihnen zurückkehren, Manaravak! Ob mit oder ohne dich, ich muß heimkehren!«

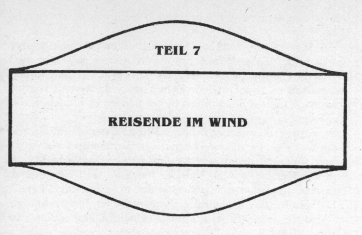

# TEIL 7

## REISENDE IM WIND

## 1

Wieder einmal gab es Anlaß zur Freude in Torkas Lager. Umak und Dak waren mit einem Schlitten voller Geschenke zurückgekehrt, mit Fleisch und Fett und glänzenden weißen Fellen, mit Federn und Stoßzähnen und mit hoffnungsvollen und wunderbaren Geschichten.

Nach einer Versammlung der Ältesten sang und tanzte der Zauberer, und die Menschen waren begeistert, als der Häuptling verkündete, daß sie morgen aufbrechen und nach Norden ziehen würden.

Die Frauen und Kinder sangen voller Hoffnung auf bessere Zeiten, und der Stamm versammelte sich gemeinsam mit den Hunden um ein hohes, heißes Feuer, um das geröstete Fleisch von Bär und Walroß zu essen. Voller Vorfreude warteten sie auf die offizielle Verteilung der Geschenke, die Umak und Dak aus dem hohen Norden mitgebracht hatten.

Der alte Grek saugte weichgeklopften Speck durch seine Zahnlücken, und Iana lächelte, als er sagte, daß ihm das Fett, obwohl es noch nicht ranzig genug war, ausgezeichnet schmeckte, weil es einen seltsamen, fischigen Beigeschmack habe.

Als das Feuer am heißesten brannte und die Geschichten über das Land der vielen Wasser am abenteuerlichsten waren, ließ Torka die Gespräche verstummen. Er erinnerte den Stamm daran, daß er, bevor irgendwelche Geschenke verteilt werden konnten, noch den Sohn Simus fragen mußte, ob er nicht etwas vergessen hatte.

Es wurde still im Lager. Nur der Wind flüsterte, und nur das Feuer wagte es, geräuschvoll Funken in den Himmel stieben zu lassen. Grek riß die Augen auf und stupste Tankh heftig mit dem Ellbogen an, so daß sich der Junge an dem Bärenfleisch verschluckte, das er sich gerade in den Mund gestopft hatte.

Der alte Mann war daraufhin verärgert über Tankhs Mangel an Anstand in einem so großen Augenblick und schlug ihm kräftig auf den Rücken. Der Junge hustete würgend und spuckte die Fleischstücke wieder aus.

Alle sahen Tankh tadelnd an.

Dann sprach Dak mit ernstem, ausdruckslosem Gesicht. »Der Sohn Simus hat nicht vergessen.« Er stand auf und ging fort.

Schwan ließ beschämt und enttäuscht den Kopf sinken, während Lonit ungläubig den Atem anhielt.

Umak schien von allen am stärksten schockiert zu sein, als sein Speerbruder in der Hütte verschwand.

Tiefe Falten gruben sich in Torkas Gesicht. Wütend stand er auf. Doch bevor das Raunen des Stammes zu verständlichen Worten werden konnte, kam Dak wieder aus seiner Hütte. Er trug ein Halsband aus Bärenkrallen und blau-grauen Federn und das Fell eines großen weißen Bären über den Armen.

Schwan blickte mißtrauisch auf, als er vor dem Häuptling stehenblieb und das Bärenfell präsentierte.

»Für die neue Frau Schwan, Brautgeschenke von einem, der ihr Mann werden möchte.«

Sogar im Licht des Feuers war zu erkennen, daß Schwan errötete. Lonit lächelte erleichtert, und Torka nickte anerkennend.

Alle warteten. Obwohl niemand bezweifelte, daß sie Dak als Mann annehmen würde, feuerten alle — außer Grek — sie an, als sie mit einem würdevollen Nicken die Geschenke akzeptierte. Mit erhobenem Kopf gestattete Schwan, daß Dak ihr die schwere Kette aus Federn und Krallen um den Hals legte. Und als sie lächelte, lächelte auch Larani, die allein ein Stück vom Feuer entfernt stand.

Als die anderen später Lobgesänge auf die Geschenke anstimmten, die Dak und Umak ihnen gebracht hatten, nahm Dak seine neue Frau Schwan an der Hand und führte sie in seine Erdhütte. In dieser Nacht würde Kharn in den Armen von Larani schlafen, damit sein Vater und seine neue Mutter ungestört auf dem Fell des großen weißen Bären beieinander liegen konnten.

Obwohl Dak zum ersten Mal neben Schwan lag, vereinigte er sich nicht mit ihr. Wie in all den anderen Nächten, in denen sie seine Hütte ohne seine Zustimmung geteilt hatte, wandte er ihr den Rücken zu und gab vor zu schlafen. »Ich weiß, was du fühlst, Dak«, sagte sie leise zu ihm, »aber ich möchte dir sagen, daß es mir nichts ausmacht, wenn du Demmi immer noch liebst oder keine andere Frau außer ihr begehrst. Ich liebe meine Schwester auch. Im Herzen dieser Frau und in ihrer Erdhütte wird immer Platz für den Geist Demmis sein... solange ich hoffen kann, daß es in deinem Herzen irgendwann auch einmal ein kleines Plätzchen für mich geben wird.«

Ihre Worte bewegten ihn tief. Er drehte sich zu ihr um und nahm sie in die Arme. »Du verdienst ein besseres Leben als mit dem Sohn von Simu, Schwan. Ich bin...«

»Du bist alles, was ich jemals gewollt habe«, unterbrach sie ihn. »Ich hätte dich mit Demmi geteilt. Und es hätte mir nichts ausgemacht, neben ihr die zweite Frau zu sein. Es macht mir auch nichts aus, daß ihr Geist mit auf diesem wunderbaren weißen Fell liegt, das du mir gebracht hast... wenn du mir nur noch ein einziges Geschenk machst.«

Er runzelte die Stirn. »Noch eins? Das Fell, die Halskette, das Fleisch und das Fett sind dir noch nicht genug?«

»Nein. Ich möchte ein besseres Geschenk.«

Er hätte sie zur Seite gestoßen, wenn sie ihn nicht an den Schultern gehalten und ihm tief in die Augen geblickt hätte. »Laß Demmi nicht zwischen uns sein! In dieser Nacht, wenn der Stamm für uns singt, sollst du auch mir etwas zu singen geben. Hier im Dunkeln, während draußen noch das Freudenfeuer brennt, sollst du mir ein Brautgeschenk machen, das hier drinnen nur für uns brennt. Liebe mich, Dak! Liebe mich nur ein bißchen! Das ist alles, was ich von dir verlange.«

Und während das großes Lagerfeuer langsam verglomm und Torkas Stamm in der Wärme seiner Glut einnickte oder Arm in Arm in den Erdhütten verschwand, lagen Dak und Schwan zum ersten Mal als Mann und Frau vereint beieinander. Und zum ersten Mal seit viel zu vielen Monden lächelte Dak im Schlaf und träumte nicht mehr unruhig von Demmi.


Während Umak sein Zauberergewand ablegte, bettete Honee die kleine, schlafende Li auf die Felle, die Mutter und Tochter oft miteinander teilten. Jhon eilte herbei, um seinem Vater das heilige Gewand abzunehmen und mit Sorgfalt und Ehrfurcht im Hintergrund der Hütte zu verstauen. Umak ging zu seinen eigenen Schlaffellen und forderte Naya auf, mit ihm zu kommen.

Sie starrte ihn an, während ihr das Blut aus dem Gesicht wich. Abgesehen von ihrer Körperbemalung war sie nackt. »Mein Kopf tut weh«, log sie.

Honee sah Naya skeptisch an. »Deine Blutzeit ist vorbei, Naya. Du solltest keine Kopfschmerzen haben. Du hattest den ganzen Tag lang keine.«

»Aber jetzt!«

Jhon drehte sich um. Er hatte die Augen abschätzig zusammengekniffen und starrte sie über die Schulter hinweg an. »Dein Kopf tut immer weh, wenn mein Vater dich auffordert, unter seine Schlaffelle zu kommen!«

Naya funkelte ihn wütend an. Sie begann, Jhon zu hassen.

Dann senkte sie den Blick und strich über das dicke, seidene Fell des großen Bären, das Umak in drei Teile geschnitten hatte, damit jede Frau an seiner Feuerstelle ein Stück davon abbekam. Naya zog eine Schnute. Sie hätte es vorgezogen, das Fell allein für sich zu haben. Ihr Anteil war nicht groß genug, um sich ganz darin einzuhüllen. Solange es noch ganz gewesen war, war es fast so groß wie das gewesen, das Dak seiner Schwan geschenkt hatte.

Vor Neid verzog Naya mürrisch das Gesicht. Die neue Frau hatte ein so schönes Geschenk bekommen; vor allem, wenn man bedachte, daß Schwan überhaupt kein Geschenk hätte bekommen dürfen, wenn es nach Naya gegangen wäre. Die Tochter von Torka war ohne Einverständnis und gegen die Traditionen des Stammes zu Dak gegangen. Während Schwan ungestraft die Tabus hatte übertreten dürfen, war Naya schwer bestraft worden. Sie war ohne Zeremonie, Geschenke und Gesänge an Umak übergeben worden, als wäre sie ein wertloser Gegenstand. Verärgert stieß sie das Bärenfell weg.

»Wo sind meine Beeren?« fuhr sie Umak an. »Du hast gesagt, du würdest mir welche mitbringen!«

Jhon starrte sie fassungslos an. »Mein Vater hat dir das beste Stück des Fells eines großen weißen Bären gebracht, und du fragst ihn nach Beeren?«

»Es ist *nicht* das beste Stück! Es ist nur ein Drittel, und Honees Stück ist größer! Warum soll ich ihn nicht nach Beeren fragen? Ich brauche sie für meine Medizin. Ich bin eine Medizinfrau, oder nicht? Wie kann ich ohne Beeren Medizin machen? Wo sind nun meine Beeren?«

Umaks Gesichtsausdruck und Tonfall war unmißverständlich zu entnehmen, daß er nicht glücklich über sie war. »Wenn du Beeren willst, mußt du bis zum Ende der Zeit des endlosen Lichts warten, wenn die Früchte des Sommers reif sind.«

»Ich weiß nur, daß du mir versprochen hast, Beeren mitzubringen!«

»Ich habe versprochen, daß ich auf die Sträucher achten würde, an denen sie wachsen.«

»Und? Hast du welche gesehen?«

»Nein, das habe ich nicht.«

Sie verzog erneut das Gesicht. Ihr war die Verärgerung in seiner Stimme nicht entgangen. Kurz nur kam es ihr in den Sinn, daß sie sich sehr stur verhielt. Aber das erschien ihr nicht wichtig. Sie funkelte Umak an. »Wenn du ein großer und mächtiger Zauberer wie Karana wärst, wie mein armer toter Vater oder wie mein Großvater Navahk, oder wenn du ein richtiger Herr der Geister wärst wie der alte Umak, nach dem du benannt wurdest, könntest du mir Beeren *machen!*«

Plötzlich wurde es sehr still in der Erdhütte.

»Naya...« Honee sprach mit leiser Stimme. »Wo ist dein gutes Benehmen? Geh zu deinem Mann, wenn er dich dazu aufgefordert hat, und sprich nicht mehr von Beeren!«

»Naya!«

Sie blinzelte. Umak hatte ihren Namen gesprochen. Sie blickte ihn an.

»Komm zu mir!« fuhr er fort. Dak und ich sind sehr lange vom Lager fortgewesen. Ich habe dich vermißt. Ich habe euch alle vermißt! Leg dich neben mich. Ich *bin* der Zauberer. Das Mindeste, was ich tun kann, ist, zu versuchen, einen Zauber zu finden, mit dem ich deine Kopfschmerzen vertreiben kann.«

Honee gähnte theatralisch und fragte dann ihren Mann, ob sie die Talglampe löschen solle.

Naya zuckte zusammen.

Umak stand auf und ging zu ihr.

»Oh«, jammerte sie. »Mir wird übel!« Er trat einen weiteren Schritt auf sie zu und bückte sich. Sie schrie auf, doch er drückte nur die Flamme aus, die in der Talglampe brannte. Es wurde dunkel in der Hütte.

Naya wartete. In panischem Schrecken schloß sie die Augen. Sie preßte ihre Zähne und Schenkel zusammen und hielt den kleinen Talisman aus Knochen fest in ihrer Hand, während sie die Arme über der Brust verschränkte. »Geh weg! Geh weg! Geh weg!«

Sie begann zu weinen. Dies war die Nacht, in der Umak keine Rücksicht mehr nehmen würde! Der Alptraum wurde endlich doch wahr, und es würde all das geschehen, wovor sie solche Angst hatte. Es würde ihr wie der armen Schneefresser gehen, die sich vor Schmerzen heulend nicht mehr von ihrem Partner hatte lösen können, während alle Zuschauer lachten und sie verspotteten.

Doch zu ihrer Überraschung und unendlichen Erleichterung drehte Umak sich um und ging zu seinen Schlaffellen zurück. Sie hörte, wie er sich setzte und angewidert stöhnte. »Leg dich schlafen, Naya! Du redest zuviel. Du bist nicht der einzige Bewohner dieser Hütte, dem übel wird.«

Die Dunkelheit wurde immer tiefer. Die Sterne zogen langsam über die Haut der Nacht. Lonit kroch aus ihren Schlaffellen, um ihren Mann zu suchen, und fand ihn draußen, wie er allein dastand und nach Osten auf die Wand aus Eis starrte, die bläulich im Sternenlicht schimmerte.

»Die Wandernden Berge sind wunderschön, aber sie sind kalt und trostlos.« Sie hakte ihren Arm bei ihm unter, lehnte sich mit einem zufriedenen Seufzer an ihn und legte ihren Kopf auf seine Schulter. »Ich bin froh, daß wir nach Norden gehen und sie endlich hinter uns lassen.«

»Wirklich?« Die Frage klang traurig und bedauernd.

Verwirrt hob sie ihren Kopf und sah ihn an. »Je näher wir den östlichen Bergen kommen, desto unpassierbarer und lebloser wirken sie. Umak hat gute Jagdgründe im Norden gefunden.«

»Aber keine Spuren von Lebensspender.«

»Er hat viel Fleisch gefunden! Ich verstehe dich nicht, Torka. Wenn du Bedenken hast, solltest du noch einmal den Ältestenrat einberufen.«

»Ich muß dafür sorgen, daß mein Stamm keinen Hunger mehr leidet. Ich muß sie zum Fleisch führen. Im Augenblick wäre ich damit völlig zufrieden.«

Sie legte wieder ihren Kopf auf seine Schulter, und er nahm sie in die Arme und hielt sie fest. »Ich bin auch zufrieden«, sagte sie zu ihm. »Für immer und ewig, denn ich habe mein Glück in dir gefunden.«

Kurz vor der Dämmerung fiel ein Stern aus dem südlichen Himmel. Nur Larani war wach, und so sah sie es als einzige. Sie saß allein an den Resten des Lagerfeuers. Die Flammen waren erloschen, aber in der Asche war noch Wärme. Sie hatte Torka und Lonit beobachtet, wie sie in der Erdhütte verschwunden waren. Wie lange war das schon her? Die halbe Nacht etwa. Und wie lange hatten sie gemeinsam unter dem Himmel gestanden, sich in den Armen gehalten, noch immer Liebende, nach so vielen Jahren?

Larani seufzte sehnsüchtig. Für sie würde es niemals eine solche Liebe geben. Niemals!

Sie hüllte sich in ihre Felle, schloß die Augen und dachte daran, wie es sein mußte, geliebt zu werden. *Es ist gut,* dachte sie inbrünstig und lächelte, als sie sich vorstellte, wie schön sie war. Doch dann spürte sie die Kälte der Nacht auf ihrem Gesicht und auf der empfindlichen Haut ihrer Narben.

Sie erschauderte und blickte zum riesigen, sternenübersäten Himmel hinauf. Vater Himmel war irgendwo dort oben — Vater Himmel, der seinen Blitz-Penis in die Erde gesteckt hatte, um die Tochter des Himmels zu zeugen. Wußte er, was er damit einem jungen Mädchen angetan hatte? Kümmerte es ihn?

Morgen würde der Stamm nach Norden ziehen. Aber was bedeutete das schon für sie? Morgen würde nur ein weiterer Tag sein, der wiederum von weiteren Tagen gefolgt wurde, bis die Zeit des endlosen Lichts anbrach. Und dann würden allmählich die dunklen Tage zurückkehren, und der endlose Kreislauf von Dunkelheit und Licht würde immer wieder von neuem beginnen, bis sie alt sein und ihre Seele vom Wind davongetragen würde.

Sie blickte immer noch auf den südlichen Himmel. Der fallende Stern hatte eine helle Leuchtspur hinterlassen wie das Nachbild einer Flamme, die hoch aufflackerte und dann erlosch.

»Manaravak? Bist du es, Manaravak? Bist du dort oben und siehst aus der Welt jenseits dieser Welt zu? Weißt du, daß ich dich liebe? Bist du auch nicht beleidigt? Du brauchst es nicht zu sein. Meine Liebe bedeutet nichts. Sie ist genauso unbedeutend wie ich selbst.«

# 2

Demmi wanderte heimwärts. Manaravak ging ernst und zerknirscht an ihrer Seite.

Das Land war weit. Die Sonne kletterte jeden Tag höher den Himmel hinauf. Schließlich erreichten sie den Großen Wilden Fluß und hielten an. Schweigend sahen sie geradeaus.

»Er ist breiter, als ich mich erinnere.«

Manaravak wurde von der Niedergeschlagenheit in Demmis Stimme gerührt. »Wir haben ihn schon einmal überquert.«

»Im Winter und auf dem Rücken eines Mammuts. Trotzdem wären wir fast ertrunken!«

»Das ist nicht dasselbe, wie wirklich zu ertrinken. Außerdem gibt es dort vorne viele seichte Stellen.«

Sie lachte, aber es lag keine Heiterkeit darin.

Er spürte ihre Stimmung und wünschte sich, er hätte sie aufhellen können. »Bald kommt die Zeit des endlosen Lichts, und die Sonne wird aus diesem großen Fluß trinken. Der Wasserspiegel wird fallen. Dann können wir ihn überqueren. In der Zwischenzeit werden wir am Fluß entlanggehen, bis wir auf das letzte Lager unseres Stammes stoßen ... und wenn wir Glück haben, sieht das Mammut vielleicht, daß wir hinüber wollen und hilft uns noch einmal.«

Als Demmi erneut lachte, war ebensowenig Heiterkeit herauszuhören wie beim ersten Mal. Viele Tage und Nächte folgten sie dem Lauf des Großen Wilden Flusses. Sie kamen nur mühsam voran, aber sie fanden keine Spur von Wanawuts, und so ließen sie sich Zeit. Sie rasteten, um frisches Fleisch zu jagen und die zunehmende Wärme und erstaunliche Schönheit des Landes zu genießen, während sie Lobgesänge auf die Sonne und den neuen Mond des Grünen Grases anstimmten.


Ein neuer Mond ging über dem Land der vielen Wasser auf, als Torkas Stamm auf einer Anhöhe über dem See des Blutigen Wassers sein Lager aufschlug. Alle Zeichen standen günstig.

Nur Torka hielt sich zurück und musterte mit einem unguten Gefühl die Jagdgründe, zu denen er seine Leute geführt hatte. Die Gegend gefiel ihm überhaupt nicht. Ihr Geruch widerte ihn an. Alle Tiere bis auf die weißen Bären kamen ihm abgrundtief häßlich vor, und in den Bären sah er ausschließlich eine mögliche Gefahr, denn es gab zu viele von ihnen. Sie waren größer und weißer und gefährlicher als Drei Pfoten. Wieso hatten Umak und Dak diese Gefahr übersehen? Er war verwirrt und besorgt. Umak war der Zauberer, aber wo war seine Urteilskraft geblieben?

*Meinem Stamm steht an diesem Ort nichts Gutes bevor*, dachte Torka. Aber er behielt seine Gedanken für sich. Sein Stamm hatte Hunger und mußte etwas zum Essen finden. Er mußte die Menschen ermutigen, sich mit Fleisch und Fellen zu versorgen, bis genügend Wintervorräte angelegt waren. Bis dahin würden die Welpen groß und stark genug sein, um voll beladene Schlitten ziehen zu können. Bis dahin würden auch die Babys von Iana und Sommermond geboren sein. Die Frauen wären dann sicher bereit, in die Tundrasteppe zurückzukehren, wo das Glück des Stammes im Schatten von Lebensspender lag und wo die Geister ihrer Ahnen für immer im Gesicht der aufgehenden Sonne im Wind zogen.

In den folgenden Tagen führte Torka die Männer auf die Jagd, und die Frauen bearbeiteten Felle und errichteten Gestelle aus Knochen, auf denen das Fleisch von Seehunden und Walrössern und viele fette, dickhäutige Fische trockneten. Die Wolkendecke über dem See des Blutigen Wassers riß endlich auf. Unter den wachsamen Augen der Jäger sammelten die Kinder Eier von Seevögeln und machten sich einen Spaß daraus, auf den jungen Hunden zu reiten, um sie an das Gewicht von schwer beladenen Schlitten zu gewöhnen.

»Man hat fast den Eindruck, als würdest du dich darauf vorbereiten, dieses Lager wieder zu verlassen!« neckte Umak seinen Vater.

Doch Torka war nicht nach Scherzen zumute. »Und man gewinnt fast den Eindruck, daß du kein Zauberer mehr bist.«

Naya wußte nicht, warum sie sich plötzlich viel besser fühlte. Vielleicht war es etwas in der Luft. Der Salzgeruch im Wind belebte ihre Sinne und klärte ihren Kopf, und der reiche, fette Geschmack von Fisch und Walroß vertrieb die wiederkehrenden Gedanken an ihre roten Beeren. Sogar Jhon war umgänglicher geworden, seit er die meiste Zeit damit verbrachte, mit den Männern des Stammes und mit Sayanah und den anderen Jungen auf die Jagd zu gehen. Simu war zwar weiterhin verstimmt, aber das Töten schien seine schlechte Laune zu verbessern, obwohl er immer noch knurrte, wenn er Dak und Schwan zusammen sah, wie sie sich an den Händen hielten und sich in aller Offenheit küßten.

»Ich hätte niemals gedacht, daß ich den Tag erleben würde, an dem Dak so glücklich ist!« sagte Umak zu Naya, als er neben sie trat. Sie kniete Honee gegenüber vor einem Seehundfell, von dem sie gemeinsam die Fleischreste abschabten.

»Es ist gut, Dak wieder lächeln zu sehen«, antwortete sie aufrichtig.

»Eine gute und liebende Frau kann das bei einem Mann erreichen.«

Der leicht unbefriedigte Unterton in seiner Stimme machte Naya unsicher.

»Bringe ich dich nicht zum Lächeln, Umak?« fragte Honee in neckendem Tonfall.

Er sah sie nachdenklich an. »Immer, meine Liebe. Aber Naya könnte sich etwas mehr Mühe geben.« Honee fuhr Umak plötzlich und unerwartet an. »Schäm dich! Unsere kleine Naya versucht es mit all ihrer Kraft! Wer hätte gedacht, daß sie sich als so nützlich erweist, nachdem du sie strampelnd und schreiend an unsere Feuerstelle gezerrt hast? Schäm dich, daß du das schon vergessen hast, sage ich! Armes Kind! Meine kleine Stammesschwester Naya hat sich zu einer guten, hart arbeitenden Frau entwickelt — wie deine Schwester Schwan! Aber für Naya hat es nie ein Freudenfeuer oder Geschenke oder gar eine Anerkennung des Häuptlings gegeben! Schäm dich, sage ich! Was kann man mehr von einer Frau verlangen... die so grausam mißbraucht wurde!«

Naya war so überrascht über Honees Wutausbruch, daß sie weder sprechen noch Umak ansehen konnte.

Er schwieg eine Weile. »Ist das der Grund, warum du dich von mir abwendest, Naya? Wegen der Art und Weise, in der du zu meiner Frau geworden bist?«

Naya starrte in ihren Schoß. »Ich... nein... Das ist es nicht.«

Er glaubte ihr nicht. »Ich werde mit Torka reden. Du hast recht, Honee. Es ist viel Zeit vergangen. Naya ist eine gehorsame Frau... in jeder Beziehung bis auf eine. Aber vielleicht wird sich das jetzt ändern. Ja. Wir werden sehen. Schon bald.«


»Nein!« Torka war unnachgiebig. »Kein Freudenfeuer! Keine Gesänge! Wegen Naya mußten Manaravak und Demmi sterben, und Simu hat recht, wenn er sagt, daß Naya auch die Schuld an Laranis Entstellung und am Tod von Eneela und Nantu hat! Ich hatte deinetwegen Mitleid mit dem Mädchen, Umak, und wegen des alten Grek. Meine Entscheidung war zum Wohl des Stammes! Ich werde mich nicht noch einmal darauf einlassen. Wenn du ihr Geschenke machen willst, weil du mit ihr zufrieden bist, dann tu es! Du kannst mit ihr machen, was du willst. Das muß genug sein! Verlange nicht mehr von mir! Simu ist immer noch davon überzeugt, daß sie uns Unglück bringt. Er zeigt auf ihren flachen Bauch und sagt, daß sie niemals neues Leben hervorbringen wird und daher auch kein Leben im Stamm verdient hat. Zeige uns beiden, daß wir unrecht haben, Umak, und du wirst uns zu glücklichen Männern machen! Sorge dafür, daß sie ein Baby bekommt! Mache Söhne mit ihr und sichere die Zukunft des Stammes! Aber wenn du immer noch der Zauberer bist, der du einmal warst, dann sieh in mein Herz und erkenne, daß es für Naya dort keine Sympathie und kein Mitleid gibt.«


Der Glanz der Tage des Lichts kehrte auf die Tundra zurück. Während Demmi und Manaravak weiter nach ihrem Stamm suchten, verwandelte sich das einst ertrunkene und verwüstete Land in eine Blumenpracht.

»Es blüht auf wie du!« sagte Manaravak und tätschelte lächelnd Demmis dicken Bauch. »Dak wird sich freuen, wenn er dich so sieht!«

Sie schüttelte den Kopf und ließ ihren Blick in die Ferne schweifen. »Ich stille dieses Baby wahrscheinlich schon an meiner Brust, bevor wir unseren Stamm wiedergefunden haben... falls wir ihn jemals wiederfinden.«

»Wir werden ihn finden, Schwester. Das Land ist groß, und der Fluß ist lang, aber wir werden ihn finden!«

Demmi blieb stehen und blickte zurück. »Bevor die Wanawuts uns gefunden haben?«

»Wir haben nichts von ihnen gesehen oder gehört.«

»In meinen Träumen sehe ich sie.« Sie erschauderte. »Wird sich unser Stamm noch an uns erinnern, Manaravak? Wird Dak sich freuen, mich zu sehen, und dieses Kind lieben?«

Er runzelte die Stirn. »Natürlich werden sie sich an uns erinnern. Naya hat meinen Talisman. Der helfende Geist wird dafür sorgen, daß sie mich nicht vergißt.«


Umak war zornig auf Torka, Honee, Jhon und Naya. Und er war wütend auf sich selbst. War er nicht der älteste Sohn des Häuptlings? War er nicht der Enkel eines Herrn der Geister und selbst der Zauberer? Hatte er nicht seinen Stamm in dieses wunderbare Land des vielen Fleisches geführt? Ja! Aber Naya wollte immer noch nicht bei ihm liegen! Und Honee fuhr ihn ständig an und sagte ihm verärgert, daß er sich schändlich benähme, wenn er die Enkelin von Grek dazu drängte, die wichtigste — und für alle anderen Frauen auch die angenehmste Pflicht zu erfüllen!

Umak wollte mit Naya schlafen und sie nicht vergewaltigen. Vergewaltigung war zu einfach. Außerdem hatte Manaravak das, wenn man Naya glauben konnte, bereits getan, und genau aus diesem Grund fürchtete sich das Mädchen so sehr vor dem, was Umak am meisten von ihr begehrte.

Obwohl er versucht hatte, Torka all dies zu erklären, wollte der Häuptling seine Entscheidung nicht überdenken, zu der er von Simu gezwungen worden war. Umak kochte vor Wut, als er daran dachte. Wenn *er* Naya ihre Verfehlungen verzeihen konnte, warum konnte es dann nicht auch Torka tun? Sie war bestraft und erniedrigt worden. Sicher, sie war ein unbekümmertes, dummes Mädchen gewesen, das unabsichtlich einen guten Mann dazu verleitet hatte, sie zu vergewaltigen, aber die Tragödie, die sich daraus entwickelt hatte, war von ihr nicht beabsichtigt gewesen. Naya hatte darunter gelitten und daraus gelernt. Jetzt verlangte sie nur noch — neben einer Handvoll ihrer roten Beeren —, daß sie von ihrem Stamm akzeptiert wurde und daß man ihr denselben Respekt entgegenbrachte, den jede andere neue Frau auch erwarten durfte, wenn sie an die Feuerstelle ihres Mannes ging.

Verlangte er zuviel von Torka, wenn sein Sohn — und der Zauberer des Stammes — ihn darum bat, Naya als neue Frau zu feiern? Umaks Handknöchel traten weiß hervor, als er verbittert den Schaft seines Speeres packte. Nein, das war nicht zuviel verlangt!

Vor seinem inneren Auge sah er wieder das Bild, wie sich Naya und Manaravak wie Wölfe paarten und Naya in Ekstase schrie — nicht als bezwungene Jungfrau, sondern als willige Partnerin, die nach mehr verlangte. Umaks Zorn richtete sich nach innen. Manaravak war tot. In den langen, bitteren Tagen und Nächten seit seinem Verschwinden hatte Umak erkannt, daß seine frühere Einschätzung von Eifersucht verzerrt gewesen war. Er hatte sie nicht bei einem leidenschaftlichen Geschlechtsakt ertappt, sondern dabei, wie sein Bruder die Frau vergewaltigte, die er, Umak, liebte. Wenn er immer noch Zweifel daran hatte, war Nayas unvernünftige Angst vor dem Verkehr der beste Beweis für die Wahrheit.

Er atmete tief ein. Manaravak war tot. Naya war jetzt seine Frau.

Torka mochte ihm verboten haben, ihr die Freude einer Zeremonie für eine neue Frau zu gewähren, aber er hatte seinem Sohn nicht verboten, ihr Geschenke zu machen. Als Umak jetzt darüber nachdachte, erkannte er, daß Naya recht gehabt hatte, als sie sich damals darüber beschwerte, nur ein Stück des Bärenfells erhalten zu haben. Er schuldete ihr mehr als das.

Dann blickte er vom Lager zu der Stelle hinüber, wo die großen weißen Bären zuletzt beim Fischfang gesehen worden waren. Seine Hand klammerte sich um seinen Speer. Er würde Naya ein Geschenk bringen, auf das die neue Frau stolz wäre. Und wenn sie ihn dann dankbar anlächelte, würde er sich mit ihr auf das neue Fell legen. Auch wenn sie zunächst weinen mochte, würde er nicht locker lassen und dafür sorgen, daß sie keinen Grund für Tränen mehr hatte... und keinen Grund, jemals wieder den Namen Manaravak auszusprechen oder ihn um Hilfe zu bitten!

# 3

Jetzt wurde es nie mehr völlig dunkel. In ihrem kleinen Lager am Fluß hörten Demmi und Manaravak Mammuts, die unter dem schwachen Schleier der Nacht trompeteten. Und im vollen Licht des arktischen Tages sahen die Geschwister zottige Kühe und Kälber, die in den nicht weit entfernten Hügeln weideten.

»Ein gutes Zeichen!« erklärte Manaravak. »Und sieh nur! Dort ist Lebensspender! Vielleicht folgen er und seine Mammutherde uns, um uns zu beschützen.«

Demmi wußte keinen Grund, warum sie ihm widersprechen sollte.

Zum ersten Mal kam ihnen das Land wieder vertraut vor. Der Fluß wurde immer breiter und merklich seichter. Demmi war aufgeregt. Vielleicht würden sie bald eine Stelle finden, an der sie ihn überqueren konnten, bevor der Winter begann.

Schließlich zeigten ihnen ein paar Pferde den Weg – schöne, braune Pferde mit Augen, die im Sonnenlicht glänzten, und mit Streifen auf dem Rücken und schwarzen Mähnen und Schwänzen. Die Herde wurde von einem Weibchen angeführt, dessen

Bauch so gescheckt wie das Fell eines Hirschkalbes war. Sie stürmten voller Kraft am Flußufer entlang, wieherten wild und ließen das Wasser funkelnd aufspritzen, bevor sie im tieferen Wasser kurz den Boden unter den Hufen verloren und flußabwärts getrieben wurden. Nachdem sie ein Stück geschwommen waren, fanden sie wieder Halt und verschwanden im grünen Gras und flammendroten Feuerkraut, das am gegenüberliegenden Ufer wuchs.

»Sie haben uns den Weg gezeigt!« Manaravak johlte triumphierend. Begeistert über den Anblick von soviel Kraft, Schönheit und Fleisch setzte er ihnen nach.

Demmi rief ihn zurück. »Manaravak, warte! Wir können ihnen nicht folgen!«

»Warum nicht?«

Sie wunderte sich über seine Frage. »Weil wir keine Pferde sind!« antwortete sie.

Ohne auf sie zu hören, stürmte er ins seichte Wasser. Er lief solange weiter, bis er wie die Pferde den Boden unter den Füßen verlor und abgetrieben wurde.

Demmi schrie vor Angst um sein Leben. Sie rannte am Ufer entlang und versuchte, mit ihm Schritt zu halten. Er hielt die Arme hoch und winkte ihr vor Freude johlend zu.

Atemlos beobachtete sie, daß er immer noch seine Speere trug und daß die Strömung ihn sicher ans andere Ufer brachte. Sobald er wieder auf dem Trockenen war, winkte er wieder und schüttelte sich wie ein nasser Hund. »Es ist gut!« rief er zu ihr hinüber. »Komm!«

Sie zögerte nur einen Augenblick. Das Wasser war kalt. Zunächst machte es ihr angst, doch dann fand sie Spaß an der Überquerung.

Am Ufer wartete er mit ausgestreckten Armen auf sie. Er tropfte und strahlte wie ein begeistertes Kind. Sie blieb vor ihm stehen und streckte ihn mit einer harten Rechten gegen das Kinn nieder.

Er starrte zu ihr hoch und betastete vorsichtig seinen Kiefer. Es gab ein knackendes Geräusch.

Sie kniete sich neben ihn. »Ich bin kein Pferd, Manaravak!

Ich bin eine schwangere Frau, die sich nicht so kräftig wie sonst fühlt. Ich will dieses Baby nicht verlieren, Manaravak! Und ich will auch nicht dich verlieren!«

Ihre Worte zeigten die beabsichtigte Wirkung. Er war ernüchtert. Seine Hand löste sich von seinem Kinn und berührte ihr Gesicht. »Du wirst mich nicht verlieren. Gemeinsam werden Demmi und Manaravak Daks neues Baby nach Hause bringen!«


»Umak, warte!«

Umak hörte Daks drängendes Rufen, aber er reagierte nicht darauf. Neben ihm setzte Gefährte langsam und gemessen einen Fuß vor den anderen, während er den Kopf gesenkt und den Schwanz eingeklemmt hielt und im Wind schnupperte.

Ein einzelner Bär war die Küste heruntergekommen, um vom Kadaver eines Seehundes zu fressen, der stinkend im Wind lag. Es war ein großer Bär, der noch zu weit entfernt war, als daß Umak hätte sagen können, ob es genau der Bär war, den er für Naya wollte. Er mußte völlig weiß und ohne Narben im Fell sein. Von weitem sah er allerdings vielversprechend aus.

Er hatte drei seiner besten Speere dabei. Mit seinem Speerwerfer konnte er die Kraft und Reichweite seines Wurfs vergrößern. Er ging langsam auf das Tier zu und nutzte den Sonnenstand und die Windrichtung zu seinen Gunsten aus. Er konnte bereits erkennen, wie der Bär mit den Ohren zuckte und daß sein Fell von guter Qualität war. Es sah nicht schneeweiß, sondern cremefarben aus, mit einer leichten Gelbschattierung am Bauch, an den Armgelenken und den Ohrenspitzen, die wie morgendliches Sonnenlicht auf Neuschnee wirkte.

Er wollte diesen Bären für Naya. Er konnte ihren Blick im Rücken spüren – ihren und den aller anderen Menschen des Stammes. Sollten sie doch zusehen und seine Taten bewundern! Auch Torka sollte sehen, wieviel Umak zu riskieren bereit war, um seine neue Frau glücklich zu machen!

»Ganz still und ruhig, alter Freund«, sagte er flüsternd zum Hund. »Wir haben solche Gefahren schon zuvor lebend überstanden. Wir wollen es richtig machen, Gefährte, und wir machen es jetzt!«


Die Herausforderung in Umaks Angriffsschrei war nicht zu überhören. Er stürmte los und warf einen Speer nach dem anderen auf den Bären. Doch die Herausforderung galt nicht nur dem Tier. Torka wußte, daß auch er gemeint war. Es hatte mit dem hitzigen Gespräch zu tun, das sie neulich über Naya geführt hatten. Umaks Angriffswut war gegen Torkas Einschätzung des Mädchens gerichtet.

Doch er war ihm nicht böse, er war stolz, einen solchen Sohn zu haben. Als die anderen Männer und Jungen losrennen wollten, um Umak zu helfen, rief Torka sie zurück. Diese Jagdbeute sollte allein Umak gehören. Er hatte das Recht darauf, und wenn er es schaffte, würde Torka ihn dafür loben.

Trotzdem hielt Torka seine Waffen bereit und winkte den anderen zu, sich in Verteidigungsstellung zu begeben. Falls Umak der Angriff mißlang und der Bär an den Jägern vorbei durch die versammelten Stammesmitglieder brach, konnte leicht jemand verletzt oder sogar getötet werden. Und das alles nur, weil Greks Enkelin seinem Sohn immer noch den Kopf verdrehte. Diese Einsicht verdüsterte seine Stimmung.

Naya war nicht einmal anwesend, um die Tapferkeit ihres Mannes zu bewundern. Sie befand sich in der Bluthütte mit Iana, deren Niederkunft kurz bevorstand.


Grek empfand eine plötzliche Kälte, die über seine Arme und Schultern den Hals bis zur Kopfhaut hinauflief. Er wünschte sich, daß seine Zähne nicht mehr schmerzen würden. Jetzt war der Schmerz in seinem Kiefer und pulsierte in den Schläfen und tief in seinen Ohren. Und dann war er ebenso plötzlich wieder verschwunden, als Lonit aus der Bluthütte kam und einen Freudenschrei ausstieß.

Er fuhr herum und sah die Frau des Häuptlings vor der Hütte

stehen, aus der Honee, Larani, Schwan und Naya glücklich hervorlugten.

»Komm her, Grek!« rief Lonit.

Grek stürmte wie ein junger Mann los, ohne auf seine Schmerzen und die Proteste jedes einzelnen Knochens in seinem Körper zu achten.

Lonit hielt ein Stück weißes Karibufell in den Armen. Er konnte sehen, daß sich darunter etwas bewegte. Die Häuptlingsfrau lächelte. Grek blieb vor ihr stehen. Obwohl er außer Atem war, fühlte er sich großartig.

Lonit strahlte über das ganze Gesicht. »Iana hat dem alten Löwen ein männliches Junges geworfen«, verkündete sie laut genug, daß alle es hören konnten. »Iana hat Lonit gebeten, dieses Kind zu Grek zu bringen und ihn zu fragen, ob er dieses Kind des Stammes annimmt.«

Grek zog das Karibufell zurück und sah seinen Sohn an. Das Baby war winzig und bleich, aber gesund. Es hatte seine kleinen Hände zu Fäusten geballt und strampelte mit den Beinen. Als Grek das Neugeborene in seine starken, ruhigen Hände nahm und es für alle sichtbar hochhielt, richtete sich der winzige Penis des Babys auf und spritzte einen heißen, dampfenden Urinstrahl mitten in Greks Gesicht. Er lachte. Alle lachten. Es war kaum ein besseres Zeichen denkbar!

»Der Sohn Greks lebt!« verkündete er. »Frau von Torka, sag Iana, daß der alte Löwe seinen Sohn annimmt und sich über diesen dritten Jäger freut, den sie ihrem ›alten‹ Mann geboren hat!«

Er hatte zugesehen, wie der Sohn des Häuptlings den großen weißen Bär getötet hatte, und sich dann umgedreht, um Lonit mit dem Neugeborenen aus der Hütte kommen zu sehen. Vielleicht würde sich Simu angesichts dieser glücklichen Ereignisse endlich beruhigen und nicht mehr darauf bestehen, daß Naya nur Unglück brachte. Als Grek das Baby in Lonits Arme zurückgab, damit sie es an die wartende Brust seiner Mutter bringen konnte, sprach die Frau des Häuptlings Worte, die ihn noch glücklicher machten.

»Du mußt dich besonders bei Naya bedanken. Dieses Kleine

steckte rückwärts in seiner Mutter. Es war Naya, die es umgedreht hat, nachdem sie sich an Demmis Beispiel mit den Welpen erinnerte. Weil ihr Arm schlank wie der eines Kindes ist, konnte sie hineingreifen und ihm heraushelfen. So hast du jetzt dank Naya einen weiteren Sohn, und der Stamm wird einen neuen Jäger haben und hat allen Grund, der Enkelin von Grek wieder freundlich gesonnen zu sein!«

Im immer länger anhaltenden Licht der Sonne folgten Manaravak und Demmi den Mammuts nach Osten und vom Großen Wilden Fluß fort. An einem Nachmittag, an dem hohe Wolken regenbogenfarbene Lichtkränze um die Sonne aufleuchten ließen, stießen sie auf die Spur des Stammes. Schon nach kurzer Zeit stellten sie anhand der Fußspuren fest, daß eine Frau fehlte.

»Naya!« Manaravak warf sich verzweifelt hin und hielt seine Nase dicht über den Boden, um wie ein Tier zu schnüffeln, während er immer wieder ihren Namen flüsterte.

»Nein!« Demmi war angewidert. »Steh auf, Bruder! Es ist Eneela, die fehlt, und nicht Naya. Ich habe es dir doch gesagt: In der Nacht, in der wir abgetrieben wurden, sah ich sie tot auf dem Eis liegen.«

Als er aufstand, war seinem Gesicht die unendliche Erleichterung anzusehen. »Du bist dir ganz sicher?«

Sie war plötzlich wütend auf ihn. »Eine Frau des Stammes ist tot, sage ich! Warum freust du dich?«

Er wurde sofort wieder ernst. »Ich freue mich nicht über ihren Tod, Demmi. Ich freue mich nur, daß Naya nicht tot ist.«

»Du mußt sie vergessen, Manaravak. Inzwischen ist sie wahrscheinlich schon schwanger mit einem Kind von Umak.«

»Sie hat meinen Talismann angenommen. Sie gehört eigentlich mir.«

»Manaravak, hast du vergessen, warum sie Umak gegeben wurde? Hast du vergessen, warum du in den Sturm hinausgelaufen bist? Wenn Naya deinen Talismann behalten hat, ist sie wirklich verrückt!« Ihr Gesicht verzerrte sich vor Wut. »Ganz gleich, was auch immer zwischen euch gewesen sein mag, jetzt ist es für immer vorbei! Wenn wir zu unserem Stamm zurückkehren, hast du kein Recht, mit Naya zu sprechen oder sie auch nur anzusehen, ohne daß Umak dir sein Einverständnis gibt.«

Manaravak starrte auf seine Füße. Es war offensichtlich, daß ihre Worte ihm überhaupt nicht gefielen. Trotzdem sagte er ruhig: »Ich habe ihn einmal beschämt. Ich habe nicht vor, es ein zweites Mal zu tun.«

Fünf Tage lang wollte Naya in der Bluthütte nicht von Ianas Seite weichen. Die anderen Frauen kamen und gingen, um Nahrung und Wasser für die neue Mutter und ihr Kind zu bringen und die Schlaffelle zu wechseln. Fünf Tage lang sah Naya die Sonne nur, wenn sie die Hütte verließ, um sich zu erleichtern und den durchdringenden Geruch des Meeres einzuatmen. Die ganze Zeit über dankte sie den Mächten der Schöpfung dafür, daß sie es war, die Iana und ihrem Baby das Leben hatte retten dürfen. Und sie dankte ihnen dafür, daß sie Umak davon abgehalten hatten, ihr ein Baby zu machen und sie damit dem blutigen Schrecken einer Geburt auszusetzen, wie Iana sie gerade knapp überlebt hatte. Sie schüttelte sich jedesmal, wenn sie wieder daran dachte. Naya wusch das Baby, kochte für es und versorgte es. Sie säuberte die Schlaffelle und richtete Rückenstützen her. Sie erzählte Geschichten und sang so süße Lieder, daß Iana bereits jedes harsche Wort bedauerte, das sie jemals zu ihr gesprochen hatte. Und fünf Tage lang hatte sie gegen den Schlaf angekämpft und doch jedesmal verloren, um wieder und immer wieder ihren ständigen Alptraum zu erleben. Sie wachte verschwitzt und heiser auf und konnte kaum ihre Schreie unterdrücken.

Am Morgen des sechsten Tages zerbrach Umak die Speere und die Steinspitzen, die das Leben des weißen Bären beendet hatten. Mit den Überresten der Speerspitzen in den bloßen Händen ging er in Begleitung des gesamten Stammes außer Naya, Iana und dem Baby nackt aus dem Lager zu der Stelle, an der er das Tier getötet hatte. Er vertrieb die Raben und anderen Aasvögel, die immer noch vom Schädel des großen Raubtiers fraßen, der nun hirnlos aus leeren Augenhöhlen in den Himmel starrte.

Umak wandte sich der aufgehenden Sonne zu. Mit erhobenen Armen sprach er zu Ehren des Bären. Dann warf er die Speerspitzen in alle Windrichtungen und bat die Mächte der Schöpfung, den Geist des Bären freizugeben, damit er zu seinen Vorfahren gehen konnte.

Als er damit fertig war, ging er ohne ein weiteres Wort zurück zum Lager und zur Bluthütte.

»Komm!« rief er. »Iana, Frau von Grek, der Geist des großen Bären ist zu seinen Vorfahren gegangen. Es ist an der Zeit, daß du den neuen Sohn des alten Löwen ans Licht des Tages bringst!«

Sie kam stolz blinzelnd heraus und hielt ihren winzigen Jungen in den Armen. Sie trug die neuen Kleider, die die Frauen und Mädchen für sie genäht hatten.

Grek strahlte über das ganze Gesicht. Er hielt den Kopf hoch erhoben und hatte sich zur Abwechslung sein zottiges Haar gekämmt. Mit Tankh, Chuk und Yona an seiner Seite sah er liebevoll und stolz aus.

Ein sanfter Wind setzte mit dem Tagesanbruch ein. Torka hatte das Gefühl, daß sein Stamm mit der ganzen Welt in Harmonie war. Er und Lonit standen in der Nähe. Dak und Schwan hielten sich an den Händen. Larani, die Kharn trug, lächelte und zuckte nicht zusammen, als der Junge ihre Narben berührte, von denen er fasziniert war. Sogar Simu, der neben Sommermond stand, blickte nicht finster drein. Bald würde auch er einen neuen Sohn haben.

Umak stand immer noch vor der Bluthütte. »Naya!« rief er. »Frau von Umak, tritt vor und empfange dieses Ehrengeschenk, das dir nicht nur dein Mann, sondern auch der Zauberer überreicht, der die Heilkunst einer Frau loben will, die neues Leben hervorgebracht hat!«

Ein anerkennendes Raunen ging durch den Stamm. Torka nickte zustimmend. Nicht einmal Simu konnte jetzt noch etwas dagegen haben, daß Naya belohnt wurde. Das Mädchen hatte ihre Nützlichkeit bewiesen und verdiente eine Anerkennung.

»Naya! Komm heraus, meine Naya!« rief Umak erneut.

Doch in der Bluthütte blieb es still, und nichts rührte sich. Als Umak noch einmal nach seiner Frau rief, schallte ihm zur Antwort nur ein einziges Wort entgegen.

»Nein!«

Iana ging mit ihrem neugeborenen Sohn in die Bluthütte zurück. Sie sah besorgt aus. »Naya, du mußt hinausgehen!«

Die Enkelin von Grek hatte ihre Knie bis an ihr Kinn herangezogen und die Arme um die Beine verschränkt. »Ich habe Kopfschmerzen.«

»Umak ist der Zauberer. Er wird dich von deinen Kopfschmerzen befreien.«

»Nein, er macht sie nur noch schlimmer. Wenn ich ihn nur ansehe, werden sie schon schlimmer!«

»Was sagst du da? Umak ist kein Fremder für dich. Er hat sein Leben riskiert, um den Bären zu erlegen. Das ist eine große Ehre.«

»Ich habe ihn niemals darum gebeten«, erwiderte Naya. »Ich will sein Geschenk nicht! Sag ihm, er soll es Honee geben! Sie ist fett! Sie braucht ein ganzes Bärenfell für sich allein!«

Iana biß die Zähne zusammen. »Honee ist wie eine Mutter zu dir gewesen, seit du an die Feuerstelle Umaks gekommen bist. So darfst du nicht über sie reden!« Sie hielt inne, als ihr plötzlich die Erkenntnis kam. Honee hatte sich Naya gegenüber tatsächlich wie eine Mutter verhalten. Jetzt machte plötzlich alles Sinn für Iana. »Naya, du und Umak, ihr habt euch doch als Mann und Frau vereinigt, oder nicht?«

Das Schweigen des Mädchens genügte ihr als Antwort.

Iana ging zu Naya und kniete sich neben sie. »Das kann nicht sein. Du mußt zu ihm gehen und sein Geschenk annehmen. Und du mußt *ihn* annehmen! Er liebt dich, Naya. Du darfst ihn nicht vor dem ganzen Stamm beschämen. Wenn nicht seinetwegen, dann in deinem eigenen Interesse!«

Nayas Augen waren riesig. Selbst im Zwielicht der Hütte war ihr totenbleiches Gesicht zu erkennen. »Er wird mir weh tun! Und ich werde bluten! Er wird mich füllen, und dann werde ich platzen! Wie in dem Traum! So wie du fast gestorben bist, als dein Baby in dir feststeckte! Ich will nicht sterben, Iana! Ich will ihn nicht in mir haben!«

Iana hielt ihr Baby in der Armbeuge, während sie Naya in den freien Arm nahm und voller Abscheu und Mitleid zuhörte, wie das Mädchen ihr stockend von ihrem Alptraum erzählte – von Schrecken und Blut, von Tod und endlosen Schmerzen.

»Trotz dieses Traums kannst du Umak nicht für immer aus dem Weg gehen, Naya«, sagte Iana sanft.

»Warum nicht? Larani wurde auch nicht gezwungen, sich einen Mann zu nehmen!«

»Nur weil Torka ein verständnisvolles Herz hat.«

Naya verzog verärgert das Gesicht. »Aber nicht für mich!«

»Wenn Torka nicht gewesen wäre, würdest du jetzt nicht hier mit mir reden. Und was deine Angst vor dem Geschlechtsverkehr und dem Kinderkriegen betrifft, so ist es wirklich nur ein böser Traum. Sieh mich an: Ich war in meinem Leben mit vielen Männern zusammen – manche sind grausam gewesen und haben mir Schmerzen zugefügt, während andere wie Grek zärtlich und liebevoll waren. Ich habe viele Kinder auf die Welt gebracht. Und es war ganz so wie mit den Männern, bei denen ich gelegen habe: Einige Geburten waren besser und andere schlechter. Aber ich bin niemals geplatzt – außer vor Leidenschaft – und trotz der Schmerzen und des Blutes bei der Geburt habe ich sehr lange gelebt!« Sie sah voller Liebe auf das Kind, das gierig an ihrer warmen Brust saugte. »Lange genug, um auch noch diesem Kleinen das Leben zu schenken. Grek wird sich wieder stark und jung fühlen!«

»Und was ist mit dir?« fragte Naya gereizt. »Fühlst du dich nach diesem Baby auch wieder stark und jung? Wenn du mich fragst, siehst du eher krank aus, Iana! Und deine Milch riecht merkwürdig – was bestimmt an deinem Fieber liegt! Dieses Baby hätte dich getötet, wenn ich es nicht geschafft hätte, es umzudrehen und herauszuholen!«

Iana seufzte und schüttelte den Kopf. »Irgend etwas wird uns alle früher oder später töten, Naya. Das ist das einzige in unserem Leben, das sicher ist.«

# 4

Als die Pferde durch das hohe Feuerkraut brachen, setzte Manaravak ihnen nach. Kurz — so kurz, daß der Gedanke schon wieder verschwunden war, bevor er ihm richtig bewußt geworden war — dachte er an Larani, an ihre langen, schlanken Glieder und schönen, festen Brüste, an ihr Haar, das schwarz glänzte wie die dicke Mähne einer kräftigen Stute. Larani war genauso wie das Feuerkraut ein wunderschöner Anblick, trotz ihrer Narben... oder vielleicht gerade deswegen?

Er schleuderte den Pferden seinen Speer hinterher. Schon bald fiel eine der gestreiften Stuten zurück. Wiehernd lief sie im Kreis, kämpfte um ihr Leben und ging ein paarmal in die Knie, bevor Manaravak den schmalen Bach durchwatet und sie erreicht hatte.

Er zog sein Fleischmesser und schnitt ihr die Kehle durch. Sie starb langsam, fast dankbar, während er neben ihr kniete, über ihre Seite strich, ihr für ihr Leben dankte und Blut aus einer offenen Ader saugte.

Als die Ader versiegte, beugte er sich zurück und wischte sich das Blut mit dem Handrücken aus dem Gesicht. Er blickte sich um und erkannte die alten, steinigen Hügel und den Bach mit den Kieselsteinen darin wieder, an dem er und Naya einst wie Kinder umhergetollt waren... um sich später ganz und gar nicht wie Kinder zu verhalten. Eine seltsame Mischung von Gefühlen überwältigte ihn: Glück, Trauer, Sehnsucht und Verlust. Er war froh, als Demmi über den Bach kam und ihn wütend mit Wasser besprietzte.

»Was ist los mit dir? Was sollen wir mit soviel Fleisch? Wir sind auf der Reise, Manaravak! Wir haben nicht vor, hier ein Winterlager aufzuschlagen!«

Manaravak sah das tote Pferd nachdenklich an. »Wir sind schon sehr weit gereist. Wir haben wenig gejagt und noch weniger gegessen. Ich bin hungrig. Ich könnte dieses Pferd allein aufessen! Außerdem sieht meine Schwester müde aus. Ruh deine Muskeln und Knochen ein paar Tage lang aus und iß etwas! Vielleicht ist Demmi dann nicht mehr so gereizt wie ein Dachs, der sich in einer Falle gefangen hat!«

Demmi rechnete es ihm hoch an, daß er sich Sorgen um sie machte. Obwohl sie nicht zugeben wollte, daß sie müde war, wußte sie, daß er recht hatte. Sie hatte nur vom leichten, fast blutlosen Fleisch von Schneehühnern und Erdhörnchen gelebt. Das kräftige, schmackhafte Fleisch des Pferdes war ihr mehr als willkommen.

»Na gut. Aber wir werden hier nicht lange bleiben«, sagte sie.

Er zuckte mit den Schultern und sah sie aus verengten Augen an. »Wir haben von Wanawuts weder etwas gesehen noch gehört, Demmi.«

Sie erschauderte, als sie den verhaßten Namen hörte. »Nein. Trotzdem... wir werden nicht länger als nötig bleiben, um den Geist deiner Jagdbeute und die Traditionen unserer Vorfahren zu ehren.«

Gemeinsam machten sie sich über die Augen, die Zunge und die Leber her, bevor Demmi sich schlafen legte.

Als sie aufwachte, war Manaravak damit beschäftigt, das tote Pferd zu schlachten.

»Diese Stute hat ein schönes Fell«, sagte er und strich anerkennend mit den Handflächen darüber. Es war weich und goldbraun und hatte helle, rauchfarbene Streifen. »Ich werde dieses Fell präparieren und es Umak mitbringen, um ihm zu zeigen, daß ich wieder sein Bruder sein möchte!«

Demmi wurde durch seine Worte beruhigt. Sie schloß die Augen und schlief wieder ein, doch dann träumte sie davon, wie Naya schmollend in einem Kleid aus Pferdefell über die Tundra ging. Unvermittelt war sie wieder wach und blickte zu Manaravak hinüber, der gerade die Fleischreste von der Fellunterseite schabte. »Naya hat schon ein Kleid aus Pferdefell«, sagte sie zu ihm.

Er arbeitete weiter. »Nein, von einem Fohlen. Es wurde durch die Tochter des Himmels versengt. Mit diesem schönen Fell kann sie sich ein Neues machen. Sie wird diesen Mann anlächeln, wenn sie es sieht, denke ich.«

Demmi stützte sich auf einen Ellenbogen. »Manaravak! Du hast gesagt, das Fell wäre für Umak!«

Er sah sie mit einem schelmischen Blick an. »Ja, für Umak. Aber wenn Naya sich über dieses Fell freut, wird Umak es ihr geben. Dann wird auch Manaravak sich freuen!«

Sie schüttelte tadelnd den Kopf. »Du hast unter Wanawuts und unter Menschen gelebt, Manaravak. Warum denkst du dann wie ein Fuchs?«

Demmi und Manaravak schliefen den Schlaf der Erschöpften und Satten. Irgendwann bei Anbruch der Dämmerung trug der Wind ihnen Geräusche heran, die eigentlich ihren Sinn für Gefahr hätten erregen müssen, doch schließlich war es das Wiehern eines Fohlens, das sie weckte. Zu ihrer Bestürzung sahen sie, daß das verwirrte und verängstigte Tier an den zerfleischten Überresten seiner Mutter schnupperte. Demmi griff langsam nach ihrem Speer.

Manaravak hielt ihre Hand zurück. »Was hast du vor?«

»Es wird verhungern und den Wölfen zum Opfer fallen, wenn wir es nicht töten.«

»Lieber den Wölfen als uns. Die Wölfe werden hungrig sein, wir jedoch haben genug Fleisch. Außerdem scheint es bereits aus dem Alter heraus zu sein, wo es noch gesäugt wird. Es wird sich wieder der Herde anschließen.« Er neigte den Kopf zur Seite und musterte das Fohlen. Dann kam ihm eine Erinnerung, und er lächelte. »Als Junge habe ich einmal ein Karibu geritten. Habe ich dir jemals davon erzählt, Demmi? Es war vor langer Zeit, als ich noch ein Wanawut war.«

Sie verzog angewidert das Gesicht. »Du warst niemals ein Wanawut!«

»Doch, das war ich, vor langer Zeit.«

»Und warum sollte ein Wanawut auf einem Karibu reiten?«

»Um es zu töten! Um ihm wie ein Löwe auf den Rücken zu springen. Ich habe nie vergessen, wie es war. Das Gefühl des Karibus zwischen meinen Schenkeln! Es ist warm und bewegt sich und trägt mich davon. Ich sitze hoch oben und halte mich am Geweih fest, während ich durch den Wind dahinjage ... stell dir nur vor, wie es wäre, auf dem Rücken eines Pferdes zu reiten!«

»Unmöglich!«

»Nein! Wenn Menschen mit Hunden zusammenleben und ihnen beibringen können, Lasten zu tragen, müßten sie auch auf Pferden reiten können. Pferde könnten sogar noch schwerere Lasten tragen!«

Das Fohlen sprang davon. Manaravak starrte ihm nach. Es wäre nicht gut, das Fohlen zu töten. Demmi war immer viel zu schnell mit ihren Waffen bei der Hand. Sie hätte in der Höhle ihre Speere nicht gegen die Wanawuts erheben sollen. Genauso wie dem armen Nantu sein Angstschrei seinen Kopf gekostet hatte, war es Demmis unvernünftige Angst vor den Wanawuts gewesen, die die Tiere zum Angriff angestachelt hatte.

Er knirschte mit den Zähnen. Inzwischen würden sie genug um das getötete Weibchen getrauert haben und wieder auf der Jagd sein. Doch waren sie auf der Jagd nach Tieren oder nach Menschen, jagten sie nach Nahrung oder aus Rache? Er kannte die Antwort. Die Wanawuts hatten ein gutes Gedächtnis und verziehen nie. Doch das würde er Demmi nicht sagen. Und er war entschlossen, ihr auch nicht zu sagen, daß sie recht hatte, wenn sie glaubte, daß die Wanawuts ihnen folgen könnten.


»Tritt zur Seite!« forderte Umak.

»Ich habe es dir doch schon gesagt, Umak«, versuchte Schwan ihn zu beruhigen und versperrte ihm den Weg in die Bluthütte, während sich alle Menschen des Stammes versammelten, um zuzusehen. »Naya fühlt sich noch nicht gut genug, um herauszukommen.«

»Dann werde ich hineingehen und sie herausholen!« drohte der Zauberer. »Sie ist jetzt schon drei Tage lang da drin!«

Honee keuchte. »Kein Mann darf die Bluthütte betreten! Es ist schon immer verboten gewesen!«

Simu knurrte. »Honee hat recht. In meinem Stamm hieß es, wenn ein Mann die Bluthütte betritt, dann greifen ihn die weiblichen Geister an, die darin leben. Sie packen seine Hoden und quetschen sie, bis sie zusammenschrumpfen. Sie halten sein Glied fest und saugen ihm den Saft aus, bis es für immer schlaff bleibt! Ich würde dort nicht hineingehen, wenn ich du wäre, Umak. Und erst recht nicht ihretwegen!«

»Der alte Löwe hat Simu einmal zuviel gegen das kleine Mädchen sprechen hören! Jetzt werde ich...«

»Sei ruhig, Grek!« In Torkas Stimme lag eine deutliche Warnung. »Ich bin der Häuptling. Ich werde mich darum kümmern.«

»Gib dir keine Mühe, Vater«, sagte Umak. »Wenn Simu aus Angst vor weiblichen Geistern die Knie schlottern, müssen wir Mitgefühl mit ihm haben. Wie er uns immer wieder in Erinnerung ruft, sind die Sitten seiner Vorfahren von denen der unseren verschieden. Ich jedenfalls habe keine Angst vor weiblichen Geistern. Wenn Naya so krank ist, daß sie nicht zu mir herauskommen kann, werde ich eben zu ihr hineingehen.«

Lonits sanfte Stimme zitterte ein wenig vor Furcht. »Warte, mein Sohn! Es gibt keinen Grund, ein solches Risiko einzugehen. Und du mußt dich auch nicht mit Simu streiten. Iana hat uns allen versichert, daß es Naya in ein oder zwei Tagen wieder besser gehen wird. Es ist nur so, daß ihre Vorräte an heilenden Blättern, Wurzeln und Beeren knapp geworden sind.«

»Willst du mir damit sagen«, wandte sich Umak voller Sarkasmus an seine Mutter, »daß meine Naya wieder *Kopfschmerzen* hat?«

»Ja, sicher«, antwortete Lonit überrascht.

Mit einem Knurren stapfte der Zauberer los und riß die Felltür der kleinen Hütte zur Seite. Um Simus Traditionen nicht zu verletzen, besann er sich auf einen Kompromiß und blieb im Eingang stehen. Eine Weile lang starrte er Naya wortlos an.

»Nun, ich stelle fest, daß die Medizinfrau noch am Leben ist«, sagte er mit unmißverständlicher Verärgerung. »Was machen deine Kopfschmerzen... nach den vielen Tagen?«

Umak war nicht entgangen, daß Naya durch Iana zum Aufstehen gezwungen werden mußte.

»Geh zu ihm!« zischte die Frau, und für einen Augenblick

war Umak entsetzt über Ianas bleiches Gesicht und die graublauen Schatten unter ihren Augen.

Er starrte sie besorgt an. »Du hast immer noch Fieber!«

»Es wird vorbeigehen.« Sie lächelte ihn beruhigend an. »Schau mich nicht so besorgt an, Zauberer! Es war nicht das erste Kind, das ich auf die Welt gebracht habe. Nimm Naya mit! Sie hat sich meinetwegen zu sehr verausgabt. Jetzt ist es an der Zeit, daß sie sich um dich kümmert.«

Sein Gesicht errötete vor Scham. Hatte Naya der Frau von Grek etwas davon erzählt, daß sie noch nie beieinander gelegen hatten? Was mußte Iana nur von ihm denken! Was würden all die anderen und insbesondere Simu dazu sagen?

In plötzlicher Wut keuchte er einen wortlosen Fluch. »Komm!« forderte er Naya ungeduldig auf, und als Iana das Mädchen sanft anstupste, packte er es rücksichtslos an der Hand.

»Umak...« Ianas Stimme klang sanft und flehentlich. »Bitte Naya darum, daß sie dir von ihrem Traum erzählt!«

»Traum?« In seinem Zorn konnte er kaum noch denken. »Ich bin der Zauberer! In Umaks Hütte bin ich es, der Träume hat!«

Ohne ihr eine Gelegenheit zu geben, sich das Haar zu kämmen, ihre Kleider glattzustreichen oder ihre Mokassins anzuziehen, zerrte er Naya ans Tageslicht.

Sie sprach kein Wort. Sie ging mit gesenktem Kopf, während ihr Haar unordentlich über ihren Rücken bis unter die Hüften fiel und ihre bloßen Füße lustlos über den Boden schlurften.

Die Menschen des Stammes waren so höflich, den Blick abzuwenden. Nur Grek starrte einen Augenblick zu lange, wobei er stirnrunzelnd und besorgt etwas Unverständliches murmelte.

Umak ging schneller. Wenn Naya bockte, zog er sie einfach weiter, bis er das völlig verkrampfte Mädchen in seine Hütte gebracht hatte.

Auf dem Boden lag das Fell des großen weißen Bären.

Sie starrte es mit gesenktem Kopf an und hielt sich mit den Händen die Kehle. Sogar in der unbeleuchteten Hütte glänzte das weiße Fell wie Schnee, auf dem der Schein der Dämmerung spielte.

Sie waren allein in der Hütte. Honee hatte dafür gesorgt, daß die Kinder anderswo untergebracht waren. Sie hatte die Schlaffelle gelüftet und das Bärenfell darüber ausgebreitet.

Umak stand dicht hinter Naya und legte ihr sanft die Hände auf die Schultern. »Das ist Umaks Geschenk für seine neue Frau! Umak hat diesen großen weißen Bären getötet, damit Naya Freude daran hat . . . und damit Umak und Naya gemeinsam darauf Freude haben. Es hat auf dich gewartet, Naya, und dies hier auch.«

Er drehte sie mit einer Hand herum. Mit einer geschickten Bewegung der anderen Hand enthüllte er sein zweites Geschenk und zeigte es ihr stolz. Es war groß und richtete sich immer stärker auf.

Sie riß die Augen auf. Sie sah ängstlich und ungläubig aus, und ihr Gesicht war unnatürlich bleich zwischen dem zerzausten schwarzen Haar. Umak fiel auf, daß er sie nur selten ungekämmt gesehen hatte. Doch so war es irgendwie schöner. Er berührte ihr Haar. Seine Finger verhedderten sich darin, und er kämmte es bis zu ihren Schenkeln hinunter durch. »Die Zeit ist jetzt gekommen, wo du aufhören mußt, weiter Angst vor mir zu haben, Naya! Ich bin ein Mann und habe die Bedürfnisse eines Mannes. Du bist meine Frau. Ich werde dich nehmen, und zwar jetzt!« Er nahm ihre Hände in seine und legte sie um sein Glied. Er schwoll vor Lust an und bewegte sich, bis ihr Rücken so steif wie ein Speerschaft wurde. Ihre Finger erstarrten und bogen sich unnatürlich weit nach hinten, um ihm zu entgehen. Sie verdrehte die Augen und fiel ohnmächtig auf das Bärenfell.

Umak war zunächst wütend, dann besorgt. Er kniete sich neben sie. »Naya! Ich wollte dir keine Angst machen! Du mußt wissen, daß ich dir niemals weh tun würde!«

Ihr Atem ging flach und schnell. Er strich ihr Haar beiseite und löste die Schulterriemen, die ihr Kleid hielten. Im nächsten Augenblick war sie nackt. So viel Schönheit raubte ihm den Atem, und dann knurrte er, denn dort zwischen ihren Brüsten hing Manaravaks Talisman, Manaravaks helfender Geist.

Wütend packte er ihn und riß ihn ihr vom Hals. Er wußte, daß er ihr weh getan hatte, aber das war ihm gleichgültig.

Sie schrie auf. Die Schmerzen weckten sie aus ihrer Ohnmacht. Ihre Augen waren vor Schrecken weit aufgerissen, als er ihr den Talisman vor das Gesicht hielt.

»Ist das der Grund, warum mir deine Schenkel verschlossen sind und dein Kopf jedesmal schmerzt, wenn ich dir nahekomme? Weil du immer noch auf ihn wartest? Er ist *tot*, Naya! Du bist jetzt *meine* Frau! *Meine!* Trotzdem trägst du immer noch seinen Talisman! Es war keine Vergewaltigung, nicht wahr? Nein! Ich sehe es jetzt wieder genauso deutlich, wie ich es auch schon damals gesehen habe. Ihr zwei hinter meinem Rücken ... und nicht nur einmal, würde ich wetten. Und dir hat es jedesmal gefallen, und du wolltest es genau so!«

Er schleuderte den Talisman und das zerrissene Halsband durch die Hütte. Jedes Gefühl von Mitleid war von ihm gewichen, und er erstickte ihren Schrei mit einem brutalen Kuß.

Er hatte sie verletzt und schmeckte Blut, aber das gefiel ihm. Erregt vor Wut und Lust war sein Glied jetzt größer als jemals zuvor. Ihre Fäuste trommelten gegen seine Schultern. Er spürte, wie seine zerkratzte Haut brannte. Sie bäumte sich verzweifelt unter ihm auf, um ihm zu entkommen. Er packte ihre Handgelenke und drückte sie gegen den Boden, er küßte sie, bis sie nicht mehr atmen konnte. Dann spürte er, wie sie schluchzend schwächer wurde und nachgab, als er ihre Schenkel auseinanderzwang, sich in Stellung brachte und dann tief und hart in sie eindrang, obwohl er wußte, daß sie noch nicht dazu bereit war. Er wollte ihr weh tun und ihr seine Schande heimzahlen. Er dachte an all die vielen Male, wo sie Angst vor ihm vorgetäuscht und ihn in Wirklichkeit nur aus Verlangen nach seinem Bruder abgewiesen hatte.

Er wußte, daß er sie vergewaltigte. Genau das hatte sie verdient. Er stieß zweimal zu. Sie war sehr klein und eng für eine Frau, die sich wer weiß wie oft seinem Bruder geöffnet hatte! Er drang tiefer ein, schwoll immer weiter an und füllte sie pulsierend aus, bis sein Höhepunkt kam, der ihn bis ins Mark erschütterte und ihn tiefer und tiefer in sie hineintrieb, bis er schließlich auf ihr zusammenbrach. Doch selbst dann ejakulierte er immer noch und schwoll immer noch an. Er steckte unlösbar in ihr fest, als ob sich sein Glied auf unerklärliche Weise mit ihrem Körper vereinigt hätte und ihn nie wieder loslassen wollte — oder könnte.

Der Alptraum! Für Naya wurde der Alptraum mit all seinen Schmerzen und Schrecken wahr. Ihr Körper wurde gezerrt, gepeinigt, zerbrochen, zerschmettert und gefüllt, bis sie nicht mehr atmen konnte. Und die ganze Zeit über war das Ungeheuer da, die furchtbare, gesichtslose Puppe, die ihr weh tat und eins mit ihr wurde.

Und dann schlief er ein, während er noch immer mit ihr vereinigt war. Sie weinte über diesen schrecklichen Verrat an ihr.

Seine Arme waren fest um sie geschlungen. Verzweifelt weinte sie sich in den Schlaf.

Ein goldenes Polarlicht flackerte vor dem dünnen Schleier der Frühsommernacht, als Umak endlich durch Nayas Wimmern geweckt wurde.

Mit der Rückkehr seiner Vernunft kam auch die Reue... und ein stärkeres Gefühl der Schande, als es ihre Abweisungen jemals hatten hervorrufen können. Er zog sich langsam aus ihr zurück und spürte an ihrer Reaktion, daß er sie verletzt hatte, noch bevor er den Geruch nach Blut auf dem Bärenfell wahrnahm.

Er nahm sie in die Arme. Selbst wenn sie freiwillig bei Manaravak gelegen hatte, hatte sie eine solche Behandlung von ihm nicht verdient. »Vergib mir, Naya!« flüsterte er. Sein sanftes Streicheln weckte sie.

Sie begann zu zittern — vor Kälte, vor Angst und vor Ekel über das, was er ihr angetan hatte. Er deckte sie beide mit dem Bärenfell zu. Um ihren Hals, wo er den Talisman abgerissen hatte, zog sich ein roter Striemen wie ein Halsband. Er strich mit den Fingern darüber.

Sie zuckte zusammen und begann zu weinen. »Jetzt ist er tot, wirklich tot. Du hast den Riemen zerrissen! Du hast den helfenden Geist fortgeworfen! Ich hätte auch für dich ein Amulett getragen, wenn du verschollen gewesen wärst. Ich hätte es sogar getragen, wenn du nicht mein Mann gewesen wärst. Ich hätte eins für dich und für den armen Nantu und auch für Eneela getragen, wenn mir jemand sie gemacht hätte!«

Er lag reglos da und wußte nicht, was er sagen sollte. Dann entschied er, daß die Wahrheit das beste wäre. Er sprach von seiner Eifersucht und seiner Liebe, die er für seinen Bruder empfand. Er sagte ihr, daß es möglich war, sich gleichzeitig nach der Rückkehr eines geliebten Bruders und nach seinem Tod zu sehnen. Er erzählte ihr leise von schönen Dingen, die nichts mit einem Mann und einer Frau zu tun hatten, die zusammen auf einem Bärenfell lagen. Er sprach vom Leben in einem Stamm, von Kindheitserinnerungen, von den Zeiten des endlosen Lichts und der endlosen Dunkelheit, von Sternschnuppen, die über den Himmel flammten wie Glut, die aus der Geisterwelt auf die Erde geworfen wurde, von Polarlichtern, die die Sterne in ihrem Netz einzufangen schienen, vom Auf- und Untergang der Sonne ... und von seiner Liebe zu ihr, die trotz allem, was zwischen ihnen auf dem Fell des großen weißen Bären geschehen war, auch weiterhin bestand. »Es wird nie wieder so zwischen uns sein, Naya. Ganz gleich, was bisher geschehen ist, jetzt werden wir zusammen ein neues Leben beginnen. Wenn wir uns das nächste Mal vereinen, wird es zum ersten Mal sein – nur wenn du ohne Angst und freiwillig in meinen Armen liegst, und dann wird es für uns beide ein großer Zauber sein. Das schwöre ich!«

Sie schien sich ein wenig zu entspannen. Er hielt sie in den Armen, und als sie wieder zu zittern begann, wiegte er sie sanft und hielt sie noch vorsichtiger als zuvor. Er sprach weiter, bis seine Worte sie beide allmählich in die Niederungen des Schlafs entführten. Und schließlich hielten sie sich auf dem Fell des großen weißen Bären in den Armen. Vom Zauber der sanften Worte Umaks umfangen, waren sie zu guter Letzt, obwohl ihre Körper nicht vereint waren, dennoch vereint.

# 5

Lachend lief Manaravak vor und zurück. Sein eigener Geruch wurde von dem der Stute überdeckt, und so wieherte und schnaubte er und stampfte mit den Füßen, bis ihm das Fohlen zu Demmis maßlosem Erstaunen folgte. Es ging neben ihm und machte alle seine Bewegungen mit.

»Ich sehe, daß die Herde das Fohlen nicht wieder aufgenommen hat, Manaravak«, sagte sie, »aber du wirst niemals eine Mutter für ein Pferd sein!«

»Nein?« Er lachte erneut. »Während der Zeit, die wir in diesem Lager verbracht haben, hast du deinen Sinn für Humor wiedergefunden. Du siehst kräftig und reisefertig aus. Es ist Zeit, daß wir weiterziehen, Schwester. Sieh nur! Das Fohlen wird uns folgen! Noch drei Tage und ich bin ein Bruder für dieses Fohlen, genauso wie für dich.«

»Aber es ist noch soviel Fleisch übrig!«

»Wir müssen es zurücklassen, Demmi!« Jegliche Fröhlichkeit war plötzlich aus seiner Stimme verschwunden. »Die Pferde sind aus gutem Grund nicht zurückgekehrt, und dieses Fohlen hat Angst vor viel gefährlicheren Raubtieren, als der Sohn und die Tochter von Torka es sind.«

Sie richtete sich auf. »Wanawuts!«

»Ich wollte nicht eher davon sprechen. Aber jetzt bin ich mir sicher. Ich spüre, daß sie uns folgen. Nach dem, was du getan hast, wäre es das beste, wenn wir in den Fußabdrücken des Stammes weitergehen. Das Mammut geht uns voraus. Es ist Zeit, daß wir ihm folgen.«

Torka hockte am See des Blutigen Wassers. Seine Keule lag über seinen Schenkeln und sein Schnitzmesser in seiner rechten Hand. Er versuchte zu entscheiden, wie er am besten das Bild dieser gewaltigen Wassermasse auf den abgenutzten Walfischknochen ritzen sollte. Es war kaum noch eine Stelle übrig, die nicht bereits mit Ritzzeichnungen ausgefüllt war. Er fragte sich mit einem besorgten Stirnrunzeln, ob dies bedeutete, daß sein Leben oder das des Stammes zu Ende sein würde, wenn es keinen Platz mehr für zukünftige Zeichnungen auf der Keule geben würde.

Er ließ seinen Blick nach Norden über das Wasser schweifen. Er hatte schon viele Seen gesehen, aber noch niemals einen wie diesen. Darin gab es Fische, die so groß wie Mammuts waren und die Wasser in den Himmel spritzten. Eigentlich hätte kein Fisch so groß sein dürfen. Torka starrte auf seine Keule. Er erinnerte sich, daß sie aus dem zerbrochenen Rippenknochen eines solchen Fisches bestand. Er hatte den Kadaver in der weiten Steppe jenseits des Landes aus Eis entdeckt und niemals verstanden, wie ein so riesiger Fisch auf dem Land hatte sterben können oder warum sich seine Knochen in Stein verwandelt hatten. Es war ihm wie ein großer Zauber vorgekommen, also hatte er ein Stück der Rippenknochen mitgenommen und fast sein Leben lang bei sich getragen. Und jetzt saß er mit ihm hier an der Küste dieses gewaltigen, wellenbewegten Sees.

Der See gefiel ihm jetzt noch weniger als zu Anfang. Obwohl die Sonne inzwischen nicht mehr unterging, trieben immer noch große Eisschollen und Eisberge darin. Das Wasser brandete über die felsige Küste, und das Eis war seltsam und unruhig. Er mochte den allgegenwärtigen Geruch nach Salz nicht. Das Salz lagerte sich auf den Hütten des Stammes und auf allen Dingen, die für eine Weile draußen lagen, als weiße Schicht ab.

Doch er mußte zugeben, daß die Jagd noch nie so erfolgreich gewesen war und daß sein Stamm glücklich schien. Was immer zwischen Naya und Umak gewesen war, es schien sich irgendwie gelegt zu haben. Das Mädchen verhielt sich dem Zauberer gegenüber jetzt voller Respekt, und obwohl sie stiller als gewöhnlich war, schien sie in der Gegenwart ihres Mannes entspannt und zufrieden zu sein. Die Frauen präparierten gute, wenn auch unvertraute Felle, stellten Sehnen her, zerstampften Speck und gewannen aus dem Fett Öl für ihre Lampen. Die Trockengestelle bogen sich unter der Last ausgenommener Wasservögel, neben denen die Filets von arktischen Saiblingen und zahllose Walroßsteaks hingen. Es war wirklich ein gutes Lager.

Seine einzige Sorge galt Larani. Sie war eine stolze und tapfere Frau. Er hätte sie zwingen sollen, sein Angebot anzunehmen, oder zumindest darauf bestehen sollen, daß der junge Tankh damit anfing, sich um Brautgeschenke für sie zu kümmern. Doch eine solche Verbindung kam ihm unpassend vor. Sie war eine viel zu gute Frau für einen Jungen, selbst wenn Tankh eingewilligt hätte.

Mit neuer Unruhe starrte Torka wieder aufs Meer hinaus. Das Fleisch der Tiere, die hier in großer Zahl lebten, war ungewohnt für seinen Geschmack und so leicht zu jagen, daß es ihn nervös machte. Die Walrösser bellten und brüllten, aber sie ergriffen nur selten die Flucht, wenn sie von den Jägern angegriffen wurden.

Torka beobachtete einen Gerfalken, der kreischend über ihm schwebte und dessen Schwingen lautlos wie geflügelte Messer durch die Luft schnitten. Der Vogel lenkte Torkas Blick über den offenen Ozean zum ewig bewölkten Horizont. Er fragte sich beklommen, was wohl hinter diesen Wolken liegen mochte. Wenn es dort eine Küste gab, so konnte er sie nicht sehen. Wenn der Wind aus dem Norden wehte, trug er den Geruch nach Eis mit sich – und nur nach Eis. Sogar jetzt, während der Zeit des endlosen Lichts, blieb der Nordwind kalt, als würde er aus einem Land wehen, wo die Welt der Menschen endete und die Welt der Geister begann. Der Gedanke beunruhigte ihn. Wie würde der Winter hier sein?

Seine Hand klammerte sich um seine Keule. Es war Zeit, dieses Lager abzubrechen! Umak und Dak würde es nicht gefallen, aber Simu sehnte sich nach großem Wild, das nicht nach Fisch schmeckte. Grek hatte genug Vorräte an zerstampftem Fett für sein empfindliches Zahnfleisch. Die Welpen waren erwachsen und wurden fett. Eine lange Reise ins Landesinnere und in windgeschützte Gegenden würde ihnen gut tun. Doch was sollte aus Iana und ihrem Baby werden? Die Frau Greks hatte immer noch Fieber, und der Säugling war zu kränklich, um eine lange Reise über das Land zu überstehen.

Torka seufzte frustriert. Er verabscheute dieses Land im Norden. Und er vermißte die Mammuts. Sein Glück hatte immer im Schatten von Lebensspender gelegen. Wenn die Mammuts nicht in diesem Land lebten, wie lange konnten er und sein Stamm hoffen, darin zu überleben?

»Torka!« Er drehte sich auf Yonas dringenden Ruf hin um. »Komm schnell!« schluchzte das Kind. »Bitte! Ianas neues Baby ist tot!«

Der Stamm hielt fünf Tage lang Totenwache für Ianas Baby. Umak tanzte, um die Seele des Kindes aus der Geisterwelt zurückzurufen, und sang, um ihm zu versichern, daß es geliebt und vermißt wurde und daß die Brüste seiner Mutter schmerzen würden, wenn sein kleiner Mund nicht daran saugte.

Doch Ianas Brüste schmerzten auch so. Im Fieberwahn bemerkte sie nicht, daß sie übermäßig angeschwollen waren und keine Milch, sondern blutigen Eiter absonderten. Auch das Blut, das aus ihrem grotesk aufgeblähten Bauch floß, war nicht mehr klumpig, sondern dünnflüssig und genauso stinkend wie die Milch, mit der sie ihr neugeborenes Kind zu stillen versucht hatte.

Die Frau verlor immer wieder das Bewußtsein. Im Fieberwahn durchlebte sie noch einmal ihre Jugend, sprach zu ihrem ersten Mann und ihren Kindern. Wenn sie aufwachte, verlangte sie nach Tankh und Chuk und trug ihnen auf, sich um Grek und Yona zu kümmern.

Iana sprach auch zu Naya und ermahnte sie, eine tapfere Frau zu sein und Kinder auf die Welt zu bringen, damit sie nicht ungeliebt und kinderlos alt wurde.

Als Grek an ihre Seite kam, versuchte Iana auch mit ihm zu reden, aber sie war zu erschöpft. Der Seelenfänger war schon bei ihr und nahm ihre Seele mit.

Also tanzte der Zauberer auch für Iana. Er ließ Zauberrauch aufsteigen, um den umherirrenden Seelen von Iana und ihrem neugeborenen Kind zu helfen, während Naya weinte und Grek sich zurückzog und jeden Trost verweigerte. Er murmelte wie ein kalter Mann, dessen Seele diese Welt bereits verlassen hatte und seiner Frau und seinem Kind in das Reich der Toten folgen wollte, um wieder mit ihnen vereint zu sein.

An einem trostlosen und windigen Tag wurden Iana und ihr Kind auf einer felsigen Landzunge bestattet, um für immer in den Himmel zu blicken. Als die letzten der rituellen Gesänge verklungen waren, kehrte der Stamm bedrückt zum Lager zurück. Nur der alte Grek blieb neben den Leichen seiner Frau und seines Kindes sitzen, während die unruigen Wellen des Sees des Blutigen Wassers gegen die Felsen brandeten und immer höher die Küste hinaufschwappten.

Den ganzen Tag lang blieb Grek bei den Toten. Die übrigen Menschen trauerten stumm. Der Wind nahm zu und trieb heulend Sand durch die Luft, der wie stechende Insekten über das Land flog. Der alte Mann verbrachte diese Nacht im kalten Wind und im Licht der Mitternachtssonne. Tankh, Chuk und Yona gingen schließlich zu ihm hinaus, aber nur Yona kam schreiend zurück.

»Das Wasser ist gestiegen und hat unsere Mutter und unseren Bruder mitgenommen!«

Fassungslos verließen die Menschen gerade noch rechtzeitig das Lager, um zu sehen, wie Grek und seine Jungen gegen eine Flutwelle ankämpften, die den alten Mann zusammen mit den Leichen seiner Frau und seines neugeborenen Sohnes davongespült hätte, wenn Tankh und Chuk ihn nicht festgehalten hätten. Noch nie hatte der Stamm etwas Derartiges erlebt.

»Laßt mich los!« brüllte der Bisonmann. »Laßt mich zu ihnen!«

Aber seine Söhne ließen ihn nicht los, bis Grek schließlich nur noch ein uralter, erschöpfter und geschlagener Jäger war, der nicht mehr die Kraft hatte, den Wellen oder den starken Armen seiner Söhne Widerstand zu leisten.


»Die Zeit der Trauer ist vorbei. Wir müssen dieses Lager verlassen«, sagte Torka. »Wir werden durch das Ödland zurückgehen, nach Süden und dann nach Osten an den Rand des ertrunkenen Landes. Dort werden wir nach großem Wild suchen, nach unserem Totem und unserem Glück.«

Auf Simus Gesicht erschien ein breites Lächeln. »Endlich höre ich aus deinem Mund wieder vernünftige Worte, Torka!« erklärte er und rief Sommermond und Larani zu sich, um ihnen zu befehlen, sofort alles für die Reise vorzubereiten.

»Wartet!« sagte Umak. »Ich verstehe nicht. Es hat zwar Trauer in diesem Lager gegeben, aber es ist ein gutes Lager gewesen. Wir haben genug Fleisch und Vorräte, um den schlimmsten Winter zu überstehen. Warum sollten wir es aufgeben?«

»Ich sehe nichts Gutes in diesem Land, Umak«, antwortete Torka.

In Umaks Stirn bildeten sich tiefe Furchen. Er empfand die Worte seines Vaters als persönliche Beleidigung. »Ich bin der Zauberer, und ich sehe darin nichts Schlechtes! Es gibt jede Menge Fleisch, gute Felle und Fett und...«

»Zwei von uns sind an diesem Ort gestorben, mein Sohn. Der See hat sie mit sich genommen. Für mich ist das ein sehr schlechtes Zeichen.«

»Und jetzt wissen wir auch, warum dieses Wasser wie Blut riecht und schmeckt!« warf Simu erschaudernd ein. »Mir hat das Aussehen und der Gestank dieses Ortes von Anfang an nicht gefallen.«

Umaks Zorn regte sich. »Dir hat seit so vielen Monden nichts gefallen, daß ich mich schon gar nicht mehr erinnern kann, wann du mit deinem ständigen Gejammer eigentlich angefangen hast!«

Torka hob seine Hand. »Wir müssen nach Osten ziehen und nach Wild suchen, das für Menschen der offenen Steppe geeignet ist.«

»Ja!« rief Simu begeistert. »Fleisch mit Haaren und Hufen! Fleisch mit Beinen und nicht mit Flossen! Männerfleisch! Nicht Fleisch, das uns wie unsere Hunde anbellt!«

Dak legte schützend einen Arm um Schwans Schulter und sah Simu zweifelnd an. »Im Ödland hat es kaum Fleisch gegeben, Vater. Warum sollen wir mit unseren Frauen und Kindern ein Lager verlassen, das voller Fleisch ist, und dort nach Wild suchen, wo es kaum welches gibt?«

»Wo Lebensspender ist, werden wir auch Fleisch finden«, sagte Torka ruhig. »So ist es schon immer gewesen, und so wird es auch wieder sein. Wir hätten nicht so weit nach Norden gehen dürfen. Aber jetzt steht die Sonne hoch. So wie Larani, hat auch das Land, das hinter uns liegt, Zeit gehabt, um wieder zu verheilen. Und wie Larani wird es wieder wie neu sein.«

Die unvernarbte Hälfte von Laranis Gesicht errötete über dieses unerwartete Kompliment.

Umak jedoch war zu erregt, um es zu bemerken. »Was ist, wenn das nicht der Fall ist?« drängte er.

»Bah!« rief Simu. »Wir werden Vorratslager mit Nahrung zurücklassen. Wenn wir keinen Erfolg haben, können wir jederzeit zurückkehren!«

»Nein«, sagte Torka. »Wir werden niemals zurückkehren. Ein Land, in dem keine Mammuts leben, ist auch nicht für Menschen geeignet. Wir werden dieses Lager abbrechen und uns auf die Reise nach Osten vorbereiten.«

Umak zitterte vor Aufregung, seine Wut unter Kontrolle zu halten. »Nimm dich in acht, Vater!« sagte er drohend. »Eines Tages führst du uns in deiner Suche nach der Sonne vielleicht über den Rand der Welt hinaus!«

# 6

Der Stamm brach das Lager ab und machte sich auf die Reise. Niemand außer Umak sah sich noch einmal um. In diesem fremden Land am See des Blutigen Wassers hatte sich seine Prophezeiung erfüllt. Die Jagd war gut gewesen, es hatte für alle genug zu essen gegeben, und Naya war endlich zu seiner Frau geworden. Deshalb ging er nur ungern. Wieder und wieder versuchte er den Geisterwind zu beschwören, damit er ihm zeigte, was sie erwartete, aber der einzige Wind, der ihn berührte, war der Nordwind. Er kehrte um und blieb noch eine Weile am Ufer des großen Sees stehen. Nur die bellenden Tiere des Meeres sahen ihm zu, wie er dankbar den Geistern dieses Ortes opferte und die Mächte der Schöpfung und den Geisterwind bat, ihm eine Vision zu geben, mit der er Torka zum Bleiben überreden konnte. Aber nichts geschah. Der Nordwind blies ihm heftig gegen den Rücken, als wolle er ihn forttreiben. Unglücklich mußte Umak einsehen, daß dies offenbar das einzige Zeichen war, mit dem er rechnen konnte. Vielleicht hatte Torka recht, und es war wirklich an der Zeit, weiterzuziehen.


Die Hunde zogen voll beladene Schlitten, und die Kinder trugen zusammengerollte Pakete mit ihrem Hab und Gut auf dem Rücken. Die Frauen gingen schweigend und tief gebückt unter ihren schweren Rückentragen. Das Stirnband aus Leder, das Nayas Trage am Verrutschen hinderte, schnitt ihr tief in die Haut.

Honee, die neben ihr ging, bemerkte ihr Problem. »Du hast dein Stirnband nicht mit weichem Leder gefüttert! Hast du noch nie schweres Gepäck tragen müssen, als du mit Grek gingst?«

Naya seufzte. »Nie.«

Honee schnallzte mit der Zunge. »Es macht eine Frau stolz, wenn sie die Bürde ihres Mannes erleichtern kann. Grek hat dir keinen Gefallen getan, indem er dir diesen Stolz genommen hat, Naya. Andernfalls hättest du jetzt eine Hornhaut auf der Stirn, und dein Gepäck würde dir wesentlich leichter vorkommen.«

Naya drehte sich zu ihrem Großvater um, der mit Yona und seinen Jungen dahintrottete. Er sah so alt und gebeugt aus! Er war ein uralter, buckliger Bulle mit zottigen Haaren, der nur so lange wie seine Zähne leben würde. Und Naya wußte, daß seine Zähne schon seit langer Zeit zu sterben begonnen hatten. Tränen standen ihr in den Augen, und sie bedauerte ihn und sich selbst. Sie war ein dummes und selbstsüchtiges Kind gewesen! Wie hatte sie nur denken können, daß sie das Wichtigste in Greks Leben darstellte? Ihr Großvater hatte sie zwar geliebt und verzogen, aber ohne Iana hatte Grek jeden Willen zum Weiterleben verloren. Naya hatte nichts sagen oder tun können, um ihm seinen Mut zurückzugeben. Dabei war sie davon überzeugt, daß sie nicht am Tod von Iana und dem Kind schuld war. Wo lag der Fehler? Sie hatte doch genau dasselbe getan wie Demmi damals, als sie an jenem verschneiten Tag in die Bluthütte gekommen war, sich den Schnee vom Mantel geklopft und sich die Hände gewaschen hatte, bevor sie Schneefresser bei der Geburt ihrer Welpen geholfen hatte. Wenn sie nur sorgfältiger mit den Vorräten in ihrem Medizinbeutel umgegangen wäre, hätte sie die notwendigen Blätter und Wurzeln zur Verfügung gehabt, mit denen sie Ianas Blutungen hätte stillen und ihr Fieber hätte lindern können. Doch statt dessen hatte sie sich mehr Sorgen um ihren schwindenden Vorrat an roten Beeren gemacht. Weil sie sie ganz allein aufgebraucht hatte, war nicht eine einzige mehr für Iana übrig gewesen. In ihrer Verantwortung als Medizinfrau hatte sie kläglich versagt.

»Iana hatte mit allem recht, was sie Schlimmes über mich gesagt hat«, gestand sie Honee leise ein. »Wenn Iana jetzt hier wäre, würde ich ihr versprechen, daß ich von jetzt an alles versuchen werde, um eine bessere Frau zu werden — eine sorgsame, rücksichtsvolle und gehorsame Frau.«

Honee sah sie einen Augenblick lang an. »Das mußt du ihr nicht sagen, meine Liebe. Das weiß sie.«

»Woher soll sie das wissen?«

Honee kramte in ihren Sachen. »Ihre Seele weht im Wind, nicht wahr? Und der Wind folgt uns. Ich bin mir sicher, daß sie sogar jetzt bei uns ist! Und sie lächelt dich an, Naya. Du hast dein Bestes für sie getan. Und in den letzten Tagen bist du all das gewesen, was du gerne sein möchtest.« Honee griff in einen Beutel an ihrer Hüfte und lächelte Naya an. »Ich hätte es fast vergessen. Ich habe es unter den Schlaffellen gefunden, als ich die Erdhütte vor ein paar Tagen aufgeräumt habe. Ich wollte es dir schon damals geben. Es gehört doch dir, nicht wahr?«

Naya starrte ihre Feuerschwester an, die ihr Manaravaks Talisman reichte. Tief in ihrem Herzen hörte sie eine Stimme: *Wirf es fort! Wirf es fort!* Doch sie tat es nicht. Ihre Finger schlossen sich darum. »Aber ja! Es gehört mir! Danke, Honee. Aber sag Umak nichts davon! Manaravak hat es vor langer Zeit für mich gemacht, und ich habe beschlossen, es nicht mehr zu tragen, damit es Umak nicht an seinen Bruder erinnert und ihn traurig macht.«


Endlose Tage des Lichts lagen vor den Reisenden, die durch das Ödland zogen. Unter einer hellen Sonne und im nie enden wollenden Wind setzten Sommermonds Wehen ein. Ein provisorisches Lager wurde aufgeschlagen, aber das Baby kam so leicht und schnell auf die Welt, daß erst die Hälfte der Zelte errichtet war, als alle seine Schreie hörten.

Naya stand stumm daneben. Diesmal wurden ihre Heilkünste nicht gebraucht. Honee stupste sie bedeutungsvoll an.

»Siehst du?« fragte die dicke Frau. »Eine Geburt ist nicht immer eine so schlimme Sache. Wenn du einmal Mutter wirst, wird es vielleicht gar keine Probleme geben!«

Auf Sommermonds Drängen hin machte sich der Stamm bereits drei Tage später wieder zur Weiterreise bereit. Aber Grek saß auf seinem Reisegepäck und wollte nicht aufstehen.

»Dieser Mann ist müde, alt und nutzlos. Dieser Mann wird nicht mehr durch die Welt der Menschen ziehen.«

»Nein!« Chuk war sichtlich erschüttert über die Worte seines Vaters.

»Steh auf, alter Löwe!« verlangte Tankh. »Wer wird für Yona auf die Jagd gehen, wenn du deine Speere für immer beiseite legst?«

Grek blickte kurz auf und starrte dann wieder auf seine Füße. »Du wirst für Yona jagen. Du bist bereits ein Mann. Ich bin müde ... zu müde, um noch ein Mann zu sein.«

Die Reisenden schwiegen betroffen.

Dann ging Simus Tochter zu dem alten Mann, schnallte ihre Rückentrage ab und setzte sich neben ihn.

»Ich werde bei diesem alten Mann bleiben!« verkündete Larani.

»Geh weg!« sagte Grek durch die vom Wind verhedderten Strähnen seines Haares.

»Ich gehe nicht weg!« beharrte sie auf ihrem Entschluß und sah unerschütterlich in die ungläubigen Gesichter der Stammesmitglieder. »Ich bin auch müde. Ich bin auch so gut wie nutzlos für diesen Stamm. Geht! Laßt uns allein! Grek und Larani werden ihre Seelen dem Wind überlassen.«

Ein entsetztes Keuchen war zu hören.

Torka, der ihre Hintergedanken erriet, bewunderte die junge Frau.

Simu musterte seine Tochter mißtrauisch. »Was soll das, Larani?«

»Du bist doch so versessen darauf, daß ich endlich einen Mann bekomme, nicht wahr? Nun, der Augenblick ist jetzt gekommen! So wie Schwan sich ihren Mann aussuchen durfte, werde ich es jetzt auch tun. Ich wähle Grek!«

Der alte Mann hob seinen Kopf. »Ich wähle dich nicht!«

»Aber du mußt es akzeptieren. Du hast keine Frau. Torka hat gesagt, daß in diesem Stamm jede Frau einen Mann haben muß und daß für jeden Mann dasselbe gilt, damit die Zahl der Stammesmitglieder größer wird. Torka ist sehr freundlich und geduldig mit mir gewesen, aber jetzt habe ich eingesehen, wie eigensinnig ich gewesen bin. Ich kann nicht zulassen, daß die Männer dieses Stammes sich für ewig umsonst nach meiner ›Schönheit‹ sehnen. Und ich werde nicht mehr zulassen, daß ich eine Last für meinen Bruder bin, wenn keine Notwendigkeit dazu besteht. Ich muß mir einen Mann nehmen, damit ich nicht mein Recht auf Leben in diesem Stamm verwirke.«

Grek starrte sie an, als hätte sie den Verstand verloren. »Torka hat dir angeboten, an seiner Feuerstelle zu leben. Nimm ihn!«

Larani zuckte mit den Schultern. »Torka hat eine Frau.«

Lonit versuchte, sich einzumischen. »Zum Wohl des Stammes würde ich ...«

Torka brachte sie mit einem Ellbogenstoß zum Schweigen. »Ich bitte nicht zum zweiten Mal um eine Frau! Larani hat ihre Chance verspielt, meine Frau zu werden!« sagte er ernst. Er bemühte sich, nicht zu lächeln, und ignorierte Lonits ratlosen Gesichtsausdruck.

»Dann nimm meinen Sohn Tankh!« brauste Grek auf. »Er hat keine Frau!«

Larani sah Grek an und lächelte lieblich. »Das würde ich gerne tun, aber Tankh macht sich nichts aus älteren Frauen ... oder aus Frauen mit einem so ›interessanten‹ Aussehen, wie ich es habe. Mit der Zeit wird Greks ältester Sohn sich eines der jüngeren Mädchen nehmen – Li, Uni oder Yona, nicht wahr, Tankh?«

Der Junge sagte nichts, aber er sah Larani mit einem erleichterten Lächeln an.

»Mach, was du willst!« knurrte der alte Grek. »Aber dieser Mann wird dich nicht zur Frau nehmen! Grek ist nicht der Dummkopf, für den du ihn hältst, Mädchen. Grek wird nicht aus Sorge um dich im Stamm bleiben!«

Larani verschränkte ihre Hände im Schoß. »Trotzdem werde ich bleiben!«

»Dann sei es so!« sagte Torka und führte seinen Stamm weiter. Er hörte nicht auf das Weinen der Frauen und Kinder oder auf Daks Bedenken, die beiden einfach so im Stich zu lassen.

Der Häuptling ging neben Umak und entfernte sich mit ihm langsam von den anderen, während er leise mit ihm sprach und froh war, eine gemeinsame Sorge zu haben, die sie vielleicht wieder enger miteinander verbinden würde. Umak war in mürrischer und unversöhnlicher Stimmung, aber als Torka sprach, hob er aufmerksam seine Augenbrauen und hörte ihm zum ersten Mal seit vielen Tagen zu. Doch dann kam Lonit zu ihnen, nahm Torkas Arm und schrie ihn wütend an.

»Torka, das können wir nicht tun! Wir müssen wieder umkehren!«

»Vater, du kannst sie nicht einfach zurücklassen!« sagte Schwan verzweifelt. Zusammen mit Dak näherte auch sie sich dem Häuptling. Kharn lief neben seinem Vater und trug stolz sein eigenes Gepäck.

»Larani ist eine Frau, für die kein Mann spricht«, erklärte Torka ruhig. »Sie hat das Recht, für sich selbst zu sprechen –

es sei denn, ihr Vater würde es ihr verbieten.« Er blieb plötzlich stehen und mit ihm der gesamte Stamm. »Hast du etwas dagegen, Simu?«

Simu wirkte wie ein in die Enge getriebenes Tier. Sommermond und Uni sahen ihn voller Hoffnung an. »Ich ... nein ... ich kann es nicht verbieten! Larani hat recht. Wenn kein Mann sie zur Frau nimmt, welchen Nutzen hat sie dann für den Stamm? Keinen, sage ich! Bah! Es ist ein schlaues Spiel, das du zusammen mit Larani spielst, Torka. Ich bin euch auf die Schliche gekommen. Sie wird uns schon bald wieder folgen, und der zahnlose alte Löwe wird ihr knurrend hinterhertorkeln.«

»Aber was ist, wenn sie das nicht tut? Wenn er es nicht tut?« rief Naya weinend.

Simus Gesicht verzerrte sich haßerfüllt. Er starrte Naya an, die unter seinem Blick ängstlich die Schultern einzog. »Dein Großvater ist nutzlos. Was er tut, kümmert mich nicht! Solange wir dem See des Blutigen Wassers und dem Ödland den Rücken zukehren, fällt mir die Reise leicht. Wenn Larani ihr wertloses Leben in die Hände eines alten Mannes legen will, was soll ich da tun? Sie war schon so gut wie tot, seit die Tochter des Himmels sie in den Fluß geworfen hat — und das alles nur deinetwegen!«

Naya traten Tränen in die Augen. »Ich wollte doch nicht ...«

»Bah! Was geschehen ist, ist geschehen. Es hat keinen Sinn, darüber zu jammern!«

»Du könntest zumindest so tun, als würde dir noch etwas an Larani liegen!« sagte Dak anklagend. »Aber das spielt jetzt keine Rolle mehr. Wenn meine Schwester und der alte Mann bis zur Schlafenszeit nicht wieder aufgetaucht sind, werde ich zurückgehen. Es tut mir leid, daß ich gegen deinen Willen handle, Torka.«

»Und ich werde mit dir gehen!« rief Schwan und trat einen Schritt näher an Dak heran. Sie sah ihren Vater teils entrüstet, teils um Entschuldigung bittend an. »Larani ist für mich wie eine Schwester gewesen, seit wir Babys waren. Es tut mir leid, Vater, aber ich kann sie nicht einfach im Stich lassen.«

Torka schüttelte den Kopf. »Du bist sehr aufrichtig. Aber

was ist mit den anderen? Ist Simu der einzige Mann, der sich ehrlich einer unangenehmen Situation stellt?«

Als Simu bemerkte, daß er in Torkas Achtung gestiegen war, richtete er sich zu voller Größe auf. »Es ist keine einfache Situation«, stimmte er zu.

»Nein...«, sagte Torka. »Es ist nicht einfach, aber Larani hat es sofort erkannt. Grek ist gebrochen und steht am Ende seiner Tage. Um eben den Stolz zu wahren, von dem Simu spricht, muß ihm wieder ein Grund gegeben werden, aus dem er weiterleben und freiwillig bei uns bleiben kann, oder wir müssen ihn wirklich zurücklassen.«

»Aber wenn er tatsächlich den Willen zum Leben verloren hat, ist Laranis Leben in großer Gefahr, solange sie bei ihm bleibt«, sagte Dak.

»Ja«, stimmte Torka zu. »So ist es.«

Lonit war entrüstet. »Ich verstehe dich nicht, Torka. Grek verweigert vielleicht so lange Essen und Trinken, bis er zu schwach ist, um einen Speer zu heben. Wenn ihnen Gefahr droht, und selbst wenn er Larani beschützen *will*, hat er vielleicht nicht mehr die Kraft dazu.«

»Ihnen wird Gefahr drohen!« prophezeite Umak. »Sie wird ihnen schon bald drohen, noch bevor der alte Mann den Rest seiner Kraft verloren hat. Das steht fest.«

»Warum?« fragte Jhon bewundernd. »Hat der Geisterwind wieder zu dir gesprochen?«

Torka und Umak tauschten einen verschwörerischen Blick aus. »Etwas viel Besseres hat zu mir gesprochen«, antwortete der Zauberer. Zum ersten Mal, seit sie den See des Blutigen Wassers verlassen hatten, lachte er wieder fröhlich. »Torka hat mir von seinem Plan erzählt!«


In den Fellen von Seehunden und Waldrössern führte Torka Umak, Dak und die Jungen in einem großen Bogen um Grek und Larani herum, bis sie den Kreis geschlossen hatten.

Während Simu im Lager zurückgeblieben war, um die Frauen und Kinder zu bewachen, näherten sich die anderen Jäger Grek mit großer Vorsicht. Sie krochen heran, hielten sich jedoch auf Entfernung. Sie waren nah genug, um gesehen zu werden. Ihre Bewegungen sollten den alten Mann verrückt vor Neugier machen. Sie beobachteten, daß er den Kopf erhoben hatte und die Umgebung musterte. Larani war aufgestanden und sah angespannt und nervös aus.

Als Torka das Signal gab – eine perfekte Nachahmung eines verängstigten Erdhörnchens –, antworteten die Jäger mit einem wilden Knurren, das einen kurzen, heftigen Kampf verriet. Dann waren sie völlig still.

Grek erstarrte. Er war auf die Gefahr aufmerksam geworden, obwohl er sich offensichtlich immer noch sagte, daß ihm das Leben zu gleichgültig geworden war, um sich vom Tod bedroht zu fühlen.

Torka ahmte wieder ein Erdhörnchen nach. Umak antwortete mit dem bedrohlichen Heulen eines hungrigen Wolfes.

Larani drehte sich langsam mit erhobenem Kopf. Sie sprach Grek an, zunächst bittend, dann eindeutig wütend. Seine Haltung war noch steifer als zuvor, doch die Jäger erkannten, daß er der jungen Frau jetzt zuhörte.

Niemand rührte sich. Dann heulte Umak erneut. Torka, Dak und die Jungen inszenierten einen eindrucksvollen Chor aus Knurren und Fauchen, worauf Grek auf die Füße sprang, als Larani gerade verzweifelt nach einem seiner Speere greifen wollte. Der alte Mann brüllte sie protestierend an und schüttelte ihr drohend die Faust mit dem Speer entgegen.

Torka lächelte. Seine List hatte funktioniert. Er war so zufrieden, daß er gar nicht das Heulen bemerkte, das aus großer Entfernung kam und weder von Umak oder Dak noch von den Jungen stammen konnte.


Umak und Dak lagen auf hastig ausgerollten Seehund- und Walroßfellen und versuchten, ihren Atem zu beruhigen. Auch die Jungen beeilten sich, eine entspannte Haltung anzunehmen, als wären sie schon lange untätig gewesen und nicht eben erst wieder angekommen. Kurz darauf kam der alte Grek ins Lager gestapft. Larani folgte ihm in respektvollem Abstand.

»Was starrt ihr alle so?« fragte er. »Ja, ich bin alt und müde! Aber dort draußen sind viele hungrige Wölfe, die darauf warten, meine alten Knochen zu fressen ... aber auch die dieses störrischen Mädchens von Simu. Wegen Larani bin ich zurückgekehrt – nicht um meinetwillen. Vielleicht werde ich morgen meine Seele dem Wind überlassen und mich Wallah und Iana anschließen. Aber jetzt habe ich einen weiten Weg hinter mir und bin hungrig. Da ich nicht gegessen worden bin, sehe ich keinen Grund, warum ich nicht essen sollte.«

Der Stamm bereitete eine gemeinsame Mahlzeit zu. Niemand verriet ein Wort über die wahre Natur der Wölfe, die den alten Mann zurück in die Gesellschaft der Lebenden getrieben hatten, und er schien auch nicht den leisesten Verdacht zu hegen. Naya und Schwan kamen zu ihm, um ihm Fleisch und etwas zu Trinken zu bringen, doch dann trat Larani vor.

»Ein Jäger, der eine Frau an seiner Feuerstelle hat, braucht keine Almosen von den Frauen der anderen Männer«, sagte die Tochter Simus.

»Geh weg, Larani!« befahl der alte Mann. »Meine Frau ist tot! Ich habe keine Feuerstelle mehr! Morgen werde ich meine Seele dem Wind überlassen.«

»Wir werden sehen, was morgen ist«, entgegnete sie sanft. »Jetzt geht die Tochter von Simu im Schatten des Mannes, der sie vor den Wölfen und vor dem Ertrinken gerettet hat. Die Ehre der Vorfahren dieser Frau verlangt es, daß sie sich um seine Bedürfnisse kümmert.«

Der alte Mann knurrte unwirsch über diese Ehrerbietung, aber Larani ließ sich durch Knurren nicht vertreiben. Sie brachte ihm zerstampftes Fett und kniete ergeben vor ihm, um jedem seiner weiteren Befehle augenblicklich Folge zu leisten.

Grek gab ihr keine Befehle, aber dem alten Mann war klargeworden, daß Larani seine einzige Möglichkeit war, an Essen heranzukommen. Mürrisch ließ er sich dazu herab, das Fett von ihr anzunehmen, auch wenn er ihr während des Essens den Rücken zuwandte. Als er sich zum Schlafen hinlegte, sprach er kein Wort zu ihr und zerrte sein Gepäck zuvor von Larani weg.

Dak nahm seine Schwester am Arm und wollte sie zu seiner eigenen Feuerstelle führen. »Du bist jederzeit willkommen«, sagte er zu ihr.

Larani dankte ihm und schickte ihn wieder fort.

Schwan und Naya kamen zu ihr und flüsterten, damit der alte Mann sie nicht hören konnte und beleidigt war. »Du bist wie meine Schwester, Larani!« sagte Naya. »Danke, daß du für meinen Großvater so mutig eingetreten bist! Was sollte ich wohl tun, wenn seine Seele im Wind wandert? Du glaubst doch nicht, daß er immer noch dazu entschlossen ist, oder?«

Laranis Gesicht wurde ernst. Sie sah die beiden Frauen an und antwortete flüsternd: »Du hast Umak, der sich um dich kümmert, Naya. Und du, Schwan, hast Dak. Jetzt habe ich Grek. Das ist es doch, was wir schon immer wollten, nicht wahr? Eigene Männer, die wir umsorgen können. Geht jetzt! Sorgt euch um eure eigenen Männer und laßt mich mit meinem in Ruhe!«

Schwan streckte ihre Hand aus und hielt Larani davon ab, weiter ihre Rückentrage auszupacken. »Larani, er ist alt! Er ist nicht derjenige, den du wolltest.«

»Derjenige, den ich wollte, ist tot. Und selbst wenn er noch am Leben wäre, würde er mich jetzt nicht mehr wollen. Kein Mann will mich jetzt mehr! Ich werde bei Grek bleiben. Er braucht mich! Das genügt mir.«

Ohne weitere Umschweife nahm sie ihr Reisegepäck, ließ Schwan und Naya stehen und ging wieder zu Grek, um sich neben ihm schlafen zu legen.


Als Grek später erwachte, war Larani bereits auf. Sie kniete neben einem kleinen Feuer, über dem sie Spieße mit Walroßspeck röstete. Dem Geruch nach angesengtem, erhitztem und tropfendem Fett konnte er einfach nicht widerstehen. Also lehnte er es nicht ab, als sie es ihm reichte. Obwohl er nichts dazu sagte, wußte er, wie schwer es ihr gefallen sein mußte, auch nur ein so kleines Feuer zu entfachen.

Schließlich zog der Stamm weiter, und Larani ging neben ihm. Der alte Mann schickte sie nicht fort, und er machte an diesem Tag auch keine Anstalten, seine Seele dem Wind zu überlassen ... und auch nicht am nächsten.

»Du bist ein störrisches Löwenmädchen«, sagte er schließlich. »Eine junge, vernarbte Löwin, die den Mächten der Schöpfung trotzt, ganz gleich, was sie dir antun, stimmt's?«

»Sie haben mich zu dir geführt, Grek. Warum sollte ich dem trotzen?«

Er hörte die Verbitterung in ihrer Stimme und konnte es ihr nicht verübeln. Er verstand sie. »Du bist jung, und ich bin alt ... sehr alt.«

Sie warf ihm einen traurigen Blick zu. »Ich denke, ich bin älter.«

»Das Leben hat dir übel mitgespielt, Larani, aber du hast immer noch deine Jugend. Das hat dir Mut gegeben und dich so freundlich gemacht wie die schlauen Wölfe, die mich aus meiner Traurigkeit aufgescheucht und mir meinen Lebenswillen zurückgegeben haben.«

Die unvernarbte Hälfte ihres Gesichts erbleichte erstaunt. »Du wußtest es? Aber wie? Als ich das Heulen zum ersten Mal hörte, war ich mir nicht sicher, daß es nicht doch echte Wölfe waren.«

»Dieser Mann hat so viele Jahre wie die Wölfe gejagt, daß er sie genau kennt! Die Wölfe haben viel zuviel Lärm gemacht. Und die Männer meines Stammes waren bei unserer Rückkehr viel zu sehr außer Atem und wollten uns nur vorspielen, sie hätten die ganze Zeit untätig im Lager gewartet.«

»Sie haben es nicht getan, um dir deinen Stolz zu nehmen, sondern um dir zu zeigen, daß er noch gebraucht wird – daß du noch gebraucht wirst.«

»Ja, das weiß ich. Aber was hättest du getan, wenn mich die Angst nicht in die Welt der Lebenden zurückgetrieben hätte?«

Sie antwortete, ohne zu zögern. »Ich wäre bei dir geblieben.«

»Um zu sterben? Torka hätte es niemals zugelassen.«

Sie dachte einen Augenblick nach. »Ich wäre trotzdem geblieben.«

Er sah die Aufrichtigkeit in ihrem entstellten Gesicht und wußte, daß sie tatsächlich meinte, was sie sagte. Er war der beste Mann, auf den sie jemals hoffen konnte, ohne ihre Würde zu verlieren.

»Ich werde dein Mann sein, Larani!« sagte er zu ihr. »Ich werde für dich jagen und dich beschützen. Ich werde die besten Stücke meiner Beute mit dir teilen, denn — wie du bereits weißt — sind zerstampftes Fett und vorgekautes Fleisch das einzige, was mir noch bleibt. Erwarte nicht zuviel von mir, junge Frau, denn mein Gebiß ist nicht der einzige Teil von mir, der schwach geworden ist... und in meinem Herzen werde ich immer um meine Iana trauern.«

Schüchtern, aber entschlossen hakte sie ihren Arm bei ihm unter. »Du bist nicht der einzige, der Iana vermißt, Grek. Tankh und Chuk sind fast schon Männer, und es gibt noch viel, was du ihnen beibringen kannst, während sie mehr und mehr Verantwortung auf künftigen Jagden übernehmen müssen. Und Yona ist ein kleines Mädchen, das ihren Vater noch braucht. Iana würde sich freuen zu wissen, daß du ihre Kinder nicht im Stich läßt. Sie sind ein Teil von ihr, und so lange sie leben, wird Iana in ihnen weiterleben und in denen, die nach ihnen kommen werden.«

Er blieb stehen und sah sie eine ganze Weile an. »Du bist eine gute und aufmerksame Frau, Tochter von Simu!« sagte er schließlich. »Gemeinsam werden wir stark sein — wie ein Paar Löwen. Grek und Larani werden sich gegenseitig helfen. So wird es gut sein.«


# 7

Und so war es. Während Torka seinen Stamm durch das Ödland und die Ebene der Grasbüschel zurück in das Land am Fuß der hohen Wandernden Berge führte, wich Larani nicht von Greks Seite. Sie kochte, trug Lasten, zerstampfte Fett und sorgte dafür, daß die Rückentrage des alten Mannes gar nicht so schwer war, wie sie aussah. Sie achtete darauf, daß Tankh und Chuk, obwohl sie ein eigenes Zelt bewohnten, ihrem Vater den nötigen Respekt entgegenbrachten. Sie kümmerte sich selbstlos um Yona und sorgte dafür, daß das Mädchen gut zu essen bekam, angemessen gekleidet wurde und die zarte Haut ihres traurigen Gesichts mit Fett eingerieben war, um die Schwärme beißender Mücken abzuhalten, die jedesmal die sommerliche Tundra heimsuchten, wenn der Wind sich legte.

»Du bist eine gute Mutter für mein Mädchen«, sagte Grek ihr voller Lob.

Sie nickte ergeben und verriet ihm nicht, daß Yona sich gegen ihre Fürsorge wehrte, sobald Grek nicht zusah.

»Ich brauche keine Mutter!« sagte Yona zu ihr. »Besonders keine mit einem so ekelhaften Gesicht!«

Larani musterte das Kind ohne sichtbare Reaktion. »Gut«, erwiderte sie. »Ich brauche auch keine Tochter – besonders keine mit einem so ekelhaften Benehmen! Was ich für dich tue, Yona, tue ich für deinen Vater ... und für deine tote Mutter. Du wirst dich an mich gewöhnen und mir gehorchen müssen, weil ich dich nämlich nicht in Ruhe lassen werde.«

Yonas Mund verzog sich zu einem haßerfüllten Schmollen. »Ich habe es auch geschafft, daß Naya weggeht!«

Larani runzelte die Stirn. »Wie dem auch sei, ich werde auf jeden Fall an der Feuerstelle deines Vaters bleiben. Du wirst es nicht schaffen, daß ich weggehe, Yona. Das kann nur Grek.«

In der nächsten Zeit mußte Yona widerwillig einsehen, daß Grek keineswegs die Absicht hatte, Larani wieder fortzuschicken. Mit der jungen Frau an seiner Seite schien Grek wieder aufzuleben. Er fand unterwegs immer wieder kleine Dinge, mit denen er Yona eine Freude machte – Blumen, Samenkapseln und Flechten, die wie Karibugeweihe gewachsen waren. Er sprach mit kräftiger Stimme zu seinen Söhnen und forderte sie auf, von ihrem Vater zu lernen. Er machte sie auf die Veränderungen des Landes und des sommerlichen Himmels aufmerksam, und wenn ihr Interesse nachließ, machte Larani ihm neuen Mut.

Sie wies darauf hin, daß alle Jungen davon profitieren würden, wenn sie neben ihrem Mann gehen und seinen Worten zuhören würden. »Greks Weisheit beruht auf einer lebenslangen Erfahrung. Es ist ein großes Geschenk für den Stamm! Nehmt dieses Geschenk an und achtet es!« Sie bemerkte, daß Torka sie mit unverhüllter Überraschung und später mit Bewunderung ansah. Er bestand darauf, daß die Jungen ihrem Vorschlag nachkamen. Der alte Mann schlief, und Larani reparierte gerade die Sohle eines seiner Mokassins und fütterte sie innen mit einer neuen Schicht aus Moos und Flechten, als Torka und Lonit zu ihr kamen.

Die Häuptlingsfrau kniete sich hin und reichte ihr ein Armband aus geflochtener Sehne, in das ein muschelförmiger Stein eingelassen war. »Hier, ich habe einen Stein aus meinem Halsband genommen und ein Geschenk für dich gemacht.«

Larani starrte es fassungslos an. Lonit hatte oft die Geschichte erzählt, wie sie die muschelähnlichen Steine in jenem seltsamen Land jenseits des Landes aus Eis gefunden hatte. Mit den Jahren waren alle Steine verlorengegangen, bis auf die wenigen, die in das Halsband mit den Wolfsklauen eingearbeitet waren, das sie nur zum Schlafen ablegte.

Larani sah Lonits Halsband und bemerkte, daß ein Muschelstein fehlte. »Das kann ich nicht annehmen«, sagte sie und hielt das Schmuckstück mit dem wertvollen Stein hoch. »Es ist zu gut für mich.«

»Nicht gut genug!« widersprach Torka schroff und legte einen Arm um seine Frau, um sie ohne ein weiteres Wort wegzuführen.

Larani saß stumm da und hielt ihr Geschenk in den Händen. Lonit und Torka waren ein perfektes Paar und ein wunderschöner Anblick. Der Wind fuhr durch die Fransen ihrer Kleidung und ihr obsidianschwarzes Haar, und sie waren wie ein Paar schwarzer Schwäne, die sich fröhlich und voller Vertrauen liebten.

Bald darauf, als alle Menschen des Stammes sich in ihre Reisemäntel gehüllt hatten, damit die hartnäckigen Mücken ihnen nicht zusetzten, während sie im Licht der Mitternachtssonne schliefen, zog Grek Larani an sich heran und hielt sie in den Armen.

Seine Berührungen waren zärtlich und behutsam. Seine Leidenschaft war kurz und bereits erschöpft, bevor sie richtig begonnen hatte. Er sagte ihr, daß es ihm leid täte. Sie versicherte ihm, daß es ihr nichts ausmache, daß es ihr genügte, bei ihm zu sein. Sie kuschelte sich an ihn und streichelte seinen großen, buckligen Rücken, bis er sich unter ihren Händen entspannte. Sie hörte, wie er zu schnarchen begann und an seinen Zahnstummeln saugte. Mit einem Seufzen fragte sie sich, wie dieser große, breite Rücken wohl gewesen sein mußte, als er noch ein junger und kräftiger Jäger in den besten Jahren gewesen war. Er war sicher ein Mann gewesen, auf den andere Männer neidisch waren ... und der beste Mann, den eine Frau sich wünschen konnte. Aber das war schon so lange her, daß es keine Rolle mehr spielte. Sie seufzte erneut und schlief ein. Mit dem Armband, das ihr vom Häuptling geschenkt worden war und das seine Frau ihr um das Handgelenk geknüpft hatte, träumte sie von einem anderen Löwen ... dem schwarzäugigen und schwarzhaarigen Manaravak ... dem Sohn Torkas ... groß, schlank, beeindruckend und so wild wie die Wölfe, die in den dunklen Hügeln im Süden heulten.

Torka träumte ebenfalls, vom Gestern, vom Heute und vom Morgen ... von den Lebenden und Toten, von Lachen und Tränen ... von seinem Stamm, der über weite Landschaften der aufgehenden Sonne entgegenzog ... und vom Wind, der in ihrem Rücken blies und sie immer weiter wehte, als wären sie wie die leichten Samen, die am Ende des Sommers in ihm trieben.

Er setzte sich auf. Wölfe heulten über das karge und hungrige Land. Er lauschte ihrem Lied. Der Wind verzerrte es, so daß es fast menschlich klang.

Der Wind hatte sich gedreht. Er war kalt und erinnerte ihn an Iana und ihr Neugeborenes, an Nantu und Eneela und an Demmi und Manaravak. Der Schmerz des Verlustes steckte wie ein Speer in seinem Herzen. Zu viele Geister wehten in diesem Wind. Er seufzte und fragte sich, warum seine Seele so trostlos wie das Land war, durch das er seinen Stamm führte.

Er zog sein Schlaffell über seine Schultern und versuchte daran zu denken, wie Dak und Schwan in diesen Tagen Hand in Hand gingen, wie Naya endlich zu einer vernünftigen jungen Frau wurde und Umak sie verliebt anstrahlte, wie Laranis tapferes Herz den untröstlichen Kummer des alten Grek gebrochen und ihm den Lebenswillen zurückgegeben hatte.

Torka konnte mit der Entwicklung der Dinge zufrieden sein. Doch obwohl sein Schlaffell den Wind abhielt, durchdrang ihn wieder diese innere Kälte des Zweifels und der Sorge. Larani hatte Grek den Mut zum Leben wiedergegeben – aber wie stand es um ihr eigenes Herz? Naya gehorchte Umak – doch mit gesenktem Blick. Und Demmi und Manaravak waren tot.

Mürrisch und in plötzlicher Unruhe stand er auf und durchstreifte das Reiselager. Er dachte an Karibus und Bisons und die großen Herden wandernder Tiere, die immer weiter in Richtung der aufgehenden Sonne zogen. Seit seiner Kindheit hatte er sie dabei beobachtet, und seit seiner Jugend war er ihnen gefolgt. Und jetzt waren die Herden verschwunden, und er hatte ein Land erreicht, in dem es kein Anzeichen gab, daß sie jemals hier durchgezogen waren.

Wohin waren sie verschwunden? Wie hatten sie die Berge überwunden?

Wieder hörte er das Heulen der Wölfe im Süden. Er blieb abrupt stehen, denn es war das ungewöhnlichste Wolfsgeheul, das er je gehört hatte. Der Wind drehte sich, und Torka drehte sich ebenfalls nach Süden. Ein Mammut trompetete. Plötzlich waren alle Hunde im Lager aufgesprungen und bellten. Lonit trat zu ihm. Die Wölfe heulten erneut – jetzt aber in unmittelbarer Nähe. Während Torka ungläubig die Augen aufriß und Lonit neben ihm vor Freude zu weinen begann, erschien auf den fernen Hügeln vor ihnen das große Mammut Lebensspender.

Und dann war Torka nicht mehr der einzige Mensch, der in seinen Schlaffellen dastand und nach Süden starrte, denn das

›Wolfsgeheul‹ wurde schließlich als die jubelnden Schreie eines Mannes und einer Frau erkennbar.

Das Mammut war nicht allein. Zwei menschliche Gestalten gingen in seinem Schatten. Begleitet wurden sie von einem Pferd.

Torka schrie vor Freude auf, und alle seine Sorgen fielen von ihm ab. Seine Entscheidung, seinen Stamm vom See des Blutigen Wassers fortzuführen, war richtig gewesen! Denn hier am Fuß der kalten, blauen Unermeßlichkeit der Wandernden Berge stand er wieder im Gesicht der aufgehenden Sonne und hatte sein Glück im Schatten des Mammuts wiedergefunden. Demmi und Manaravak waren zurückgekehrt. Ja, er hatte sein Glück tatsächlich wiedergefunden!


Sayanah lief mit den Hunden und den Kindern Manaravak entgegen, um ihn mit freudigem Winken und Jubeln zu begrüßen. Grek folgte seinen Jungen, und Honee winkte Umak herbei, bevor sie mit Jhon und Li losrannte. Aber Umak konnte sich nicht rühren. Benommen stand er neben Naya und starrte fassungslos geradeaus.

Nayas Augen waren weit aufgerissen. »Ich wußte, daß sie zurückkommen würden!« flüsterte sie. »Ich wußte es.«

»Manaravak! Demmi! Meine Kinder!« Lonit lachte und weinte gleichzeitig. Manaravak, der einen Umhang aus gestreiftem Pferdefell trug, ließ die Leine los, an der er das Fohlen führte, und lief mit Demmi seiner Mutter entgegen, um sie mit einem Freudenschrei hochzuheben.

Umak beobachtete, wie Torka den anderen aus dem Lager folgte. Der Häuptling ging langsam und würdevoll, als wolle er den Augenblick des Wiedersehens hinauszögern. Dak und Schwan gingen neben ihm, während Kharn von seinem Vater auf der Schulter getragen wurde. Umak mußte kein Zauberer sein, um das Zögern in ihren Schritten zu erkennen oder ihr Unbehagen an ihren Gesichtern abzulesen. Schwan blieb stehen und drehte sich um, während Dak und Torka weitergingen. Umak war nicht überrascht, denn er hatte gewußt, daß sie zu ihm kommen würde.

Manaravak hatte Lonit wieder abgesetzt, und Torka legte seine kräftigen Arme um seine Frau und seine zurückgekehrten Kinder. Er hielt sie fest, als wolle er sie nie wieder loslassen.

Schwans Gesicht war bleich und ernst, und in ihren Augen stand der Schock und die Enttäuschung. »Du hast dich ja als prächtiger Zauberer erwiesen, Bruder! Du hast Dak geschworen, daß du ihren Tod gesehen hast. Was wird unsere Schwester sagen, wenn sie feststellt, daß ich ihren Platz an Daks Feuerstelle eingenommen habe? Oh, Umak, wie kann ich ihr nur gegenübertreten? Wie kann Dak es tun? Was sollen wir nur zu ihr sagen, damit sie es versteht?«

»Die Wahrheit«, sagte Larani. Zusammen mit Simu trat sie neben Schwan. »Kharn brauchte eine Mutter, und jemand mußte sich um Dak kümmern. Du hast nichts Falsches getan, Schwan. Umak mag ein Zauberer sein, aber er kann nicht alles wissen! Demmi wird es verstehen und dir dankbar sein.«

»Wirklich?« Schwans Stimme zitterte vor Ungewißheit.

Simu schüttelte den Kopf. »Sieh dir das an!« sagte er mit Ehrfurcht und Bewunderung. »Ich habe nie viel von deinem Zwillingsbruder gehalten, Umak, aber nur Manaravak würde es wagen, aus der Welt jenseits dieser Welt zum Stamm zurückzukehren und eine schwangere Demmi mitzubringen! Er mag von Tieren aufgezogen worden sein, aber als Sohn ist er ebenso mutig wie sein Vater!«

Umak zuckte zusammen. »Demmi war bereits schwanger, als sie dieses Lager verlassen hat!«

Simu hob skeptisch die Augenbraue. »War sie das?«

»Alle Frauen haben es vermutet!«

Simu grinste. »Schon möglich, aber wessen Baby ist es, Umak? Ist es Daks Baby oder das deines Bruders? Komm schon, Zauberer! Willst du mir sagen, daß du die Wahrheit klar erkennst, nachdem du auch den Tod deines Bruders und deiner Schwester so deutlich gesehen hast?«

Schwan hielt entsetzt ihren Atem an. »Sag es ihm, Umak! Demmi und Manaravak würden niemals...! Es ist verboten!«

»Genug!« Umaks Gefühle waren in Aufruhr. »Mein Bruder und meine Schwester sind aus der Welt jenseits dieser Welt zurückgekehrt, und das ist mir genug ... und für dich hat es auch genug zu sein, Simu, wenn du weißt, was das beste für dich ist!«

»Willst du mir drohen, Umak?« fragte Simu lauernd.

Umak musterte den Mann. »Durch deine Verbindung mit Sommermond bist du ebenfalls mein Bruder, Simu. Warum mußt du dich selbst ständig zum Dorn unter der Rückentrage jedes Mannes machen?«

Simu erhob mit gespielter Liebenswürdigkeit die Hände. »Du bist der Zauberer, Umak. Du solltest in der Lage sein, es mir zu sagen. Schließlich denke ich nur im Sinne der Überlieferungen und zum Wohl des Stammes. Wenn deine Schwester ein Kind von deinem Bruder erwartet, fühle weder ich mich dadurch beleidigt, wie auch die Sitten meiner Vorfahren. Es tut mir nur um meinen Sohn leid, der dazu gezwungen wurde ...«

»Unser Stamm ist ein Stamm!« fuhr Umak erregt dazwischen.

»Das sagt auch Torka ständig«, stimmte Simu verächtlich zu. Dann schüttelte er den Kopf und ging, um das zurückgekehrte Paar zu begrüßen.

»Dak wird es dir niemals verzeihen, Bruder«, sagte Schwan düster zu Umak. »Ich kann nur hoffen, daß er mir verzeihen wird.«

»Er liebt dich«, sagte Larani und starrte mit dem traurigsten Gesichtsausdruck geradeaus, den Umak jemals gesehen hatte.

»Demmi liebt er mehr!« Um nicht in Tränen auszubrechen, folgte Schwan Simu ohne ein weiteres Wort.

Umak nahm Naya an der Hand. »Komm, Naya! Wir müssen Demmi und Manaravak begrüßen. Und vergiß nicht, Naya, daß du jetzt meine Frau bist! Was immer zwischen dir und meinem Bruder gewesen sein mag, es ist vorbei. Dies soll das letzte Mal gewesen sein, daß wir darüber gesprochen haben.«


Nayas Gedanken und Gefühle waren genauso in Aufruhr wie die Umaks. Schweigend ging sie neben ihm her. Die anderen machten dem Zauberer einen Weg frei, so daß sie plötzlich vor

Manaravak und Demmi standen. Sie hielt Umaks Hand fest, und da sie nicht wußte, was sie tun sollte, starrte sie auf ihre Füße.

Manaravak nahm seinen Bruder in die Arme, und der Zauberer konnte sich nicht mehr länger zurückhalten. Naya spürte deutlich die Veränderung in Umak, als er seine vermißten Geschwister umarmte.

»Manaravak! Demmi! Ich bin nicht der Zauberer, für den ich mich gehalten habe«, gab er zu und trat einen Schritt zurück, um sie beide freudig anzustrahlen. »Die einzige Vision, die ich von euch hatte, war die Vision meiner Angst vor eurem Tod! Aber ihr seht ja fabelhaft aus!«

Naya wagte es, den Blick zu heben, und hielt den Atem an. Demmi sah überhaupt nicht gut aus. Sie blickte Dak und Kharn an – mit warmen Augen voller Liebe für ihren Mann und ihren Sohn. Naya war verblüfft. Demmi hatte sich verändert!

Nicht aber Manaravak. Nachdem er sich von Umak gelöst hatte, schienen seine Augen sie verschlingen zu wollen. Sie wollte den Blick abwenden, konnte es jedoch nicht. Eine breite, rötliche Wunde verlief von seinem Mundwinkel über die Wange bis zur Schläfe. Es sah wie eine rituelle Bemalung aus, doch in Verbindung mit den kleinen Narben auf seiner Stirn wirkte sie sehr anziehend. In seiner kunstlos, aber gut gefertigten Kleidung, mit den lose über den Pferdefellmantel herabhängenden Haaren und einem Kranz aus verwobenen Blättern auf den Schultern sah er großartig aus.

Sie blickte wieder auf ihre Füße und trat näher an Umak heran, der besitzergreifend seinen Arm um sie legte.

»Naya ist jetzt meine Frau«, sagte Umak zu Manaravak.

»Das haben wir uns schon gedacht«, sagte Demmi schnell. »Nicht wahr, Manaravak?«

Manaravak sagte nichts.

Demmi brach das Schweigen. »Erinnerst du dich an dein Versprechen, Manaravak ... und an unser Geschenk?«

»Geschenk! Ja!« beeilte sich Manaravak mit seiner Bestätigung. »Für Naya, die Enkelin von Grek!«

Naya blickte auf. »Ein Geschenk? Für mich?« Sie spürte, wie

sich Umaks Arm fester um sie legte, als Manaravak den Kranz von seinen Schultern nahm und ihn ihr um den Hals hängte. Sofort darauf war sie vom Duft nach Wermut und Weide, nach Tausendblatt und Bärentraube, nach Sauerampfer und Angelika umfangen. Es waren viele der heilenden Pflanzen dabei, die sie ihm vor langer Zeit an jenem Tag in der Schlucht am Speerberg gezeigt hatte, als er sie zum Lachen gebracht hatte und sie wie Kinder umhergetollt waren, bis er sie am Ende schließlich zum Weinen gebracht hatte. Die Erinnerung und seine Nähe beunruhigten sie. Früher oder später brachten alle Männer sie zum Weinen.

Ihre freie Hand berührte die Blätter, als wäre sie sich nicht sicher, ob sie auch echt waren. Es waren so viele, daß ihre Finger kaum durch die grauen und grünen Schichten fanden. Trotzdem spürte sie tief drinnen einen Zweig mit getrockneten Beeren. Sie pflückte eine ab.

Ein entzückter Ausruf kam ihr über die Lippen. Sie hielt tatsächlich eine der vertrauten, runzligen Früchte in der Hand. »Oh, Manaravak, ich danke dir! Das ist das Schönste aller Geschenke! Es gibt nichts, worüber ich mich mehr freuen würde!«

Neben ihr versteifte sich Umak. Sie spürte seinen Zorn, und sein Befehl kam nur mit mühsam unterdrückter Stimme. »Gib den Kranz zurück, Naya! Du darfst keine Geschenke von einem anderen Mann annehmen, bevor ich es erlaubt habe.«

Naya verzog das Gesicht. »Aber Manaravak hat mir Beeren mitgebracht!«

»Gib sie zurück!«

Die Spannung wurde fast greifbar, bis Manaravak sie mit einer beruhigenden Handbewegung löste. »Dieses Geschenk ist nicht für die Frau meines Bruders, Umak! Dieses Geschenk ist für die Medizinfrau! Dieses Geschenk ist für den ganzen Stamm! Damit sie alle lange leben, und damit die bösen Geister des Fiebers und der Schmerzen vertrieben werden, wenn jemand krank ist!«

»Oh!« rief Naya, die plötzlich so verzweifelt war, daß sie die Hände vor das Gesicht schlug, denn niemand sollte ihre Tränen sehen. Sie mußte daran denken, wie sie versagt hatte, Iana und ihrem Baby zu helfen.

»Habe ich etwas Falsches gesagt?« fragte Manaravak. »Das Geschenk, das ich mitgebracht habe... ist es ein schlechtes Geschenk?«

»Nein«, antwortete Umak. »Es ist kein schlechtes Geschenk.«

Naya war dankbar, als er sie an sich drückte. Er war jetzt wieder entspannt. Sie wußte, daß sie den Kranz behalten durfte. »Es ist ein wunderbares Geschenk«, sagte sie. Dann ließ sie den Kopf hängen und schniefte unter Tränen. »Es ist n-nur so, daß es zu spät k-kommt.«

»Wofür?« hakte Demmi nach.

Torka sprach. Seine Stimme war ernst und feierlich, und er erzählte, wie Naya Iana und ihr Baby gerettet hatte und sie dennoch gestorben waren, weil es ihnen an den heilenden Pflanzen gemangelt hatte, die Manaravak ihr gerade um den Hals gelegt hatte. »Wir haben viel Trauer erlebt seit der Nacht, als ihr beide im Sturm verschwunden seid. Es ist gut, daß ihr wieder heimgekehrt seid. Es ist gut, daß wir wieder etwas haben, worüber wir uns freuen können!«

Demmi hob den Kopf und legte zu Nayas Verblüffung in einer Geste des Wohlwollens ihre Hand auf die Schulter der jüngeren Frau. »Du mußt nicht mehr weinen, kleines Mädchen. Das große Mammut hat uns das Leben gerettet. Lebensspender hat uns zu einem guten Land im Süden geführt — einem Land mit viel Fleisch, wo der Stamm wieder stark werden und es der Medizinfrau nie mehr an heilenden Blättern und Wurzeln fehlen wird.« Sie sah Torka an. »Das ist das Geschenk, das wir für dich mitgebracht haben, Vater!«

»Nein.« Er schüttelte den Kopf. »Ihr seid mein Geschenk — du und Manaravak. Kommt jetzt! Wir werden ein Freudenfeuer entfachen und frohe Gesänge anstimmen. Demmi und Manaravak sind wieder mit ihrem Stamm vereint! Das ist das größte aller Geschenke!«

Larani lächelte. Sie stand nahe genug, um alles mitzuhören, aber nicht nahe genug, um gesehen oder in das Gespräch miteinbezogen zu werden. Grek hatte ihre Entschuldigung akzeptiert und war auf ihr Drängen vorausgegangen, während sie vorgab, noch ihr Haar kämmen und ihre Kleider richten zu müssen, um zu verhindern, daß ihre Narben keinen Schatten auf diesen glücklichen Tag warfen.

Sie hatte sich weder gekämmt noch ihre Kleidung geordnet. Statt dessen war sie beim Zelt geblieben und hatte fasziniert Manaravak angestarrt. Sie nahm seinen Anblick in sich auf und kämpfte gegen die Tränen der Freude, die sie zu überwältigen drohten.

Nach all den langen Monden, in denen sie ihn für tot gehalten hatten, lebte er! Und als sie ihn jetzt anstarrte, liebte sie ihn so sehr, daß ihre Kehle vor Verlangen brannte, seinen Namen zu rufen, und ihre Hände ballten sich zu Fäusten, weil sie sich so sehr danach sehnte, ihm in die Arme zu fallen, bis er plötzlich ihren Blick bemerkte und in ihre Richtung sah. Sie hielt den Atem an und wandte sich ab, damit sich ihre Augen nicht trafen, wo in diesem Augenblick ihr Herz doch so offen und verletzlich dalag.

Sie beeilte sich, zum Unterschlupf zurückzukehren, den sie mit Grek teilte. Als sie ihn erreicht hatte, weinte sie. Manaravak war zu seinem Stamm zurückgekehrt! Warum hatte sie sich von ihm abgewandt? Weil sie Greks Frau war! Greks narbige, häßliche, bedauernswerte Frau! Weshalb ließ sie sich von der Liebe zu einem Mann überwältigen, der ihr niemals gehören würde, der sie immer nur mit Abscheu ansehen würde? Grek war jetzt ihr Mann. Grek brauchte sie.

»Larani!« Sie hörte, wie der alte Mann ihren Namen rief. Als er lächelnd ins Zelt lugte und sie aufforderte, herauszukommen, um die Freude mit den anderen zu teilen, hatte sie sich wieder gefaßt. Sie rieb sich die Augen trocken, kämmte ihre Haare, strich die Strähnen zur Seite, die lang genug nachgewachsen waren, daß sie die Enden mit einer geflochtenen Sehnenschnur auf Kinnhöhe zusammenbinden konnte. Es war eine seltsame Haartracht, aber sie verdeckte wirkungsvoll den Teil ihrer Kopfhaut, der für immer eine rötliche vernarbte Fläche bleiben würde. Schließlich trat sie ins Tageslicht, zwar immer noch mit roten Augen, aber sie weinte nicht mehr. Sie ging zu

Manaravak und hieß ihn und Demmi im Stamm willkommen. Dabei blieb ihre Miene so ausdruckslos, daß es aussah, als wäre es ihr völlig gleichgültig, daß die beiden überlebt hatten.

8

An diesem Tag wurde im Lager gesungen und getanzt. Obwohl Manaravak und Demmi traurig über die Neuigkeit des Todes von Iana und Eneela waren, überwog doch ihre Freude, wieder mit dem Stamm vereint zu sein.

Während sich die Menschen um sie drängten, wurden Bruder und Schwester zu Ehrenplätzen am hastig errichteten Freudenfeuer geleitet. Manaravak wußte, daß er grinste wie ein Mann, der zuviel von dem gegorenen Saft aus Blut, Beeren und zerstampften Wurzeln getrunken hatte. Doch es war ihm egal. Er glaubte, daß er niemals in seinem Leben glücklicher gewesen war — denn Naya hatte ihn angelächelt und sein Geschenk angenommen. Er und Umak waren jetzt wieder beisammen.

Das Bellen der Hunde ließ ihn sofort wieder aufspringen. Sie hatten das Fohlen eingekreist. »Nein! Zurück! Weg!« rief er, während er sich durch die verwirrten, aber gehorsamen Hunde kämpfte und das Fohlen an der Leine ins Lager führte.

»Fleisch! Endlich! Gutes, rotes Fleisch von einem Tier, das Männern angemessen ist!« rief Simu und griff nach seinem Schlachtmesser.

»Nein!« Manaravak hob seine Hand, um den Mann von seinem Vorhaben abzuhalten. »Dieses Fohlen kann dem Stamm besser als nur durch sein Fleisch nützlich sein!«

Simu zog sein Messer aus der Scheide. »Was ist besser als das süße Fleisch eines jungen Pferdes?«

Manaravak band das Ende der Leine um einen Pfosten des Häuptlingszeltes und kehrte dann stolz an das Lagerfeuer zurück. »Ich bringe dieses Fohlen meinem Stamm als Geschenk. Es wird stark werden und all das leisten, was die

Hunde für uns getan haben, nur daß es mehr als zwanzig Hunde tragen kann!«

Nach diesen Worten setzte er sich zwischen Torka und Umak und fragte Sayanah mit einem brüderlichen Lächeln: »Was für Fleisch habt ihr am See des Blutigen Wassers gegessen?«

Sayanah verzog das Gesicht. »Du wirst sehr bald davon kosten dürfen.«

Und so war es. Manaravak und Demmi staunten über den seltsamen, aber angenehmen Geschmack des Fleisches und Fettes, das der Stamm vom See mitgebracht hatte.

»Die Herden dieser Tiere sind riesig, und an ihnen ist genug Fleisch, um die Lampen unserer Frauen damit ein Leben lang brennen zu lassen!« erklärte Umak mit leuchtenden Augen. Dann bat er Honee, ein paar der ungewöhnlichen Felle zu bringen, an denen sie und die anderen Frauen gearbeitet hatten. »Sieh dir diese Pelze an! Hast du jemals etwas Schöneres gesehen?« Manaravak und Demmi waren beeindruckt. Fasziniert strichen sie über die Felle und Häute von Seehunden und Walrössern und hörten zu, wie der Zauberer von den Tieren berichtete, die wie Fische schwammen, wie Hunde bellten und Flossen anstelle von Beinen hatten.

»Es war genau so und noch seltsamer, als dein Bruder sagt«, fügte Torka kopfschüttelnd und mit finsterem Blick hinzu. »Ich habe nicht den Wunsch, diesen Anblick noch einmal zu erleben!«

»Das mußt du auch nicht!« versicherte Manaravak und sah Torka an, so daß ihm Umaks bedrückter Gesichtsausdruck entging. »Das Land im Süden ist ebenfalls voller Fleisch und Fett.«

»Und voller Wanawuts«, ergänzte Demmi.

Es wurde still.

Manaravak wunderte sich, warum plötzlich alle so erschrocken aussahen. »Wir haben noch nie in einem Land gejagt, wo es keine Wanawuts gab«, warf er ein.

»Außer im Land am See des Blutigen Wassers!« stellte Umak betrübt fest.

Demmi war müde und glücklich. Sie hatte nicht die Absicht gehabt, die Stimmung des Festes zu verderben, aber sie wollte so aufrichtig sein, die Wanawuts und auch den Zwischenfall in der Höhle zu erwähnen.

»Warum wollt ihr uns dann in das Land führen, wenn ihr doch dort die Bestien gesehen habt?« hakte Umak nach.

Simu knackte den Markknochen, an dem er genagt hatte. »Warum nicht? Ich würde mich gerne einmal mit ihnen messen.«

Als Manaravak den Jäger verärgert anfunkelte, wurde Demmi traurig. Ganz gleich, was geschehen würde, ein Teil von ihm würde immer auf der Seite der Wanawuts stehen. Sie verdrängte diesen beunruhigenden Gedanken und sprach zu ihrem Stamm: »Nachdem ich mich den Wanawuts gestellt habe, kann ich euch versichern, daß wir vor ihnen nicht mehr Angst haben müssen als vor jedem anderen Raubtier auch. Wenn sie von einem Speer getroffen werden, blutet ihr Fleisch, und sie sterben, wie auch wir bluten und sterben würden. Lebensspender wird uns schützen, wenn wir nach Süden aufbrechen.«

Manaravak nickte begeistert, aber Umak schüttelte den Kopf und schien sich immer noch danach zu sehnen, ins Land der vielen Wasser und an den See des Blutigen Wassers zurückzukehren. Alle schienen beschwichtigt zu sein — außer Schwan und Dak. Beide hatten kaum mehr als ein flüchtiges Wort an Demmi gerichtet, seit sie ins Lager zurückgekehrt war. Schwan war stiller als gewöhnlich, und Dak hatte Demmi weder berührt noch wegen ihrer Schwangerschaft angesprochen.

Demmis Blick schweifte zu ihrem Sohn, der auf der Männerseite des Feuers steif neben seinem Vater saß. Er war so groß geworden! Sie war so erregt, ihn wiederzusehen, daß sie ihm nicht böse sein konnte, daß er ihr gegenüber bisher keine Zuneigung gezeigt hatte.

»Ich werde von jetzt ab eine bessere Mutter für dich sein, Kharn«, hatte sie ihm versichert.

Er hatte sie mit feindseligem Blick angesehen. »Schwan ist jetzt meine Mutter!«

Reue überkam sie.

*Später,* sagte sich Demmi, *später werden Dak und ich wieder zusammensein! Es wird wieder so sein, wie es ganz zu Anfang war. Ich werde ihm sagen, daß ich dumm und verantwortungslos war. Ich werde ihm Grund zur Freude geben, daß ich endlich wieder zu Hause bin!*

»Ich habe genug von Wanawuts und neuen Jagdgründen und dem See des Blutigen Wassers gehört«, sagte Dak und stand auf. »Es ist ein langer Tag geworden. Ich werde mich jetzt ausruhen. Komm, Kharn, es ist Zeit, schlafen zu gehen.«

Und so kam das »Später« für Demmi schneller, als sie gedacht hatte.

Sie küßte ihre Mutter und ihre Schwestern und folgte ihrem Mann wie eine gehorsame Frau zu seinem Zelt, während sie bei dem Gedanken daran, wie sehr sie alle mit ihrem Verhalten verblüfft haben mußte, nur mühsam ein Lächeln unterdrücken konnte.

Als sie vor ihrem Unterschlupf stehenblieb, war Kharn bereits hineingeschlüpft. Dak sah Demmi über die Schulter. Sie drehte sich um und sah Schwan hinter ihr stehen. »Ich bin aus dem fernen Land zurückgekehrt, Schwester«, sagte Demmi freundlich. »Ich werde mich jetzt um meinen Mann und meinen Sohn kümmern. Du brauchst ihnen nicht mehr zu helfen.«

Schwan erwiderte nichts, aber sie ging auch nicht fort. Der Blick, den Schwan und Dak austauschten, traf Demmi noch härter als Daks Worte.

»Ich habe um dich getrauert, Demmi«, sagte er. »Ich konnte weder essen noch schlafen oder mich um meinen Sohn kümmern, weil sich meine Seele vor Sehnsucht nach dir verzehrte. Aber es ist viel Zeit vergangen, seit du mir den Rücken zugewandt und dich entschieden hast, Manaravak zu folgen. Jetzt habe auch ich eine Entscheidung getroffen. Ich heiße dich im Stamm und an meiner Feuerstelle willkommen, aber du bist nicht mehr der Mittelpunkt meines Lebens. Schwan ist eine gute Mutter für Kharn, und sie ist jetzt meine Frau – meine aufmerksame und sorgsame Frau, die für mich das Fleisch und die Felle und alle Dinge zubereitet, die einen Mann und seine Familie stark machen.«

Demmi konnte nicht sprechen. Schweigend ließ sie seine Worte über sich ergehen. Sie fragte sich, ob er hören konnte, wie ihr das Herz brach, denn in ihren Ohren war es ein gewaltiges Krachen. Als er endlich zu Ende gesprochen hatte, trat die weinende Schwan neben ihn und brachte Entschuldigungen vor, bis Demmi kein Wort mehr hören wollte. Mit einem erschütternden Seufzen drehte sie sich um und wäre fortgegangen, wenn Schwan sie nicht zurückgehalten hätte.

»Demmi, bitte versuch doch zu verstehen!« flehte Schwan. »Ich könnte niemals etwas tun, was dich verletzen würde. Du bist immer noch die erste Frau meines Mannes und die Mutter seines Sohnes. Sag es ihr, Dak!«

Dak zögerte, dann sagte er kühl: »Im Licht meines Feuers wird es immer einen Platz für dich geben, Demmi. Vor langer Zeit habe ich dich vor dem ganzen Stamm zu meiner Frau ernannt. Ich habe meine Verpflichtung nicht vergessen.«

Demmi erschauderte. »Verpflichtung? Ist das alles, was du für mich empfindest?« Sie wartete. Gleich würde er seine Worte zurücknehmen und über die guten Zeiten sprechen, die sie miteinander erlebt hatten.

Aber Dak sagte nichts.

»Dak, es tut mir leid, wie ich mich dir und Kharn gegenüber benommen habe. Etwas Widernatürliches in meinem Wesen hat mich für alles außer Manaravak blind gemacht. Ich habe mich verändert. In meinem Herzen ist nur noch Liebe zu dir und zu dem Kind, das ich erwarte...« Die Erkenntnis kam plötzlich und brutal und ließ sie fast ohnmächtig werden. Wütend stieß sie hervor.

»Es ist *deins!* Glaubst du etwa, ich würde in dieses Lager zurückkommen, um dich mit dem Baby meines Bruders im Bauch zu beschämen? Sieh mich an, Dak! Die Wölbung meines Bauches verrät so viele Monde, daß es nur dein Kind sein kann!«

In seinen gleichgültigen Augen stand Schmerz. »Es wäre nicht das erste Mal, daß du mich mit ihm betrogen hast.«

Die Schuld ließ ihre Eingeweide verkrampfen. Sie erinnerte sich an die Höhle, an ihre wilde Vereinigung, an den Wolf und den Mann, die beide in der Haut ihres Bruders steckten, an Manaravak, der sie wie ein Tier heulend liebte und ihr gleichzeitig Schmerzen zufügte. Die Erinnerung ließ sie schwindeln. »Nie wieder!« schwor sie. »Du bist der einzige Mann, den ich will. Ich liebe dich, Dak. Ich habe dich schon immer geliebt. Ich habe bis jetzt nur nicht gewußt, wie sehr.«

Schwan ließ verzweifelt den Kopf hängen.

Dak erstarrte. Der Laut, mit dem er heftig die Luft durch die Zähne einsog, klang wie der eines Mannes, der plötzlich in eiskaltes Wasser geworfen wurde. Sein folgendes Ausatmen war ebenso kalt. »Zu spät ... zu spät.« Er sah Demmi mit Augen an, die noch müder als zuvor schienen. »Du siehst nicht gut aus, Demmi. Du solltest dich ausruhen. Ich denke, daß wir für heute genug Worte gewechselt haben.«


Später verließ Torka im sanft glühenden Licht der Mitternachtssonne allein das Lager. Lonit sah ihn gehen. Sie hatte gespürt, wie er aufgestanden war, aber kein Wort gesagt, als er gegangen war. Erst als seine Schritte so leise wie der Mitternachtswind geworden waren, stand sie auf, hüllte sich in ihre Schlaffelle und ging nach draußen. Sie stand allein vor dem Zelt und sah zu, wie seine Gestalt immer kleiner wurde, während er unter einem blauen und roten Himmel, an dem gleichzeitig die Sonne und die Sterne standen, über die Hügel ging.

Sie wußte, wohin er ging und was er tun würde, schließlich hielt er. Vor dem südwestlichen Himmel sah sie seinen Schatten, der vor dem des Mammuts stand – die Zeichnung eines Mannes und seines Totems vor dem Unendlichen.

Ihr Herz schien in ihrer Kehle zu klopfen, als sie beobachtete, wie Torka die Arme hob. Lebensspender hob seinen Rüssel. Langsam und wie in einem seltsamen und wunderbaren Traum gingen Mensch und Mammut aufeinander zu und blieben schließlich dicht voreinander stehen. Toraks Arme senkten sich ein Stück. Der Rüssel des Mammuts streckte sich und berührte die Hände des Mannes.

Ein glückliches Schluchzen kam über Lonits Lippen. Sie

drehte sich um und kehrte zögernd ins Zelt zurück. Dieser Augenblick gehörte ganz allein Torka.

*Mein Mann hat endlich sein Glück wiedergefunden! Das Mammut zieht wieder mit dem Stamm. Meine Kinder sind aus der Welt jenseits der Welt zu mir zurückgekehrt! Was kann sich diese Frau mehr wünschen?* Sie dankte den Mächten der Schöpfung für ihre Güte und Gnade und legte sich mit einem zufriedenen Seufzen wieder hin. Bald kam Torka zu ihr zurück. Sie nahmen sich in die Arme und schliefen glücklich weiter.


Niemand außer den Hunden und dem Fohlen hörte das Geräusch, das Manaravak weckte und hochfahren ließ. Er starrte nach Süden. Die Wanawuts waren irgendwo dort draußen! Für eine Weile lauschte er auf ihre Rufe, dann lächelte er. Demmi hätte sich sicher gefreut, wenn sie gewußt hätte, daß er zum ersten Mal in seinem Leben kein Bedürfnis verspürte, ihnen zu antworten.


# 9


Naya hockte vor dem Zelt ihres Mannes vor einem Stück Seehundfell und sortierte eifrig ihre neuen Blätter, Wurzeln und wertvollen Beeren. Es war das erste Mal, seit Manaravak ihr den Kranz um den Hals gelegt hatte, daß sie Zeit hatte, sich die Schätze genauer anzusehen.

Umak beobachtete sie und konnte sich nicht erinnern, wann er sie das letzte Mal so glücklich gesehen hatte. Über sein Geschenk des Bärenfells war sie nicht halb so begeistert gewesen wie über Manaravaks Kranz.

Naya erzählte Honee und Li, die neugierig zusahen, von der Medizin, die sie daraus machen würde, und wie nützlich sie war. Sie probierte eine Beere, schluckte sie hinunter, dann noch eine und noch eine, bis sie ihr lächelndes Gesicht dem bleichen

Licht der Abendsonne entgegenstreckte und zufrieden die Augen schloß.

Eine ganze Weile saß sie bewegungslos da und schien Honees unzusammenhängendes Gerede nicht zu hören und auch nicht zu bemerken, daß Li hartnäckig an ihrem Ärmel zerrte.

»Darf ich dir helfen, Medizin zu machen, Naya?« fragte Li.

Naya rührte sich nicht.

Li sah sie ungeduldig an. »Naya! Hast du mich gehört, Naya?«

Naya blieb völlig regungslos.

Enttäuscht wandte Li sich ab und griff nach ihrer Puppe. Ohne ihr Gähnen zu verhüllen, setzte sie sich hin und begann, das Moschusochsenhaar der Puppe glattzustreichen.

Honees Geplapper verstummte. Sie musterte Naya mit mütterlicher Sorge. »Diese Beeren haben sie schon immer schläfrig gemacht. Ich bin allerdings auch sehr müde. Es war wirklich ein langer Tag. Ich denke, ich werde mich ein wenig ausruhen.«

Umak achtete nicht auf sie. In Gedanken war er weit fort, am See des Blutigen Wassers, wo Naya ihm allein gehört und Manaravak sie nicht mit Geschenken abgelenkt hatte, die die Geschenke ihres eigenen Mannes übertrafen.

Er war verstimmt. Seine Augen nahmen Nayas kindliche Schönheit in sich auf, ihren anmutig gebeugten Rücken, den Pulsschlag an ihrer Kehle, die Wölbungen ihrer kleinen Brüste, die sich unter ihrem leichten Reiseumhang hoben und senkten, und ihre Hände, die sanft über ihre Schenkel strichen. Er schluckte. Es lag eine starke Sinnlichkeit in dieser Bewegung und in der Art und Weise, wie sie langsam hin und her schwankte.

Umak blickte über seine Schulter. Jemand beobachtete ihn. Er war nicht überrascht, Manaravak zu sehen, aber er kniff die Lippen zusammen, als er feststellte, daß Manaravak nicht ihn im Auge hatte, sondern Naya. Der Ausdruck auf seinem Gesicht ließ Umak an einen sexuell erregten Hengst denken, der eine brünftige Stute witterte.

Wütend sprang Umak auf, starrte seinen Zwillingsbruder an und brüllte laut und drohend durch das Lager. »Sieh meine

Frau nicht so an, Bruder, oder ich werde vergessen, daß ich mich über deine Rückkehr gefreut habe!«

Die Menschen im Lager unterbrachen sofort ihre Beschäftigungen, um zu sehen, ob sich ein Streit entwickelte.

Manaravak war irritiert. Seine Augen lösten sich von Naya und fixierten seinen Bruder. In seinem Ausdruck lag keine Entschuldigung. Er sah eher verletzt und betrübt aus. Er runzelte die Stirn, schüttelte den Kopf und produzierte ein breites, freundliches und harmloses Grinsen. Vielleicht hätte Umak sich dadurch beschwichtigen lassen, wenn Manaravak seinen Blick nicht gleich wieder Naya zugewandt und sich wie ein hungriger Wolf die Lippen geleckt hätte.

»Ich wollte dich nicht beleidigen, Bruder«, sagte Manaravak in aufrichtigem Ton.

Alle Menschen des Stammes schienen gleichzeitig erleichtert aufzuatmen.

Umak befahl Naya, mit ihm zu kommen. Als sie nicht reagierte, stieg er über Honees gut geschürtes Kochfeuer, bückte sich und hob die Enkelin Greks in seine Arme.

Sie schnappte überrascht nach Luft, als er sie hochhob. Dann kicherte sie, legte ihren Kopf an seine Schulter und schien einzuschlafen.

Mit seiner Frau in den Armen richtete Umak sich auf und blickte in die Runde. »Es ist gut, daß du zu unserem Stamm zurückgekehrt bist, Manaravak, aber vergiß nie, unter welchen Umständen du uns verlassen hast! Naya ist jetzt meine Frau! Sieh sie nie wieder mit hungrigen Augen an!«

Ein seltsamer Ausdruck erschien auf Manaravaks Gesicht – als würden Wellen unter seiner Haut entlanglaufen und Wolken in seiner Seele aufsteigen, um seine Augen zu trüben. Aber er sagte nichts. Schließlich drehte Umak sich um, befahl Honee, sich für eine Weile außerhalb des Zeltes zu beschäftigen, und verschwand mit Naya im schattigen Inneren ihres Zeltes.


Die Menschen bemühten sich, wieder zu dem zurückzufinden, was sie vor Umaks Wutausbruch getan hatten. Torka sah, wie

Demmi Manaravak einen tadelnden Blick zuwarf, als er an ihr vorbeiging, um sich betrübt außerhalb des Lagers neben sein Fohlen zu hocken.

Torka spürte wieder seine alten Sorgen — die leider nur allzu vertraute Unzufriedenheit über Entscheidungen, die unklug getroffen waren und mit denen sich nur schwer leben ließ. Nichts hatte sich zwischen Umak und Manaravak verändert. Naya würde ein Anlaß zur Feindseligkeit zwischen den beiden sein, solange sie lebte. Er biß die Zähne zusammen. Wenn er sie nur Manaravak gegeben hätte, wie es ursprünglich seine Absicht gewesen war! Wenn er nur auf Simu gehört und sie aus dem Stamm ausgestoßen hätte!

*Wenn.* Das Wort ärgerte ihn, genauso wie die Einsicht, daß es nicht in seinem Wesen lag, ein junges Mädchen als Strafe für Dummheit und Koketterie zum sicheren Tode zu verurteilen. Außerdem hatte er allmählich den Verdacht, daß das Problem weniger bei Naya als bei seinen beiden Söhnen lag. Sie waren beide sehr störrisch, und wen wunderte es da, daß Naya ihnen sehr leicht den Verstand rauben konnte. Sie hatte an diesem Tag nichts getan, was eine erneute Feindseligkeit zwischen ihnen hätte auslösen können.

Doch dann verspürte er ein Unbehagen. Er mußte sich eingestehen, daß in ihrer Haltung und in der Art, wie sie sich mit ihren Händen über die Schenkel gestrichen hatte, tatsächlich eine gewisse Sinnlichkeit gelegen hatte. Er selbst war darauf aufmerksam geworden. Vielleicht hatte Simu recht, und sie brachte tatsächlich nur Ärger. Immerhin war sie nicht nur Greks, sondern auch Navahks Enkelin. Vielleicht konnte sie gar nicht anders sein. Wenn sich herausstellte, daß dies der Fall war ...

»Wer wird in diesem Lager Manaravaks Frau werden, nachdem der Wind Eneela und Iana für immer mitgenommen hat?« fragte Lonit besorgt.

»Frauen!« fuhr Torka sie an und ließ sie zusammenzucken. »Glaubt ihr etwa, daß Männer nichts anderes im Kopf haben, als sich zu überlegen, wer sich mit wem paart? Bis die jüngeren Mädchen reif sind, wird Umak Honee mit seinem Bruder teilen.

Und dann gibt es immer noch Larani, wenn Manaravaks Bedürfnis so dringend sein sollte. Außerdem ist sie eine gute Frau. Wäre sie nicht verbrannt, hätte sie einen besseren Mann verdient.«

Lonit sah traurig aus. »Larani liebt ihn, das weißt du. Aber ich glaube nicht, daß Manaravak sie jetzt will, selbst wenn Grek einverstanden wäre, sie zu teilen.«

Torka hatte ein sehr ungutes Gefühl, als er zu Umaks Zelt hinüberblickte. »Seine Beziehung zu Naya ist in letzter Zeit unnatürlich besitzergreifend geworden. Das ist nicht gut. Er hat zwei Frauen. Manaravak hat keine. Ob es ihm gefällt oder nicht, zum Wohl des Stammes müßte Umak Naya mit seinem Bruder teilen.«

Lonits Augen wurden groß und wachsam. »Du warst niemals dazu bereit, mich zu teilen.«

»Das ist nicht dasselbe!« sagte er, aber er wußte, daß sie recht hatte.

Unangenehme Erinnerungen stiegen in ihm auf. Er wälzte sie verbittert und wünschte sich, er könnte sie ausspucken und damit ein für alle Mal verschwinden lassen. Wie oft hatte er um Lonit kämpfen müssen? Viele Male. Und einmal hatte er sie sogar verloren – an Navahk. Der Gedanke an den Mann verstörte ihn. Navahk, der Mörder ... Navahk, der Schöne ... Navahk, des Zauberer und Vater von Karana ... Nayas Großvater väterlicherseits ... und Vergewaltiger von Lonit. Der Geist des bösen Zauberers suchte ihn heim, verspottete ihn und tanzte wild in den weißen Fellen eines im Winter erlegten Karibus. Sein schwarzes Haar flatterte im Wind der Zeit, sein Mund lächelte ein lüsternes Lächeln, enthüllte die Zähne eines Wolfes ... kleine, spitze Zähne von tödlicher Schärfe, ähnlich denen von Naya oder Umak.

*Nein!*

Er riß die Augen auf und starrte ins Leere. Er durfte nie wieder an diese Möglichkeit denken. Umak war sein Sohn, nicht der Navahks! Als er Naya seinem Sohn Umak zur Frau gegeben hatte, hatte er damit nicht nur Manaravak für sein tierhaftes Verhalten bestrafen wollen – er hatte auch gehofft, damit ein für alle Mal jeden Zweifel zu ersticken, wer Umaks Vater war. Hätte er geglaubt, daß Umak und Naya denselben Großvater hatten, wäre jede Verbindung zwischen ihnen strengstens verboten gewesen. Doch wenn Umak das Gewand des Zauberers anlegte und die Tänze eines Zauberers tanzte, mußte er jedesmal an Navahks denken, auch wenn Torka sich tausendmal gesagt hatte, daß der junge Mann durch seinen eigenen Großvater und sein eigenes Blut die Begabung eines Herrn der Geister geerbt hatte. Dennoch fragte er sich ständig, ob Navahk es durch irgendeinen dunklen Zauber geschafft hatte, am Ende doch noch zu triumphieren.

»Torka?« Lonit war neben ihm und hatte ihre Hand auf seinen Arm gelegt. »Rede mit Manaravak! Er sieht so unglücklich aus.«

»Was soll ich ihm sagen? Daß er sich mit Honee und Larani zufriedengeben muß, während sein Bruder Naya für sich allein behält?«

»Du hast Naya an Umak vergeben, Torka. Du mußt dafür sorgen, daß Manaravak das versteht. Du bist sein Vater und der Häuptling. Du wirst die richtigen Worte finden.«

Torka schüttelte den Kopf. Er würde weder zulassen, daß der Geist Navahks erneut seine Gedanken vergiftete, noch daß ein Nachkomme des verhaßten Mannes seine Söhne entzweite. Naya mußte tun, was ihr aufgetragen worden war, und seine Söhne mußten endlich Vernunft annehmen, was diese junge Frau betraf. »Manaravak ist zu seinem Stamm zurückgekehrt. Er hat Demmi mitgebracht. Das große Mammut hat gezeigt, daß er in seiner Gunst steht. Diese Dinge kann ich nicht einfach vergessen. Und Umak auch nicht. Er muß in dieser Sache nachgeben, jetzt, wo sein Bruder zurückgekehrt ist.«

Lonit sah ihn verzweifelt an. »Umak wird sie nicht mit ihm teilen, Torka!«

»Nein, jetzt nicht, aber irgendwann wird er einsehen, daß seine Liebe zu seinem Bruder wichtiger ist als die zu einem dummen, hirnlosen Geschöpf wie Naya.«

Lonits Gesichtsausdruck veränderte sich, als sie ihn sanft zurechtwies. »Torka, wir haben fast unser ganzes Leben lang gemeinsam als Frau und Mann verbracht, aber du bist nicht der Mann, für den ich dich bis jetzt gehalten habe, wenn du glaubst, daß auch nur einer von unseren Zwillingen sich für Nayas Gehirn interessiert!«

»Du bist meine Frau! Meine, nicht seine!« erklärte Umak.

Naya starrte durch das Zwielicht im Innern des Zeltes zu ihm hoch. »Deine«, wiederholte sie dumpf.

Sie streckte ihre Arme nach ihm aus, räkelte sich sinnlich auf dem Fell und stieß leise gurrende Geräusche aus. Falls sie Angst vor ihm hatte, ließ sie sich nichts anmerken. Sie schlang ihre Arme um seinen Hals und küßte ihn, wie sie ihn noch nie zuvor geküßt hatte.

Und noch nie war sie so willig gewesen, mit ihm zu schlafen. Sie raubte ihm den Atem, half mit ungeduldigen Fingern nach, ihr Hemd auszuziehen, und befreite ihn ebenso hektisch von seiner Kleidung. Sie stöhnte, als sie seinen nackten Körper spürte. Sie rieb ihre Brüste an ihm, bis ihre Brustwarzen hart wurden. Mit einem lustvollen Keuchen öffnete sie ihren Mund und suchte seine Zunge. Sie stemmte sich gegen das Gewicht seines Körpers, aber nicht, um sich von ihm zu befreien, sondern damit sie sich weit unter ihm öffnen konnte.

Atemlos und überrascht reagierte er auf ihren Kuß und verhalf ihr mit seinen Bewegungen zur Bereitschaft. Das war alles, was er tun konnte, wenn er nicht vorzeitig explodieren wollte. Er wollte ihr auf keinen Fall unbeabsichtigt weh tun und damit Angst statt Leidenschaft entfesseln.

Ihre Hände fanden sein Glied. Ihre warmen, kleinen Hände streichelten, bearbeiteten und führten ihn. Langsam drang er in sie ein. Das Gefühl war so überwältigend, daß er die Augen verdrehte und vor Ekstase zitterte. Er hätte sich lieber wieder zurückgezogen, um es etwas langsamer anzugehen, aber sie ließ es nicht zu. Mit einer überraschenden Wildheit schlang sie ihre Glieder um ihn, verschränkte ihre Fersen hinter seinem Rücken und nahm ihn tief in sich auf. Dann gab es kein Halten mehr.

Als sein Höhepunkt kam, war er so erfüllend, daß er beinahe weinte.


Die Lust riß Naya auf den Wellen der Ekstase fort, bis mit einem heftigen Zittern die Befriedigung kam. Die Lust hielt immer noch an, doch sie war zu schwach, um sie zu genießen. Ihr Kopf drehte sich, und ihr Körper erschlaffte, als er auf ihr zusammenbrach.

»Naya... meine Naya...«

Sie runzelte die Stirn. Wer sprach da? Es spielte keine Rolle. Seine Stimme war tief, sanft, liebevoll, und er war zufrieden mit ihr. Sie fühlte sich seltsam, so benommen und unendlich befriedigt.

Langsam begann sich ihr Kopf zu klären, und die Kraft kehrte in ihren Körper zurück. Es prickelte unter ihrer Haut und in ihrem Unterleib.

»Umak?« Ja, es war Umak. Seine Augen waren halb geschlossen.

Er schob seine Arme unter ihren Rücken und rollte sich herum, so daß sie auf ihm zu liegen kam. Sie stützte sich mit den Händen auf seinen Schultern ab und sah ihn neugierig durch ihre langen, verfilzten Haarsträhnen an. Sie neigte ihren Kopf. Das hier war ganz anders als ihr Traum. Sie mochte dieses Gefühl und fragte sich, warum sie jemals Angst davor gehabt hatte... oder vor ihm.

»Ich liebe dich, Naya«, sagte er zu ihr. »Wir gehören zusammen, du und ich, so wie Torka und Lonit zusammengehören. So soll es auch für Umak und Naya sein, für immer und ewig.«

Sie fühlte sich sehr schläfrig, unendlich zufrieden und angenehm warm. Seine Hände streichelten ihren Rücken. Sie mochte das Gefühl. Es kam ihr in den Sinn, daß sie sogar Umak mochte. Sie schloß die Augen, kuschelte sich an ihn und legte ihr Gesicht auf seine Brust.

»Naya?«
»Ja?«

»Liebst du mich? Nachdem es jetzt gut zwischen uns ist — liebst du mich jetzt?«

Sie glitt bereits in einen warmen, traumlosen Schlaf. Doch bevor sie sich diesem ganz hingab, gähnte sie noch einmal und seufzte ein einziges Wort der Zustimmung — doch sie konnte nicht sagen, ob es Umak galt oder dem willkommenen Vergessen des Schlafes. »Ja«, sagte sie, und dann wußte sie gar nichts mehr, bis sie Stunden später von pochenden Kopfschmerzen geweckt wurde.


Manaravak hatte dösend neben dem Fohlen am Rand des provisorischen Lagers gesessen und wußte später nicht mehr, was ihn geweckt hatte. Er hatte nicht sehr tief geschlafen. Sein Vater war nach der bösen Szene mit Umak zu ihm gekommen, um mit ihm zu reden. Torkas gut gemeinter Rat hatte ihn irritiert. Verbittert hatten sich seine Mundwinkel gesenkt. Wieder einmal war er ein Mann ohne Frau, und die Spannung zwischen Umak und ihm war stärker als je zuvor.

»Nur daß es jetzt viel schlimmer ist! Umak wird schon rasend vor Wut, wenn ich Naya nur ansehe!« Manaravak machte ein finsteres Gesicht, weil er sich über die Situation ärgerte — und darüber, daß er laut gesprochen hatte.

Das Fohlen kam näher und stupste seine Schulter an. Er blickte hoch und legte seine Hand auf die Nüstern des Tieres. Sie hatten während der langen Reise Zuneigung und Vertrauen zueinander gefaßt. »Ich weiß, so ist es auch bei deinesgleichen — immer bekommt *ein* Hengst alle Stuten. Aber ich frage dich, sind Menschen wie Pferde? Nein. Ich will gar nicht alle Frauen des Stammes, sondern nur eine, und die nicht einmal ständig.«

Das Fohlen blies feuchte, warme Luft durch seine Finger. Manaravak sah in seine großen, runden Augen und nickte, während er das kurze Fell seines Kopfes streichelte. »Ja, du weißt, wie es in mir aussieht. Umak weiß es auch. Vielleicht kennt er mich besser als ich mich selbst! Ich habe ihr ein Geschenk gebracht, und sie hat sich darüber gefreut, aber ich würde mich niemals mit der Frau meines Bruders vereinen, bevor er nicht sein Einverständnis gegeben hat. Ich will ihn nicht beschämen oder wieder mit den Sitten meines Stammes brechen. Ich habe gelernt, ein Mensch zu sein und kein Tier. Entschuldigung, das war nicht beleidigend gemeint. Du und deine Artgenossen, ihr zeigt in euren Herden mehr Selbstbeherrschung, als ich jemals in meiner aufbringen konnte.«

Das Fohlen schnaubte leise.

»Demmi hat mich davor gewarnt, sie anzusehen«, erzählte Manaravak dem jungen Pferd. »Aber wie kann es ein Mann schaffen, Naya nicht anzusehen? So wie sie dasaß — es war, als würde sie jeden Mann im Stamm dazu auffordern, zu ihr herzusehen und sie zu begehren!«

Das Fohlen schüttelte den Kopf, trat einen Schritt vor und warf Manaravak beinahe um.

»Schon gut! Ich werde tun, was mein Vater befohlen hat. Bevor Umak mir nicht anbietet, Naya mit ihm zu teilen, werde ich nicht einmal an sie denken — oder an irgendeine andere Frau! Ich habe sowieso genug von ihnen! Frauen verderben einem Mann den Kopf, bis er gar nicht mehr weiß, in welche Richtung er eigentlich blicken sollte!«

In diesem Augenblick drehte sich drüben im Lager Honee im Schlaf herum, als Naya gerade über sie hinwegsteigen wollte.

Mit einem überraschten Aufschrei geriet Naya ins Stolpern. Sie war nackt.

Manaravak starrte zu ihr hinüber. Nein, es gab keine Möglichkeit! Nichts konnte verhindern, daß er sie anstarrte... selbst Umak nicht, der ebenfalls aus dem Zelt kam und verlangte, daß er seinen Blick abwandte.

# 10

Das Mammut führte sie langsam und schwerfällig an, Tag für Tag, bis sie endlich das Ödland hinter sich gelassen hatten und gleichzeitig auch die endlosen Tage des Sommers. Jetzt ging die Sonne wieder über den Bergen auf und unter.

Im sanften Glühen der Dämmerung empfand Torka eine innere Kälte, als er sich zu den trostlosen, blauen Eisgipfeln umdrehte und das Lager überblickte, in dem er und sein Stamm die Nacht verbracht hatten. Alle Menschen waren damit beschäftigt, sich auf die Weltreise vorzubereiten. Die Männer und Jungen bauten Schlitten aus denselben Fellen, Schnüren und langen Knochen zusammen, aus denen sie am vorigen Abend die Zelte errichtet hatten. Die Frauen und Mädchen packten ihre Sachen zusammen und durchsuchten sorgfältig ihre Feuerstellen nach Kochsteinen, übriggebliebenen Knochenresten und unverbranntem Brennmaterial, mit denen sie am Ende dieses Tages ein neues Feuer entfachen konnten. Vor Umaks abgerissenem Zelt arbeitete der Zauberer mit seinem Sohn am Schlitten, während Naya eifrig Honee und Li bei der Zusammenstellung des Gepäcks half.

Torka musterte die junge Frau. Trotz seiner Bedenken benahm sich Naya gut — obwohl sie gelegentlich in unpassenden Momenten kicherte und ihre Hüften auf eine Art und Weise schwang, die Umak dazu veranlaßte, ihr einen tadelnden, aber liebevollen Klaps auf den Hintern zu versetzen.

Was Manaravak betraf, war Torka froh, daß er Umak aus dem Weg zu gehen schien. Er wollte offensichtlich keinen neuen Streit provozieren. Er vermied sogar jeden beiläufigen Kontakt mit Naya. Torka beobachtete, wie Manaravak sein Fohlen mit Gepäck belud. Während der Reise verbrachte er die meiste Zeit mit dem jungen Pferd. Wenn sie sich ausruhten oder lagerten, beschäftigte er sich mit der Herstellung von neuartigen, länglichen Speerspitzen, die beidseitig mit Rillen versehen waren und die er während seines Aufenthalts im südlichen Land entworfen hatte.

Grek, dessen Söhne und Simu waren sehr von seiner neuen Speerspitze beeindruckt. Torka freute sich, daß sein alter Freund seine frühere Antipathie gegen Manaravak aufgegeben hatte. Torkas Sohn schien sein wildes, undiszipliniertes Verhalten völlig abgelegt zu haben. Zum ersten Mal in seinem Leben hatte Manaravak Erfolg in seinem Bemühen, sich in die Gruppe der Jäger zu integrieren. Er war nur selten allein. Gerade blieb Larani, die Grek etwas zu essen brachte, eine Weile bei ihm, um bei der Steinbearbeitung zuzusehen. Torkas Augenbrauen hoben sich, als er sich an Lonits Worte erinnerte: *Larani liebt ihn, das weißt du. Das hat sie schon immer getan.*

Er runzelte die Stirn und fragte sich, ob auch Grek das wußte. Und Torkas Stirnrunzeln vertiefte sich noch reuevoll. Er hatte jedesmal ein schreckliches Gefühl, wenn er Larani ansah, denn er fühlte sich für ihre Verbrennungen verantwortlich. Dann wanderte sein Blick an Daks Feuerstelle. Simus Sohn hatte sich entfernt, um die Hunde zusammenzuholen, während seine Frauen und Kharn den Familienschlitten beluden.

Demmi sah bleich aus, und Torka machte sich Sorgen um sie. Sie hatte sich seit ihrer Rückkehr sehr verändert. Sie ging Manaravak aus dem Weg und gehorchte Dak aufs Wort. Obwohl Simus Sohn sich ihr gegenüber zuvorkommend verhielt, gab er seine Unnahbarkeit nicht auf. Trotzdem tat sie ihr Bestes, um eine Situation zu akzeptieren, die sie — wie sie und jeder andere wußte — selbst herbeigeführt hatte. Sie zeigte Schwan gegenüber keine Feindseligkeit. Sie nahm die Rolle der weniger geliebten Frau mit ruhiger Würde an.

Torka schüttelte den Kopf. Als ihr Vater schmerzte es ihn, sie in einer solchen Lage zu sehen.

»Dak, wirf mir die Leine herüber, dann werde ich dir helfen! Schneefresser will schon wieder mit den Welpen verschwinden.«

Torka drehte sich um. Es war Umaks Stimme, die er gehört hatte. Der Häuptling war sich nicht sicher, ob Dak auf sein Angebot eingehen würde. Seit Demmis und Manaravaks Rückkehr war ihre Freundschaft merklich abgekühlt. Simus Sohn zögerte, aber nur kurz. Bevor Dak ihm die Leine zuwarf, sah Torka noch, wie er mit einem schmerzvollen Blick des Verlangens zu Demmi hinübersah, einem Blick, der verriet, daß seine Liebe zu ihr noch nicht völlig gestorben war.

Torka lächelte. Bald würde seine wilde und launische zweite Tochter eine zweite Chance bekommen, ihr Glück zu finden!

Torka fühlte sich großartig. Die Dämmerung war plötzlich wieder hell und neu, und sein Geist war von den kalten Schatten befreit, als er loslief, um Umak und Dak mit den Hunden zu helfen.

Der Stamm zog weiter, bis er den Großen Wilden Fluß erreichte. Sie hätten normalerweise ihr Lager in dieser vertrauten Umgebung aufgeschlagen, aber Simu meldete Bedenken an. »In diesem Land sind zu viele Erinnerungen. Nantu ist hier gestorben. Und dort haben wir das Eis überquert, und Eneela hat es nicht überlebt.« Er schloß voller Trauer die Augen. »Ich sage, wir sollten noch ein Stück weiter nach Süden ziehen, zu einem Teil des Tals, in dem es nicht so viele Geister gibt.«

Simus Vorschlag wurde von allen akzeptiert.

»Ich mag keine Geister«, sagte Yona, die neben Larani lief, als der Stamm sich wieder auf den Weg gemacht hatte.

»Ich auch nicht«, antwortete Simus Tochter. »Doch ganz gleich, wie weit wir auch gehen, die Geister, von denen Simu spricht, werden uns immer folgen. Wir tragen sie in unseren Köpfen... die Erinnerungen an alles, was wir jemals geliebt und verloren haben.«

Yona legte ihre Stirn in Falten. »Ich habe meine Mutter und meine Puppen verloren. Naya hat meine Puppen getötet, genauso wie sie meine Mutter getötet hat.« Larani blieb abrupt stehen. »So etwas darfst du nicht sagen! Naya hat versucht, Iana zu retten. Wenn sie die richtige Medizin gehabt hätte, wäre deine Mutter vielleicht noch am Leben. Wir können es nicht wissen. Jeder von uns muß eines Tages sterben, Yona. Daran kannst du niemandem die Schuld geben. So ist es nun einmal.«

»An welche Geister denkst du, Larani?«

»Ich denke an meine Mutter, Eneela, und an ein hübsches Mädchen, das der Stamm im Land zurückgelassen hat, das von der Tochter des Himmels heimgesucht wurde.

Sie hätte ein schönes Leben gehabt. Ich habe sie gemocht und vermisse sie sehr. Ich bin froh, daß ihr Geist noch in meinen

Erinnerungen lebt. Und ich wünschte mir, sie würde jetzt an meiner Stelle neben dir laufen.«

Yona sah verwirrt aus. »Wir haben niemanden im verbrannten Land zurückgelassen!«

»Doch, das haben wir.«

»Wie war ihr Name?«

»Larani.«


Am nächsten Tag zog Grek in der Versammlung der Männer und Jungen den langen Knochen, der ihn zum Bewacher des Lagers bestimmte, während Manaravak den Rest des Stammes zu der Schlucht am Fuß des Speerbergs führte.

»Hier habe ich mein Geschenk aus vielen Blättern für die Medizinfrau gemacht«, erklärte Manaravak. »Hier sind immer noch viele heilende Pflanzen, die dem Stamm nützen können!«

»So war es«, bestätigte Demmi mit lustloser Stimme. Der Tag hatte gerade erst begonnen, aber der Schlaf der letzten Nacht hatte ihre dunklen Schatten unter den Augen und ihren schwermütigen Gesichtsausdruck nicht verschwinden lassen.

Simu sah zu Umak hinüber und hob abfällig eine Augenbraue. »Du enttäuschst mich, Zauberer!« sagte er laut. »Wenn du es nicht so eilig gehabt hättest, ins Land der vielen Wasser zu ziehen, wäre unseren Frauen vielleicht nicht der Vorrat an heilenden Blättern ausgegangen. Deine Naya wäre womöglich in der Lage gewesen, Ianá zu retten, und wir wären schon viel früher mit deinem Bruder und deiner Schwester wiedervereinigt gewesen.«

Naya errötete ebenso wie Umak, doch es war Honee, die Simu antwortete, und zwar so wütend, daß ihr Gesicht purpurrot wurde. »Was ist es, Simu, das deine Seele so sehr quält? Bevor Manaravak am Fluß verlorenging, konnte er es dir in keiner Weise recht machen! Jetzt, wo er zurück ist, siehst du in ihm keinen Fehler! Reicht es dir nicht mehr, über ihn und Naya zu lästern? Mußt du jetzt auch noch auf Umak herumhacken? Du gehst zu weit! Ich bin Honee, die Tochter des großen Häuptlings Cheanah und vieler Generationen von

Häuptlingen vor ihm. Kein Mann darf es wagen, meinen Mann zu beleidigen!«

Umak packte Honee noch rechtzeitig am Riemen ihres Sammelbeutels, um sie davon abzuhalten, auf Simu loszugehen. »Ich brauche dich nicht, um mich zu verteidigen!« wies er sie scharf zurecht.

Honees Augen schienen ihr aus dem Kopf zu treten. »Nein! Du brauchst mich nicht! Du bist doch der Zauberer! Simu wäre gut beraten, wenn er sich daran erinnern würde... damit die Geister, die im Geisterwind zu Umak sprechen, es Simu nicht heimzahlen!«

Simu verzerrte sein Gesicht zu einer häßlichen Fratze. »O ja, daran würde ich mich sicherlich erinnern!« antwortete er mit spöttischer Ergebenheit. »Und ich werde jedesmal vor Furcht erzittern, wenn ich nur daran denke! Schließlich haben wir einen Zauberer wie Umak und ein glücksbringendes Mädchen wie Naya unter uns, das in der Gunst der Mächte der Schöpfung steht! Wie kann da noch etwas schiefgehen? Wir dürfen natürlich nicht die Toten und Verletzten zählen, die...«

»Simu!« Torkas Warnung war so düster und gefährlich wie die tückischen Strömungen des Großen Wilden Flusses bei Hochwasser. »Laß die Sache ruhen! Und bevor du wieder gegen Umak sprichst, erinnere dich daran, daß ich es war, der dich nach Osten aus dem Tal geführt hat. Honee sagt, daß sie nicht weiß, was deine Seele quält, aber ich weiß es. Zu lange sind wir wie Brüder nebeneinander gegangen, als daß ich nicht wüßte, wie es in dir aussieht, Simu. Worte gegen Naya werden Laranis Narben nicht verschwinden lassen. Indem du meine Söhne beleidigst und angreifst, wirst du deinen eigenen nicht zurückbringen! Und wenn du in diesem Stamm Zwietracht säst, gibst du Eneela damit nicht das Leben wieder.«

Es wurde still. Simu starrte Torka an, als hätte der Häuptling ihm einen Schlag versetzt.

»Wenn du unbedingt jemandem die Schuld geben willst, dann gib sie mir, alter Freund«, sagte Torka ruhig. »Denn ich habe sie mir selbst bereits oft genug gegeben. Gib ruhig Naya die Schuld, denn sie hat sich manchmal sehr dumm und verantwortungslos benommen. Gib auch meinen Söhnen die Schuld, denn keiner von ihnen ist vollkommen. Aber wer ist das schon? Du etwa? Ich glaube nicht. Also beschuldige, wen du willst, aber du sollst ein für allemal wissen, daß ich nicht zulasse, daß du meinen Stamm entzweist!« Torkas Tonfall wurde wieder sanfter. »Komm jetzt, alter Freund! Der Tag ist noch jung. Die Sonne geht an einem wolkenlosen Himmel auf. Der Wind ist kräftig und vertreibt die stechenden Mücken. Wir müssen Steine auf dem Speerberg sammeln und Blätter und Beeren pflücken! Das Mammut geht uns voraus! Gute Jagdgründe liegen vor uns. Was kann ein Mann sich noch mehr wünschen? Geh mit deiner Frau Sommermond und mit deinem neugeborenen Sohn und sei dankbar für das, was du hast, auch wenn du nicht vergessen kannst, was du verloren hast! Was geschehen ist, kann nicht mehr ungeschehen gemacht werden. Laß uns aus unseren Fehlern lernen und weiterleben!«

Der Wind wehte aus den südlichen Bergen und brachte den Geruch nach Beifuß und fernen Steppen mit, nach Wäldern von Fichten und Lärchen und nach Beständen von Weiden und Pyramidenpappeln, deren Blätter sich bereits golden verfärbt hatten. Als Manaravak auf dem losen Geröll am Südhang des Speerbergs stehenblieb, wußte er, daß er den guten Geruch der reichen Jagdgründe wahrnahm, die er und Demmi hinter den fernen Gebirgszügen entdeckt hatten. Es war ein guter Geruch, der das Versprechen besserer Tage mit sich brachte.

Und dennoch sträubten sich seine Nackenhaare, weil es noch einen weiteren Geruch im Wind gab. Er war so schwach, daß nur er und die Hunde ihn bemerken konnten. Es war der Geruch nach etwas Lebendem – nach Fleisch, Blut und Fell.

»Was ist los, Manaravak?« fragte Sayanah, der über die losen Steine kletterte, um sich seinem Bruder, Jhon und den Söhnen von Grek anzuschließen.

»Nichts«, log Manaravak.

Der Geruch war überall. Die Hunde wurden bereits unruhig

und liefen schnuppernd im Kreis. Weiter unten hatten Dak und Simu ihre Köpfe erhoben.

»Was ist das?« fragte Simu.

»Kannst du es erkennen, Manaravak?« rief Dak.

»Nein.« Wieder gelogen. Es waren die Wanawuts. Er war endlich ein Mann des Stammes und wollte nichts mehr mit den Wanawuts zu tun haben. Aber wenn die anderen Jäger wußten, daß die Bestien in der Nähe waren, würden sie auf die Jagd nach ihnen gehen und sie töten. Wie immer, entsetzte ihn diese Vorstellung.

Der ferne Geruch machte die Hunde nervös.

»Da draußen ist etwas!« rief Jhon begeistert.

Manaravak beobachtete Umaks Sohn. Er war nicht leicht zu täuschen.

»Torka sagt, daß wir morgen auf die Jagd gehen werden!« verriet Sayanah. »Was auch immer die Hunde beunruhigt, sollte sich lieber vor uns in acht nehmen!«

Manaravak hob eine Augenbraue. »Die Vorräte vom See des Blutigen Wassers sind noch nicht aufgebraucht.«

»Nein«, stimmte Sayanah zu. »Aber Simu mag dieses Fleisch nicht, und Torka hat auf Spuren von Wild geachtet.«

Tankh nahm die Haltung eines Jägers an, der kurz vor dem Angriff stand, und schleuderte einen nichtvorhandenen Speer. »Das Tier, das ich töten will, ist groß und pelzig und geht wie ein Mann. Es wird aus Angst vor mir sterben, wenn ich es mit meinem Speer töte.«

»Sei still!« Manaravak packte den Sohn von Grek am Kragen seiner Jacke. »Du darfst nicht einmal daran denken! Wenn die Lebensgeister des Wildes uns die Ehre erweisen, unter unseren Speeren zu sterben, dann werden es die Geister von Elchen, Bisons und Karibus sein. Aber niemals wird einer von meinen oder einer der von mir entworfenen Speere gegen einen Wanawut eingesetzt werden!« Manaravak stieß Tankh zurück, und noch während der Junge nach Luft schnappte, fügte er ernst hinzu: »Ich bin ein Mann des Stammes, aber ich habe unter Wanawuts gelebt und würde ebensowenig einen Speer gegen sie erheben wie gegen einen von euch!«

»Niemals?« hakte Sayanah nach.

Manaravak sah auf seinen jüngeren Bruder herab. Verwirrende und widersprüchliche Erinnerungen stiegen in ihm auf. Er drängte sie zurück. »Niemals!« sagte er.

## 11

Die Sonne ging unter, und Dunkelheit hüllte das Lager ein. Honee, Naya und Li arbeiteten gemeinsam daran, Umak in einen Zauberer zu verwandeln. Er fand es sehr schwierig, stillstehen zu müssen. Torka hatte gebeten, heute abend eine besonders eindrucksvolle Zeremonie zu gestalten, und seine Frauen übertrafen sich gegenseitig.

»Wir müssen für vieles dankbar sein!« rief Honee und tunkte die Spitze des kleinen Fingers ihrer rechten Hand in die schwarze Farbe, die Li ihr auf einer Palette aus dem Beckenknochen einer Antilope reichte. Die Farbe war ein Gemisch aus fein zerriebener Asche, die mit heißem Wasser zu einer Paste verdünnt worden war, in dem Honee ein Stück Seehundleder gekocht hatte. Das Ergebnis war eine weiche, dicke Farbe. »Das Mammuttotem führt uns wieder an, und wenn wir Demmi und Manaravak glauben können, ziehen wir zu den besten Jagdgründen, die wir jemals gesehen haben!«

Umak schnaubte ungeduldig. »Wir sollten lieber ins Land der vielen Wasser und an den See des Blutigen Wassers zurückkehren. Es war eine Beleidigung der Mächte der Schöpfung, ein Lager zu verlassen, in dem es so viel Nahrung gibt.«

Honee runzelte die Stirn. »Du hattest keine Vision des Geisterwindes, die dir gesagt hat, daß der Stamm bleiben soll.«

»Nein. Vielleicht hätte ich mir eine ausdenken sollen!«

»Ein Zauberer lügt nicht!« warf die Frau entsetzt ein.

»Ja, Honee, ja!« fuhr Umak sie ungeduldig an. »Aber Simu hat recht mit dem, was er über dieses Land sagt. Hier gibt es zu viele Geister. Er ist nicht der einzige, der sich in ihrer Anwesenheit unwohl fühlt. Ich spüre sie auch, und sie machen mich ebenfalls nervös.«

Honee verzog das Gesicht. »Manaravak läßt sich nicht nervös machen! Er macht sich keine Sorgen um Geister! Manaravak ist aus der Welt jenseits dieser Welt zurückgekehrt und hat den Stamm verunsichert, weil Umak seine Macht verloren zu haben scheint. Du mußt allen zeigen, daß das nicht stimmt.«

»Wenn der Stamm meinen Bruder zum Zauberer ernennen will, soll er es doch tun!«

»Dazu besteht kein Grund«, sagte Naya sanft. Sie kniete neben Umak und schmückte seinen Fußknöchel mit einem Kranz aus Federn und kleinen Knochen, die rasseln würden, wenn er tanzte. »Ich werde meinem Zauberer helfen, einen besonderen Zauber für den ganzen Stamm zu machen, so daß nicht einmal Simu Grund haben wird, die Macht meines Mannes anzuzweifeln.«

»Es ist mir gleich, was Simu von mir denkt!«

»Aber du selbst mußt an dich glauben!« erklärte Naya. »Großmutter Wallah hat immer zu mir gesagt, daß der Stamm Vertrauen in den Zauber haben muß, wenn eine Medizin wirksam sein soll!«

»Du sprichst weise Worte, mein liebes Mädchen!« sagte Honee und wandte sich dann an Umak. »Naya hat recht. Simus Zweifel und Befürchtungen können das Vertrauen des Stammes zerstören. Am Ende wird es für uns gar keinen Zauberer mehr geben!«

Umak sah Naya an. »Und wie will die Enkelin von Grek Simus Vertrauen in Umaks Zauber wiederherstellen, wenn nicht einmal Umak selbst dazu in der Lage ist?« fragte er höflich.

Naya zögerte einen Augenblick. »Diese Frau kann ein Getränk machen, das die Menschen ihre Ängste vergessen läßt, das ihre Bäuche in der kalten Nacht warm werden und ihre Seelen lächeln läßt. Sie werden auf Umaks Befehl hin über die Welt und wieder zurück fliegen.« Sie verstummte. Die Gesichter um sie herum waren weiß geworden. »Es ist wahr! Das kann ich für meinen Zauberer tun!«

Honee sah Umak an. Umak sah Honee an.

Li sah alle anderen an und sagte leise: »Ich will nicht, daß meine Seele über die Welt und wieder zurück fliegt.«

»Nein, meine Kleine, das will niemand von uns«, sagte Honee.

Naya fühlte sich beleidigt. »Aber du würdest zurückkommen! Ich selbst bin schon viele Male sicher zurückgekehrt.«

»Natürlich, mein kleines Mädchen«, sagte Honee gönnerhaft. »Aber wir verschwenden nur unsere Zeit. Wir müssen noch viele Federn und Knochen auffädeln.«

»Du glaubst mir nicht!«

»Ich . . . nun . . . komm, Naya hilf dieser Frau jetzt!«

»Nein«, sagte Umak, der sich von Nayas verletztem Gesichtsausdruck rühren ließ. Er legte ihr liebevoll seine Hand auf den Kopf. »Honee und Li werden mir helfen. Rühre Blätter und Flechten, Moose und Beeren zusammen, wenn du möchtest. Es kann uns doch nicht schaden.«


Die Frauen entfachten ein großes Gemeinschaftsfeuer. Der Stamm aß, aber der Zauberer fastete. Umak stand abseits von den übrigen Stammesmitgliedern. Er hatte die Arme in die Nacht erhoben und seine Seele dem Geisterwind geöffnet. Bald jedoch lief ihm das Wasser im Mund zusammen, und es wurde ihm klar, daß seine Beschwörungen nicht mehr als das Wunschdenken eines Mannes waren, der seit Mittag nichts mehr gegessen hatte. Mit einem Seufzen fand er sich damit ab, daß er nichts essen durfte, bevor er seine Zeremonie abgeschlossen hatte. Also trat er vor, um vor den Flammen zu tanzen.

Er sang und wirbelte herum. Er sang die Geschichte des Stammes, während Naya, Honee und Li mit Schläuchen in der Versammlung umhergingen und reichliche Portionen des zeremoniellen Getränks austeilten, das Greks Enkelin hastig, aber in großer Menge hergestellt hatte. Alle tranken und lobten das ausgezeichnete Gebräu. Nur Larani nahm nicht mehr als einen winzigen Schluck. Sichtlich verwirrt, gab sie den Schlauch sofort wieder zurück und hätte etwas zu Naya gesagt, wenn sie sich nicht bereits umgedreht hätte und mit tänzelnden Schritten weitergegangen wäre, um Sommermond den Schlauch zu reichen. Bald hatten die drei Frauen, die an der Feuerstelle des Zauberers lebten, jeden außer Umak und den Hunden versorgt.

Der Zauberer konnte später nicht mehr sagen, ab wann sich die Dinge in die falsche Richtung zu entwickeln begannen. Er spürte eine plötzliche Veränderung in denen, die seiner Vorführung zusahen. Die kleineren Kinder wurden müde und schliefen schließlich gähnend und glücklich kichernd ein. Es war ein langer langer Tag gewesen, und Umak hätte darin nichts Ungewöhnliches gesehen, wenn ihre Eltern ihn nicht auf diese beunruhigende Weise mit starren Augen angeblickt hätten. Kurz darauf richtete sich Jhon kerzengerade auf, hielt sich die Hände vor den Mund und lief von der Versammlung fort, um sich zu übergeben.

Honee sah ihm aus stumpfen Augen zu und kicherte beinahe gehässig. »Sollst dein Essen nicht so runterschlingen ... Mutter hat es dir immer wieder gesagt. Jetzt kommt's wieder raus. Geschieht dir recht!«

Umak runzelte die Stirn. Honee hatte den Jungen oft ermahnt, langsamer zu essen, aber normalerweise nahm sie auch die kleinsten Beschwerden ihrer Kinder viel wichtiger. Doch als Jhon jetzt schwankend und mit kreidebleichem Gesicht ans Feuer zurückkehrte, kicherte sie erneut und schimpfte mit ihm, während sie ihm einen Schluck aus dem Schlauch anbot.

Er machte ein angewidertes Gesicht und winkte ab. »Davon wird mir schlecht!« Er setzte sich zitternd neben Sayanah und rieb seine Schläfen, als wolle er Kopfschmerzen vertreiben. Sayanah hingegen nahm den Schlauch von Honee an und trank gierig daraus.

Im flackernden, roten Schein des Feuers sah Umak, wie sein jüngerer Bruder die Augen aufriß und dann mit einem glücklichen Lächeln in Ohnmacht fiel.

Umak wartete darauf, daß Torka aufstand und nach seinem Jungen sah, aber Torka rührte sich nicht.

»Tanz, mein Sohn! Warum hörst du auf?« fragte Torka, dessen Worte merkwürdig schleppend kamen.

Umak fragte sich, was Naya in das Getränk getan hatte. Sie hatte gesagt, die Seelen der Menschen würden davonfliegen, und genau das war geschehen, erkannte er beunruhigt. Demmi seufzte laut auf, dann lachte sie plötzlich los und zeigte mit dem Finger auf ihn. Jedes wache Augenpaar des Stammes folgte ihrem Finger, und jeder, der nicht zu benommen dazu war, lachte mit, als wäre soeben der beste Witz der Welt erzählt worden.

Umak war verärgert und beunruhigt. Er veränderte seinen Tanz und fragte sich, womit er sich lächerlich gemacht hatte. Dann sprang Sommermond mit dem Baby auf dem Rücken auf und tanzte mit ihm, wobei sie seine Schritte nachäffte. Als er zu ihr sagte, sie solle sich wieder setzen, bevor sie die Geister beleidigte und ihr Baby weckte, grinste sie blöde und winkte nachlässig ab. Bevor er sich versah, hatten sich Schwan, Honee und Lonit zu ihr gesellt.

Umak erstarrte. Die Frauen tanzten weiter. Es war jetzt ihr Tanz. Sie hielten sich an den Händen und umkreisten das Feuer. Alle grinsten und unterdrückten mühsam ein Lachen, sahen sich an und schienen sich köstlich über ihn zu amüsieren.

Honee rief Naya, und die Enkelin Greks schloß sich dem Kreis an. Umak wußte, daß sie genauso berauscht wie die anderen war. Larani, die nichts getrunken hatte, hielt sich fern, und Demmi schlief tief und fest.

Umak wandte sich von der Frauenseite des Feuers ab. Die Männer des Stammes hatten begonnen, in einem langsamen Rhythmus in die Hände zu klatschen.

»Frauen! Ihr bewegt euch wie Plaku-Tänzerinnen!« rief Simu.

Auf seine Worte hin lachte Sommermond sinnlich auf und blieb vor ihrem Mann stehen. Sie löste die Schnüre, die ihre Zöpfe hielten. Ihr Haar fiel herab, und sie schüttelte den Kopf, wobei sich unter ihrem Umhang auch ihre Brüste bewegten. Ihre Bewegungen waren so aufreizend und ungewöhnlich, daß Umak sie wie ein kleiner Junge mit offenem Mund anstarrte. Gleichzeitig fing ihr Baby an zu schreien, doch Sommermond kümmerte es nicht.

Simu jubelte und beschleunigte den Rhythmus seines Klatschens. »Plaku!« rief er. »Bist du dazu bereit, Sommermond? Sind die anderen Frauen dazu bereit? Nach allem, was wir durchgemacht haben, was ist schon dabei?« In seiner Frage lag hungrige Leidenschaft und sexuelle Erregung.

Umak war fassungslos. Der Plaku, der im Land ihrer Vorfahren veranstaltet und von Torka zu Recht verboten worden war, war ein Tanz, der mit einer wilden, erotischen Orgie endete. Forderte Simu die Frauen des Stammes wirklich auf, ihre Kleider abzulegen und nackt vor ihren Männern zu tanzen, bis jede Frau, wie es die Tradition verlangte, sich für eine Nacht mit einem Partner vereinigte, der nicht ihr eigener Mann sein durfte?

»Nein!« Er geriet in Panik. In der Nacht des Plaku würde auch Naya nackt tanzen, aber sie würde es nicht für ihn tun. Sie würde für Manaravak tanzen. Er wußte es. Er spürte es in seinen Knochen, seinem Blut und seinem Herzen. Die Wünsche seines Bruders würden sich endlich doch noch erfüllen!

Er sah zu Manaravak hinüber, der aufmerksam hinter Torka stand. Seine großen Augenlider hatten sich erwartungsvoll gesenkt. Er war wie ein Wolf, der über das Feuer hinweg Naya anblickte.

»Niemals!« Umak brüllte das Wort heraus und starrte seinen Vater flehend an. »Torka, du mußt Simu sagen, daß er etwas Unmögliches vorschlägt! Zum Wohl des Stammes hast du in weiser Entscheidung das Ritual des Plaku verboten. Torka, was tust du?«

Der Häuptling stand mühsam auf. Schließlich schaffte er es, aufrecht zu stehen und seinen Blick zu konzentrieren. »Plaku?« Er sprach das Wort aus, als wäre er nicht sicher, was es bedeutete.

Umak wurde übel. Sein Vater hatte sehr viel von Nayas Zaubertrank getrunken. Er blickte sich um. Mit Ausnahme Laranis und des Fohlens, das in der Nähe angebunden war, waren alle betrunken – auch die Hunde, da die Jungen auf die Idee gekommen waren, ihnen Fleisch zu fressen zu geben, das sie mit dem Gebräu getränkt hatten. Ein schreckliches Gefühl der Beklemmung überkam ihn.

»Schei schtill, Schauberer!« verlangte Torka. »Isch bin der Häuptling! Isch schage, wasch in dieschem Schtamm geschieht!«

»Aber Vater, das Plaku-Ritual ist...«

»Schei schtill, schage isch. Isch hab keine Luscht auf ungeschogene Schöhne oder Schauberer oder das Plaku-Rita... Ritula... Ritual. Aber wenn jetscht jede Frau für ihren eigenen Mann tanschen will, ischt dasch doch eine gute Schache.«

Und so tanzte jede Frau von Torkas Stamm für ihren eigenen Mann. Sie tanzten nackt im Schein eines Feuers, das die Männer in ihrer Trunkenheit vernachlässigten. Sie tanzten, und die Männer sangen. Das Fohlen wieherte nervös, und die Hunde hatten trübe Augen und heulten mißtönend... und sie hörten nicht, wie etwas anderes heulte, nicht weit entfernt, aber doch nah genug, daß Larani, die Sommermonds Kind an sich genommen hatte, erstarrte und die anderen darauf aufmerksam zu machen versuchte.

Es war sinnlos. Niemand hörte ihr zu. Sie waren zu sehr in ihren Tanz vertieft. Der Laut, den sie gehört hatte — oder glaubte, gehört zu haben — war zu flüchtig gewesen. Außerdem gaben Tiere, die sich anpirschten, keine Laute von sich. Wenn sie das taten, würden sie niemals an ihre Beute kommen.

Larani entspannte sich und wiegte Sommermonds Baby. Die Nacht war schön und kühl, und der Wind ließ die Glut des Feuers aufflackern. Wegen der Funken wagte sie sich nicht näher heran und hielt sich abseits im Windschatten einiger Felsen, von wo aus sie die Tanzenden beobachten konnte.

Sie stellte sich vor, wie es wäre, eine von ihnen zu sein — wie es wäre, wenn ihr nackter Körper vom Feuerschein umspielt und sie von ihrem Mann begehrt wurde. Sie lächelte sanft. Der alte Grek schlief mit den Kindern in seinem Zelt. Sie bedauerte es nicht. Eine solche Nacht wäre zuviel für ihn gewesen. Morgen würde sie ihm erzählen, wie es zwischen ihnen gewesen war, und sie würde sich etwas ausdenken, worüber er stolz lächeln könnte. Und er würde glauben, daß er immer noch der Mann war, der er einmal gewesen war.

Sie seufzte. Die Frauen kreisten unablässig um das Feuer, drehten sich ihren Männern zu und wandten sich wieder ab, machten einen Schritt zur Seite und ließen den Feuerschein zwischen ihren Schenkeln hindurchdringen. Sie hoben die Arme, zeigten ihre Brüste und rollten mit den Hüften, während ihre Männer immer schneller in die Hände und auf die Schenkel klatschten. Larani beneidete sie.

Jetzt erhoben sich die Männer. Einer nach dem anderen zogen sie sich aus – sogar Umak. Er war nicht von Nayas Getränk berauscht, sondern vom Anblick seiner jungen Frau. Honee tanzte allein. Larani hielt den Atem an. Umak war jetzt nackt. Wie schön er war! Wie schön sie alle waren! Wie kraftvoll und bereit, ihre Frauen zu erfüllen. Sehnsüchtig sah sie zu, wie sie sich ihren Partnerinnen zuwandten und den Tanz mittanzten, der eigentlich gar kein Tanz war.

Sie errötete. Sie sah, wie Torka Lonit seine Hände reichte. Simu winkte Sommermond auf eine Weise zu, die Laranis Pulsschlag beschleunigte. Dak sah zuerst zur schlafenden Demmi hinüber und löste dann seinen Blick von ihr, um Schwan seine Hände auf die Hüften zu legen. Er zog sie zu Boden, beendete ihren Tanz und begann dort mit ihr einen neuen. Laranis Gesicht brannte. Manaravak stand ganz allein. Er hatte keine Partnerin und sah Umak an.

*Manaravak!* Wie sehr sie sich danach sehnte, für ihn zu tanzen... ihn zu berühren... ihren Körper und ihre Seele für ihn zu öffnen... und ihm zu sagen, daß er niemals allein sein mußte, daß sie ihm gehören und alles für ihn sein würde, was er jemals begehrt hatte, wenn er nur... was?«

Die Verbitterung, die sie in diesem Augenblick empfand, war entsetzlich. Sie war überzeugt, daß er eher bei Honee liegen würde, bevor er sie auch nur ansah. Wenn Yona, Li oder Uni alt genug waren, würde er eine von ihnen zur Frau nehmen. Sie, Larani, würde allein bleiben. Er würde ihr nicht einmal einen Blick zuwerfen und schon gar nicht die Liebe in ihren Augen sehen.

Larani bereute es plötzlich, nicht von dem rituellen Getränk gekostet zu haben. Es wäre gut gewesen, wenn sie diese Nacht ohne Schmerzen hätte verbringen können. Sie starrte die Tänzer an. Naya bewegte sich verträumt vor Umak und ließ ihre Hüften kreisen. Sie vollzog einen Geschlechtsakt mit einem unsichtbaren Partner und erregte ihren Mann ... und Manaravak.

Larani lief es kalt den Rücken hinunter. *Dummes Mädchen*, dachte sie. *Dummes, hirnloses Mädchen! Hast du überhaupt nichts dazugelernt?*

Sie konnte ihren Blick nicht von Naya abwenden, wie sie vor den Zwillingen tanzte. Honee umkreiste die drei kichernd, bis Larani das Verlangen hatte, ihr einen Tritt zu versetzen und ihre Stelle einzunehmen, um Manaravak von Nayas gefährlichem Spiel abzulenken. Sie zitterte vor Begehren. Doch dann sah sie sich selbst, wie sie nackt mit ihrem vernarbten Gesicht und ihrem vernarbten Arm tanzte, und hielt entsetzt den Atem an.

Dann ging Naya zu Boden und wand sich auf dem Rücken. Mit gespreizten und an den Knien angewinkelten Beinen bäumte sie sich auf, öffnete sich selbst mit den Händen und begann sich zu bewegen. Gleichzeitig winkte sie den Brüdern zu, die über ihr standen, und forderte sie auf mitzutanzen. Larani sah entsetzt zu, wie Manaravak plötzlich wild knurrte und Umak ohne Warnung wegstieß. Er stürzte sich auf Naya, packte sie und drang mit einem einzigen Stoß tief in sie ein.

»Ja!« schrie Naya.

Doch in diesem Augenblick griff Umak seinen Bruder Manaravak von hinten an.

Larani ließ den Kopf hängen und ging auf die andere Seite der Felsblöcke. Mehr wollte sie nicht sehen. Sie wollte nicht sehen, wie Manaravak eine andere Frau nahm.

Doch während der Lärm der Tanzenden in ihren Ohren dröhnte, wurde sie von einem heftigen Trotz gepackt. Warum sollte sie nicht am Ritual dieser Nacht teilnehmen? Der alte Grek schlief tief und fest, und es würde niemanden kümmern, ob sie tanzte oder nicht! Niemand würde es sehen, wenn sie es nicht wollte! Nur die Hunde. Nur der Wind. Nur die ungezählten und unzähligen Sternenaugen von Vater Himmel. Und ihm würde es gleichgültig sein, wenn sie tanzte. Ihr Anblick konnte ihn unmöglich beleidigen. Er und seine Tochter hatten sie immerhin zu dem gemacht, was sie war. Sollten sie doch zusehen! Sollte die Tochter des Himmels sich doch beschämt abwenden, wenn sie sah, was sie einem Kind der Erde angetan hatte, das ihr nichts zuleide getan hatte! Sollte Vater Himmel doch staunen, wie sehr Larani noch Frau war!

Also legte sie das Baby vorsichtig in einer schützenden Spalte zwischen zwei Felsen ab und zog ihre Kleider aus. Und dann, mit dem Wind in ihren Haaren und dem kühlen dunklen Sternenlicht auf ihrer Haut, tanzte Larani. Sie drehte sich und nahm mit trotzigen Tränen in den Augen ihre Brüste in die Hand und hob sie in die Nacht. Sie waren schön ... ihr Körper war schön ... genauso schön, wie sie früher gewesen war. Früher, aber jetzt nicht mehr.

Und so tanzte sie allein und verfluchte die Mächte der Schöpfung, die sie verunstaltet hatten, und Simu, weil er sie nicht getötet hatte, als er die Gelegenheit dazu gehabt hatte.

Manaravaks Blut war über Nayas Gesicht und über ihren Körper gespritzt.

»Was ist hier geschehen?« wollte Torka von Umak wissen. »Warum hast du deine Hand gegen deinen Bruder erhoben?«

»Ich habe geschworen, daß ich ihn töten würde, wenn er sie anrührt, und bei allen Mächten dieser und der nächsten Welt, genau das werde ich jetzt tun!«

Manaravak kämpfte sich auf die Beine. Blut lief ihm aus seiner gebrochenen Nase und ließ seine Finger und seinen Handrücken in der Nacht schwarz erscheinen. »Sie hat es herausgefordert.« Manaravaks Worte kamen voller Schmerz. Die Feindseligkeit in seinen Augen war erschreckend.

Doch auch in Torkas Gesicht stand eine furchtbare Wut. »Genug!« Torka war unerbittlich. »Keiner meiner Söhne wird jemals die Hand gegen seinen Bruder erheben!«

»Dann sag Manaravak, daß er meine Frau in Ruhe lassen soll!«

»Du hast zwei Frauen!« zischte Manaravak.

»Jetzt nicht mehr!« verkündete Torka. »Steh auf, Naya!«

Naya lachte. Umak bückte sich, um ihre Handgelenke zu packen und sie auf die Beine zu zerren.

»Ich habe genug von diesem ewigen Gezänk um die Enkelin von Grek!« wütete der Häuptling. »Bei den Mächten der Schöpfung, Umak, teile diese dumme Unruhestifterin mit Manaravak und laß mich nie wieder ein Wort darüber hören – oder ich schwöre dir, Naya, daß deine Seele für immer im Wind wandern wird!«

»Nein!« tobte Umak.

Torka bedachte Naya mit einem angewiderten Blick, der sie zusammenfahren ließ. »Ich hatte gehofft, du hättest dich gebessert, aber du spielst meine Söhne immer noch gegeneinander aus. Wegen deines Medizingetränks ist mein Stamm heute nacht wahnsinnig geworden. Ich muß lange und ernsthaft darüber nachdenken, Naya. Aber jetzt tut mir der Kopf weh, und mein Körper sehnt sich nach Schlaf. Ich schlage vor, daß du und meine Söhne getrennt schlafen, damit ihr über das nachdenken könnt, was ich gesagt habe. Ich werde euch nicht noch einmal warnen.«

# 12

Die Wanawuts kamen, während der Stamm seinen Rausch ausschlief. Nicht einmal die Hunde spürten, wie sie sich heranpirschten, und dann war es zu spät.

Larani hörte Lebensspender in den östlichen Hügeln trompeten. Sie hob den Kopf, um gerade noch die menschenähnlichen Schatten zu sehen, die an den Felsblöcken vorbeigingen, in denen sie und das Baby geschlafen hatten. Die Wesen bewegten sich wie in einem Traum. Es waren kraftvolle Bestien, die schwankend und mit gebeugtem Rücken durch die knietiefen Nebel stapften.

Sie hielt vor Schreck den Atem an. Noch nie war sie Wanawuts so nahe gewesen. Es waren fünf, die mit Ausnahme des einzigen Weibchens fast so groß und pelzig wie Bären waren. Das Weibchen war viel größer als Larani und offensichtlich schwanger. Knochengerüst und Muskulatur verrieten gewaltige Körperkraft und Ausdauer. Genauso wie die Männchen bewegte sich auch das Weibchen mit gebeugten Knien und ihren kurzen, krummen Gliedmaßen vorwärts. Die Arme waren länger als die Beine, so daß das Geschöpf, obwohl es mehr oder weniger aufrecht ging, sich trotzdem mit den Knöcheln am Boden abstützen konnte. Ein strähniges, mausbraunes Fell bedeckte den gesamten Körper mit Ausnahme der bärenähnlichen Schnauze, der verblüffend menschenähnlichen Ohren, der Handflächen und der zwei Hängebrüste, die wie zwei fast leere Schläuche aus Harnblasen hin und her schaukelten.

Larani wurde es vom Anblick dieses weiblichen Wesens übel, und sie erstarrte vor Schreck über die Muskelkraft der anderen, männlichen Bestien. Sie waren auf dem Weg in das Lager ihres Stammes! Sie rückten wie Jäger an, langsam und vorsichtig, ohne ein Geräusch zu verursachen, das ihre unachtsame Beute auf sie aufmerksam machen könnte.

Ihr Herz klopfte. Warum bellten die Hunde nicht? Plötzlich erinnerte sie sich daran, daß sie ebenso betrunken wie die Menschen waren. Der einzige nüchterne Mann im ganzen Lager war Umak, aber nach seinem Streit mit Manaravak und Torka vermutete sie, daß er womöglich auch etwas getrunken hatte, um schlafen zu können. Wer sollte in diesem Fall Alarm geben? Was würde geschehen, wenn es niemand tat? Die Antwort lag auf der Hand. *Ich muß sie warnen! Ich bin die einzige, die dazu in der Lage ist! Aber wenn ich rufe, wird mich dann jemand außer den Wanawuts hören?*

Das Baby in Laranis Armbeuge begann zu strampeln und zu nörgeln. In ihrer Panik bot sie dem hungrigen Kind ihre Fingerkuppe an und brachte es damit zum Schweigen. Doch das Baby, das nach Sommermonds Milch hungerte, würde sich nicht lange damit zufriedengeben, an einem dünnen, trockenen Finger zu saugen. Bald würde es wieder zu jammern beginnen, und die Wanawuts würden es hören.

Ihre rechte Hand hob langsam das Fleischmesser auf, das sie neben sich auf die Felsen gelegt hatte, bevor sie eingeschlafen war. Sie klammerte sich fest an den Griff und stand auf. Larani wußte, was sie zum Wohl des Kindes, des Stammes und Manaravaks, der arglos im Lager schlief, tun mußte.

Sie durfte keine Zeit verlieren. Mit einem tiefen Atemzug, der ihre Nerven und ihre Entschlossenheit stärken sollte, zog sie ihr Kleid aus. Die Kälte stach in ihre Haut, und ihre Sinne protestierten. Doch sie achtete nicht darauf. Geschickt wickelte sie das Kind in das Kleid, um seine Schreie zu dämpfen, und legte es dann schützend in eine Spalte tief zwischen den Felsen. *Sei still, mein Kleines!* dachte sie. *Wenn die Mächte der Schöpfung uns günstig gestimmt sind, werde ich dich bald zu deiner Mutter zum Stillen bringen können.*

Sie wartete nicht ab, ob das Kind sich tatsächlich ruhig verhalten würde. Mit dem Messer in der Hand lief Larani los, um sich nackt der Gefahr zu stellen.

»Wanawut!« Sie schrie das Wort immer wieder. Doch die lautstarke Warnung, die ihren Stamm alarmieren sollte, machte auch die Wanawuts auf sie aufmerksam.

Als sich die Bestien umdrehten, glaubte Larani, daß sie vor Angst zusammenbrechen würde. Doch mutig zeigte sie sich ihnen. Sie schwenkte die Arme und tanzte in großen, springenden Schritten, die sie vom Baby fortlocken sollten – und damit auch immer weiter vom Stamm weg, also auch von möglicher Hilfe für sie selbst. »Kommt! Freßt diese Frau, wenn ihr heute nacht Hunger auf das Fleisch von Menschen habt! So häßlich wie ihr seid, müßte ich eurem Geschmack mehr als angemessen sein! Folgt mir! Fangt mich, wenn ihr könnt!«

Die Bestien standen völlig starr im Wind, beobachteten sie, lauschten ihrem Spott und schätzten ihren Wert als Beute ein. Das größte Tier hatte sich zu voller Größe aufgerichtet. Jedes silbrige Nackenhaar war gesträubt. Mit einem verächtlichen Grunzen trommelte es wütend die Fäuste gegen seinen massiven Brustkorb und fletschte die Zähne. Erneut wäre Larani beinahe in Ohnmacht gefallen. Der Wanawut hatte die Zähne eines Löwen, und als sich eine seiner Hände öffnete, erkannte sie, daß sie so groß und krallenbewehrt wie die Tatze eines Bären war. Sie sah ihr Schicksal in den grauen Augen des Fleischfressers besiegelt. Und im Vergleich dazu kamen ihr die brennenden Hände der Tochter des Himmels noch gnädig vor.

»Nein...« Ihr Mund wurde trocken, und sie zitterte so heftig, daß ihre Zähne klapperten. »Nein! Ich werde nicht hier stehenbleiben und auf euch warten. Kommt! Alle zusammen! Folgt mir, sage ich!«

Als Larani sich umdrehte und schreiend auf den Fluß zurannte, setzten das Weibchen und zwei der Männchen ihr nach. Aber die übrigen beiden Männchen, unter denen auch das große grauhaarige war, gingen geradeaus weiter — mitten ins Lager des Stammes hinein.


»Torka! Wach auf, Torka!«

Torka stöhnte. Lonits Stimme drang nur langsam in sein Bewußtsein. Sein Kopf fühlte sich so schwer an, daß er ihn nicht von seinen Schlaffellen erheben wollte.

Lonit saß neben ihm und ließ nicht zu, daß er wieder einschlief. In ihrer Stimme lag etwas Drängendes, dem er sich nicht verschließen konnte. »Hör doch!«

Er kämpfte gegen den Schwindel an, während er sich aufsetzte, sich den Kopf hielt und gegen seine Schläfen drückte, damit sie nicht platzten. Er lauschte und hörte das Schreien einer Frau und das Wiehern des Fohlens.

Torka war sofort auf den Beinen. Alles drehte sich um ihn, und er stürzte wieder hin. Verwirrt schüttelte er den Kopf. Schmerzen flammten auf. Er mußte sich zusammenreißen, um sich nicht zu übergeben. Mit einem Fluch auf Naya und ihr übles Gebräu zwang er sich erneut zum Aufstehen. Fast wurde ihm wieder schlecht, als er sich durch die Dunkelheit der Hütte zur Felltür vorkämpfte und sie beiseite riß. Er trat in die kalte Luft hinaus und im nächsten Augenblick schien sich sein Innerstes nach außen zu kehren.

»Torka! Deine Speere!« rief Lonit ihm nach.

Doch er reagierte nicht, weil er in die Knie gegangen war und ihn seine Eingeweide vor Übelkeit zu zerreißen drohten.

Laranis Schreie rissen Demmi aus ihren Drogenträumen. Die Schreie schienen aus immer größer werdender Entfernung zu kommen, nicht jedoch das panische Wiehern von Manaravaks Fohlen und die Geräusche eines sich übergebenden Mannes.

Demmi hockte neben den erloschenen Resten des Gemeinschaftsfeuers und versuchte sich zu orientieren. Wem war übel? Hatte sie die Schreie wirklich gehört? Im Halbschlaf hob sie den Kopf und starrte in die Gesichter zweier Wanawuts. Instinktiv griff ihre Hand nach einer Waffe und erstarrte fast augenblicklich. Demmi hatte weder ihre Steinschleuder noch ihr Fleischmesser während des nächtlichen Rituals bei sich gehabt.

Das Tier, das direkt vor ihr stand, war das große, silberhaarige Männchen, dem sie in der Höhle begegnet war. Ein zweites Männchen mit dunklerem Fell beugte sich über sie und schnupperte an ihren Hüften. Mit neugierigen Fingern zupfte es an ihrer Kleidung und kniff dabei in ihre Haut.

»Aua!« schrie sie und ärgerte sich schon im nächsten Moment über ihren Mangel an Beherrschung. Fast gleichzeitig stieß das silberhaarige Männchen wütend den anderen Wanawut weg. Das Tier wehrte sich nicht, obwohl es die Zähne fletschte und protestierend brüllte, so wie es Raubtiere taten, die von einem dominanten Tier von einer vielversprechenden Mahlzeit vertrieben wurden. Das silberne Männchen antwortete mit einem Brüllen. Der Geruch seines heißen Atems schlug ihr entgegen, worauf ihr vor Angst fast übel wurde.

»Demmi, keine Bewegung! Sie wollen dir nichts Böses tun, Schwester!«

Manaravaks Befehl kam von links. Er war jedoch unnötig. Sie war vor Furcht so gelähmt, daß sie sich nicht hätte bewegen können, selbst wenn sie es gewollt hätte. Glaubte er wirklich, was er da sagte? Und bestand die Chance, daß er vielleicht sogar recht hatte?

»Mutter?« hörte sie Kharns zitternde Stimme.

Ihr Herz schien stehenzubleiben.

Kharn, der bei den anderen Jungen geschlafen hatte, war vom Gebrüll der Bestien geweckt worden und sah über die Feuerstelle zu ihr hinüber. Die Furcht fiel von Demmi ab. Ihre mütterlichen Instinkte gewannen die Oberhand. Ihr Sohn hatte sie zum ersten Mal Mutter genannt!

Demmi blickte Kharn an und wandte schnell den Blick wieder ab, um den Wanawut nicht auf den Jungen aufmerksam zu machen. Als sie sprach, hatte sie ihre Stimme völlig unter Kontrolle. »Sag jetzt kein Wort mehr, mein Sohn. Atme ruhig... ganz ruhig... und zieh dich langsam zurück...« Ihre Warnung wurde von dem silberhaarigen Männchen unterbrochen, das sich bückte und sie anschrie.

Sie zuckte angesichts seiner entsetzlichen Macht zusammen. Sie hatte nur noch eines im Sinn: ihr eigenes Überleben, das ihres ungeborenen Kindes und das ihres Sohnes.

Wo war Dak? Wo waren alle anderen? Hatten sich die Erwachsenen in ihre Zelte zurückgezogen und sie mit den Kindern alleingelassen? Konnte Nayas Getränk an einer solchen Verantwortungslosigkeit schuld sein? Demmi wurde plötzlich kalt, denn sie erkannte, daß die Wanawuts die schlafenden Kinder offensichtlich übersehen hatten, als sie in das dunkle, unbewachte Lager eingedrungen waren.

Aber wenn Manaravak wach war, waren es vermutlich auch die anderen Stammesmitglieder! Gleich würden Speere fliegen und Steinschleudern schwirren, und die Bestien würden tot umfallen. Alles wäre dann wieder gut. Doch es flogen keine Speere, und keine Steinschleudern schwirrten. Demmi bemerkte, daß nicht einmal die Hunde bellten. Vielleicht war Nayas Getränk auch für Hunde nicht geeignet. Vielleicht würden sie nie wieder aufwachen.

Während sie immer noch unterwürfig vor der Bestie kauerte, kämpfte die Frau gegen ihre zunehmende Panik. Das silbrige Männchen schnupperte hektisch an ihrem Rücken, ihren Schultern und Seiten. Sie konnte kaum noch einen Schrei unterdrücken. Seine Hände begannen sie schmerzhaft zu untersuchen und entsetzt erkannte sie, daß er ihr Geschlecht erkundete.

Als die Bestie von dem panischen Wiehern des Fohlens abgelenkt wurde, drehte sie sich um und blickte in Richtung des Pferdes — dieselbe Richtung, aus der Manaravak gerufen hatte. In diesem Augenblick verlor Demmi jede Hoffnung. Sie erkannte, daß Manaravak vermutlich eher zum Fohlen gegangen war, um es zu beruhigen, als einen Speer gegen den Wanawut zu erheben, der seine Schwester und die Kinder des Stammes bedrohte.

Langsam hob sie ihren Kopf und sah Manaravak, der auf halbem Weg zwischen seinem Zelt und dem Fohlen stehengeblieben war. Sogar in der Dunkelheit kurz vor der Dämmerung konnte sie seine unbeschreibliche Verwirrung erkennen. Sie schien plötzlich den Boden unter sich zu verlieren. Manaravak konnte sich nicht entscheiden!

»Manaravak!« Sie schluchzte. »Worauf wartest du? Wirf deine Speere! Oder bist du doch einer von ihnen?«

Ihre Worte hatten die Aufmerksamkeit der Bestien wieder auf sie gelenkt. Sie starrte in das inzwischen schon vertraute Gesicht, dem sie bereits im Nebel, in der Höhle und in unzähligen Alpträumen begegnet war. Die kalten grauen Augen verengten sich, und die Stirn legte sich in Falten. Die Lippen zogen sich von den Zähnen zurück, und die zottige Mähne sträubte sich auf den Schultern.

»Verschwindet! Geht weg von mir!«

Das Tier schnappte in offenkundiger Überraschung nach Luft. Es neigte den Kopf zur Seite. Und dann stieß es eine Reihe tiefer, bedrohlicher Knurrlaute aus. Demmi sah in seinen Augen, daß es sie wiedererkannt hatte. Der Wanawut kannte sie! Er erinnerte sich an ihre Worte und an das, was sie getan hatte! Sie hatte seine Partnerin getötet, und Demmi wußte, daß sie jetzt ebenfalls sterben würde.

»Dak!« Sie schrie den Namen ihres Mannes, obwohl sie wußte, daß kein Mann ihr jetzt noch helfen konnte. Sie verlor die Beherrschung. »Lauf, Kharn!« schrie sie. »Wacht auf, Kinder! Lauft! Lauft um euer Leben!« mit der Verzweiflung eines in die Enge getriebenen Tieres ergriff Demmi eine der haarigen Hände des Wanawuts. Sie biß durch Haut und Muskeln, bis ihre Zähne auf Knochen stießen. Der verwirrte Wanawut packte mit der freien Hand ihren Kopf und versuchte sie wegzuzerren. Doch sie ließ nicht los. Krallen fuhren über ihre Stirn und skalpierten ihren Hinterkopf, doch sie verbiß sich immer fester in die Hand der Bestie. Sie zerriß Fleisch und Sehnen, bis der Wanawut mit einem wütenden Schmerzensschrei seinen Arm so schnell hochriß, daß sie hochgehoben wurde. Doch immer noch hielt sie sich fest und biß immer tiefer in seine Hand, bevor der Wanawut schließlich seinen Arm mit solcher Kraft zur Seite schwang, daß Demmi quer durch das Lager geschleudert wurde.

Die schwangere Frau landete hart auf dem Rücken. Der Schock saß tief, ihr eigenes Blut verklebte ihr die Augen, und sie hatte noch immer Fleisch und Haare der Bestie in ihrem Mund. Die Luft wurde ihr beim Aufprall aus den Lungen gepreßt, und sie spürte, wie ihr Rückgrat brach und ihr Schädel aufplatzte. Licht und Lärm explodierten in ihrem Kopf, und sie hörte ein einziges Wort.

»Demmi!«

Es war Dak. Sie erkannte seine Stimme. Er rief ihren Namen. Sie wollte ihm antworten, doch sie konnte es nicht. Sie fühlte sich seltsam losgelöst von ihrem Körper. Das Licht wurde schwächer, und alle Geräusche zogen sich wie in einem Wirbel in ihrem zerschmetterten Schädel zusammen. Dann verstummte auch das letzte Echo von Daks Stimme in den blutigen Resten ihres Gehirns. Die Kälte und die Dunkelheit des Ewigen Eises senkten sich über ihr Bewußtsein.


»Nein!« Manaravak schleuderte seinen Speer. Noch während die Waffe durch die Luft flog, wußte er, daß sie ihr Ziel verfehlen würde. Doch selbst wenn er getroffen hätte, wäre es zu spät gewesen, um seine Schwester zu retten.

Das silberhaarige Männchen war bereits mit Daks Speer im Rücken zu Boden gegangen. Der zweite Wanawut floh mit einer solchen Geschwindigkeit, daß die Männer, die ihm im Weg standen, überrascht zur Seite flüchteten. Dann sprangen Uni und die Jungen von der Feuerstelle auf. Der alte Grek erhob sich verständnislos mit trüben Augen, während Tankh und Chuk ihn an den Armen packten und fortzuzerren versuchten.

Das silberne Männchen war wieder aufgestanden und langte nach dem Speer, der durch den oberen Teil seines Rückens gedrungen war. Als es sich umdrehte, entdeckte es Grek und seine Söhne.

Manaravaks Augen weigerten sich, ihm ein scharfes Bild der Umgebung zu liefern. Waren es die Nachwirkungen von Nayas Getränk, die ihn blind machten, oder waren es seine Tränen? Wenn Demmi tot war, war es seine Schuld! Sie hatte ihn zu Hilfe gerufen, und er hatte gezögert. Nein! Er hatte etwas viel Schlimmeres getan — er hatte verschwiegen, daß die Bestien in der Nähe des Lagers waren, und sich mehr Sorgen um sie als um die Sicherheit seines Stammes gemacht! Er hatte zugelassen, daß er selbst und die Menschen des Stammes sich berauschten und hilflos einem Angriff ausgeliefert waren. Und nachdem die Wanawuts ins Lager eingedrungen waren und seine Schwester bedroht hatten, war er nicht in der Lage gewesen, sich für eine Seite zu entscheiden.

»Manaravak! Was ist los mit dir? Beweg dich!«

Lonits wütender Befehl ließ ihn zusammenfahren. Sie hatte gerade erlebt, wie eine ihrer Töchter getötet worden war. Und ihr Sohn hatte untätig zugesehen. Torka stand schwankend auf den Beinen. Er hatte seine Speere in der Hand, aber er sah krank, alt und verwirrt aus. Nayas Getränk hatte ihm schwer zugesetzt. Manaravak war fassungslos über diesen Anblick. Zum ersten Mal erkannte der junge Mann, daß das Unglück des vergangenen Jahres nicht spurlos an Torka vorbeigegangen war. Bis seine unsicheren Hände endlich den Speer erhoben und geworfen hätten, wären Grek und seine Söhne längst demselben Schicksal wie Demmi zum Opfer gefallen.

Manaravak stand wie angewurzelt da. Der Wanawut hatte

sich den Speer aus dem Rücken gezogen und den Schaft in zwei Hälften zerbrochen, während Tankh und Chuk hysterisch ihren Vater anschrien, er solle aufstehen. Die Bestie warf knurrend mit den Stücken des Speeres nach den dreien. Als Tankh vom stumpfen Ende der Waffe getroffen wurde, geriet der Junge in Panik. Er vergaß seinen Vater und Bruder. Er stand auf und wollte davonrennen, aber seine Handlung löste sofort eine Reaktion des silberhaarigen Männchens aus. Es holte mit seinem langen Arm aus und schlug dem Jungen so heftig ins Gesicht, daß sein Kopf weit zurückgeworfen wurde. In der Art, wie Tankh zu Boden ging, lag etwas Unnatürliches. Er stand nicht wieder auf. Und Manaravak konnte sich immer noch nicht rühren. Umak kam durch die Dunkelheit vom entgegengesetzten Ende des Lagers angestürmt, wo er abseits vom Stamm mit Jhon die Nacht verbracht hatte. Manaravak sah zu, wie Umak nüchtern und ohne zu zögern mit seinem Speer zielte. Jhon tat dasselbe. Simu und Dak näherten sich der Bestie. Direkt hinter ihnen waren die Frauen und Kinder, die mit ihren Schleudern und mit bloßen Händen Steine und Erde nach dem Eindringling warfen und schrien, er solle verschwinden.

Gefährte, Schneefresser und die jüngeren Hunde waren inzwischen aufgewacht. Torka stürzte sich in den Kampf. Er schien sich wieder gefaßt zu haben und lief mit langen Schritten auf Grek zu. Ohne zu zögern, schleppte er den alten Mann in Sicherheit. Chuk lief hinterher, während Dak, Simu, Umak und die Jungen der Bestie mit ihren Speeren zusetzten und sie verletzten.

Das silberhaarige Männchen war sichtlich verwirrt. In einem Hagel von Steinen und umgeben von bewaffneten, schreienden Menschen und drohenden Hunden stieß es einen qualvollen Schrei aus, als einer von Umaks Speeren ihm durch den Rücken fuhr. Es packte die Speerspitze, die aus seiner Brust ragte. Noch ein Speer kam geflogen und traf den Wanawut in die Kehle. Manaravak konnte die Schmerzen des Tieres spüren. Es war wieder in die Knie gegangen und zerrte an den Speeren, die jedoch so tief in seinem Körper steckten, daß sie sich nicht herausziehen ließen ... Speere, die von einem Mann entworfen worden waren, der niemals hatte zulassen wollen, daß sie gegen Wanawuts eingesetzt würden. Manaravak konnte sich nicht zurückhalten und heulte mit der Bestie, tröstete sie in der Sprache ihrer Art, um ihr die Schmerzen und die Verwirrung zu nehmen – ihr und damit auch sich selbst.

Das erste Licht der Sonne zeigte sich über den östlichen Bergen, doch Manaravak nahm es kaum wahr. Hoch oben kreiste ein Weißkopfadler, der klagend nach Süden flog, doch Manaravak hörte es kaum. Jetzt klagte sein Stamm! Ihre Stimmen schienen wie aus weiter Ferne zu kommen, und Manaravak sah, wie sich Dak vom getöteten Wanawut abwandte. Das Gesicht des Mannes sah aus, als wäre er verprügelt worden. Langsam durchquerte Dak das Lager. Jeder Schritt schien ihm Schmerzen zu bereiten. Er kniete neben Demmis zerschmettertem Körper nieder und nahm seine Frau in die Arme. Es war die Umarmung eines Liebenden. Mit zärtlichen Fingern strich er ihr Haar glatt und legte es vorsichtig über ihre Kopfwunden. Er küßte das Blut von ihrem Gesicht. Er legte seine Hand auf ihren Bauch, drückte mit einem qualvollen Schluchzen sein Gesicht an ihres und flüsterte ihren Namen.

»Demmi, komm zurück zu mir! Du und das Baby, unser Baby! Hörst du mich? Vergib mir, Demmi! Komm bitte zu mir zurück! Wie kann ich es ertragen, dich zum zweiten Mal zu verlieren?«

Die Menschen des Stammes umringten ihn und stimmten in seine Klage ein. Schwan stand hinter ihm und Naya an seiner Seite. Sie sahen entsetzt auf die Leiche der Frau hinunter. Als Torka und Lonit sich neben ihn knieten und ihre geliebte, tote Tochter berührten, begann Dak zu weinen.

Umak stimmte mit gebrochener Stimme den Todesgesang für seine Schwester und für die Frau an, die Dak geliebt und dann verschmäht hatte, ohne jedoch jemals seine Liebe zu ihr aufgegeben zu haben.

»Demmi ...« Ihr Name drang über Manaravaks Lippen. Gleichzeitig kamen all die kostbaren Erinnerungen an ihre gemeinsame Jugend zurück. Er erinnerte sich an ihr Lachen und

Singen, daran wie sie ihn unterrichtet und geliebt und alles für einen Bruder riskiert hatte, der sich am Ende auf die Seite des Wanawuts geschlagen und sie hatte sterben lassen. Er empfand Scham, eine unendliche Scham, und in Gedanken schrie er: »*Vergib mir! Vergib mir!*« Doch das waren die Worte von Menschen, und durch seine Handlung hatte er sich für immer von seiner Art gelöst. Als er sah, wie Grek die Leiche seines Sohns Tankh auf die Arme nahm und sie der Sonne entgegenhob, um Vater Himmel zu bitten, den Kindern des Stammes das Leben zurückzugeben, fühlte Manaravak, wie sein Herz entzweigerissen wurde.

Wie konnte Vater Himmel ihnen das Leben zurückgeben, wenn es Manaravak gewesen war, der es ihnen genommen hatte? Er fühlte sich, als hätte er selbst und nicht der Wanawut sie getötet, und die Schmerzen, die ihm diese Erkenntnis bereitete, waren kaum zu ertragen. Er wußte nicht, daß er heulte. Er wußte nur, daß er seinen Schmerz erleichtern mußte, wenn er nicht daran zugrunde gehen wollte. Er warf den Kopf zurück und breitete die Arme aus. Sein Körper erzitterte, und die Laute seiner Qualen drangen über seine Lippen und stiegen zum Himmel, bis ihn ein scharfer Schmerz an der Schulter zum Verstummen brachte.

Ein heller, gebogener Gegenstand von der Länge seines Unterarms wirbelte mit tödlicher Geschwindigkeit und Kraft an ihm vorbei. Er hörte, wie das Geschoß die Luft durchschnitt, und wußte, daß es ihn getötet hätte, wenn es seinen Kopf nicht um wenige Fingerbreit verfehlt hätte. Er faßte nach seinem schmerzenden Armmuskel und starrte überrascht seinen Stamm an. Manaravak wußte, daß einer von ihnen etwas nach ihm geworfen hatte. Um ihn zum Schweigen zu bringen, oder um ihn zu töten? Er sah die Antwort in ihren Augen. Sie starrten ihn mit Abscheu und Schrecken an, als wäre plötzlich ein verräterischer und mörderischer Fremder in ihrer Mitte aufgetaucht, der sich in der Haut eines Mannes verborgen hatte, den sie geliebt und dem sie vertraut hatten.

Er hatte ihre Liebe verraten und ihr Vertrauen mißbraucht. Sie hatten ihn Sohn und Bruder und Mann des Stammes genannt, doch in Wirklichkeit war er ein Wanawut.

Lonits Hände klammerten sich um Torkas Unterarm. Ihr verzweifelter Gesichtsausdruck sagte ihm alles. Nur die Liebe einer Mutter hatte ihn vor Torkas Rache gerettet, der das Recht eines Vaters und Häuptlings in Anspruch genommen hatte, das Leben eines Menschen zu beenden, der sich als Bedrohung für den Stamm erwiesen hatte. Manaravak riß die Augen auf und blickte ungläubig nach unten, wo er Torkas zerbrochene Keule zu seinen Füßen liegen sah.

Der verzierte Walknochen, das Symbol der Einheit des Stammes und des Lebenszieles seines Vaters, war zerbrochen — durch seine Schuld. Demmi war tot — durch seine Schuld. Der alte Grek und der Stamm trauerten erneut — durch seine Schuld. Manaravaks Herz, das bereits durch die Qualen der Reue zerrissen war, wurde völlig zerfetzt.

Er war Manaravak, der Sohn Torkas, ein Mann des Stammes, aber an diesem Morgen hatte er das Recht auf ein Leben mit ihnen verwirkt. Er wandte sich ab, sehnte sich nach dem Tod und wollte sich gerade dazu entschließen, ihn auch zu suchen, als Honee vor Angst aufschrie.

»Wo ist Li? Hat irgend jemand Li gesehen?«

»Oder Yona?« fragte Chuk und begann plötzlich mit einem Verzweiflungsschrei nach seiner Schwester zu suchen.

»Larani! Wo bist du, Larani?« rief Simu. Für einen Mann, der immer wieder erklärt hatte, daß für seine Tochter der Tod das Beste wäre, klang er ungewöhnlich besorgt. Plötzlich fiel er auf die Knie und jammerte wie eine klagende Frau.

*Larani!* Das Bild dieses strahlenden, vernarbten Mädchens stach ihn schärfer als eine Speerspitze. Er war plötzlich wieder wachsam und lebendig. *Wo war Larani? Wo waren die Kinder?* Die schlimmsten Befürchtungen des Stammes konnten sich nicht mit dem Schrecken der Wahrheit messen: Sie waren gestohlen worden, von den Wanawuts geraubt, nicht um ihnen als Nahrung zu dienen, sondern zur Paarung mit Bestien, die nicht genügend eigene Frauen hatten.

»Nein!« Manaravak sprach das Menschenwort aus und sah nicht, wie Umaks Gesicht sich vor Wut verzerrte.

»Du Tier! Meine Tochter ist durch deine Schuld verloren! Wie konntest du nur zusehen, ohne etwas zu unternehmen?«

Manaravak hielt immer noch einen Speer in der Hand — einen Speer, der das Leben Demmis oder Tankhs hätte retten können. Einen Speer, der zwar nicht mehr ihnen, aber noch Larani und den Kindern helfen konnte. Als Umak ihn angriff, streckte er ihm die Speerspitze entgegen und hielt seinen Bruder damit in Schach, bis Dak Umak eine Waffe zuwarf.

Und so standen sich die Zwillingssöhne Torkas gegenüber. Keiner rührte sich.

»Du hättest niemals zurückkommen dürfen, Manaravak! Ich werde dich jetzt töten. Ich muß dich töten! Du verdienst es nicht, auch nur einen Tag weiterzuleben!«

Umak stieß zu, und Manaravak wich ihm mit einem geschickten Sprung aus. Trotzdem schlitzte Umaks Speerspitze seine Jacke auf und verfehlte die Haut nur um Haaresbreite.

Noch nie hatte Manaravak solchen Haß auf dem Gesicht seines Bruders gesehen. Er verzerrte Umaks starke, gleichmäßige Züge und machte sie häßlich und raubtierhaft. Und doch empfand Manaravak nur Liebe für ihn. Er sah Umak für einen neuen Stoß in Stellung gehen und voller Trauer und Bedauern wirbelte er herum und warf ihn zu Boden.

»Ich muß noch einen Tag weiterleben!« rief Manaravak. Und während Umak ihn atemlos und benommen aus leeren Augen ansah, drehte er sich um und rannte los.

Er hatte die wahre Natur der Wanawuts falsch eingeschätzt, aber er hatte lange genug unter ihnen gelebt, um ihr Verhalten zu kennen. Er würde sie finden. Und er wußte, was er dann für Demmi und Tankh und für Li, Yona und Larani tun mußte.

# 13

Mit dem Messer in der Hand sprang Larani kopfüber in den Fluß und überließ sich der Strömung. Sie sah über ihre nackte Schulter zurück. Mit einem Schock, der so eindringlich wie das kalte Wasser war, sah sie, daß die Wanawuts ihr immer noch folgten. Sie konnten schwimmen! Sie selbst konnte es nicht. Die Bestien waren mit einem dicken, wärmenden Pelz bedeckt! Sie selbst war nackt. Schon nach kurzer Zeit war ihr Körper so ausgekühlt, daß sie kaum noch das Messer halten konnte. Sie schnappte nach Luft und versuchte, ihren Kopf über Wasser zu halten, während sie mit den Armen und Beinen paddelte, wie sie es bei den Hunden beobachtet hatte. Doch es hatte keinen Zweck, denn ihr war zu kalt. Sie ließ sich willenlos vom Fluß treiben und erinnerte sich daran, daß sie selbst im Vergleich zum kleinsten Wanawut sehr leicht war. Vielleicht würde die Strömung sie an der Oberfläche halten und schneller mitreißen als die schweren Bestien, die um sich schlagen mußten, wenn sie nicht wie Steine untergehen wollten. Doch ihre Hoffnung verging sehr schnell. Larani wurde unter Wasser gezogen, und plötzlich erinnerte sie sich an die schweren und fetten Körper der Tiere, die so elegant im See des Blutigen Wassers geschwommen waren. Gleichzeitig stieg ein anderes Bild vor ihrem geistigen Auge auf: Sie sah, wie der kräftige Arm eines Wanawuts durch das Wasser schnitt und es beherrschte, während sie hilflos davongetrieben wurde.

Der Fluß war entsetzlich kalt. Sie schnappte nach Luft und atmete Wasser ein. Hustend schlug sie mit den Armen um sich, strampelte mit den Beinen und geriet irgendwie an die Oberfläche. Sie konnte ihre Lungen gerade noch rechtzeitig mit Luft füllen, bevor sie wieder untertauchte. Was spielte es für eine Rolle? fragte sie sich. Es war nicht das erste Mal, daß sie von einem Fluß davongetrieben wurde. Nach dem anfänglichen Erstickungsgefühl kam ihr das Ertrinken gar nicht so schlimm vor — nicht halb so schlimm, wie von den hungrigen Bestien zerfleischt zu werden.

Sie wußte nicht mehr, wann sie das Bewußtsein verlor. Vielleicht überließ sie sich allzu bereitwillig dem Vergessen. Doch als sie wieder erwachte, sah sie am Sonnenstand, daß von dem kurzen Herbsttag bereits mehr als die Hälfte vergangen war. Wo war der Vormittag geblieben? Wie weit hatte der Fluß sie davongetragen? Und wo waren die Wanawuts?

Heftig zitternd zwang sie sich dazu, sich zu erheben und sich umzublicken. Sie verhielt sich so still, wie es ihr ausgekühlter Körper zuließ, lauschte angestrengt und wagte kaum zu atmen, bis sie schließlich überzeugt war, daß es keine Anzeichen für Wanawuts in der Nähe gab. Zu ihrer Überraschung stellte sie fest, daß ihr Messer immer noch von ihren steifen, tauben Fingern umklammert wurde. Das gab ihr neuen Mut, und sie kroch aus dem seichten Wasser über das steinige Ufer zwischen die dicht stehenden Pappeln, die den Fluß am Fuß einer südseitigen Klippe säumten. Hier fand sie sich im Windschatten und im wärmenden Sonnenlicht, das durch das Blätterdach drang. Sie machte sich ein Nest und vergrub sich unter losen Blättern und Flechten. Es dauerte eine Weile, bis sie sich warmgezittert hatte, aber es dauerte noch länger, bis sie sich endlich entspannte und spürte, wie das Leben in ihren ausgekühlten Körper zurückkehrte.

Larani lag leblos da. Wo waren die Wanawuts? Hatte der Fluß sie ebenfalls an dieses Ufer geworfen, und suchten sie bereits nach ihr? Ihre Finger klammerten sich um den Fichtenholzgriff ihres Messers.

*Sollen sie doch kommen!* dachte sie. *Sie werden es bereuen, wenn sie mich finden!*

Doch ihr Trotz verflüchtigte sich, als sie sich an das große Männchen mit der silbrigen Rückenbehaarung und das etwas kleinere Exemplar erinnerte, die sich beide nicht vom Lager fortlocken lassen wollten. Hatte der Stamm ihre Warnung rechtzeitig gehört? Und was war mit Sommermonds Baby geschehen? Inzwischen mußte es jemand gefunden haben. Aber wer? Mensch oder Bestie? Laranis Furcht wuchs.

*Ich muß es herausfinden! Ich muß wieder zurück.*

Doch als sie sich aufrichtete, warf die Erschöpfung sie wieder um. Sie lag atemlos und zitternd da und war so müde, daß sie kaum noch ihre Augen offenhalten konnte. Sie mußte schlafen. Sie mußte sich von den Strapazen erholen, mußte neue Kraft sammeln, um dem entgegentreten zu können, was mit dem Baby und dem Rest des Stammes geschehen war.

Das Weinen von Sommermonds Baby führte die Frauen zu den Felsen außerhalb des Lagers. Mit einem erleichterten Schluchzen hob Sommermond das Kind auf, hüllte es wieder in die Wärme von Laranis Kleid und drückte es an sich. Laranis Kleid und ihre Fußspuren, die von denen der Wanawuts überlagert wurden, verrieten deutlich, was aus ihr geworden war.

Lonit erschauderte. Was wäre geschehen, wenn Simus Tochter nicht geschrien und die Bestien fortgelockt hätte? Der Stamm hätte sich mit fünf statt mit zwei Bestien auseinandersetzen müssen.

»Sie hat viele Leben gerettet«, sagte die Häuptlingsfrau. »Laßt uns hoffen, daß sie ihr eigenes nicht verloren hat. Kommt jetzt! Wir haben viel zu tun.«

Schweigend kehrten sie ins Lager zurück und machten sich daran, die Körper der Toten für die Bestattung vorzubereiten.

Die Männer und Jungen waren fort. Sie hatten ihre Speere, Speerwerfer und Messer genommen und waren Manaravak mit den Hunden voller Mordlust gefolgt. Lonit fragte sich, ob sie wußten, wen sie eigentlich jagten – Manaravak oder den Wanawut – oder suchten sie nach Larani und den vermißten Kindern? Sie konnte nur hoffen, daß die Jagd nicht in Haß, Sinnlosigkeit und Tod endete.

Sie fühlte sich krank und erschöpft und bezweifelte, daß sie Manaravak jemals wiedersehen würde.

»Manaravak, mein Sohn, vielleicht hatte die alte Zhooali, die Medizinfrau von Cheanahs Stamm, doch recht. Vielleicht wäre es besser gewesen, wenn dir das Leben nicht erlaubt worden wäre. Du hast nur Unglück erlebt und seit deinem ersten Atemzug viel Unglück über deinen Stamm gebracht.«

»Nein, Mutter! Sag das nicht!« rief Schwan und umarmte Lonit.

Aber ihre Mutter wies sie ab. »Was ich sage oder nicht sage, wird nichts an der Sache ändern, Schwan.« Sie kniete sich vor Demmis Leiche, während Schwan und Sommermond an ihrer Seite standen. Naya, Honee, Uni und Kharn standen dicht hinter ihr. »An diesem Tag habe ich erlebt, wie Demmi gestorben ist, ohne daß Manaravak etwas zu ihrer Hilfe unternommen hat. An diesem Tag habe ich erlebt, wie Umak versucht hat, seinen Bruder zu töten. An diesem Tag ist eins meiner Enkelkinder von Bestien geraubt worden und vielleicht für immer verloren. An diesem Tag hätte Torka, wenn ich ihn nicht daran gehindert hätte, seinen eigenen Sohn getötet. Aber meine Einmischung war sinnlos. An diesem Tag weiß ich in meinem Herzen, daß Manaravak sterben wird, noch bevor die Sonne hinter den westlichen Bergen untergeht ... durch die Hände seines eigenen Vaters.«

Naya hielt den Atem an. »Sie können ihn doch nicht töten! Das können sie nicht! Er ist doch ...«

»Sei still!« befahl Lonit kalt. Sie konnte die Stimme der jungen Frau nicht mehr ertragen. »Du warst es, die die Saat des Streites zwischen meinen Söhnen gelegt hat.«

»Hör auf! Bitte hör auf!« Honees Kinn zitterte. »Meine Li ... sie ist so klein und so ein gutes Mädchen. So ein ... oh, glaubst du, die Männer werden sie finden, bevor ... bevor ...«

»Sie werden sie finden, Honee! Und Yona auch; und Larani! Daran müssen wir glauben! Wir dürfen die Hoffnung nicht aufgeben!« Schwans Stimme war ungewöhnlich laut — wenn Hoffnung darin lag, klang sie allzu sehr nach Verzweiflung.

Honee begann zu weinen.

Lonit kam der Gedanke, daß auch sie eigentlich hätte weinen müssen, aber sie hatte keine Tränen mehr übrig. Sie sah auf die Leichen von Tankh und Demmi hinunter. Armer Tankh. Armer bärenhafter Junge. Sie hatten ihn neben Demmi gelegt und seinen Kopf, der auf groteske Weise einmal herumgedreht worden war, wieder in seine natürliche Stellung gebracht. Nie wieder würde er im Schatten seines Vaters stolzieren oder entsetzt erröten, wenn es darum ging, sich eine Frau zu nehmen, bevor er dazu bereit war. Er würde sich niemals eine Frau nehmen.

Lonit stockte der Atem, als ihr Blick zu Demmi hinüberwanderte. »Ich habe schon zu lange gelebt ...« Sie seufzte, verlor beim Ausatmen auch ihren Lebenswillen und brach zusammen. Sie lag auf der toten Demmi und umarmte sie, als wolle sie ihre Seele einfangen und sie wieder ins Leben zurückzwingen. »Demmi! Meine Tochter! Komm zurück zu mir! Ich kann diesen Schmerz nicht ertragen! Ich bin schon zu alt, um die Last von so viel Kummer zu tragen!« Plötzlich wich sie erschrocken zurück.

»Mutter? Was ist, Mutter?«

War es Schwan oder Sommermond, die da gerade gesprochen hatte? Lonit wußte es nicht, und es war ihr auch egal. Demmi hatte sich unter ihr bewegt!

Ihr Herz klopfte heftig, und sie warf sich noch einmal über den Körper ihrer Tochter. Ja! – Da war es wieder! Eine Bewegung unter dem Fell, das Demmis gewölbten Bauch bedeckte.

»Demmi!« Lonit blickte auf und berührte das Gesicht ihrer Tochter, um nach Regungen ihrer geschlossenen Lider zu fühlen. Doch da war nichts ... bis sie plötzlich im Bauch der Toten einen leichten Stoß verspürte. Lonits Herz schien für einen Moment stehenzubleiben. »Das Baby!« rief sie.

Demmi war tot, aber ihr ungeborenes Kind lebte, und in diesem Kind lebte die Seele von Lonits wilder, störrischer Tochter weiter und klammerte sich an die Welt. Sie sprach aus der Welt jenseits dieser Welt zu ihrer Mutter ... und wollte frei sein, um erneut in die Welt der Lebenden geboren zu werden!

Lonit riß die Felle zurück, in die Demmi gehüllt war und schlitzte hektisch das Kleid ihrer toten Tochter mit einem Messer auf.

Naya trat näher. »Ich werde dir helfen«, bot sie sich an.

»Geh mir aus dem Weg, du!« Lonits Stimme war so kalt wie der Sturmwind. Sie stieß die junge Frau heftig zur Seite.

»Wir haben gesehen, was deine ›Hilfe‹ bei Iana und ihrem Baby angerichtet hat«, sagte Sommermond haßerfüllt. »Halte dich zurück, oder du wirst deinen nächsten Schritt bitter bereuen!«

Neben ihr packte Schwan den jungen Kharn an den Schultern und drehte ihn herum, obwohl er sich heftig wehrte, um sein Gesicht in ihren Rock zu drücken. »Das ist Frauenweisheit und nichts für die Augen von ... ›Männern‹.«

»Auch nicht für Mädchen deines Alters, Uni«, sagte Sommermond sanft und zog das Mädchen zu sich heran.

Mit einem langen, sicheren Schnitt ihres Messers öffnete

Lonit ihre Tochter von Hüftknochen zu Hüftknochen. Die Häuptlingsfrau weinte, und dann, als ihre Hände wieder aus der Tiefe von Demmis Bauch hervorkamen, lachte sie durch ihre Tränen hindurch. Vor Blut und Fruchtwasser triefend, hob sie ein Baby hoch, damit alle es sehen konnten. Die Arme des Neugeborenen bewegten sich, und es ballte seine Finger zu Fäusten!

»Demmi!« schluchzte Lonit. Und dann gab sie dem Kind in Abwesenheit des Häuptlings und des Vaters des Kindes einen Namen. »Demmit... kleine Demmi... dieser Stamm heißt seine Tochter zu ihrer Rückkehr in die Welt der Lebenden willkommen! Du sollst sofort als neue Seele in diese Welt aufgenommen werden und im Geist derjenigen stark sein, deren Namen du trägst und aus deren Körper du geboren wurdest.« Das Baby sah nicht sehr stark aus. Mit schlaffen Armen hing es, ohne zu atmen, immer noch an der Nabelschnur und lief in Lonits Händen blau an.

Honee sah es mit verzweifeltem und tränenüberströmtem Gesicht an. »Bring es zum Fluß! Schnell! Das kalte Wasser wird seine Lebensgeister wieder aufschrecken!«

Lonits Augen überblickten hastig die Entfernung zum Fluß. »Der Weg ist zu weit. Wir haben keine Zeit mehr. Es war schon zu lange im Bauch der Toten! Wenn dieses Baby leben soll, muß es jetzt atmen!« Ohne zu zögern, legte sie die reglose Gestalt in ihre Armbeuge und betastete mit den Fingern ihrer rechten Hand die winzigen Nasenlöcher. Dann öffnete sie den schlaffen Mund, damit sie die Reste der Geburt herausholen konnte. Schließlich legte Torkas Frau ihren Mund auf das Gesicht des Kindes und hauchte Demmit, dem Kind Demmis, das Leben ein.

Die Frauen lächelten glücklich. Das Baby weinte! Es schrie! Es strampelte mit den Beinen und schüttelte die Fäuste. Seine bleiche, bläuliche Haut blühte mit rötlichen Blumen auf, die allen verrieten, daß die Lungen und das Herz des Kindes gesund waren und es einen starken Lebenswillen hatte.

Schwan lächelte traurig. »Hör nur, wie sie protestiert. Wirklich, Mutter, du hast ihr einen passenden Namen gegeben. Dieses kleine Mädchen ist ganz wie Demmi!«

»Die Kleine hat Hunger. Hier. Ich habe Milch genug für zwei. Ich werde das Kind meiner Schwester füttern«, bot sich Sommermond an. Als sie das Baby aus den Armen ihrer Mutter entgegennahm, lächelte sie, ganz so, wie es auch Schwan tat. »Dies mag zwar Demmis Mädchen sein, aber es hat Daks Gesicht. Er wird sich darüber freuen.«

Schwans Gesicht wurde wieder ernst. »Das wird ihm egal sein. Obwohl er vielleicht das Gegenteil gesagt hat, ich weiß, wie es wirklich in seinem Herzen aussieht. Egal, wem das Kind gleicht, es wird ihm genügen zu wissen, daß es Demmis Kind ist. Wie es auch meines sein wird. Demmit wird Kharns Schwester sein — und die des Babys, das ich im Frühling bekommen werde.«

## 14

Larani wurde durch das Geräusch von Schritten auf Blättern geweckt. Sie öffnete die Augen und starrte durch die kahlen, schwankenden Zweige der Bäume. Die Sonne war noch nicht untergegangen. Sie hatte nicht lange geschlafen, aber dennoch hatte sich ihr erschöpfter Körper ein wenig erholt und unter der Decke aus Blättern und Flechten erwärmt. Der Wind hatte sich gedreht und strich jetzt kühler über ihr Gesicht. Doch das war nichts gegen die kalte Furcht in ihrem Herzen. Etwas bewegte sich hinter den Bäumen. Sie hörte das Rascheln der Blätter und ein regelmäßiges Schnaufen. Was... oder wer... war dort draußen vor dem Wäldchen?

*Wanawuts!* Sie geriet in Panik. Sie hielt den Atem an, damit sie sich nicht verriet, und zwang sich, so still zu liegen, daß ihr Pulsschlag ihr so laut wie das Rauschen des Großen Wilden Flusses vorkam.

Sie packte das Messer fester und lauschte auf das Geräusch des Flusses vor dem Wäldchen, des Windes in den Bäumen und das leise Gegeneinanderschlagen der trockenen Zweige. Im

Fluß sprang gelegentlich ein Fisch. Immer wieder fielen Blätter aus den Bäumen herab, schwebten langsam zu Boden. Sie lauschte auf die Insekten, die durch ihr Nest huschten ... und auf die menschenähnlichen Schritte des größeren Wesens, das sie aus ihrem traumlosen Schlaf geweckt hatte.

Larani wollte die Hoffnung nicht aufgeben. Es waren die Geräusche von einem einzigen Paar Füße, nicht von dreien! Vielleicht hörte sie einen Jäger ihres Stammes, der ihr nachgeschickt worden war, nachdem man ihre Spuren entdeckt hatte. Nicht einmal Simu würde sie den Bestien überlassen, solange es die Möglichkeit gab, daß sie noch am Leben war. Oder? Vielleicht würde er auch froh darüber sein, daß sie verschollen oder gar tot war, dachte sie verbittert. Aber Dak würde nach ihr suchen. Auch Grek würde seine neue Frau niemals im Stich lassen. Torka würde mit einer Suchtruppe aus dem Lager aufbrechen, die von Umak und Manaravak begleitet würde.

*Manaravak, komm zu mir! Manaravak! Bitte such nach mir!*

Ihr wurde schwindelig, weil sie so lange die Luft angehalten hatte. Bei dem Gedanken an Manaravak empfand sie ein vorübergehendes Glücksgefühl. Doch dann gewann die Vernunft wieder die Oberhand. Sie war Greks Frau! Sie blieb reglos liegen und fragte sich, warum sie überhaupt weiterleben wollte.

Dann riß sie plötzlich die Augen auf. In Gedanken riet sie sich selbst: *Lauf! Lauf weg!* Aber sie wußte, daß sie damit nur die Bestien auf ihre Spur locken würde, denn jetzt hörte sie über den Geräuschen des Windes und der Schritte deutlich etwas anderes: Ein wutentbrannter Schrei zerriß die Stille des Pappelwäldchens. Es war der Schrei eines vor Zorn rasenden Wanawuts, auf den das Wimmern eines Kindes folgte. Kurz darauf begann ein junges Mädchen zu schreien, als würde sie am Rand des Wahnsinns stehen. Von der Klippe antworteten drei deutlich unterscheidbare Wanawuts mit einem schallenden Heulen. Es hörte sich an, als würden sie nach der einzelnen Bestie und den gefangenen Kindern rufen.

»Hast du das gehört?« Mit pfeifendem Atem und bleichem Gesicht blieb Grek unvermittelt stehen. »Das war der Schrei meiner Yona! Sie lebt noch! Wir müssen sie finden, bevor es zu spät ist!«

»Die Bestien sind flußabwärts gegangen«, stellte Torka kurz angebunden und keinen Widerspruch duldend fest. Die Männer hatten die Spuren der Wanawuts an der Stelle verloren, an der sie in den Fluß gegangen waren. Dadurch hatten sie viel Zeit verloren. »Dort werden wir Larani und die anderen Bestien finden!«

Simus schmerzvoll verzerrtes Gesicht und seine weit aufgerissenen Augen verrieten, daß er sich verzweifelt an jede Hoffnung klammerte. »Ja, ich weiß!« sagte er gereizt. »Meine Larani hat sie in den Fluß und von uns fort gelockt. Umak und Jhon haben sie schreien gehört, nicht wahr? Damit wollte sie uns warnen! Meine Tochter hat sich zu einem prächtigen Mädchen entwickelt! Mein mutiges und...«

»›Dein‹ Mädchen?« Dak schüttelte den Kopf und bedachte seinen Vater mit einem angewiderten Blick. »Seit dem Feuer wolltest du nur, daß Larani stirbt! Du machst mich krank, Vater. Und was noch viel schlimmer ist, du beschämst mich — und meine Schwester.«

»Genug!« fuhr Torka dazwischen. »Wir erreichen nichts, wenn wir hier herumstehen und uns gegenseitig beleidigen. Was geschehen ist, kann nicht mehr ungeschehen gemacht werden. Wir müssen uns beeilen! Wenn Yona noch lebt, lebt Li vielleicht auch noch.«

»Und Larani!« fügte Simu so eifrig hinzu, daß er damit seine eigenen Zweifel verriet.

Torka hatte Mitleid mit seinem alten Freund. Es mußte sehr schmerzlich für ihn sein, die wertvollen Eigenschaften der jungen Frau erst so spät erkannt zu haben. Seit Laranis Fußspuren im Fluß verschwunden waren — gemeinsam mit denen der Wanawuts — hatte Torka jede Hoffnung verloren, sie jemals lebend wiederzusehen.

»Manaravaks Spuren führen immer noch in die richtige Richtung«, sagte Umak. Sein Gesicht wurde von einer mörderischen

Entschlossenheit verzerrt. »Er sucht wieder den Anschluß an seine wahren Artgenossen, und dadurch wird er uns zu ihnen führen ... und zu ihm und den Kindern.«

Jhon sah seinen Vater an. »Du wirst ihn töten, nicht wahr?«

»Ja«, bestätigte Umak düster. »Das werde ich.«

»Nein«, sagte Torka und spürte, wie ein weiterer Teil von ihm starb. »Manaravak ist mein Sohn. Als er unter einem schwarzen Mond und einem blutroten Himmel geboren wurde, trotzte ich den Zeichen der Mächte der Schöpfung und ließ ihn am Leben. Ich hätte ihn damals töten sollen. Ich hätte das Recht dazu gehabt. Jetzt ist es meine Verpflichtung, das Versäumnis nachzuholen.« Er sah Umak vor Mitgefühl zittern und hatte nicht den Mut hinzuzufügen: *So wie es deine Verpflichtung sein wird, Naya das Leben zu nehmen, wenn wir zum Stamm zurückkehren.*


Manaravak hielt an. Auch er hatte das Kind schreien und die Bestien kreischen und heulen gehört. Neue Zuversicht durchströmte ihn. Sie waren oben auf der hohen Klippe, die ein Stück weiter vor ihm hinter einem fast kahlen Pappelwäldchen lag. Mindestens eins der Kinder war noch am Leben! Mit dem Wind im Gesicht und dem Heulen der Wanawuts in den Ohren warf er den Kopf zurück und heulte – die Antwort eines Bruders an seine Brüder.


Larani lag noch eine Weile ruhig da, dann erhob sie sich so langsam, daß die Blätter, die von ihr herabfielen, fast kein Geräusch machten. Auf allen vieren kroch sie zum Rand des Wäldchens und blickte auf das Ufer hinaus. Sie erkannte das Wanawut-Weibchen, das zur Biegung des Flusses stapfte, wo ganz oben auf der Klippe die drei Wanawuts warteten, die sie durch den Fluß verfolgt hatten.

Das einzelne Weibchen hatte sich ein kleines Kind über die linke Schulter geworfen.

»Li!« rief Larani. Der Anblick des Kindes und der von Yona,

die hinter dem Wanawut ging, schmerzte sie. Greks stolzes, manchmal gemeines Mädchen ging mit schlurfenden Füßen, während der Wind an den Fransen ihre Kleidung zerrte. Mit hängendem Kopf, zerrissenen Kleidern und nur noch einem Mokassin folgte sie niedergeschlagen der Bestie.

»Warum läufst du nicht weg, Yona?«

Larani bekam bald ihre Antwort. Yona ließ sich hinter den Wanawut zurückfallen, und als der Abstand größer geworden war, machte sie plötzlich den Versuch, davonzurennen. Die Bestie drehte sich um, holte sie ein und schlug sie nieder. Bevor Yona schreien konnte, hatte sie das Mädchen an den Haaren gepackt und es hochgehoben, worauf sie es so lange schüttelte, bis es schlaff wurde. Dann ließ sie das Mädchen fallen. Yona hockte einen Moment lang wie betäubt da, bevor sie erneut wegzukriechen versuchte. Die Bestie zog sie an einem Bein zurück, und Yona schrie aus Leibeskräften, bis sich der Wanawut schließlich über sie beugte und sie noch lauter anschrie. Das Weibchen drohte ihr mit den Zähnen, riß sie an den Zöpfen hoch und zerrte sie weiter.

Larani wußte, daß sie das Mädchen befreien mußte, bevor sich die Wanawuts an die Mahlzeit machten ... allerdings wunderte sie sich, warum das nicht schon längst geschehen war. Düstere Erinnerungen drehten ihr den Magen um; uralte Geschichten über ›Windgeister‹ die im Nebel Gestalt annahmen, um die Frauen und Mädchen der Stämme zu rauben, damit sie sich mit ihnen paaren und Wesen hervorbringen konnten, die weder Mensch noch Nebel, sondern Wanawuts waren.

»Li und Yona, ich werde euch nicht einem solchen Schicksal überlassen!« Larani zögerte nicht länger. Die Kindesräuberin war so weit entfernt, daß sie nicht sofort auf sie aufmerksam werden würde. Mit grimmiger Entschlossenheit erhob sie sich und durchsuchte das Wäldchen nach etwas, aus dem sich Waffen herstellen lassen würden. Sie fand ein paar junge Bäume mit geradem Stamm, die für ihre Zwecke geeignet waren. Die fällte sie mit ihrem Messer und entfernte die überschüssigen Zweige, bis sie fünf Stöcke hatte, deren Länge etwa ein Viertel ihrer

Körpergröße betrug. Sie arbeitete schnell, aber ihre Handflächen waren wund und blutig, als sie schließlich alle an einem Ende angespitzt hatte.

Dann klemmte sie sich die Spieße unter den Arm und folgte den Bestien und den Kindern, wobei sie im Schutz des Pappelwäldchens blieb. Schließlich verschwanden die Wanawuts von der Klippe, und nun konnte sie der Kindesräuberin folgen, ohne von ihren Gefährten entdeckt zu werden. Sie fragte sich, was aus dem großen, silberhaarigen Männchen geworden sein mochte, und sie lächelte zufrieden, als ihr klar wurde, daß die Jäger des Stammes es getötet haben mußten.

Der Wind war kalt auf ihrer bloßen Haut. Bald würde die Sonne hinter den westlichen Bergen untergehen. Dann würde es eiskalt werden, so daß eine unbekleidete Frau wenig Chancen haben würde, das zu erreichen, was sie sich vorgenommen hatte.

Larani blieb an einer Stelle stehen, wo Flechten wuchsen, legte ihre Spieße hin und begann hektisch mit ihrem Messer die graugrünen, ledrigen Triebe abzuschneiden, die wie die Geweihe von Karibus geformt waren. Sie achtete nicht auf die Schmerzen in ihren wunden Handflächen, denn sie hatte schon viele Schmerzen durchgestanden und sich daran gewöhnt. Mit einem verbitterten Lächeln dankte sie der Tochter des Himmels für diese Fähigkeit, diese Ausdauer, mit der sie Yona und Li vielleicht würde retten können.

Bald bluteten und näßten ihre Hände, und schließlich musterte sie den beachtlichen Haufen Flechten und entschied, daß er für ihre Zwecke ausreichte. Sie zögerte einen Augenblick, doch dann nahm sie mit einem tiefen Atemzug wieder das Messer zur Hand und schnitt damit ihr Haar ab, das endlich so lang geworden war, daß es die Narben auf ihrer Kopfhaut verhüllte.

Sie drehte die Strähnen zu Schnüren, nahm die Flechten und band sie damit zusammen. Auf diese Weise stellte sie sich einen Umhang her, der sie vor der Kälte schützen würde. Er scheuerte rauh auf ihrer Haut, aber er erfüllte seinen Zweck. Als sie ihn sich überstreifte und aufstand, stellte sie sich vor, wie sie aussah, und zuckte zusammen. Ohne ihr Haar, das ihre Entstellungen verdeckte, fühlte sie sich zum ersten Mal wirklich nackt.

»Was soll's!« sagte sie in den Wind. »Wer wird mich jetzt schon sehen? Nur die Kinder, die sich freuen werden, und die Bestien, die noch häßlicher sind!«

Verbissen ging sie weiter. Sie hatte ihr Messer und ihre Spieße bei sich, und ihr Flechtenmantel schützte sie vor der Kälte. Damit — und mit dem Wissen von Generationen des Stammes — war Larani nicht völlig ungeschützt und benachteiligt, als sie sich allein den Wanawuts stellte.


Umak hielt inne. Der Geisterwind überkam ihn, und ihm gefiel überhaupt nicht, was er sah. Es war eine Vision voller Blut...

»Umak! Was ist los, Umak?« wollte der alte Grek wissen, der froh war über die Gelegenheit, sich hinsetzen zu können.

Der Zauberer rührte sich nicht. Er blickte starr nach Norden. Die Wanawuts heulten wieder. Seine kleine Li war bei ihnen, wenn sie noch lebte. War es ihr Blut, das er sah?

»Hört doch...«, drängte Simu. »Manaravak heult mit ihnen!«

»Jetzt ist er wieder zu einem von ihnen geworden«, sagte Dak.

Umak schüttelte sich, um die erdrückende Last seiner Vision loszuwerden. Doch er schaffte es nicht. Als er Torka ansah, war in seinen Augen immer noch Blut! »Töte ihn langsam, Vater!«

Auf Torkas Gesicht erschien der traurigste Ausdruck, den Umak jemals auf ihm gesehen hatte. »Er hat nicht um sein Schicksal gebeten«, sagte der Häuptling. »Er wurde seiner Mutter aus den Armen gerissen, um die Milch des Lebens aus der Brust eines Tieres zu saugen. Aber du hast immer unter Menschen gelebt, Umak. Welches Tier spricht aus deinem Herzen? Woher kommt das Blut in deinen Augen und der Haß auf deinen Bruder in deiner Seele?«

»Naya, mein liebes Mädchen!« Honee starrte durch das Zwielicht in der Hütte des Zauberers, wo die junge Frau mit den verheulten roten Augen schluchzend ihre Medizinvorräte verstreute. »Was machst du da?«

»Ich suche alle meine roten Beeren zusammen, die ich finden kann, um sie in den Fluß zu werfen, wo sie hingehören! Und wie kannst du mich noch dein ›liebes Mädchen‹ nennen, Honee? Ich bin ein schreckliches Mädchen!«

»Für mich bist du lieb. Eine Schwester meiner Feuerstelle.«

»Wie kannst du das sagen? Durch meine Schuld ist Li verschwunden, und Yona und Larani auch. Durch meine Schuld sind Demmi und Tankh tot, und Manaravak ist fortgelaufen, und jeder im Stamm haßt ihn und will seinen Tod. Ich bin diejenige, die an allem schuld ist. Wenn ich nicht so viele Beeren in das Getränk getan hätte, wären nicht alle zu berauscht gewesen, und die Wanawuts hätten niemals in das Lager eindringen können. Manaravak und Umak hätten nicht miteinander gekämpft und . . .«

Honee schüttelte den Kopf. »Ein so schwerer Mantel aus Kummer und Reue für eine so kleine Frau! Du wolltest nicht schlechte, sondern gute Medizin machen. Ich kann dir keine Schuld geben, Naya. Wir alle haben nach dem einen Schluck weitergetrunken, der unserem Körper eigentlich hätte sagen sollen, daß es genug ist.« Mit einem matten Lächeln winkte sie Naya heran. »Komm und hilf mir! Ich bringe Lis Sachen in Ordnung, damit sie sich nach ihrer Rückkehr sofort umziehen und ausruhen kann und . . .«

»Lis Sachen sind immer in Ordnung, Honee.«

»Ja, aber ich dachte, wenn wir schwer und laut arbeiten und immer wieder Lis Namen aussprechen, werden uns vielleicht die Geister dieser und der nächsten Welt hören und . . . wenn sie sehen, daß wir fest mit Lis Rückkehr rechnen . . .« Sie verstummte. Ihre Stimme drohte vor Verzweiflung zu brechen. Schließlich fuhr sie ruhig fort. »Ja, sie wird wieder nach Hause kommen! Die Geister werden sie zu uns zurückschicken! Sicher werden sie das!«

# 15

Die Luft wurde sehr kalt. Im letzten Licht der Dämmerung erreichte Larani den Gipfel der Klippen. Sie konnte die Wanawuts irgendwo unter sich hören. Gegen die Windrichtung folgte sie einer Spur, die sie an die Stelle führte, an der die Wanawuts abgestiegen waren.

Sie legte sich flach auf den Stein, damit ihr Körper die letzte Sonnenwärme aufnehmen konnte, die noch im Felsen gespeichert war, und blickte über den Rand der Klippe. Die Wanawuts hielten sich in einer schmalen Schlucht auf, durch die ein kleiner Gebirgsbach führte und in der verkrüppelte Fichten und kahle Harthölzer wuchsen. Dort hatten sie sich, vor dem Wind geschützt, mit der Kindesräuberin getroffen. Sie konnte die in der zunehmenden Dunkelheit matt gewordenen Farben ihrer pelzigen Körper undeutlich erkennen.

Die Bestien gaben vereinzelte Laute von sich, und Larani erkannte, daß sie Trauer ausdrückten. Yona, die offenbar unverletzt war, kauerte an einem großen Felsblock, hatte ihre Arme und Beine verschränkt und stützte ihr Kinn auf die Knie. Das einzige Weibchen saß etwas abseits und wiegte Li an ihrer Brust. Sie maunzte, als wäre Li ihr verlorenes und wiedergefundenes Kind.

Larani öffnete fassungslos den Mund. Die Bestien trauerten um ihren Toten! Heute morgen noch hatte ihr Rudel aus fünf Mitgliedern bestanden, und jetzt waren es nur noch vier: drei Männchen und ein schwangeres Weibchen, das ein menschliches Baby in den Armen hielt. Larani beobachtete, wie das Weibchen Li liebkoste, und sie wußte intuitiv, daß das Tier vor kurzem ihr eigenes Junges verloren haben mußte. Li würde in den Armen dieser Bestie nichts geschehen. Sie würde bemuttert, gefüttert und geliebt werden — genauso wie es Manaravak ergangen war. Seine Einschätzung der Wanawuts war immer richtig gewesen! Diese Geschöpfe hatten tatsächlich etwas sehr Menschenähnliches. Larani verspürte Mitleid mit ihnen und entspannte ihren Griff um das Messer, doch dann stand eines der größeren Männchen auf und trommelte sich mit den Fäusten auf die Brust.

Das Tier kam ihr unruhig und wütend vor. Es ging zweimal im Kreis herum, bis es hinter dem schwangeren Weibchen stehenblieb und sich bückte, um an ihrem Hintern zu schnuppern. Li klammerte sich an ihre Brüste, und das Weibchen drehte sich um und fauchte das Männchen mit gefletschten Zähnen an, woraufhin dieses zornig zu kreischen anfing. Unbeeindruckt schlug sie mit der freien Hand nach ihm und kreischte zurück, bevor sie sich wieder Li zuwandte. Ohne auf das Jammern des kleinen Mädchens zu hören, begann sie mit ihren langen, haarigen Fingern die Federn aus dem Band zu zupfen, mit dem Lis Zöpfe zusammengehalten wurden.

Das große Männchen wandte sich ab. Mit zwei ausholenden Schritten war es bei Yona. Es beugte sich herab, beschnüffelte sie und stupste sie an. Obwohl sie sich zusammengekauert hatte, schaffte es der Wanawut, seine Hand an ihrer Hüfte entlang unter ihr Gesäß zu schieben.

Yona erstarrte, und da sie offensichtlich keine Kraft mehr zum Schreien hatte, gab sie nur ein leises, verzweifeltes Wimmern von sich. »Nein... nein... bitte... nein...«

Larani wurde übel. Sie war inzwischen nah genug heran, um zu erkennen, daß der Wanawut sexuell erregt war. Er hob seine große Hand, schnupperte daran und leckte die Finger ab. Sie wußte, daß das Tier unmöglich den Geruch oder den Geschmack einer geschlechtsreifen Frau an Yona wahrgenommen haben konnte. Trotzdem sprang der Wanawut auf die Beine, warf den Kopf zurück, trommelte sich auf die Brust und präsentierte sich dem Mädchen.

Larani riß ungläubig die Augen auf. Aus dem langen, grauen Pelz, der seinen Unterleib überzog, holte der Wanawut den größten, voll aufgerichteten Penis hervor, den sie jemals gesehen hatte.

Yona stieß vor Schreck einen schrillen, durchdringenden Schrei aus. Verblüfft trat das große Männchen einen Schritt zurück, während das Mädchen aufsprang und sich hinter einen Felsblock zwischen die Stämme einiger Fichten flüchtete.

Der Wanawut setzte ihr nach. Er griff in das dichte Gestrüpp, doch das Mädchen entschlüpfte ihm. Seine riesigen Hände rissen wütend mehrere Zweige fort. Yona schaffte es, sich zu decken und zwischen die Bäume zu fliehen. Sie drückte sich hinter einen dicken Stamm, in dessen Nähe mehrere kleinere Bäume standen, die eine natürliche Barriere für die Hände der Bestie bildeten. Wutschnaubend packte der Wanawut den Baum und drückte mit aller Kraft gegen den Stamm.

Larani hörte, wie die Wurzeln brachen. Das Tier brachte die Fichte mit einem einzigen mächtigen Stoß zu Fall! Yona schrie erneut, diesmal aus Angst, von dem stürzenden Baum erschlagen zu werden. Doch es war zu spät zum Fliehen. Sie wurde von den Ästen zu Boden geworfen. Unverletzt, aber benommen, lag sie flach auf dem Bauch. Der Wanawut griff zwischen die Äste und zog sie am Rücken hoch. Er drehte sie zu sich herum, und während er sie in einer Hand hielt, hob er die Reste ihrer Kleidung und betastete sie zwischen den Beinen. Dann setzte er sich und machte sich bereit, sie zu vergewaltigen.

Ohne zu zögern oder auch nur einen Augenblick an ihre eigene Sicherheit zu denken, sprang Larani auf. Mit aller Kraft schleuderte sie einen ihrer Speere auf die Bestie. Die Spitze der Waffe fuhr in die dicken Muskeln über dem rechten Schulterblatt des Wanawuts. Er sprang vor Schmerz auf, packte den Spieß und zog ihn heraus. Dann traf ihn ein zweiter in den Rücken, der tiefer in den Körper einzudringen schien. Der Wanawut wirbelte herum, schrie voller Wut und versuchte ihn herauszuzerren. Yona war frei und lief schwankend davon.

»Lauf, Yona!« rief Larani. »Lauf in das dichte Unterholz am Ende der Schlucht! Das wird sie aufhalten! Schnell!«

Aber Yona war zu entsetzt und verwirrt, um zu gehorchen. Sie ließ den Kopf hängen und kroch auf allen vieren so langsam davon, daß Larani ihr noch einmal zuschrie, sie solle sich beeilen. Inzwischen hatte das große Männchen, das zwar heftig blutete, aber offensichtlich nicht lebensgefährlich verletzt war, das Interesse an Yona verloren und blickte drohend zu Larani hinauf. In seinen Klauen hielt es beide Spieße.

Larani verlor jede Hoffnung. Die Schultermuskeln des Wanawuts waren nicht geschwächt, sondern spannten sich an, und jedes Haar seiner Mähne und seines Rückenfells hatte sich aufgerichtet. Wütend funkelte es Larani an, während das Weibchen Li an sich klammerte und sich hinter dem Felsblock versteckte. Das größere der beiden Männchen kam, um die Wunden seines ›Bruders‹ zu begutachten. Knurrend drehte es sich um und folgte dem Blick seines verletzten Artgenossen, und schließlich fanden seine kleinen Augen die mutige Angreiferin.

Larani schluckte. Jetzt wurde sie von zwei Wanawuts angestarrt. Doch das war nicht das schlimmste, denn das dritte Männchen nützte den Umstand, daß die beiden anderen abgelenkt waren, und vom Anblick des bloßen Hinterns von Yona erregt, sprang es vor und packte sie von hinten. Als der Wanawut in die Knie ging, sah Larani entsetzt, daß er seinen Penis hielt, um das Mädchen wie mit einem Speer zu durchstoßen.

»Nein!« schrie Larani, trat so nah wie möglich an den Rand der Klippe und gestikulierte wild. Doch dadurch erregte sie nur um so mehr den Zorn des großen, verletzten Männchens. Mit einem lauten Heulen stürmte es los und kämpfte sich durch die Schlucht zu ihr hinauf. Es bewegte sich so schnell, daß sie von seinem Anblick wie gelähmt war.

Larani zwang sich dazu, nicht auf ihn zu achten. In wenigen Minuten würde er bei ihr sein und sie in Stücke reißen. Obwohl sie noch drei Spieße hatte und sie ihn damit vielleicht würde aufhalten können, wußte sie, daß sie mit ihrem nächsten Wurf die Bestie treffen mußte, die über Yona hergefallen war. Wenn sie ihn kräftig und sicher genug warf, konnte sie das Wesen vielleicht sogar töten – oder zumindest so verletzen, daß Yona die Gelegenheit zur Flucht bekam. Das war die einzige Chance, die das Mädchen noch hatte... obwohl Larani wußte, daß sie damit ihre eigenen Überlebenschancen aufs Spiel setzte, denn dann würde sie nicht mehr die Zeit dazu haben, einen Speer zu ihrer Verteidigung auf den anderen Wanawut zu werfen, der auf sie losstürmte.

Der Spieß flog und ging weit daneben. Larani kam nicht mehr dazu, sich darüber zu ärgern, denn in diesem Augenblick sprang der Wanawut sie an. Instinktiv warf sie den letzten

Spieß. Die Bestie hatte die Arme ausgebreitet und die Zähne gefletscht. Sie wurde von einer rasenden Wut getrieben. Larani konnte dem Tod nicht mehr entrinnen. Doch sie hatte ja noch ihr Messer! Mit ein wenig Glück schaffte sie es vielleicht, die Bestie mit in den Tod zu nehmen. Als der riesige, behaarte Körper der Bestie sich auf sie stürzte, schrie sie verzweifelt auf und stach immer wieder mit aller Kraft zu. Dann packte etwas Großes und Kräftiges sie von hinten, riß sie brutal zur Seite und warf sie um.

Manaravak fiel neben Larani auf den Rücken, und der Wanawut landete auf ihnen. Er hatte erst vor wenigen Augenblicken die Klippe erreicht und gesehen, wie Larani ihren Speer geworfen und sich dann dem angreifenden Tier gestellt hatte. Die Geschwindigkeit des heranstürmenden Wanawuts hatte Manaravak keine Zeit mehr gelassen. Er war sofort zu Larani gerannt und dann in die Knie gegangen, um seinen Speer mit der Spitze nach oben zu halten und das stumpfe Ende in den Boden zu rammen.

Der Wanawut, der sich ganz auf Larani konzentriert hatte, hatte Manaravak erst gesehen, als es bereits zu spät war. Sein Schwung war so groß gewesen, daß es ihm unmöglich war, jetzt noch seine Richtung zu ändern. Mit immer noch ausgebreiteten Armen wollte er sich auf Larani stürzen und spießte sich dabei selbst auf Manaravaks Speer auf, der sein Herz durchdrang. Mit einem kurzen, schockierten Keuchen stürzte er und trieb sich den Speer quer durch die Brust und den Rücken. Während Manaravak verzweifelt, aber vergeblich versuchte, Larani aus dem Weg zu zerren, brach das Tier zusammen und begrub sie beide unter sich.

Das Tier war furchtbar schwer. Auch der Gestank war entsetzlich. Im Todeskrampf entleerte der Körper seine Gedärme. Manaravak brauchte seine ganze Kraft, um die Leiche anzuheben. Mit dem linken Arm um Laranis Hüfte rollte sich Manaravak zur Seite.

Dann standen er und das Mädchen über dem toten Wanawut. Sie waren beide benommen und zitterten. Larani hielt noch ihr Messer in der Hand, das bis zum Griff schwarz vom Blut des Wanawuts war. Ungläubig starrte sie die Waffe an, und dann blickte sie noch ungläubiger zu der Gestalt neben ihr hoch.

»Manaravak?« flüsterte sie.

Er nickte, da er seine Stimme noch nicht wiedergefunden hatte. Als er sie hochgehoben hatte, war ihr häßlicher Umhang aus Flechten zerrissen und heruntergefallen. Jetzt stand sie nackt vor ihm. Er hatte vergessen, wie außergewöhnlich schön ihr Körper war. Ihr gestutztes Haar verbarg ihre Narben nicht mehr, doch das sah er gar nicht. Er war fasziniert davon, wie sie sich mutig mit ihren primitiven Waffen dem Tod gestellt hatte, als würde sie vor nichts auf der Welt Angst haben.

Plötzlich sog sie keuchend die Luft ein. Ein zweiter Wanawut kam aus der Schlucht.

Manaravak stellte einen Fuß auf den Rücken des toten Tieres und riß seinen Speer heraus. Dann wandte er sich der zweiten Bestie zu. »Lauf!« befahl er Larani.

»Niemals!« erwiderte sie. »Yona ist noch da unten! Und Li! Ich bin den weiten Weg gekommen, um sie zu retten. Ich werde sie – oder dich – nicht mit den Bestien alleinlassen!« Sie hob ihre Spieße auf, stellte sich neben ihn und machte sich auf den Angriff gefaßt.

Doch dann wurde das unverkennbare Geräusch von bellenden Hunden hörbar, und am anderen Ende der Schlucht rief ein Mensch. Der Wanawut blieb plötzlich stehen, nahm den Gestank nach Tod und Hunden und bewaffneten Männern wahr und machte wieder kehrt. Larani setzte ihm nach. Manaravak packte sie am Handgelenk. »Wo willst du hin?«

»Die Kinder sind dort unten!«

Er überlegte einen Augenblick. »Wanawuts tun Kindern nichts.« Dann erinnerte er sich an die Szene im Lager und hörte Yona vor Schmerz wie wahnsinnig schreien. Ihre Schreie wurden immer lauter, dann gab es einen knackenden Laut, und unvermittelt verstummte sie.

Manaravaks Nackenhaare sträubten sich. Gemeinsam mit

Larani ging er los und sah am flüchtenden Wanawut vorbei in die dunkle Schlucht hinunter.

Larani wurde von einem Schluchzen geschüttelt. »Nein!« stöhnte sie und wandte sich entsetzt ab.

Manaravaks freie Hand legte sich um sie und drückte sie an sich, als könne seine Umarmung das Grauen lindern, das sie beide gesehen hatten. Er starrte immer noch hinunter und nahm den Anblick tief in sich auf, den Anblick eines erwachsenen Wanawuts, der sich mit einem menschlichen Kind pumpend und hechelnd zum Höhepunkt trieb. Yonas Kopf hing schlaff herunter und schaukelte mit jedem Stoß des Tieres auf und ab. So wie der Körper im gnadenlosen Griff des Tieres hing, gab es für Manaravak keinen Zweifel, daß das Mädchen tot war.

Er empfand Scham und Trauer. Das Bellen der Hunde kam immer näher. Männer riefen, und nach dem Klang ihrer Stimmen zu urteilen, rannten sie. Mit dem Rücken zum toten Wanawut stand er da und starrte in die Schlucht hinunter, sah, wie der andere Wanawut seinen ›Bruder‹ erreichte und ihn mit einem kräftigen Ruck von Yonas leblosem Körper wegzerrte. Während sie schlaff zu Boden fiel, flüchteten die beiden Wanawuts heulend zwischen die Bäume, ohne sich noch einmal umzublicken.

Manaravak verspürte eine furchtbare Kälte. Er dachte an sein Zögern, das im Lager für Demmis und Tankhs Tod verantwortlich gewesen war – und jetzt indirekt auch für Yonas. Sein Geist war leer, doch wurde er von einer Erkenntnis erfüllt, die heiß in seiner Seele und in seinem Herzen brannte: Er war von einem Wanawut aufgezogen worden und hatte gelernt, wie ein Tier zu leben und zu denken, aber er war keins! Er war ein Mensch und keine Bestie! Er war Manaravak, der Sohn von Torka und Lonit! Doch bevor er seinen Eltern wieder gegenübertreten konnte, hatte er noch eine Schuld zu begleichen, für sie und für die Toten – und für die Bestien, die sein Vertrauen verraten hatten.

»Li ist noch am Leben«, sagte Larani und löste sich aus seiner Umarmung. Sie wischte ihre Tränen ab und hob den Umhang auf, um nicht schutzlos dem kalten Wind ausgeliefert zu sein.

Während sie ein paar lockere Knoten festzurrte und den Umhang über ihre Schultern legte, sagte sie ernst: »Es sind noch drei Wanawuts übrig, die beiden Männchen, die du gesehen hast, und ein Weibchen, das Li hat. Ich hatte nicht den Eindruck, daß das Weibchen ihr etwas antun wird, aber sie wird es niemals kampflos aufgeben.«

»Dann werde ich ihr einen Kampf liefern.« Manaravaks Herz war kälter als der Wind, der um die Klippe pfiff. Doch als er in Laranis Augen sah, war da etwas, das ihn wärmte und beruhigte und von größerer Heilkraft war als alle Salben oder Getränke Nayas. *Liebe?* fragte er sich verblüfft. *Ja!* Das, was er in Laranis Augen sah, war Liebe. Eine Liebe, die so tief war wie der Haß, den er jetzt für die Wanawuts empfand.

Sie blickte über ihre Schulter zurück und sah erleichtert aus. »Wir haben noch eine Chance! Sieh nur! Torka kommt mit den anderen und den Hunden!«

Sein Gesicht nahm einen leeren Ausdruck an. »Ich fürchte, daß sie nicht nur den Bestien und den Kindern auf der Spur sind, sondern auch mir, Larani.«

Sie sah ihn erstaunt an. »Ich verstehe nicht.«

»Sie werden es dir erklären. Ich muß jetzt gehen. Ich muß das allein tun, für Demmi und Tankh und Yona... aber in erster Linie für mich selbst – und für meinen Stamm.«

Als er sich umdrehte und loslaufen wollte, hielt sie ihn am Arm fest. »Nein! Warte auf die anderen! Du bist nur ein Mann mit einem Speer! Du kannst nicht allein gegen drei Wanawuts antreten!«

»Auch du hast es getan«, sagte er zu ihr. Und dann war er genauso überrascht wie sie von dem, was er tat: Er bückte sich und küßte sie. Es war kein langer Kuß, aber er war intensiv und angenehm.

Sie errötete, und Tränen stiegen ihr in die Augen. Verlegen senkte sie den Kopf. Mit seiner Hand hob er ihr Kinn an. Er sah an ihrem Ausdruck, daß sie sich wegen ihrer Narben schämte, doch als sie seine Hand wegstoßen wollte, hielt er sie zurück und lächelte. »Du bist gar nicht so häßlich, Larani! Du bist tapfer und mutig. In den Augen dieses Mannes bist du wunderschön. Komm, gib mir dein Messer und deine Spieße!«

»Du mußt auf die anderen warten, Manaravak! Bitte sei vernünftig! Es wird dunkel!«

»In der Dunkelheit wird Li vor Angst wimmern. In der Dunkelheit wird mein Stamm die Verfolgung vorläufig aufgeben. In der Dunkelheit kann nur ein Wanawut Jagd auf Wanawuts machen. Und wenn die Mächte der Schöpfung mir gnädig gestimmt sind, Larani, wird der, der als Tier aufgezogen wurde, diesmal zum letzten Mal ein Tier sein!«

## 16

In der tiefen Dunkelheit gaben die Jäger bald jede Hoffnung auf, Manaravak und die Wanawuts zu finden. Widerstrebend riefen sie die Hunde zurück und schlugen in der Kälte ihr Lager auf, doch nur die Hunde fraßen. Enttäuscht und betrübt nickten die Männer ein und versuchten nicht zu träumen. Von der Klippe war Greks herzzerreißende Klage zu hören. Er war mit den Jungen bei Larani und der Leiche von Yona geblieben. Wenn die Stimme des alten Mannes brach oder schwächer wurde, hörten sie Larani und den jungen Chuk jammern. Nach einer Weile, in der nur die funkelnden Sterne über den Himmel zogen, hörten die Jäger das Heulen von Wölfen ... und von Wanawuts ... und von Manaravak.

»Hört!« Umak sprang neben Torka auf. »Trotz allem, was Larani zu seiner Verteidigung gesagt hat, heult er schon wieder mit ihnen!« Er zitterte vor Haß auf seinen Bruder, vor Sehnsucht nach seiner kleinen Tochter und in Gedanken an das, was die Bestien Demmi, Tankh und Yona angetan hatten. »Wenn wir Li genauso zugerichtet finden, wie wir die anderen gefunden haben, werde ich mich nicht zurückhalten, wenn du ihn tötest, Vater. Ich werde meinen Speer in sein Blut tauchen, und wenn er tot zu meinen Füßen liegt, wirst du *mich* heulen hören!«

Torka sah seinen Sohn aus müden Augen an. »Wenn wir Li finden, wie wir die anderen gefunden haben, werden wir ihn gemeinsam töten, Umak. Du hast mein Wort. Und dann werden wir beide unsere Speere zerbrechen und trauern.«

»Ich werde niemals um Manaravak trauern!«

»Dann trauere um dich selbst, mein Sohn, und um mich ... denn ich habe seit dem letzten Sonnenaufgang so viel Tod gesehen, daß ich das Gefühl habe, ein Teil meiner eigenen Seele hätte meinen Körper verlassen, um für immer im Wind zu wandern.«

In der mondlosen Dunkelheit verfolgte Manaravak die Wanawuts. Er war erschöpft. Die Bestien waren die ganze Nacht unterwegs gewesen und sehr weit gekommen. Zuerst waren die Wanawuts durch das Bellen der Hunde zu einer fast halsbrecherischen Geschwindigkeit angetrieben worden. Er hatte sie um ihre Fähigkeit beneidet, in der Nacht sehen zu können. Dennoch hatten die Jahre, in denen er als einer von ihnen gelebt hatte, seine Sinne geschärft, und er blieb ihnen auf den Fersen, während die Verfolgung durch die Schlucht und das niedrige Gebüsch der Tundra ging. Gelegentlich stolperte er über Steine und Baumstümpfe, aber er blieb ständig so dicht hinter ihnen, daß er ihre Witterung nicht verlor und ihre Schritte hören konnte.

Er war nicht überrascht gewesen, als sie in den Fluß gegangen und durch seichtes Wasser gewatet waren, um ihre Spuren und ihren Geruch zu verwischen und die Männer und Hunde in ihrer Verfolgung zu behindern oder aufzuhalten. Doch Manaravak hatte sich nicht aufhalten lassen. Er hatte einen großen Vorsprung vor den Jägern des Stammes, denn im Gegensatz zu ihnen konnte er stets voraussehen, wohin die Wanawuts sich wandten und welche Art von Landschaft sie bevorzugten.

Er blieb nur so weit hinter ihnen, daß sie ihn nicht sehen konnten. Er wußte, daß sie ihn hörten. Er sorgte sogar dafür, daß sie ihn hörten, indem er immer wieder mit seinen Stimmbändern die Geräusche von Männern, Hunden und anderen

Tieren nachahmte. Er rief laut nach Li. Sie sollte wissen, daß er ihr folgte, und sich nicht so sehr fürchten, falls sie überhaupt noch am Leben war. Gelegentlich hielt ein Wanawut an, drehte sich um und kreischte ihm und den Wölfen eine Warnung zu, die ganz in der Nähe ihre Revieransprüche geltend machten, indem sie laut in die Nacht hinausheulten.

Hoch oben wehten dünne Wolken über den Himmel und verfinsterten die Sterne. Die Nacht wurde stockdunkel, aber Manaravak störte sich nicht daran. Er hielt die Wanawuts in ständiger Bewegung, und genau das war seine Absicht. Er hoffte, daß die Jagd sie davon abhielt, zu viel über ihre Gefangene nachzudenken. Mit der Zeit würden sie ermüden. Wenn sie langsamer wurden, hatte er eine Chance.

Nach einer Weile verstummte das Bellen der Hunde, und Manaravak vermutete, daß Torka die Suche abgebrochen oder zumindest bis zum Morgengrauen eingestellt hatte. Aber konnten die Jäger es sich leisten, bis zum ersten Licht des neuen Tages mit der Rettung Lis zu warten? Manaravak hörte lange Zeit nichts mehr von dem kleinen Mädchen. Er dachte an Yona und wurde schneller, während er gleichzeitig wild bellte und heulte.

Erst nach einer Weile folgte er ihnen in absoluter Stille, damit die Wanawuts glaubten, daß er ebenfalls die Jagd aufgegeben habe.


Manaravak atmete so leise wie der zunehmende Wind des Morgens. Völlig regungslos beobachtete er die Wanawuts und wartete ab. Endlich hatten sie halt gemacht, um sich auszuruhen. Auch er rastete, aber er schlief nicht. Er würde später schlafen, wenn er Li gerettet hatte — falls er sie würde retten können. Seine Augen verengten sich skeptisch. Das Kind lebte noch und schlief fest in den schützenden Armen des Wanawut-Weibchens. Alle Bestien schliefen jetzt.

Manaravak lächelte grimmig. Sie hatten sich in eine windgeschützte Mulde in den Hügeln der Tundra, weit entfernt vom Fluß, zurückgezogen. Es war eine schlechte Wahl, die sie sicher niemals getroffen hätten, wenn sie nicht so erschöpft gewesen wären. Dadurch hatte er den Vorteil, sie von einer Anhöhe aus beobachten zu können.

Dann hörte er wieder die Hunde. Die Wanawuts hätten sie ebenfalls gehört, wenn sie nicht so fest geschlafen hätten, als würden sie keine Gefahr befürchten.

Mit seinem Speer in einer Hand, Laranis Spießen in der anderen und dem Messer zwischen den Zähnen begann Manaravak auf seine Beute zuzukriechen. Hinter ihm verbreitete die aufgehende Sonne ein sanftes, bläuliches Licht. Es würde ein wunderschöner Morgen werden – aber nicht für die Wanawuts. Manaravak befand sich jetzt zwischen den Bestien. Still und fast ohne zu atmen, legte er seinen Speer und die Spieße hinter dem schlafenden Wanawut-Weibchen ab. Dann beugte er sich schnell über sie, klemmte ihr Kinn in seine linke Armbeuge und verschloß dadurch ihren Mund, während er ihren Kopf kräftig zur Seite ruckte. Im folgenden Kampf ließ sie Li los.

Das Kind war sofort wach und krabbelte auf allen vieren davon. Manaravak versuchte, dem Weibchen mit Laranis Messer die Kehle durchzuschneiden. Doch für einen tödlichen Schnitt war der Winkel nicht günstig. Salziges Blut spritzte ihm heiß über das Gesicht und geriet ihm in den Mund. Sein eigenes Blut pochte in seinem Herzen und seinem Kopf.

Li öffnete ihren Mund, um zu schreien, doch vor Schreck versagte ihr die Stimme.

»Lauf weg!« befahl er. Das Wanawut-Weibchen wehrte sich heftig gegen seine Umklammerung. Sie war so kräftig, daß er sich drehen und sich auf sie setzen mußte, um sie am Boden zu halten. Es kostete ihn alle Anstrengung, sich nicht abwerfen zu lassen. Er ließ nicht locker, spürte den Körper des sich windenden Tieres unter sich: ihre Brüste und ihren angeschwollenen Bauch, der prall mit neuem Leben war.

Er zwang sich dazu, nur an Demmi zu denken und an das, was die Bestien ihr angetan hatten. Er wollte nicht an das Tier denken, das ihn aufgezogen hatte. Nein! Es war tot! Und dieses lebte noch und war ein Raubtier, das Menschen seines Stammes getötet hatte, das den letzten Rest seiner Illusionen und seiner Liebe für seine Artgenossen zerstört hatte.

Plötzlich und unerwartet schaffte es das Wanawut-Weibchen, die Fersen gegen den Boden zu stemmen und sich so heftig aufzubäumen, daß Manaravak hochgeworfen wurde. Er verlor den Halt und geriet aus dem Gleichgewicht. Als er wieder nach der Schnauze der Bestie greifen wollte, mußte er feststellen, daß sie nun ihn im Griff hatte. Ihre Zähne gruben sich in seinen linken Unterarm.

Die Schmerzen waren fast unerträglich. Er schrie auf. Verzweifelt fuhr er mit seiner rechten Hand, in der er noch immer das Messer hielt, wieder und wieder über ihre Kehle. Er spürte, wie die Klinge auf Knochen traf und dann in ihre Wirbelsäule eindrang. Die Kiefer der Bestie erschlafften, das Tier brach unter ihm zusammen und lag mit gebrochenen Augen regungslos da. Das Blut des Wanawut-Weibchens sickerte aus ihren verletzten Adern.

Benommen wich er zurück und starrte auf seinen linken Unterarm. Aus den vielen Wunden blutete es heftig. Diesen Arm würde er heute nicht mehr gebrauchen können ... oder vielleicht nie wieder.

»Manaravak!«

Von Lis zitternder Stimme aufgeschreckt, drehte er sich um und sah, daß das Mädchen sich nicht in Sicherheit gebracht hatte. Sie kauerte immer noch auf allen vieren und starrte mit vor Schreck weit aufgerissenen Augen die zwei Wanawut-Männchen an, die sich ihm näherten.


Es war das wütende, wahnsinnige Kreischen eines Wanawuts, das Torka und die anderen in einen schnellen Lauf verfallen ließ. Die Hunde mit Gefährte an der Spitze liefen ein Stück voraus. Als die Männer die Anhöhe erreicht hatten, stürmten die Hunde bereits auf Manaravak zu. Die Sonne war inzwischen aufgegangen und stand im Rücken der Jäger. Ihr Licht schien in die Mulde, in der Manaravak um sein Leben kämpfte.

Es sah nicht gut für ihn aus. Er hatte bereits drei Spieße

geworfen, die offenbar ihr Ziel verfehlt hatten, da sie weit hinter den sich ihm nähernden Wanawuts lagen. Die Männer erkannten, daß Manaravaks linker Arm blutete und praktisch nutzlos war. Er warf seinen letzten Speer auf den Wanawut, der ihm am nächsten war. Als auch dieser Wurf danebenging, erstarrte Manaravak. Und dann erstarrten die Jäger. Obwohl er verwundet und geschwächt war, wich Manaravak nicht zurück, sondern blieb schützend zwischen Li und den Bestien stehen, um dem Kind die Chance zu geben, in Sicherheit zu kriechen.

Li erreichte schluchzend die Anhöhe und warf sich in Umaks Arme. Sie legte ihr tränenüberströmtes Gesicht an seine Brust. »Laß nicht zu, daß sie ihn töten, Vater! Bitte! Er hat mich gerettet. Ich habe gehört, wie er mir die ganze Nacht lang gefolgt ist. Ich wußte, daß er mich nicht im Stich lassen würde!« Sie sah sich um. »Wo ist Yona?«

»Sie... wir haben sie zurückgelassen... Larani kümmert sich um sie«, antwortete Umak.

»Bei den Mächten der Schöpfung! Er hat nur noch ein Messer als Waffe!« sagte Simu mit ehrfürchtigem Respekt. »Warum flieht er nicht?«

Umak zitterte und schämte sich. Alles, was er zuvor für seinen Bruder empfunden hatte, war vergessen. Er hatte gesehen, wie Manaravak sein Leben aufs Spiel gesetzt hatte, um sein Kind zu retten. Und in der Nacht hatte er gesehen, wie Manaravak dasselbe für Larani getan hatte. Jetzt sah er seinen Zwillingsbruder mit neuen Augen. »Er ist nicht gekommen, um sich den Wanawuts anzuschließen. Er ist gekommen, um sie zu töten oder bei dem Versuch, es zu tun, zu sterben.«

»Niemals!« rief Torka, der zu derselben Erkenntnis gekommen war, und stieß einen wütenden Kampfschrei aus. Er rannte auf die Bestien los, die seinen Sohn angriffen und schwenkte seine Speere.

Ohne zu zögern, gab Umak Li an Simu weiter und folgte seinem Vater.

Simu war in Angriffsstimmung und nicht danach zumute, Kinder zu hüten, aber Umak hatte ihm keine Gelegenheit gegeben, das Kind abzulehnen. Er seufzte und fand sich mit der Tatsache ab, daß ihm keine andere Wahl blieb.

»Manaravak ist von ihrem Blut, nicht von unserem«, sagte Dak zu seinem Vater.

»Du hast die ganze Zeit über recht gehabt. Sie sind anders als wir. Auch wenn sie ihm verzeihen und ihn verteidigen wollen, ich kann es nicht. Und ich werde keine Anstalten machen, ihnen zu helfen.«

Simu war überrascht und zufrieden darüber, daß Dak wieder mit ihm sprach. Gleichzeitig war er irritiert, daß sein Sohn so hartherzig sein konnte, und bereit war, ihm im nachhinein recht zu geben, wo er doch selbst gerade seine Meinung geändert hatte.

»Wenn das, was ich Manaravak heute nacht habe tun sehen, ein Hinweis darauf ist, wie ›sie‹ wirklich sind«, sagte Simu, »dann werde ich von diesem Tag an auch einer von ihnen sein und die Vergangenheit vergessen. Ein Mann, der den Mut und die Ehre hat, alles zu riskieren, um seine Fehler wiedergutzumachen – das ist ein Mann, den ich in jedem Lager meinen Bruder nennen werde. Ich bin stolz, daß das Blut von Manaravaks Vorfahren durch seine Schwester in mein neues Kind geflossen ist! Er hat sich schließlich als wahrer Sohn Torkas erwiesen! Wenn du das nicht erkennst, dann kümmere du dich um Li, damit ich meinen Stammesbrüdern helfen kann. Ich wollte schon immer meinen Speer in das Blut eines dieser haarigen, mörderischen Frauenräuber...«

»Sie können alle Wanawuts der Welt töten, wenn sie wollen. Dadurch wird Demmi nicht wieder zum Leben erweckt.«

Simu sah seinen Sohn nachdenklich und traurig an. »Auch nicht durch den Tod von Manaravak«, entgegnete er, drückte Li in Daks Arme und lief in die Mulde hinunter.


Als sie sich plötzlich von bissigen, knurrenden Hunden und einem ›Rudel‹ speertragender Jäger umgeben sahen, machten die Wanawuts kehrt und flohen. Torka und Umak stürmten ihnen nach, an Manaravak vorbei, und Simu folgte ihnen kampfbereit.

»Wartet!« Manaravaks Ruf, der wie ein Befehl klang, ließ sie anhalten.

Torka drehte sich mit klopfendem Herzen und kochendem Blut um und sah, daß Manaravak seinen Speer wieder aufgenommen hatte. Er wirkte unendlich erschöpft. Dennoch lag eine Kraft und Entschlossenheit in seiner Stimme, die nicht zu überhören war. »Diese Beute gehört mir.«

»Das einzige, was du in deiner Verfassung noch töten kannst, bist du selbst«, erwiderte Umak.

»Dann sei es so. Wenn ich jemals wieder ein Sohn oder Bruder oder Mann des Stammes werden soll, dann muß diese Beute mir gehören.«

Umak kniff die Augen zusammen.

Torka musterte den Zauberer aufmerksam. In seinem Gesicht stand immer noch Haß geschrieben. Aber ein Bruder war ein Bruder, und ein Zwillingsbruder war sogar noch mehr als das. Der Häuptling stieß ein erleichtertes Seufzen aus, als Umak schließlich nickte und seine Hand ausstreckte.

»Dann komm, Bruder!« sagte Umak. »Wir werden diese Bestien gemeinsam jagen und töten.«

»Nein, Zauberer.« Manaravak lehnte die dargebotene Hand seines Bruders ab. »Ich muß für Yona, für Tankh und für Demmi jagen.«

Simu war fassungslos. »Aber Li und Larani sind durch dein Eingreifen vor dem Tode gerettet worden! Du hast bewiesen, daß dein Herz für den Stamm schlägt.«

»Das ist nicht genug.« Manaravak blickte in die Richtung, in die die Wanawuts geflohen waren.

»Du bist verletzt, Manaravak.« Doch Torka wußte, daß seine Worte auf taube Ohren stießen. »Du bist nur ein einziger Mann und kannst nur einen Arm benutzen. Ohne unsere Hilfe wirst du es nicht schaffen!«

»Ich kann es *mit* eurer Hilfe niemals schaffen!« rief Manaravak. »Geht jetzt! Kehrt ins Lager zurück, trauert um die Toten und laßt mich tun, was ich tun muß — wozu ich scheinbar geboren wurde — allein!«

»Du verlangst zuviel von mir, Manaravak«, sagte Umak. »Du bist nicht ›allein‹ geboren. Im Bauch unserer Mutter wuchsen wir gemeinsam heran. Ich spüre, daß deine Seele fest mit jeder Faser meines Lebens verbunden ist. Ich kann nicht untätig zusehen, wie du in den sicheren Tod gehst.«

Ein Augenblick verging, der ihnen allen wie eine Ewigkeit vorkam.

»Ich bitte nur um mein Recht als Mann des Stammes«, sagte Manaravak ruhig. »Ich habe keine Frau und keine Kinder, die hungern werden, wenn ich nicht mehr für sie jagen kann. Ich habe das Recht, allein zu jagen, alleinverantwortlich zu leben und die Art meines Todes zu wählen, wenn es dazu kommt.«

»Und wenn du es nicht schaffst?« fragte Simu.

»Seht nach Süden, zum Land hinter den Bergen, und führt den Stamm dorthin. Ich werde dort warten, denn es wird in diesem guten Land sein, wo meine Seele für immer im Wind wandern wird!«


Und so verließ Manaravak die Jäger und die Hunde, um die Wanawuts zu verfolgen. Er hielt nur kurz an, um seine Wunden im Wasser eines eiskalten Bachs auszuwaschen, sie mit Flechten zu bedecken, die die Feuchtigkeit aufsaugen würden, und seinen Arm fest mit seinem Stirnband zu verbinden. Er trank in großen Zügen, bevor er weiterging. Er hatte viel Blut verloren, und das Wasser schien seine Schwäche zu vertreiben. Vielleicht war es aber auch das reine, schwarze Blut der Entschlossenheit, das ihn stärkte und weitertrieb. Sein Arm schmerzte erbarmungslos, aber er zwang sich dazu, nicht darauf zu achten.

Er wußte nicht, wie weit er schon ins Land vorgedrungen war, als er die Bestien schließlich erreichte. Die Sonne war auf- und wieder untergegangen. Er starrte in die außergewöhnlich klare und schöne Nacht hinauf. Waren die Sterne jemals so hell und nah gewesen? Er meinte fast, sie mit seiner Hand greifen zu können.

Lange Zeit hockte er stumm da, beobachtete die Wanawuts von einer erhöhten Stelle aus und wartete. Die Bestien schliefen in einem Wermutdickicht. Nur wer selbst ein Wanawut war, konnte auf die Idee kommen, sie im niedrigen, duftenden Gestrüpp zu vermuten, das nicht nur ihre Gestalten, sondern auch ihren Geruch verbarg.

»Nicht mehr...«, wies Manaravak flüsternd die Verwandtschaft zu ihnen zurück, damit der Wind, die Nacht und alle Geister dieser und der nächsten Welt es erfuhren. »Ich bin ein Mensch!« rief er und warf seinen ersten Speer. Seine Spitze funkelte im Licht der Sterne und sah aus wie eine Sternschnuppe. Der Speer trug Manaravaks Schrei mit sich, als er in hohem Bogen und mit aller Kraft geschleudert durch die Nacht seinem Ziel entgegenflog.

Der größere der beiden Wanawuts wurde mitten durchs Herz getroffen und brach ohne einen Laut zusammen. Sein Gefährte erhob sich, drehte sich um und sah Manaravaks Gestalt vor dem Hintergrund der sternenübersäten Nacht stehen.

»Für Demmi!« Sein zweiter Speer flog. »Für Yona! Für Tankh! Für Nantu!«

Die Bestie hatte keine Zeit zu reagieren. Die Speerspitze drang in ihre Brust ein und durchbohrte ihr Herz. Das Tier taumelte rückwärts, und als es starb, hörte es noch den Ruf seiner eigenen Art, der schließlich in den wütenden Schrei eines Menschen überging.

## 17

Nichts würde wieder so sein, wie es einmal gewesen war.

Torka wußte es. Er lag wach in der Dunkelheit seiner Hütte und lauschte auf die Geräusche des Herbstwindes und der fliegenden Zugvögel, die vor dem Mond vorbeizogen. Er konnte nicht schlafen. Demmis Tod hatte eine Leere in seine Seele gerissen, die ihm keine Ruhe ließ. Er versuchte sich damit zu beruhigen, daß er sich Lonits Worte ins Gedächtnis zurückrief, die ihm geraten hatte, dankbar für das zu sein, was war, statt sich nach dem zu sehnen, was hätte sein können.

Manaravak war zu seinem Stamm zurückgekehrt. Seine Seele gehörte nicht mehr zu den Tieren der Wildnis. Er war jetzt ganz und gar Mensch – wenn auch ein trauriger und weiser. Seine Armverletzung heilte, und die Spannung, die allzu lange zwischen ihm und Umak geherrscht hatte, hatte sich gelegt.

Naya war völlig verändert. Sie ging Manaravak aus dem Weg und kümmerte sich nur dann um seinen verletzten Arm, wenn die anderen Frauen in der Nähe waren. Ruhig und umsichtig gehorchte sie den Älteren und war Umak in jeder Beziehung folgsam. Dennoch konnte Torka ihren Anblick nicht ertragen. Er haßte das Mädchen. Er würde ihr niemals verzeihen können, daß sie seinen Stamm in der Nacht des Plaku hilflos den Raubtieren ausgeliefert hatte, und er würde niemals vergessen, wie sie nackt vor seinen Söhnen getanzt und sich ihnen geöffnet hatte.

Seine Augen schlossen sich in der Dunkelheit. Nur wegen Grek und Umak – der ihr alles zu verzeihen schien – hatte er sie nicht aus dem Stamm ausgestoßen. Jetzt war es zu spät dazu. Er konnte sich nicht dazu überwinden, einen weiteren Schatten auf seinen Stamm fallen zu lassen, hatte dieser sich doch lange noch nicht von den Tragödien der letzten Tage erholt.

Die Geburt Demmits hatte Dak neuen Lebensmut gegeben und den Stamm in der Sorge um das neue Leben, das unter so schrecklichen Umständen zur Welt gekommen war, wieder zusammenfinden lassen. Demmi hätte darüber gelacht, wie ihre eigene rastlose Seele durch eine winzige Ausgabe von Daks Gesicht in die Welt hinausblickte. Alle waren sich einig, daß das Baby Demmis Geschenk an den Stamm war, ein Beweis für das ewige Leben und ein Versprechen künftiger besserer Tage. Doch als Torka mit geschlossenen Augen dalag und das gesunde, durchdringende Schreien seiner neuen Enkeltochter hörte, die den Stamm aufweckte, fühlte er sich zu sehr als Teil der Vergangenheit, um sich die Zukunft vorstellen zu können.

Ein furchtbares Gefühl der Trostlosigkeit überkam ihn, aber er schüttelte es ab. Es lag nicht in seiner Natur zu grübeln – dennoch hatte er in letzter Zeit nichts anderes getan. Und die Gedanken an den Tod seiner Tochter brachten ihn schon wieder ins Grübeln.

Das Trompeten des Mammuts riß ihn aus dem Schlaf, der ihn eben überkommen wollte. Er war froh, daß sein Totem noch bei ihm war und ihn von Träumen abhielt, in denen zuviel Vergangenheit war und zuviel Blut und Tod. Er wollte nichts mehr davon wissen, denn es gab ihm das Gefühl, alt zu sein.

»Zu viele Geister!« sagte er. Als Lonit aufwachte und ihn stumm aus verständnisvollen Augen ansah, stand er auf, nahm seinen Speer, trat hinaus in die Nacht und verließ allein das Lager. Er ging am Fluß entlang, suchte das Mammut und folgte ihm nach Osten bis zu den kalten, kahlen Moränen am Fuß der gewaltigen, unüberwindlichen Gletscher.

»Warum führst du mich hierher, alter Freund? Dies ist das Ende der Welt, nicht der Anfang.«

Das Mammut schnaufte und schüttelte den Kopf, dann machte es kehrt und trottete zum Fluß zurück.

Im bitterkalten Schatten der Wandernden Berge lächelte Torka zum ersten Mal seit langer Zeit. Er hob dankbar für die Botschaft seines Totems den Speer. »Ich verstehe. Ich danke dir. Ich werde gehorchen.«

Als am nächsten Tag die Schwärme der wandernden Wasservögel über sie hinwegzogen, drängte er den Stamm, das Lager abzubrechen und es weiter flußaufwärts wieder zu errichten.

»Wir müssen die Vergangenheit hinter uns lassen. In unserem neuen Lager werden wir abwarten, bis der Große Wilde Fluß gefroren ist, und uns auf die lange Reise nach Süden vorbereiten.«


Unter dem klaren, kalten und windigen Himmel baute der Stamm die Schlitten zusammen, um sich auf die langen dunklen Wintertage der Reise vorzubereiten, während das Land um den Großen Wilden Fluß in den Farben des Herbstes erblühte.

Larani stand abseits von den anderen Frauen, die trockenes Gras und Flechten sammelten, die ihnen im Winter als Zunder dienen sollten. Sie hielt den Atem an. Erinnerungen quälten sie, und sie stand auf und blickte zu den Sturmwolken, die im Osten aufzogen.

»Sei unbesorgt, Tochter des Himmels! In diesen Wolken gibt es keine Blitze. Bevor es dunkel wird, fällt Schnee vom Himmel, aber kein Feuer.«

Larani drehte sich um. Manaravak kam auf sie zu. Wieder hielt sie den Atem an. Er ging nicht, sondern saß rittlings auf dem Fohlen und hatte seinen Arm zum Gruß erhoben. Der Wind wehte sein loses Haar aus dem Gesicht, und als er sie fast erreicht hatte, lehnte er sich leicht zurück. Diese Gewichtsverlagerung schien ein stummes Zeichen für das junge Pferd zu sein, denn es blieb stehen. Larani riß die Augen auf.

Manaravak lächelte. »Es ist gut!« rief er und klopfte dem Tier mit der Hand auf den Hals. »Wenn die Tochter des Himmels auf der langen Wanderung müde wird, kann Pferd sie tragen.«

Sie sah ihn fassungslos an. »Wie hast du mich genannt?«
»Tochter des Himmels!«

Sie zuckte zusammen und war überzeugt, daß er sich über sie lustig machte. Ihre Gesichtszüge verhärteten sich. Er sah großartig aus mit den Krallenspuren des Bären im Gesicht. Die glatten, geraden Narben schienen seine Züge eher zu betonen, als von ihnen abzulenken — ganz anders als ihre eigenen Narben.

Beschämt errötete sie. Sie überlegte sich, ob sie sich abwenden sollte, aber es hatte keinen Zweck, ihre Narben verbergen zu wollen. Er hatte sie bereits früher gesehen, und jetzt lag ihre Kopfhaut frei im Sonnenlicht, nachdem ihre Haare nur noch Stoppeln waren. Die Hälfte ihres Kopfes war von dicken, häßlichen Narben bedeckt, die sich wie purpurne Finger an den Ohren vorbei bis in ihr Gesicht erstreckten. Sie biß die Zähne zusammen. Sie haßte ihre Narben! Und jetzt haßte sie auch ihn, als sie sich an seinen Kuß und seine Umarmung erinnerte. So handelte vielleicht ein Mann, wenn er wußte, daß er sterben würde. Aber mit der Gegenwart hatte das nichts mehr zu tun. Gar nichts.

»Ich bin nicht die einzige, die Narben trägt«, erwiderte sie kalt. »Wenn ich die Tochter des Himmels bin, dann bist du Drei Pfoten, denn der große Bär hat dich deutlich gezeichnet.«

Er berührte sein Gesicht. »Ja, so ist es. Die Mächte der Schöpfung haben ihre Zeichen auf dem Sohn von Torka und der Tochter von Simu hinterlassen.«

Sie lächelte verbittert. »Wir können stolz darauf sein!«

Seine Augen verengten sich, und er sah sie nachdenklich an. »Ich habe viel über dich nachgedacht, Tochter des Himmels. Du siehst aus wie Feuerkraut im Sonnenlicht und bist genauso stark.«

Larani war sich jetzt ganz sicher, daß er sie verspottete. Feuerkraut! »Ja, ich bin stark«, gab sie zu und haßte den verbitterten Ton in ihrer Stimme.

»Und du bist Greks Frau!« rief Grek wütend und besitzergreifend.

Überrascht blickte Larani sich um und sah den alten Mann durch das hohe Gras auf sie zustapfen. Er wirkte trotz seines Alters wie ein angreifender Bison. Als er schließlich keuchend vor ihr stehenblieb und sein pfeifender Atem in der kalten Luft um ihn herum zu einer Dunstwolke kondensierte, waren Manaravak und das Pferd verschwunden. Sie trabten im Kreis um das Lager, während Jhon und Sayanah ihnen hinterherliefen und jedes Mitglied des Stammes über den Anblick eines Mannes staunte, der auf dem Rücken eines Tieres ritt.

»Er hat gesagt, daß er es tun würde. Niemand hat ihm geglaubt, aber sieh ihn dir jetzt an, Grek!«

»Du bist meine Frau, Larani!« Seine Stimme klang grob, und seine große Hand schmerzte sie, als sie sich um ihr Handgelenk schloß und sie zu ihm herumriß. Noch nie war er wütend auf sie gewesen, doch jetzt war er es. »Ja, Grek«, bestätigte sie und war durch seine Eifersucht nicht beleidigt. Sie war vielmehr erstaunt darüber. »Ich bin deine Frau.« *Wer sonst würde mich haben wollen?* dachte sie.

Dann legte sich plötzlich ihre Stirn in Falten. Ihr Gesicht wurde bleich, ihre Augen weiteten sich, und ihre Lippen wurden trocken und bläulich. Grek war sichtlich erschöpft, aber er hatte gerade einen Mann verscheucht, der nur halb so alt wie er war.

Tränen schossen ihr in die Augen. *Armer Grek.* Sie befreite ihr Handgelenk und hakte ihren Arm bei ihm unter. »Ich bin stolz darauf, die Frau des alten Löwen zu sein ... und noch stolzer, daß du immer noch für mich brüllst!«

Seine Züge entspannten sich ungläubig. »Ja?«

»Ja!« sagte sie und wußte, daß es nur die Hälfte der Wahrheit war. In ihrem Stolz lag viel zuviel Mitleid — Mitleid für den alten Mann und für sich selbst. Hinter diesem Mitleid steckte die schmerzvolle Sehnsucht nach dem, was niemals sein konnte ... denn ein junger Mann auf einem Pferd, dessen Haare im Wind wehten und der fröhlich lachte, erfüllte plötzlich ihre ganze Seele.

Der alte Mann schnaubte und blickte sich um.

Larani folgte seinem Blick. Manaravak und das Fohlen wurden immer noch von Sayanah, Jhon und den Hunden gejagt. Die Jungen lachten ausgelassen und versuchten, nach dem Schwanz des Pferdes zu greifen, was Jhon schließlich gelang. Das Pferd wieherte protestierend und tänzelte auf der Stelle. Dann drehte es sich so schnell um, daß Umaks Sohn den Halt verlor und auf dem Hintern landete. Sayanah lachte schallend über ihn. In diesem Augenblick drückte Manaravak dem Pferd die Fersen in die Seiten, und als es losrannte, bückte er sich und hob Sayanah mit seinem gesunden Arm auf.

»Manaravak!«

Larani hörte Lonit entsetzt aufschreien, doch noch bevor sie einmal blinzeln konnte, saß Sayanah bereits auf dem Rücken des Fohlens. Atemlos vor Begeisterung winkte der Junge triumphierend den erstaunten Zuschauern zu. Der Stamm jubelte begeistert. Larani mußte lächeln. Noch nie hatte sie etwas so Wundervolles gesehen!

Doch als Manaravak das Pferd zu einem schnellen Galopp antrieb, rutschte Sayanah ab und landete neben Jhon auf dem Boden. Jetzt wurde er von Jhon ausgelacht. Sayanah, der stets gutmütig war, zuckte verlegen die Schultern. Die beiden Jungen halfen sich gegenseitig auf die Beine, und alle lachten, als die Hunde sie ansprangen und erneut umwarfen.

Grek mußte widerstrebend grinsen. »Es ist gut, im Stamm wieder Lachen zu hören. Aber sieh dir Umak an! Siehst du, wie sehr er Naya festhält? Er ist immer noch eifersüchtig auf seinen Bruder.«

Larani antwortete nicht. In diesem Augenblick waren ihr Naya und Umak gleichgültig. Sie hatte nur Augen für Manaravak. Sie liebte ihn, begehrte ihn und versuchte, ihre Tränen der Sehnsucht zu unterdrücken.

»Warum weinst du?« fragte er und beugte sich besorgt zu ihr hinunter.

»Es ist der Wind«, log sie. »Er hat mir etwas ins Auge geweht.«

Er blickte sich um und nickte. »Ja, der Wind hat sich gedreht. Das Wetter wird sich ändern. Komm, wir wollen ins Warme gehen und die ›Kinder‹ mit ihren Spielen allein lassen.«

In dieser Nacht schneite es – es war ein kalter, körniger Schnee, der den Winter ankündigte. Am nächsten Morgen mußten die Frauen zunächst eine Eisschicht aufbrechen, bevor sie ihre aus Sehnen geflochtenen Netze durch das eiskalte Wasser ziehen konnten, um die trägen Fische zu fangen, die in die neuen steinernen Fischreusen geraten waren. Als die Kinder die Schneehuhnfallen kontrollierten, mußten sie genau hinsehen, denn mit ihrem neuen Wintergefieder waren die Vögel im Schnee kaum zu erkennen. Die Männer des Stammes fütterten ihre Stiefel mit Ledersohlen aus Entendaunen und hüllten sich in Umhänge mit Kapuzen, die im Lager am See des Blutigen Wassers aus Seehundfell hergestellt worden waren.

Die Tage vergingen, und die Nächte wurden immer länger. Trotz des kalten und feuchten Wetters, das sich mit Schnee und Regen abwechselte, arbeitete Manaravak immer noch mit dem Fohlen und versuchte es geduldig daran zu gewöhnen, Gepäck zu tragen und Schlitten zu ziehen. Simu und die Jungen waren stets bereit, ihm dabei zu helfen.

Der Stamm richtete sich in einem warmen, gemütlichen Lager aus einzelnen Familienhütten ein und wartete darauf, daß der Fluß gefror. Als die Dämonen der Langeweile begannen, an der Moral des Stammes zu zehren, befahl Torka, eine Gemeinschaftshütte zu errichten, in der sich alle versammeln konnten, um sich die Zeit mit Spielen und Singen zu vertreiben. Doch schon bald mußte er feststellen, daß die Geister aus dem letzten Winterlager ihnen in dieses gefolgt waren.

Während sich das Aroma von geröstetem Fisch, Geflügel und Elch mit dem Geruch von tropfendem Fett und verbrannten Soden vermischte, saß Torka im schwachen Licht der zentralen Feuerstelle und sah Demmi und Yona vor sich, die ihn von der Frauenseite aus anlächelten. Wenn er blinzelte, verschwanden sie, aber sie kehrten immer wieder zurück. Und wenn Chuk mit Sayanah und Jhon in einem heftigen Ringkampf seine Kräfte maß, sah er Tankh und Nantu neben Grek stehen und mit dem alten Mann die Jungen anfeuern.

Es war unmöglich, die Geister verschwinden zu lassen. Nach einer Weile erschrak er nicht mehr, wenn er sie sah, sondern hieß sie willkommen. Er dachte, daß die Toten für einen Mann, der so lange gelebt hatte wie er, zu einem Teil seines Lebens geworden waren.

Er nickte und war zufrieden mit der Nacht und dem Geräusch des Windes, der um die Gemeinschaftshütte wehte. Seine geliebte Lonit kam der Bitte der Versammlung nach, eine Geschichte zu erzählen. Während der Stamm von der wunderbaren Macht der Phantasie entführt wurde, ging Torka zu seinem Zelt und kehrte mit den Hälften seiner zerbrochenen Keule und dem kleinen Lederbeutel zurück, in dem er seine Werkzeuge aufbewahrte. Auf dem uralten Knochen mußten neue Details eingeritzt werden, die glückliche Ankunft eines neuen Stammesmitglieds sowie die tragische Auslöschung anderer. Langsam und still holte er seine Werkzeuge hervor und versuchte, sich mit dieser nützlichen und notwendigen Arbeit abzulenken. Doch dann mußte er feststellen, daß auf dem Knochen kaum noch Platz war. Besorgt versuchte er den Zwischenfall aus seinem Gedächtnis zu verdrängen, der die einstmals großartige Waffe zerbrochen hatte. Schließlich machte er sich doch an die Arbeit und blickte nach einer Weile lächelnd auf. Die Geister sahen ihm anerkennend zu, und als Lonit sah, was er tat, begann sie die Geschichte zu erzählen, wie sie durch das Land aus Eis gezogen waren.

Sayanah wollte immer mehr hören, bis Lonit schließlich erzählte, wie Torka die Menschen in das Verbotene Land geführt hatte, wo der Wanawut auf sie gewartet hatte.

»Nein!« protestierte Sommermond, die an jeder Brust ein Baby stillte. »Das ist eine zu traurige Geschichte. Ich will sie nicht hören.«

»Ich auch nicht«, stimmte Schwan zu. »Erzähl uns eine Geschichte, über die wir lächeln können, Mutter.«

»Einen Augenblick!« Torkas Zufriedenheit war mit einem Mal verflogen. »Was sagt ihr da?«

Schwan zuckte mit den Schultern. »Nur, daß dies bisher ein glücklicher Abend war. Ich will keine Geschichte hören, die uns traurig macht.«

Sommermond nickte. »In den letzten Tagen sind genug Dinge passiert, die uns für den Rest unseres Lebens traurig machen werden. Ich will nicht schon wieder davon hören!«

»Aber ihr dürft sie nicht vergessen!« sagte Torka eindringlich. »Nicht nur euretwegen, sondern auch wegen der Kleinen. Wenn die Kinder ihrer Kinder sie fragen, wie sie in dieses neue Land jenseits des Großen Wilden Flusses gelangt sind, müssen sie erfahren, was wir erlebt haben, wer wir waren, wie und warum wir gekommen sind, und was wir erlitten haben, um den Stamm am Leben zu erhalten.«

Es wurde still.

»Erzähl die Geschichte, Frau meines Herzens!« befahl Torka sanft.

»Aber, Torka...« Sie verstummte. Es war undenkbar, daß sie sich in Gegenwart der anderen einem Befehl ihres Mannes widersetzte. Doch als sich ihre Augen trafen, sprachen sie die Kritik aus, die nicht über ihre Lippen kam. *Es ist zu früh. Die Wunden haben gerade erst begonnen zu heilen. Reiß sie nicht wieder auf!*

Er achtete nicht darauf. »Erzähl sie jetzt, damit wir nicht vergessen. Es ist wirklich eine traurige Geschichte, aber es ist auch eine Geschichte über Liebe, Tapferkeit und Opferbereitschaft.«

Und so erzählte Lonit die Geschichte. Doch als das letzte Wort gesprochen war und die flackernden Flammen erstorben waren, wußte Torka, daß er einen Fehler gemacht hatte. Er hätte die Warnung in Lonits Augen sehen sollen. Es war viel zu früh für die Geschichte. Lonit hatte sich bemüht, die Ereignisse abzumildern und den Eindruck zu erwecken, als wären sie Menschen zugestoßen, die vor langer Zeit in weiter Ferne gelebt hatten, aber sie konnte ihre Zuhörer nicht täuschen.

Li zitterte bei den Erinnerungen, die für ein so junges Kind einfach zuviel waren. Uni schluchzte und sagte leise, daß sie Yona vermißte. Jhon und Sayanah sahen Chuk an und dachten verbittert daran, wie sein Bruder gestorben war. Die Erwachsenen wurden traurig und nachdenklich. Grek stöhnte kummervoll auf, und Naya vergrub ihr Gesicht zwischen den Knien, damit die anderen nicht sehen konnten, wie beschämt sie war. Umak kniff reuevoll seine Augen zusammen, als er Nayas Unbehagen bemerkte. Doch gleich darauf riß er sie mit kaum verhüllter Wut wieder auf, da er spürte, daß Manaravak seine Frau anstarrte. Auf Daks Gesicht stand ein verzerrter Ausdruck der Sehnsucht nach Demmi, und erst als Schwan sich liebevoll über die Feuerstelle beugte, um seine neugeborene Tochter in seine Arme zu legen, entspannte er sich ein wenig. Doch dann funkelte auch er Manaravak mit unverwundenem Haß an.

Torka zuckte zusammen, und plötzlich verwandelte sich der Haß des Häuptlings auf Naya in tiefe Abscheu.

»Ich möchte wissen, ob das Land der vielen Wasser und die Ufer am See des Blutigen Wassers immer noch voller Fleisch sind«, überlegte Umak und starrte seinen Zwillingsbruder an.

Obwohl die Frage des Zauberers scheinbar vom Thema ablenkte, wußte Torka, daß dies nicht der Fall war. Es war ein wohlplazierter Stoß. Er sah seinen ältesten Sohn an und war wütend auf ihn.

»Das Land ist weit entfernt«, sagte Torka. »Es war ein schlechtes Land. Der Tod war im Wind und im unruhigen Wasser. Das große Mammut wanderte dort nicht, und meine Kinder waren dort verloren.«

»Nein!« Umak sah jetzt Torka an. »Der Tod war hier bei deinem Totem und den Wanawuts. Auch in diesem Land ist der Tod, Vater. Und er war schlimmer als alles, was uns im Land im Norden zugestoßen ist. Wenn wir am See des Blutigen Wassers geblieben wären, hätten wir...«

»Wir konnten nicht bleiben. Deine Visionen hätten es dir zeigen müssen, aber sie haben es nicht getan. Sie haben dir auch nicht die Wahrheit über das Schicksal deines Bruders und deiner Schwester gezeigt oder uns vor den Wanawuts gewarnt.«

Umak war über die offene Feindseligkeit seines Vaters schockiert. »Ich... der Geisterwind... er kommt, wie er will. Ich kann nicht...«

»Nein! Deine Fähigkeit, Kontakt mit den Geistern aufzunehmen, ist von einem anderen Zauber geschwächt worden. *Ihrem* Zauber!« Er zeigte auf Naya. »Ihretwegen hast du uns im Stich gelassen, Zauberer! Und sieh mich nicht so an! Es ist die Wahrheit, und du weißt es − genauso wie du, Grek!«

Naya blickte verwirrt auf. Torka sprach weiter.

»Sprich nie wieder über das Land der vielen Wasser und den See des Blutigen Wassers! Ich bin der Häuptling. Dieser Stamm geht dorthin, wohin *meine* ›Vision‹ ihn führt. Wir folgen Lebensspender und werden die Vergangenheit hinter uns lassen. Wir blicken nach vorn in das neue Land, das im Süden liegt.«

Umak zitterte vor Anstrengung, seine Beherrschung nicht zu verlieren. »Ein Land, das wir noch nie gesehen haben.«

»*Ich* habe es gesehen!« sagte Manaravak vorsichtig.

»Das genügt mir!« erklärte Torka.

Umak sprang auf. »Wirklich? Willst du ihn zum Zauberer ernennen?«

Seine Worte schockierten die Anwesenden, die bereits erschüttert genug waren.

»Torka?« In Lonits Stimme lag die Bitte, Vernunft anzunehmen.

Torka starrte Umak an. Er wußte, daß er seinen Sohn beschämt hatte. Er sah, wie verletzt der junge Mann war, und sein Instinkt riet ihm, seine Worte zu mäßigen und ihm den Schmerz zu nehmen. Aber er konnte es nicht. Er hatte seine Worte im Zorn gesprochen, doch sie waren die Wahrheit. »Die Mächte der Schöpfung ernennen einen Mann zum Zauberer, Umak, nicht ich. Es war Lebensspender, der Manaravak gerettet und ihm gemeinsam mit Demmi den Weg zum neuen Land im Süden gezeigt hat, damit er zu seinem Stamm zurückkehren und ihn dort hinführen konnte.«

Manaravak war sichtlich fassungslos über den Streit. »Ich habe nicht den Wunsch, Zauberer zu werden, Vater«, wehrte er sich. »Bitte setz dich, Bruder, ich ...«

»Sag mir nicht, was ich tun soll! Komm, Naya! Ich werde nicht zulassen, daß man dich beleidigt. Jhon, hilf deiner Mutter mit Li. Ich habe genug von dieser Versammlung.«

»Dann geh!« rief Torka. »Und sei froh, daß Naya noch an deiner Seite ist und beleidigt werden kann, denn nur die Sorge eines Vaters um seinen Sohn hat mich davon abgehalten, sie für immer aus diesem Stamm zu verstoßen!«

Naya hielt erschrocken den Atem an.

Umak erstarrte. »Wenn du sie fortschickst, gehe ich mit ihr.«

Torka hatte keinen Zweifel daran, daß die Drohung ernst gemeint war. Da er sie vor dem gesamten Stamm ausgesprochen hatte, würde er sich selbst beschämen, wenn er nicht auch in ihrem Sinne handelte. Torka sah, wie Naya mit großen und unschuldigen Augen dastand, und er wurde noch wütender. »Diese Frau hat diesem Stamm nur Unglück gebracht. Sie wird uns nicht über den Fluß ins neue Land begleiten!«

Es war, als wäre ein Blitzschlag mitten in die Versammlung gefahren. Naya schlug die Hände vors Gesicht. Grek sah aus, als hätte ihm gerade jemand die Eingeweide durchbohrt. Honee schrie verzweifelt auf, und Manaravak sah seinen Vater ungläubig an.

Umaks Gesicht wurde bleich vor Schrecken. Er fühlte sich wie jemand, der in einem Augenblick gestorben und unmittelbar darauf wiedergeboren worden war. »So ist das?« Die Frage war so kalt wie der dunkelste Tag inmitten des kältesten Winters.

Torka fühlte sich plötzlich müde. So weit hatte er es nicht kommen lassen wollen. Erneut verspürte er das dringende Bedürfnis, den Streit zu beenden, doch bevor er sich die dazu notwendigen Worte zurechtlegen konnte, hatte Umak sich bereits umgedreht und führte seine Familie aus der Gemeinschaftshütte.

»Umak! Bruder! Warte!« Manaravak folgte ihm.

Die Felltür schwankte immer noch, und alle konnten deutlich Umaks Worte hören.

»Geh mir aus den Augen! Bei Vater Himmel und Mutter Erde und bei allen Mächten dieser und der nächsten Welt bereue ich den Tag, an dem ich mich Drei Pfoten in den Weg stellte, um dir das Leben zu retten!«

In der Hütte war es völlig still. Alle warteten darauf, daß Manaravak zurückkam. Doch er kam nicht, und so sprach Torka erneut und versuchte nicht zu zeigen, wie aufgewühlt er war. »Wir... wir werden morgen weiter darüber sprechen.«

»Du kannst meine Naya nicht aus dem Stamm ausstoßen!« sagte Grek, der sich zitternd erhob. Chuk ging zu ihm, um ihn zu stützen.

Torka starrte den alten Mann an. Er wirkte so erschüttert und verängstigt, daß Torka sich bemühte, ihn vor einem Zusammenbruch zu bewahren. »Ich würde niemals etwas tun, das dich verletzen könnte, alter Freund«, sagte er, »und schon gar nicht ohne Einberufung des Rats. Das werden wir tun und noch einmal darüber reden... morgen.«

»Du wirst meine Naya nicht aus dem Stamm verstoßen!« wiederholte Grek. Lonit zwang sich zu einem Lächeln. »Es ist spät. Wir alle sind müde, und wir haben uns alle unnötig erregt. Wir sollten in unsere Hütten zurückkehren und etwas schlafen. Für heute abend sind genug Worte gesprochen worden.«

Torka war ihr dankbar. Sie hatte der Situation die Spitze genommen. Doch als er zusah, wie Larani und Chuk den alten Mann hinausführten, während die anderen beunruhigt aufstanden und sich verabschiedeten, fühlte er Verzweiflung in sich aufsteigen. Warum hatte er das getan? Er hockte vor der erlöschenden Glut des Feuers und versuchte mit aller Kraft, Umak und Manaravak nicht mit den zerbrochenen Hälften seiner Walknochenkeule zu vergleichen, die in seinen Händen lag – die Keule, die er zerbrochen hatte.

»Torka?«

Er blickte auf. Lonit war aufgestanden und wartete mit Sayanah am Eingang der Hütte auf ihn.

»Komm, Mann meines Herzens!«

»Später«, erwiderte er leise. »Geh schon voraus.«

»Du wirst Naya doch nicht wirklich ausstoßen, Vater?« fragte Sayanah.

»Geh, mein Junge! Bring deine Mutter in unsere Hütte.«

Sayanah zögerte, bis Lonit ihm die Schulter drückte und ihn stumm drängte, ihm zu gehorchen.

Torka rührte sich nicht. Lange Zeit blieb er so sitzen und starrte in die zunehmende Dunkelheit der unbeleuchteten Hütte. Er war nicht allein. An der Feuerstelle saßen wieder die Geister, aber diesmal lächelten sie nicht.

# 18

Während die Menschen schliefen, drehte sich der Wind und trieb neuen Schnee vor sich her. Es war der erste wirklich kalte Frost dieses Winters. Der Wasserstand des Großen Wilden Flusses senkte sich. An den seichten Stellen war das Eis so dick, daß es bis zum Boden reichte. Bald würden die Menschen den Fluß überqueren und mit ihrer Reise in den Süden beginnen können – alle, bis auf eine Familie. Umak nutzte den Umstand, daß der Schnee seine Spuren bedecken würde, aus und führte Naya, Honee, seine Kinder, Gefährte, Schneefresser und zwei der jüngeren Hunde vom Lager fort. Doch dann blieb er noch einmal stehen und blickte zu den Hütten seiner Freunde und seiner Familie zurück.

»Vater, bitte, ich will nicht gehen!« sagte Jhon.

»Ich auch nicht«, erwiderte Umak und verbot sich mit erhobener Hand jedes weitere Wort. »Aber wir müssen gehen, zum Wohl von Naya. Wir haben keine Wahl.«

Jhon funkelte Naya unter seiner Kapuze wütend an. »Es ist alles deine Schuld!«

»Kein Wort mehr!« warnte Honee ihn. »Wir sind jetzt mehr als eine Familie – wir sind ein eigener Stamm. Wenn wir die Reise ins Land der vielen Wasser und zum See des Blutigen Wassers überleben wollen, darf es zwischen uns keinen Streit mehr geben.«

»Wir werden überleben«, sagte Umak bestimmt. »Es ist eine lange Reise, aber über das gefrorene Ödland wird es leichter gehen als durch die Sümpfe des Sommers.«

Jhon brummte mürrisch. »Wir haben nicht viel Proviant dabei. Was geschieht, wenn die beinlosen Tiere verschwunden sind und es nichts mehr zu jagen und zu essen gibt, wenn wir dort sind?«

»Ich war mir immer sicher, daß wir dorthin zurückkehren würden«, sagte Umak. »Ich habe Vorratsgruben mit Fleisch und Fett zurückgelassen und alle Dinge, die wir für den Winter brauchen, in Felle eingewickelt.«

Jhon war noch nicht zufrieden. »Meine Freunde sind hier. Ich will nicht gehen! Warum bleiben wir nicht einfach hier und tun, was Torka...«

»Keine Frau von mir wird jemals aus dem Stamm ausgestoßen werden, solange ich noch in der Lage bin, es zu verhindern! Auch wenn Torka es befiehlt, werde ich es nicht hinnehmen. Ich werde weder ihn noch mich selbst durch einen solchen Streit beschämen – immerhin ist er mein Vater, und ich liebe ihn. Ich würde für ihn mein Leben opfern, aber nicht Nayas! Also ist es besser, wenn wir gehen.«

Naya, die in ihrer dicken Winterkleidung nicht größer als ein Kind aussah, schluchzte leise. »Es tut mir leid, Jhon. Ich habe mir solche Mühe gegeben, eine gute gehorsame Frau zu sein. Ich habe meine Beeren fortgeworfen und allen gesagt, wie leid es mir tut, was ich angerichtet habe. Ich habe alles getan, was man von mir verlangt hat. Ich verstehe nicht, warum man mir nicht verzeihen kann.«

Umaks bittere Antwort klang endgültig. »Manche Dinge kann man nicht verzeihen, Naya.«

Ihre Stimme dagegen klang gebrochen und mitleiderregend. Schniefend zog sie ihre Tränen hoch. »K-kannst du k-keinen Zauber machen, damit sie es v-vergessen?«

»Manaravak hat ihm den Zauber geraubt und damit Torka und den Stamm gegen unseren Mann aufgebracht!« erklärte Honee.

Lis Worte waren so leise, daß der Wind sie beinahe fortwehte. Leider waren sie doch noch hörbar. »Können Manaravak und Pferd nicht mitkommen? Ich liebe Manaravak, Vater. Er hat mich vor dem Wanawut gerettet, als du es nicht konntest!«

Umak empfand in diesem Augenblick Eifersucht, Haß und Neid auf seinen Bruder. Die Worte des Kindes lösten in ihm eine Sturzflut des Zorns aus. Dann wieherte das Pferd, und Umak wurde abgelenkt. Langsam und entschlossen ging er voraus und winkte seiner Familie zu, auf ihn zu warten. Sie sahen nicht, wie er seinen Dolch zog und sich dem Pferd näherte. Mit dem Rücken zu Jhon streichelte er den Hals des Tieres. Als das Pferd zufrieden wieherte und den Kopf hob, schnitt er ihm die Kehle durch. Er steckte das Messer ein, drehte sich um, ging zu seiner Familie zurück und führte sie ohne ein Wort weiter. Die Hunde folgten ihnen.

Der Zauberer blickte durch das Schneetreiben zurück und sah, wie das Pferd in die Knie ging. Es würde allein und langsam sterben, und so hatte Umak es beabsichtigt... Er wünschte sich, Manaravak würde ebenso sterben.

Sie gingen immer weiter. Schnee fiel, und der Wind wehte hart aus Norden. Naya begann wieder zu weinen. »Es tut mir so leid, Umak.«

»Ich weiß«, sagte er nur.

»Ich liebe dich wirklich, – wenn es dir etwas bedeutet.«

»Ich liebe dich auch, Naya«, antwortete er, doch in seinem Herzen war eine untröstliche Trauer, denn diese Liebe hatte ihn alles gekostet.

Als Manaravak am frühen Morgen aufstand und Pferd tot und Umaks Feuerstelle verlassen vorfand, verstand er sofort, was sein Zwillingsbruder getan hatte und warum er es getan hatte. Mit einem Wutschrei nahm er seine Speere und folgte ihm.

Die anderen wurden durch seinen Schrei alarmiert und kamen aus ihren Erdhütten. Im Wind und Schnee standen sie da und überblickten das Lager. Schließlich erkannten sie, was in der Nacht geschehen war. Sommermonds Gesicht war bleich. »Sie werden sich gegenseitig umbringen!«

Sayanah hatte sich hingekniet und streichelte den Hals des toten Pferdes. Tränen liefen ihm über das Gesicht. »Warum hat er das getan? Wie konnte er so etwas tun? Dafür werde ich Umak töten!«

»Er ist dein Bruder!« tadelte Lonit.

»Nicht mehr!« Der Junge weinte und warf sich über den Körper des toten Pferdes, als wäre es ein geliebter Freund, denn das war es wirklich für ihn geworden.

»Vater, du mußt sie zurückholen!« flehte Schwan ihn an. »Du mußt Manaravak verständlich machen, daß unser Zauberer nur aus Zorn gehandelt hat, und daß du ...«

»Er ist nicht mehr unser Zauberer, was mich betrifft!« sagte Simu.

Dak musterte seinen Vater kritisch. »Hättest du denn anders gehandelt, wenn du vor dem ganzen Stamm vom Häuptling beleidigt worden wärst und er dir gesagt hätte, daß deine Frau ausgestoßen werden soll?«

Torka fühlte sich durch Daks Ablehnung verletzt, doch bevor er etwas darauf erwidern konnte, herrschte Simu ihn an: »Diese Frau hätte schon vor vielen Monden ausgestoßen werden müssen!«

»Nein!« Grek litt unter Atemnot. Mit seinen Schlaffellen auf den gebeugten Schultern kam er barfuß aus seiner Hütte gestolpert. Larani rief ihm hinterher und brachte ihm seine Schuhe. Doch er achtete nicht auf sie. »Meine kleine Naya ... sie ist gegangen?«

»Ja, alter Freund«, antwortete Torka. »Umak hat sie und den Rest seiner Familie mitgenommen.«

Grek preßte seinen rechten Arm auf die Brust. Er schien Schmerzen zu haben, aber er interessierte sich nur für Nayas Probleme. »Wir müssen sie finden! Wir müssen das kleine Mädchen zurückbringen! Wenn Manaravak und Umak kämpfen, werden sie nicht nachgeben, bis einer von ihnen tot ist. Wenn beide sterben, wer soll sich dann um meine Naya kümmern? Ich muß sie zurückholen!«

»Wenn du Naya in dieses Lager zurückbringst, alter Mann, werde ich ihr persönlich den Hals umdrehen — und dir auch!« drohte Simu. »Siehst du denn die Wahrheit immer noch nicht? Glaubst du wirklich, daß Manaravak sich bei diesem Wetter auf den Weg gemacht hat, um sich an Umak zu rächen, weil er sein Pferd getötet oder ihn beleidigt hat? Bei den Mächten der Schöpfung — ihm geht es um Naya, um deine unheilstiftende, flennende, kleine Enkeltochter! In diesem Mädchen ist böses Blut! Und das war von Anfang an so!«

Simu rechnete nicht mit Greks rechter Hand, die plötzlich unter seiner Armbeuge hervorkam. Dahinter steckte die ganze Kraft, die dem alten Mann noch verblieben war. Wenn Grek aufgrund der Anstrengung nicht aus dem Gleichgewicht geraten und gestürzt wäre, hätte Simu mehr als nur einen betäubenden Schlag auf die Wange erhalten. Dennoch schrie Simu vor Schmerzen auf und hielt sich das Kinn, wurde herumgewirbelt und beinahe umgeworfen.

Grek lag am Boden und keuchte wie ein sterbender Ochse. Chuk und Larani eilten zu ihm.

»Wenn du meinen Großvater noch einmal anrührst, dann wirst du es bereuen, Simu!« drohte Chuk.

»Ich? Ihn anrühren? Das alte Bison hat sich selbst aus dem Gleichgewicht gebracht! Gib nicht mir die Schuld! Er hat mich geschlagen, und wenn er es noch einmal versucht, werde ich...«

»Was wirst du?« fauchte Larani ihren Vater an, stellte sich schützend über Grek und zog ihm die Felle über die Schultern. »Verschwinde von hier, du elender, unversöhnlicher Nörgler!«

Simu hielt entsetzt über die Worte seiner Tochter den Atem an.

Es war Lonit, die den Frieden wiederherstellte. Sie kam aus ihrer Familienhütte gestapft und trug halb zugeschnürte Wintermokassins und ihren Reiseumhang. Ihre Schneeschuhe hatte sie auf den Rücken geschnallt, ihre Fäustlinge hingen am Gürtel, ihr Messer steckte an ihrer Seite, und sie hielt ihre Steinschleuder in den Händen. So wie sie die Riemen streckte, schien sie bereit zu sein, die Waffe gegen jeden einzusetzen, der ihr in den Weg kam. »Ich weiß nicht, was ihr tun werdet, aber ich packe mir ein paar Reisevorräte zusammen und folge meinen Söhnen. Jemand muß sie davon abhalten, sich gegenseitig umzubringen! Ihr Männer könnt gerne hierbleiben, wenn ihr wollt! Doch diese Frau wird versuchen, ihre Söhne wieder zur Vernunft zu bringen . . . wenn ihnen noch ein Rest davon geblieben ist!«


Sie wollten Grek zum Schutz der Frauen und Kinder zurücklassen, aber diesmal ließ er es nicht zu.

»Mein kleines Mädchen ist da draußen! Ich werde gehen!«

»Und wenn du unser Vorankommen behinderst, alter Mann?« fragte Simu.

»Dann geht ohne mich weiter. Aber ich werde euch auf jeden Fall folgen, selbst wenn ich dazu die Frauen und Kinder im Stich lassen muß. Wo meine Naya ist, da wird auch Grek sein, um dafür zu sorgen, daß ihr nichts zustößt.«

»Sie ist bei Umak, alter Freund«, versuchte Torka ihn zu beruhigen. »Es wird ihr nichts geschehen, solange sie bei ihm ist.«

Grek musterte den Häuptling mit alten und müden Augen. »Nein, ich weiß, daß Umak ihr nichts zuleide tun wird. Wegen des Zauberers, selbst wegen Manaravak habe ich keine Bedenken. Es ist wegen Simu. Und wegen dir, Torka, wegen dir.«


Und so erklärte sich Dak damit einverstanden, die Frauen zu bewachen, während Torka mit den anderen in Wind und Schnee aufbrach. Sie bewegten sich schnell voran, da sie sicher waren, daß Umak sich auf den Rückweg zum See des Blutigen Wassers gemacht hatte — und daß sie ihn unbedingt vor Manaravak finden mußten.

Irgendwann schloß Larani sich ihnen an. Als sie bemerkten, daß ihre von Fellen verhüllte Gestalt ihnen folgte, war es bereits zu spät, sie zurückzuschicken.

»Warum bist du hier, Frau?« Grek war überhaupt nicht erfreut, sie zu sehen. »Ich brauche dich auf diesem Zug nicht!«

»Es wird immer kälter. Ich konnte den Gedanken nicht ertragen, die nächste Nacht ohne dich an meiner Seite verbringen zu müssen. Ich werde euch nicht aufhalten und mich auch nicht beschweren.«

Sie hielt Wort. Genauso wie Lonit konnte sie mit den Männern schritthalten. Grek schien eine neue innere Kraftquelle gefunden zu haben, doch mehrere Stunden vom Lager entfernt begann sie schließlich zu versiegen. Inzwischen hatte sich der Wind zu einem Sturm verstärkt, und das Schneetreiben war so dicht, daß sie die Hände nicht mehr vor den Augen erkennen konnten. Sie mußten anhalten.

»Warum bist du uns gefolgt, Larani?« Torka nahm die junge Frau beiseite, während sie sich Unterkünfte gegen den Sturm errichteten.

»Grek ist so alt«, sagte sie. »Älter als er glaubt. Wenn er zurückbleibt, müßt ihr ohne ihn weitergehen. Ich will nicht, daß er diese Schande allein ertragen muß. Ich werde bei ihm bleiben, damit du zum Wohl deiner Söhne, die wieder eins werden sollen, und zum Wohl des Stammes weitergehen kannst.«


Torka schlief mit Lonit unter ihren beiden Reiseumhängen mit dem Rücken gegen den Wind in einer Mulde, die der Häuptling in den Schnee gegraben hatte.

Er war sich nicht sicher, was ihn geweckt hatte. Er wußte auch nicht, wieviel Zeit vergangen war, seit sie wegen des Sturms ein vorübergehendes Lager errichtet hatten. Er lag wach da. Der heulende Wind war so bitter wie seine Stimmung. Wo war Manaravak? War Umak vor seinem Bruder sicher? War der Wanawut in Manaravaks Seele immer noch nicht tot?«

Torka erschauderte. Die Geister waren wieder bei ihm, und Laranis Worte verfolgten ihn und raubten ihm jede Hoffnung, wieder einschlafen zu können: *Zum Wohl deiner Söhne, damit sie wieder eins werden; zum Wohl deines Stammes!*

Er sah wieder seine zerbrochene Keule vor sich. Manche Dinge konnten, wenn sie einmal zerbrochen waren, nicht wieder zusammengefügt werden. Unruhig kroch er unter den schweren Fellen hervor und gab seinem Bedürfnis nach, sich zu bewegen, um die Geister abzuschütteln. Aber sie ließen nicht locker. Die leider nur allzu vertraute Verzweiflung suchte ihn wieder heim, während die Geister der Toten vom Wind umhergetrieben wurden. So viele Geister, so viele geliebte Gesichter! Erschrocken erkannte er Naya unter ihnen − klein, mit großen Augen und so verwirrt wie in jener Nacht, als er sie in der Gemeinschaftshütte verdammt hatte. Das schlimmste war, daß er selbst die Situation herbeigeführt hatte, durch die die Feindschaft zwischen seinen Söhnen geschürt worden war. Er war froh gewesen, seinen verloren geglaubten Sohn wieder bei sich zu haben, und so war er in den letzten Jahren zu nachsichtig gewesen und hatte diesem wilden Zwillingssohn vieles gestattet, was er Umak niemals erlaubt hätte. Irgendwann hatte er seinen Irrtum eingesehen, aber da war es bereits zu spät gewesen, und weil er auch nichts gegen Nayas verantwortungslose Spiele unternommen hatte, war endgültig der Keil zwischen die beiden Brüder getrieben worden.

Außerdem hatte er zugelassen, daß Naya an Umaks Feuerstelle gegangen war, obwohl es immer noch einen gewissen Zweifel darüber gab, wer Umaks Vater war. Wenn Navahk Umaks Vater und Nayas Großvater war, dann war ein Tabu gebrochen worden, und vielleicht war alles, was dem Stamm seitdem zugestoßen war, eine Strafe der Geister.

Mit einer geistigen Klarheit, die er seit Jahren nicht mehr gekannt hatte, sah er die Zusammenhänge vor sich und machte sich Selbstvorwüfe. Er war entsetzt, weil er erkannte, wie viele Fehlentscheidungen er getroffen hatte, seit Drei Pfoten auf der herbstlichen Tundra in sein Leben getreten war. Er schloß die Augen, denn er wollte sich nicht an die Fehler erinnern, an die Toten und Verletzten – doch wie konnte er sie vergessen? Und jetzt hatte er seine Söhne wieder zu Feinden gemacht, eine junge Frau zum Tod verurteilt und seinen Stamm in Gefahr gebracht. »Ich bin es, nicht Naya, der aus dem Stamm ausgestoßen werden sollte, um für immer im Wind zu wandern«, sagte er.

Der Wind drehte sich. Torka blieb stehen. Etwas war auf einen der Hügel vor ihm gestiegen. Es war ein riesiger schneebedeckter Berg aus lebender Kraft. In seiner Unerschütterlichkeit erfüllte er ihn mit Ehrfurcht. Torka ging los und blieb erst stehen, als er dem Mammut Auge in Auge gegenüberstand. Lebensspender schnaufte, streckte seinen Rüssel aus und blies ihm seinen Atem entgegen.

Torka hob die Hände und berührte die Stoßzähne seines Totems. Sie waren abgenutzt, vergilbt und an den Spitzen abgebrochen. »Du wirst alt, Lebensspender, so alt wie die Hügel, auf denen wir stehen ... so alt wie der Wind und der Himmel ... und so alt wie dieser Mann, der vor dir steht.« So fühlte man sich also, wenn man alt wurde? War es das, was auch Grek fühlte und wogegen er sich wehrte? »Wann hat es für uns ein Ende ... wo ... und wie?« fragte er das Mammut. »Wie viele Monde müssen wir noch unter den Lebenden weilen und sie sterben sehen? Um wie viele deiner Kinder trauerst du, alter Freund? Und seit wie vielen Monden höre ich schon in meinen Träumen, wie du mich rufst ... immer weiter nach Osten? Aber wohin? Und warum zerreißen mich meine Söhne, wenn sie mich nach Norden und nach Süden führen wollen? Ich bin nur ein Mann. Ich kann nicht wie ein Walknochen in zwei Hälften zerbrechen und weiterleben!«

Das Mammut schnaufte erneut, aber diesmal nicht so sanftmütig. Triumphierend hob es seine Stoßzähne in den Himmel. Es schüttelte seinen hohen, zottigen Kopf, als wolle es Torkas Verzweiflung zustimmen. Dann drehte es sich um und ging davon, nach Osten, den steilen, leblosen Bergen aus Eis entgegen, die sich bis zu dem Ort erstreckten, an dem die Sonne aufging.

Torka fror plötzlich bis in die Tiefe seiner Seele hinein, als ihm eine wunderbare und erschreckende Erkenntnis kam. Die Kälte verwandelte sich in Begeisterung, und er warf den Kopf zurück und gab dem Wind einen Schrei mit auf seine Reise in den Himmel und zu allen Geistern dieser und der nächsten Welt.

»Zum Wohl meiner Söhne und des Stammes ist die Keule zerbrochen! Und dadurch — *nur* dadurch — gibt es eine Lösung für den Stamm!«

»Torka?« Er fuhr herum.

»Ich habe das Mammut gehört«, sagte Lonit und trat zu ihm. »Die anderen wurden auch geweckt und wollen weiterziehen. Aber die Worte, die du gerade gerufen hast ... was haben sie zu bedeuten?«

Er kam ihr lächelnd entgegen. Und als er ihr liebevoll einen Arm um die Schultern legte und sie an sich drückte, fühlte er sich zum ersten Mal seit sehr vielen Monden wieder jung. »Du wirst es erfahren, Frau meines Herzens! Schon sehr bald!«

In künftigen Tagen sollte es heißen, daß alles, was von diesem Augenblick an geschah, ein Geschenk der Geister war, denn ein weißer Hase zeigte sich im Schnee auf dem Hügel, nachdem das Mammut gegangen war. Er hatte schwarze Augen und Brandnarben an den Ohren. Torka lächelte, als er ihn sah. Er wußte, daß er ihn zu Manaravak führen würde ... und so kam es auch.

»Mein Sohn, ich bitte dich, deine Speere niederzulegen und zum Lager am Großen Wilden Fluß zurückzukehren. Ich bitte dich, auf die Weisheit eines Mannes zu vertrauen, der in letzter Zeit nicht immer weise gewesen ist.«

Manaravak spürte die Veränderung, die in seinem Vater vorgegangen war. Er kniff mißtrauisch die Augen zusammen. »Ich werde nicht vergeben oder vergessen, was mein Bruder getan hat.«

»Das würde ich von keinem Mann verlangen.«

Drei Tage später holte Torka ganz alleine Umak und seine Familie ein und trug ihm dieselbe Bitte vor.

»Ich werde mich nicht wieder Menschen anschließen, die das Leben meiner Frau bedrohen«, erwiderte Umak kalt. »Und ich werde auch nicht wieder mit einem Bruder im selben Lager wohnen, der sie nur mit hungrigen Augen ansieht.«

»Das verlange ich nicht von dir, und du wirst nie wieder von mir – oder einem anderen Stammesmitglied – ein böses Wort über Naya hören.«

Umaks Gesichtsausdruck verriet seinen Unglauben.

Torka sah ihm in die Augen, ohne seinen Blick abzuwenden. »In der Vergangenheit habe ich oft gegen dich gesprochen, Umak, aber ich habe dich niemals angelogen.« Er hielt inne. Wieder verspürte er Zweifel, was Umaks Abstammung betraf, doch er verflog schnell. Was spielte das jetzt noch für eine Rolle? Das Mammut hatte ihn durch all das hindurchgeführt, und jetzt legte er im Licht seiner neuen Erkenntnis seine Hand auf Umaks Schulter. »Du *bist* mein Sohn, Zauberer«, wiederholte er. »Ich bitte dich um dein Vertrauen. Kehre mit mir ins Lager am Großen Wilden Fluß zurück – nur für eine kurze Zeit.«

Und dann stand der Stamm von Torka unter einem klaren, kalten Himmel auf zwei Seiten des hohen, heißen Feuers, das der Häuptling mit eigenen Händen errichtet hatte.

Manaravak und Umak sahen sich nicht an. Naya, die dicht neben Honee stand, hatte den Kopf gesenkt und starrte zu Boden. Niemand sprach – nicht einmal die Geister, die sich ebenfalls um das Feuer versammelt hatten.

Torka kniete sich nieder und hob die Scheide an, in der seine Keule steckte. Er zog die Waffe heraus und hielt sie so, daß sie wie in einem Stück zum Vorschein kam. Dann nahm er mit großer Feierlichkeit je eine Hälfte in jede Hand und reichte sie weiter – eine in Umaks Richtung, die andere in Manaravaks.

Er rief: »In diesem Augenblick ist Torka zum letzten Mal Häuptling seines Stammes! Von diesem Augenblick an müssen die Menschen verschiedene Wege gehen und ihr Leben in neuen Ländern neu beginnen. Umak und jene, die ihm folgen wollen, werden nach Norden ins Land der vielen Wasser gehen. Manaravak wird mit seinen Leuten der Spur des großen Mammuts nach Süden folgen.«

Lonit schrie verzweifelt auf. »Nein, Mann meines Herzens! Die Menschen sind *ein* Stamm!«

»Aber, Torka, was wird mit dir?« Grek war sichtlich verwirrt.

Es gab keinen Menschen des Stammes, der nicht fassungslos über seine Worte war.

»So muß es sein, damit die Feindschaft uns nicht für immer entzweit«, sagte Torka. »Die kommenden Generationen müssen stark sein. Es muß viele geben, die sich an das Lied der wenigen erinnern können – daran, wie zu Anbeginn der Zeiten ein Jäger namens Torka und eine Frau namens Lonit zum Vater und zur Mutter von Generationen wurden, als sie über das Land aus Eis durch das Tal der Stürme zogen, um im Verbotenen Land zu einem neuen Volk zu werden!«

Eine ganze Weile stand der Stamm schockiert und stumm da, bis der Häuptling erneut das Wort ergriff, um ihre Ängste zu beschwichtigen und ihre Fragen zu beantworten.

»Einmal in jedem Jahr, wenn die Tundra in den Farben des Herbstes brennt, wird das Volk in diesem Lager am Großen Wilden Fluß zusammenkommen. Hier werden sich die Kinder aus dem Süden und Norden wie Brüder und Schwestern vereinigen. Hier werden die Geschichtenerzähler neue Geschichten austauschen. Die Häuptlinge werden sich in Frieden treffen, jeden Streit vergessen, der einst ihre Herzen entzweite, und auch die alten Geschichten erzählen. Von diesem Tag an werden die Häuptlinge die Hälften der Keule heilig halten, damit jedesmal, wenn die Männer und Frauen des Volks sich versammeln, um den Lebensgesang zu singen, der auf dem Knochen eingeritzt ist, Torka bei ihnen ist und mit ihm ihr alle, die ihr hier steht, ihr und Demmi, Tankh und Yona, zusammen mit Wallah, Iana, Nantu und Eneela und all jenen, die gemeinsam mit uns das Land unserer Vorfahren verlassen und dieses neue Land betreten haben!«

Lange Zeit saßen die Menschen stumm um das Feuer herum. Erst als die Flammen herabgebrannt waren, drängte Torka, daß die Zeit für seine ›Kinder‹ gekommen war, sich zu entscheiden, wer mit wem ginge.

»Ich werde Schwan, Kharn und Demmit nehmen und mit Umak gehen«, sagte Dak, dessen Ankündigung nur für Umak überraschend kam.

»Ich dachte, du hättest das Vertrauen in die Macht des Zauberers verloren!«

»Was hat das Vertrauen in einen Zauberer mit dem Vertrauen in einen Freund zu tun?« wollte Dak wissen.

Simu runzelte nachdenklich die Stirn, dann ging er mit einem Schulterzucken auf Manaravaks Seite. »Ich weiß nicht, wie sich ein ehemaliger Wanawut als Häuptling machen wird, aber ich werde mich keinem Stamm anschließen, dem Naya angehört, solange ich eine Wahl habe.«

»Aber Simu . . .« Schwan war sichtlich verärgert. »Wenn du und Sommermond nicht mit Umak gehen, woher werde ich dann die Milch für Demmit bekommen?«

Daks Züge verhärteten sich. »Ich werde nicht mit Manaravak gehen – nicht, nachdem er untätig zugesehen hat, wie Demmi von Bestien getötet wurde.«

»Ich werde das Baby nehmen, wenn du möchtest . . . bis zum nächsten Herbst«, bot Sommermond an.

Dak dachte eine Weile nach und stimmte schließlich zu. »Bis zum nächsten Herbst.«

»Ich werde ebenfalls mit Umak gehen«, sagte Grek. »Ich will nicht von meiner Naya getrennt sein.«

Seine Entscheidung ließ Larani erschrocken den Atem anhalten und einen enttäuschten Ausdruck auf ihrem Gesicht erscheinen – und auf dem von Manaravak. Aber Larani nickte und bemühte sich, fröhlich zu lächeln.

»Ich gehe mit Grek. Es ist mir gleichgültig, wohin. Ich bin seine Frau.«

Der alte Mann schnaubte und befahl ihr dann, ihre Sachen zu packen. Als sie gehorsam davonging, verzerrte sich sein Gesicht vor Eifersucht. Manaravaks kaum verhohlener Ausdruck des Verlangens, mit dem seine Augen Larani folgten, war nicht zu übersehen.


Es dauerte einige Zeit, bis die Erdhütten abgerissen waren und sämtliches Hab und Gut für die Reise verstaut worden war. Als endlich die letzten tränenreichen Abschiedsszenen überstanden, die Schlitten beladen und die Hunde angeschirrt waren, führte Umak seine Leute vom Großen Wilden Fluß fort — doch plötzlich drehte Naya sich noch einmal um und lief durch das Lager zu Manaravak zurück. »Für dich!« verkündete sie. Ohne darauf zu achten, wer sie sah oder was die anderen sich dabei dachten, reckte sie sich auf ihre Zehenspitzen und gab ihm einen Kuß auf die Wange. Dann drückte sie ihm ein Geschenk in die Hand. »Hier. Es ist deins. Ich gebe es dir zurück. Möge es dir Glück im neuen Land jenseits des Flusses bringen!«

»Naya!« Umaks Schrei ließ ihr einen Schauder den Rücken hinunterlaufen.

Sie wußte, daß er ihr nachsetzte. Sie hörte, wie die Menschen überrascht den Atem anhielten und sah, wie Manaravak sich versteifte. Er schob sie mit seinen starken Händen zur Seite und bereitete sich auf den Angriff seines Bruders vor.

»Nein!« schrie Naya. Ohne genau zu wissen, welcher Geist in sie gefahren war, stemmte sie beide Hände in die Hüften und blockierte ihrem Mann den Weg. »Ihr müßt damit aufhören, alle beide! Ihr müßt versuchen, euch wieder liebzuhaben!«

Umak blieb abrupt stehen.

Naya hatte Angst, aber dann empfand sie eine seltsame und angenehme Ruhe. »Bitte, Umak, ich möchte mich nur von einem ›Bruder‹ verabschieden, dem ich viele Probleme gemacht habe. Ganz gleich, was zwischen uns geschehen ist, ich bin *deine* Frau, Umak!« Sie trat vor, reckte sich erneut auf Zehenspitzen, nahm das Gesicht ihres Mannes in ihre Hände und küßte ihn auf den Mund. »Allerdings weiß ich nicht, ob du immer noch ein so ängstliches, dummes Mädchen wie mich willst.«

»Das weiß ich auch nicht!« sagte er mit einem finsteren Blick, doch er erwiderte ihren Kuß so innig, daß Uni, Li und die Jungen verlegen kicherten.

Naya trat einen Schritt zurück und lächelte. Sie neigte den Kopf zur Seite und sah Umak an, und plötzlich erkannte sie, wie sehr sie ihn liebte. »Ich bin ohne meine Beeren eine viel bessere Frau«, sagte sie. »Jetzt weiß ich, was ich tue.«

»Wirklich?« fragte er.

»Ja«, antwortete sie. »Ich werde versuchen, dir von jetzt an eine gute Frau zu sein.«

»Ich wünsche euch dabei viel Glück!« rief Simu, aber Umak hörte ihn nicht. Er hatte Naya an der Hand genommen, und ohne noch einmal einen Blick zurückzuwerfen, entfernten sie sich vom Lager.

Einen Tag und eine Nacht lang führte Umak seinen Stamm durch das Land der vielen Wasser zum fernen See des Blutigen Wasser. Sie rasteten im Dunkeln und gingen weiter, wenn es hell wurde. In der nächsten Nacht schneite es, und sie errichteten ihre Zelte zum Schutz vor dem Wetter.

In Greks Fellzelt lag Larani wach und lauschte auf den Wind, der an den Zeltschnüren zerrte, auf die Schneeflocken, die gegen das Zelt getrieben wurden, und auf den alten Mann, der tief und fest neben ihr schlief. Sie seufzte. Endlich schnarchte er einmal nicht. Sie schloß die Augen und war dankbar für die Stille und das Lied des Windes und des Schnees, die sie in den Schlaf wiegten. Sie träumte von ihrer Kindheit, von vergangenen Tagen, als Schwan, Naya und sie zusammen gespielt und sich ihre geheimsten Wünsche anvertraut hatten.

»Manaravak...«

In dieser Nacht träumte sie nur von ihm, und es waren wunderschöne Träume... bis Grek sie weckte.

»Du bist eine gute Frau für mich gewesen, Larani.«

Sie sagte nichts, sondern lag nur still da und wartete geduldig darauf, daß er sie auf seine ernsthafte und unbeholfene Art berührte. Er bemühte sich stets sehr, sie beide zu befriedigen, schaffte es jedoch nie.

Er rührte sich nicht. »Du wolltest eigentlich gar nicht mit mir gehen, nicht wahr, Larani?«

»Ich bin deine Frau«, sagte sie nur, obwohl sie wußte, daß er mehr von ihr hören wollte.

Er schwieg eine Weile und atmete flach und angestrengt. »Wenn die Zeit der langen Dunkelheit vorbei ist und wir über das Land ins Tal des Großen Wilden Flusses zurückkehren, wird es dir dann nicht leid tun... wenn du ihn wiedersiehst?«

»Ihn?«

»Du sprichst seinen Namen voller Sehnsucht in deinen Träumen, Larani.«

Er klang so traurig, so alt — und so voller Hoffnung, Hoffnung darauf, daß sie ihm widersprechen würde. Sie drehte sich zu ihm um und strich ihm liebevoll über das Gesicht. »Ich bin deine Frau, alter Löwe. Mit wem sollte ich sonst gehen? Wer sonst könnte meine Seele berühren, so wie du es tust?«

Dann küßte sie ihn. Es war ein zärtlicher und liebevoller Kuß. In ihrem Herzen wußte sie, daß sie ihn liebte — nicht so, wie sie Manaravak liebte, nicht so, wie Grek geliebt werden wollte, aber das mußte er nicht wissen. Als sie sich zurückzog, sah sie, daß er lächelte, also küßte sie ihn erneut und hätte sich ihm hingegeben, aber er hielt sie zurück.

»Nein, Larani. Dein Mann ist müde. Ich würde gerne etwas schlafen. Dann wird Grek dich lieben, ja, und es wird dir nicht leid tun, dich für den alten Löwen entschieden zu haben.«

Sie schlief ein und erwachte erst kurz vor der Dämmerung wieder. Grek schlief immer noch fest — so fest, daß sie sich für ihn freute, denn sie wußte, wie sehr die Reise an seinen Kräften zehrte. Sie stand auf, zog sich an und bereitete alles für den Tagesmarsch vor. Dann rief sie nach ihm. Draußen hatte es aufgehört zu schneien, und die anderen waren zum Aufbruch bereit.

»Grek, es ist Zeit zum Aufstehen!« sagte sie.

Als er nicht antwortete, küßte sie ihn auf die Stirn und wich erschrocken zurück. Seine Stirn war kalt, aber nicht halb so kalt wie ihr Herz in diesem schmerzlichen Augenblick. Larani legte dem alten Mann die Hand auf die Wange und wußte, daß er tot war.


Lonit weinte in dieser Nacht.

»Wie soll ich die Zeit bis zum nächsten Mond des Gelben Grases überleben?« klagte sie. »Ohne meine Schwan und meinen Umak, ohne Jhon, Kharn und die Babys?«

»Mit Geduld«, riet Torka ihr und küßte sie.

»Glaubst du, daß es ihnen gutgeht, Vater?« fragte Sayanah.

»Mit Umak als Häuptling und Dak als seine rechte Hand und mit dem alten Grek und seinen Geschichten...?«

»Ich werde Jhon vermissen!« sagte der Junge.

»Wir alle werden ihn vermissen«, stimmte Torka zu, »aber denk nur daran, wie schön es sein wird, wenn ihr euch wiederseht.«


Vor der Erdhütte des Häuptlings stand Manaravak unter dem Sternenhimmel. Er blickte zu Simu hinüber, der zufrieden mit Sommermond und den Babys zusammensaß. Er wußte, daß sein Vater eine weise Entscheidung getroffen hatte. Lieber zwei halbe Stämme als überhaupt keinen Stamm. Aber er war immer noch allein... immer noch ohne eine eigene Frau.

Auf der Nordseite des Lagers begannen die Hunde zu bellen. Manaravak drehte sich um und kniff die Augen zu schmalen Schlitzen zusammen, um zu erkennen, weswegen die Hunde so begeistert kläfften.

In einem Umhang aus schneeverkrustetem Seehundfell und mit einem Schneestock in der Hand kam Larani auf das Lager zu.

Manaravak erstarrte. Sie mußte an ihm vorbei, bevor sie das Lager betreten konnte. Die Hunde sprangen sie an. Überrascht von diesem freudigen Empfang, lachte sie fröhlich und ging in die Knie, um sie zu begrüßen. Manaravak ging ihr entgegen.

»Tochter des Himmels, wie kommt es, daß du den Stamm meines Bruders und deinen Mann verläßt?«

»Ich habe keinen Mann mehr«, sagte sie und erzählte ihm, wie der alte Löwe gestorben war.

Schließlich versuchte sie, zwischen den tobenden Hunden aufzustehen, und wäre beinahe gestürzt.

Er reichte ihr seine Hand. Sie griff danach, und als die Hunde sie erneut bedrängten, fing er sie in seinen Armen auf. Er hob sie hoch, grinste sie vergnügt an und schob ihre Kapuze zurück, um sich mit eigenen Augen davon zu überzeugen, daß es wirklich Larani war und kein Trick der Nachtgeister.

Sie wollte ihn zurückhalten. »Nicht! Bitte, sieh mich nicht an, Manaravak! Solange mein Haar nicht nachgewachsen ist, bin ich häßlich. Ich bin...«

»Du bist Larani! Das genügt mir. Ich habe niemals mehr verlangt!« sagte er, und während er mit einer Hand ihren Kopf hielt, zog er sie mit der anderen an sich heran, um sie zu küssen, so daß sie sich nicht einmal dann hätte wehren können, wenn sie es gewollt hätte.

# 19

Am Ufer des Großen Wilden Flusses verging die Zeit. Die Männer jagten. Die Frauen nähten. Und in einer Nacht, die so kalt und kristallklar war, daß es schien, als ob die Sterne aus dem Himmel herauszubrechen drohten, wurde ein großes Feuer entfacht. Die Funken flogen hoch. Die Menschen des Stammes stimmten einen fröhlichen Gesang an, und ihre Füße stampften auf der gefrorenen Erde einen starken Rhythmus. Wölfe antworteten mit ihrem eigenen Gesang. Manaravaks Stammesmitglieder fragen sich, ob ihre Brüder und Schwestern im Norden bei Umak sie hören konnten und ob sie dann wüßten, daß sie die Verbindung ihres neuen Häuptlings mit Larani feierten.

Die Zeit der langen Dunkelheit senkte sich über die Welt. Das Wasser des Flusses gefror. Im klaren, kalten Schein eines blauen Nordlichts überquerte der Stamm ohne Zwischenfall den Fluß.

Die Berge im Süden riefen, und Manaravak wollte seinen Stamm schnell zu der Höhle führen, in der Demmi und er einst Wärme und Zuflucht gefunden hatten. Mit seiner neuen Frau Larani an seiner Seite sprach er mit Zuversicht und wachsender Begeisterung über das gute Land, in das sie zogen.

Doch als sie am anderen Ufer weiterzogen, blieb Torka, wo er war. Das Mammut hatte den Fluß nicht überquert. Es stand mit erhobenem Rüssel da und rief ihn zurück zu den Bergen im Osten.

»Torka! Komm!« rief Simu.

Wie konnte er? Wie konnte er das Land im Osten hinter sich lassen? Der Geisterwind flüsterte überall um ihn herum. Er wandte sich nach rechts, nach links, dann wieder nach rechts, und ständig hörte er die Stimmen geliebter Menschen − so *vieler* geliebter Menschen: Demmi ... Iana ... Tankh ... Nantu ... Yona ... Eneela ... Wallah ... der alte Umak ... und der alte Grek.

»Vater!« Auf Manaravaks Ruf hin drehte er sich um und sah zu seinem Sohn hinüber. Überrascht sah er sich selbst dort stehen. Er blinzelte und schaute noch einmal hin. Diesmal sah er Manaravak − mutig, stark und zuversichtlich, ein Jäger, der es sogar mit den Mächten der Schöpfung aufnehmen würde, wenn sie ihm oder seinem Stamm in den Weg traten.

Manaravaks Stamm! Ja. Während der letzte Mond auf- und wieder untergegangen war, hatte Manaravak sich verändert. Er hatte die letzten Reste seiner tierhaften Natur abgeworfen. Jetzt war sogar Simu mit Manaravak als Häuptling zufrieden.

Torka stand reglos da. Ein seltsamer und doch beruhigender Entschluß reifte in ihm. Er fühlte sich weder alt noch schwach, aber irgendwie wußte er, daß sein Leben vorbei war. Lebensspender ging nach Osten, und obwohl die Menschen seines Stammes entweder mit Manaravak nach Süden ziehen würden oder mit Umak nach Norden gezogen waren, wußte Torka, daß *er* seinem Totem ins Gesicht der aufgehenden Sonne folgen mußte. »Vater!«

Überrascht stellte er fest, daß Manaravak plötzlich vor ihm stand.

»Komm! Wir haben noch einen langen Weg vor uns, bis wir die Höhle erreicht haben und...«

»Ich werde nicht mit dir zur Höhle gehen, Manaravak. Ich werde dem Mammut folgen. Es ist Zeit für mich, nach dem Ort zu suchen, an dem die Sonne aufgeht.«

»Was sagst du da? Du hast dein ganzes Leben lang nach der aufgehenden Sonne gesucht! Du hast gesehen, wohin es dich geführt hat — mitten in die undurchdringlichen Berge aus Eis im Osten! Niemand kann diese Berge überwinden, Vater! Sie bestehen aus massivem Eis, das sich so hoch auftürmt, daß nicht einmal Falken oder Adler darüber hinwegfliegen können. Komm! Du hast mich gelehrt, daß die Menschen in neuen Ländern neue Wege gehen müssen. Jetzt ist es für dich an der Zeit, etwas Neues zu tun und nach Süden zu gehen. Du hast deine Verantwortung innerhalb des Stammes, für Mutter, für Sayanah, für die Kinder...«

»Es ist dein Stamm!« unterbrach Torka ihn und blickte zum südlichen Horizont. »Es ist deine Mutter... dein Bruder... deine Kinder... deine Zukunft. Jetzt bist du der Häuptling, Manaravak. Jetzt mußt du meine Rechte als Jäger des Stammes respektieren, so wie ich deine geehrt habe, als du allein die Wanawuts verfolgen wolltest. Jetzt, wo du für meine Frau und meinen Sohn jagst, nehme ich das Recht in Anspruch, mein eigenes Leben zu wählen — und meinen eigenen Tod. Meine Seele wandert mit dem großen Mammut nach Osten. Ich muß ihm folgen.«

Viele Stunden wanderte Torka ohne Rast und ohne auch nur einmal zurückzublicken. Das Mammut trottete ihm voraus. Der Wind begleitete ihn. Irgendwann landete der kleine Langsporn auf seinem Kopf und suchte zitternd die Wärme im dichten Fell seiner Kapuze.

»Ich grüße dich, Langsporn, Totem meiner Tochter! Du bist mir sehr willkommen. Wenn du willst, begleite mich.«

Der Vogel zwitscherte leise und zufrieden und verstummte dann. Torka wußte, daß er schlief, sicher und warm... so wie

Demmi immer zufrieden geschlafen hatte, wenn er sie im fernen Land jenseits des Verbotenen Landes auf seinen Schultern getragen hatte. Mit halbgeschlossenen Augen begann er zu träumen. Ohne Mühe konnte er sich vorstellen, daß Demmi neben ihm ging, ein kleines Mädchen, das seine Hand hielt.

Eine Sternschnuppe flammte über den Nachthimmel, eine kurze glühende Lanze strahlender Schönheit, die ihn tief ins Herz traf.

»Ein gutes Zeichen!«

Lonits Worte schreckten ihn aus seinem Tagtraum auf. Sie ging neben ihm, hielt seinen Arm und lächelte ihn an. »Worüber lächelst du?« rief er und blieb unvermittelt stehen. »Geh sofort zum Stamm zurück!«

»Du bist mein Stamm!«

»Aber Lonit! Dieses Mammut geht nach Osten in die großen weißen Berge!«

»Diese Frau hat auch zuvor schon Berge gesehen!«

»Lonit, Frau meines Herzens...«

»Ja!« unterbrach sie ihn leidenschaftlich. »Lonit und Torka, für immer und ewig! Diese Frau hat keine Angst. Ich habe meine Lampe und meine Erinnerungen mitgebracht, die so heiß brennen, daß sie uns lange Zeit warmhalten werden. Glaubst du etwa tatsächlich, ich würde zulassen, daß du diese letzte Reise ohne mich machst?«

Eine Weile standen sie da und sahen sich an. Der Wind wurde stärker. Das Mammut blickte zurück. Als es den Rüssel hob und nach ihnen rief, breitete der Langsporn seine Flügel aus und flog ihnen voraus. Arm in Arm folgten ihm Torka und Lonit in die gewaltigen, undurchdringlichen Eismassen des Pleistozäns und ließen sich für immer und ewig vom Wind davontreiben. Sie waren der Vater und die Mutter des Stammes... und aller Generationen, die ihnen folgen würden.

ENDE

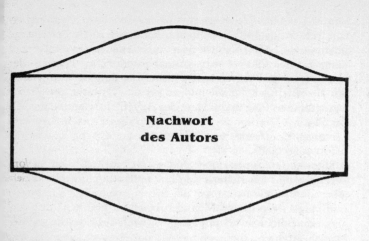

# Nachwort des Autors

In diesem Roman habe ich versucht, die Wanderung der ersten Menschen in die ›Neue Welt‹ zu schildern. Obwohl die Personen erfunden sind, trifft das nicht für ihre lange Reise nach Osten ›ins Gesicht der aufgehenden Sonne‹ zu. Irgendwann in vorgeschichtlichen Zeiten nahmen die Vorfahren der heutigen eingeborenen Amerikaner ihre Speere, beluden ihre Hunde mit Gepäck und machten sich auf die gewaltigste Reise, die der Mensch je unternommen hat — oder unternehmen wird... bis er vielleicht eines Tages die Reise zu den Sternen antritt.

Vor vierzigtausend Jahren, als die Erde von der Eiszeit regiert wurde und der Meeresspiegel hundert Meter tiefer als heute lag, waren die Sterne kalte, geheimnisvolle Wegweiser, die die altsteinzeitlichen Jäger von einem frostigen, windigen Lager zum nächsten führten. Irgendwo in den kargen Ödländern an der sibirischen Küste folgten einer oder mehrere dieser Stämme den Wanderwegen der großen Herden des Pleistozäns von Asien aus über die Beringstraße, um immer tiefer nach Nordamerika vorzudringen.

Dieser Roman — und auch die ersten drei Bände der Urzeit-Saga *Die großen Jäger* — hat gezeigt, wie die ersten Menschen über die Polarregionen nach Amerika gelangten, irgendwann den Yukon passierten, die hohen Pässe der Richardson-Berge überquerten, das Ufer des Mackenzie-Flusses erreichten und dann vor den kilometerhohen unüberwindlichen Wänden der Kordilleren- und Laurentischen Eismassen standen. Dort wandten sie sich nach Süden und zogen am Ostrand der Rocky Mountains entlang in das Herz des eiszeitlichen Amerikas. Mit der Zeit bevölkerten die Nachkommen dieser ersten Amerikaner zwei Kontinente von Alaska bis zu den patagonischen Inseln Feuerlands.

Diese ersten Amerikaner sind so alt, daß es sogar in den Legenden und Überlieferungen nur indirekte Hinweise auf sie gibt. Sie sind Geistertänzer, die sich zu magischen Rhythmen und längst vergessenen Melodien bewegen und in längst vergessenen Sprachen zu uns singen. Wir werden niemals ihre Namen erfahren, ebensowenig wie das, was sie getan haben. Ihre Gedanken, Hoffnungen und Träume sind für immer verloren. Ihre Sprache, die sich in viele andere aufgespalten hat, existiert nicht mehr. Kein indianischer Homer hat das Epos ihrer frühen Reisen erzählt. Die Erde und die Sterne sind die einzigen Zeugen ihrer Siege und Sorgen. Doch obwohl die Sterne schweigen und ihre Kinder sie vergessen haben, spricht die Erde noch von ihnen, wenn man in ihr gräbt, und auch in den uralten Legenden aller Stämme klingt ihr Lied, das Lied der Alten... für jene, die es hören wollen.

Das Verhalten der Personen dieses Romans, ihre Kleidung, Jagdmethoden, allgemeinen Sitten und ihre Einstellung zu Leben und Tod entstammen diesem Lied. Ihre Geschichte wurde sehr sorgsam aus dem ›Gold‹ geschmiedet, das von Geschichtswissenschaftlern, Archäologen, Entdeckern, Anthropologen und Paläoanthropologen in den letzten Jahrzehnten aus den reichen ›Erz‹lagern ›geschürft‹ wurde. Ihre Arbeit ist für uns alle ein großer Gewinn. Der Konflikt zwischen Umak und Manaravak wurde nicht nach dem Vorbild der Geschichte von Kain und Abel aus der jüdisch-christlichen Überlieferung gestaltet, sondern nach der weitverbreiteten Schöpfungssage der amerikanischen Indianer. Ihre

Erzähler singen von Zwillingskriegsgöttern, die die Einheit des ersten Stammes zerstörten. Forschungen über den vorgeschichtlichen Menschen haben gezeigt, daß die Abtrennung von kleinen Familiengruppen der nomadischen Jäger und Sammler etwa alle fünfzehn bis zwanzig Jahre erfolgt sein dürfte — so lange eben, wie es dauerte, bis die Söhne herangewachsen waren und die Herrschaft ihres Vaters in Frage stellten.

Daß halluzinogene Drogen unter den eingeborenen Amerikanern in Gebrauch waren, ist allgemein bekannt. Als Rauschmittel und ›Traumverstärker‹ wurde der Amanita- oder Knollenblätterpilz offenbar schon seit ›Anbeginn der Zeiten‹ gekaut, obwohl er extrem giftig ist. Das Wissen über rauscherzeugende Pflanzen und den Prozeß der Gärung scheint uralt zu sein. In der Arktis muß es einen Vorläufer der Pflanze gegeben haben, die wir als Meskal-Bohne kennen. Nayas seltsame Beeren stammen von einer voreiszeitlichen und somit erfundenen arktischen Abart des Meskal-Strauchs (Sophora secundiflora), der auf den südlichen Ebenen lange vor dem Peyote-Kaktus (Lophorophora williamsii) verwendet wurde. Wie Peyote enthält die Meskal-Bohne (oder Beere) Alkaloide, die ähnliche physiologische und psychologische Wirkungen hervorrufen, wenn die Frucht gegessen wird. Die Reaktion auf diese Droge hängt sehr stark vom Benutzer ab. Halluzinationen sind üblich, bei manchen stellt sich sexuelle Erregung ein. Übelkeit kann als unangenehme Nebenwirkung auftreten. Die Meskal-Bohnen werden gelegentlich an einer Kette um den Hals getragen.

Wieder einmal muß ich den Leuten von Book Creations danken, die mir mit ihrer unschätzbaren Hilfe viel Zeit gespart haben — besonders Laurie Rosin, der Cheflektorin par excellence, und den überaus eifrigen Mitarbeiterinnen Judy Stockmayer und Marjie Weber, die trotz der anstrengenden Reise, auf die der Autor sie geschickt hat, bis zum Ende durchgehalten haben.

Mein Dank gilt auch den vielen Lesern, die mir geschrieben und ihrer Hoffnung Ausdruck gegeben haben, daß der

Stamm noch viele Meilen mit dem Wind wandern und viele neue Länder entdecken möge.

Ich schließe mich dieser Hoffnung an!

William Sarabande
Fawnskin, Kalifornien

# DIE URZEIT-SAGA
## William Sarabande
### DIE GROSSEN JÄGER

**Band 13432**

**Band 13465**

**Band 13510**

**Band 13554**

**Band 13610**

**Vielleicht noch packender als seine Kollegin Jean Auel erzählt William Sarabande von der faszinierenden Welt unserer Urahnen. Eine atemberaubende Saga voller Abenteuer und Liebe vom Anbeginn der Zeit**

Sie erhalten diese Bände im Buchhandel, bei Ihrem Zeitschriftenhändler sowie im Bahnhofsbuchhandel.

**Band 13 683**

Margaret Allan
**Maya und der Zorn der Götter**
Deutsche Erstveröffentlichung

Von Geburt an dazu bestimmt, Hüterin des Mammutsteines zu sein, trifft es Maja schwer, als plötzlich eine andere Schamanin ihren Platz einnimmt und sie aus dem Volk der Mammutjäger verstößt. Ihre Verzweiflung wächst, als sie von zwei grausamen Kriegern überwältigt und verschleppt wird, die bereits einen Gefangenen haben: einen verletzten Jungen.
Bei dessen Anblick glaubt Maja, die Erde beben zu fühlen. Wie sie hat auch er ein grünes Auge und ein blaues, und auch er ist Hüter eines Heiligen Steines – des Gegenstückes zu dem der Mammutjäger. Und nur Maja weiß eines: Bringt man die Steine zusammen, erlangt man damit soviel Macht, daß sogar die Götter sich herausgefordert fühlen . . .

**Sie erhalten diesen Band im Buchhandel, bei Ihrem Zeitschriftenhändler sowie im Bahnhofsbuchhandel.**